Selma

Ces Temps Derniers...

Ou l'Épopée du monde

Roman historique

Éditions Amalthée

Ce livre est une œuvre de fiction. Les noms, les personnages et les événements sont le fruit de l'imagination de l'auteure et toute ressemblance avec des personnes vivantes ou ayant existé serait pure coïncidence.

Consultez notre site internet

Pour tout contact :
Éditions Amalthée – 2 rue Crucy – 44005 Nantes Cedex 1
www.editions-amalthee.com

De la même auteure :

(selma2011josh@yahoo.fr)

Histoire d'une ânesse engagée,
recueil de récits, 2011, Éditions Amalthée

Le village accroché aux étoiles,
roman, 2014, Éditions Amalthée

De part et d'autre du fleuve,
roman, 2016, Éditions Amalthée

Je dédie ce livre à tous les faiseurs de Paix,
ceux dont l'Histoire a retenu les noms, mais aussi
à tous les autres, les anonymes, dont les actions,
petites ou grandes, permettent au monde d'être meilleur.

J'adresse toute ma reconnaissance à mon père,
Odile Véron, Yvette Soriano, Françoise et Jacques
Leblanc, Claudine et Gérard Salamon, Marie Françoise
Toquet, qui, une fois de plus, ont eu la patience
et la compétence de corriger cet ouvrage

PREMIÈRE PARTIE
LES ABYSSES

1
1860-1926

Lorsque lui fut donné le surnom qui allait lui demeurer pour le restant de son enfance, « l'enfant-livres », il avait une dizaine d'années. Cette appellation était loin d'être vaine ou sans fondement. Dès qu'il avait un instant libre, il s'emparait d'un livre… et lisait.

Dans la petite ville où vivait la famille, dans les années mille huit cent soixante, son père tenait une minuscule échoppe de cordonnier. C'était un homme au teint pâle et presque livide, au dos voûté et aux yeux abîmés par les longs travaux de ressemelage, auxquels il passait ses journées, ainsi, fort souvent, qu'une partie de ses nuits. L'échoppe voisine était celle de son épouse, qui, elle, était couturière. Tout comme son époux, elle trimait sans se ménager, du matin jusqu'au soir, dans un rond de lumière aussi malingre qu'avare. Le dimanche, elle ne cousait pas ; mais, pour ne pas perdre de temps, tricotait.

C'étaient des gens paisibles et doux, qui ne manquaient de rien, car ils n'avaient aucun regret de ce qu'ils ne possédaient pas.

Le travail manuel était pour eux une évidence, et ils furent fort surpris, presque inquiets, lorsque l'instituteur de leur fils vint leur dire que celui-ci avait : « des talents intellectuels très au-dessus de la moyenne ». De tels talents, leur asséna-t-il, ne pouvaient être gaspillés. Il fallait que l'enfant poursuive ses études, au-delà de l'école primaire, et ne dilapidât point son temps à aider ses père et mère.

Ils furent abasourdis. Des talents intellectuels ? Qu'était cela ? On pouvait arguer de son intelligence pour réaliser de belles chaussures, de beaux vêtements, de beaux meubles, tout comme pour labourer un champ avec adresse, mais si l'intelligence ne se transformait pas en objets ou en réalisations pratiques et concrètes, à quoi pouvait-elle bien servir ?

L'instituteur leur expliqua calmement que l'intelligence pouvait servir à comprendre la vie, comprendre le comportement des hommes et même à le prévoir, ou encore à imaginer ce qui n'existe pas encore ; mais ce qu'il lut alors, dans leurs yeux étonnés, était un tel gouffre d'interrogations qu'il cessa de les tourmenter davantage. Il répéta simplement que l'enfant devait avoir du temps pour lire, et du temps qu'on ne lui reprochât pas…

Mais ce temps, il le prenait déjà, et l'on cessa de s'en étonner, puisque c'était en raison de ses « talents intellectuels très au-dessus de la moyenne ». La petite ville ne comportait pas, alors, de bibliothèque. Il commença, durant longtemps, par emprunter des livres à son enseignant ; les ressources de celui-ci une fois épuisées, il en emprunta aussi au curé, au notaire, au maire et à ses adjoints, au médecin, à tous ceux qui possédaient des livres. Il se présentait chez eux, habillé de ses meilleurs vêtements, et expliquait qu'il serait éternellement reconnaissant si l'on voulait bien lui laisser consulter la bibliothèque de la maison, car il avait « besoin d'apprendre ». Comme, d'une part, sa visite était généralement précédée de celle de l'instituteur, et que, d'autre part, il avait un petit visage d'ange, aux traits honnêtes et purs, des manières irréprochablement courtoises, sa démarche, bien qu'elle déroutât, voire agaçât certains adultes, se trouva dans l'ensemble couronnée de succès. Il rapportait les livres peu de jours après, et ceux qui eurent la bonne volonté de discuter avec lui, pour estimer ses capacités de compréhension, furent fort étonnés de l'entendre restituer ses lectures, avec rigueur et grande précision.

Il semblait ne rien oublier, et sans cesse mettre en relations les choses entre elles. Son esprit de comparaison, la vive imagination qu'il développa, son insatiable curiosité firent sensation. Ils amusèrent aussi. Son côté « singe savant » se fit à ses dépens. Mais le fait est que personne ne s'avisa de lui refuser un ouvrage, car cela eût paru refuser de la nourriture à quelqu'un qui a faim. « L'enfant-livres » était connu de tous les notables de la petite ville, et ses pauvres parents, qui toute leur vie avaient œuvré de manière à ne point se faire remarquer, durent s'accommoder de cette réalité. Ils en avaient presque honte, mais lutter contre cela était comme lutter contre le cycle des saisons : un combat perdu d'avance, ils en avaient conscience...

D'ailleurs, ils eurent bientôt d'autres soucis. Après l'affront de la fameuse dépêche d'Ems[1], la France déclara la guerre à la Prusse, le 18 juillet 1870, et le père fut mobilisé. Il partit sans comprendre pourquoi, ou presque, car il n'avait, de sa vie, jamais lu de journaux, ni fait de politique. Mais c'était une époque où le patriotisme dévorait ses enfants, sans que ceux-ci n'aient à poser de questions... Homme de ligne à la bataille de Saint Privat, le cordonnier trouva la mort le 18 août, après une courte guerre, dont, s'il en avait réchappé, il n'eût gardé que le souvenir d'une atroce et perpétuelle confusion, d'une brutalité sans nom[2]...

---

1 – Durant l'été 1870, le trône d'Espagne se retrouva vacant, et un Allemand, Léopold Hohenzollern-Sigmaringen, présenta sa candidature. La France la refusa aussitôt, et des pourparlers s'engagèrent avec la Prusse. Guillaume II accepta de retirer cette candidature, et le fit savoir à son chancelier, Bismarck. Celui-ci, qui voulait une guerre afin d'unifier les nombreux duchés allemands, envoya à la diplomatie française une dépêche insultante, la dépêche d'Ems, tout en la faisant publier dans la presse. La France réagit immédiatement par une déclaration de guerre.

2 – Le conflit franco-allemand dura du 18 juillet 1870 au 28 janvier 1871. La défaite française entraîna la perte de l'Alsace-Lorraine, la chute de Napoléon III au profit

La nouvelle parvint à son épouse le 20 septembre. Son fils, désormais, était son seul soutien. Dans les bras l'un de l'autre, ils pleurèrent d'abondance. Mais leur condition ne leur permettait pas de se livrer à un chagrin sans borne. Il fallut très vite se remettre au travail.

Il tenta de consoler sa mère en lui lisant des livres, tandis qu'elle cousait, et la douceur de sa voix berçait la pauvre femme. Il se plongeait dans les livres dès qu'il sortait de l'école, et lisait en marchant, en mangeant. Il livrait, pour le compte de sa mère, les vêtements qu'elle avait terminés, et partait quérir pour elle des tissus, du fil et des aiguilles, mais toujours avec un livre en main ; de même, tandis qu'il préparait les repas, un livre était à ses côtés. Il semblait ne pouvoir s'arrêter, et passait d'un ouvrage à un autre, comme en proie à une fièvre. On ne le vit pratiquement jamais jouer, avec des camarades, à des jeux qui étaient de son âge. Il étudiait à l'école, aidait sa mère, mais certes pas autant qu'elle eût pu l'espérer, et lisait.

Mère et fils vivaient en harmonie. Une seule fois, ils connurent une discorde… Encore fut-elle brève…

Régulièrement, ils allaient au cimetière. La couturière parlait à son époux, qui ne pouvait répondre, et concluait son monologue par une phrase rituelle :

« Au moins, Fernand, n'es-tu pas mort pour rien… »

« Si, maman, il est mort pour rien… » dit un jour le fils, qui avait quinze ans.

Il regretta aussitôt cette inutile cruauté, et demanda pardon. Que lui avait-il pris ?

Pour effacer l'amertume de ses dures paroles, il ajouta :

« Au moins, de ce carnage, la République est née… »

---

d'un gouvernement provisoire, l'épisode sanglant de la Commune, et l'unification allemande voulue par Bismarck.

« Est-ce une bonne chose, mon garçon ? » demanda la mère, qui se fiait à lui.

« Oui, maman, car désormais, les hommes sont égaux en droits… »

« Et les femmes ? »

« Un jour, maman, cela viendra… »

Il dévorait, plus que jamais, romans, poèmes, et livres d'Histoire. Lorsqu'il devint jeune homme, il se mit à la philosophie, à la géographie, au droit et aux rudiments d'une science que l'on appelait « économie », et qui était en plein essor. Les sciences naturelles, les revues de médecine, le captivaient aussi.

Une seule chose le perturbait réellement, en dehors de son père disparu. Chaque été, il était envoyé, à la demande d'un oncle, frère de son père, travailler à la ferme, dont l'oncle était propriétaire. L'ouvrage était si rude, parmi les jeunes ouvriers agricoles, si intense en cette période de moisson, que « l'enfant-livres » devait renoncer à la lecture, et s'en sentait déchiré et meurtri, tout en même temps que totalement déraciné. C'était pour lui un temps précieux et perdu, dont l'oncle ne le remerciait pas même, tant il trouvait cela naturel…

L'oncle était d'un tempérament brutal, presque sauvage, et « l'enfant-livres » souffrait de ne pas retrouver en lui la douceur, le tempérament civil de son père. Il attendait le retour de l'école, comme on attend le retour des beaux jours, ou des temps heureux. Il revenait alors chez sa mère les bras et le dos chargés de bocaux de conserve, et… s'en retournait à ses livres, avec délectation et soulagement.

Un jour, sa mère, avec une sorte d'inquiétude et de chagrin, lui demanda tout doucement :

« Mais que cherches-tu, au fond de tous ces livres ? »

La question, si lucide et si juste, le fit presque sursauter. Il avait alors seize ans, et leva vers elle des yeux brusquement étonnés, qu'elle ne lui avait encore jamais vus. Il ne sut d'abord que répondre ; puis bredouilla :

« Mais… Il me semble que je suis fait pour cela… pour lire… »

La mère réfléchit.

« Est-ce vraiment une réponse à ma question ? » s'enquit-elle.

Il ne s'expliqua pas davantage. Il ne le pouvait pas.

Le temps passa, et, conformément à ses souhaits, il devint instituteur : un des premiers hussards noirs de la République… Ce fut pour lui enthousiasmant ! Quelques mois auparavant, en juin 1881, avait été votée la première loi en France rendant l'éducation obligatoire et gratuite, pour les filles comme pour les garçons, entre six et douze ans. Durant le même été, une loi affirmait la liberté de la presse… N'étaient-ce pas là des avancées considérables ?

Une telle nomination était, pour sa mère, l'équivalent de ministre d'État, d'archevêque, de mandarin de la médecine ou de capitaine d'industrie. Jamais, dans son milieu, dans sa famille, personne n'avait atteint une telle situation, ni même rêvé de pareille ascension. Elle avait toujours considéré son garçon comme un original, voire un extravagant… Désormais, il fut pour elle une infinie source de fierté.

Il fut nommé dans une autre petite ville que celle où il avait jusque-là toujours vécu. Son métier, dès le début, le passionna intensément, et il reçut confirmation que pour lui, transmettre était une essentielle vocation. N'était-ce pas la réponse à la question que lui avait posée sa mère ? N'apprend-on pas pour ensuite apprendre aux autres ? Il découvrit qu'il aimait la présence des enfants, et que la pédagogie était une science à part entière, totalement captivante. Lorsqu'il enseignait, son point d'honneur était de porter attention à chacun des enfants. À l'encontre de la plupart de ses collègues de l'époque, il ne disait jamais d'aucun élève qu'il était privé de talent, mais s'appliquait au contraire à découvrir celui de chacun. Joint au fait que ses manières étaient discrètes et réservées, mais toujours agréables, cela lui valut le respect et l'estime de tous.

Une forte myopie, et des pieds plats, lui valurent d'être réformé. Officiellement, il était censé en concevoir une déception sans borne ; en réalité, il en souffrit avec grande modération, car il n'avait aucune envie de quitter son cher métier pour manier le fusil.

Quelques années passèrent, qu'il consacra, avec honnêteté et dévouement, à ses chers élèves. Puis, la bourgade s'agrandit, et avec elle le nombre des enfants. Jusque-là, la minuscule école n'avait compté qu'une classe. Une nouvelle fut créée ; avec elle arriva une maîtresse d'école.

C'était une jeune femme de taille moyenne, aux traits doux et réguliers, mais non point exceptionnels. Elle aussi était d'un naturel discret, presque effacé, qui faisait qu'on la remarquait à peine. Certes, elle se passionnait, comme lui, pour la transmission du savoir, et comme lui lisait beaucoup, mais notre instituteur s'étonna de penser à elle si souvent, alors même qu'étaient finies les heures de classe. Avait-il rêvé pour lui-même de ce genre de compagne ?

Certes, non. La vérité était qu'il avait d'abord vécu pour apprendre dans les livres ; et depuis quelques années, pour éduquer la jeunesse… Bien qu'il approchât désormais la trentaine, et aussi étonnant que cela fût, il n'avait encore jamais pensé qu'il pût fonder une famille.

Cette donne, nouvelle en son existence, le perturba beaucoup. Il pensait de plus en plus souvent à la jeune institutrice, et se languissait d'elle lorsqu'aucune obligation professionnelle ne les réunissait. En dépit de son effacement, de sa beauté banale, il y avait quelque chose qui la rendait à ses yeux d'un irrésistible attrait. Mais qu'était-ce donc ? Certes, elle avait une voix agréable et bien timbrée, qu'elle n'utilisait jamais que pour exprimer des choses justes et de bon sens. Certes aussi, elle aimait avant tout établir l'harmonie entre les enfants, et leur apprendre à se respecter mutuellement… Mais cela pouvait-il expliquer cet attrait grandissant ? Non, il y avait autre chose, qu'il ne parvenait à saisir, encore moins à formuler.

Un jour qu'elle vint pour lui rendre un livre qu'elle lui avait emprunté, il comprit soudain tout.

Elle était nitide : elle rayonnait ! La lumière s'échappait de son front, de son regard pur et serein, des humbles et doux sourires de sa bouche timide, elle irradiait en chacun de ses mouvements, et il suffisait qu'elle soulevât un sourcil pour qu'une petite et gracieuse étincelle jaillît ! Oui, c'était bien cela, elle était en elle-même lumineuse et radieuse, comme habitée par l'esprit, habitée par une vie intense et pure qui débordait de son être en touches tout aussi nettes que discrètes ! Oh ! Ce n'était pas une lumière que l'on découvrait d'emblée, et qui vous aveuglait… C'était, tout au contraire, une lumière que l'on découvrait peu à peu, en quelque sorte tamisée, qui irradiait par touches successives et douces, lesquelles frappaient maintenant à la porte d'entrée de son cœur… Et son cœur, à lui, venait de s'ouvrir grand à elle ! Comment, comment avait-il pu, attendre si longtemps pour avoir cette révélation ! Quel idiot il était, d'avoir mis tant de temps à saisir pareille évidence… Un chemin nouveau s'ouvrait à lui !

Bouleversé par cette découverte, il cessa de dormir plusieurs nuits d'affilée… puis n'eut bientôt de cesse de demander sa main. Mais comment aurait-elle pu vouloir de lui, qui était sans fortune aucune, sans appui en ce monde ? Comment aurait-elle pu être séduite, de surcroît, par un homme qui n'avait pas effectué son service militaire, à une époque où celui-ci était considéré comme une étape initiatique, constitutive de la personnalité d'un homme ?

À chacun de ces obstacles, il accordait une importance exceptionnelle. Il ne savait pas, innocent qu'il était, qu'elle appartenait à la race pauvre, et si souvent défaite, des invisibles, de ceux qu'on ne voit pas, qu'on ne remarque pas, qui ne s'imposent pas, et qui pour les autres, au final, n'existent pas… La lumière qu'il avait découverte n'avait jamais brillé que pour ceux qui regardent vraiment – ils ne sont pas légion – ou pour ceux qui l'aimaient, ses père et mère sans doute, mais ils ne l'avaient pas assez aimée pour qu'elle se sentît des ailes, une capacité à être, aux yeux des autres. Elle avait jusque-là vécu dans le renoncement et la résignation. Le regard que l'instituteur posait sur elle la bouleversait depuis longtemps, à l'instar d'une divine surprise, et elle n'était nullement insensible à ce collègue érudit, aux manières impeccables… Elle fondit en larmes, lorsqu'il fit sa demande, étonnée jusqu'au tréfonds de l'âme, d'avoir en lui suscité cette émotion… ! C'était là un miracle, un don exceptionnel, sublime, qu'elle n'attendait plus, ou plus encore : n'avait jamais attendu… Oui, oui, mille fois oui, elle voulait devenir sa compagne devant Dieu, pour être son soutien, de toute son âme et de toute sa force, pour tout le temps que leur donnerait l'existence !

Et elle se mit à rire, joyeusement et librement, comme de manière irrépressible, lorsqu'il lui parla du service militaire inaccompli : c'était, le rassura-t-elle aussitôt, le dernier de ses soucis ! Quant à la modestie de ses moyens, elle venait elle-même d'un milieu qui en possédait moins encore… Ses parents avaient tous deux été victimes des Versaillais[3], lors de la Commune, fusillés au Père Lachaise le 28 mai 1871, à l'issue de la semaine sanglante (elle révéla ceci d'un ton grave et triste, qui tranchait avec la gaieté des minutes précédentes) et elle avait été élevée par une tante impécunieuse, qui n'était riche que d'amour…

3 – Période insurrectionnelle parisienne, du 18 mars au 28 mai 1871, en réponse à la défaite face à l'Allemagne, et l'arrivée, lors des élections législatives de février 1871, d'une chambre à majorité monarchiste. Les communards réclamaient la République, l'instauration d'une société juste et solidaire, et la reprise des combats contre l'Allemagne. On estime à 20 000 le nombre de fusillés, mais ce chiffre semble devoir être revu à la baisse.

Tout obstacle étant levé, le mariage fut promptement célébré, de la manière qui convenait à leurs deux caractères : sans pompe aucune et dans la plus stricte intimité.

Le maître et la maîtresse d'école connurent ensemble un grand bonheur. Chacun voyait en l'autre son sauveur, et recherchait ce qui pouvait le rendre plus heureux encore. Chacun mettait sa joie dans la joie de l'autre, et quand l'un était triste, ou abattu, l'autre ne vivait plus. L'institutrice enseigna à son compagnon un art qu'il ne connaissait pas : celui de se promener. Elle aimait à déambuler, par les chemins de campagne, les sentiers forestiers, en observant les arbres, les oiseaux, et sentir le souffle du vent, la caresse du soleil, sur sa joue. Désormais, il l'accompagna partout, s'émouvant avec elle de la moindre des fleurs, de la moindre fragrance. Ce fut pour lui un plaisir nouveau, revigorant, auquel elle sut lui donner goût. Elle lui dit :

« Ne vois-tu pas que ces chemins, ces paysages, sont comme des livres ouverts, des livres qui se donnent à lire et parlent de beauté ? »

Et il se demanda comment il avait jusque-là pu passer tant d'années, sans connaître cette joie, ou paisible douceur. Oui, vraiment, comment avait-il pu ignorer le chant des oiseaux, la beauté des plantes, et celle de tous les animaux ? Ces moments, qu'il aurait jadis jugés bien inutiles, étaient pour lui, dès lors qu'il les partageait avec elle, délectables et parfaits.

La petite ville où ils enseignaient tous deux, tout comme celle où il avait passé sa jeunesse, ne comportait pas de bibliothèque. Elle lui suggéra d'en créer une, qui mît les livres à la portée de tous et favorisât le développement de tous ceux qui en profiteraient. Cette idée lui parut de suite excellente. Comment ne lui était-elle pas venue plus tôt ? Lorsqu'il exposa son projet à ses relations, et discuta avec eux de la meilleure marche à suivre, on commença par rire un peu de lui… Qu'il fût un maniaque des livres était une chose, et ne dérangeait d'ailleurs personne… Mais pouvait-on raisonnablement croire que cet entichement deviendrait celui de tous ? Mais il s'obstina dans son projet, et fit plusieurs voyages, tant afin de collecter des fonds, que de collecter des livres, neufs et d'occasion. La petite bibliothèque, ainsi mise sur pied, servit d'abord à ses élèves ; et, parfois, aux parents de ceux-ci. Parfois aussi, il invitait les parents à écouter des lectures. Ils vinrent d'abord plus par curiosité que par réelle envie ; mais quand ils entendaient la voix fervente du maître, ou celle de leurs propres enfants, résonner dans la salle municipale où se déroulaient ces séances, ils se disaient souvent qu'ils reviendraient, cette fois-ci parce qu'ils étaient séduits. Puis, d'autres personnes se mirent à y assister, qui n'étaient pas parents d'élèves...

La bibliothèque connut un franc succès, qu'il devait entièrement à l'idée et au soutien de son épouse.

Ils lisaient souvent ensemble, et partageaient leurs idées, sur le progrès social et l'avenir de l'homme. La République avait amené de grandes avancées, comme la liberté de la presse, l'instruction gratuite pour tous, la légalisation des syndicats, et celle du divorce... Le pays, qui voyait les chemins de fer s'implanter partout, connaissait une explosion industrielle sans précédent, avec l'extraction du charbon, le développement des industries du textile et de l'acier. Mais la condition ouvrière était encore largement misérable... Que faire, pour y porter remède ? Quant à l'expansion coloniale, que fallait-il réellement en penser[4] ? Était-ce, comme le

4 – La colonisation anglaise en Afrique, se fit du nord, avec l'Égypte, qui devint un protectorat en 1882, au sud, avec l'Afrique du sud, en passant par le delta du Niger, l'Ouganda, la Gambie, le Kenya, le Bostwana, la Rhodésie du sud et du nord, le Nigéria. L'expansion française se fit d'ouest en est, avec l'AOF et l'AEF, ainsi qu'avec la partie maghrébine de l'Afrique. La Belgique obtint une grande partie du Congo, l'Allemagne s'implanta au Togo, au Cameroun, au Rwanda, au Burundi, au Tanganika et dans le sud-ouest africain.
La reine d'Angleterre devint reine des Indes en 1877.
En Asie, la France créa l'Union Indochinoise française en 1887, tandis que les Pays Bas s'imposaient en Indonésie. En Chine, de nombreux comptoirs commerciaux furent créés, aux dépens de la souveraineté chinoise, ce qui déboucha sur la révolte

prétendaient beaucoup de politiciens, la diffusion d'un modèle de civilisation bénéfique, ou un simple pillage de matières premières et une recherche de débouchés économiques ? En 1885, la conférence de Berlin, grande œuvre de Bismarck, avait littéralement dépecé l'Afrique au bénéfice des puissances européennes ; cette même conférence avait rendu illégale le commerce d'esclaves, permis une libre navigation sur les fleuves Congo et Niger, et consacré la souveraineté d'une partie du Congo. La course aux colonies semblait sans fin, et terriblement dangereuse pour les puissances coloniales elles-mêmes, car il était clair qu'elles n'hésiteraient pas à déclarer la guerre, au nom même des territoires qu'elles souhaitaient conserver. Une guerre n'avait-elle pas déjà éclaté, en 1880 et 1881, entre colons néerlandais et britanniques d'Afrique du sud ? Quant au général Boulanger, que voulait-il vraiment ? Il rassemblait autour de lui des nationalistes fanatiques, prêts à tout pour reconquérir l'Alsace-Loraine, des monarchistes, qui rêvaient de mettre à bas la République, et enfin des radicaux de gauche, qui réclamaient à grands cris des mesures sociales capables de soulager le peuple… Le grand danger ne venait-il pas de ce qu'il fût opposé au parlementarisme, que le pays avait eu tant de mal à ériger enfin ? Ils durent s'avouer que le suicide du général, en 1889, écartait un danger politique bien réel…

Un jour, elle lui demanda :

« Au fond, pourquoi lis-tu ? Que cherches-tu à l'intérieur de ces pages, que par milliers tu dévores ? »

La question le laissa étonné. N'était-ce pas exactement celle que lui avait posée sa mère, bien des années auparavant ?

Il demeura d'abord muet.

« Je lis pour savoir… » dit-il finalement, après un long silence.

---

des Boxers, de 1899 à 1901. Après 55 jours de siège de la délégation étrangère à Pékin, et l'intervention militaire de presque toutes les puissances coloniales, la défaite des Boxers fut inévitable. Cette défaite s'ajoutait à celle de la Chine face au Japon, en 1895, au sujet de la maîtrise de la Corée.

« Mais tu sais bien qu'en fin de compte, on ne sait jamais rien… Le savoir ne nous mène qu'au gouffre de notre ignorance… »

« Oui, je le sais, dit-il avec une soudaine souffrance. Et toi, mon amie, pourquoi lis-tu ? »

À sa grande surprise, elle éclata de rire, et lui lança un regard clair, joyeux et tout plein de lumière ;

« Mais je lis pour aimer ! Quelle autre raison pourrait être valable ? »

C'était pour elle une évidence. Pour lui, ce fut comme une découverte, une révélation, immense et infinie… Mais oui ! Lire pour aimer, pour comprendre la vie de ceux dont on ignore tout, comprendre les imaginaires, les puissants ressorts de l'intimité ! Apprendre l'Histoire, pour compatir à la souffrance humaine ! Apprendre l'Histoire, pour apprendre à ne pas juger ! Apprendre les sciences, pour améliorer la condition humaine ! Comme elle avait raison ! Lire pour aimer… Comment avait-il pu dévorer tant de livres, sans avoir en lui ce principe directeur, infrangible, immarcescible, définitif ? Quelle chance il avait, d'avoir à ses côtés une femme à l'esprit si lumineux et clair !

De longues années s'écoulèrent, dans la paix de leur ménage, de leur union tendre et heureuse. Un seul fait les assombrissait : aucune naissance ne leur fut accordée. Ce fut pour eux une source de chagrin, chacun étant bien persuadé que l'autre aurait été un parent formidable. À une époque où la médecine n'était pas ce qu'elle est aujourd'hui, et où rares étaient les investigations possibles, chacun s'accusa d'être stérile, et demanda pardon à l'autre. Mais qu'y avait-il à faire contre cette fatalité ? Rien d'autre que d'accepter le sort, tout en continuant à espérer, et c'est ce qu'ils eurent la sagesse de faire. Ils furent l'un à l'autre une consolation, et se réjouirent de ce que le destin leur avait d'ores et déjà accordé.

Mais la vie se montre parfois jalouse du bonheur qu'elle dispense, et semble rageusement réclamer le prix de celui-ci.

La maîtresse d'école fut frappée par une toux qui ne lui laissait pas de répit, et l'épuisait. Elle dut bientôt renoncer à son enseignement.

Puis, de plus en plus affaiblie, elle ne tarda pas à s'aliter.

Le mal fut diagnostiqué : c'était la tuberculose, qui était alors sans remède, ou presque.

L'instituteur la veilla durant des jours.

Il la veilla durant des nuits, pleurant à ses côtés, tandis qu'elle s'endormait.

Il la veilla durant des semaines, des mois.

Elle lui disait : « Ne pleure pas… N'avons-nous pas eu ce grand bonheur de nous être connus ? Je veillerai sur toi de là où je serai, voilà tout… »

Il vit le corps tant aimé, s'étioler, dépérir, devenir une ombre, et elle disait encore : « Ami, le corps n'est qu'une enveloppe… Pourquoi te tourmenter à son sujet, lorsque l'esprit survit ? ».

Il vit s'affaiblir, s'affadir la lumière de cet être radieux, jusqu'à complètement disparaître.

Il vit sa belle intelligence sombrer lentement dans un chaos de plus en plus épais, irréversible.

Il vit la mort œuvrer, avec toute la cruauté, l'indifférence sombre qui sont ses marques funestes.

Il la serrait dans ses bras, lorsqu'elle passa de vie à trépas.

Et puis, il l'enterra.

Oh ! Que la mort est brutale, même annoncée de loin !

Que la mort est injuste, même s'adressant à tous !

Il eut le sentiment de s'enterrer lui-même.

Son bonheur avait duré huit ans.

Mais comment vivre, lorsqu'à son fruit on a goûté, et qu'il est désormais hors d'atteinte ?

La douleur, qu'il avait contenue en lui tant que vivait encore l'institutrice et qu'il s'occupait d'elle, explosa soudain, faillit le rendre fou. Il lui semblait que toute raison d'être avait avec elle disparu. Sa lumière n'était plus, il hurla en son âme comme une bête aux abois, et gémit silencieusement, sans trouver le moindre apaisement à son tourment cuisant. Son mal était profond ; si profond que ses connaissances et amis se détournèrent, car il est bien connu que les grandes douleurs n'engendrent pas la convivialité. Et ainsi il fut seul, pour souffrir encore plus. Il vécut en mort vivant. Certes, il enseignait toujours, mais de lui-même absent. Ses élèves lui apparaissaient au travers d'un halo, d'un opaque brouillard, où il ne distinguait rien, qu'une masse informe, ennuyeuse et terne à mourir. Il mangeait, travaillait, dormait, disait bonjour, et disait au revoir, allait jusqu'à sourire, mais ne ressentait rien, que sa douleur sauvage, éreintante, ivre jusqu'à la folie.

Les livres eux-mêmes, qui, de tout temps, avaient toujours été son réconfort, lui parurent sans attrait, fades, ennuyeux et stériles. Comment, comment se pouvait-il qu'elle ne fût plus là, pour les lire avec lui ?

Par une autre institutrice, elle fut remplacée. Il fut, à l'égard de cette nouvelle collègue, aussi glacial, sévère et revêche, qu'il était possible de l'être… Sa présence lui était insupportable, et il se révéla à elle sous des dehors parfaitement odieux.

Mais il était encore jeune, et la vie en lui revint, peu à peu, par gouttes successives, presque infimes. Deux ou trois ans avaient déjà passé, lorsqu'il surprit en lui une sourde envie d'être, d'exister à nouveau, aussi bien qu'il pouvait. Il comprit qu'il se devait de guérir de son deuil, tout en continuant de rendre hommage à cette femme, dont planait en lui l'esprit. N'était-ce pas, d'ailleurs, ce qu'elle aurait voulu pour lui ?

Il eut recours, pour se soigner un peu, à divers stratagèmes.

D'abord, il tenta de se briser lui-même, en marchant de longues heures dans la sombre forêt, jusqu'à l'épuisement de ses muscles et de toute sa chair.

Puis, il se mit à inviter chez lui toutes sortes de gens, et à se rendre aux fêtes, pour se griser un peu.

Enfin, il refit sa maison, la passa à la chaux, acheta un tableau, et changea un tapis.

Mais son bonheur ne revenait pas, il était encore tout plongé dans des ténèbres, qu'il cherchait désespérément à fuir Ses efforts échouèrent. Le fantôme de son aimée hantait son être avec une force rare.

Un jour qu'il se sentait sombrer dans le découragement, un ami vint à lui, lui demandant de signer une pétition en faveur de Zola… On était le 15 janvier 1898, au paroxysme de l'Affaire Dreyfus. Cinq jours auparavant, un certain Esterhazy, que tout pourtant semblait accuser car son écriture s'était trouvée authentifiée comme étant celle du traître, avait été acquitté par un tribunal militaire, et acclamé par la foule. Le 13 janvier, en réaction à cet acquittement, Zola avait publié dans l'Aurore un article sur six colonnes, dans lesquelles il retraçait une à une toutes les étapes de l'affaire Dreyfus, ainsi portées à la connaissance du grand public. Il était dorénavant certain que Zola serait à son tour traduit en justice, après une plainte de l'armée contre lui, et qu'il fallait le soutenir, non seulement pour lui-même, mais pour qu'il pût, au cours de son jugement, réclamer la révision du procès de Dreyfus. La France entière se déchirait : pouvait-on supporter qu'un innocent pourrisse à l'Ile du Diable, dans le seul but de maintenir un voile sur les défaillances de l'armée ? Pouvait-on supporter les délires antisémites de Drumond, qui rabaissait la France à ce qu'elle avait de plus vil ? Ou convenait-il d'avoir le courage de faire éclater la vérité ?

Ce fut, pour notre veuf, comme un réveil, un retour parmi les vivants, une raison de vivre encore. Il signa, participa à plusieurs manifestations de Dreyfusards, s'enflamma pour sa cause… N'était-ce pas celle de la Justice ? L'Affaire avait tout d'un feuilleton à rebondissements. En juillet 1898, Cavaignac, ministre de la guerre, faisait état devant la chambre des députés de trois pièces établissant l'indiscutable culpabilité de Dreyfus : deux n'avaient aucun lien avec l'Affaire, la troisième, effectivement, semblait compromettante… En août, le commandant Henry reconnaissait que cette pièce était un faux, établi par ses soins, et se suicidait… bien qu'acclamé par Drumond et Barrès, qui voyaient en lui un défenseur de l'armée, et donc de la patrie. Obtenir la révision du procès de 1894 demanda encore plusieurs années, d'émeutes et de déchirements… Le 9 septembre 1899, le tribunal militaire de Rennes jugeait Dreyfus coupable de trahison, à nouveau, mais avec circonstances atténuantes, et le condamnait à dix ans de réclusion. Il fut finalement gracié par le Président de la République, Loubet, le 19 septembre de la même année. Mais une grâce, était-ce la reconnaissance de l'innocence de Dreyfus ? C'était certes la liberté pour cet homme brisé, mais aussi le soupçon du déshonneur laissé sur lui… En juillet 1906, enfin, la cour de cassation cassa le jugement de Rennes, et réhabilita définitivement Dreyfus.

Cette dure bataille laissa, dans la bouche de l'instituteur, un goût amer, auquel s'ajouta celui laissé par le scandale de Panama[5]… Et que dire de la violence, des passions déchaînées par la loi sur la séparation de l'Église et de l'État en 1905 [6]? Il semblait qu'à chaque instant, la République évoluât sur un fil fragile, dont elle pouvait sans cesse tomber… Ses ennemis ne désemparaient pas. Il était étonné. Comment pouvait-on être l'ennemi d'un régime qui se disait ami du genre humain ?

---

5 – Ferdinand de Lesseps, initialement chargé du creusement du canal de Panama, fit appel à une souscription publique. Or, une partie des fonds récoltés fut utilisée à soudoyer des hommes politiques et des journalistes, afin qu'ils soutiennent le projet. Le scandale fut en grande partie révélé en 1892 par Drumond, farouchement antiparlementariste. Environ 85 000 petits souscripteurs furent ruinés. Finalement, le financement du Canal fut assuré par les Etats-Unis, et le projet confié à Eiffel.

6 – La loi de séparation de l'Église et de l'Etat, de décembre 1905, représentait de fait une rupture avec le concordat de 1801. Elle garantissait la liberté de conscience et de culte, et renonçait à l'idée d'un lien préférentiel entre l'Etat et l'église catholique. La loi réaffirmait que les biens religieux saisis par l'Etat en 1789 redevenaient sa propriété, ce qui entraînait la délicate question des inventaires… Pour toutes ces raisons, la loi fut votée dans un contexte passionnel, et violent.

L'idée lui vint d'écrire des poèmes. Il voulait écrire sur la Justice, sur la Fraternité, sur le Progrès ; sur l'amitié qui doit unir les hommes, le sentiment de bienveillance, qui doit les animer… Il doutait d'avoir, pour écrire bien, le moindre des talents, mais… N'était-ce pas ce que son aimée aurait voulu, si de ce monde elle avait encore été ? Ne l'aurait-elle pas encouragé, de sa voix chaude et douce ?

Il s'essaya donc aux strophes, et fut plus que surpris : elles coulaient entre ses doigts, avec la même aisance que l'eau ruisselle sur une pierre. Bien sûr, il écrivit de longs poèmes d'amour, où il parlait d'*elle*, belle à couper le souffle et à fendre les pierres… Il parla également de tout ce à quoi il tenait : il parla de la nature, sa force et sa magnificence, il parla de la beauté du monde ; et dans cette beauté, était la bonté de l'homme, la bonté des grands et des puissants, celle des humbles et des petits, leurs soucis du prochain, la compassion de leur cœur. N'était-ce au meilleur de chacun qu'il voulait conduire l'homme ?

Oh ! Le fat ! L'orgueilleux ! Il écrivit beaucoup, mais finalement, ne fut content de rien… Sa Justice ne brillait que d'une humble et pâle lumière, sa Fraternité était tiède, la Compassion universelle qu'il évoquait donnait à s'endormir ! Il n'exprimait rien, des mille liens qui unissaient chacun aux autres, à la Terre et au Ciel ! Il ne disait rien sur l'unicité de toute chose et son irrémédiable petitesse… Rien non plus, sur le trésor de la vie, sur cette jubilation de nous sentir venus de quelque part, pour aller quelque part…

Alors, à quoi bon toutes ces rimes, qui sortaient de lui-même, si elles n'exprimaient pas ce qui lui importait ? À toute cette poésie, il pensa renoncer. Et puis, il s'essaya encore : à tout son grand amour, à ce qui était lui, à toute la vie autour de lui, il devait bien cela…

Les poèmes et les poèmes passèrent, de mieux en mieux tournés, étincelants en leur force jaillissante… Et pourtant ! Notre amoureux souffrait toujours, et n'était pas content... Plus il écrivait, et mieux il comprenait qu'il ne trouverait jamais les mots pour s'exprimer vraiment... Tout simplement, n'était-il pas dépassé par son message ? Ses amis, peu à peu revenus vers lui, le lisaient, et il fut même publié dans un journal local. L'admiration sincère que suscita sa poésie autour de lui le laissa froid. À quoi lui servait-il de récolter tous ces beaux compliments, s'il savait en lui-même qu'il avait échoué à dire ce qu'il voulait ? Il pensait de plus en plus que tout cela ne servait plus à rien... Et tout en pensant ainsi, il poursuivit sa quête ardente.

Notre poète écrivait chaque jour, avant la classe et puis aussi après. Chaque jour, il tournait et retournait son âme, son cœur et son esprit, en un mot l'ensemble de lui-même, afin d'en extraire la pulpe, l'amour viscéral qu'il vouait à la vie.

Il lui semblait que sa vie ne vaudrait rien, et se perdrait dans la poussière, tant qu'il n'aurait exprimé ce qu'il sentait au fond de lui.

Un soir pourtant, alors qu'il bataillait avec sa plume et son papier, il fut interrompu en son ouvrage ; c'est qu'autour de la maison soufflait un vent violent, qui faisait ployer les arbres, arrachait les tuiles et secouait les volets en une danse folle. Dans le cri du vent, son sifflement strident et inquiétant, les arbres gémissaient, se courbaient sous l'assaut. D'abord, le poète fut anxieux, replié sur lui-même. Puis, en pleine nuit, il tenta de sortir de chez lui, pour voir si ses voisins avaient besoin de lui. Il ne le put : à peine fut-il dehors, qu'une bourrasque le plaqua au sol. Et il n'eut d'autre solution, pour retrouver sa porte, que de ramper tout humblement.

Au petit matin, la tempête finit par s'apaiser, et puis par disparaître. Le poète fit le tour de son tout petit jardin, et vit que les dégâts étaient minces ; beaucoup plus en tout cas que tout ce qu'il avait redouté. Il se rendit dans les maisons voisines et fut plus qu'étonné : personne n'avait rien entendu, et tout ce petit monde avait fort bien dormi…

Comment était-ce possible ? La tempête était donc circonscrite à sa seule demeure ? Ce qui, à ses oreilles, avait résonné de manière si puissante, se révélait inaudible à vingt mètres de là ?

Le lendemain, le poète s'installa de nouveau, devant le petit bureau où se poursuivait sa quête inlassable de mots. À peine eut-il le temps de réellement se concentrer : la terre autour de lui trembla, la table et la chaise chavirèrent, un bruit affreux se fit entendre, et le poète amoureux hurla d'une terreur qui lui venait du fin fond de lui-même.

Puis retentit le silence, assourdissant, le silence qui suit les grandes catastrophes.

Il dura longtemps, et glaça le sang qui coulait dans les veines du poète. Lorsqu'il reprit enfin ses esprits, après ce choc étrange, il se précipita dehors, et vit que plusieurs arbres, ainsi qu'une pergola, avaient chu. La toiture était endommagée. Dans les maisons voisines en revanche, nul dégât n'était à recenser. Inutile de le dire, on n'avait rien entendu !

À ce qui arrivait, le poète ne comprit rien. Quel sortilège étrange l'accompagnait désormais ? Quel mystère épais s'acharnait sur ses pas ? Éberlué, il passa le jour à réparer la toiture, et à débiter en petites bûches le bois des arbres déracinés, afin de se chauffer…

Le lendemain encore, qui était un dimanche, le poète s'attela, à son édifice toujours imparfait. En lui-même, il tremblait, à l'idée de ce qu'il pensait être une malédiction. Il en était à peine à écrire deux ou trois vers, quand il vit par la fenêtre que le petit appentis du jardin était la proie des flammes. Le poète se rua, pour combattre le feu. Bientôt, il fut rejoint par des voisins, venus le soutenir.

L'incendie se trouva fort rapidement éteint, mais personne ne comprit ce qui l'avait déclenché. Et tout le reste de la journée, le poète le consacra à nettoyer les décombres, ainsi qu'à ruminer. Avait-il fait offense à son aimée, qui lui parlait de l'au-delà ? Il ne le croyait pas. Si jamais elle lui avait parlé, ses signes eussent été doux, et bienveillants… Alors ? Alors, rien, là-dedans, n'était bien rationnel…

Par cette tempête, ce tremblement de terre et puis cet incendie, le poète fut choqué. Tout, dans son âme, était clair : ces signes s'adressaient à lui, et tous lui disaient de cesser de rimer. Durant six jours, il fut incapable de la moindre rime, et d'ailleurs, ne tenta rien en ce sens, tant il se sentait en lui-même remué.

Le septième jour pourtant, il s'assit devant sa table de travail, désireux de braver son destin, tout en frémissant de s'y mettre. Son âme était découragée, et il sentit bien faible son inspiration. Il craignait même de ne rien écrire du tout, de bon ou de mauvais, quand il entendit tout à coup un tout petit murmure pénétrer dans la pièce[7]. Ce fut comme un humble, un imperceptible chuchotement.

Le poète fut saisi de tremblements, et d'une inspiration sans précédent. Pour transcrire ce qui venait à son âme en émoi, tout en lui se fit suprêmement attentif et concentré, car tout en lui, de son intelligence et de son cœur, de ses forces, espoirs et désespoirs, étaient là convoqués, et de quelle manière !

Mille, dix mille voix étranges, de femmes et d'hommes, de toutes conditions, de tous âges, de toutes cultures, milieux et croyances, parfaitement audibles malgré leur nombre extraordinaire, lui soufflaient à l'oreille une épopée, ni plus ni moins que l'*Épopée du monde* !

---

7 – Voir le premier livre des Rois, 19 – 11 : Le Seigneur dit (à Elie) : « Sors, et tiens-toit sur la montagne devant le Seigneur ; voici, le Seigneur va passer. » Il y eut devant le Seigneur un vent fort et puissant, qui érodait les montagnes et fracassait les rochers ; le seigneur n'était pas dans le vent. Après le vent, il y eut un tremblement de terre ; le Seigneur n'était pas dans le tremblement de terre. Après le tremblement de terre, il y eut un feu ; le Seigneur n'était pas dans le feu. Et après le feu, le bruissement d'un souffle ténu. Alors en l'entendant, Elie se voila le visage avec son manteau ; il sortit et se tint à l'entrée de la caverne. Une voix s'adressa à lui. « Pourquoi es-tu ici, Elie ? »

Le poète écrivit d'une traite, comme parcouru par un feu dévorant. Puis, il lut et relut le poème, incertain de comprendre, dépassé, bouleversé par ce qui arrivait là : le poème était à la fois chant et lumière, il était absolue magnificence, il avait la pureté du cristal et la chaleur d'un feu !

Chaque vers, lui semblait-il, avait le pouvoir et la force de changer la vie et le désir de toute créature, le sens et l'orientation de toute chose !

C'est qu'il contenait tout : La souffrance et l'espérance des hommes, depuis l'origine des temps, leur effroi devant la mort, devant la maladie, devant la violence à laquelle ils participaient, si souvent à leur corps défendant… mais aussi leur amour, leur amour de la vie, celui de leurs semblables, leur désir, à chaque génération grandissant, d'une vie meilleure, pour tous et chacun, fraternelle, généreuse, ouverte sur autrui, prête à tout partager et à tout recevoir…

Et le poète comprit que tout ce qu'il avait lu, durant d'entières décennies, en des milliers de pages, était là, entièrement concentré, comme rénové de l'intérieur, harmonisé et mis en résonance, comme si chaque point, désormais, était relié aux autres points du monde, de sorte que tout prenait sens et dévoilait sa beauté, sublimé en une dense, intense, insurpassable et foudroyante sagesse…

L'Épopée délivrait tout, tout de ce qui est nécessaire, pour vivre une vie d'homme, et de femme, pour allumer et faire vivre une vision en soi, rafraîchissante, débordante d'une énergie sans fin, infiniment bienfaisante, joyeuse, dispensatrice de paix et d'avenir…

Le poète sut aussitôt que ce qu'il venait de transcrire là, était ce qu'il recherchait à écrire depuis des semaines et des mois ; il sut de même que sa main avait été guidée, par une force souveraine, la force des hommes qui l'avaient précédé, dont elle n'avait été que l'instrument.

À dater de ce jour, l'âme du poète connut un profond bouleversement. Sa souffrance, en son amour meurtri par le deuil et la perte, arrêta d'ensanglanter son cœur. La joie fut désormais sa seule compagne, et l'angoisse cessa à tout jamais de l'étreindre. Il cessa d'être odieux envers sa pauvre et jeune collègue. Ses visées pédagogiques changèrent. Jusque-là, il avait considéré l'enseignement comme une transmission des savoirs de base et de la geste républicaine... Il pensa désormais qu'un élève capable de ressentir la beauté du monde et de vivre fraternellement savait tout. Écrire encore lui devint définitivement superflu. L'Épopée du monde qu'il avait transcrite, comme porté par un courant puissant, ou comme soulevé par l'extase, était l'alpha et l'oméga de tout ce qu'il avait jamais voulu, et désiré, en ce monde.

Il croyait alors que tout ce qu'il avait souhaité en cette vie était désormais accompli, ou presque, et que son chemin se terminait...

Combien se trompait-il !

Tandis qu'il écrivait sur l'espérance du genre humain, bouillonnaient une rivalité navale, entre l'Angleterre et l'Allemagne, ainsi qu'un conflit d'influences dans les Balkans, entre la Russie et l'Empire d'Autriche-Hongrie. Les nations renforçaient leurs armées, préparaient leurs alliances[8], bataillaient pour étendre leurs empires coloniaux, prêtes à bondir à la moindre occasion.

8 – La Triple Entente (Royaume-Uni, France, Russie), résultait d'une série d'accords militaires entre la France et la Russie, en 1892 et 1893 ; de l'Entente Cordiale, conclue en 1904 entre la France et le Royaume-Uni, définissant les zones d'influence respective en Afrique ; et enfin de l'accord d'une convention anglo-russe en 1907.
La Triple Alliance résultait du rapprochement entre l'Autriche-Hongrie et l'Allemagne en 1879 ; à cette union se joignit l'Italie en 1881, suivie, de façon secrète, par la Roumanie.

Le monde sut calmer les incidents de Fachoda[9] et d'Agadir[10].

Il ne put rien devant l'assassinat du prince héritier d'Autriche François-Ferdinand, par un étudiant nationaliste serbe, Gavrilo Princip. Une mécanique de guerre se mit immédiatement en marche, qui ne s'arrêta plus[11].

Le 28 juillet 1914, se déclenchait un conflit qui s'annonçait comme l'un des plus meurtriers jamais endurés par l'humanité...

En trois jours à peine, après que la mobilisation ait été proclamée, la petite ville se vida de tous ses jeunes hommes, et les femmes furent seules, pour affronter la moisson. Désormais, on vit dans les champs de tout jeunes enfants, de cinq ans à peine, qui trimaient de toutes leurs petites forces, des femmes et des hommes âgés. Le maître d'école se joignit bien sûr à eux, pour les aider... Contrairement à tout ce qu'il avait cru, son chemin n'était pas achevé, loin de là !

Lors de la rentrée scolaire, l'invasion de la Belgique par les forces allemandes avait déjà eu lieu, ainsi que l'échec des offen-

---

9 – Fachoda était en 1898 au Soudan, un poste militaire égyptien destiné à lutter contre les trafics arabes. En pleine lutte pour l'expansion territoriale, Français et Anglais se le disputèrent âprement, en septembre 1898, car il représentait un point stratégique d'accès au Nil, permettait aux Français une progression vers l'est africain, et aux Anglais une progression vers le sud. Devant l'imminence d'un conflit armé et internationalisé, la France préféra céder. Lors de l'Entente franco-anglaise de 1904, la France reçut en échange de la perte de Fachoda les territoires de Tibesti, Kanem, Ouidaï et Baguirmi, au grand dam de la Sublime Porte.

10 – Dans le cadre de l'Entente franco-anglaise de 1904, la France laissait l'Angleterre libre d'agir en Égypte, en échange de la possibilité d'établir un protectorat sur le Maroc... au grand déplaisir de l'Allemagne. En 1911, Guillaume II envoyait une canonnière allemande dans la baie d'Agadir... qu'il dut retirer devant la solidité du soutien anglais envers la France. Celle-ci établit alors son Protectorat sur le Maroc, et le général Lyautey devint gouverneur du Maroc.

11 – Le 28 juillet, L'Autriche-Hongrie déclarait la guerre à la Serbie et à la Russie ; l'Allemagne déclarait la guerre à la Russie et à la France le 3 août ; le Royaume-Uni déclarait la guerre à l'Allemagne le 4 août, et à l'Autriche-Hongrie le 13 août ; le Japon déclarait la guerre à l'Allemagne le 23 août, la France et le Royaume-Uni déclarèrent la guerre à l'empire Ottoman le 23 novembre.

sives françaises en Lorraine, à Morhange et Sarrebourg. La France elle-même était envahie, jusqu'à Meaux et Reims.

On était en pleine bataille de la Marne. Un bambin conta fièrement comment son père, dans un taxi, avait conduit des soldats sur le front. Et tandis qu'il racontait, deux petits, dont les pères étaient déjà tombés, éclataient en sanglots.

Comme tous ses collègues, l'instituteur avait cloué deux cartes au mur : une de la France, et l'autre du monde, afin d'y faire figurer les grands événements militaires. Durant tout l'automne, de noires épingles représentèrent l'étirement du front, de la Mer du Nord à la frontière Suisse. Les batailles d'Yser, et celle de l'Ypres furent dûment commentées, ainsi que la mise en place du blocus britannique le long des côtes allemandes. À la fin de l'année, douze départements étaient occupés par l'ennemi, et les pertes humaines étaient effroyables. Les premières tranchées étaient déjà creusées. Les enfants posaient des questions précises : comment leurs pères se lavaient-ils ? Comment mangeaient-ils ? Pouvaient-ils changer de vêtements ? Ne souffraient-ils pas du froid ? Comment répondre à de telles questions ? Pouvait-on leur dire que leurs pères vivaient en enfer ?

Sur le front de l'est, les russes avaient cédé à Tannenberg et aux lacs Mazures ; les Ottomans, en novembre, s'étaient engagés aux côtés de la Triplice. En revanche, l'Empire austro-hongrois avait plié devant les Serbes, qui avaient repris Belgrade... Les Anglais avaient chassé d'Égypte le représentant Ottoman, pour y imposer leur protecteur. Le Japon avait déclaré la guerre à l'Allemagne, dans le but de récupérer des concessions allemandes en Chine. En Afrique, les colonies allemandes étaient occupées par les britanniques.

Devant une telle internalisation du conflit, chacun, à son niveau, à sa manière, comprenait que la guerre serait longue. Plus personne n'espérait un retour rapide des soldats.

À la fin de l'année 1914, un quart des enfants de l'école avait perdu leur père, leur frère, un oncle. Ils s'imposaient entre eux de se conduire en hommes, de ne pas pleurer… Mais dès qu'ils le pouvaient, ils pleuraient des rivières… Le maître d'école leur dit : « Pourquoi ne vous autorisez-vous pas à pleurer les uns devant les autres ? Les larmes sont ce qu'il y a de plus humain en l'homme… » Il eut l'idée, quand un enfant s'effondrait, de déclamer l'Épopée, et de demander aux enfants de tous se tenir par la main. Il s'aperçut bien vite que cela leur faisait du bien, leur donnait de l'espoir… Eux-mêmes le réclamaient.

À partir d'avril 1915, des gaz asphyxiants furent pour la première fois utilisés dans les tranchées. L'instituteur choisit de n'en rien dire… Pourquoi affoler les enfants ? La guerre sous-marine, lancée par les allemands, battait son plein. Ce fut l'occasion d'expliquer ce qu'était un sous-marin… Les nouvelles n'étaient pas bonnes… Des offensives franco-britanniques échouèrent, en Artois, d'abord, puis en Champagne, tandis que l'Autriche Hongrie écrasait la Serbie. En mai, ce fut une des rares bonnes nouvelles, l'Italie, qui avait jusque-là conservé sa neutralité, déclara, en dépit de ses engagements précédents, la guerre à l'Autriche-Hongrie… Malgré cela, devant l'offensive austro-allemande, les Russes durent évacuer la Pologne, et se replier sur Riga. Sur le front des Balkans, les pays de l'Entente échouèrent dans leur tentative de débarquement aux Dardanelles ; ils s'emparèrent néanmoins de Salonique.

Pratiquement aucune famille n'était épargnée, par l'angoisse et le deuil. On vit des notables, des gens aisés ouvrir leurs portes, le dimanche, à des familles qui vivaient dans la gêne, quand ce n'était la franche misère. Par l'angoisse du lendemain, celle du télégramme qui arriverait et annoncerait le pire, certains se sentaient unis, bien au-delà de leur condition sociale. D'autres, au contraire, se murèrent dans un silence hostile, comme si leur détresse ne pouvait se partager avec quiconque.

Le soir, après l'école, le maître d'école recevait dans sa salle de classe, de jeunes veuves en larmes. Elles lui faisaient part de leurs tourments, bien au-delà des difficultés qu'elles pouvaient rencontrer avec leurs enfants. Secrètement, il s'étonnait de leur confiance. Il n'avait rien à leur apporter... Mais il les écoutait, avec patience et bienveillance, et peut-être était-ce la seule et grande raison de leur venue... Parfois, il leur récitait tout ou partie de l'Épopée, et elles l'en remerciaient.

Il se rendait parfois chez telle ou telle, pour effectuer de menues réparations ; mais surtout pour leur montrer qu'elles n'étaient pas seules : qu'aussi veuves qu'elles fussent, elles appartenaient encore à un tout, plus grand qu'elles-mêmes.

Un jour, un collègue lui dit :

« Tu ne devrais pas te rendre seul, chez des femmes seules... »

Il rit.

« Ami, j'ai plus de cinquante ans... Elles pourraient être mes filles : il me serait plus aisé de leur proposer l'adoption que le mariage... »

« C'est égal... La rumeur dit que tu ne te gênes pas... »

Il fut époustouflé, comme giflé. Désormais, il cessa ses visites, non pour lui-même, mais pour la réputation de ces femmes, que tout contribuait déjà à fragiliser. Il les poussa cependant à s'organiser entre elles ; mais il découvrit vite qu'elles ne l'avaient guère attendu pour cela, et il s'en réjouit.

En 1916, la guerre des tranchées s'enlisa, comme si elle devait être éternelle. L'Allemagne échoua à s'emparer de Verdun, défendu par Pétain ; mais de même, les Franco-Britanniques échouèrent à reprendre la Somme. Avec l'apparition d'armes de plus en plus destructrices, comme les mines, l'artillerie lourde et les lance-flammes, les pertes humaines – était-ce encore possible ? – s'intensifièrent. Dans tout cet arsenal, l'aviation se donnait désormais la part belle, et les enfants ne cessaient de poser des questions au sujet des nouveaux avions. En mai, les Austro-

Hongrois s'embourbèrent dans la bataille du Trentin, dans l'espoir de s'emparer de Venise, tandis que la flotte britannique gagnait la bataille navale du Jutland. En août, la Roumanie déclarait la guerre à l'Autriche, mais se vit à la fin de l'année occupée, tant par les Allemands que par les Bulgares. Au Moyen-Orient, Lawrence d'Arabie tentait d'unir les tribus arabes contre les Ottomans, en distribuant des promesses que l'Angleterre ne tiendrait jamais…

1917 débuta mal, avec la guerre sous-marine à outrance menée par l'Allemagne, l'effondrement du front russe dû à la révolution, et la chute du régime tsariste – ce qui signifiait, pour la Triplice, la possibilité de concentrer ses forces. En avril, ce fut l'échec d'une nouvelle offensive sur le Chemin des Dames, mais aussi l'intervention américaine dans le conflit auprès de la Triple Entente. Cette arrivée de troupes américaines s'avérait décisive, dans un contexte de désespoir, où désertions et mutineries se multipliaient sur le front, et où, malgré l'apparition des chars, le front n'évoluait guère. Dans le même temps, l'Italie enregistrait le désastre sans précédent de Caporetto, en octobre.

Ce fut à ce moment-là, justement, que le maître d'école fut convoqué par sa hiérarchie, un inspecteur qu'il avait récemment reçu en classe.

« Quel est donc cette espèce de poème que vous lisez, ou distribuez à tout va ? »

Sur l'instant, il ne comprit pas.

« Ce poème défaitiste et antimilitariste… Impossible que vous ne voyiez pas de quoi je parle, vous n'êtes jamais deux jours sans le déclamer, à tous et à n'importe qui… »

« Ah ! L'Épopée du monde… Il n'a rien de défaitiste ou d'antimilitariste… Il parle de fraternité humaine et d'espérance… »

« Vous trouvez que les jours sont à la fraternité humaine ? »

« Non, mais c'est bien déplorable… »

« Les jours sont à la haine du Boch, de l'Ottoman, des mangeurs de choucroute en tous genres… Vous démoralisez les enfants, en leur contant que leurs pères meurent pour rien… »

« Je ne leur raconte certainement pas cela… L'Épopée les assure que des jours meilleurs viendront, où l'homme sera le frère de tous les autres… »

« Ah ! Je vois… Vous êtes communiste… ? »

« Certes non ! Humaniste plutôt… »

« Êtes-vous l'auteur de ce charabia ? »

« Non plus ! »

Il était sincère. Il avait peut-être transcrit les mots sur le papier, mais ceux-ci lui avaient été dictés par des milliers de voix issues des générations précédentes, et peut-être aussi des générations futures, qui voulaient arriver en un monde meilleur…

« Quoi qu'il en soit, gardez vos opinions délétères pour vous désormais… En matière de chants réconfortants, contentez-vous de la *Marseillaise, du Chant du Départ, À Ceux qui Combattent, À Jeanne d'Arc*… etc… Notre pays ne manque pas de rengaines adaptées à l'époque… Et sachez qu'une procédure disciplinaire est engagée à votre encontre… Si vous persistez, la révocation vous attend… »

Il sortit de là abasourdi. La guerre devait-elle être présentée aux enfants comme un fait éternel, impossible à éviter ? L'ennemi était-il ennemi pour toujours, et quelles que soient les évolutions du monde à venir ? Il retourna en classe, et y trouva comme d'habitude plusieurs bambins en larmes. Il leur donna la seule consolation qu'il savait leur donner… Peu lui importait son propre avenir. D'ailleurs, il était fatigué à outrance.

Ce fut véritablement à partir de mars 1918 que la guerre parut tourner en faveur de l'Entente. Il y eut d'abord l'arrêt de l'offensive allemande de Ludendorff, à Amiens. Au printemps, les forces de l'Entente conçurent une nouvelle coordination, par la nomination de Foch en tant que commandant en chef de toutes les armées alliées. En été put ainsi être lancée la seconde bataille de la Marne, qui permit de libérer Reims, et de faire reculer les Allemands.

Dès lors, la victoire semblait inéluctable, et tout alla très vite – sauf pour les soldats, qui continuèrent de souffrir. En septembre, la Bulgarie capitulait, suivie de près par la Turquie. En novembre, après la victoire italienne de Vittorio-Venetto, l'armistice était conclu, entre l'Autriche-Hongrie et l'Italie.

Le 9 novembre, dans un contexte de débâcle militaire et civile, l'empereur Guillaume II abdiquait, et deux jours plus tard, à Rethondes, un armistice mettait officiellement fin à la première guerre mondiale.

Dans le monde, un peu moins de dix-neuf millions de personnes avaient trouvé la mort, dont neuf millions de civils.

Les empires prussien, russe, austro-hongrois, ottoman avaient disparu, ou étaient réduits à leur plus stricte expression territoriale. À leur place, naissaient des républiques…

L'Europe, pratiquement dans son entièreté, avait connu des destructions, et devait se reconstruire.

En France, en Angleterre, aux États-Unis, en Italie, dans tous les pays qui avaient soutenu l'Entente, dans les capitales, dans toutes les villes et jusqu'aux plus minuscules villages, la liesse fut générale.

C'était une liesse sur des cadavres, chauds et fumants.

Mais comment ne pas se réjouir, de la fin du carnage ?

On dansa et on chanta, dans toutes les villes et dans tous les villages, sur les routes et sur les chemins, jusque dans les granges et les caves…

Enfin, le cauchemar était fini !

Ce fut à peu près à cette époque que le maître d'école reçut sa révocation, pour acte d'insubordination.

Il en conçut un choc, une blessure de l'âme, mais finalement : que valait son insignifiant petit destin, face à la fin d'une tragédie ? Il avait des économies, et savait se contenter de peu…

Après avoir chanté et dansé comme tout un chacun, il trouva très rapidement un emploi d'éducateur, dans un orphelinat de garçons. Les orphelins n'étaient-ils pas légions ? Il les aidait à faire leurs devoirs, après l'école, partait en promenade avec eux, leur racontait des histoires, inventait pour eux des jeux. Il les faisait dessiner et chanter. Il était attentif à ce qu'ils évoquent leurs parents, car il pensait que de tels souvenirs étaient leur pécule le plus précieux en ce monde. Il veillait à leur renvoyer une image d'eux-mêmes, afin qu'ils ne deviennent pas pour eux-mêmes des êtres anonymes, et organisait une fête pour l'anniversaire de chacun d'entre eux. Beaucoup, parmi eux, pensaient que leur condition les privait d'avenir, et que le monde heureux n'était pas pour eux.

Il leur disait :

« Pensez que vous êtes en République : un régime où les hommes sont égaux en droits et en devoirs ! La République ne vous élève-t-elle pas ? »

Lorsqu'il les quittait pour la nuit, il prit l'habitude de leur dire : « Dormez, petits anges, vous êtes l'avenir du monde ! » et, souvent, récitait pour eux l'Épopée. Elle leur apportait consolation et espoir…

Cette vie lui convenait plutôt bien, et dura sept grandes années. Mais un jour, la directrice de l'internat le convoqua :

« Vous laissez faire n'importe quoi à nos jeunes gens… »

« Et que font-ils de si terrible ? »

« Vous ne les disciplinez pas assez… »

« Lorsqu'ils sortent de classe, comme n'importe quels enfants, ils ont besoin de se détendre… »

« Non, ils ont besoin de discipline… Et puis… J'ai appris que vous aviez été révoqué… Vous m'avez donc menti… »

« Pas tout à fait… J'ai dit que j'avais enseigné toute ma vie, et cela est vrai. Je n'ai pas dit *toute* la vérité… »

« Auriez-vous grandi chez les Jésuites ? »

« Non, madame, non… »

« Quoi qu'il en soit, je ne peux pas vous garder… »

Il soupçonna aussitôt que ce renvoi ne venait ni d'un manque de discipline imposée aux enfants, ni d'une vérité dite à moitié, tue à moitié. Il fut à peu près certain qu'il était dû à l'Épopée. Ce poème parlait d'une aspiration à la fraternité qui tôt ou tard allait éclore, mais qui était en avance sur son temps… Fallait-il pour autant le taire ? Certes non ! Le taire, ce serait retarder cette fraternité tant attendue…

Il eut à peine le temps de dire au revoir aux enfants. Il serra chacun d'eux dans ses bras, et à chacun, révéla ce qu'il sentait de bon en lui. Il voulait qu'ils se vissent beaux, et de fait, dans son cœur, ils l'étaient.

On était alors en 1926. Quelques semaines plus tard, il reçut une lettre de son oncle, lequel était désormais fort âgé, lui disant qu'il n'était plus en état de vivre seul et avait besoin de l'aide et des soins de son cher neveu.

C'était l'oncle, terrible et irascible, chez qui il avait travaillé durant les étés de son enfance. Il en avait gardé un souvenir pénible, mais pourtant n'hésita pas : si le vieil homme faisait appel à lui, c'est qu'il ne pouvait se targuer d'une autre aide.

Le maître d'école, qui n'avait pas voyagé depuis quatre décennies et plus, prit le train et se mit sans tarder au service de son parent. Il l'aidait à se laver, à s'habiller, préparait les repas pour lui et faisait son ménage. Leur cohabitation s'avéra difficile. L'oncle se révéla constant et égal à lui-même : il répandait en permanence sur le neveu un torrent de reproches et d'injures. La maison, ce qui ne facilitait rien, ne comportait aucun confort. Mais qu'importaient ces insignifiants détails ? Le maître d'école trouva son bonheur dans les soins, l'attention, qu'il donnait au vieillard.

N'avait-il pas aimé une femme extraordinaire ? N'avait-il pas, le jour où il avait transcrit les paroles de l'Épopée du monde, réalisé ainsi ce pour quoi il était venu sur terre ? Comment après cela, être encore malheureux ? Et puis, la guerre était finie… N'était-ce pas là le principal ?

Pour tenter d'établir un autre lien avec son oncle, il lui parla un jour de son aimée. Il ne lui cacha rien de la tendresse qu'il éprouvait pour elle, et de tout ce qu'ensemble ils avaient vécu d'heureux. L'oncle écouta, parut comprendre, et même être touché. Mais tout à coup, il éclata d'un rire strident, horrible :

« Dis-moi : quand elle écartait les cuisses, c'était comment ? »

Le neveu en éprouva une colère folle, et ne put se retenir : d'une main, il tint fermement le vieillard, et de l'autre le gifla violemment.

Durant quelques secondes, un torrent de haine s'écoula entre eux, dans leurs yeux fulminants. Puis, tout retomba, tout s'apaisa d'un coup, revint à son jusant.

« Pardonne-moi, dit l'oncle, je ne suis qu'un vieux con… »

« Eh ! Certes ! Comment te donner tort ? »

L'oncle changea. Les continuelles invectives disparurent, et la tension perpétuelle entre eux se détendit. Peu de temps après cet incident, l'oncle évoqua son frère… et avoua qu'il s'en était toujours senti jaloux.

« Jaloux ! s'exclama le neveu. Comment est-ce possible ? Tu as hérité de toute la ferme, tandis que mon père n'a reçu que de quoi s'acheter un atelier de quatre mètres sur trois… »

« Oui, mais ton père était heureux en ménage… Moi, je n'avais que Germaine, qui était une rosse… ! »

Le neveu se souvenait de sa tante comme d'une femme accorte et bienveillante, mais qui cessait littéralement d'exister en présence de son mari.

« Tu ne t'es jamais dit, mon oncle, que c'est le regard que nous portons sur les autres qui les rend aimables, ou qui, au contraire, les dégrade ? N'est-ce pas notre regard, qui hisse ou qui abaisse ? » demanda-t-il doucement.

Pour l'oncle, ce fut une révélation, douloureuse, mais qui modifia sa perception des autres.

Le maître d'école se lia peu à peu avec un couple de voisins, auquel il rendait visite, lorsque dormait son oncle. Lui avait perdu une jambe, en septembre 1914. Il n'aimait pas qu'on le plaignît à ce sujet, et disait :

« Rendez-vous compte de la chance que j'ai eue ! Ces blessures m'ont valu de ne combattre que deux mois, quand d'autres ont connu quatre ans d'enfer ; et surtout, elles m'ont permis de garder la vie sauve… Et puis, je ne suis pas un travailleur de force… »

Effectivement, il était correcteur, dans un célèbre journal.

Le couple élevait deux adolescents turbulents.

Un jour, la femme dit au maître d'école :

« Nous n'osons rien refuser à nos fils… Ils deviennent capricieux… Mais il nous semble que l'avenir est tout plein de menaces… Quel destin les attend ? »

« Pour l'heure, renchérit le mari, tout va plutôt bien, les économies se redressent peu à peu, mais le choc infligé à l'Allemagne par les réparations de guerre, est si fort, qu'il paraît impossible qu'il soit sans conséquences… L'Allemagne est encore plus que fragile, et terriblement humiliée par le traité de Versailles… ! N'a-t-on jamais vu quelque chose de bon, sortir d'une humiliation ? Nous occupons la Rhénanie et les mines de la Sarre, alors même que nous exigeons des réparations énormes… L'Allemagne a aussi perdu le Schleswig du nord, la Poznanie, les cantons d'Eupen et de Malmédy, sans parler de ses colonies africaines… Mais s'il n'y avait que cela… Les traités de paix ont laissé derrière eux toute une série de bombes à retardement… Je pense au corridor de Dantzig, cédé à la Pologne pour que celle-ci ait un accès à la mer… Les Allemands peuvent-ils s'en satisfaire ? L'Autriche a perdu le Trentin, Trieste et L'Istrie, au profit de l'Italie… La Hongrie, déjà réduite à peau de chagrin, a dû céder la Transylvanie à la Roumanie… Par le traité de Brest-Litovsk, la Russie a renoncé aux pays baltes, à la Biélorussie et à l'Ukraine… La Yougoslavie est une création ex-nihilo, dominée par les Serbes… Saura-t-elle gérer avec intelligence toutes ses minorités ? »

« La guerre est issue des passions nationalistes, et se termine par leur renforcement… dit la femme, dans un sombre pessimisme. C'est un cercle vicieux, sans fin, et qui entraîne avec lui le colonialisme… Les accords Sykes-Picot de 1916 ont littéralement partagé le Moyen-Orient, au profit de l'Angleterre et de la France : celle-ci s'est arrogé la Syrie, la Cilicie et le Liban, tandis que l'Angleterre s'est réservé l'Irak, la Transjordanie et la Palestine, empêchant ainsi toute unité arabe… »

« Il ne faut peut-être pas exagérer cet aspect des choses, répondit le maître d'école… L'unité arabe n'a jamais existé : Damas et Bagdad ont des administrations différentes depuis bien longtemps, et les dynasties hachémites et saoudiennes sont en rivalité, tant sur le plan politique que religieux… Le chérif Hussein, chef de la dynastie hachémite, était parfaitement au courant de ces accords, et n'a nullement cherché à les empêcher… Par ailleurs, là où elles ont pu résister, les puissances autochtones l'ont fait : la France a dû évacuer la Cilicie, face à la résistance de la jeune république turque, et Hussein a obtenu que son fils, Fayçal, monte sur le trône irakien… Les arabes auraient tort de se poser uniquement en victimes… »

« Quoi qu'il en soit, ils sont mécontents, et n'en resteront sans doute pas là… » dit le mari.

Les yeux de son épouse s'assombrirent encore : son âme de mère se tourmentait, pour ses enfants, et ceux de tous les autres…

« La Société des Nations[12], dit-elle, est une source d'espoir pour la paix… Mais on ne peut ignorer que les États-Unis n'y adhèrent

---

12 – La Société des Nations a été créée lors de la Conférence de Paris, qui a précédé le traité de Versailles. Cette Société, issue des 14 points du Président Wilson, avait pour vocation d'assurer une sécurité collective des nations par la diplomatie, l'élévation du niveau de vie d'une manière générale, le désarmement. Si la SDN est parvenue

pas, qu'en cas de conflit grave, aucun mécanisme de médiation n'a été mis en place, que personne n'est d'accord sur le type de sanctions à appliquer en cas de nécessité, et surtout, qu'elle ne dispose elle-même d'aucune puissance militaire… De surcroît, elle est considérée comme l'arme des puissants, et non comme un véritable instrument de paix au service de tous… Les 14 points du Président américain Wilson sont une vaste plaisanterie[13]… »

Le maître d'école écoutait en silence, et répliqua :

« Non, je ne crois pas… Les 14 points du président Wilson sont en avance sur leur temps ; ils sont une graine, semée dans le terreau de l'Histoire, et que celle-ci fera grandir un jour… Quant à la SDN, l'idée même d'une concertation internationale permanente est cruciale… Sa diplomatie est performante : elle a évité un conflit entre la Suède et la Norvège, au sujet des îles Aland, elle a protégé l'Albanie, face aux revendications Yougoslaves, elle a créé un système de prêts et déployé une aide internationale, pour sortir l'Autriche et la Hongrie de la banqueroute, elle a réussi à obtenir le partage de la Haute Silésie entre l'Allemagne et la Pologne, et, tout récemment, a évité un conflit entre la Grèce et la Bulgarie… Par ailleurs, on ne peut pas ignorer les efforts de

---

à promouvoir l'idée de communauté internationale, elle s'est heurtée au fait de ne disposer d'aucune troupe pour imposer ses résolutions. De façon paradoxale, alors que l'idée venait de leur Président, les Etats-Unis ont refusé d'adhérer à la SDN.

13 – Le 8 janvier 1918, le Président Wilson énonçait devant le Congrès américain les 14 points, qui devaient, selon lui, assurer les bases d'une paix solide en Europe et dans le monde. Parmi ces 14 points figuraient en bonne part le droit des peuples à l'auto-détermination, la promotion dans tous les pays de la démocratie et du libre-échange, le renoncement à l'armement massif des nations, l'avènement d'une diplomatie franche et prenant en compte l'intérêt de tous, le droit de circulation maritime établi pour tous ainsi qu'un droit de libre accès à la mer. Quelques points ont été repris lors des négociations du traité de Versailles, mais leur idéalisme s'est heurté à la volonté des vainqueurs d'écraser l'Allemagne au travers des réparations de guerre qui lui furent imposées. Par ailleurs, le droit à l'auto-détermination des peuples ne concernait pas les pays colonisés ! Malgré cela, les 14 points figurent dans l'Histoire comme une volonté naissante et désormais affichée de ne plus régler les conflits uniquement par le biais de la guerre.

réconciliation franco-allemande, en ce moment même, déployés par le chancelier Stresemann et le Président du conseil, Aristide Briand : la France a évacué la Ruhr l'été dernier, et cela a beaucoup facilité les discussions de paix ; par les accords de Locarno, d'octobre 1925, la république de Weimar, la Belgique et la France se sont définitivement mises d'accord sur leurs frontières communes... Tout cela n'est pas rien... »

« Ne voyez-vous pas, s'inquiéta le mari, toute cette haine que provoque l'avènement du communisme en Russie... ? Je ne sais ce qu'il faut en penser, mais on dit que les opposants politiques en URSS sont réduits au silence de façon bien catégorique, et que la chasse aux anciens propriétaires est sans merci, tandis que l'économie entière est nationalisée... Peut-être cela conduira-t-il à une société plus juste... Pauvre pays, de toute façon, qui a connu une révolution radicale, une guerre civile atroce, suivie d'une autre guerre, pour fixer ses frontières avec la Pologne ! De tant de violences ne peuvent guère sortir la tolérance et la mesure ! Et de toute évidence, le régime fasciste, dont Mussolini est le leader depuis deux ans, qui se pose comme l'exact contraire du communisme, n'est pas plus ouvert et démocratique... Les opposants sont enfermés à tout va... À la fin de l'an passé, une loi a été votée, selon laquelle un journal n'a d'existence légale que si son responsable est accrédité par le gouvernement... Une autre loi interdit les syndicats non fascistes, dans le même temps que le droit de grève a disparu...[14] Ces gens ont beau dire qu'ils se haïssent, ils ont de fiers points communs... Au final, toute cette violence, dans le discours politique des uns et des autres, toute cette opposition catégorique, définitive, sans milieu, tout cela n'augure rien de bon, et nous avons peur de l'avenir qui adviendra... »

L'ancien instituteur les comprenait, car lui-même partageait ces inquiétudes. Il pensait que le paroxysme nationaliste atteint

14 – Lois fascistissimes, du 31 décembre 1925, et du 3 avril 1926.

lors de la Grande Guerre connaîtrait encore de sombres avatars, et de lourds soubresauts ; mais aussi que l'horreur inspirée par cette guerre était en train de donner naissance à un autre monde, fondé sur d'autres bases politiques… Ce monde nouveau n'en était encore qu'à ses limbes, se cherchait et cherchait à convaincre… Le vieil homme craignait, comme ses partenaires de discussion, et en dépit des changements qu'il sentait à l'œuvre, que d'autres générations fussent de nouveau sacrifiées…

Quelques jours plus tard, le mari demanda au maître d'école :

« Jadis, Emilie et moi passions notre temps libre à guincher… Cela n'est plus possible pour moi… Accepteriez-vous de faire danser Emilie ? »

Le regard de l'homme était brillant de joie. Le maître d'école répondit en riant :

« Sera-t-elle heureuse, de danser aux bras d'un vieil homme ? J'ai soixante-huit ans… Et puis, je crains d'être un bien piètre danseur… »

« Emilie vous apprécie beaucoup, et moi de même… Je vous en prie : donnez-lui ce plaisir… »

Il accepta. Quelques jours plus tard, il se retrouva avec le couple dans une petite guinguette. Emilie était rouge de bonheur, elle n'avait pas dansé depuis des années… Il dansa avec elle, autant que ses forces le lui permirent. Tout à coup, il eut le cœur transpercé. Pourquoi n'avait-il jamais accordé ce bonheur simple à son aimée ? Tous deux passaient leur temps libre à lire, et à discuter… N'aurait-elle pas aimé, comme tant d'autres, tournoyer au bras de son époux ? Il se retint de ne pas pleurer.

Par un beau jour de printemps, le maître d'école fit un petit saut dans la ville voisine. Tout était calme et lumineux. Au détour d'une rue, il découvrit un homme, assis à même le sol, et adossé contre un petit muret. Il était tout jeune encore, et dormait profondément, une bouteille de vin à ses côtés. Un carton travaillait pour lui. Il y avait écrit : « Aidez-moi ! ».

Depuis longtemps, le maître d'école n'avait plus dans ses poches la moindre pièce d'argent au-delà des quinze premiers jours du mois. Mais, il se sentit riche pourtant, et voulut donner quelque chose à ce malheureux garçon. Que pouvait-il donc lui offrir, qui fût un vrai secours, et non une illusion ? Il réfléchit ; puis, il eut la révélation : dans la poche de chemise du mendiant qui dormait, il glissa l'Épopée du monde, jaunie par les années.

Et puis il s'éloigna, sûr d'avoir accompli l'un des actes importants de sa vie. Son âme jubilait. N'eût-il vécu que pour cela, pour transmettre ces vers, son existence, alors, aurait été sublime...

Quelques rues plus loin, il fut saisi d'un malaise : une douleur foudroyante traversait son bras gauche, et le paralysait. Il s'effondra, suffoquant de douleur, incapable de tenir encore sur ses jambes.

Tel Jivago, il mourut dans la rue, d'une crise cardiaque, le 15 septembre 1926.

Son nom était Sulpice Septime.

2
1926

Le jeune vagabond dormit longtemps, car il avait besoin de dessaouler. L'usure avait rendu ses vêtements informes. Son visage, son cou, ses mains, étaient noircis par une crasse épaisse. Et dans tout ce désastre, ce désordre de sa vie qu'on imaginait aisément, ses traits exprimaient malgré tout quelque chose de noble et de solennel, d'impérieux même, qui le rendait plus attrayant que repoussant. Une lourde chevelure brune dévorait son front.

Au beau milieu de la nuit, il eut froid, et serra contre lui sa chemise, dont il boutonna le col. Il enfila la veste qui lui avait jusque-là tenu lieu de coussin, et se rendormit aussitôt, la main appuyée sur son cœur, là où dormait l'Épopée avec lui, sans qu'il en eût conscience. Dix heures passèrent encore.

En pleine matinée, le sans-abri s'éveilla enfin, s'étira d'abord paresseusement, puis se leva d'un bond. Cette vivacité, cette légèreté l'étonnèrent : ordinairement, il sortait de son sommeil les membres brisés par la dureté du sol, dans un état de pénible lourdeur. Il se sentit de bonne et excellente humeur, et le fut plus encore lorsqu'il découvrit, tout à côté de lui, que beaucoup de personnes s'étaient allégées là de quelques pièces. Voici qui augurait fort bien de la journée à venir !

Il s'attabla à une auberge, et commanda une omelette, du pain, du fromage, du café. En dépit de l'âcre odeur qu'il exhalait, et dont il avait une pénible conscience, le serveur fit montre d'une courtoisie qui le surprit lui-même. D'où venait cette déférence nouvelle, à laquelle il n'était point habitué ?

Mais au fond, cela importait-il vraiment ? La vie réserve parfois de bonnes surprises, voilà tout ce qui est à savoir, se dit-il à lui-même…

Il déjeuna avec un appétit féroce, tout en écoutant la conversation de la tablée voisine. Cette conversation le surprit fort : il y apprit qu'un lion s'était échappé d'un zoo, non loin de là, et courait toujours, malgré toutes les recherches de la maréchaussée, pour le retrouver et le remettre en cage.

Un lion, qu'était-ce que cela ? Il en avait vu une image, durant les temps lointains où il allait à l'école. Mais sa mémoire le trahissait… C'était une grosse et redoutable bête, qui pouvait dévorer un homme, comme elle dévorait tout ce qui était plus petit qu'elle dans la savane… C'est tout ce qu'il savait.

Il se prit alors à rire, dans un esprit de totale insouciance. D'avoir repris sa liberté, ce lion n'avait-il pas raison ? Bien sûr que oui… Ainsi pensa notre brave égaré, qui ne songea pas un instant qu'un tel animal en liberté est avant tout dangereux…

Repu, heureux et insouciant comme il ne l'avait pas été depuis des mois, notre jeune homme entreprit de flâner dans le bourg, et regarda toute chose avec des yeux neufs. Il vit que la beauté était partout, ou presque, et que le monde regorgeait d'énergie. Il se sentit fort, et puissant dans son corps, lui qui d'ordinaire portait sur son humble carcasse toutes les douleurs et blessures de son âme. Comme il n'était point sot, il s'interrogea. D'où lui venait ce renouveau ? Quel événement entre aujourd'hui et hier, où il avait souffert, en son cœur et dans toute sa chair, au point de se noyer dans une abominable bouteille ? Rien ! Aucun événement ne séparait ces deux jours, et pourtant ces deux jours différaient entre eux, comme le soleil diffère de la lune…

Le jour était radieux, la lumière chaude et invitante. Le vagabond, tout euphorique, ayant achevé le tour de la petite ville, monta dans la forêt, comme répondant à un appel. Tout y était sublime, et d'un calme parfait. Ah ! pensa notre homme. Pourquoi donc lui avait-il fallu tant de temps, et toute cette errance, pour découvrir enfin la force de la vie ? La sienne, c'était une espérance, s'engageait sur des voies nouvelles, et inconnues de lui… Tout, désormais, redevenait possible, ou tout au moins beaucoup de choses…

Il dirigea ses pas vers la maison du garde-chasse, et frappa à la porte. Le vieil homme, qui avait perdu son fils unique sur le Chemin des Dames et se consumait de colère contre la guerre, le connaissait bien. Un soir d'hiver glacial et enneigé, il avait trouvé le garçon ivre-mort, gisant dans ses vomissures au pied d'un arbre sombre. Il l'avait chargé sur ses épaules, et l'avait porté durant quatre ou cinq kilomètres, avec une prestance de roi, jusqu'à sa maisonnette. Il croyait porter son fils, son enfant disparu dans la boue et l'horreur des combats, et l'avait déposé, comme on dépose un trésor, infiniment précieux, dans son propre lit.

Au matin, bien sûr, notre jeune vagabond, après d'abondants remerciements, avait repris son errance, qui était toute sa vie. Mais ces deux esseulés, le jeune et le moins jeune, avaient décidé de devenir amis, quoi qu'il advienne et survienne.

Ce fut donc en souriant que le garde-chasse ouvrit sa porte au garçon.

« Que t'arrive-t-il, petit ? »

« Je voudrais me faire beau… »

« Te faire beau ? »

« Je veux dire : me faire propre… ! »

« Tu nous annonces la pluie ? ! »

« S'il te plaît… »

« Je vais te faire chauffer de l'eau, et remplir le baquet… »

Et ainsi, il fut fait.

Ce jour-là, jour de gloire, le jeune homme prit un bain, lava soigneusement son corps, coupa ses cheveux, écourta sa barbe.

« Puisque tu en es là, je vais te prêter des vêtements, que je ne porte plus, mais qui sont propres et neufs… » lui dit le garde-chasse, reparti dans la pièce voisine.

« Tu ferais cela ? »

« Plus encore : je vais laver les vêtements que tu portes aujourd'hui ; tu passeras plus tard les reprendre… »

Joignant le geste à la parole, le garde-chasse s'empara lui-même des vêtements de son jeune invité, qui barbotait de l'autre côté d'une mince cloison. Dans la chemise, il trouva trois feuillets jaunis par les années… Il marqua un temps d'hésitation, et ne put retenir sa curiosité.

Il lut lentement. Son visage, d'abord attentif et concentré, exprima bientôt une profonde sidération. Ses jambes se mirent à trembler, et il décida de promptement s'asseoir.

Quels étaient donc ces vers, qui contenaient le monde et la sagesse des cieux ? Pourquoi lui parlaient-ils, à lui, et exprimaient-ils exactement l'amour qu'il éprouvait pour son fils disparu ? Tout, brusquement, parut tanguer autour de lui. N'étaient-ce pas les mots que toute créature a besoin d'entendre, pour vivre bien et pleinement ? Ou bien encore les mots qui permettent de réparer, réparer ce que l'on a en soi de blessé, mais aussi de réparer les autres, ceux que l'on connaît, et ceux que l'on ne connaît pas, que l'on croise et qui saignent… ?

Ces vers annonçaient-ils autre chose, que la paix qui un jour adviendrait, entre les hommes de toutes confessions, de toutes couleurs et de toutes conditions ? N'étaient-ils pas porteurs de paix universelle ?

Les mains du vieil homme tremblaient. Il se calma lentement, et ne revint pleinement à lui que lorsqu'il entendit la voix du jeune homme.

« Puis-je emprunter ton eau de toilette ? »

« Je t'en prie… Mais dis-moi : en l'honneur de qui te pomponnes-tu donc ? »

« Je ne sais pas encore… » répondit le garçon.

Oh ! D'où venaient ces vers ? Qui les avait écrits ? Si c'était le garçon, alors, son talent était fou et n'était pas de ce monde !

Le visage irradié d'une force nouvelle, et sentant fondre en lui la colère rageuse et froide qui lui tenait lieu de compagne depuis que son fils était mort, le garde-chasse glissa le poème dans la chemise propre qu'il préparait pour le jeune homme, et lui porta les vêtements.

Maintenant tout propre et nouvellement vêtu, le garçon était bien sûr un tout autre homme. Avec son long visage, ses yeux étincelants et sombres, sa bouche charnue qui souriait de bien-être, il avait l'air d'un prince à l'insolente beauté.

La beauté est un cadeau, devant lequel chacun s'incline.

Le vieil homme, en son for intérieur, s'inclina.

« Comment te remercier ? » demanda le garçon.

Le garde-chasse se sentit à nouveau tout ému, et troublé ; il osa ce qu'il n'avait jamais osé.

« Je vais te dire… Il y a quelque chose que je voudrais savoir… Tu me rends de temps en temps visite depuis un an et plus… Mais d'où viens-tu ? »

Le jeune homme fut frappé de stupeur. On lui demandait parfois ce qu'il envisageait de faire, dans les jours à venir, et où il comptait diriger ses pas… Mais d'où il venait n'avait encore jamais attisé la curiosité de quiconque : il venait de la misère, et rien d'autre n'était à savoir… Il regarda le garde-chasse avec intensité ; et ne lut que de la bonté dans son regard.

Cette bonté, l'état nouveau de propreté dans lequel il se trouvait, l'énergie qu'il sentait en lui depuis le début de la journée, et qui tranchait tellement avec son ordinaire état de faiblesse et de désespoir, tout cela remuait profondément le jeune homme.

D'ordinaire, il aurait éconduit n'importe qui lui posant semblable question ; il se sentit là comme une envie de répondre.

« Veux-tu vraiment savoir ? » demanda-t-il avant de commencer.

« Je le souhaite vraiment ! »

Et il y avait tant de sincérité, dans cette sobre réponse, que le garçon n'eut plus cette fois-ci aucune envie de se dérober.

« Eh bien… J'ai vécu avec ma mère, les quatre ou cinq premières années de mon existence, dans un village dont je n'ai plus le nom… Ce ne furent pas de belles années… Ma mère buvait beaucoup, ne me prêtait guère d'attention. Je ne lui en veux pas, vois-tu, car je crois que sa vie était simplement infernale… »

« Pourquoi donc ? »

« C'était un fille-mère ! Tu imagines, la tragédie dans un petit village… C'était, pour tout un chacun une intouchable, une fille déchue. Elle faisait des ménages, chez les uns et les autres, et je l'accompagnais… Personne ne lui parlait. Elle faisait ce qu'elle avait à faire, et c'est tout. Je comprends aujourd'hui qu'elle me prenait avec elle, car personne ne l'aidait à me garder ; cela l'obligeait à partout se promener avec l'objet de son délit… si j'ose m'exprimer ainsi ! J'étais, sans le savoir, sa pancarte de malédiction ! Aurais-tu un petit verre ? »

Le garde-chasse sortit une bouteille de vin. À sa grande stupéfaction, il entendit le garçon réclamer de l'eau.

« Oui, j'entame aujourd'hui une vie nouvelle… au moins jusqu'à demain… ! Revenons à nos affaires. Un jour, tout au début de l'aube, ma mère me réveille sans tarder, et me dit que nous allons faire le marché avec notre voisin, le seul qui consente à considérer ma mère comme un être humain, et non comme un succube. Je ne m'étonne pas, car cela nous arrive parfois. Comme à l'accoutumé, le paysan nous conduit dans sa charrette. Mais le trajet dure si longtemps que je ne tarde pas à comprendre que nous allons ailleurs qu'au marché… Mais où ? Ma mère ne me répond pas. De temps à autre, elle me prend dans ses bras, et m'embrasse avec beaucoup d'effusion, cela n'est pas dans ses habitudes, en pleurant. Tout cela m'alarme beaucoup, et je pleure également. La charrette avance toute la journée. Finalement, nous arrivons dans une ville que je ne connais pas, mais que ma mère, elle, connaît très bien. Elle indique à notre voisin les routes qu'il faut prendre, puis lui dit que nous sommes arrivés. Nous sommes devant une maison assez grande, entourée d'un beau jardin. Ma mère me dit que là habitent mes grands-parents maternels, et qu'ils vont m'accueillir. Elle me pousse hors de la charrette, tandis qu'elle y demeure, et je comprends clairement qu'elle ne compte pas m'accompagner… Je me mets à hurler, et m'accroche à ma mère avec l'énergie du désespoir. Le voisin a les larmes aux yeux lui aussi, mais il m'arrache à ma mère, me dépose près du portail, et me dit, comme s'il en savait quelque chose, que mes grands-parents sont des gens très gentils. Cette scène était de pur cauchemar… Et tu vois, j'en ai encore la chair de poule… Et là-dessus, il remonte dans la charrette, qui repart au galop… Fin du premier épisode. »

Le garde-chasse se servit un verre de vin. Il ne s'attendait certes pas à un récit très drôle, mais là, *Sans Famille* [15]semblait comparativement un conte de fées.

« Tu veux que je continue ? »

« Je t'en prie… »

« J'explique comme je peux à mes grands-parents, que je n'ai jamais vus, que je suis le petit garçon de ma maman, et leur donne pour viatique que je connais son prénom : Florine. Mes grands-parents se disputent sur ce qu'il convient de faire. Mon grand-père hurle qu'il faut me ramener là d'où je viens, car c'est à ma mère de m'élever ; ma grand-mère rétorque que si ma mère a agi ainsi, c'est qu'elle ne pouvait pas autrement, et que ma place est désormais ici… Cela dure toute la journée, et j'entends tout, mais le

15 – *Sans famille*, le roman d'Hector Malot, a été publié en 1878 par l'éditeur Eugène Dentu. Il connut un succès populaire immense.

fait est qu'au soir, je passe ma première nuit dans la maison… Je suis plus mort que vif, tu peux l'imaginer. Le deuxième et le troisième jour, la première semaine et le premier mois passent, sans changement de position notoire. Mes grands-parents sont toujours en désaccord, et se disputent à mon sujet. Simplement, avec le temps, leur entrain diminue, leur énergie pour se dire l'un à l'autre qu'ils ont tort s'amenuise. Bref, on me garde. Mes grands-parents ne sont pas de méchantes gens, loin s'en faut. Ma grand-mère se met en tête de m'apprendre l'art du potager, et elle y réussit plutôt bien. Le soir, elle me raconte des histoires, et je raffole de ces instants. Grand-père, pourtant hostile à ma présence, n'est pas le dernier à me faire des petits cadeaux quand il le peut. C'est lui qui m'offre mon premier couteau suisse. Quand je vais à l'école, un an plus tard, l'un et l'autre se relaient, pour m'aider dans mes apprentissages… »

« Tu t'es donc habitué à la vie avec eux ? »

« Eh bien non ! Car je n'ai qu'une idée en tête, qui est de retrouver ma mère ! Je fugue dans ce but, un nombre incalculable de fois, toujours bien persuadé que j'arriverai à retrouver la route… Mais c'est à peine si je me souvenais des quatre ou cinq derniers chemins du jour de mon arrivée… ! À chaque fois, on me cherche, on me retrouve, on me sermonne tout en me consolant. En grandissant un peu, je supplie mes grands-parents de me raccompagner eux-mêmes. Je ne suis plus inquiet pour moi-même, mais pour ma mère, dont je perçois très bien qu'elle est en danger, car en grande souffrance. La vérité est qu'ils ne savent pas où la trouver, et je leur en veux terriblement pour cela… Mais j'en veux encore plus à moi-même : le nom du village que je donne n'existe tout simplement pas sur la carte de France, j'ai dû confondre le nom d'un lieu-dit avec celui de la commune, et de plus, il est probable que je le prononce mal, alors que je ne sais pas l'écrire. Ainsi, mes grands-parents et moi sommes dans une impasse, car même s'ils voulaient rendre visite à leur fille, et parler avec elle, ils ne le pourraient pas… Dans ma colère qui ne se calme pas souvent, je leur crache sans cesse au visage que je ne veux pas rester avec eux, et qu'ils ont été de mauvais parents pour ma mère. Autant l'avouer : pour eux, je ne fus rien d'autre qu'un vrai chemin de croix, et s'ils avaient des torts à se reprocher vis-à-vis de ma mère, qu'ils avaient chassée de la maison en raison de sa grossesse, je peux te dire qu'ils ont eu le temps d'expier en ma compagnie… »

Le garde-chasse se gratta la tête.

« Pauvre garçon ! Quelle triste enfance que la tienne ! »

« Pas tant que cela, car écoute la suite. Fin du deuxième chapitre et début du troisième. J'ai dix ans, lorsqu'il est décidé que je ne peux plus vivre chez mes grands-parents, trop âgés pour supporter ma hargne et ma colère. Une autre de leurs filles, qui s'appelle Adèle et qui est ma tante, vient me chercher, et nous prenons le train ensemble. C'est la première fois que je voyage en train, cela m'émerveille et dure plus de quinze heures. Adèle est belle comme le jour, et je suis fière comme un paon de l'avoir à mes côtés. Une fois chez elle, je découvre son mari, Gaston, qui est charpentier, et dont je constaterai bientôt qu'il a un cœur en or. Mais surtout, tante Adèle se met très vite à me raconter l'histoire de ma mère. Elle me dit qu'elle avait seize ans quand elle a succombé aux charmes de l'aide boulanger de la ville. Il lui a promis monts et merveilles, et surtout un beau mariage à venir… Et elle a cédé à la tentation. Je ne sais pas du tout de quelle tentation il s'agit, mais je suis tout émerveillé d'entendre parler de ma mère sans cri, ni larme, ni reproche, ce qui n'était jamais le cas chez mes grands-parents. Au contraire, je perçois de la bienveillance chez ma tante. Elle parle de sa sœur avec une sorte de chagrin, une sorte de regret, sans jamais exprimer de rejet ; parfois même, elle évoque des souvenirs heureux, qu'elles ont partagés. Mais, à son tour, elle m'avoue qu'elle n'a aucune idée de l'endroit où habite ma mère… »

« Il n’y avait donc personne, dans cette famille, qui ait gardé un lien avec elle ? »

« Personne, en effet… Dans sa colère, grand-père avait interdit tout contact avec elle, il voulait qu’elle soit comme morte, et qu’on n’en parle plus… Et comme il était autoritaire à l’extrême, il s’est fait obéir… Tu ne peux pas savoir quelle douleur m’habitait… Mais enfin, au fil des jours, le discours apaisé de ma tante, la gentillesse de son accueil et celui de son mari, tout cela a calmé quelque chose en moi, et j’ai cessé de lutter contre la gentillesse des autres… Et puis surtout, voici qu’un miracle émerveille ma vie : je découvre, Aline, ma cousine, qui a le même âge que moi. Aline est un soleil, et j’en tombe presque tout de suite amoureux… »

« Enfin, une éclaircie sur ton chemin… »

« Et quelle éclaircie ! En quelques semaines, je ne vis que par elle et pour elle, j’en oublie presque ma mère ! Comme elle est bonne élève, j’oublie les mauvaises manières qui étaient les miennes à l’école, et me mets à étudier comme je ne l’ai jamais fait. Je deviens même premier de la classe, rien que pour l’éblouir… Alors que j’avais l’habitude de sans cesse déchirer mes vêtements, voici que je veille sur eux comme un vieil avare, et m’inquiète de la moindre salissure… Car comment me présenter à elle, cet être radieux et sans pareil, avec des vêtements tachés ou défraîchis ? Bref, je vis là une période de grâce… »

Le garde-chasse écoutait toujours avec intensité. Il demanda :

« As-tu écrit des poèmes à ta belle ? »

« Non, répond le garçon étonné. Pourquoi me demandes-tu cela ? J’avais dix ans… »

« Pour rien, pour rien… ! »

« Aline et moi passons tout notre temps libre à jouer ensemble, à inventer un monde qui n’existe que pour nous. Mais les années passent, et voici que nous aspirons tous deux à une autre sorte de jeu, qui effraie fort mon oncle et ma tante. Aline et moi avons alors quatorze ans. Un jour, mon oncle me prend entre quatre yeux, et m'explique fermement qu'il n'est pas question que je pense à Aline… *Que je pense à Aline* ! L'expression me foudroie… Je pense à elle du matin jusqu'au soir, et du soir au matin ; ma vie entière est organisée en fonction d'elle, de ce qui lui plaît ou pourrait lui faire plaisir. Me demander de ne pas penser à elle, c'est un peu comme m'ordonner de ne pas respirer, de cesser de dormir, de manger et de boire… Mais mon oncle devient de plus en plus pressant, et m'explique gentiment qu'Aline peut espérer un beau mariage, et que si je veux son bien et son bonheur, alors il faut que je cesse de l'importuner… »

« Voici qui n'a pas dû te plaire… »

« Le mot est faible ! Je suis ressorti de cette conversation effondré jusqu'au tréfonds… Mon oncle et ma tante m'avaient toujours dit qu'ils me regardaient comme si j'étais leur fils… Mais j'ai bien compris que là, j'étais seulement, à leurs yeux, un obstacle au bonheur de leur fille ! Quant à renoncer à la présence d'Aline, c'était, je te le dis, mission totalement impossible… ! »

« Que s'est-il passé ? »

« Mon oncle a bien compris que je ne pourrai jamais obtempérer à sa demande… Tout à coup, il devient urgent que je parte en apprentissage à l'autre bout du pays, chez un collègue charpentier qu'il connaît. Je supplie de rester, et promets n'importe quoi, de ne plus approcher d'Aline et de me faire plus petit qu'une souris, le tout en répandant des torrents de larmes. Mon oncle reste inflexible. Il organise tout : mon contrat d'apprentissage est signé, nos billets de train sont réservés, des vêtements neufs me sont achetés pour que je me présente vêtu de pied en cap… Tout cela me fait hurler de chagrin, et je hurle plus encore lorsqu'Aline elle-même vient me dire que je dois préparer mon avenir et que nous nous reverrons plus tard… Je comprends qu'elle supporte plutôt bien l'idée d'une séparation, alors qu'à moi, elle est tout simplement odieuse… Un beau matin, je ne sais ce qui me prend, mais je me jette sur mon oncle, dans une crise de rage que je ne maîtrise en rien, et le roue de coups de pieds. Mais il est un adulte, quand je n'ai que quatorze ans : il a vite fait de revenir de sa surprise, et dans sa colère, c'est son tour de m'asséner des coups en cascade… Ma tante hurle et supplie qu'on s'arrête, Aline pleure d'effroi, et tout est effondré à jamais pour moi. En moins de temps qu'il n'en faut pour le dire, je comprends que le Rubicon est franchi, que nous sommes passés d'une forme d'amour à une haine pure et dure ! »

« Pauvre gars… ! »

« Tout à coup, tout s'arrête, les cris, les larmes et les coups. Mon oncle se dresse tout droit devant moi, et m'assène que je pars le lendemain même, qu'il m'accompagnera. J'ajoute aussitôt et précipitamment que je ne reviendrai plus jamais dans cette maison ; mais cela, je préfère le dire que l'entendre, vois-tu… Tout cela est prononcé d'un ton si froid et si glacial, de part et d'autre, qu'il semble qu'une chape de plomb soit tombée sur nous tous. Fin du troisième épisode. »

« Le quatrième fut ton apprentissage ? »

« Tu veux rire ! Je suis resté chez ce patron une semaine au plus… Vois-tu, je n'avais pas de goût pour la charpente ! Je me suis retrouvé dans un foyer pour petits malins comme moi, qui m'a envoyé commencer un apprentissage en boucherie. Mais je n'avais pas de goût pour la boucherie ; pas plus que pour la maçonnerie, le bûcheronnage, et autres métiers auxquels de charitables âmes ont tenté de m'initier. Il y a deux ans, j'ai définitivement fugué de tout et de tout le monde. »

Il se tut un instant, et son visage se marbra de chagrin.

« Que veux-tu ? Il me semble ne plus avoir de colonne vertébrale, de volonté, de désir… Tout me semble une farce, tout est privé de sens… Au fond, je ne veux rien et ne suis capable de rien… De la sorte, plus personne aujourd'hui ne pense à mon redressement, et c'est très bien ainsi. J'ai une amie que je ne quitterais pour rien au monde : ma bouteille. Je vis au jour le jour, mange à chaque fois que l'on m'invite ou que je peux chaparder, dors dans des hangars l'hiver, et à la belle étoile l'été… Je suis le plus heureux des hommes… »

« Permets-moi d'en douter… ! Quel âge as-tu, au juste ? »

« Vingt ans… Il paraît que c'est un âge magnifique… »

Les deux hommes se turent, comme plongés en une abyssale méditation.

Puis le garde-chasse parut saisi d'une profonde inspiration, et dit d'une voix claire tout en même temps qu'émue :

« Sois pour moi comme un fils ! Je n'ai plus de descendance… Je vais te dire : ma maison est pour toi ouverte aux quatre vents.[16] Que tu arrives par l'est, l'ouest, le nord ou bien le sud, tu peux y pénétrer… »

Le jeune homme salua son hôte en s'inclinant profondément. Il prit les mains du vieil homme dans les siennes, en un geste sincère, puis s'interrogea à haute voix :

« Quelle idée de vouloir un fils comme moi ? Comment pourrais-je être un bon fils ? Je te l'ai dit : je ne travaille jamais trois jours d'affilée, et n'ai plus désormais sur terre qu'une seule et véritable alliée : ma bouteille… »

« Je veux que tu sois mon enfant… tel que tu es exactement ! Je ne te demande pas d'être un bon ou bien un mauvais fils, mais d'être en vie, tout simplement… »

« Quelle idée ! dit en riant le jeune errant. Il est bien certain que tu ne vas cesser de me comparer à ton *vrai* fils… »

« Vois-tu, tu possèdes une énorme qualité, qu'il ne possède plus : tu es en vie ! »

« En effet… » dit le garçon qui devenait songeur.

« Et puis, tu as peut-être des talents cachés… » suggéra le vieil homme, qui pensait au poème.

« Peut-être… Qui n'en a pas ? » répondit le garçon.

---

16 – Allusion à la tente d'Abraham, ouverte aux quatre vents.

Il parut plonger en une profonde méditation, dont il ressortit avec cette inspiration :

« Être pour toi un fils me semble un bien périlleux défi… Mais dis-moi : sais-tu où ton enfant est enterré ? »

« Je sais sur quel lieu de bataille il a disparu ; mais il fait partie de ces innombrables jeunes gens dont la tourmente a emporté jusqu'au cadavre… »

« Écoute, la prochaine fois que je reviens te voir, nous organiserons notre périple, pour aller jusqu'à ce lieu, qui fut pour lui le dernier… »

« Tu ferais cela pour moi ? ! Tu m'accompagnerais ? Je dois t'avouer que l'idée d'y aller seul m'a toujours glacé le sang ! »

Le garde-chasse était tout ému. Mais le regard du jeune se fixa tout à coup sur quelques journaux, éparpillés sur une petite crédence. Il parut étonné.

« Tu lis les journaux ? »

« Oui… Je n'ai pas toujours les moyens d'en acheter, alors je descends au bourg et me rends au café, où ils sont à disposition… »

« Je sais que beaucoup de gens en lisent, mais cela m'a toujours étonné… Vivre sa vie est déjà tellement difficile ! Comment se charger, en plus, du poids de la vie des autres… ? »

« Au contraire, je me sens comme un devoir de savoir ce qui se passe dans le monde… même très loin… Par exemple, sais-tu qu'en Chine, depuis l'abdication du dernier empereur Pu-Yi, en 1912, le Kuomintang, qui est un parti nationaliste chinois, a établi une république, mais dont l'instabilité est proche du chaos. Le Kuomintang a d'abord dû lutter contre l'ancienne armée de l'empereur, qui voulait récupérer le pouvoir à son profit, puis contre les Seigneurs de la guerre, qui veulent dépecer la Chine pour en avoir chacun un morceau… En ce moment même, Tchang Kaï-Chek, le leader de ce mouvement, lance une grande marche vers le nord, à partir de Canton, pour éradiquer les Seigneurs de la guerre… Mais il se heurte également aux communistes chinois, qui veulent instaurer une république communiste, et sont soutenus par les Soviétiques... »

« Tu racontes cela comme un conte asiatique, merveilleux et compliqué... » éclata de rire le jeune homme.

« Et pourtant, ce n'est pas un conte merveilleux, mais une réalité de sang et de larmes, dont l'issue aura des conséquences énormes sur la vie de centaines de millions de gens... Sais-tu qu'en Afrique du nord, vient de se créer une association, L'Etoile nord-africaine, qui rassemble des travailleurs, en grande partie communistes, dont le but est de lutter contre l'impérialisme des puissances coloniales ? Cela fait écho au Comité de défense de la race nègre, qui vient de se créer, à Paris, en même temps que le journal La Voix des nègres... Depuis cinq ans au Rif, dans le nord du Maroc, une guerre déclarée oppose les Rifains aux Espagnols, mais aussi aux Français depuis peu... Qui sait si tous ces événements ne sont que des épisodes insignifiants, ou le début d'une grande lutte anticoloniale ? »

« J'ignore tout cela... »

« Sais-tu qu'en ce moment également, au Mexique, sévit la guerre des Cristéros, qui est une révolte des ligues religieuses catholiques ? Elles se révoltent contre la constitution de 1917, qui leur est particulièrement défavorable : les ordres monastiques sont interdits, l'enseignement scolaire est sécularisé, les membres du clergé n'ont plus le droit de vote et les organisations religieuses ne peuvent plus acquérir de terres... Cinquante mille personnes les soutiennent, et ont pris les armes pour cela... Il y a peu, le sang a coulé à Guadaljara... »

« Eh bien ! Et à quoi te sert-il de connaître ces faits, dans ta vie quotidienne ? »

« Sais-tu encore que durant la Grande Guerre, en 1915 et 1916, l'Empire ottoman s'est livré à une véritable tuerie, envers les Arméniens ? Il a accusé les Arméniens de pactiser avec l'ennemi russe, ce qui était faux... La véritable raison de ce massacre est que l'Empire a préféré tuer des centaines de milliers de gens, au fait de leur accorder une indépendance, ou même une simple forme d'autonomie… alors que des réformes en ce sens leur avaient été promises, depuis longtemps… L'Empire, entre 1908 et 1918, a été dirigé par le mouvement des Jeunes Turcs, qui a basculé dans un nationalisme suraigu, et surtout la volonté d'assimiler tous les peuples qui lui étaient rattachés… Toutes les nations occidentales ont été informées de ces massacres, d'une façon ou d'une autre, des preuves en nombre ont été réunies, de photographies et de témoignages… La Turquie, elle, nie avec énergie… »

Le visage du garçon se voila de chagrin. D'une voix triste, il redemanda :

« T'importe-t-il de savoir tout cela ? »

Le garde-chasse prit le temps de réfléchir.

« Vois-tu, mon garçon, je crois que l'homme a besoin de lever le nez de sa gamelle, et d'élargir son champ de vision, son champ de compréhension et de conscience, et il ne le peut que par la connaissance… Plus l'on a conscience de ce qui se passe, plus l'on sait ce que l'on veut, sur la terre… »

« Et toi, que veux-tu ? » dit doucement le jeune homme.

« Je veux un monde dont la guerre disparaisse… Je veux un monde où la vie des hommes ait un prix ! »

« Mais comment agir pour un monde sans guerre ? Toi et moi, nous ne sommes que des gars insignifiants… »

Le garde-chasse ricana.

« Oui, tu as raison… Mais nous avons néanmoins le droit de vote, et ce n'est pas rien… Pour voter intelligemment, il faut être au courant de ce qui se passe… Et puis, quand tu es au courant, tu peux prendre parti… Tu peux t'engager dans un mouvement, ou même en créer un… Je suis vieux désormais, mais toi, tu es jeune… Il serait bien étonnant que tu traverses toute une vie sans que celle-ci ne te demande de prendre position, à tel ou tel moment… »

« Cette idée me répugne… Je suis un loup solitaire ! »

« C'est ce que tu crois, parce que la vie t'a blessé, et que tu as besoin de lécher tes plaies… Mais personne ne peut vivre seul toute une vie ! Ou alors, c'est une vie condamnée à être très courte… »

Le vieil homme se tut un instant, avant de reprendre :

« Chacun a sa façon d'agir. C'est peut-être idiot, mais quand je prends connaissance de ce qui se passe dans le monde, cela me permet de compatir… Enfin, il me semble… Je pense à ceux qui souffrent, et ma pensée les accompagne… Je crois au pouvoir de la pensée… J'essaie de faire le bien que je peux, sur cette terre, même si c'est trois fois rien… Par exemple, j'ai essayé d'être un bon époux, pour Hortense, d'être un bon père pour mon Louis, et d'accomplir au mieux tout ce que j'avais à accomplir… C'est bien modeste, mais j'ai essayé de ne pas répandre le malheur autour de moi… »

« Comme je t'envie… » dit le jeune homme.

« Et de quoi donc ? »

« D'avoir su te créer une vie… »

« Chacun de nous a une vie, mon gars, chacun de nous… Mais c'est à nous de lui donner forme ! »

Ils se regardèrent un long moment. Puis, le jeune homme s'écria :

« Pour l'heure, je dois partir… Un rendez-vous m'attend… »

« Un rendez-vous ? »

« Oui, avec mon destin ! » dit le garçon en éclatant de rire.

« Alors, prends-le en main, et ne le quitte plus ! »

Les deux hommes s'étreignirent chaleureusement.

Puis, le jeune vagabond s'éloigna, toujours ignorant des vers transportés dans sa poche de chemise.

Par les propos qu'il venait d'échanger, il était ébranlé, et se dit qu'il lui faudrait y réfléchir plus avant… Mais, au fil des minutes, ses pas se firent plus alertes encore qu'ils ne l'avaient été au matin… Il se sentait plein d'une joie étrange, et de vitalité, et remercia la vie et tout ce qu'il avait connu. Ce curieux raisonnement lui parut tout étrange, et combien exaltant ! Deux jours auparavant, il était presque certain de vouloir s'évader de la vie, pour sombrer dans la mort. Depuis combien de temps n'avait-il pas dormi dans un lit accueillant, propre et confortable ? Depuis bien des années, où il n'avait fait que lutter pour survivre, sans savoir si cela était bien nécessaire…

Il en était là de ses profondes réflexions, et marchait depuis une petite heure, quand un bruit terrifiant interrompit avec autorité ses pas. C'était un son rauque, guttural et lugubre, sortie d'une gorge aussi large qu'un gouffre, assurément ; un cri qui avait le poids de cent massues, propre à glacer le sang de quiconque, à terrifier et pétrifier toute vie alentour. Tout d'abord, il ne put en croire ses oreilles, et se dit qu'il rêvait, mais le cri, venu à coup sûr d'entrailles infernales, se répéta à trois reprises, résonnant tel un avertissement funeste, ou un gong infernal, dans cette forêt paisible.

Un rugissement, oui, c'était un rugissement ! Vous imaginez ?

Un rugissement, à moins d'un kilomètre de la petite ville ! Quel fait incroyable, sidérant !

Le cri de la bête était proche, proche à en frémir et à en défaillir, et le jeune vagabond éprouva d'abord une sourde terreur pour lui-même. Était-ce aujourd'hui qu'il finirait sa vie, alors précisément qu'il avait le sentiment de tout recommencer, en une aube nouvelle ? Avec la peur, il éprouva aussi une révolte sombre, sauvage, féroce. Il voulait vivre, vraiment, il voulait vivre, et non pas finir en petit déjeuner pour un fauve évadé ! Mais voici qu'un autre cri, bientôt, retint son attention, fit bifurquer sa pensée : ce n'était plus le cri puissant de la bête, mais un autre, affolé, rauque lui aussi et faible en même temps, une sorte de couinement qui peinait à se frayer un passage et appeler à l'aide ! Et ce cri-là, aussi étrange et difficile à identifier qu'il fût, venait d'une gorge humaine, c'était sûr et certain !

Dans ses veines, le sang du vagabond ne fit qu'un tour, et tout en lui se fit attentif, fort et déterminé. En plein milieu des arbres, il courut vers le cri de détresse, avec une rapidité et une force telles, qu'il ne sentit rien du fouet des branches lui frappant le visage. Il chuta maintes fois, se releva toujours, et bientôt, débarqua dans une minuscule clairière. Et c'est là qu'il vit tout : un lion énorme, d'un côté, qui secouait sa crinière, pour se proclamer roi, et une femme de l'autre, ouvrant la bouche pour crier, mais sans qu'un son, dans sa terreur folle, ne sortît de sa gorge.

Le vagabond était entre les deux. Sans qu'il ne comprît rien, la peur le quitta, et tout se déroula comme s'il était habité par un autre que lui. Il ramassa, au sol, un solide gourdin, contre le tronc d'un arbre, en éprouva la robustesse, puis cria à son tour, pour attirer à lui l'attention du fauve. Et tout ensuite alla très vite : le lion s'approcha du jeune homme, en un bond, le jeune homme s'approcha de lui en un autre bond, et puis frappa la bête en plein sur le museau, avec la force d'Hercule, ou l'adresse de David devant Goliath. Et d'où lui vinrent cette force et cette adresse ? Voilà ce qu'il ne sut jamais…

L'animal, avant de chanceler et s'écrouler enfin, jeta sur lui un regard étonné, incrédule… Était-ce possible, qu'il fût rendu à son néant par un homme, un tout petit homme qui, censément, aurait à peine dû tenir lieu d'amuse-gueule ?

La scène fut stupéfiante, mais ce fut bien ainsi que tout se déroula. Lorsque la bête tomba au sol, enfin inerte, inoffensive, le jeune vagabond tomba aussi sur les genoux, saisi de tremblements. Il était incapable de réaliser ce qu'il venait de faire. Lui, le pauvre, le paria, qui mendiait et volait pour manger, avait défié et mis à mort un lion ! Durant plusieurs secondes, tout brusquement fut silence et sidération. Puis la femme s'approcha, tremblante elle aussi, jetant sur l'animal au sol des regards incrédules, stupéfaits, apeurés. Elle toucha enfin l'épaule du jeune homme, d'un geste humble et désemparé.

Elle ne dit pas un mot, et pour cause, elle était muette de naissance. Le seul son jamais émis par elle était celui de tout à l'heure, où elle avait hurlé. Mais comment notre jeune homme l'aurait-il su d'emblée ? Il mit ce silence sur le compte de la peur, et de l'étonnement. Ils se regardèrent tous deux, durant un temps indéfini. Cela dura-t-il une minute ? Une heure ? Nul ne le sut jamais. Quelle importance ? Simplement, chacun plongea dans le regard de l'autre, et connut la vérité de l'autre. Chacun, aussitôt, comprit de l'autre qu'il était un égaré sur terre, une âme pauvre, malmenée par la vie, une destinée sans pitié. Tous deux faisaient partie de ces êtres venus au monde pour endurer et subir, chacun le comprit bien, et saisit les mains de l'autre, en un geste où jaillirent d'un seul coup toutes leurs souffrances passées.

À deux pas de la bête rendue à son éternité, ils s'agrippèrent l'un à l'autre avec l'avidité de marins, enfin sur la terre ferme après des mois en mer.

« Comment t'appelles-tu ? » demanda le jeune homme, écartant son visage du sien.

La bouche de la femme demeura close, seul répondit son regard, d'un bleu pur, où se lisait le don. Il eut le sentiment qu'elle lui offrait sa vie.

« J'ignore moi aussi quel est mon nom… Donne-moi le prénom que tu aimes… »

Il caressa son visage, d'un geste si doux qu'elle en versa des larmes. Elle était de loin plus âgée que lui, elle aurait pu être sa mère, mais tout en elle exprimait la beauté d'un être prêt à l'amour.

L'herbe était invitante, le temps d'une infinie douceur, la clairière déserte et désormais paisible. Leur étreinte fut passionnée, intense, douloureuse et sublime. Oh ! Comme ils avaient faim d'aimer et de l'être en retour ! Comme ils avaient faim, de répandre leur douceur, recevoir celle de l'autre ! Chacun embrassait le visage, les mains, les bras, le cou, la poitrine de l'autre, en un mouvement qui ne s'arrêtait pas, toujours se répétait, comme s'ils n'avaient jamais vu un autre qu'eux-mêmes.

Ils éprouvaient l'avidité de ceux qui ont manqué de tout depuis le début de leur vie, c'était comme s'ils ne devaient jamais connaître aucune satiété.

Leur union fut celle des anges, car ils y mirent leur âme tout autant que leur corps.

Leur union fut celle des anges, car ils donnèrent tout l'amour dont ils étaient capables.

Ils se nourrirent d'amour, se pétrirent d'amour, avec leur cœur tout autant que leurs mains.

Ils échangèrent la sève, le miel de leur être entier, enveloppés d'une claire et joyeuse lumière, qu'embrasait le désir.

Celui-ci avait la force, la folie, la beauté d'un frais, jeune et impétueux torrent que rien ne peut interrompre en sa course !

Oh ! Que de temps il fallut, pour qu'enfin ils s'apaisent tous deux !

Ils s'endormirent dans les bras l'un de l'autre. La femme posa sa tête sur la poitrine de son compagnon, à l'endroit même où avait séjourné le poème.

Ainsi passèrent-ils la nuit.

À l'aube, ils furent réveillés par le croassement d'un lourd corbeau noir. La femme se serra instinctivement contre son compagnon, elle pensait que les corbeaux portent malheur.

« Que crains-tu ? demanda le jeune homme, qui serrait son bonheur contre lui. Ce sont bien des corbeaux qui durant plusieurs jours ont apporté à manger à Elie, lorsqu'il se trouvait sur les berges du torrent de Kerith.[17] »

---

17 – Premier livre des Rois, 17-2 : Le Seigneur adressa la parole à Elie : « Pars d'ici, lui dit-il, va vers l'orient, et cache-toi près du torrent de Kerith, à l'est du Jourdain. Là, tu trouveras à boire au torrent, et Je donnerai l'ordre aux corbeaux de t'apporter de la nourriture. » Elie fit ce que le Seigneur lui avait dit ; il alla s'installer près du

D'où lui venaient ces mots ? Était-ce lui qui parlait ainsi ? Le bonheur apporte-t-il un savoir infini ? Il fut certain que oui, que sa compagne l'inspirait, le rendait plus intelligent, plus savant qu'il n'était…

Le corbeau sautillait autour d'eux, en une ronde curieuse ; puis, se saisit, dans son impérieux bec noir, de l'Épopée du monde, qui avait chu au sol, lorsque le garçon s'était dévêtu ; la déposa enfin au pied de la muette, comme le héraut d'un roi, apportant un message.

Elle prit les feuillets, et lut pour elle-même. Son visage se transforma, devint comme irradié. Et il se produisit ce fait, bien plus étrange encore que tout ce qu'ils avaient ces dernières heures vécu : debout devant son compagnon, la muette déclama le poème, du premier au dernier des mots…

Oh ! Quelle déclamation ce fut ! Chaque mot était un étrange chuintement, un gargouillis grinçant, le fruit d'un extrême effort, on eût dit de l'eau sortie d'un robinet rouillé depuis cent ans ! Et pourtant… Chacun était compréhensible, se logeait dans l'ensemble du tout, annonçait sa nouvelle, d'une force sublime !

Ce fut pour eux comme un miracle, mais qu'ils vécurent différemment. Pour le jeune vagabond, le miracle résida dans les vers eux-mêmes. Comme ils étaient beaux ! Comme ils chantaient la Grâce et la Force du monde ! N'exprimaient-ils pas, avec exactitude, tout ce qu'il ressentait depuis la veille, cet émerveillement et cette envie de vivre ? Ne résumaient-ils pas toute la beauté des choses, l'amour de chaque créature, qu'elle cherche toute sa vie à exprimer sans parfois le pouvoir vraiment ? Quel don infini, vraiment, d'entendre tout à coup ce qu'il n'aurait jamais su dire, mais savait vivre en lui depuis que la veille il s'était éveillé, comme neuf et totalement transformé !

---

torrent de Kerith. Les corbeaux lui apportaient du pain et de la viande matin et soir, et il buvait l'eau du torrent.

Pour elle, le miracle était bien plus réel encore et tout à fait ailleurs… Car voici qu'elle, la muette de naissance, elle qui n'avait pas prononcé un seul mot depuis le tout début de sa pauvre existence, elle avait parlé, articulé des sons et des syllabes, des mots et des phrases, aux consonances rugueuses, peut-être, mais qui pour elle avaient toute la force de l'inattendu, du fabuleux, de l'extraordinaire ! Oui, elle avait parlé, elle avait dit ces mots, son compagnon les avait entendus, de sorte qu'elle ne pouvait avoir rêvé !

Ils se prirent à nouveau par les mains, plus bouleversés qu'ils ne l'avaient encore été. Mais ils n'étaient pas au bout de leur surprise. Sans vraiment comprendre pourquoi, le jeune homme emmena sa compagne en direction du lion, ou ce qu'il en restait. Sur lui, des abeilles avaient installé leur essaim, et commençaient à faire leur miel.[18] Le garçon contempla ce nouveau miracle avec étonnement, et bientôt naquit en son cœur une joie sans mélange : n'était-ce pas de sa force, et de son poing puissant, qu'était née la douceur ?

Elle pressa son visage contre celui du garçon, comme pour exprimer quelque chose.

Avec une émotion sans fond, il demanda :

« Regarde ! Regarde ! Est-ce croyable ? »

Elle ne répondit rien, incapable encore de penser qu'elle pouvait s'exprimer.

Il questionna de nouveau :

« Est-ce toi qui as écrit ces vers ? Sais-tu bien à quel point ils sont magnifiques et sublimes ? »

Il demanda encore :

18 – Les Juges, 14-6 : Alors, l'esprit du Seigneur s'empara de Samson, et de ses mains nues, il mit le lion en pièces comme s'il s'agissait d'un simple chevreau. Il ne raconta pas son exploit à ses parents. Il continua son chemin, et alla s'entretenir avec la jeune fille philistine. Elle lui plaisait beaucoup. Quelques jours plus tard, il retourna à Timna pour l'épouser. En route, il fit un détour pour aller voir le cadavre du lion ; il trouva, dans la carcasse de l'animal, un essaim d'abeilles et du miel.

« Peux-tu me dire quel est ton nom ? D'où viens-tu, et quelle est ta famille ? »

Par le regard, ils se tinrent encore l'un devant l'autre pendant un long moment. Et puis, sans crier gare, sans qu'il ne pût rien comprendre à ce retournement, elle prit la fuite, courut comme emportée par le souffle rapide du vent dans la prairie. Surpris, apeuré même, il se mit à la poursuivre, à courir derrière elle en l'appelant :

« Reviens ! Reviens, je t'en prie, et dis-moi qui tu es ! Que t'ai-je fait, pour que tu fuis ainsi ? »

Il l'appela et l'appela encore, toujours courant derrière elle, mais elle, détalait telle une biche, ardente et leste dans sa course comme elle ne l'avait jamais été, comme elle ignorait qu'elle pût l'être. À lui, le souffle manqua bientôt, et au détour du premier chemin, il la chercha des yeux sans plus la retrouver. Où était-elle ? Pourquoi le fuyait-elle ? Une douleur intense, foudroyante, déchira sa poitrine : elle avait disparu… N'était-elle apparue, en sa pauvre et misérable vie, que pour en disparaître tout aussi brusquement ? Malgré la douleur, il courut, courut encore, courut jusqu'à épuisement, jusqu'à suffocation… Comme tout cela était triste, et saisissant ! Déchiré jusqu'au fond de son âme, il s'effondra, hurla : « Mon aimée ! », « Mon âme ! », « Ma vie ! » Mais d'elle, il n'y avait plus trace… Oh ! Comme il pleura, ce jour-là où il avait aimé comme il ne savait pas que cela pût se faire…

Ses larmes furent de taille à creuser des vallées…

Et puis, il s'apaisa. Peut-être, bien qu'ils se fussent unis par la chair, n'était-elle pas une femme, de chair et d'os justement, mais une créature de Lumière et d'Esprit, envoyée à lui par la Grâce du poème !

Peut-être n'était-elle qu'un miracle, ou qu'une apparition… !

Les êtres que l'on aime et que l'on aime vraiment, ne sont-ils pas nécessairement des miracles en nos vies ?

Les êtres que l'on aime, ne sont-ils pas ceux que l'on laisse libres ?

Oh ! Quel bonheur cela avait été, de croiser son chemin, de la rencontrer, pleinement, intensément, bien que fugacement ?

Ne pouvait-il concevoir de l'aimer, qu'elle fût présente ou non ?

3
1926-1927

Et tandis qu'il pensait ainsi, elle, déjà, ne songeait plus à lui. Elle courait vers sa maison, la ferme de son père, annoncer le miracle : elle parlait ! Elle se sentait libre et légère tout à coup, en son corps, en son âme, son cœur et son esprit, et tout en elle chantait et vibrait d'allégresse…

En vérité, c'était comme si elle venait de sortir d'un carcan ! Mieux encore : comme si elle naissait au monde une seconde fois, plus belle et plus riche désormais…

Sa vie n'avait pas été drôle, ni facile, ni plaisante. Elle avait trois sœurs, et toutes avaient le don de la parole, comme il est normal de l'avoir, et comme elle ne l'avait jamais eu. Leurs parents n'avaient eu d'yeux, et d'oreilles, que pour ses sœurs, comme si son silence, à elle, était le sceau de sa non-existence… Ses sœurs avaient été instruites, et pas elle, ses sœurs étaient toutes mariées, et pas elle, elles avaient quitté le nid de leurs parents, pour fonder le leur propre, mais pas elle ! Ses sœurs avaient eu des enfants, des merveilles célébrées et encensées par leurs parents… Elle aussi avait eu un fils, mais un fils désapprouvé, ignoré et tenu pour rien, parce que le père en était inconnu, un fils considéré comme un idiot, parce qu'il était né d'une fille considérée comme idiote ! Mais son silence, était-ce sa bêtise ?

Sa famille savait-elle les efforts, les efforts extraordinaires, continus, obstinés, l'intelligence rare et tenace, qu'elle avait dû déployer, pour simplement comprendre le sens et la forme des mots ? Savait-elle les trésors d'ingéniosité mis en œuvre, pour se faire comprendre elle-même, parfois, quand elle voulait exprimer quelque chose d'abstrait ? Sait-on la solitude de tous ceux qui diffèrent ? Une tante, qui avait un peu plus de cœur que les autres, s'était occupée d'elle, l'avait accompagnée de sa présence, et voici que depuis des années, déjà, cette tante n'était plus, la laissant seule à son silence... Il n'avait été rompu que par ce fils, ce fils que personne ne regardait ni n'encensait, mais qui parlait avec elle, par des signes et des gestes, ensemble, ils avaient appris la bonté, ensemble ils avaient appris la tendresse et l'amour, ensemble ils s'étaient bâti un monde où l'un pour l'autre ils étaient beaux...

Et voici qu'aujourd'hui sa bouche avait été descellée, avait prononcé des mots et des phrases d'une beauté sans fin ! Elle courait maintenant vers son fils, ce merveilleux jeune homme à l'aube de l'âge d'homme, qui avait besoin pour vivre du bonheur de sa mère, elle courait vers les siens pour crier ce miracle, le crier à son père, à sa mère, qui ne voyaient en elle qu'une pauvre et très sotte créature...

Et ainsi elle arriva, au seuil du potager. De loin, ils la virent, ses parents, sa sœur aînée et son beau-frère, son fils aussi, son bien-aimé ! Tous cessèrent de vaquer, car sa disparition d'une nuit les avait inquiétés, et ils vinrent vers elle, pleins de questions, tout en appréciant, de loin, l'extraordinaire transformation... Car elle ne vint pas vers eux en fille humble et stupide, nourrie-logée par compassion, non, mais en Reine ! Oui, ce jour-là, la muette fut Reine, et pénétra, royale, dans la maison de son père, où l'humiliation avait tenu lieu de pain à son esprit. Droite et irradiante, belle comme l'aube du jour, belle en son espoir et sa nouvelle donne, belle comme la première envolée d'un oiseau magnifique et sauvage, comme la rosée sur la fleur assoiffée, comme le premier cri d'un enfant ou comme l'aile d'un papillon au sortir de sa chrysalide, belle à couper le souffle donc, elle saisit la main de son fils, ce garçon qui n'avait pas de père, et devant ses parents, qui ne comprenaient rien mais se sentaient heureux, enfin, de l'avoir mise au monde, elle dit les seuls mots qui habitaient sa bouche et inondaient son cœur, à la manière d'une eau pure sur une terre aride : les mots de l'Épopée !

Ne croyez pas qu'elle dît ces mots comme tant d'autres sont prononcés… Non… Chacun d'eux ressemblait à un caillou saignant, à une blessure secrète qui dans un gémissement affreux se fait connaître. Sa gorge saignait, sifflait, suintait, crachait du sable et du métal, et pourtant le message demeurait ce qu'il était : magnifique et sublime… Et tous, interdits, sidérés, au-delà de la surprise, écoutèrent la muette, comme ils n'avaient écouté personne auparavant, et tous la contemplèrent, avec intensité, et tous se ravirent, levèrent les bras au ciel, remercièrent l'Eternel, remercièrent le destin… N'était-ce pas un miracle, qui éclatait à leurs yeux, leurs oreilles et leurs cœurs, à tout ce qui étaient leurs sens et leur intelligence ?

Lorsqu'elle eut fini, ils se tinrent cois, à leur tour saisis par le silence et en peine pour prononcer des mots… À quoi donc pouvaient bien servir les questions qu'ils avaient préparées ? Ce fut à eux, à leur tour, d'être muets, saisis jusqu'au fond de leur âme, incapables de comprendre encore le sens profond des vers, sensibles, seulement, à leur beauté extrême…

Pour elle, il y avait dans l'Épopée le pardon qu'elle leur adressait pour tant l'avoir ignorée, un pardon sincère, illimité, qu'elle ne savait contenir en elle mais qui avait jailli, dans le fond de son cœur, pur et blanc comme un immense lys ; mais il y avait aussi le pardon de tous les hommes envers leurs offenseurs et leurs bourreaux, le pardon universel qui adviendra lorsque tous comprendront combien ils sont de peu, lorsqu'ils se rejettent et dressent entre eux des murs, et combien ils sont tout, lorsque les uns les autres ils apprennent à se connaître et s'accueillent…

Au bout d'un long moment, ce fut le fils, un garçon de seize ou dix-huit ans, aux larges épaules et au regard profond, qui rompit doucement la parenthèse où ils étaient entrés.

« Comme je suis heureux que tu t'exprimes enfin ! Que t'est-il arrivé, hier et cette nuit ? Nous étions si inquiets pour toi… »

Elle ne répondit pas. Personne ne s'en étonna, car ils étaient plus habitués au silence, de sa part, qu'à des mots magiques et merveilleux. L'heure, de toute façon, n'était pas aux bavardages… Les uns après les autres, ils la touchèrent, l'embrassèrent, la tinrent dans leurs bras, et de son regard brûlant, elle leur dit combien elle les aimait, et avait souffert, de tant différer d'eux…

Puis, remués jusqu'au tréfonds d'eux-mêmes, comme chancelants sous le coup d'une divine apparition, ils s'en retournèrent enfin, reprendre le cours de leurs occupations, de leur vie ordinaire…

Oh ! Que le goût de celle-ci avait changé ! Les uns au potager, les autres à l'étable, au poulailler, aux champs ou en cuisine, tous découvrirent que tout était plus beau, plus plein de sens qu'auparavant, beaucoup plus mystérieux, aussi.

Le fils le sut plus que les autres, et il sentit en lui ses fibres vibrer avec intensité. Sa vie s'était jusqu'alors déroulée dans l'ombre de sa mère, ce qui l'avait à jamais disqualifiée… Pouvait-il être autre que ce qu'il était, le fils de la muette ? Autre qu'une tache, sur l'honneur de sa famille ? Jusqu'à ce jour, il ne l'avait pas cru lui-même. Et puis, son cœur saignait d'autres larmes encore : quelques mois auparavant, l'amie qu'il aimait d'amour tendre, jeune comme lui, avait dû suivre ses parents partis s'installer dans une autre région… Il lui parlait sans cesse, comme un fou s'adresse à des absents… C'est qu'*elle* vivait en lui !

Mais les mots du poème, ce jour-là pénétrèrent en lui, comme une lumière dans un endroit qui toujours avait connu l'obscurité... C'est dire qu'il en fut ébloui, et ressentit cette lumière plus fortement encore que si elle eût éclairé tout en même temps le pôle nord et le pôle sud. Il ne retourna donc pas à la traite des vaches, à laquelle il était occupé, mais prit son javelot et partit dans la vallée.

Depuis sa tendre enfance, le lancer du javelot était toute sa distraction. Il le lançait devant lui comme on lance un appel, comme on lance un chagrin, le chagrin du silence de sa mère, tant aimée, et depuis peu comme on lance un cri pour rompre la monotonie des jours lorsqu'ils sont *sans l'aimée*, se succédant sans espoir les uns aux autres. Et comme il pensait être ce qui se fait de plus terne et de plus insignifiant en ce monde, il jetait son javelot d'un bras faible... Mais sur un chemin bordé de champs ce jour-là, à droite comme à gauche, il lança le javelot avec une assurance qu'il ignorait détenir en lui, une assurance née quelques minutes auparavant, et le javelot partit si loin qu'il courut derrière lui comme un fou, sûr de l'avoir perdu. Mais non, il n'était pas perdu, il avait simplement percé le bout de l'horizon, pénétré le monde d'après le monde. Etourdi de son exploit, sidéré à nouveau et pensant vivre un jour hors des jours comme il en arrive parfois, le fils de la muette retira son javelot de terre, là où il était profondément enfoncé, respira profondément et le lança encore, de toute la force de son être, et de sa jeune vie qui ne demandait qu'à s'exprimer. La lance à nouveau disparut, et pour la retrouver il fallut au jeune homme une longue course essoufflée et heureuse.

Pour le fils de la muette, ces deux lancers inégalés furent le début d'une existence nouvelle. Jusqu'à là, il avait vécu dans l'humiliation de sa mère, les sautes d'humeur de son grand-père, les travaux de la ferme, et ceux de l'école auxquels il ne comprenait rien et qui étaient à mille lieues de son univers. Ce jour-là, ce qui était en lui de plus intime et de plus profond, de plus subtil aussi, saisit que tout cela était fini, et qu'autre chose commençait ; il allait quitter la maison de sa mère, où jusqu'à ce jour elle avait à peine été chez elle, et suivre son javelot qui le mènerait à son âge d'homme, à sa propre liberté, et peut-être jusqu'à *elle*...

Un instant, il pensa retourner sur ses pas, et prévenir sa mère qu'il la quittait, que son enfance était finie. Mais, était-ce réellement nécessaire ? À elle, quelque chose était arrivé, qui lui avait donné accès à une parole dont toute sa vie elle avait été privée. N'était-ce pas ce poème lui-même, à la musique insurpassable ? Sans doute était-ce lui, et même, c'était certain. Il était certain aussi que sa magie, et sa compréhension profonde, renseigneraient sa mère sur ce qui, à son tour, arrivait à sa vie.

Et c'est ainsi que ce jour-là, le fils de la muette entama un voyage qui mit longtemps à s'arrêter. Il jetait sa lance, qui transperçait l'horizon, et courait ensuite la rejoindre, car elle était selon lui son guide et son inspiration. Ce voyage n'avait pour but qu'*elle*, et la vie elle-même, la vie dans son entier, et le fils de la muette fut curieux de tout. Il regardait chaque chose, il observait les nuages et leurs déplacements, il observait les arbres, leurs balancements dans le vent, il traversait les champs, les rivières et les fleuves quand sa lance les avait survolés, il montait et descendait les montagnes, longeait les vallées et les gorges profondes. Avec sa lance, il apprit à chasser et à pêcher, ainsi parvint-il à se nourrir. Quand il voyait un verger, il cueillait quelques fruits, jamais plus que ses deux mains ne pouvaient en contenir[19]. La nuit, il dormait dans des granges, sa lance à ses côtés, et il se reposait à la manière des anges : son cœur était en paix. Ses rêves, aussi, étaient jolis. Il rêvait d'*elle*, l'aimée, il voyait son visage, son frais sourire d'en-

19 – Deutéronome,23-25 : Si vous passez à travers des vignes qui ne vous appartiennent pas, vous pouvez manger autant de raisin que vous le désirez, mais vous n'avez pas le droit d'en emporter dans votre panier. De même, si vous traversez des champs de blé qui ne sont pas à vous, vous pouvez cueillir à la main quelques épis, mais vous n'avez pas le droit de vous servir d'une faucille pour en couper.

fant, éprouvait la douceur de sa main sur la sienne. Une nuit, il rêva de sa mère, et la vit qui venait à lui, souriante, une fleur entre les dents. Contre son épaule, elle appuyait sa tête, et puis pénétrait dans une maison, qui était celle d'un poète endeuillé. Le poète écrivait, et tournait son regard vers elle, souriant, accueillant. Un lion et un jeune homme, à leur tour, entraient dans le jardin. Le lion n'inspirait aucune crainte, le temps l'avait rendu végétarien, et sa gueule était ornée de fleurs, qu'il avait lui-même cueillies.

Le fils de la muette n'avait lui-même jamais été très bavard. Mais voici qu'il se mit à parler avec quiconque le rencontrait, car sa timidité d'enfant meurtri avait quitté son âme. Il échangeait des propos simples, et pleins de sens pour lui.

Un jour, une femme âgée, sans bien savoir pourquoi, sans doute simplement parce qu'il l'écoutait, lui raconta son quotidien, le poulailler qu'il fallait récurer, le potager qu'il fallait soigner comme on soigne le corps d'un être, oui, le potager était une sorte de corps végétal qui réclamait des soins, les repas qu'il fallait préparer, les lessives incessantes, les paroles peu amènes du mari rendu acariâtre par la maladie… La vieille femme conclut :

« Voici une heure que nous parlons de choses et d'autres, de choses banales en vérité, et je te quitte à regret, tout comme je sais que tu me regretteras aussi… »

Il sursauta, car c'était vrai, le regret habitait déjà son cœur.

Elle reprit :

« Nos paroles ont toutes été revêtues de bonté, c'est ce qui les a rendues si belles malgré leur insignifiance… »

« Je ne crois pas à l'insignifiance des choses, lui répondit-il… Je crois qu'elles ont un sens caché, que nous ne voyons pas… Ou peut-être encore ont-elles le sens qu'on leur donne… Mais quoi qu'il en soit, je ne crois pas à l'insignifiance, fût-ce d'un brin d'herbe ou d'une goutte d'eau… »

Une autre fois, il rencontra un vieillard, qui l'aborda de façon surprenante :

« De loin, j'ai eu en te regardant une vision : je t'ai vu venir dans une rafale de vent qui arrivait du nord, amenant un gros nuage, d'où jaillissaient des flammes. Le nuage était entouré de clarté. Son centre, embrasé, scintillait comme un métal brûlant...[20] »

« Est-ce tout ? » dit-il avec amusement.

« Pour aujourd'hui, oui... Souviens-toi qui nous sommes : les hochets du Seigneur... »

Et le vieillard s'en fut, laissant notre garçon tout plein de questions sur lui-même. Oh ! Quand, quand la reverrait-il, *son aimée* qu'il chérissait avec tant de ferveur ?

Le lanceur de javelot se gardait de rentrer dans les villes, car comment y aurait-il jeté sa lance ? Avec prudence, il les contourna toutes. Pourtant son cœur à leur égard se rongeait de curiosité assoiffée. Un jour, il décida quand même de cacher sa lance dans un petit fourré, et de pénétrer dans l'une d'elles, aux lumières irrésistibles. N'était-ce pas naturel qu'il agît ainsi ? Il était jeune, et se sentait empli d'amour pour tout. Il en profita pour observer le travail des gens : il regarda agir les mains des serruriers, des maçons, des charpentiers, des métreurs et des employés de bureau, il suivit la course des facteurs et celle des livreurs, s'invita dans des cuisines de restaurant, dans l'arrière-salle des boulangeries, et observa bien d'autres professions encore... Mais aucune ne retint réellement son attention, il ne se voyait pas les exercer lui-même. Qu'allait-il devenir ?

Un jour, il pénétra dans une librairie. Ce fut pour lui un choc. Il y resta longtemps, touchant les livres comme des objets sacrés. Il n'osa en ouvrir aucun. Il était sûr pourtant qu'avec *elle*, l'aimée, il aurait osé, ils auraient osé à deux...

Il quitta finalement la ville, troublé et désorienté, avec le sentiment d'être demeuré étranger à tout ce qui s'y déroulait. La ville

20 – Vision d'Ezékiel 1-4

était pleine, pourtant, de gens qui venaient de divers horizons, parfois de bien plus loin que lui, et qui s'adaptaient avec aisance…

Mais il comprit que lui ne le pourrait pas, pas encore, et qu'il devait continuer sa quête…

Il reprit donc son voyage, par monts et par vaux, guidé par sa lance infatigable, et bienveillante. Son esprit d'insouciance, et de confiance en son propre destin, revint bien vite l'habiter. *Oui, il la reverrait, c'était l'évidence même…*

Mais un jour pourtant, un drame survint, qui déchira son âme.

Ce jour-là, comme presque tous les jours, il se trouvait sur un chemin de terre, bordé tant à droite qu'à gauche par des champs, des vergers et des potagers. Il lança son javelot comme il le faisait sans arrêt depuis des mois, puis courut à sa recherche, selon son habitude et son talent.

Ce qu'il découvrit le cloua sur place, et drilla son esprit d'une douleur sans fond : car sa lance avait perforé la poitrine d'un cerf aux bois immenses, et celui-ci gisait au sol, dans une mare de sang… Quelle superbe et noble bête c'était ! Elle portait en elle toute la beauté, toute l'énergie, toute la sauvagerie aussi, qui étaient siennes, mais aussi celles de sa horde entière… Et voici que toute une royauté de la forêt gisait au sol, privée de vie…

Pour notre lanceur de javelot, ce fut une vision d'horreur, qu'il ne put soutenir… Que n'avait-il accompli là, sinon l'inconcevable ? Il se mit à courir, à fuir, dépassé par ce qui arrivait, à une telle vitesse qu'il ne vit plus rien des routes et des champs qui pourtant défilaient sous ses yeux, pas plus qu'il n'entendit le chant des oiseaux, qui d'ordinaire était son ravissement… Il ne ressentit plus la douleur de ses pieds, la douleur de ses muscles qu'il malmenait avec indifférence, et courant, courant toujours, il cessa de percevoir le bourdonnement de ses oreilles…

Au bout de plusieurs heures, il s'écroula dans une cabane abandonnée, et pleura comme un enfant. Mon Dieu, mon Dieu ! ? Qu'avait-il fait ? Qu'avait-il commis, sinon l'irréparable ?

Il pleura longtemps, et puis cria aussi, se frappa la poitrine dans un geste dément, hystérique, tira avec haine ses cheveux. Lui-même était surpris… Que lui prenait-il donc ? Pourquoi cette révolte, devant un simple accident ? Devenait-il fou ?

Mais il n'était encore qu'un enfant, et aussi sombra-t-il dans le sommeil, à la manière d'un enfant…

Il dormit deux jours et deux nuits, puis s'éveilla dans des dispositions nouvelles. Certes, il avait tué un cerf, et il avait des comptes à rendre, à l'âme de ce cerf. Ce roi était mort pour rien, il faudrait lui en demander pardon…

Il en était là de ces réflexions, quand il entendit des pas se dirigeant vers lui. Il tendit l'oreille, et écouta, à son tour comme un animal aux abois. Étaient-ce les pas d'un homme ? Non, mais plutôt ceux d'un groupe entier. Timidement, il sortit de la cabane, et son cœur se glaça : dix ou douze gendarmes venaient vers lui, montant la petite côte menant à son refuge. Que cherchaient-ils ? Il regarda aussi derrière la cabane, et discerna bientôt d'autres silhouettes en uniforme ; des gendarmes attendaient également derrière la maison, qui se trouvait cernée.

Quelle ne furent pas son épouvante, et son effroi, lorsqu'il entendit une voix de stentor s'écrier :

« R… T…, veuillez-vous rendre et nous suivre… ! Avancez vers nous les bras en l'air ! »

Que se passait-il ? On le recherchait ? À cause du cerf ? ! C'était à peine croyable… Tout semblait irréel.

Il fut tenté de fuir… Mais, à sa plus grande surprise, il se sentit fort tout à coup, empli d'un sentiment de sécurité presque ineffable, et d'assurance inébranlable.

Comme tout semblait clair et limpide désormais ! Le lanceur de javelot se montra, leva les bras, comme on venait de le lui dire, fit trois pas en avant et s'arrêta. D'une voix à son tour forte et claire, il cria… les vers de l'Épopée qu'il avait entendus de sa mère ! N'était-ce pas ce poème, qui avait libéré la parole de celle-ci, et fait d'elle une Reine ? N'était-ce pas ce poème, qui avait fait de lui un Prince ? Il prononça chaque mot avec force, distinctement, lançant chaque syllabe dans l'air comme on lance un joyau…

Les gendarmes l'écoutèrent sans bouger, comme saisis par la stupéfaction. Puis, lorsque le garçon eut fini, quelque chose d'incroyable se produisit : les gendarmes décampèrent, plus précipitamment que s'ils eussent entendu le bruit d'une armée marchant vers eux pour les exterminer, quand ils n'étaient qu'une poignée. Pendant une ou deux minutes, ce fut un cliquetis de débandade et d'affolement ; puis le silence d'un lieu désert.

Durant tout cet incroyable vacarme, cette incompréhensible scène, le lanceur de javelot ne bougea pas, comme sculpté dans la pierre. Puis, lorsque le calme alentour fut certain, il rentra dans la cabane, et connut l'assurance, le contentement, d'un propriétaire terrien venant de chasser des intrus. Ce qui venait d'arriver le dépassait, et pourtant il sentait que c'était là une chose juste et belle.

Une petite voix lui dit de profiter de l'accalmie pour fuir, tant il était certain que tôt ou tard, mais probablement très tôt, les gendarmes reviendraient. Il en était à se préparer, quand une fatigue intense le submergea. Il essaya bien de se secouer, mais rien n'y fit. Il se sentait plus lourd qu'un bateau pris dans les sables, ou qu'une pierre submergée par les flots. Après tout, était-ce si étonnant ? Il venait ni plus ni moins que d'assister à un miracle !

Incapable de lutter contre cette pesanteur, dont il était envahi, il s'assoupit, et dormit à nouveau plusieurs heures.

Ce fut bien plus tard, lorsque la nuit tombait déjà, qu'une voix de stentor le réveilla et proclama :

« R… T…, veuillez-vous rendre et nous suivre… ! Avancez vers nous les bras en l'air ! »

Avait-il rêvé cette scène, où il avait déclamé le poème et mis grâce à lui les gendarmes en déroute ? Avait-il rêvé qu'ils s'éloignaient de lui, comme apeurés par une armée entière ? Ou la même scène se reproduisait-elle ? Ignorant s'il dormait encore, ou était éveillé, il sortit à nouveau de la cabane, les bras en l'air. Il fit quelques pas devant lui, et récita… le poème qui l'avait déjà une fois libéré !

Le tableau de la veille se reproduisit. Saisis d'une incompréhensible crainte, ou comme écoutant la sentence annonçant leur mise en accusation et leur condamnation prochaines, les gendarmes, semblablement à leurs collègues de la veille – à moins qu'il ne se fût agi des mêmes – s'égayèrent, apparemment balayés par une incontrôlable panique.[21]

Il croyait être au bout de ses surprises, mais ce ne fut nullement le cas. À peine rentrait-il dans la cabane, pour deviser sur tous ces événements, qu'il sentit derrière lui une présence. Un gendarme s'introduisait-il ? Il se retourna. Ce qu'il vit le stupéfia.

Une jeune femme se tenait devant lui, à la beauté sculpturale. C'était une géante, qui avait, au bas mot, deux têtes de plus que lui. Son épaisse chevelure, toute bouclée, était d'un rouge vif, et encadrait un long visage, aux pommettes hautes, aux larges yeux bleus en amande. Elle portait une robe de lin de la couleur du tabac, qui descendait jusqu'à ses chevilles, mais laissait ses bras nus. Sa chair semblait de nacre.

Immobile, devant lui, elle avait tout d'une statue antique, ou d'une apparition divine, et il fut comme étonné qu'elle se mît à parler. Un corbeau voletait autour d'elle.

---

21 – Deuxième livre des Rois, 1-9 : Le roi (Ahazia) envoya un officier avec une troupe de cinquante soldats pour arrêter Elie. Ceux-ci montèrent vers le sommet d'une montagne, où Elie était assis. L'officier lui dit : « Prophète de D…, descends ! C'est un ordre du Roi ! » Elie lui répondit : « Puisque je suis prophète de D…, j'ordonne qu'un feu descende du ciel et vous extermine, toi et tes cinquante hommes ! » Aussitôt, un feu descendit du ciel et extermina l'officier et ses cinquante soldats.
Le roi envoya un autre officier, avec cinquante soldats également, auprès d'Elie. L'officier dit à Elie : « Prophète de D…, dépêche-toi de descendre ! C'est un ordre du roi ! » Elie lui répondit : « Puisque je suis prophète de D…, j'ordonne qu'un feu descende du ciel et vous extermine, toi et tes cinquante hommes ! » Aussitôt, un feu descendit du ciel et extermina l'officier et ses cinquante soldats.

« J'ai entendu ton poème. Il m'a transpercée du début à la fin… »

« Ce n'est pas mon poème, mais plutôt, je crois, celui du genre humain, racontant son Histoire, et disant son espoir… » dit-il avec effort, car il était submergé d'émotion et de timidité mêlées, et sa langue avait la lourdeur d'une pierre.

« Je n'ai pas découvert aujourd'hui l'Épopée du monde, mais il y a quelques mois… »

Elle se tut.

« Tu ne me demandes pas d'où je connais ce poème ? » demanda-t-elle après un silence.

« Si, en effet, je te le demande… » articula-t-il avec effort.

« Eh bien, ce corbeau me l'a apporté dans son bec il y a quelques mois, et depuis, les deux ne me quittent plus : le poème a transformé ma vie, et cet oiseau et moi sommes devenus amis… Me crois-tu ? »

« Je te crois… », répondit le garçon, sans réellement comprendre.

« Écoute : je suis venue vers toi, guidée par ce corbeau… »

Tant il était stupéfait, il l'interrompit :

« Tu es venue guidée par un corbeau ? ! »

« Oui, il me semble… »

« Comment t'appelles-tu ? »

« Ma mère me nomme l'Avenir… »

« Pourquoi te nomme-t-elle ainsi ? »

« Tout enfant est l'avenir de ses parents, non ? Mais de plus, il m'arrive de lire les événements, d'entrevoir certains faits du futur… » dit-elle en toute simplicité

Il éclata de rire, un peu dubitatif.

« Tu connais donc ton destin ? »

« Non… »

« Peux-tu me dire le mien ? »

Elle rit à son tour, et de sa gorge sortirent mille grelots argentés, vifs et cristallins… Était-elle de ce monde, ou d'un autre ?

« Pas davantage… »

« Au moins es-tu honnête… ! »

Une idée folle le saisit. Il lui raconta tout : comment sa mère avait recouvré la parole, comme il était parti de chez son grand-père, guidé par une lance qu'il jetait au hasard, comment il avait erré durant un plein cycle de saisons, jusqu'à ce qu'il tue par mégarde un cerf ; comment, ensuite, il avait fui, jusqu'à cette cabane, où à deux reprises, des gendarmes l'avaient interpellé ; et comment, enfin, il les avait fait fuir, à leur tour, en leur déclamant l'Épopée. Si elle était une pythonisse, comme elle le prétendait, ne pourrait-elle l'aider à déchiffrer ces faits, si bouleversants pour lui ?

Elle l'écouta sans le quitter des yeux, sans l'interrompre une fois.

« Au moins, dit-elle quand il eut fini, je sais maintenant pourquoi je suis venue… »

Elle réfléchit.

« Sais-tu pourquoi la mort de ce cerf t'a tant remué ? »

« Je l'ignore… »

« Je crois que ce n'est pas seulement ce cerf, que tu as atteint, mais toi-même… Tu as quitté ta mère, pour construire ta vie, et tu as commencé à savoir comment la construire le jour de cet accident… »

Il était médusé.

« Oui… Oui ! Ce jour-là, en effet, j'ai commencé à entrevoir quelque chose pour moi-même, mais si éloigné de tout ce que je connais, si étranger à moi-même, que la peur m'a envahi… »

« Et quelle est cette idée d'avenir pour toi ? »

« Oh ! Je serais ridicule d'en parler… »

« C'est donc une idée d'importance… Ne la rejette pas… Quant aux gendarmes que tu as vus, et fait fuir, je peux te dire qu'il s'agit d'un rêve et de rien d'autre… »

« Pourquoi en es-tu si sûre ? »

« Je suis ici depuis une petite heure, j'attendais ton réveil, et je peux t'assurer que pas l'ombre d'un gendarme ne s'est ici profilée… En revanche, tout en dormant, tu as bien déclamé l'Épopée… »

« Pourquoi ai-je fait ce rêve ? »

Elle réfléchit.

« Peut-être l'intervention des gendarmes représente-t-elle la hauteur des difficultés qui se dresseront sur ta route, pour que vive ton idée… Mais ton rêve te donne aussi la solution : accroche-toi à l'Épopée, ne la renie jamais ! »

Il secoua la tête :

« Mais cette idée me semble si invraisemblable ! »

« Traverser l'Atlantique en avion semblait inaccessible, et voici que Lindbergh l'a fait, le 20 mai de cette année ! »

« Sais-tu où sont Nungesser et Coli [22]? » dit-il avec un grand sourire malicieux

Elle éclata de rire.

« Ma boule de cristal ne m'a encore rien dit ! »

Ils se turent un long moment, comme digérant les événements.

« Là, maintenant, que veux-tu faire ? » questionna-t-elle.

« Je ne t'ai pas encore tout dit… Je suis… je suis amoureux… » dit-il en rougissant jusqu'aux oreilles.

Elle le regarda avec douceur.

« Quel bonheur que le tien ! »

« C'est un bonheur, oui, et un très grand malheur : elle a dû suivre ses parents, et vit maintenant très loin de moi… »

« Sais-tu où elle est ? »

« Oui… » dit-il dans un souffle.

---

22 – Le 8 mai 1927, ces deux aviateurs français tentèrent pour la première fois la traversée de l'Atlantique en avion, dans le sens Paris New-York. Leur avion, l'Oiseau blanc, s'abîma en mer et ne fut jamais retrouvé. Quelques jours plus tard, Lindbergh tentait l'expérience en sens inverses, de New-York à Paris, à bord du Spirit of St Louis. Son succès fut mondialement célébré.

« Qu'attends-tu pour aller la rejoindre ? »

« J'irai lorsque je serai un homme, capable de faire vivre notre ménage, et lorsque j'aurai trouvé ma voie… Je ne veux plus vivre dans la maison de mon grand-père… »

Elle se pencha vers lui.

« Quand on aime une personne, il ne faut *jamais, jamais* l'abandonner… Lui écris-tu ? »

De la gorge du garçon, s'échappa comme un cri rauque, un cri de grande douleur.

« Je ne sais pas manier les mots… »

« Tu te trompes ! Je crois que tu les manies bien ! »

« C'est toi qui fais erreur… Une page blanche est pour moi terrifiante… »

Il baissa les yeux.

« Et toi ? demanda-t-il. Que connais-tu de l'amour ? »

Elle baissa les yeux également, de sorte qu'ils se parlaient sans se regarder.

« Tout et rien à la fois… »

« Tout *ou* rien ? »

« Rien, parce que je n'ai encore jamais… Enfin, tu comprends… Tout, parce que je sais que mon cœur sait aimer… Il aime depuis que j'ai la conscience de moi-même… »

Leurs yeux, enfin, se recroisèrent.

« Je te le redemande, dit-elle. Que comptes-tu faire maintenant ? »

Il réfléchit.

« Je crois que j'aimerais retrouver l'auteur de l'Épopée… mais j'ignore comment m'y prendre ! »

« En effet, il est certainement bien difficile à retrouver… »

« Que veux-tu dire ? »

« Je pense que ces vers viennent de la nuit des temps, depuis l'origine du monde, et que perdurera leur message également jusqu'à la fin des temps… Chaque époque apporte sa strophe, sa nouvelle espérance… Je pense qu'ils viennent de ce qu'il y a de meilleur en nous, mais aussi de ce qui nous dépasse infiniment, la force du tout… »

« Je ne suis pas sûr de bien te comprendre, dit le lanceur de javelot. Et même, je suis certain de ne pas te comprendre ! »

« Écoute : disons simplement que tu peux retrouver la dernière personne qui a transcrit ces vers sur un papier… ce qui ne signifie pas qu'elle en soit l'auteure originelle… »

« Elle pourra au moins m'expliquer comment cela est advenu… »

Elle redressa la tête.

« Certes… Le corbeau va te guider, dès maintenant, comme il l'a fait pour moi… ! »

Elle avait parlé comme énonçant une évidence. Il sursauta :

« Que dis-tu là ? ! »

« Il ne m'a pas quittée depuis qu'il est venu chez moi, déposer le poème ; mais désormais, il va rester à tes côtés, te guider à ton tour… »

« Tout cela est incompréhensible… Te moques-tu de moi ? »

« C'est incompréhensible pour moi aussi ; et pourtant, c'est bien ainsi que vont se dérouler les choses… »

Ils se turent un instant. Puis, la jeune femme au corbeau reprit :

« Je vais te laisser maintenant, car j'ai beaucoup à faire… Dans quelques semaines, nous allons fêter le dixième anniversaire de la Révolution d'octobre… Un monde meilleur s'est mis en marche… Il règne déjà en URSS, et bientôt gagnera la Chine… Les camarades communistes de Chine vaincront les gens du Kuomintang, avec lesquels ils sont désormais en lutte armée… »

« Une guerre civile peut-elle être un progrès ? » dit-il, stupéfait.

« Oui, si l'emportent les forces du prolétariat, c'est-à-dire du plus grand nombre… »

« Vas-tu au lycée ? »

« Oui… et je milite au PCF… »

« Je ne suis qu'un petit paysan sans instruction… Je ne sais si le monde dont tu parles est un monde meilleur, ou pire encore… Pour nous, les paysans, la terre est sacrée. Nous l'aimons, parce qu'elle nous nourrit, et qu'elle nous appartient… Le paysan russe ne se sent-il pas dépossédé, de travailler pour une terre qui appartient à tous ? »

« N'était-il pas dépossédé, quand il travaillait pour l'intérêt des riches propriétaires ? Au moins, aujourd'hui, est-ce l'intérêt des petits, et des humbles, qui est recherché… »

« Tu en es sûre ? »

« Et toi ? Préfères-tu à l'URSS, une nation qui veut le bien du monde, une autre nation, les États-Unis, qui n'ont pas hésité à condamner deux innocents à la peine capitale, Sacco et Vanzetti [23]? »

Il soupira.

« Écoute : je ne me sens pas vraiment de taille à discuter avec toi… Mais il me semble que l'on ne peut réduire l'essence profonde d'une nation à quelques actes accomplis, en bien ou en mal… Les nations se cherchent un chemin, politique et économique, parfois elles trouvent des chemins où les aspects positifs l'emportent sur les aspects négatifs, et parfois c'est l'inverse, il leur faut trouver une nouvelle issue… Mais rien n'est tout blanc ou tout noir… »

Elle le regardait, intensément, comme émue.

---

23 – Sacco et Vanzetti sont deux anarchistes, immigrés italiens, installés aux Etats-Unis. En 1920, ils sont accusés de deux braquages, dont l'un ayant fait deux morts. Au terme de deux procès tant leur culpabilité semble incertaine, ils sont malgré tout condamnés à la peine capitale. Cette condamnation donne lieu à d'immenses manifestations de soutien dans les capitales européennes, car l'on craint que les deux hommes soient plus jugés en raison de leurs origines et de leurs opinions politiques, qu'en raison d'une culpabilité avérée. Ils sont finalement exécutés le 23 août 1927, et seront réhabilités cinquante ans plus tard par le gouverneur du Massachusetts.

« Non seulement es-tu de taille à converser avec moi, mais encore se peut-il que tu sois bien plus sage que moi... Ce que tu viens de dire montre que tu es capable de discernement, et cela te servira sans doute beaucoup, dans tes entreprises futures... »

« Merci... Merci aussi, de tout mon cœur, pour avoir éclairé ma lanterne, quant à ce qui m'arrive... »

« Il n'y a pas de quoi... Tu ne m'as pas dit : comment t'appelles-tu ? »

« Ma mère m'appelle *chéri...* » dit-il avec un grand sourire.

« Je vois que tu ne manques ni d'humour, ni de répartie... »

« D'autres gens que ma mère me nomment Richard Tarel... Avenir, où vas-tu désormais ? »

« Mon nom est Annie Berg. Je vais là où rayonnera l'Épopée ![24] »

« En Union Soviétique ? »

« Comment pourrais-je y aller ? Je ne suis qu'une gamine... Mais les fruits de l'Épopée se répandront un jour sur chaque homme, où qu'il soit... » dit-elle, sibylline.

Et sur ce, elle tourna les talons, sans préambule, et sans qu'il ait le temps d'ajouter autre chose. Il la vit dévaler lestement la montagne, et elle fut si rapide, qu'elle disparut bientôt de son champ de vision, comme aurait disparu un mirage ou une vue de l'esprit.

Le corbeau, lui, demeura avec lui, comme informé de sa mission nouvelle.

Le lanceur de javelot se sentit brusquement bien vide. Ce départ le privait d'une espérance à peine formulée. Il médita longtemps, puis se dit qu'il lui fallait au plus vite se mettre en chemin, vers l'auteur du Poème.

---

24 – Isaie 11, 6-9 : Alors, le loup habitera avec la brebis, et le tigre reposera avec le chevreau ; veau, lionceau et bélier vivront ensemble, et un jeune enfant les conduira. Génisse et ourse paîtront côte à côte, ensemble s'ébattront leurs petits ; et le lion, comme le bœuf, se nourrira de paille. Le nourrisson jouera près du nid de la vipère, et le nouveau-sevré avancera la main dans le repaire de l'aspic. Plus de méfaits, plus de violence sur toute ma montagne sainte ; car la terre sera pleine de la connaissance de Dieu, comme l'eau abonde dans le lit des mers.

Il confirma officiellement au corbeau qu'il voulait retrouver le poète, ce que le volatile parut comprendre immédiatement.

L'oiseau voltigeait quelques mètres devant le lanceur de javelot, et jetait sur lui des regards attentifs, afin d'être certain qu'il le suivait sans s'égarer, ni prendre du retard. De temps à autre, il s'envolait très haut et décrivait quelques arabesques au milieu des nuages, comme jouant avec eux ; mais toujours, il revint, peu désireux de perdre celui dont il avait la charge. De temps à autre aussi, il s'installait sur l'épaule du garçon, lui indiquant le chemin d'un coup de bec impératif, lorsqu'ils arrivaient à des croisements.

Au fond de lui, le lanceur de javelot se trouvait bien un peu ridicule de s'en remettre à un oiseau. Mais quoi ? Ne s'en était-il pas déjà remis à une lance, pour forcer son destin ?

Au matin du second jour, d'un ton qui se voulut badin mais qui était tout empli d'attente, le lanceur de javelot demanda à son guide :

« Peux-tu *réellement* me mener au poète qui a rendu sa parole à ma mère ? »

Le corbeau croassa. Mais comment tenir un croassement pour une réponse ? Le lanceur de javelot pensa de lui-même que les événements faisaient de lui un très simple d'esprit ; en même temps, il continuait de donner foi aux propos de la jeune femme qu'il avait rencontrée.

Durant une pleine semaine, l'homme et le corbeau s'accompagnèrent. Le lanceur de javelot ne cessait de cogiter, retourner en tous sens les données de sa situation. Son esprit était en proie à une grande confusion, mais une chose, au moins, se dessina clairement : si jamais il retrouvait ce poète, il lui demanderait de l'aider à trouver sa voie et son chemin…

Puis, un soir, dans la lumière rouge du crépuscule, apparut une petite ville, sur un flanc de montagne. Elle n'était ni belle, ni laide, ce qui frappait était qu'elle semblait endormie, en proie à une torpeur de dimanche après-midi. Les rues étaient désertes, silencieuses à un point étonnant. Le lanceur de javelot suivait le corbeau, dont le croassement, seul, déchirait le silence alentour. Bientôt, le lanceur de javelot vit une foule de gens, qui tous marchaient dans la même direction, sans se parler mais en s'entre-aidant : les jeunes soutenaient les vieillards, les valides poussaient des chariots d'handicapés, les sourds conduisaient les aveugles. Ils ne paraissaient pas être des gens de chair et d'os, mais des êtres de lumière, ayant pour matière l'Esprit.

Et tous se dirigeaient vers une immense place, où ils faisaient la queue. Une fontaine trônait en son milieu, des bancs et des kiosques étaient harmonieusement disposés. Partout, on voyait des sortes d'écrivains publics, eux aussi de lumière, penchés sur des pupitres où ils écrivaient, avec une attention extrême, une concentration telle, qu'un fou aurait pris sur lui de ne pas les déranger.

Lorsqu'ils avaient terminé leur ouvrage, ils venaient le remettre, à une femme de haute taille, qui se tenait tout près de la fontaine, et paraissait contenir sur ses traits toute la sagesse et l'autorité du monde humain. Elle examinait chaque document, lettre par lettre, syllabe par syllabe, et phrase par phrase. Lorsque son examen était terminé, et se trouvait concluant, elle adressait un signe à quelqu'un de la longue file d'attente, qui prenait la missive, la pressait contre son cœur avant de s'en aller.

Chancelant, peinant à croire ce qu'il découvrait, le lanceur de javelot vit sa mère parmi les scribes, ainsi que la jeune fille qui avait dit s'appeler l'Avenir. Toutes deux lui adressèrent un petit signe de la tête, rapide mais bienveillant, et se remirent bien vite à leur ouvrage minutieux. De ses yeux inquiets, avides et emplis d'espérance, il chercha *son aimée*. Peut-être était-*elle, elle* aussi, en train d'écrire, parmi cette foule ?

Mais non, il ne la trouva pas.

Le lanceur de javelot, luttant pour ne pas défaillir, fut sûr et certain que ce qui était copié, cent, mille et dix-mille fois, était l'Épopée du monde. Il sut, de façon sûre, en regardant les scribes, que dans leur enveloppe de chair et d'os, ils étaient occupés à leurs ordinaires activités ; mais que leur âme, désormais, se consacrait à écrire l'Épopée, maintes et maintes fois, en vérité autant de fois qu'il le fallait, afin qu'elle poursuive son voyage et se transmette sur toutes les routes de la terre… Il sut aussi que tous ceux qui avaient marché vers lui, et attendaient maintenant qu'on le leur remette, étaient des êtres que le Poème attirait, sans qu'ils comprissent comment, et encore moins pourquoi, mais qui auraient renoncé à vivre plutôt que de vivre sans lui.

Le lanceur de javelot eut alors une vision qui se superposait à celle dans laquelle il évoluait depuis quelques minutes. Il distingua *les formes de quatre êtres vivants, qui présentaient une apparence humaine. Chacun d'eux avait quatre visages et quatre ailes. Leurs jambes étaient droites ; leurs pieds ressemblaient aux sabots d'un veau, et brillaient comme du bronze poli. Sous chacune de leurs quatre ailes, il y avait une main d'homme. Ces mains étaient tournées dans les quatre directions, comme leurs visages et leurs ailes. Les extrémités de leurs ailes se touchaient l'une l'autre. Ils avançaient droit devant eux, sans tourner leur corps. Leurs visages étaient comme des faces humaines, et chacun d'eux avait une face de lion à droite, une face de taureau à gauche, et une face d'aigle. Deux de leurs ailes, déployées vers le haut, se rejoignaient entre elles, et deux leur couvraient le corps. Ils avançaient chacun droit devant soi. Ils allaient là où ils voulaient, sans avoir à tourner leur corps. Entre les êtres vivants, on apercevait comme des braises enflammées, on voyait bouger des sortes de torche. Le feu était éblouissant, et des éclairs en jaillissaient. Les êtres vivants allaient et venaient à toute allure ; ils semblaient aussi rapides que la foudre.*[25]

25 – Ezékiel 1-4

4
28 AOÛT 1939

Annie Berg, dite l'Avenir, marchait d'un pas vif et pressé. C'était le pas de tous ceux que l'on croisait désormais dans les rues : le pas de ceux qui sont inquiets, et savent que quelque chose d'imminent, de lourd et de terrible, va bientôt se produire.

Ses yeux, comme ceux de tous les autres, ne quittaient pas le bitume, et reflétaient un état d'intense réflexion. La guerre allait éclater... Il fallait s'y préparer... Mais comment ? Que faire, pour se préparer à vivre l'impensable, ce à quoi l'esprit se refusait de toutes ses forces ? Allait-on revivre la tragédie de 14-18 ? Annie Berg était enfant, alors, mais se trouvait maintenant adulte, et ne pouvait se réfugier dans les bras de quiconque... C'était à elle, désormais, qu'il incombait de prévoir les horreurs à venir et devenir refuge, pour les enfants des autres... Mais que convenait-il de faire ? Comment se devait-elle d'agir ?

Au coin d'une rue, son regard fut bientôt attiré par la plaque indiquant le cabinet médical du docteur Elbane. Elle ralentit, puis arrêta ses pas, comme incapable de continuer. Cela faisait des années qu'elle passait devant le cabinet de cet homme. Lorsqu'elle était enfant, il avait soigné toute sa famille, d'une voix grave et sérieuse, professionnelle en quelque sorte. Mais il lui arrivait également de venir chez sa mère, faire recoudre ses vêtements, et il prenait le temps de discuter avec tous, ainsi que de jouer avec elle. Sa voix, alors, était facétieuse et joyeuse, ce n'était plus la voix de quelqu'un qui travaille, mais celle d'un homme qui se détend, et prend plaisir à échanger des propos innocents et badins. Elle s'en souvenait fort bien, tout comme elle se souvenait de la joie qui rayonnait sur le visage de tous lorsqu'il arrivait. Mais depuis qu'elle était adulte, et que ses parents n'étaient plus, elle ne lui avait jamais parlé, comme si le décès de ses parents, le déroulement des années, avaient dressé entre eux un mur, qu'ils ne s'autorisaient plus à franchir.

Elle se dit que le déluge allait bientôt s'abattre, sur elle et sur cet homme, comme sur tout le pays, d'ici peu... Elle eut une envie irrésistible de le voir, d'échanger avec lui, de prendre de ses nouvelles.

Elle prit donc son courage à deux mains et frappa à la porte du médecin. Elle dut s'y prendre à trois reprises, comme si celui-ci n'entendait pas, ou était occupé. Il finit cependant par ouvrir.

Bien qu'il eût terriblement changé, elle le reconnut aussitôt. C'était un homme d'âge mûr, de taille moyenne, mais solidement charpenté : il émanait de lui un sentiment de puissance et de force. Son visage avait vieilli, mais avait conservé un regard lumineux et attentif. Il portait un petit bouc, sous le menton, ainsi qu'une épaisse moustache. Ses cheveux étaient désormais entièrement argentés, et en grand désordre. Comme tout le monde, il avait l'air inquiet, et ses yeux étaient cernés de noir.

« Vous vous souvenez de moi, Docteur Elbane ? »

« Mais oui, bien sûr ! Entre ! Comment pourrait-on t'oublier ? » s'écria-t-il.

Il fit pénétrer la jeune femme dans son appartement. Des piles de journaux et de revues étaient partout édifiées, et recouvertes de poussière. Dans le salon, tout encombré d'objets hétéroclites et inclassables, il poussa l'une d'entre elles, qui occupait un fauteuil, et invita l'Avenir à s'y installer.

« Comment va ta mère ? » demanda-t-il en dégageant une chaise, elle aussi recouverte de livres.

« Elle est décédée, depuis dix ans maintenant... »

Il se frappa le crâne.

« Oh ! Pardonne-moi ! Comme ai-je pu te poser une question aussi stupide ? Alors que j'ai assisté à son enterrement... Excuse-moi, vraiment, je suis confus, dans tous les sens du terme... Mets-toi à l'aise... ! Installe-toi ! »

On voyait qu'il était préoccupé. Elle obtempéra.

« Que t'arrive-t-il ? Es-tu malade ? »

« Non, je viens vous rendre une visite... de courtoisie... » dit-elle en rougissant.

« Comme tu as raison, Annie ! Comme tu as raison... ! Bientôt, la courtoisie sera devenue le dernier de nos soucis, c'est donc aujourd'hui qu'il convient de s'en préoccuper... Dis-moi... Je ne me souviens pas bien... Tu étais toute petite lorsque ton père est décédé, c'est bien cela... ? »

« Oui, j'avais six ans... Il était couvreur, et est tombé d'un toit... J'ai peu de souvenirs de lui, mais je sais qu'il riait beaucoup... Il aimait rire, et détestait les injustices. Ma mère m'a raconté qu'il avait une fois renoncé à un chantier chez un particulier, parce que celui-ci avait humilié une petite bonne devant lui... »

« Mais dis-moi : lorsque ta mère a disparu à son tour, tu t'es retrouvée seule, pour t'occuper de ton frère et de ta sœur ? »

« Non... Fort heureusement, une tante, sœur de ma mère, qui n'avait elle-même pas fondé de famille, est venue s'installer à la maison, et a veillé sur nous... Elle gagnait sa vie, et la gagne toujours, en donnant des leçons de piano... Les notes de musique ont succédé au petit ronronnement que produisait la machine à coudre de maman... Mais ma mère me manque toujours... »

« Oh ! Nos mères nous manquent éternellement... J'ai beau avoir l'âge que j'ai, je pense chaque jour à la mienne... Mais raconte-moi... Que deviens-tu ? »

« Je suis traductrice… »

« Traductrice ! En quelles langues ? »

« Je traduis des textes anglais, allemands et russes… »

Il parut sincèrement stupéfié.

« Tu connais donc toutes ces langues… ! Je suis admiratif… ! Qu'est-ce qui t'a amenée à cela ? »

« C'est difficile à dire… Mais je crois que traduire, c'est comme édifier un pont entre les pauvres humains, qui ont tant à faire pour si peu se comprendre… »

« C'est une belle et heureuse métaphore, que tu utilises là… Quel genre de textes traduis-tu ? »

« Il m'arrive de traduire des romans et des essais… Mais cela est rare… La plupart du temps, je traduis des documents officiels, des extraits de naissance, des livrets de famille, des actes judiciaires ou notariaux… »

« Je vois… Quel beau et noble métier tu exerces là ! Tu connais bien sûr l'épisode biblique de la tour de Babel… Si Dieu ne voulait pas que tous les hommes parlassent la même langue, c'est qu'Il voulait qu'ils aient à produire des efforts, pour se comprendre et se connaître… »

« Dans la traduction, il y a comme un effort de paix… »

« Comme tu as raison … ! Mais tandis qu'une immense majorité de gens aspire à celle-ci, et à une vie de petits plaisirs simples, une minorité d'excités ne pense qu'à la guerre, et c'est cette minorité qui décide de l'avenir de tous… » dit-il avec affliction.

Il croisa les mains sur ses genoux, et revint à une agitation, qui semblait-il, le ravageait depuis longtemps.

« Je suis heureux de ta visite… La guerre va éclater, c'est désormais inévitable, puisque les ordres de mobilisation sont partout donnés… ! Hitler va nous fondre dessus, de mille et une façons… ! Nous n'avons rien fait, quand il a remilitarisé la Rhénanie, en 36, pas plus quand il a envahi l'Autriche, en 38, nous lui avons quasiment offert les Sudètes six mois plus tard, pourquoi se priverait-il de foncer sur la Pologne ? Il convoite le corridor de Dantzig[26], tout comme un chien lorgne sur l'os qui déchaîne sa passion… Et après, ce sera quoi ? ! »

Il avait parlé comme pour lui-même, d'une voix sombre, presque sauvage…

« Ces années trente ont été une longue descente aux enfers… reprit-il. La crise économique mondialisée, l'accession d'Hitler à la chancellerie, et par la voie des urnes, jeune amie ! La voie des urnes ! Comment avons-nous pu en arriver là ? Le fascisme n'a cessé d'essaimer… non seulement en Italie et en Allemagne, mais aussi en Roumanie, en Hongrie, en Pologne, en Grèce et aux Pays Baltes, et plus loin au Japon, au Brésil, en Argentine, au Venezuela, en Bolivie, avec partout des violences, des arrestations, la mort programmée de toute liberté politique et syndicale, de toute vie parlementaire… Et tout cela sans parler de la guerre d'Espagne, notre grand échec à tous, puisque nous n'avons pas su sauver et préserver la démocratie espagnole… ! »

Il réfléchit un court instant :

« Je me demande sans cesse comment tant de nations ont pu adopter d'elles-mêmes un destin aussi funeste, aussi dévastateur… Comment cela est-il possible, que des nations qui disposaient du droit de vote aient d'elles-mêmes voté pour des despotes et des tyrans… ? Mais tu sais, la réponse est bien simple : la démocratie fait peur, elle effraie les élites et les nantis, mais elle effraie aussi le peuple, qui renonce à ses forces… C'est comme si les peuples eux-mêmes disaient : nous avons besoin d'un chef, avant toute autre chose d'un chef, un chef qui dispose de nous, nous dise ce qui est bien ou mal, désigne à notre place les bons et les mauvais… N'est-ce pas tragique ? »

« Oui, en effet… ! »

---

26 – Le traité de Versailles avait accordé à la Pologne un corridor en territoire allemand, afin qu'elle pût bénéficier d'un accès à la mer baltique.

« Oh ! La France et l'Angleterre ont des traditions démocratiques bien mieux ancrées dans l'Histoire, et elles résistent mieux au charme des dictatures. La France y résiste si bien, que tandis qu'Hitler militarise l'Allemagne tout entière, nous nous sommes consacrés aux avancées sociales promises par le Front Populaire : la semaine de quarante heures, les congés payés, les conventions collectives, la liberté syndicale… ! Et au final, nous voici nus, ou presque, devant un conflit qui s'annonce terrible… La question se pose : comment conserver des préoccupations démocratiques, dans un contexte qui ne l'est nullement, et tout au contraire, prépare la guerre ? »

Elle affronta son regard. Tout, en elle, se fit dur et tendu.

« Faut-il qu'éternellement, les plus pauvres soient privés de tout, pour que les plus riches décident tranquillement des guerres dans lesquelles ils les envoient mourir ? »

Il ne répondit que par un pauvre sourire, puis avoua :

« Bien sûr, tu n'as pas tort… »

« Ne voyez-vous pas que le fascisme est un ultime soubresaut du capitalisme et de l'impérialisme ? » poursuivit-elle.

« Ultime ? Qui peut savoir… ? Mais il est certain que le fascisme, en même temps qu'une faillite de la démocratie, a aussi été une réponse à la crise économique : une réponse nationaliste et impérialiste… C'est si facile, en pareil cas, de se replier sur soi, de se dire qu'on appartient au seul pays du monde qui vaille la peine, et que les autres pays sont juste des territoires à envahir… Je me suis toujours demandé pourquoi la fierté d'appartenir à telle ou telle nation devait s'accompagner de la haine et du mépris des autres… Mais, c'est si bon, de se dire qu'on est supérieur aux autres, qui ont des âmes d'esclaves… ! Oui, tu as raison de parler d'impérialisme… Les Italiens ont envahi l'Ethiopie, en 35, parce qu'il leur fallait absolument un empire colonial, comme tous les autres… Se sont-ils privés de lâcher des gaz sur les populations locales ? Bien sûr que non… ! Les Japonais ont sauté sur la Mandchourie, en 31, et sur la Chine, en 37, comme sur des territoires leur revenant de droit… Voici des gens que l'idée de massacrer ne contrarie pas… Étaient-ils tenus de supplicier Nankin comme ils l'ont fait ? Mais ils avaient la possibilité de le faire, alors pourquoi se priver ? ! Le rapport de force est tellement plus simple que le partenariat d'égal à égal, qui, lui, demande de beaucoup réfléchir… Mais dis-moi : serais-tu communiste ? »

« Oui, effectivement, je le suis… »

Elle prononça ces mots avec lenteur et souffrance, comme quelqu'un qui a du sable dans la gorge.

« Tu penses au pacte germano-soviétique[27] ? Tu es ébranlée depuis cinq jours, à l'idée que l'Union Soviétique se soit objectivement alliée à la peste brune, et penses qu'il s'agit là d'une union contre nature ? »

Elle soupira, et son visage se marbra :

« En effet, cela me paraît contre nature… Beaucoup de camarades sont bouleversés… »

« Il y a de quoi ! Mais est-ce une union contre nature, ou tout à fait naturelle ? Pour être honnête avec toi, je pense, moi, que la peste rouge s'est alliée à la peste brune… Mais je suis surtout fou de rage que le monde démocratique ait raté cette alliance : si nous avions conclu un pacte avec l'URSS, nous serions stratégiquement en position de force… Alors que maintenant, c'est naturellement Hitler, qui se frotte les mains… ! »

Elle réfléchissait.

« Je suis devenue communiste, parce que je crois qu'un jour viendra où les hommes vivront en solidarité et en fraternité, où il

27 – Le pacte germano-soviétique est un pacte de non-agression et de neutralité, signé le 23 août 1939 par l'Allemagne et l'URSS, en cas de conflit avec les puissances occidentales. Cet accord donnait à Hitler les mains libres pour attaquer la Pologne, sans avoir à redouter une alliance entre l'URSS, la France et l'Angleterre. Des accords secrets prévoyaient également, toujours entre l'URSS et l'Allemagne, le partage de la Pologne, de la Finlande, des pays Baltes et de la Bessarabie.

n'y aura plus ni riches ni pauvres, ni blancs ni noirs, mais seulement des hommes qui seront les soutiens les uns des autres, travailleront dans le sens de l'intérêt commun et non pas dans l'intérêt de quelques-uns, et recevront de la société ce dont ils ont besoin pour vivre, ni plus, ni moins… ! »

Il l'écoutait attentivement, comprenait sa sincérité, son désarroi.

« C'est un bel espoir, Annie, et vois-tu, je le partage, dit-il doucement… Mais je ne crois pas que la société socialiste soit l'outil qui mènera à lui… N'as-tu pas eu vent de toutes les injustices, de toutes les dérives qui se produisent en Union Soviétique ?

« L'Union Soviétique n'a que quelques années d'existence derrière elle… Elle ne peut résoudre en dix ou vingt ans les maux qui ont rongé la société depuis des siècles… Et puis, vous le savez, la dictature du prolétariat n'est qu'une phrase transitoire… » soupira-t-elle.

Il explosa.

« La dictature du prolétariat ? ! Crois-tu vraiment, Annie, que ce sont les comités de soviets qui établissent les lois au nom du peuple ? Le pouvoir tout entier n'est-il pas concentré entre les mains de Staline et d'une poignée de ses adeptes ? Où le prolétaire est-il libre, en Russie, Annie ? »

Il se tut brusquement, comme honteux de sa véhémence, et décida de ne pas poursuivre sa démonstration. Il aurait pu lui opposer les famines, imposées aux populations rurales dans le seul but de les briser et de briser tout particulièrement les petits propriétaires hostiles à la collectivisation des terres ; lui parler des arrestations en masse, ou des voyages en URSS de Romain Rolland, d'André Gide, qui étaient revenus accablés par ce qu'ils avaient vu… Mais elle était déjà suffisamment perturbée dans ses convictions… Pendant des années, elle avait dû considérer, comme tous ses camarades, que l'URSS était un rempart contre le fascisme… Et cette certitude se trouvait aujourd'hui totalement effondrée !

« Peut-être as-tu raison… dit-il simplement. Vois-tu, je n'ai pas placé mes espoirs d'homme dans une révolution, car je hais la violence, toutes les formes de violence… J'ai longtemps espéré en la réforme, pacifique et progressive, en l'épanouissement des Droits de l'Homme, j'avais la vision d'une société démocratique où tout homme, et toute femme, pourrait vivre en dignité, et en confiance avec le monde qui l'entoure… »

Il se tut tout à coup, se prit la tête entre les mains. Ce fut comme une explosion de souffrance.

« Comme toutes ces espérances paraissent bêtes, aujourd'hui, inadaptées et dérisoires ! Et pourtant ! Je continue de haïr la guerre, je la refuse, de toute mon âme, de toute ma personne ! Je la connais de trop près ! Oh ! Comment peut-on y voir une expression de la grandeur humaine ? Comment ? ! En 14-18, j'ai été de toutes les batailles, et je m'en serais bien passé, je te le jure… J'ai été à la bataille de la Marne, la bataille de Verdun, celles de la Somme et du Chemin des Dames, tout cela dans le corps médical, en tant que chirurgien… J'ai vu tant de corps suppliciés ! J'ai opéré des blessés à même le sol, avec si peu d'anesthésiants que les gars se réveillaient en hurlant de douleur… J'ai vu des blessures si profondes et si graves, qu'il était incompréhensible que la vie demeure encore en ces corps torturés… Mais les soldats voulaient vivre, ils s'accrochaient à la vie avec une force extraordinaire, alors que tout indiquait qu'ils n'auraient plus jamais une vie aimable et paisible, telle que nous espérons tous la connaître, mais des vies de misère, de handicap et de d'isolement social… J'ai vu aussi tant de morts, tant de morts, que ma conscience se refusait presque à comprendre ce qui se passait… Oui, pour survivre et demeurer actif, il fallait qu'une partie de ma conscience restât aveugle et sourde… Et ce cauchemar a duré quatre ans, Annie, même un peu plus… J'opérai le jour et la nuit, parfois dans un tel état d'épuisement que je n'étais pas sûr d'être lucide quant à ce qu'il convenait de faire… Et souvent, il me semblait que mes mains accomplissaient seules, automatiquement, ce qui aurait dû être guidé par mon esprit… Je parlais aussi de manière automatique, par réflexe professionnel en quelque sorte… Toute ma vie, après la guerre, a été guidée par l'espoir que plus jamais une génération n'ait à revivre pareille horreur, et voici que les conditions même que nous avons imposées à l'Allemagne, dans le cadre des réparations de guerre, a engendré l'horrible conflit que nous allons connaître… »

Un lourd silence s'installa.

« Les démocraties, aujourd'hui, paraissent faibles et débiles… Et pourtant, c'est à elles qu'il revient de combattre l'horreur nazie ! dit-il, en redressant la tête. Attends-moi un instant, s'il te plaît… Je vais nous préparer du café… »

Elle comprit qu'il avait besoin d'être seul, après cet aveu de douleur.

Il s'absenta quelques minutes, et elle l'entendit, qui manipulait de la vaisselle, faisait couler de l'eau. Il revint en tenant un plateau, sur lequel il avait disposé deux tasses et une assiette de gâteaux.

« Mange, je t'en prie, qui sait ce que demain nous réserve ? dit-il d'une voix calme. Annie, qui va veiller sur toi pendant cette guerre ? As-tu un petit ami, un mari ? Une famille ? Gagnes-tu assez d'argent pour subvenir à tes besoins ? »

Sa sympathie était sincère, et se propagea à l'Avenir. Elle lui toucha doucement la main.

« Il me reste ma sœur Léa, mon frère David, et ma tante… Oui, je gagne correctement ma vie, et n'ai pas à me plaindre, mais il est certain que ma vie professionnelle va être transformée par la guerre… Comment ? Je l'ignore… Je suis aussi très entourée par les gens du PC… »

« Que deviennent David et Léa ? Je me souviens très bien d'eux… »

« David s'est engagé dans les Brigades Internationales en 36, il a participé à la bataille de Madrid, aux combats du Jarama et de Guadalajara, où il a été blessé… Il est rentré en France, a pris un emploi de mécano, et se contente de militer ici, pour le PC… Que le Front Populaire ne soutienne pas les Républicains espagnols l'a désespéré… Ma sœur est aide-soignante, et s'est récemment fiancée. »

Il la regarda profondément.

« Vous êtes Juifs, si je ne me trompe ? Tu sais comme moi, comme tout le monde, qu'Hitler hait les Juifs… Il a fait de l'Allemagne, et de l'Autriche, un enfer pour eux… Si nous perdons la guerre, toi et ta famille allez vivre de grands dangers… Excuse-moi de te demander cela, mais il serait criminel de ne pas le faire… Qu'avez-vous prévu, en cas de défaite ? »

« Si nous perdons la guerre, ma sœur et ma tante ont prévu de partir aux États-Unis… Mon frère est mobilisé, et tient à combattre, comme tout un chacun… »

« Ce n'est peut-être pas un très bon choix, qu'il fait là… Pourquoi ne partez-vous pas tous, dès maintenant ? Il faut fuir, Annie, il faut fuir… ! Les Juifs sont beaucoup plus menacés que les autres… »

« David veut absolument combattre : il est Français, et veut défendre son pays… Je le comprends pleinement, même si j'ai peur pour lui… »

« Et toi, Annie, et toi ? »

« Je ne veux pas abandonner ni ma nation, ni ma communauté… Je ne fuirai qu'en cas d'absolue nécessité… »

« Je t'en conjure, Annie : n'attends pas qu'il soit trop tard ! »

Il lui sourit, tristement, le cœur indiciblement serré. Elle était d'une beauté à couper le souffle ! Son visage était tellement extraordinaire, avec son front large, ses yeux bleus immenses, grands à se noyer dedans, sa bouche aussi rouge que ses cheveux ! Mais sa taille était aussi tellement voyante, atypique, hors norme… Comment la dissimuler, au sein d'une population ? Où qu'elle aille, on ne verrait qu'elle… ! Et puis, pauvre fille… Il n'était pas même sûr que cette beauté lui permît d'accumuler les succès auprès de ces messieurs… Ils n'avaient certainement n'avaient guère envie de confronter leur taille à la sienne…

« Mais vous-même, docteur, avez-vous de la famille ? Des amis sur lesquels vous pouvez compter ? » demanda-t-elle.

« Tu es gentille, Annie, de rendre visite à un vieux bonhomme qui pourrait bien être ton papa… Quel âge as-tu ? »

« Vingt-sept ans… »

« J'ai exactement le double de tes années : cinquante-quatre… Pour répondre à ta question, oui, j'ai des amis, mais il ne me reste pas la moindre famille… Mes frères ont été emportés par la Grande Guerre, comme tant d'autres, et je n'ai pas pu leur venir en aide… J'avais pourtant promis à mes parents de le faire… Comment aurai-je pu ? Hein ? Comment ? Ils sont morts si jeunes, qu'aucun d'eux n'était marié… Tu sais, je me demande sans cesse comment une génération entière a pu accepter d'être sacrifiée… Qu'on ne me dise jamais que la génération des pères aimait celle des fils ! »

Tout à coup, il se mit à ricaner dans sa barbe, d'un rire qui grandit et gagna tout son corps.

« Sais-tu, Annie, que je suis un vieux fou ? »

« Fou ? Que voulez-vous dire ? »

« Fou à lier, même… Je peux t'en apporter la preuve… Viens, suis-moi ! »

Il se leva, et s'engagea dans un long couloir (lui aussi très encombré et que personne n'avait dû dépoussiérer depuis des lustres) puis ouvrit une porte. Ils pénétrèrent dans une pièce spacieuse, qu'il éclaira aussitôt. Le désordre atteignait cette fois-ci des sommets, et elle peina un long moment avant de comprendre dans quel genre d'endroit elle se trouvait.

En réalité, c'était une sorte de laboratoire. Des étagères de toutes les tailles ployaient sous des fioles, contenant des produits aussi divers que variés, et de toutes les couleurs. Sur une table immense, au milieu de la pièce, jonchaient des éprouvettes, la plupart du temps à moitié vides, ou à moitié pleines, des instruments de pesage, de chauffage, de séchage…

« Sais-tu à quoi ont longtemps servi ces ustensiles, aujourd'hui délaissés ? »

« Je n'en ai pas la moindre idée, docteur Elbane ! »

« Tu vas rire… À partir du tout début des années 1930, avant même l'élection légale d'Hitler, il est devenu évident que les nationalismes reprenaient le cours de leurs passions vengeresses, et que rien ne pourrait plus les arrêter… Ton serviteur, Hector Elbane, a conçu dans son petit cerveau furieux que s'il arrivait à créer une substance chimique qui arrêtât la folie destructrice des hommes les uns envers les autres, une substance qui aurait fait cesser leur violence et leur goût pour le meurtre, qui aurait fait d'eux des êtres exclusivement bons et bénéfiques, eh bien, il parviendrait par là même à arrêter les guerres… Toutes les guerres… Une fois pour toutes ! Que dis-tu de cela, ma petite Annie ? Mon idée, une fois la géniale substance créée, était de la diffuser dans la nourriture… avec l'aide des gouvernements, cela va sans dire… »

Elle se tut, les yeux arrondis de surprise.

« Alors, penses-tu toujours que je suis sain d'esprit ? Enfin, je te rassure, j'ai renoncé à tout cela, dit-il en refermant la porte derrière lui, et en entraînant à nouveau Annie vers le salon initial. J'ai renoncé à cette folie, parce que j'ai pensé que je cherchais à transformer l'homme en le trompant, en le manipulant, et en utilisant un subterfuge… Bref, en utilisant un moyen d'une violence peut-être invisible, mais au moins aussi coupable que ceux qui poussent l'homme à la guerre… »

Il éclata d'un rire nerveux.

« De toute manière, je n'ai jamais découvert ce que je voulais découvrir… Fin de l'histoire ! Fin de la *grotesque* histoire ! »

Il saisit tout à coup la mine déconfite de sa pauvre interlocutrice, qu'il venait de malmener généreusement, et fut à nouveau saisi par un grand rire, qui finit par être communicatif. Ils se mirent tous deux à se tenir les côtes, et riaient aux éclats, joyeusement, librement, comme si plus rien des événements extérieurs ne pouvait encore les menacer.

« Ne t'inquiète pas, en dehors de cet épisode de délire pur, je suis un être inoffensif ! » dit-il entre deux éclats.

Ils furent longs à reprendre leur sérieux. Le rire était si bon, si libérateur… Ah ! Comme il convient à l'homme !

Après ce moment de détente, elle prit une brève inspiration.

« En cas de défaite, j'irai rejoindre les rangs de l'OSE… »

« L'OSE ? Qu'est-ce que cela ? »

« L'œuvre de Secours aux Enfants… C'est une association qui est née en 1910, dans la Russie tsariste, héritière des lois discriminatoires et antisémites d'Alexandre III… Elle avait pour vocation de venir en aide aux populations juives, parquées dans les ghettos. Elle a fondé des hôpitaux, des dispensaires médicaux, des crèches, des cantines scolaires, des homes d'enfants, des colonies de vacances… En 1923, pour fuir le régime bolchévique, elle s'est déplacée en Allemagne… »

« Mauvaise pioche… ! »

« … En effet ! En 1933, lors de l'arrivée au pouvoir d'Hitler, elle a migré en France, où elle soutient toujours les Juifs en difficultés, et accueille notamment les enfants que leurs parents ne sont plus en capacité d'élever… »

Il soupira.

« Des Juifs en difficultés… Ce n'est pas ce qui manque en ce moment… Tu es courageuse, Annie… Annie, promets-moi, promets-moi de venir me voir si tu rencontres des problèmes… Tu en rencontreras, c'est inévitable… Je veux… je veux t'aider… »

Il avait dit ses derniers mots avec émotion, comme s'ils sortaient du plus profond de lui-même, et Annie eut la conviction que c'était très exactement le cas. Elle l'écoutait, le regardait avec intensité, sans pouvoir le quitter des yeux.

Elle eut tout à coup le pressentiment, presque la certitude, que cet homme allait traverser des événements terribles, des épreuves d'une grande violence.

Tout devint brusquement évident, éclatant, comme une fulgurance.

Elle posa d'une main ferme sa tasse de café sur la table basse et encombrée du salon.

« Docteur Elbane, je crois qu'un jour viendra où les lois d'arbitrage et de négociations prévaudront à ce point, entre les hommes, que tout le monde regardera le temps des guerres passées comme celui des ténèbres et de la barbarie ! Un jour arrivera, où la Justice sera une telle évidence, que l'idée même de léser son prochain, pèsera aussi lourd, dans les consciences, que l'idée d'un assassinat... »

À son tour, il la dévisagea, attentivement et intensément. Il eut presque envie d'éclater de rire, à nouveau.

Se prenait-elle pour Victor Hugo[28], ou pour Henri Barbusse[29] ?

---

28 – Lors du premier congrès des amis de la paix, en 1849, Victor Hugo déclarait : « Vous aurez bien encore des différends à régler, des intérêts à débattre, des contestations à résoudre, mais savez-vous ce que vous mettrez à la place des hommes d'armes ? Savez-vous ce que vous mettrez à la place des gens de pied et de cheval, des canons, des fauconneaux, des lances, des piques, des épées ? Vous mettrez une petite boîte de sapin que vous appellerez l'urne du scrutin, et de cette boîte il sortira, quoi ? Une assemblée en laquelle vous vous sentirez tous vivre, une assemblée qui sera comme votre âme à tous, un concile souverain et populaire qui *décidera,* qui jugera, qui résoudra tout en loi, qui fera tomber le glaive de toutes les mains et surgir la justice dans tous les cœurs, qui dira à chacun : Là finit ton droit, ici commence ton devoir. Bas les armes ! Vivez en paix ! » Ces paroles préfiguraient, avec plus d'un siècle d'avance, l'apparition de l'Union Européenne.

29 – En 1916, en pleine guerre mondiale, Henri Barbusse obtint le prix Goncourt pour son roman *Le Feu,* qui décrivait exactement l'insupportable situation des poilus. L'un de ses personnages, le capitaine Bertrand, déclare à ses soldats : « L'avenir ! De quels yeux ceux qui vivront après nous – et dont le progrès, qui vient comme la fatalité, aura enfin équilibré les consciences – regarderont-ils ces tueries et

Comme elle parlait avec emphase ! Mais il s'abstint de toute moquerie, et plongea dans une profonde réflexion.

Elle parlait ainsi, parce qu'elle était pénétrée par la foi et la certitude… Allait-il se moquer d'elle, parce qu'elle exprimait à voix haute et forte, avec sincérité et puissance, ce que lui-même espérait, depuis le début de sa vie d'homme ? Oh non ! Bien au contraire, il lui fallait être reconnaissant, des mots qu'elle prononçait avec courage, des mots que tout le monde avait envie d'entendre en ce moment, et que les circonstances reléguaient pour l'heure au rang des grandes naïvetés.

Il lui revint que l'année de ses sept ans, la mère d'Annie avait commencé à l'appeler l'Avenir. Dans son entourage, tout le monde en avait été surpris, presque gêné pour la mère… Quelle idée, de conférer un tel surnom, à une gamine qui n'était encore qu'une toute petite fille et jouait à la marelle ! Mais il fallait croire que la mère avait saisi une dimension de son enfant, une sorte d'aptitude prophétique, particulière et singulière, à envisager l'avenir.

Mais là n'était pas la fin du discours de la jeune femme. D'une voix aussi claire que le tintement du marteau sur un fin métal argenté, voici qu'elle énonça l'Épopée du monde, d'une traite, sans hâte ni lenteur, comme si ce qu'elle disait ne faisait qu'un avec son être et sa respiration profonde.

Il en fut submergé, sans voix pour réagir. Alors qu'elle parlait encore, il prit sa tête grise entre ses mains, lesquelles avaient soigné et soulagé tant de malades, et aujourd'hui partageaient la détresse de son âme et de l'homme qu'il était.

Alors que le silence se fit, il conserva sa position, comme incapable de bouger. Lorsqu'il retira enfin les mains de son visage, sa peau avait pris une transparence presque diaphane.

---

ces exploits, dont nous ne savons même pas, nous qui les commettons, s'il faut les comparer à ceux des héros de Plutarque ou de Corneille, ou à des exploits d'Apaches ? ! »

« De qui est ce poème, Annie ? »

« Je n'en ai pas la moindre idée. Un jour, la vie me l'a donné. »

« Sais-tu qu'il parle de la paix, de la paix entre les hommes, qui un jour régnera sur le monde ? Nous allons plonger dans les ténèbres, mais comme tu as raison, d'indiquer que ce drame, qui va détruire des millions de vies, n'est qu'un passage, rien d'autre qu'un passage, qui peut-être permettra d'avancer vers une salutaire transformation… »

Elle se leva, avec un visage transformé et serein, certaine d'avoir accompli pour cet homme ce qu'elle pouvait accomplir.

« Je vais vous laisser, Docteur… Il me reste beaucoup de choses à faire… Vous savez où je demeure, puisque j'habite toujours l'appartement où vivaient mes parents. Si je puis quoi que ce soit pour vous, venez vers moi, je serais heureuse de pouvoir vous aider… »

« Il en va de même pour moi, Annie. Sache que tu peux compter sur mon soutien… »

Il eût aimé la prendre dans ses bras, la serrer sur son cœur pour ce qu'elle venait de lui donner, mais n'osa pas, et se contint. Il se contenta de s'incliner devant elle, en un profond salut.

Dès lors qu'il fut seul, il se précipita pour écrire l'Épopée, car une terreur l'envahissait, d'oublier ce qui lui semblait si précieux, si infini, si cardinal. Et, de façon étonnante, pour lui, il recopiait les mots sur son carnet, sans en omettre aucun.

Il ne savait pas, n'avait pas encore compris, que de tels mots ne s'oublient jamais, pour personne, en aucun cas, car ils sont ce qui rend la vie non seulement supportable, mais aussi bonne et désirable, ce qui donne à toute action un sens et une harmonie, même si ceux-ci sont encore invisibles au moment où elle se déroule. Il écrivit les premières lignes dans la fièvre, qui se transforma aussitôt en ferveur paisible et forte.

Et tandis qu'il écrivait, l'Avenir avait repris sa route. Elle avait désormais une idée claire et précise de ce qu'il convenait de faire.

Tout en marchant, elle dressa mentalement la liste de tous les gens à qui elle souhaitait transmettre l'Épopée.

C'était une liste nombreuse. Il ne s'agissait pas de gens pour lesquels elle nourrissait une affection particulière, mais de tous ceux qui avaient croisé sa route, et qu'elle était en capacité de joindre.

Elle décida de rendre visite, le plus rapidement possible, à tous ceux qui habitaient à proximité de chez elle. À d'autres, elle téléphonerait ; à d'autres encore, elle enverrait l'Épopée par courrier.

Car les temps à venir seraient si durs et si terribles, qu'il n'était âme qui vive qui n'eût un besoin absolu de l'entendre.

SECONDE PARTIE
LA LENTE AURORE

5
NOVEMBRE 1946

Enveloppé de sa noire écharpe charbonneuse, le train roulait, tantôt avec une remarquable lenteur, comme hésitant à se lancer vraiment, tantôt à une telle vitesse, que c'en était inquiétant. Dans un wagon presque vide, deux hommes voyageaient, assis l'un en face de l'autre, sur des bancs de bois, noircis par la fumée. Ils regardaient tomber la pluie, qui s'abattait en bourrasque sur les vitres crasseuses. L'un était grand et large d'épaules, vêtu d'un costume de ville flambant neuf, et avait dans les quarante ans. Son visage trahissait une sorte d'arrogance, mais une arrogance ancienne, éteinte, que les épreuves du temps et de la vie auraient matinée de résignation… ou de compréhension… L'autre affichait le double d'années, ou plus, et était habillé comme un paysan, avec une large veste de velours et un pantalon de même tissu, largement élimé. Son expression était celle de la sagesse acquise, un peu troublée néanmoins, ce matin-là. Son visage, tendu, indiquait que voyager n'entrait pas dans ses coutumes ; et peut-même que ce voyage-ci, particulièrement, avait de quoi le troubler.

On aurait dit un père et son fils, ou un grand-père et son petit-fils. Pourtant, ils ne se ressemblaient pas.

« Je voudrais que tu me racontes tes aventures… » dit doucement l'aîné au plus jeune.

« Quelles aventures ? »

« Comment, quelles aventures ? ! Mais tes aventures de prisonnier de guerre, pardi ! Tu m'as écrit plusieurs lettres, durant ta détention, mais qui ne racontaient pas grand-chose… »

« Oui, mais je voudrais qu'ensuite, tu me parles de Louis : puisque nous nous rendons sur le lieu qui l'a vu tomber, il y a maintenant près de trente ans, je voudrais vraiment savoir quel genre de garçon était ton fils… »

« D'accord… Mais commençons par toi ! »

Le jeune passa la main sur son front, cherchant par où débuter son récit.

« Durant toute la drôle de guerre, dans les Ardennes, nous avons passé nos journées à préparer des obstacles au futur passage des chars ennemis : des murs, des trous en forme d'entonnoir, des champs de mines… Le moral n'avait rien d'extraordinaire : la chute de la Pologne avait été si rapide, si foudroyante ! L'attaque de la Norvège et du Danemark, au printemps 40, ne nous a pas du tout rassurés… Nous avions le sentiment que l'ennemi était invincible, car à ce moment-là, rien n'arrêtait les Allemands, absolument rien… Quand leurs chars se sont lancés sur nous, le 10 mai, nos fortifications les ont bien un peu ralentis, mais ne les ont pas du tout arrêtés ! Leurs chars étaient bien plus puissants que les nôtres, et surtout, ils communiquaient remarquablement bien avec leurs stukas, leurs avions de chasse. Mon unité a été encerclée, le 12 mai 40, à l'ouest de Sedan, et nous n'avions pas d'autre choix que celui de nous rendre… Un moment, j'ai cru pouvoir m'échapper en courant de toutes mes forces, avec une dizaine d'autres… Les Boches ont tiré autour de nous toute une rafale de mitrailles, et nous avons cessé de courir… »

« Que s'est-il passé, ensuite ? »

« Nous avons d'abord passé une semaine, regroupés dans quelques granges, à ne rien faire d'autre qu'attendre, en ruminant des idées noires… N'avoir véritablement combattu que deux pauvres petits jours n'avait rien de glorieux, et nous nous sentions honteux… Mais nous avions fait ce que nous avions pu, ni plus, ni moins… Le 14 mai, nous avons appris la défaite des Pays-Bas, ce qui confirmait toutes nos craintes… Et puis, on nous a dit de monter dans des camions, et le voyage a commencé… Nous n'avions aucune idée de l'endroit où nous allions… Cela a duré des jours et des nuits, j'ai très vite perdu la notion du temps qui passait, car il y avait de longues heures d'arrêt… sans que nous en sachions la raison. Le camion où j'étais est tombé en panne à une cinquantaine de kilomètres du stalag, et nous avons parcouru cette distance à pieds, jusqu'à Moosburg, pas très loin de Munich… »

« Au moins, cela vous a montré que le matériel allemand pouvait être défectueux, lui aussi ! »

« Oui, c'est ce que nous nous sommes dit ! Nous avons découvert le stalag, qui était gigantesque, il rassemblait des milliers d'hommes, dont beaucoup de Polonais… C'était une sorte de ville, mais qui grossissait chaque jour, avec l'arrivée de Danois et de Hollandais ! Très vite sont arrivés les prisonniers belges, après la bataille des dix-huit jours… Se repérer dans cette immensité mouvante, grondante de rumeurs, et encore très peu organisée, n'était pas choses aisée… Toutes sortes de langues se parlaient… Et puis, est arrivée la nouvelle de l'armistice française, le 17 juin… Tu peux imaginer notre état d'esprit… Le pays était défait, la peste noire vainquait partout où elle allait… Nous avons compris que nous n'étions pas près de retrouver nos foyers ! »

« Que faisiez-vous de vos journées ? »

« Eh bien ! Nous vivions dans d'immenses baraquements, dont certains n'étaient pas tout à fait terminés, lors de notre arrivée… Les achever fut notre premier travail. Il fallait faire la queue pour à peu près tout : manger, se laver, se rendre aux latrines, laver son linge… J'avais l'impression de vivre dans un grand chaos, qui s'organisait peu à peu… Très vite se sont mis sur pied des ateliers culturels : théâtre, échecs, littérature… Les gars avaient besoin de ne pas tourner en rond dans leurs pensées lugubres… Au bout d'un mois ont commencé les choses sérieuses : nous avons été répartis, vers différentes missions. J'ai été affecté à des travaux de terrassement, d'autres sont allés travailler dans des fermes, d'autres – et c'étaient là les moins bien lotis – se sont retrouvés dans des carrières, de pierres et de charbon, d'autres encore dans des usines locales… Certains rentraient le soir au stalag, d'autres étaient logés ailleurs, sur place… »

« Et toi ? »

« Je rentrais… Le terrassement auquel je participais avait pour but de modifier le cours d'un petit ru, pas loin de Munich… Quand les Allemands étaient là, nous prenions des poses de travailleurs acharnés ; mais dès qu'ils tournaient les talons, c'était à qui s'économiserait le plus… Travailler pour le Reich ne plaisait à personne, tu t'en doutes, et il n'était pas question de faire du zèle… »

Le vieillard ricana.

« Vous avez bien fait… »

« Nous mangions mal, et souvent pas autant qu'il aurait fallu, mais enfin, nous ne sommes pas morts de faim… À condition d'être bien sages, c'est-à-dire complètement soumis, la vie s'écoulait sans drame… Les sanctions, pour ceux qui faisaient les malins, étaient souvent des corvées, des privations de courrier, ou des envois en camp disciplinaire… Le pire, quand j'y repense, était de supporter l'effrayante monotonie des jours… Les Boches eux-mêmes ne nous donnaient aucune nouvelle, mais certains camarades ont réussi à confectionner des postes à galène, et à capter des ondes alliées… Nous avons appris l'épisode de l'exode, celui du rapatriement de centaines de milliers de soldats, anglais et français, à partir de Dunkerque, la résistance de la RAF, durant tout l'été, face aux bombardements, et finalement le renoncement d'Hitler, en octobre, à envahir l'Angleterre… Ce fut pour nous la première bonne nouvelle… Enfin, une puissance européenne démocratique arrivait à faire face à l'ennemi ! »

« Oui, les Boches ont cessé d'être invincibles... »

« L'hiver 40-41 a été interminable, ceux qui travaillaient dehors, dont j'étais, ont eu épouvantablement froid, avec l'impression de traverser une nuit sans fin... La Grèce et la Yougoslavie étaient elles aussi tombées entre les mains des tyrans... À partir de la Libye, les Italiens avaient attaqué les Anglais en Égypte, et nous savions que la huitième armée anglaise luttait contre l'Africa-Korps de Rommel, dans le désert libyen... Nous savions aussi que le Négus avait pu récupérer son trône d'Ethiopie, grâce aux anglais et aux forces françaises libres... Ceux-ci étaient entrés en Syrie et au Liban, qui normalement relevaient des forces de Vichy... L'Indochine était maintenant sous domination japonaise... Comment tout cela allait-t-il finir ? Personne, à ce moment-là, ne pouvait encore le prévoir... »

« Comment était le moral ? »

« Nous étions heureux qu'il y eût encore des combattants français libres, ayant rejoint De Gaulle... Oui, c'était un vrai réconfort, de pouvoir se dire :'Nous n'appartenons pas encore tout à fait au camp des vaincus...' Mais, tu sais, être privé de liberté durant des mois et des mois, sans savoir quand tout cela se terminera, et si cela se terminera un jour, n'est pas une chose anodine... Là était le plus terrible : ne pas savoir ! Mais enfin, il y a eu, en juin 1941, l'opération Barbarossa, l'attaque allemande contre l'URSS... Pour beaucoup de communistes, cela a signifié le retour des choses à un état normal : enfin, ils allaient lutter contre le fascisme, et leur union honteuse des derniers mois s'effaçait... ! Les Soviétiques pouvaient perdre ou gagner, mais nous nous disions qu'au minimum, toutes les armées allemandes qui allaient s'empêtrer à l'est, devaient nécessairement libérer le front ouest... ! Tout le monde s'est souvenu des mésaventures de Napoléon en Russie, même si, techniquement, la guerre avait totalement changé de visage depuis, et nous espérions qu'il arriverait à Hitler la même chose… Mais l'importance des moyens qu'il engageait nous faisait frémir… »

« Vouloir avaler le géant russe n'a jamais réussi à personne… Les armes changent ; mais pas l'hiver… »

« Hitler savait bien qu'il s'agissait pour lui d'une course contre la montre… Durant l'été 41, j'ai été affecté, je ne sais pourquoi, avec des Polonais, à une usine de réparation de matériel électrique… Tu noteras que je ne connais rien à l'électricité, mais j'ai pourtant prétendu le contraire, dans l'espoir de passer l'hiver suivant au chaud… Malgré mon ignorance, j'ai réussi à faire illusion, même si je n'ai jamais réellement rien réparé… Il n'était dans l'intention de personne de briller par son efficacité… Je pensais sans cesse à Clémence… Que devenait-elle ? Que lui arrivait-il ? Je me disais souvent que j'avais plus de chance de m'en sortir indemne, au stalag, que Clémence, qui était libre, sans doute, mais pouvait tomber dans n'importe quel traquenard, être là au mauvais moment et au mauvais endroit… Les Polonais n'arrêtaient pas de raconter comment les Allemands s'étaient conduits, lors de leur arrivée chez eux, et j'en avais froid dans le dos… J'aurais hurlé pour qu'ils se taisent ! J'espérais seulement que les Boches n'avaient pas fait à la France ce qu'ils avaient fait à la Pologne… Clémence m'écrivait que tout allait bien, et que je ne devais pas m'inquiéter… Mais ses lettres étaient parfois si banales, que j'étais bien convaincu qu'elle voulait seulement me rassurer… En fait, ses lettres m'angoissaient, tout autant qu'elles me réjouissaient ; chaque lettre, ou *absence de lettre*, était l'objet d'une violente émotion, pour moi comme pour tous les autres… »

« Mes pauvres gars… ! »

« Durant l'été 41, plusieurs dizaines de camarades, des Français, ont réussi à s'échapper… »

« Ils sont parvenus à revenir en France ? »

« S'échapper était relativement aisé… Mais circuler à travers l'Allemagne, c'était une autre affaire ! Les Boches nous ont assuré qu'ils avaient été repris très rapidement, et expédiés dans des camps disciplinaires… Mais j'ignore ce qui leur est réellement arrivé… Nos gardiens ont renforcé la surveillance : il y avait des appels en pleine nuit, deux autres au matin, lors du lever et lors du départ au travail, deux autres encore le soir, au retour et au coucher. Cacher les postes à galène est devenu compliqué, car les Allemands les recherchaient plus que tout… Mais, toujours par la radio, à la fin de l'année 41, nous avons appris le bombardement japonais sur la base américaine de Pearl Harbourg, et, l'entrée des Japonais sur les possessions hollandaises, britanniques et américaines en Asie du sud-est… Mais enfin, enfin… ! Ce fut l'entrée en guerre des États-Unis ! »

« Et dans le même temps, les Chleux étaient bloqués devant Léningrad et Moscou ! Dans la neige jusqu'au cou, les petits ! Tout est devenu un peu plus compliqué pour eux… »

« Oui… L'espoir, et le désespoir, ont commencé à mieux se répartir… En juin 1942, juste après la victoire américaine de Midway, la première grande victoire des alliés en Asie, j'ai été envoyé dans la campagne d'Hambourg, pour travailler dans une famille de cultivateurs, chez laquelle je logeais. Sur le plan matériel, mon sort s'est amélioré, et tout a été plus simple… Je mangeais bien mieux qu'au stalag, à la table familiale, je pouvais sortir, faire des courses, me promener, presque mener une vie normale, à ce détail près que c'était une vie imposée, en tenue de prisonnier… En réalité, en matière de liberté, cette famille allemande, comme toutes les autres, était à peine mieux lotie que moi… Lorsqu'ils recevaient des invités, ces gens-là se réjouissaient bruyamment des victoires passées, et de celles qui ne manqueraient pas d'advenir, car Hitler avait une arme cachée, qui une fois révélée, mettrait la terre entière au pas de l'oie… Mais lorsqu'ils étaient seuls, entre eux, leur mine en disait long… Le fils aîné était sur le front de l'est, en Russie, et ses parents vivaient dans la terreur d'apprendre son décès… Une des filles était une fanatique absolue : elle voulait que son père parte pour le front de l'est, comme son frère... Le gars avait près de soixante ans ! Je faisais semblant de ne pas comprendre un mot d'allemand ; mais tu sais, je comprenais beaucoup de choses... Pourtant, m'informer devint difficile, j'étais cette fois-ci privé de radio... Le père de famille achetait parfois un journal, et je jetais un œil dessus, quand je pouvais, mais les nouvelles étaient de pure propagande... Mon principal tourment venait de ce manque d'informations, qui rendait le temps très long... »

« Quel était ton travail ? »

« J'avais à m'occuper des porcs, et je détestais cela... Je déteste le bruit qu'ils font, avec leur groin... Mais je détestais encore plus les égorger... Tu vois, cela t'explique à quel point je ne suis pas fait pour la guerre... »

« Y a-t-il des hommes qui le sont ? »

« Je ne crois pas qu'il y en ait beaucoup... Mais oui, je crois qu'il existe des cinglés de la violence, ou qui le deviennent... Pour ma part, je vivais jour et nuit avec l'idée de m'évader, à mon tour ; mais comme tous les autres, j'avais dû donner l'adresse de mes proches, et donc de Clémence, car les Boches nous avaient dit que nous ne pourrions recevoir de colis et de lettres, que des personnes dont nous aurions auparavant donné l'adresse... Je craignais que Clémence ne subisse des représailles à ma place... Je me tourmentais d'autant plus à son sujet, qu'à cette époque, ses lettres sont devenues plus rares... J'étais persuadé qu'il lui était arrivé quelque chose, dont elle ne voulait pas me faire part, pour ne pas m'éprouver... »

« Tu es resté dans cette famille jusqu'à la fin ? »

« Non. En mars 1943, j'ai été expédié chez d'autres éleveurs : deux jeunes frères, l'un, Karl, blessé en Russie, avait été rapatrié en Allemagne, où on l'avait amputé d'une jambe ; l'autre, Dieter, était sourd de naissance et n'avait jamais été mobilisé... Karl passait une bonne partie de la journée à tenter de capter des ondes de radio... Et c'est là que j'ai appris, avec retard, le débarquement des alliés en Afrique du nord, en novembre 1942, la victoire anglaise devant les Italiens à El Alamein, puis la défaite Boche devant Stalingrad, en février 1943. J'étais stupéfait de recevoir d'un Boche toutes ces informations, mais il m'a dit :' L'Europe entière est en prison... Tout le monde a envie de savoir quand cessera cette captivité, toi comme moi, j'imagine...' C'est le seul moment de la guerre où j'ai réellement travaillé avec ardeur, parce qu'en échange, j'écoutais les ondes alliées avec ce jeune gars... Il avait besoin que je construise pour lui des clôtures, et je te jure que j'ai édifié pour lui les plus belles et les plus solides qui soient... »

« Vous n'aviez pas peur de vous faire prendre... ? »

« Si, mais le besoin de savoir était plus fort que nous... En juillet 1943, ce fut le débarquement allié en Sicile, puis dans la péninsule italienne, ce qui a contraint l'Allemagne à engager des troupes là-bas... En novembre 1943, nous avons su que les Russes avaient libéré Kiev et Leningrad... Je gardais un visage neutre devant Karl, et me torturais pour ne pas exulter devant lui... Lui était sombre, de plus en plus attristé, mais tout à fait lucide. Il lui arrivait de pleurer devant moi, et il me disait :' Nous avons donné le pouvoir à un cinglé... Nous en payons aujourd'hui le prix fort...' Il n'avait pas tort... »

« Pourquoi était-il si libéral à ton égard ? »

« Sa mère était morte de maladie, depuis bien longtemps, son père s'était éteint à Dachau, en 37, arrêté pour une vétille, un mot de trop... Karl ne portait pas le régime dans son cœur, et son frère pas davantage... Pourtant, tous deux souffraient de ce qui arrivait au peuple allemand... Un jour, nous avons décidé de devenir amis, réellement, et de rester en relation épistolaire, lorsque je rentrerai chez moi... Après le débarquement allié en Normandie, en juin 1944, Karl m'a dit :'Bon, cette fois, je crois que l'affaire est pliée... Nous allons encore nous démener tant et plus, histoire d'ajouter quelques dizaines de milliers de morts, mais au final, nous perdrons...' C'était comme s'il déroulait l'Histoire devant lui, la voyait… En août, il y a eu la libération de Paris, le débarquement allié en Provence, les défaites japonaises dans le Pacifique, à Guadalcanal, aux îles Salomon, et aux Philippines, et en décembre, le dernier sursaut boche dans les Ardennes, exactement comme l'avait prévu Karl… À partir de ce moment, les camarades et moi, nous savions tous que nous allions rentrer bientôt… Il fallait juste ne pas se faire tuer par les bombardements alliés… Quelques jours avant la capitulation de l'Allemagne, de façon étonnante, Karl m'a demandé : 'Quelle femme voudra d'un unijambiste ? Quelle autre voudra d'un sourd ?' Le jour de la défaite se rapprochait de façon imminente, et lui s'inquiétait de son avenir matrimonial… C'était, de sa part, comme une pulsion de vie… Je lui ai répondu :' Ce ne sont pas les jeunes veuves qui manqueront…' et il a souri, avec fatalisme. Le jour où je suis parti, je l'ai serré contre mon cœur, et le 18 mai, j'étais à Paris, sain et sauf ! »

Il prit son visage dans ses mains, et éclata de rire :

« Tu sais ce qui m'a le plus étonné, à la Libération ? C'est que la France ait réussi à obtenir une place aux côtés des vainqueurs… ! Voilà qui est extraordinaire ! Je sais bien que les Forces de la France Libre ont combattu en Syrie et au Liban, à l'été 41, mais c'était contre les forces mêmes de Vichy ! »

« Elles se sont également bien illustrées, à Bir-Hakeim, en 42, où elles ont littéralement arrêté l'avancée de l'Africa-Korps de Rommel, devant Suez, et ensuite à El-Alamein… Ce n'est pas rien… L'Armée Française Libre, qui s'est substituée aux FFL, a ensuite pleinement pris sa place, dans le débarquement des alliés en Tunisie, en Italie, en France même et en Allemagne… ! Cela sans parler de tous les mouvements de résistance intérieure, dans lesquels le PC a tenu un rôle si souvent capital ! »

« Certes… Mais durant ce temps-là, le gouvernement de Vichy, lui, s'est tenu aux côtés de l'Axe, avec des forces et des effectifs finalement bien plus considérables que ceux de la France Libre ! »

« Peut-être… Mais comme l'a dit De Gaulle, la France libre représente la France éternelle et glorieuse, la France dans son essence et sa substance profonde, en quelque sorte… C'est ce qu'il a vendu à tout le monde… Et puis, je crois que les Américains n'avaient pas intérêt à humilier la France à la fin de la guerre… Le PCF aurait pu facilement faire basculer le pays dans le giron soviétique, et c'était hors de question pour les États-Unis… Leur intérêt était de disposer d'alliés, non seulement pendant la guerre, mais aussi après… »

L'ancien prisonnier réfléchissait à son destin :

« Maintenant que la guerre est finie, je me dis qu'en comparaison de ce qu'ont vécu tant d'autres, civils et militaires, déportés, résistants dans les maquis, il est évident que je n'ai pas à me plaindre… Je n'ai même pas été blessé, te rends-tu compte ? Pourtant, ce ne fut pas une partie de plaisir, oh non ! La guerre est une horreur que l'on ne peut souhaiter à personne ! Mais j'ai eu cette chance inouïe, qui m'a consolé de tout, de retrouver Clémence, l'appartement, et de reprendre mon emploi… Combien ont connu ce bonheur, de retrouver leur vie d'avant ? »

Il se tut à nouveau, puis reprit d'une voix blanche :

« Même si bien sûr, la vie d'avant avait entièrement disparu, et que nous n'étions plus les mêmes… Clémence avait changé, et moi aussi, et nous nous sommes retrouvés comme deux étrangers. Nous avons dû recommencer à nous apprivoiser, alors que nous avions avant-guerre cinq ans de vie commune… Mais nous étions vivants, et c'était là notre triomphe ! »

« Merci, mon garçon, de me raconter cela… »

Le jeune homme prit les mains du vieil homme entre les siennes.

« Père, je te demande pardon… »

Et sa voix tremblait, car il n'avait guère prononcé le mot *père* dans sa vie.

« Pardon de quoi ? » dit le vieux avec surprise.

« Il y a bien longtemps, tu m'as demandé de devenir pour toi un fils… Et comme je le craignais, je n'ai pas été un bon fils ! »

« Que me chantes-tu là ? Tu es pour moi un fils excellent ! »

« Je viens te voir une fois par décennie, c'est bien peu… »

Le vieux éclata de rire, découvrant sa bouche édentée.

« Bastian Laforge, mon gars ! Tu m'as écrit quand tu es devenu typographe, en 27, et je peux te dire que j'en ai presque dansé de joie ! Tu étais plutôt parti pour ne jamais avoir d'emploi, mais tu as eu ce courage, de dire adieu à la bouteille, à l'errance, et d'apprendre un métier… Tu m'as envoyé une photo de ton imprimerie, tu m'as parlé de tes collègues, donné des détails sur ta vie. Imagines-tu le plaisir que tu m'as donné ? Lorsque tu as rencontré Clémence, tu m'as à nouveau envoyé des photographies, d'elle cette fois-ci. Crois-tu que les recevoir fut pour moi un fait anodin ? Tu m'as invité à ton mariage… Et c'est moi qui n'ai pas voulu faire le déplacement… Que veux-tu ? Les voyages sont devenus pour moi, au fil des années, une source de terreur… C'est sans doute stupide, mais c'est ainsi… Loin de m'en vouloir, tu es venu me rendre visite, avec ta jeune épouse, et je l'ai trouvée belle, charmante et intelligente, j'ai pensé : quelle compagne extraordinaire il a, désormais ! J'étais tellement heureux, à l'idée que tu ne passes pas ta vie tout seul, comme c'est mon cas depuis que je suis veuf… Tu es plus qu'un bon fils : tu es un fils dont je suis fier ! »

Pendant tout ce petit discours, le fils avait regardé le père comme on regarde la vérité.

« Tu te souviens de ce que tu m'avais dit, au sujet des journaux, et de l'importance de se tenir informé ? »

« Très bien… »

« J'ai longtemps réfléchi à tes paroles… Ce sont elles qui m'ont décidé à travailler dans le domaine de l'imprimerie… À ma toute petite place, à ma toute petite façon, j'ai voulu participer à l'émancipation des gens… »

Puis, son visage s'assombrit de nouveau.

« Je ne t'ai pas tout dit, à propos de Clémence... »

Sa voix se fit si basse, qu'il devint presque difficile de l'entendre.

« Quand je l'ai retrouvée, à la maison, je l'ai serrée dans mes bras à n'en plus finir, retrouver le contact de sa peau, dc son corps, était un tel bonheur ! Nous pleurions tous les deux de joie, dans une émotion qui nous séparait de tout, de tous les autres en tout cas, nous étions le monde entier à nous tout seuls... Il est impossible de décrire à quel point je me sentais submergé, j'avais tant craint de ne jamais la revoir... Puis, j'ai enfin aperçu une enfant, d'environ deux ans, qui est venue s'accrocher aux jambes de Clémence en pleurnichant, et j'ai caressé le haut de sa tête, en pensant :'C'est sûrement l'enfant d'une voisine, qu'elle garde...' Mais Clémence s'est tout à coup effondrée, à mes genoux, comme si ses forces la lâchaient, et elle m'a dit en tremblant de tout son corps :'Je te présente Justine'. J'ai demandé : 'Qui sont ses parents ?' Et elle a répondu :'Je suis sa mère ; son père est le fils Jacosky, tu te souviens ? Les gens du deuxième. Il est mort en déportation, et toute sa famille avec lui. Je te demande pardon.' Il y avait tant de détresse dans sa voix, tant de détresse... Mon cœur battait la chamade, des tas d'idées m'ont traversé la têtc cn quelques secondes à peine. Je me disais : elle m'a trahi... elle m'a trahi, elle m'a trahi... J'ai renoncé à m'évadcr, rcnoncé à être libre, durant cinq années interminables, pour qu'elle ne souffre pas par ma faute, et elle, pendant ce temps... ! Et cette gamine ! Comme elle est laide ! Pourquoi devrais-je supporter sa présence ?

Et puis, d'autres idées me sont venues... Moi aussi, j'avais donné des coups de canif au contrat, durant ces cinq années... En quoi pouvais-je m'ériger en juge ? La seule différence, c'est que je n'avais pas la preuve de cette trahison avec moi ! Et puis, j'ai revu le visage de Dany Jacosky avant la guerre, c'était le visage d'un beau garçon, plein de vie et d'avenir ; et voici qu'il était mort, mort en déportation... N'était-ce pas tant mieux si Clémence lui avait donné un peu de bonheur, avant qu'il ne sombre en enfer ?

N'était-ce pas tant mieux, si de son côté, elle avait reçu un peu de chaleur, elle aussi, durant cette guerre de cauchemar, dont personne ne pouvait prédire quand elle allait enfin s'achever ? Tout ce que je savais, parmi toutes ces idées diffuses qui me traversaient à toute vitesse, c'est qu'il fallait que je réagisse vite, parce que notre avenir dépendait de ce que j'allais dire, ou faire, dans les secondes à venir… Et voici qu'une vérité s'est imposée à moi, de manière nette, définitive, qui a tout soulagé en moi et tout résolu : cette enfant, Justine, était exactement dans la situation que j'avais connue moi-même, nous étions tous deux des enfants illégitimes, nés dans les marges de la vie… Allais-je lui imposer ce qui avait massacré mon enfance ? Oh non ! Cela, je ne le voulais pas… Quelle que fût cette enfant, elle ne méritait pas d'endurer ce que j'avais moi-même vécu étant gamin… Alors, j'ai cessé de tergiverser, j'ai embrassé la main de Clémence, et puis le visage de l'enfant, et j'ai dit : 'Eh bien ! Nous sommes une famille, maintenant, une vraie famille…' Je n'ai pas pu aller plus loin, ma gorge était trop nouée pour que d'autres mots y passent… Mais ils ont suffi à nous sauver, tous les trois… Quelques jours plus tard, alors que nous étions dans l'escalier, un voisin m'a apostrophé, l'air goguenard :' Alors, tu as retrouvé plus de monde que prévu, à la maison ?' Et spontanément, sans y avoir auparavant réfléchi, j'ai répondu :' Comment ça, plus de monde que prévu ? Il est heureux que j'aie pu avoir une permission, pour fabriquer cette petite !' Et j'ai dit cela avec tant d'assurance, tant de certitude dans la voix, une autorité qui me venait je ne sais d'où, que le gars n'a pas moufté, il est parti sans demander son reste, comme sont partis sans insister tous ceux qui m'ont fait des remarques chargées de fiel et d'acide… Cette réponse était idiote, en elle-même, tout le monde savait que les prisonniers de guerre n'avaient pas de permission, tout le monde savait donc que je mentais dans les grandes largeurs, mais tout un chacun comprenait aussi que j'étais du côté de Clémence, et ne la reniais pas, ni elle, ni l'enfant, et à chaque fois, je ne manquais jamais de poser ma main, sur la nuque de Clémence, tout en prenant la gamine sur mon autre bras… Et le temps est venu, où l'acide et le fiel ont manqué… Mon mensonge avait pris place dans la réalité des faits, point à la ligne. Et puis, j'ai découvert Justine, j'ai appris à la connaître. J'ai écouté ses gazouillements, qui de jour en jour m'ont paru plus charmants, j'ai écouté, regardé ses petites minauderies d'enfant, tellement gracieuses, tellement gracieuses ! J'ai vu la délicatesse de ses traits, et ai compris à quel point elle était jolie, alors que je l'avais jugée laide, au premier abord… Comme je me trompais, et quelle erreur c'était ! Et tu sais quoi ? Clémence et moi avons de nouveau essayé d'avoir un bébé, mais sans résultat… Tu vois, je suis probablement stérile, alors, en fin de compte, Clémence m'a rendu une sorte de petit service… »

Le silence se fit. Le vieil homme réfléchissait, puis dit :

« Comme tu as eu raison ! Tu sais, nos enfants ne sont pas ceux que nous engendrons, mais ceux que nous élevons, et aimons… Et maintenant, es-tu heureux ? »

« Oui, sans hésitation aucune, oui… Durant plusieurs mois, une pensée m'obsédait : l'idée que Clémence, si son Jacosky avait survécu, aurait choisi de vivre avec lui, le père de son enfant, plutôt qu'avec moi… Et puis, cette pensée m'a quitté du jour au lendemain… Je me disais que les faits étaient ce qu'ils étaient, et qu'il ne servait à rien de savoir comment ils auraient été dans telle autre circonstance… »

« Le bonheur, et c'est un paradoxe, demande souvent quelques efforts, et bien des concessions… C'est une chose qui s'acquiert, et se médite… Je ne crois pas que l'on puisse être heureux sans *organiser* cet état… » dit le vieil homme.

Il se tut, ajouta tout à coup :

« Tu m'as demandé, tout à l'heure, de te parler de Louis… »

Le jeune se pencha vers son aîné, soucieux d'être attentif, soucieux de tout entendre, comme il venait lui-même d'être entendu et écouté.

Et le vieillard se cala sur son siège, bourra calmement une pipe. Il ne parla pas du tout de Louis, ou du moins pas encore.

« Comme tu le sais, avant d'être garde-chasse, j'ai été chasseur-forestier[30]. Le capitaine, l'inspecteur-adjoint qui était mon responsable, s'appelait Franchouille, un nom qui ne s'invente pas... En fait, il n'est venu me voir en inspection qu'une seule fois, le 5 janvier 1895. Comprends-tu pourquoi je me souviens si bien de cette date ? C'était le jour de la dégradation d'Alfred Dreyfus ! Tous les journaux ne parlaient que de cela, et tout le monde jetait avec passion la pierre sur ce pauvre gars ; mais moi, j'avais une autre actualité, et quelle actualité ! Hortense était enceinte, et devait accoucher d'un jour à l'autre ! Tu sais, j'étais fou d'elle, je l'ai toujours été, tout le temps que nous avons passé ensemble, je me suis demandé : 'Mais elle, qui est belle comme un jour de printemps et tellement instruite, à force de lire tant de livres, que peut-elle me trouver, à moi, petit chasseur-forestier sans envergure ?' Elle m'avait fait promettre d'être là, quand arriverait l'heure de sa délivrance, et j'avais promis, bien sûr, même si les seules naissances auxquelles j'avais assisté, concernaient des vaches et des brebis... Mais elle, me répétait à l'envi qu'elle serait paniquée si je n'étais pas là, et que ma seule présence suffirait à la rendre forte et courageuse... Tous les jours, avec son ventre rond et tendu comme un tambour, elle me faisait promettre, et tous les jours je promettais, et l'embrassais comme on embrasse sa propre vie...

Mais là-dessus, Franchouille annonce par télégramme qu'il viendra en inspection le 5 janvier, qu'il sera à la gare de S. à

30 – Le corps des chasseurs-forestiers a existé de 1875 à 1924. Il s'est créé à la demande des forestiers eux-mêmes, qui, lors de la guerre de 1870, ont souffert de leur manque d'organisation. Napoléon III les a cependant utilisés en qualité de guides forestiers.

11 h 45, où il m'attendra, et qu'il serait fort reconnaissant si nous pouvions commencer cette inspection par une légère 'collation' à mon domicile, car il se doute que dans un village aussi isolé que le mien, les moyens de se restaurer sont rares… Il régnait en ce début d'hiver un froid de loup, et je me disais : 'Bon, il vient au pire moment de l'année, il va vouloir rester au chaud, c'est sûr… Donc pas de problème pour Hortense…' Car je connaissais bien Franchouille… Lors de nos regroupements militaires, pour des exercices, il savait très bien déléguer et ne pas patauger dans la boue avec nous…

Le jour J, Hortense avait préparé un repas du tonnerre, et mis les petits plats dans les grands, ça, je te le garantis… Pendant qu'elle cuisinait, moi, je dressais la table, avec une belle nappe blanche, et tout ce que nous avions de plus beau, et même, peux-tu croire, un chemin de table, oui, qu'elle avait brodé elle-même et qui était tellement délicat, c'était une merveille, que je me disais : 'C'est un peu trop pour un militaire…', mais Hortense a bien insisté sur le fait que rien ne devait être trop beau, pour ce gradé qu'elle ne connaissait pas, mais dont dépendait mon avenir…

Bon, pour finir, je me sangle dans mon uniforme, avec la jaquette en drap vert, le képi de même couleur, le pantalon gris et large, le sabre à garde d'acier… L'uniforme était repassé de près, je peux te le dire, et j'avais l'air d'un astre, même si je n'étais qu'un garde de première classe. À dix heures trente, j'attelle la jument Francine à la carriole, et avant de partir chercher mon inspecteur à la gare, je dis au revoir à Hortense, et elle me répond : 'Ne t'inquiète donc pas, je sens que ce n'est pas pour aujourd'hui… Le petit n'est pas encore prêt…' et je pars donc le cœur léger.

J'arrive une heure plus tard à la gare, et là, j'apprends que le train a du retard, et même un retard indéterminé… Je patiente… Lorsque Franchouille débarque enfin, je me plante droit comme un I devant lui, et lui envoie un salut militaire bien dans les règles. Mais je vois tout de suite que quelque chose cloche, il est accompagné d'un caporal, et leurs yeux brillent à tous les deux, et leurs joues sont rouges, bien rubicondes, comme les joues de ceux qui ont bien bu et bien mangé, dans un endroit où ils ont eu bien chaud. Franchouille est débonnaire, il me dit de me mettre au repos, et me présente le caporal Verdier, qui a l'air de bien rire, et je ne vois pas ce qui prête à rire, et tout à trac, Franchouille me sort qu'ils ont mangé au wagon-restaurant, et qu'il est temps d'aller inspecter cette fichue forêt pour laquelle il s'est levé à cinq heures du matin.

Je comprends bien que c'en est fini, du bon repas préparé par Hortense, et qu'elle s'est donné tout ce mal pour rien… Il est de plus certain qu'elle va se faire du souci, s'imaginer que la carriole a versé, ou d'autres choses encore… J'en suis tout retourné pour elle, mais une inspection est une inspection, je n'ai rien à redire…

Franchouille et Verdier s'installent dans la carriole, et on part. Ils discutent entre eux comme si je n'existais pas. Au moment où l'on passe devant la ferme de Huro, Franchouille me dit 'Avez-vous des chevaux, chez vous, à la maison ?' 'Eh non ! Je n'ai que Francine, qui est brave comme du bon pain !' 'Cette carne ne semble pas bonne à grand-chose… Allez demander au fermier s'il n'a pas trois chevaux…' Traiter ma bonne Francine de carne, voici qui ne me plaît guère, elle est douce et docile comme peu de chevaux le sont, et de plus, elle trotte à bonne allure, à une allure régulière et rapide, et elle connaît tous les chemins par cœur, ce qui fait d'elle une monture parfaite… Mais bon, si Franchouille a décidé que Francine est une carne, alors elle l'est, du moins tant qu'il est là et décide de tout… Huro me procure, avec sa grâce habituelle de sanglier dépressif, trois chevaux, et nous voilà partis, tandis que Francine attend tranquillement ! Je songe qu'au moins, elle se reposera…

Nous trottons vite et fort, Franchouille a décidé de traverser la forêt de part en part, on dirait que tout à coup, cette forêt le passionne, et qu'il ne peut plus vivre sans en connaître tous les recoins. Il m'interroge sur les chemins qui la traversent, sur l'emplacement des étangs et des cours d'eau, celui des marécages, et compare tout cela avec les relevés qui je lui ai fait parvenir… Il tâte l'écorce des arbres, à plusieurs reprises descend de cheval pour toucher le sol. Il est minutieux à un point qui m'étonne, et que je ne lui ai jamais connu…

Tout à coup, alors que je suis en train de répondre à son feu nourri de questions, il m'interrompt d'un ton sec et se met avec son cheval à mon côté, tout près de moi, tandis que Verdier en fait autant de l'autre côté, de sorte que j'ai la pénible impression d'être un prisonnier que l'on escorte. Et Franchouille me dit, d'un ton tout doux et tout mielleux : 'Bon, Prédieu, tu vas me parler en homme. Oublie que je suis ton supérieur, oublie que nous sommes militaires, et fais comme si nous étions des amis de longue date… C'est pourquoi je te tutoie, et te demande de m'accorder la même marque de sympathie… Que penses-tu de Dreyfus ?' Au moment même où il me demandait de lui causer en ami, je me dis : 'Méfie-toi ! Méfie-toi ! C'est le bon moment pour tout cadenasser…' et je lui réponds : 'Mais j'en pense ce qu'en pense l'armée, mon capitaine !' Mais Franchouille éclate de rire, Verdier aussi, d'ailleurs, Verdier adopte spontanément toutes les attitudes de Franchouille, comme s'il en était la copie conforme, cela, je l'ai remarqué en moins de deux minutes, il y a chez lui quelque chose qui dépasse l'obséquiosité ordinaire, ou la servilité, et qui touche à la synthèse des deux… Et Franchouille insiste : 'Mais tu as une cervelle, une cervelle qui n'appartient qu'à toi ! Fais-moi part, je te prie, en ami, des pensées de ta cervelle… Par exemple, qu'as-tu pensé des déclarations du général Mercier[31] à la presse ?' 'Notre Ministre a parlé à la presse ? Je l'ignorais !' 'Tu me prends pour une andouille ? Tout le monde en a parlé, il a déclaré Dreyfus coupable, avant même l'ouverture du procès !' Il a l'air de désap-

31 – Le 8 novembre 1894, le Général Mercier, alors ministre de la guerre, déclarait Dreyfus coupable de façon irréfutable, dans une interview délivrée au Figaro.

prouver, comme s'il était fâché contre notre ministre, mais je me dis qu'il prêche le faux pour savoir le vrai, et que ce n'est pas le moment de tomber dans ses filets… 'S'il s'est ainsi exprimé, c'est qu'en ministre et en homme responsable, il se fondait sur d'absolues certitudes…' Il y a comme une pointe d'ironie dans mes propos, et je le regrette aussitôt… 'Ah ! Je suis fâché, Prédieu, que tu ne me traites pas en ami comme je te l'ai demandé…' Et là, le ton n'a plus rien d'amical… Mais qu'a-t-il à vouloir connaître ce que je pense ? En quoi la pensée d'un chasseur-forestier de première classe est-elle importante ? Ces deux-là se sont levés à cinq heures du matin pour explorer ma cervelle, dont personne ne s'est préoccupé auparavant ? Je dois avouer que je ne comprends rien à tout cela, car même si l'armée veut tester la solidité de ses rangs, je suis un personnage bien trop insignifiant pour que mon avis importe plus qu'un pet de lapin… Mais aussitôt après, je me dis que c'est justement parce que je suis le fin fond de l'armée et qu'il n'y a rien en dessous, que finalement, mon avis compte tout de même plus que je ne le crois… Si un pet de lapin comme moi fait corps avec sa hiérarchie, c'est qu'alors ledit corps est fait d'un seul bloc, ou d'un seul tenant !

J'essaie de changer le terrain de la conversation : 'Mon capitaine, il m'est impossible de vous tutoyer, aussi je serais heureux que vous me le pardonniez… Mais puisque vous me demandez de me conduire en ami, puis-je vous confier que ma femme attend un petit, et que sa naissance est imminente ?' 'Tu vas devenir père ? Bravo Prédieu ! Aucun homme n'est digne de ce nom s'il ne connaît cette expérience…' C'est à son tour de mettre de l'ironie dans sa phrase, et je sens bien qu'il n'a cure de ce que je lui annonce, et qui est si important pour moi. Mais c'est plus fort que moi, je commets le faux pas : 'Oui, Hortense peut accoucher d'un moment à l'autre…' 'Oh ! Tranquillise-toi… Toutes les juments mettent bas, un jour ou l'autre… La mienne m'a déjà donné cinq petits, je ne m'affole pas à chaque fois, tu vas t'habituer, toi aussi…' et ils éclatent de rire tous les deux, comme deux jumeaux inséparables, et la bouche de Verdier s'arrondit en O, exactement comme celle de Franchouille. Le sang me monte aux joues, je n'ai déjà pas apprécié le propos sur Francine, tout à l'heure, mais là, la comparaison d'Hortense avec une jument me met hors de moi, et je suis bien prêt d'éclater. Franchouille le sent bien : 'Bon, tu es pressé, c'est ce que j'en déduis, alors dis-moi simplement ce que tu penses du huis-clos du procès, et sois honnête, personne ne t'en demande plus…' dit-il d'un ton de nouveau paterne. 'Mon capitaine, vous me demandez beaucoup. Je suis un homme sans instruction, ma foi va à l'armée et à la patrie, ce sont à elles que je dois obéir, c'est tout ce que je pense… Je ne sais rien de ce Dreyfus, ni des preuves qui l'accablent…' Franchouille ne me lâche pas : 'D'accord, tu es un patriote sans tache, et c'est tout à ton honneur ! Mais que l'armée insiste à ce point pour que personne ne soit témoin du procès, ça ne te dérange pas un peu ?' 'Je crois que l'armée n'a pas à laver son linge sale en public… et surtout pas devant un public impréparé, et pire encore, devant des journalistes !' dis-je d'une voix convaincue. 'Mais, ne penses-tu pas qu'un huis-clos était aussi une possibilité de cacher la faiblesse de l'accusation ?' 'Mon capitaine, je ne crois pas une seconde que l'armée soit coupable d'une pareille forfaiture à ses idéaux de justice ! Si elle a voulu le huis-clos, c'était plutôt, je crois, pour protéger ce Dreyfus, que la foule aurait pu réduire en miettes…' Le capitaine se tait un petit instant, et repart : 'Et la personnalité de Dreyfus lui-même, que t'inspire-t-elle ?' 'Absolument rien, mon capitaine, je n'ai jamais vu cet homme, et ne le verrai jamais…' 'Ah bon ! s'écrit Franchouille. Un tribunal militaire condamne un homme à la déportation à vie pour intelligence avec l'ennemi, et toi, tu ne sais que penser de ce traître ! Ta cervelle est un peu lourde, tu ne crois pas… ?' Je comprends que j'ai gaffé, et reprends : 'S'il est coupable, c'est heureux qu'il soit condamné !' 'Comment ça, s'il est coupable ? En doutes-tu ?' 'Pas un instant, mon capitaine, puisque l'armée a rendu son verdict…' Je sens à l'intérieur de moi que je deviens tout sale, j'ai dit à peu près tout ce que je ne pensais pas, car je sais que l'armée est parfois injuste, et ne fait pas toujours dans la dentelle… Mais Franchouille serre encore un peu la visse : 'Et qu'il ait des parents allemands, qu'il fréquente des cercles de jeux, ça ne te dérange pas ?' 'Si, mon capitaine, je suis tout dérangé, il est bien que l'armée ait extirpé cette fripouille de son sein !'

Et tout à coup, Verdier qui n'a rien dit depuis le début, et n'a rien fait qu'approuver en tout point son chef vénéré, arrête net son cheval, et se met debout sur ses éperons, un peu comme s'il voulait mettre en exergue les sublimes propos qu'il a à prononcer : « Et qu'il soit *youpin* jusqu'à la couenne, ça te dit quoi ?' 'Oui, reprend Franchouille avec emphase, comme s'il citait Socrate ou Plutarque, ou comme si Verdier venait d'exprimer la substantifique moelle d'une pensée sublime et éternelle, qu'il soit *youpin*, ça te fait quoi ?' Et tous les deux me fixent avec des yeux exorbités, je saisis que le judaïsme de Dreyfus est pour eux le point d'orgue de tout le reste, la preuve absolue de la traîtrise… 'Mon capitaine, je ne connais personnellement pas de youpin, je n'ai donc pas d'opinion sur eux…' 'Tu repars avec ton refrain ! crie Franchouille, comme s'il voulait que toute la forêt, jusqu'au dernier des cerfs et des lapins, entende. Tu ne connais pas personnellement, alors tu ne sais pas quoi dire ! Tu n'es pas dérangé qu'il y ait des éléments étrangers au corps national ? Tu penses qu'on peut faire une armée avec des éléments de bric et de broc, tout ce qui passe en vérité, et qu'alors, tout va bien ?' J'hésite un peu, avant de répartir : 'Oui, effectivement, maintenant que vous le dîtes, je comprends que c'est mieux si nous sommes tous de la même souche !' 'Alors, dis-le clairement, Prédieu, dis-le d'une voix haute et forte : les youpins sont des éléments étrangers, qui souillent le corps national de l'armée' Et, bêtement, bêtement, je me mets à crier : 'Les youpins sont des éléments étrangers, qui souillent le corps national de l'armée !' 'Ah ! Voici qui est bien

Prédieu, tu me fais plaisir, enfin !' s'écrie Franchouille, comme un instituteur à qui un enfant fait la bonne surprise de lui révéler qu'il a enfin compris son enseignement, et sait désormais, non seulement lire et écrire, mais aussi, pourquoi pas, comprendre la marche du monde et l'anticiper…

Je suis épuisé, ces deux-là m'ont pressuré jusqu'à la couenne. 'Bon, écoute, je vais faire mon rapport d'inspection. Celle-ci est close, il faut que tu nous reconduises à la gare !' dit d'un ton agréable Franchouille, et je comprends que lui aussi est soulagé que tout soit enfin fini, cette inspection dont il n'a cure, avec deux idiots de service, moi et Verdier, dans une contrée où règne un froid de loup… Nous retournons au grand trot là où la carriole nous attend, et le seul fait de voir Francine apaise un peu mon cœur bouillonnant.

Je rends les chevaux à Huro, qui mérite bien son nom, car il possède une tête à faire peur, et fouette cocher, nous voici en route pour la gare…

Mais dans la carriole, au lieu de me détendre, de penser à Hortense que je vais bientôt retrouver, je pense à tout ce que Franchouille m'a fait dire. Et surtout, pourquoi me l'a-t-il fait dire ? Est-ce pour que Verdier fasse à son tour un rapport au supérieur de Franchouille ? Était-ce Franchouille qui voulait démontrer à quel point il était loyal à l'armée ? Ou a-t-il reçu ordre de me faire parler ? Ou encore, a-t-il pris de lui-même cette initiative ? Est-ce l'armée, qui veut savoir où elle en est avec la fin fond de ses troupes, ou Franchouille qui sonde lui-même ses alentours ? Et surtout, Franchouille lui-même est-il si persuadé que Dreyfus est un traître, ou essaie-t-il de s'en persuader ? Comment aurait-il réagi, si, comme il me l'a demandé, j'avais répondu avec franchise et amitié à ses questions ?

Je peux retourner la situation en tous sens, je n'ai pas les éléments pour voir clair. Mais ce qui me tracasse, et cela de plus en plus au fur et à mesure que passent les minutes, c'est que je ne vais guère être à l'aise pour raconter mes déboires à Hortense… Comment lui dire que j'ai manqué de courage, à ce point, et ai crié dans la forêt une phrase indigne ? Et soudain, mon cœur s'arrête se crispe, presque comme en une crampe. Quel genre de père vais-je être pour mon enfant ? Je vais lui enseigner à haïr le mensonge, tout en mentant moi-même comme un arracheur de dents ? Je suis un adulte, je sais bien ce qu'est la vie, et qu'il faut faire des compromis… Mais peut-on faire des compromis sur tous les sujets, comme s'il n'en était pas de sacré ? Oh ! Pourquoi, pourquoi ai-je accepté de beugler sur les Juifs ?

Malgré le froid, le vent qui souffle en rafale, me voici brusquement trempé d'une sueur âcre. Ce que j'ai dit ou pas dit a-t-il une quelconque importance pour Dreyfus ? Je ne suis chargé ni de le condamner ni de l'innocenter ; mais pour autant, en criant comme je l'ai fait sa culpabilité, n'ai-je pas ajouté ma petite pierre, ma petite paille, mon infime touche, pour que rien ne vienne le secourir, *au cas, bien incertain, où il serait innocent* ? Mais que faire ? Si je dis à Franchouille tout ce que j'ai sur le cœur, je risque des sanctions, la révocation peut-être, alors même que mon enfant s'apprête à naître d'un instant à l'autre… Est-ce le bon moment pour tourner le dos à ma carrière ? Elle brille par sa modestie, c'est évident, mais il s'agit néanmoins d'une carrière, que je me suis donné du mal à mettre en route…

Et puis tout à coup, Francine se met à hennir. Elle hennit doucement, comme si elle me parlait, et j'ai beau lui dire d'aller vite pour qu'on en finisse, elle continue sa petite parlotte de cheval, et ça impatiente un peu Verdier et Franchouille, qui sont derrière et aimeraient bien parler sans ce bruit de fond ; mais à moi, cette intervention de Francine me fait du bien, elle me redonne des forces.

Allons donc ! Pourquoi toutes ces tergiversations ? Je n'aime pas les scènes de chasse, encore moins les scènes d'hallali… Dreyfus est coupable, cela semble même établi au stade où l'on en est, mais est-il nécessaire que la terre entière l'accable, et que chacun, y compris ceux qui ne connaissent rien à son affaire, lui jette un crachat, alors que l'armée l'a déjà condamné, et qu'aujourd'hui même, devant toute une foule, il est publiquement dégradé, déshonoré ? À quoi cela sert-il, qu'un inconnu comme moi, qui ne sait rien de lui, et encore moins ce qui l'a mené à cela, lui jette une pierre supplémentaire ?

Lorsque nous arrivons à la gare, je suis serein et tout droit en moi-même. Je salue Verdier, et demande à Franchouille si je peux lui dire deux mots. 'Mais bien sûr !' répond-il, et un éclair passe dans ses yeux, comme s'il avait déjà tout saisi de ce qui allait se passer.

« Mon capitaine, je n'ai pas été sincère. Je n'ai pas approuvé que notre ministre parle de Dreyfus comme d'un coupable, alors que le tribunal militaire n'avait pas encore étudié son affaire. L'affaire du huis-clos de son procès ne m'a pas convenu non plus. Lorsque l'on n'a rien à cacher, alors on ne cache rien. Quant aux Juifs, ils sont des citoyens à part entière depuis la Révolution, et le principe de la République est bien d'assurer l'égalité de droits de tous les citoyens, quelles que soient leurs origines. Donc, la judéité de Dreyfus ne constitue en rien une preuve. Cela dit, le jugement militaire est rendu, et je lui fais *à priori* confiance. Je n'aime pas plus les traîtres que vous. Voici mon capitaine. Je vous souhaite un bon voyage de retour. »

J'ai parlé d'une voix haute et claire, après avoir un à un choisi mes mots, et en regardant Franchouille dans les yeux – sans agressivité, mais sans faiblesse non plus. Et il s'est passé cette chose extraordinaire que les yeux de Franchouille ne m'ont pas condamné. Il m'a écouté, avec la plus grande attention, et au fil des mots, j'ai senti dans son regard une sorte de soulagement. Était-il soulagé parce que lui aussi pensait ainsi, bien qu'il fût forcé, à longueur de journée, de crier le contraire ? Je ne le crois pas, car vois-tu, à ce moment-là de l'Affaire, tout indiquait la culpabilité de Dreyfus, et à vrai dire, personne n'en doutait… Était-il simplement heureux d'avoir obtenu la confiance qu'il avait réclamée pendant une partie de la journée ? Était-il juste satisfait de m'avoir démasqué, de m'avoir finalement fait parler, et d'être parvenu à ses fins ?

Je ne le saurai jamais. Moi aussi, j'étais bien convaincu de la culpabilité du traître, plus personne ne l'appelait autrement. Mais je te l'ai dit, je n'aime pas l'hallali. Je n'aime pas que cinquante chiens, accompagnés de dix cavaliers, tous armés, poursuivent un seul cerf qui n'a que ses quatre sabots et son cœur haletant, affolé, pour se défendre… Cela me fait horreur à un point que je ne saurais t'expliquer…

Voici pourquoi j'ai réagi comme je l'ai fait.

Quelques semaines plus tard, j'ai reçu les conclusions du rapport d'inspection de Franchouille. Il était accablant. Franchouille n'y relatait nullement notre conversation sur l'Affaire. Mais il s'étalait en long et en large sur mon incompétence à remplir mes fonctions. Mais cela ne m'importait plus.

Car le 5 janvier 1895, à quinze heures, alors que j'étais dans la forêt avec Franchouille, est né mon fils Louis Prédieu. Hortense a accouché seule, bravement, et a seule coupé le cordon ombilical. Elle était épuisée, lorsque je l'ai retrouvée, et m'a dit :'Regarde ton enfant… Regarde comme il est beau…' Il ne l'était pas. Il l'est devenu, exactement comme ta Justine. Je n'ai jamais regretté d'avoir parlé à Franchouille comme je l'ai fait. Car au fil des années, j'ai vu grandir devant moi un petit garçon qui avait un regard clair comme le jour, comme l'eau pure, ou comme un ciel bleu sans nuage. Il était la pureté même. Je n'ai jamais eu à lui apprendre à dire la vérité, car le mensonge lui était étranger, comme la souillure est étrangère à la propreté. Quand il affirmait quelque chose, on pouvait être absolument certain qu'il disait la vérité. C'est étrange, même, car les jeunes enfants confondent la réalité et ce qu'ils imaginent… Mais lui, ne le faisait pas. Cela n'a jamais varié, qu'il eût cinq ans, dix ans, ou dix-huit ans. Il m'accompagnait souvent, dans mes tournées, ou lorsqu'il fallait bûcheronner… Mais, quel que fût le temps, il restait toujours propre. Je ne sais pas comment il s'y prenait, mais il rentrait à la maison avec des vêtements impeccables, alors que les miens étaient tous maculés de boue et de poussière… Et ne crois pas qu'il s'épargnait à la tâche, tel n'était pas le cas… C'est difficile à croire, mais au fil des années, j'en suis venu à penser que l'état de ces vêtements reflétait l'état de sa pureté intérieure. C'est le seul être que j'ai connu ainsi…

Si je n'avais pas fait à Franchouille la déclaration que je lui ai faite, j'aurais en permanence eu honte de regarder mon enfant dans les yeux. Mon garçon est devenu un exemple pour moi, bien qu'il fût mon fils, et moi son père. J'ai quitté l'armée en février 1895, avant qu'elle ne me renvoie, et suis devenu garde-chasse, par la grâce du nobliau local, un révolté-né, qui était bien content de nommer à ces fonctions quelqu'un qui était sur la touche de l'armée de la République… Voilà, fiston, tu connais toute l'histoire… »

Le train ralentit, puis s'arrêta à l'entrée d'une gare. Mais les deux voyageurs étaient encore loin de la station où ils se rendaient. Deux commères pénétrèrent dans le wagon, en discutant elles aussi.

Mais le vieil homme n'en avait pas fini.

« Pour en revenir à Louis, il y a une chose dont je lui serai toujours éternellement reconnaissant. Il adorait sa mère. Lorsqu'elle est tombée malade, et est finalement décédée, il s'est occupé d'elle avec le dévouement d'un ange, et a prononcé pour elle, malgré son jeune âge, des mots de consolation que j'aurais été incapable de trouver moi-même… Sais-tu quel jour est décédée Hortense ? »

« Je l'ignore… »

« Le 12 juillet 1906, le jour où la cour de cassation a réhabilité le capitaine Dreyfus… Voilà… Le jour où Dreyfus est tombé en enfer, fut pour moi celui où je suis devenu libre dans mon âme, et père… Le jour où il a retrouvé son honneur et sa liberté, est celui où je suis devenu veuf… En fait, c'est comme si j'étais lié à cet homme, que je n'ai jamais vu… »

Le silence s'installa, quelques minutes durant. Puis, le fils spirituel reprit :

« Père, je suis heureux que nous allions à Craonne[32], là où Louis est tombé ; mais nous aurions dû le faire depuis longtemps… Cela fait près de vingt ans que je t'avais promis de t'accompagner… »

Le vieil homme réfléchit longuement, avant de répondre :

« Tu sais, si je t'ai tant parlé de Dreyfus, ce n'est pas seulement parce que, d'une certaine manière, il est entré dans ma vie… C'est, aussi, parce que je crois que lorsqu'une nation rejette une partie de ses enfants, au nom de je ne sais quelle idéologie, elle se rejette et se condamne elle-même… Le nationalisme pratiquait cela, pratiquement partout… Il excluait des gens, soi-disant pour mieux en inclure d'autres… Il me semble que désormais, cela ne sera plus… C'est bien que nous fassions cette démarche, envers Louis, seulement maintenant… Vois-tu, la guerre de soixante-dix, l'affaire Dreyfus, la grande guerre et celle qui vient de s'achever, ne sont que les épisodes d'une même histoire : celle de la haine entre la France et l'Allemagne, et plus largement, celle, paroxystique, du nationalisme européen… Le monde dans lequel nous entrons est un monde nouveau, dont je suis bien incapable de dire en quoi il consistera ; mais je crois que le nationalisme tel que nous l'avons connu jusqu'ici, va disparaître… Et vois-tu, Bastian, il est bien de rendre hommage à Louis maintenant que tout est

32 – La bataille du Chemin des Dames, ou offensive Nivelle, s'est déroulée du 16 avril au 24 octobre 1917, entre Soisson et Reims. Les pertes humaines furent énormes, les bénéfices stratégiques ne se sont finalement pas révélés à la hauteur de ces pertes.
Le 4 mai 1917, le 18e régiment d'infanterie reprenait Craonne, village martyrisé depuis 1914, qui fut en 1917 entièrement rasé et vidé de ses habitants.

terminé, et qu'autre chose va commencer… Cela a aujourd'hui un sens, qui n'existait pas forcément hier, tu comprends ? »

Il ralluma sa pipe, plissa le front.

« Ce que je vais te dire va peut-être te sembler ridicule, mais c'est ainsi. Le jour où tu es venu me voir pour te laver, et dont tu dis qu'il est le jour où tu as décidé de changer de vie, ou plus exactement de reprendre ton destin en main, il y avait dans ta poche de chemise une sorte de poème… Je l'ai lu, et il m'a terriblement marqué… En fait, il est entré dans ma mémoire pour toujours, je ne l'ai jamais oublié. Je me le récite de temps en temps, c'est ce que j'ai fait il y quelques semaines à peine, et c'est en le récitant que j'ai compris ce que je viens de te dire : nous entrons dans une ère nouvelle, que l'Histoire va dérouler, et qui est encore vierge pour elle… Comprends-tu ce que je veux dire ? »

Bastian, l'ancien vagabond aujourd'hui typographe, le prisonnier de guerre qui avait pardonné l'infidélité de sa femme, dit lentement, et comme cherchant ses mots :

« C'est étrange… Je ne saurai jamais comment ce poème a atterri dans ma poche. Mais il a eu une influence extraordinaire sur ma vie, à moi aussi… ! Il y a deux faits qui m'ont permis de changer d'existence : ta bonté à mon égard, et ce poème. La première fois que je l'ai entendu, ce fut de la bouche d'une femme, que j'avais rencontrée après t'avoir quitté. J'ai d'abord pensé que c'était elle qui l'avait écrit… »

« J'ai cru que c'était toi, lorsque je l'ai trouvé dans ta poche… »

« Ce n'était pas moi, et pas elle non plus… Mais ce texte… Il est impossible d'y rester insensible… Lorsque je l'ai entendu, il m'a semblé qu'il me donnait comme une colonne vertébrale, un sens à mon existence… C'était comme si, tout à coup, ma petite histoire personnelle, insignifiante en elle-même, se trouvait reliée à la grande Histoire… Oui, comme si je devenais une cellule, un organe ou un membre d'un corps plus vaste que le mien… Mais je suis trop petit pour comprendre de quelle manière il a agi… »

Trois heures plus tard, après avoir pris un car qui tanguait et chuintait à chaque virage, comme exhalant une douleur personnelle, ils arrivèrent, fourbus des chaos endurés, à Craonne.

Malgré le froid, le grand âge du vieil homme, ils arpentèrent un très long moment le plateau. Ils regardèrent les arbres, les fermes, les maisons, la plaine triste et battue par les vents, comme portant en elle le souvenir de son martyr.

Louis Prédieu n'avait pu les voir avant de mourir, le 4 mai 1917, car le paysage était alors entièrement ravagé, le village totalement détruit.

Lui, comme tous ses camarades, n'avait vu qu'une infinie désolation, une terre labourée par les obus, et certainement, n'avait pas eu le cœur à regarder quoi ce fût. Seule était devant eux la mort, qui les attendait…

Le vieil homme et son fils spirituel se taisaient désormais. Le garde-chasse à la retraite ne pleurait pas. Le grand âge le contraignait à de tout petits pas ; mais il marchait en roi, cependant, avec dignité et prestance, comme il le voulait pour rendre hommage à son fils, et à tant d'autres fils, dont les jeunes vies avaient été fauchées.

Il tint à se rendre auprès du Monuments des Basques,[33] et chanta gravement la chanson de Craonne[34].

Puis, il dit :

« Le jour où ils ont reçu leur ordre de mobilisation, la plupart des jeunes du village se sont réjouis bruyamment, et ont dit qu'ils

---

33 – Ce monument, un obélisque de 14 mètres de hauteur, rend hommage à la 36ème division d'infanterie, comptant de nombreux basques. Elle se battit activement au Chemin des Dames, et connut de très lourdes pertes. Le monument fut inauguré en septembre 1928, à Craonnelle.

34 – Chanson reprise lors des mutineries de 1917, interdite par l'armée, parfois appelée la chanson des sacrifiés, ou la chanson du plateau de Lorette. On doit à Paul Vaillant Couturier, devenu un ardent pacifiste durant la Grande Guerre, la reprise et la promotion de ce texte… dont l'auteur est demeuré anonyme.

étaient impatients d'en découdre… Mais pas Louis. Il y avait une immense épouvante dans ses yeux. Il m'a dit :'Je vais devoir tuer, ou être tué… !' Et c'était clair qu'il ne voulait ni l'un ni l'autre… Il appartenait au 18e régiment d'infanterie. Tu vois, Bastian, des tueries comme celle-là, en Europe, il n'y en aura plus… »

6
SEPTEMBRE-OCTOBRE 1947

Richard Tarel écrivit :

« Clara, ma chérie,

Je n'arrive pas à croire que nous avons tous les deux survécu à la guerre, et qu'après plus de vingt années de séparation, nous allons nous revoir !

C'est un bonheur si grand ! J'ai peine à concevoir qu'un tel bonheur soit le nôtre, il me semble qu'il dépasse les capacités de mon entendement, et de mon pauvre cœur !

Oui, dans peu de temps, je vais te serrer dans mes bras, toi, mon amour de jeunesse ! Lorsque tes parents nous ont, sans même s'en rendre compte, séparés en déménageant, nous n'étions que des enfants, des adolescents au cœur pur, et voici que nous allons bientôt être réunis, et, peut-être, pouvoir connaître le bonheur, après le chaos qui fut celui de toute la terre… !

Cela est-il vrai ? Cela est-il possible ?

Je dois t'avouer que j'ai honte… Ce bonheur ne sera possible, que parce que ton mari a été emporté par la guerre… Quelle tragédie ! Mourir à trente-deux ans !

Dans tes lettres, tu ne parles guère de lui, et je présume sans peine que c'est par pudeur, pour ne pas gâcher ma joie égoïste, par ton chagrin bien naturel, et sûrement profond…

Mais je veux tout partager avec toi, Clara, la peine comme le bonheur. Parle-moi de lui, pleure dans tes lettres, comment pourrais-je me sentir près de toi, si tu me caches ta souffrance ?

Pauvre Clara ! Je veux que tu me dises ton chagrin, aussi grand qu'il soit, crois-moi, mon amour pour toi est si brûlant qu'il n'existe rien que tu doives me dissimuler…

Oh ! Je t'en prie ! Écris-moi tous les jours… si tu le peux. Je lis et relis chacune de tes lettres, et les porte sur moi, telles des reliques précieuses…

Elles sont mes trésors, et je sens qu'elles me rendent meilleur.

Raconte-moi tout ce que tu fais, et tout ce que tu vis… Je t'en prie.

Dans ta dernière lettre, tu me demandes de raconter ma déportation. J'ai été déporté, parce que j'ai été dénoncé, pour avoir participé à un acte de sabotage, ou de résistance, c'est selon, dans la gare de triage la plus proche de chez nous.

J'aurais adoré avoir accompli cet acte : avoir vraiment dynamité la gare, et déstabilisé ainsi les Allemands qui avaient besoin d'elle, pour circuler.

Mais la vérité m'oblige à te dire, ma chérie, que j'ai juste été victime de quelqu'un qui ne m'aimait pas beaucoup ; ou plus vraisemblablement encore, n'aimait pas mon grand-père. C'était, au fond de lui, un homme plutôt tendre, mais autoritaire comme pas deux, et qui aimait à rappeler autour de lui comment il avait réussi à acquérir des terres et à devenir adjoint au maire.

Bref, il avait l'art et la manière de se faire détester, et il se peut que la dénonciation mensongère me concernant, l'ait en fait visé, lui.

Mais peut-être m'a-t-elle visé, moi et uniquement moi ?

Voilà ce que je ne suis pas près de savoir, car, si j'ai quelques idées sur qui peut m'avoir dénoncé et déclenché contre moi une machine infernale, je n'ai aucune certitude, et encore moins de preuve…

Quoi qu'il en soit, je n'ai pas eu ce courage extraordinaire, qu'il fallait pour devenir résistant…

Il est difficile de raconter tout ce que j'ai vécu au camp. Je suppose que beaucoup de gens témoigneront, raconteront… Sache simplement que nous manquions de tout, sauf de coups et d'humiliations, et que nous avions faim et soif, tout le temps, de même que nous grelottions de froid en hiver, et mourrions sous la chaleur l'été. Tout le temps aussi, nous avions peur, et luttions contre l'épuisement. Notre vie, aux yeux de nos bourreaux, ne valait pas plus que celle des mouches.

Je comprends tout de suite, en écrivant ces mots, pourquoi je ne suis pas prêt à témoigner. Il est si facile de se tromper, de raconter des choses inexactes, ou qui manquent de subtilité. Je viens de dire : « Nous avions tout le temps peur… » Cette formulation ne convient pas. Ceux qui avaient tout le temps peur sont morts assez rapidement, l'épuisement les a dévorés vivants, car la peur est une grande dévoreuse d'énergie, une sorte d'ogresse, une grignoteuse patiente et fanatique. Ceux qui ont réussi à s'en sortir étaient ceux qui ont accepté d'être lucides très rapidement ; lucides sur le fait que plus rien de ce qui nous avions connu auparavant ne nous serait utile au camp. Il fallait que cette lucidité s'accompagnât d'une formidable vigilance. Nous avions besoin d'épier en permanence tout ce qui survenait, en permanence d'évaluer les dangers qui peuplaient notre quotidien. Celui qui n'était pas vigilant mourait, tout autant que celui que la peur hantait.

Je parle de nos vies, qui valaient à peine celles des mouches. Là encore, la comparaison n'est pas judicieuse : car personne ne s'ingénie à torturer les mouches, alors que les Allemands, eux, consacraient un temps et une énergie incroyables à nous rendre la vie odieuse.

Je sais que c'est difficile à croire, mais c'est ainsi…

Il y a mille choses que je pourrais te raconter… Mais comment raconter l'enfer ? Je vais te raconter la découverte de l'infini, et de la beauté, dans l'enfer. Je préfère cela.

Dans notre baraquement, qui comptait une centaine de personnes, il y avait un médecin, un ancien poilu de la Grande Guerre. Chaque soir, lorsque nous rentrions après une petite journée de treize heures de travail, il consacrait du temps à soigner les blessures des uns et des autres. Il ne disposait d'aucun médicament, d'aucun pansement, d'aucun instrument d'aucune sorte, et encore moins d'hygiène, alors, comment pouvait-il soigner ? Il soignait par des mots bienveillants. C'est tout ce qu'il avait à sa disposition, et il puisait dans cette réserve de bienveillance qui était la sienne, et qui semblait extraordinaire dans les conditions que nous connaissions. Il s'inquiétait des uns et des autres, encourageait par des sourires, touchait avec des gestes doux quand notre quotidien était un mélange d'horreurs et de brutalités. Il faisait tout d'une humeur égale et tranquille, avec simplicité, comme si ce que nous traversions faisait partie de la vie de tout homme, et qu'il n'y avait pas à s'en inquiéter. Certains se demandaient s'il n'avait pas un peu perdu la tête. Mais, même ceux qui se moquaient de lui, étaient réconfortés par ses façons d'agir, qui semblaient nous dire : « Eh ! Les gars ! Tout ne va pas si mal… Il faut simplement tenir le coup, et cela, nous le pouvons… »

Il n'empêche qu'il était soumis aux mêmes privations et humiliations que nous… Il n'avait rien de surhumain… En quelques semaines, je l'ai vu s'épuiser à son tour. Il y eut un soir où il ne dirigea ses pas vers quiconque. Il se laissa tomber sur son grabat, et ferma les yeux, comme si tout, pour lui, était désormais fini. Autour de lui, il y avait des gens de toutes sortes. Des religieux qui priaient, et des gens qui maudissaient Dieu. Des gens qui essayaient de se soutenir les uns les autres ; et d'autres qui se disputaient, se battaient, même, pour un coin de couverture ; certains volaient leurs voisins de misère, et d'autres faisaient don de leur maigre pitance, quand la faim les mordait, et avec quels crocs ! La politique était toujours présente. Aussi absurde que cela fût, au moment où la mort nous guettait, certains se demandaient s'ils seraient un jour sauvés par l'avènement du communisme, tandis que d'autres prétendaient, avec leurs dernières forces, que ce système politique était le pire de tous, pire, même que le fascisme, qui pourtant était en train de nous condamner à une mort presque certaine…

Le soir où j'ai vu le médecin tomber sur son grabat, j'ai d'abord cru qu'il allait mourir, comme tant d'autres, et qu'il était allé tout au bout de ses forces. Mais je me trompais. Ses forces n'étaient pas disparues, elles étaient en train de se réunir. Tout à coup, alors qu'il était toujours couché, il s'est mis à déclamer quelque chose, d'une voix qui allait crescendo. Sa voix était grave, profonde et basse, et semblait enfler au fil des mots. Ses voisins, instinctivement, se sont tus pour écouter, pressentant qu'il ne s'agissait pas là d'une parole ordinaire ; et puis les voisins des voisins et ainsi de suite, jusqu'à ce que tout le baraquement fût silencieux. Le silence était une denrée à peu près inconnue chez nous. Même la nuit, nous entendions le délire des uns et des autres, les ronflements de tant de poitrines oppressées, les beuglements des gardes, les aboiements des chiens, parfois accompagnés du souffle du vent ou du crépitement de pluies diluviennes.

Mais là, peu à peu, le silence s'est installé. Tout le baraquement écoutait, comme envoûté, ou soudainement fasciné par un discours extraordinaire.

J'ai longtemps peiné à comprendre les mots du médecin. On aurait dit une sorte de légende, une sorte de poème, mais tellement beau, tellement beau que personne n'avait jamais rien entendu de tel, et pourtant il y avait parmi nous des lettrés, des hommes qui savaient ce qu'était la poésie… Mais là, la beauté des mots dépassait tout ce que chacun d'entre nous avait jamais entendu, durant sa vie d'homme.

Et tout à coup, j'ai compris, la plupart de mes camarades ont compris, qu'il ne s'agissait pas de n'importe quoi, mais de quelque chose de vital pour nous : ce Poème parlait d'espérance, ce dont nous étions le plus privés, ce dont nous étions orphelins et sans laquelle aucune vie ne peut perdurer. C'était tellement ce dont nous avions besoin, que personne, alors, n'aurait eu l'idée d'interrompre la voix du médecin, qui parut tout à coup, même aux athées les plus convaincus, comme descendre du ciel…

Oui, ce Poème nous parlait d'espérance, il nous donnait de quoi vivre, encore un peu, encore une nuit, encore un jour, vivre dignement, comme des hommes, non comme des animaux auxquels nous étions assimilés par nos geôliers…

Mais je crois qu'il y avait plus encore : ces mots nous certifiaient que ce qui nous était fait, la cruauté dont nous souffrions, était injuste, hors de la vie, hors du droit… Les Allemands avaient peut-être sur nous tout pouvoir, mais rien, en dehors de leur propre absurdité, ne pourrait jamais leur donner le droit de le faire, comme rien ne pourrait jamais les justifier, de l'avoir fait…

Ils détenaient le pouvoir, mais le droit humain leur serait à tout jamais refusé… C'étaient donc eux qui étaient inhumains, et pas nous !

Et désormais, tous les soirs, ce fut le même rituel, qui nous devint plus précieux que la nourriture, que l'eau, les vêtements ou les médicaments. Nous écoutions le médecin, en silence, il parlait les yeux fermés, ou mi-clos, le visage rendu pâle et diaphane par les carences que nous subissions, mais tranquille et serein malgré tout, un visage transfiguré par ce qu'il énonçait, d'une belle voix de basse, lente et pleine d'inflexions, comme la voix d'un acteur… Lorsque le Poème était fini, il le recommençait, une ou deux fois… C'était pour nous une sorte d'instant sacré, qui nous nourrissait, nous reconstituait, nous donnait un avenir…

Tu entends ce mot ? Un avenir ! Pour des gens dans notre situation, c'était une sorte de libération… Et de quelle sorte !

Les camarades n'ont pas cessé de mourir pour autant… Mais la mortalité a un peu diminué tout de même. Et surtout, ceux qui mouraient le faisaient désormais avec un visage tranquille et doux, comme si la brutalité, la cruauté des lieux ne pouvaient plus les mordre… ou alors, pas aussi profondément qu'auparavant.

Un soir, des Allemands sont entrés dans le baraquement, en nombre, alors même que le médecin nous soignait de sa nouvelle méthode. Il s'est arrêté net bien sûr, car parler devant des soldats et des officiers allemands, sans être interrogé, était inconcevable. Mais le plus gradé a dit au médecin, sur un air de civilité, qu'il pouvait continuer, et que lui serait ravi d'écouter…

Le médecin a repris tranquillement son Poème, comme si de rien n'était. Mais nous, nous tremblions tous à l'idée de ce qui pouvait advenir. Et nous n'avions pas tort…

Le gradé a commencé par écouter avec une attention soutenue, comme s'il était au théâtre, ou cherchait à déchiffrer un opéra. On sentait qu'il essayait de comprendre, comme nous tous nous l'avions fait auparavant ; et durant quelques instants, il a presque paru humain, dans son effort pour saisir…

Mais quand il a compris que c'était pour nous de l'espérance, bien sûr, son humanité a cessé net. L'espérance, dans un lieu pareil, c'était du sabotage, c'était un crime abject, le crime de lèse-nazisme. Il s'est jeté sur le médecin comme un chien sur un morceau de viande, un loup sur une biche, et s'est mis à le frapper de toutes ses forces, tandis que les soldats braquaient leurs armes sur nous. Tous, nous étions tétanisés par l'effroi, écartelés entre la honte de ne pas agir, et la peur de mourir.

Mais un détenu s'est mis à reprendre le Poème, là où le médecin l'avait interrompu, puis deux, puis dix, et très vite ce fut tout le baraquement, qui se mit à psalmodier, à chanter même, sur un air d'entêtement qui n'a pas échappé aux Allemands.

Mais au terme de quelques minutes, qui ont été plus longues que des éternités, le bourreau s'est tout à coup arrêté.

Je me suis longtemps demandé pourquoi.

Il ne s'est pas interrompu parce qu'il se disait qu'il était allé trop loin dans la sauvagerie, non, ces gens-là n'étaient jamais assez sauvages à leur goût.

Il ne s'est pas arrêté non plus parce qu'il était fatigué, et ne voyait plus le sens de ce qu'il faisait. Il était gras et bien nourri, le sens de ses actes ne le taraudait pas plus que l'hiver ne se préoccupe de savoir si tout le monde a les vêtements qu'il faut pour survivre à ses assauts.

Non, bien longtemps après, je me suis dit que le sauvage s'était arrêté parce que sa sauvagerie n'avait pas prise sur la pureté. Elle n'avait pas prise sur la beauté, sur l'espérance, sur l'esprit, les coups glissaient sur tout cela comme un œuf glisse sur la poêle.

Le bourreau a hurlé toute une série d'injures, pour ne pas perdre la face, et le plus drôle fut qu'un autre se mit en devoir de traduire, dans différentes langues, que nous étions des fils de putes, des sous-merdes, des légions de bâtards, etc..., comme s'il importait que nous comprenions bien et ne perdions pas une miette de ce répertoire éclairé...

Les Allemands sont partis, et tout le monde s'est précipité vers le médecin, comme un seul homme, qui pour lui caresser les cheveux, qui pour essuyer ses joues et ses yeux pleins de sang, qui pour masser doucement son ventre et ses jambes tuméfiés, qui pour le bercer par des mots, etc... Il était mal en point, mais il n'était pas mort, il semblait certain, même, qu'il allait vivre...

Quelle victoire nous venions de remporter !

Les portes du baraquement étaient fermées à clef, et certains ont craint que les Allemands ne mettent le feu, pour se venger, et avoir le dernier mot.

C'était déjà arrivé, à un autre baraquement, quelques mois auparavant, et tout le monde avait grillé vif…

Avoir le dernier mot, c'était crucial pour eux, en toutes circonstances…

Mais ce soir-là, par bonheur, il semble que les litanies d'injures dont ils nous ont abreuvés en cinq ou six langues, aient suffi à leur contentement…

Nous avons eu peur, mais le reste de la nuit s'est déroulé sans incident. Des hommes se sont relayés en permanence auprès du médecin, pour le materner comme il nous avait maternés si souvent.

Et la vie a repris son cours.

Un soir, des prisonniers d'autres baraquements ont commencé à venir dans le nôtre, par petits groupes d'abord, puis de plus en plus nombreux. Nous étions serrés les uns contre les autres, de plus en plus serrés, mais jamais nous n'avons eu l'idée de dire : « C'est désolant, mais nous sommes complets… » parce que nous savions bien que ce que nous entendions là, d'autres avaient besoin de l'entendre, leur vie en dépendait tout comme la nôtre…

Au fil du temps, il devint certain que beaucoup connaissaient le Poème par cœur. Ils auraient pu le réciter dans leur propre baraquement, mais je crois que nous avions tous besoin de chaleur humaine. Nous avions besoin de nous retrouver. Ensemble. Comme des hommes, pas comme des animaux…

Pour être honnête, cette ballade, ce Poème absolu, je l'avais déjà entendu, une fois, à l'époque où je lançais mon javelot devant moi pour diriger mes pas.

Oui, il avait, (et comment !) déjà éclairé mon existence, mais à l'époque, je n'y avais pas saisi tant l'espérance, que le désir de vivre… Le désir de commencer ma vie d'homme, celui de découvrir le monde, c'était cela, à l'époque, qu'il me racontait.

Je crois aussi que quelques vers différaient, je n'en suis pas certain, il me semble que la version du médecin n'était pas absolument identique à celle qui m'avait incendié, lorsque j'avais quinze ou seize ans… C'est pour cela que lorsqu'il l'a récitée pour la première fois, avec sa voix d'acteur, je ne l'ai pas reconnue sur le champ… Une telle fable qui voyage, doit connaître quelques transformations, non ? Je croyais pourtant l'avoir bien mémorisée, car peux-tu le croire, c'est après l'avoir entendue que ma mère, qui était muette comme tu le sais, s'est mise à parler, pour la raconter à son tour à toute la famille… Comment oublier un pareil événement ?

Clara, ma chérie, je t'embrasse bien doucement, et compte les minutes qui me séparent encore de toi.

Mais comme tu risques d'être déçue !

Je n'ai plus rien du fringant garçon que tu as connu… Mes tempes sont dégarnies, mes cheveux presque gris… Et puis, j'ai été blessé au visage… Et je suis si maigre, c'est à faire peur ! Prépare-toi au pire ! Je parais plus vieux encore que je ne le suis réellement…

Ton Richard.

Richard, mon amour,

Ta lettre m'a fendu le cœur… Comme tu as souffert !

Comme je voudrais, moi aussi, que tu me racontes « tout »… Mais « tout » est-il possible, lorsque l'on a vécu de pareilles épreuves ?

Et comme tu es bête, de t'inquiéter de tes « tempes dégarnies »…

Crois-moi, je suis capable d'aimer tes cicatrices…

Crois-tu que j'aie rajeuni, tandis que tu vieillissais ?

Mon amour, mon amour, après ce que j'ai à t'avouer, c'est bien toi qui risques de ne plus vouloir de moi, et pour des raisons bien plus graves que quelques rides inévitables…

Tu me demandes de te parler de Thibaud... La vérité est que je t'ai menti à son sujet...

Je te demande pardon, pardon mille, dix-mille fois ! Mais si, après avoir lu ces lignes, tu veux renoncer à notre rencontre, cela me brisera le cœur, mais je le comprendrai... J'ai agi si lâchement, et si malhonnêtement à ton égard ! Comme à l'égard de tant d'autres personnes, d'ailleurs...

Je t'ai dit qu'il avait trouvé la mort durant la campagne de France, en défenseur de la Patrie... Il n'y a rien de plus faux.

Il a été exécuté le 15 septembre 1944, aux portes du centre dentaire de Paris, où un FTP qui se faisait appeler le capitaine Bernard régnait, en maître de la vie et de la mort, sur toutes sortes de gens, soupçonnés de collaboration[35].

Des innocents sont morts, exécutés sans jugement, ou alors de telles parodies...

Mais Thibaud, lui, n'était pas un innocent. Oh non !

Il a bien participé à la campagne de France, comme je te l'ai raconté, mais il en est revenu, sain et sauf, et j'ai cru, alors, que la guerre nous épargnerait... qu'elle nous laisserait reprendre notre vie, si tant est que cela fût possible...

Thibaud a repris son emploi de comptable, et durant quelques mois, nous avons vécu égoïstement heureux...

---

35 – Le Centre Dentaire avait été inauguré en 1937, et, financé par la fondation de l'américain George Eastman, avait pour vocation de veiller à la santé dentaire des enfants de Paris.
Durant la guerre, il a servi d'hôpital militaire pour des soldats allemands.
En août 1944, le bâtiment a été repris par les FTP du commandant Bernard, lequel avait reçu pour mission, de la part du colonel Fabien, de pourchasser les collaborationnistes. Du 20 août au 15 septembre, plus de deux-cents personnes sont incarcérées. Elles le sont généralement sans enquête préalable, sur simple dénonciation. Des aveux sont obtenus grâce à des séances de torture. Une quarantaine de personnes sont finalement exécutées, certaines coupables, d'autres parfaitement innocentes, voire résistantes, après des jugements expéditifs et de pure forme. Plusieurs cadavres sont purement et simplement retrouvés dans la Seine.

J'avais toujours vu, chez lui, une sorte de solitude, une difficulté à se lier… Il faut dire que son père l'avait tellement humilié, tout le temps de son enfance ! Je savais que, de toutes ses forces, il cherchait une famille d'idées, une camaraderie, une fraternité même… Que n'a-t-il trouvé, en fin de compte ! À quoi s'est-il rallié ? ! Comment a-t-il pu orienter ses pas vers une route si néfaste et funeste ?

Il a rallié le PPF[36], le Parti Populaire Français, dans le courant de l'hiver 41. Lorsqu'il m'a annoncé cela, je suis tombée des nues, littéralement, mon monde s'est écroulé, mais il y avait tant d'assurance en lui, tant d'heureuses certitudes, il paraissait si certain de la justesse de son choix, comme s'il avait découvert le Saint Graal, que mes protestations, je te l'avoue à ma plus grande honte, sont restées faibles et timides…

Oui, quelle honte de m'en être tenue à des protestations minimales, de façade en quelque sorte, alors qu'il eût fallu hurler, tempêter, m'opposer de mille et une façons, ou mieux, me séparer de lui…

Mais par lâcheté, par une infinie lâcheté, je n'ai rien fait de tout cela…

Je suis coupable devant toi, qui a sans doute été dénoncé ou arrêté par des gens de sa sorte, et devant lui, car il a vendu son âme au diable et je ne l'ai en rien protégé de cette erreur tragique !

À peu près du jour au lendemain, il s'est mis à vociférer contre les communistes, les francs-maçons, les Juifs, les homosexuels,

36 – Le PPF a été fondé en 1936, par Jacques Doriot, ancien communiste passé à un anticommunisme virulent. Doriot n'aura de cesse de prôner un rapprochement le plus complet possible avec l'Allemagne, et ira, en 1941, jusqu'à créer la LVF, la Légion des Volontaires Français, laquelle se battra sur le front russe aux côtés des Allemands.
Le RNP, Rassemblement National Populaire, fondé par Marcel Déat en 1941 – lequel s'est posé en défenseur de la race blanche et aryenne – fut le second grand parti collaborationniste durant l'Occupation. Le Parti Franciste de Marcel Bucard, violemment antisémite, fut le troisième.

etc… Selon lui, ces gens étaient coupables de tout, en premier lieu de la défaite, et il convenait d'en « purger le pays », tel était désormais son vocabulaire. Je peux te dire qu'il s'est transformé du tout au tout, car avant de faire les tragiques rencontres qui ont été les siennes, il n'était ni politisé ni haineux, loin de là, c'était un garçon simple, qui voulait vivre en harmonie avec son entourage… J'avais toutefois remarqué une espèce de hargne, en lui, une amertume, comme une jalousie envers ceux qui réussissaient mieux que lui… Mais comment aurais-je pu deviner qu'il allait à ce point se transformer ? Je ne saurai jamais vraiment pourquoi, et comment, il a finalement adhéré à toutes ces horreurs… Par bêtise, par lâcheté, par solitude, que sais-je ?

Je sais seulement que j'aurais dû hurler à la lune, et ne l'ai pas fait.

Il s'est mis à observer tout le monde, et à scruter le comportement de chacun, comme pour découvrir des horreurs qui finalement n'étaient qu'en lui. Mes parents lui sont devenus odieux, ils étaient trop tièdes à son goût, les voisins sont devenus des espions à la solde de l'Union Soviétique, donc coupables, et d'ailleurs, tout le monde était coupable à ses yeux, les Juifs plus que tous les autres, ils étaient coupables de naissance, qu'ils fussent banquiers, rentiers, ou simples ouvriers, riches ou pauvres, ils étaient *génétiquement* coupables, en quelque sorte, tandis que lui et son parti étaient des incarnations de la pureté même et de l'amour de la patrie… ! Ils avaient le droit, le devoir même, de juger, dénoncer, accabler tout le monde…

Thibaud croyait-il seulement aux sornettes qu'il débitait à la chaîne, de la même façon que le boucher fabrique des saucisses ?

Lâchement, bêtement, j'ai fermé mes oreilles et mes yeux, et ai vécu comme si de rien n'était. Je n'ai pas trouvé la force de hurler. Thibaud a-t-il voulu me protéger de quelque chose ? Il restait parfois deux ou trois jours sans rentrer à la maison, ou alors, il rentrait avec des poings tuméfiés qui montraient qu'il s'était battu – ou qu'il avait battu quelqu'un… Il se taisait, et ne me disait rien de ce qu'il avait fait… Et moi, je ne lui posais pas de questions, je ne voulais rien savoir.

Ma sœur était convaincue qu'il avait une maîtresse, et me reprochait ma passivité… Comme une infidélité m'eût paru anodine, et sans gravité aucune, comparée à ce qui se passait !

Voici le gentil couple que nous étions !

Il n'y a à peu près aucun doute sur le fait qu'il ait concouru à l'arrestation de pauvres gens, qui sont morts par sa faute, par la faute du fanatisme dément, et tellement bête, qui siégeait sous son pauvre crâne de Grand Inquisiteur, désormais…

Mais ils sont morts aussi parce que j'ai été lâche, et tout aussi coupable que lui, en fin de compte… Je ne me raconte plus d'histoires à ce sujet, aujourd'hui, alors que durant la guerre, je me disais que tant que je demeurais à l'écart de tout cela, je restais une oie blanche !

Thibaud a été arrêté le 2 septembre 44, chez nous, à la maison, à un moment de la journée où j'étais au travail.

Il a été exécuté treize jours plus tard, et je ne l'ai appris qu'en novembre. Je suis restée plus de deux mois avant d'être informée, mais il était clair et certain dans ma tête qu'il avait connu un sort fatal. Depuis la libération de Paris, ce sort était à peu près inévitable…

Peut-être aurions-nous dû fuir à ce moment, tant la peur changeait de camp… Mais quel genre de vie aurions-nous connu ?

Nous nous serions menti à nous-mêmes, au fil du temps nos imaginations auraient inventé un roman, dans lequel nous serions restés purs… Nous aurions même pu raconter que nous étions des victimes, et non pas des bourreaux…

Ou bien alors la haine aurait-elle entre nous édifié un mur infranchissable ?

Je pense souvent à lui, dans un mélange de pitié et de dégoût. Le dégoût s'adresse autant à moi qu'à lui. Mais je ne peux aussi m'empêcher de penser qu'il a été victime, lui aussi, de la guerre – même si bien sûr, il fut le bourreau de bien des vies – car s'il avait vécu en une autre époque, peut-être serait-il demeuré le brave garçon qu'il a longtemps été…

Richard, mon amour, tu sais tout, maintenant…

Je t'embrasse en pleurant, et, surtout, en t'implorant…

Clara, désormais indigne.

Clara, ma chérie,

Ta dernière lettre m'a un peu abasourdi, je dois te l'avouer, voici pourquoi je ne t'ai pas immédiatement répondu. Pardonne-moi de t'avoir laissée dans l'inquiétude, et le tourment…

Clara, ma chérie, la guerre a emporté les êtres dans un torrent de violences, d'événements, de souffrances, de déracinements, de pertes et de deuils… Durant cette période, tu n'as pas été seule à être aveugle et sourde… Nous l'avons tous été. Pendant la guerre, j'ai rencontré des saints, ou tout du moins des hommes, et des femmes, qui se sont comportés saintement ; et beaucoup d'autres, que la guerre a conduits au pire d'eux-mêmes… Entre les deux, la plupart des gens se sont contentés de tenter de survivre… simplement survivre…

Ton Thibaud a marché sur une voie peu glorieuse, et même définitivement condamnable, c'est un fait entendu et il n'y a pas à revenir là-dessus. Mais comme tu le dis toi-même, cela ne résume pas l'homme qu'il fut en entier, du début à la fin de sa courte existence. Tu parles de mauvaises rencontres, d'une enfance marquée par l'humiliation… Tout cela a joué, dans ses choix funestes.

Il est certain aussi qu'il a payé le prix lourd. Bien des gens, dont le comportement fut pire encore que le sien, s'en sont sortis sans inquiétude excessive… J'ai entendu dire que l'Amérique regorgeait d'anciens nazis, repentis ou non…

Un homme m'a dit un jour : « Souviens-toi de qui nous sommes, les hochets du Seigneur ! » Ceux qui croient en Dieu peuvent ainsi s'exprimer, mais ceux qui n'y croient pas peuvent dire : « Les hochets du destin… »

Ce qu'a fait Thibaud est haïssable. Mais lui-même ? Tu l'as connu autrement… et c'est bien pour cela que tu l'as épousé. Je te connais, si tu avais senti en lui toute la haine qui plus tard a éclos dans son cœur, sous le fait d'une conjonction de tragiques événements, l'aurais-tu épousé ? Je ne le crois pas.

Ce que tu me dis, le souvenir que j'ai de toi, me rendent sûr et certain que non.

Quant à ton manque d'énergie pour le contrecarrer, le détourner de cette voie terrible, eh bien, comme a dit quelqu'un d'autre, que celui qui n'a jamais péché te jette la première pierre…

Pour des raisons qui te sont propres, et que tu dois comprendre et analyser, tu n'as pas eu la force qu'il te fallait.

Si je rencontrais un camarade de déportation, et lui faisais part du constat qui s'impose aujourd'hui à mon esprit, à savoir qu'il convient de pardonner à nos bourreaux, il serait très probablement fou de rage, et me contredirait avec force.

Mais je pense qu'il convient de pardonner. À tous. Y compris aux bourreaux les plus abjects. Cela ne signifie pas pardonner leurs actes. Cela ne signifie pas davantage renoncer à traduire en justice ceux qui sont convaincus de crimes. J'approuve pleinement le procès de Nuremberg, et tous les autres procès qui font acte de légalité. Mais cela signifie qu'il faut pardonner en raison de notre humanité propre, et de la part d'humanité que recèlent en eux les bourreaux, quoi qu'ils aient pu accomplir…

Cette part d'humanité nous est commune, et il nous faut la grandir.

J'ai connu des tortionnaires qui, une fois mis à terre, appelaient leur mère et sanglotaient comme des enfants à l'approche de la mort, qu'ils avaient eux-mêmes imposée, dans les pires circonstances, à tant de gens. Ces cris, ces larmes qui étaient les leurs, à mon sens leur valent de *devoir* être pardonnés.

Mais voilà…

La guerre est encore trop proche pour que pense ainsi la majorité des gens. Et puis, il y en a qui ont tant, tant souffert, tant perdu, qu'il est impensable de leur demander de pardonner maintenant, alors que le temps n'a pas encore passé et répandu son baume apaisant (si cela est possible), et alors que leurs vies ont été brisées.

Beaucoup, beaucoup de gens ont perdu des proches, dans des circonstances terribles. Comment peuvent-ils pardonner, pour une mort qui ne leur a pas été infligée à eux, personnellement, mais à des êtres qu'ils aimaient ?

Je me dis parfois que seuls les morts peuvent pardonner…

Et puis, aussi, comment pardonner à celui qui ne reconnaît pas l'ampleur de ses fautes, et oppose son silence, ou ses dénégations absurdes ?

Comment accomplir cet acte d'humanité, envers des crimes aussi barbares, aussi sauvages que ceux qui ont été commis ?

Un tel pardon nous dépasse.

Et pourtant, il est nécessaire. Il est le ciment de toute vie en société, de toute paix entre les nations. Mais de façon plus importante encore, il est ce qui nous hisse au meilleur de nous-mêmes, et fait de nous des êtres libres…

Je pense que le pardon relève de la grâce et du mystère.

Il faudra qu'un jour, dans un avenir proche ou lointain, des témoins, des victimes, ou des descendants proches, se lèvent, non pour proclamer – ce serait intolérable – mais pour incarner le pardon ; pour exprimer par leurs dires, leurs actes et leurs existences mêmes, qu'une autre voix est possible que celle de la haine. Et il faudra que cette voix soit entendue…

La guerre est encore si proche, que cela, individuellement, nous dépasse.

Moi-même, qui t'en parle, je crois qu'il y a bien des personnes qui ne gagneraient rien à croiser mon chemin un soir d'hiver en pleine forêt…

Clara, ma chérie, je ne suis pas meilleur que d'autres hommes. Le fait d'avoir connu les camps de concentration ne fait pas de moi un saint.

Cela fait de moi un gars qui était du mauvais côté.

Mais si j'avais été un Allemand né en 1910, et si j'avais grandi à l'époque de la grande dépression, durant laquelle les familles allemandes pauvres mourraient littéralement de faim ? Ou si j'avais été élevé dans une famille d'extrême-droite, et que toute mon enfance ait été farcie de sornettes, dignes des saucisses, comme tu le dis, du charcutier, aurais-je été plus brillant que les autres, lorsqu'en 1940 et 41, tout concourait à rendre dominantes les forces du Mal ?

Je ne vais tout de même pas assurer que oui, cela serait tellement bête, tellement stupide de ma part…

Oui, je crois qu'il nous faut tenter de pardonner, comme nous le pouvons, avec nos pauvres et modestes moyens humains.

Je crois qu'il nous faut travailler à l'avènement d'une société meilleure, plus juste, qui donne aux plus pauvres les moyens de travailler et de gagner leur vie *sans la perdre* pour y parvenir ; d'une société plus démocratique, qui donne à chacun les moyens de pouvoir exprimer sa pensée, aussi modeste soit-il.

Je crois que la violence ne commence pas avec les coups et les insultes. Elle commence dès lors que nous ne prenons pas en compte l'existence et les besoins des autres.

Dès lors qu'une société ne prend pas en compte les besoins de ses minorités, la violence commence son infernal processus de sape…

Oui, je serai toujours en faveur des pauvres, des femmes, des étrangers et des homosexuels.

Pas à la façon des communistes (qui d'ailleurs ne sont pas tendres, d'après ce que j'en sais, avec les homosexuels). Je hais l'idée de lutte des classes. Je hais l'idée que des humains puissent lutter contre d'autres humains, et justifier qu'ils aient à les faire disparaître, que ce soit en raison de leur couleur, de leur religion, de leur appartenance sociale, ou de leur préférence sexuelle.

Rien, rien ne peut justifier cela.

Tout cela pour te dire, Clara, ma chérie, que je t'attends toujours, et même plus que jamais. Nous avons bien le droit à un peu de bonheur, non ?

Nous avons tous les deux trente-six ans, c'est-à-dire la vie devant nous, ou tout au moins une grande partie de la vie…

Qu'importe le passé… C'est l'avenir qui nous attend.

Je ne rêve que d'une chose : te serrer dans mes bras.

Je t'embrasse passionnément.

Ton Richard

7
DÉCEMBRE 1956

« Annie, cette fois-ci, c'est décidé, je vais prendre ma retraite… »

« Vous me dites cela très régulièrement, docteur Elbane… »

« Oui, mais cette fois-ci est la bonne… J'ai maintenant soixante et onze ans… Il est temps que je m'arrête, avant de massacrer ma clientèle ! »

« L'an dernier, vous disiez ne plus exercer qu'à mi-temps… Et qu'est-il advenu ? Vous avez reçu plus que jamais… »

« Que veux-tu ? En vérité, il est plus simple de fermer le cabinet complètement, que de le fermer à moitié… »

Ils sourirent tous deux. Ils étaient assis dans un restaurant animé, voisin des abattoirs de la Villette et tout empli d'une clientèle variée. Ils y avaient là des bouviers, qui consommaient des petits blancs au bar, avec leur large tablier blanc, des employés de bureau qui déjeunaient en complet veston, et quelques touristes, notamment américains, qui visitaient la capitale en prenant soin de découvrir sa gastronomie.

Depuis 1948, ils ne s'étaient revus que deux fois. À cette date, Annie était partie s'installer aux États-Unis, dans le but unique, et absolu pour elle, de traduire pour l'ONU… Elle était arrivée à ses fins. Le docteur était venu lui rendre visite en 1952, et c'était elle, maintenant, qui venait à lui. Une heure auparavant, ils s'étaient retrouvés dans ce restaurant, où le docteur avait ses habitudes, et dont il appréciait la mixité sociale.

« Et qu'allez-vous faire de votre temps et de votre énergie ? Je ne vous imagine pas vivant sans travailler… »

« Ne te fais pas d'illusion, Annie, mon énergie décline… Sinon, je ne m'arrêterais pas… »

Le vieux médecin plissa son visage, déjà tout parcouru de rides profondes. Il s'était laissé pousser la barbe, probablement pour les dissimuler. Elle sentit que la fatigue qu'il mentionnait était réelle, elle se lisait d'ailleurs sur ses traits.

Ils se turent ensemble un long moment.

Le visage d'Annie se marbra subitement, devint grave et triste.

« Docteur Elbane, durant la guerre, je n'aurais jamais fait ce que j'ai fait, sans votre force et votre appui. Votre énergie me nourrissait, positivement… Sans vous, il est presque certain que je n'aurais rien fait d'autre que sombrer dans la peur et le découragement… Vous étiez mon roc et ma solidité… »

« C'est étrange, Annie, j'aurais plutôt dit que c'était toi, mon roc et mon appui… »

« Eh bien ! Nous l'étions probablement l'un pour l'autre… ! »

Ils furent tout à coup insensibles aux bruits de conversation, aux odeurs de cuisine, aux êtres et aux couleurs, à tout ce qui les entourait, et désormais ne les concernait plus.

Seuls existaient leurs souvenirs.

Dès 1940, Annie délaissa ses activités de traduction, pour immédiatement rejoindre l'OSE. La campagne de France étant perdue, et la zone nord occupée, il fallut précipitamment fermer les maisons d'enfants juifs de cette zone, pour en ouvrir d'autres, en zone « libre ». Elle atterrit dans un petit village de la Creuse, dans une maison d'enfants où elle était éducatrice. Les enfants étaient tristes, pleuraient souvent parce qu'ils avaient brutalement été séparés de leurs parents, et ne savaient pas, pour beaucoup, si ceux-ci étaient encore de ce monde. La plupart des enfants, qui étaient des petits réfugiés d'Allemagne, de Pologne, de Hongrie et de Roumanie, s'exprimaient en yiddish. Les leçons de français étaient incessantes, il fallait que la langue soit apprise en un temps record… et sans accent ! La consigne fut donnée aux enfants, dès lors qu'ils se trouvaient en présence d'étrangers, de se taire impérativement. Les éducateurs leur apprenaient aussi à courir le plus vite et le plus loin qu'ils le pouvaient, et le travail de renforcement musculaire était quotidien. Les enfants jouaient également très souvent à : « disparaître en un clin d'œil »… un jeu qui pouvait s'avérer salutaire ! Apprendre à se cacher en un temps record n'était pas une activité occasionnelle ou purement ludique, mais hélas, une préparation à ce qui n'allait pas manquer de suivre…

Lorsque la zone sud fut à son tour occupée, en novembre 1942, il fallut, à nouveau, fermer les maisons d'enfants, afin d'éviter l'arrestation de ceux-ci, et plonger cette fois-ci dans la clandestinité la plus totale. En quelques semaines à peine, il fallut évacuer une partie des enfants, en Suisse en Espagne, ou aux États-Unis. Mais obtenir des visas pour tous était impossible, et, pour les enfants qui n'en disposaient pas, il fallut trouver des familles d'accueil sûres, ou des pensionnats chrétiens, qui s'engageaient à protéger les enfants et les élever dignement…

Le réseau, pour d'évidentes raisons de sécurité, était fortement clivé : ceux qui fabriquaient de faux-papiers ne connaissaient rien des enfants, ceux qui s'en occupaient au quotidien ignoraient où ils iraient, et les familles d'accueil ne savaient rien de la judéité de leurs pensionnaires… Les convoyeurs, pour la plupart, ignoraient tout du reste…

Annie aurait voulu accompagner les convois d'enfants, qui partiraient vers l'étranger, afin de rester jusqu'au bout auprès d'eux… Mais cela lui fut aussitôt refusé. Outre les raisons de sécurité énoncées, sa haute taille et sa beauté frappante auraient attiré l'attention sur elle à la manière d'un fanal dans la nuit, et auraient mis les enfants en danger. À la demande du réseau, et avec d'autres éducateurs, elle préparait les enfants à leur changement d'identité. Il ne s'agissait pas d'un simple changement de nom, mais aussi de mœurs. Il fallait apprendre aux enfants les prières chrétiennes, l'attitude à tenir durant la messe, un minimum de catéchisme… Il fallait les arracher aux derniers vestiges de leur identité juive, à ce qui constituait leur être profond, alors même qu'ils venaient d'être séparés de leurs parents et vivaient un traumatisme dévastateur. C'était, pour tous ceux qui étaient en âge de comprendre, horriblement douloureux. Pour les adolescents très religieux, c'était même une trahison pure et dure, une nette apostasie, qu'ils furent loin de tous accepter… Tant est plus, on leur parla des juifs marranes, qui avaient réussi à survivre en adoptant un catholicisme de pure façade, tout en préservant leur judaïté profonde…

Comme tous les autres adultes, Annie se faisait un devoir de présenter aux enfants un visage calme, serein, et même joyeux, alors qu'en elle-même, elle ne cessait de s'inquiéter, et de se ronger d'angoisse pour eux. Ses dons « d'anticipation » lui faisaient clairement distinguer les enfants qui surmonteraient l'épreuve, de ceux qui ne le pourraient pas, et mèneraient des vies de misère… C'était pour elle une source de chagrin sans fond, dans le même temps qu'elle se morfondait d'interrogations sans réponse, au sujet de son frère, de sa sœur et de sa tante, dont elle n'avait aucune nouvelle. Se reverraient-ils jamais, ensemble, tous les quatre ?

Un jour, alors qu'elle ne l'avait pas rencontré depuis deux ans, elle vit débarquer dans le petit réduit qui lui servait d'habitation, le docteur Elbane à qui elle avait donné quelques nouvelles codées, édulcorées et feutrées. Sans préambule aucun, il se proposa immédiatement de rallier le réseau. Stupéfaite, elle lui objecta qu'il n'était pas juif, et que rien n'obligeait à ce qu'il se mette ainsi en danger. La réponse du médecin fusa aussitôt, cinglante, et catégorique.

« Pas obligé ? ! Annie ! Quelle bêtise dis-tu là ! Penses-tu que je puisse ne rien faire, alors que des petits humains sont traqués comme des bêtes ? Si ce n'est pas là une obligation majeure et primordiale, qu'est-ce donc ? »

Il fut, par le réseau, affecté à la recherche et au choix de familles d'accueil, car il inspirait confiance, et connaissait un grand nombre de gens. Il se donnait sans compter, et Annie s'était sentie galvanisée, réconfortée de savoir qu'il œuvrait dans le même but qu'elle : sauver les enfants ! Elle ne le voyait pratiquement pas, mais savait que son courage, la bonté paternelle qu'il épandait autour de lui de manière permanente et sincère, soutenaient désormais des personnes qui en avaient besoin.

Cet homme, qui n'avait lui-même ni enfant ni famille, avait l'âme tendre, et préoccupée, d'un pater familias soucieux de l'avenir de tous.

Elle fut longue à apprendre qu'il avait été arrêté, puis déporté à la fin de l'année 1943, probablement après la dénonciation d'une famille. Elle se sentit tout à coup orpheline, ou privée d'une source d'eau pure, et directement responsable de l'avoir entraîné dans pareille aventure, infiniment dangereuse.

Elle avait cru ne jamais le revoir, et avait vécu la fin de la guerre dans la plus grande angoisse. Le réseau, lui, avait longtemps craint qu'il révélât, sous la torture, ce qu'il connaissait de son fonctionnement. Mais rien ne se produisit. Soit il avait réussi à ne pas parler, soit, de façon étrange, il avait directement été expédié en camp, sans que l'on ait cherché à obtenir de lui des informations…

En mai 1945, elle apprit que sa sœur et sa tante avaient réussi à passer en Espagne, où elles étaient saines et sauves, et songeaient maintenant à s'installer en Palestine. Là-bas, les Juifs luttaient désormais directement contre les Anglais, qui exerçaient un mandat, pour créer un État juif. Son frère, hélas, avait été arrêté en mai 1944 à Nice… Où était-il ? Était-il seulement en vie ? Elle entama un nombre extraordinaire de démarches, et se rendit à plusieurs reprises à la préfecture et dans les divers commissariats de Nice, pour tenter de le retrouver, ou simplement savoir ce qu'il était advenu de lui. Mais il paraissait avoir été happé par un trou noir. Il ne figurait sur aucune liste, ni de vivants, ni de morts…

Y avait-il une seule famille juive en Europe, qui fût indemne de victimes et de morts violentes ?

Un jour, une voisine, qui avait perdu un fils, lui dit :

« Tu as de la chance… Au moins peux-tu conserver l'espoir que ton frère vive encore ! »

Au fil des jours, des semaines, cet espoir se mua en un tourment insoutenable.

Elle ne retrouva pas son frère, mais le docteur Elbane, après plusieurs jours d'attente anxieuse, à l'hôtel Lutétia[37]. Lorsqu'elle le découvrit dans le hall d'entrée de l'hôtel, il parut voir en elle une apparition, ou un fantôme. « C'est toi, Annie, c'est bien toi ? ! » Il semblait incrédule, et répéta sa question vingt ou trente fois.

Ils tombèrent dans les bras l'un de l'autre. Comme tous les déportés de retour, il était ravagé, maigre à faire peur, avait un regard fixe effrayant, comme revenant d'un autre monde… Mais n'était-ce pas très exactement le cas ? Ses joues étaient littéralement collées à ses mâchoires, ses yeux enfoncés dans leurs orbites à un point sidérant.

Pourtant, ce retour, miraculeux, fut pour elle un immense soulagement. Elle l'hébergea chez elle, durant quelque temps, jusqu'à ce que s'améliorât son état de santé, et qu'il réintégrât son logement propre. Cela prit des mois. Durant les premiers jours, il dormit constamment, ou presque, et demeura quasiment mutique. Il souffrait de maux d'estomac constants, et durant deux ou trois semaines, il ne put avaler que des aliments liquides. Annie avait

---

37 – Il y eut en France une quarantaine de centres affectés au retour des déportés. L'hôtel Lutétia, en plein Paris, est le plus célèbre d'entre eux.
Durant la guerre, l'hôtel avait été occupé par l'Abwehr, le service de renseignements et de contre-espionnage allemand.

honte des pauvres soupes, qu'elle pouvait préparer grâce aux tickets de rationnement, mais lui les considéraient comme de purs et authentiques délices. Il souffrait également de vertiges, de troubles de la vue et de l'audition, et avait de fréquents tremblements. Dès qu'il se sentit un peu mieux, Annie le pressa de questions : comment avait-il été arrêté, par qui, où avait-il été envoyé, comment avait-il réussi à revenir ? Il ne répondit jamais qu'en annonçant qu'il parlerait de cela plus tard… Il envoyait Annie acheter des médicaments à la pharmacie, et disait : « Ne t'inquiète pas… Je vais revenir parmi les vivants… » Se sentait-il mort ? Annie tenta de lui raconter ce qui lui était arrivé, à elle, depuis son arrestation, se disant qu'il se confierait à son tour… Mais il l'interrompit, comme ne voulant rien savoir. Il avait visiblement besoin de temps.

Elle travaillait alors dans une maison d'enfants de l'OSE à Taverny, qui accueillait de jeunes rescapés des camps. L'OSE était à nouveau une association légale, et ouvrait des structures d'accueil pour les survivants. Annie était heureuse de cet emploi ; mais il était terriblement difficile. Tant ils en avaient été harassés au sein des camps, les jeunes, adolescents pour la plupart, ne supportaient pas la moindre discipline – ni la moindre frustration. Ils vivaient dans une constante logique de survie, et on ne pouvait leur donner des draps, ou des vêtements neufs, sans qu'ils partent aussitôt les troquer contre de la nourriture… Ils considéraient leurs éducateurs, qui n'avaient pas été déportés, comme d'innocentes créatures qui n'avaient encore rien vécu, et ne savaient rien de la vraie vie, quand elle atteint son paroxysme de dureté et de cruauté… Leur souci constant était de retrouver leurs proches, s'ils en avaient encore.

Annie s'inquiétait de devoir délaisser le médecin durant les jours de travail. Elle demanda à une voisine de passer régulièrement lui rendre visite. La voisine informa Annie que le docteur parlait tout seul et formulait des phrases incohérentes. Annie l'avait déjà constaté, et rassura la jeune femme :

« Pour lui, elles ont du sens… Nous ne le comprenons pas, c'est tout… ».

À partir de juillet, le docteur Elbane se mit à effectuer de petites promenades quotidiennes, durant lesquelles il voulait être seul, et dont il rentrait dans diverses humeurs. Un jour, il s'exclama : « Que le monde est beau, Annie ! Que le monde est beau ! Les femmes sont belles ! Et les enfants… J'avais oublié tout cela… ! Toutes ces émotions me submergent… J'ai besoin d'être seul pour les vivre… » Une autre fois, il revint dans un état massacrant, et hurla : « Plus personne ne me fera jamais chier, tu m'entends ! Plus personne ! Lors de la prochaine guerre, vous pourrez tous crever que je ne m'en soucierai pas ! » Et il claqua violemment la porte du minuscule salon. Annie se garda bien d'intervenir. Un chaton famélique vint un jour miauler sur le rebord de la fenêtre. Il voulut aussitôt s'en occuper, et lui porter secours. Annie comprit qu'il allait mieux. Ce chat devint pour lui un centre d'intérêt primordial, et durant quelque temps, le centre de sa vie… comme s'il ne pouvait encore rien supporter d'autre.

Puis, il s'intéressa de nouveau au monde. Ils apprirent ensemble des nouvelles, qui continuaient d'être catastrophiques… La guerre contre l'Allemagne avait certes cessé, mais les violences se poursuivaient partout, ou presque. Une guerre civile totale ravageait la Grèce, entre communistes et royalistes, tandis qu'un autre conflit, en Yougoslavie, faisait rage entre les communistes de Tito et les Oustachis croates, qui avaient soutenu le régime hitlérien. Dans tous les pays, une épuration sauvage se traduisait par des violences atroces, et se superposait à l'épuration judiciaire… Les populations civiles allemandes par millions étaient expulsées, dans des conditions de brutalité extrême, de Tchécoslovaquie, de Hongrie, de Roumanie et de Yougoslavie… La Pologne, elle, expulsait aussi des Ukrainiens… Les alliés estimaient à dix-huit millions le nombre de personnes déplacées, qui cherchaient, dans un contexte de chaos complet, à regagner leur foyer, ou à s'en construire un nouveau…

Puis, en août, ce fut le bombardement atomique des Américains sur Hiroshima et Nagasaki. Ce furent des moments de pure sidération… La reddition japonaise s'en suivit aussitôt. Fallait-il vraiment que les Américains manifestent *à ce point* la supériorité militaire qui était désormais la leur, avec la possession de l'arme nucléaire ? Fallait-il *à ce point* tant de morts, pour ultérieurement sauver d'autres vies ? Jusqu'où irait le monde, dans la violence et l'horreur ?

Et durant tout ce temps, durant tout l'été, Annie découvrit l'ampleur, l'horreur des persécutions subies par son peuple… Elle découvrit l'existence des camps d'extermination et des chambres à gaz, l'*industrialisation de la mort*… Ce fut pour elle un choc immense, incommensurable, une authentique tétanie… Les Juifs n'avaient pas subi une persécution de plus, aussi intense soit-elle ; le régime nazi avait mis en place un plan de *destruction totale, de solution définitive*… Les Soviétiques avaient libéré les camps de Belzec, Sobibor, Tréblinka durant l'été 1944, puis Auschwitz en janvier 1945 ; les Américains, eux, étaient les libérateurs de Buchenwald, Dora-Milttelbau, Dachau, Mathausen ; les Anglais de Neuengamme et Bergen-Belsen… Ce furent autant de noms qui se gravèrent à jamais dans sa mémoire, mais il y avait eu des milliers d'autres camps… Elle vit les photos des rescapés, apprit les marches de la mort… Les deux tiers de la population juive d'Europe, six millions, avaient succombé… Et durant les semaines et les mois de ces macabres découvertes, la Pologne entreprit de nouveaux pogroms, comme si toutes ces horreurs ne suffisaient pas… Fallait-il vraiment qu'ils se vengent sur eux de ce que les Allemands leur avaient fait endurer ?

En septembre, le docteur Elbane rentra chez lui. Il eut cette chance, extraordinaire, de retrouver son appartement, et son cabinet de médecine, totalement intacts, alors que bien des déportés, à leur retour, avaient trouvé leur logement farouchement occupé par d'autres. Seule, une épaisse couche de poussière témoignait du passage des dernières années. Annie voulut se précipiter, pour tout dépoussiérer, mais le docteur l'en empêcha. De manière singulière, il lui dit : « Ne comprends-tu pas que c'est cette poussière qui a permis aux meubles, aux tableaux, aux tapis, à la vaisselle et aux lustres, de ne rien voir et de ne rien entendre durant toutes ces années ? Veux-tu, en un seul jour, leur infliger toute la brutalité de cette vie ? J'éliminerai cette poussière petit à petit… »

Il tint parole, et emmena le chat chez lui. En octobre, il rouvrit son cabinet médical. Il avait repris du poids, était capable de marcher assez longtemps, et de communiquer avec les gens. Mais il avait changé… Il n'était plus expansif, comme il l'était avant-guerre, et ne parlait plus jamais de lui. Il semblait penser que ce qu'il avait vécu était incommunicable… De temps à autre, son visage se fermait, et il semblait insensible à tout ce qui se déroulait autour de lui. Il fallut beaucoup de temps, pour qu'il fût à nouveau capable de gaieté.

Tous ces événements, de résistance et de vie après la guerre, avaient lié Annie et le docteur Elbane d'une amitié indéfectible. Aussi, Annie lui annonça-t-elle son souhait de vivre aux États-Unis et de travailler pour l'ONU avec d'infinies précautions… À sa plus grande surprise, il fut radieux de cette décision, et l'assura qu'elle ne saurait avoir de meilleurs projets.

Une fois Annie partie de l'autre côté de l'Atlantique, ils se mirent tous deux à échanger de longues lettres, et, parfois, à se téléphoner. Dans sa nouvelle vie américaine, Annie semblait se plaire. New-York, selon elle, était une ville fascinante, et sa vie professionnelle, où tout était à découvrir, la passionnait. Elle regrettait cependant, et avec amertume, la ségrégation raciale. Certaines scènes, auxquelles elle assista, particulièrement pénibles, demeurèrent pour elle comme autant de blessures et sources de dégoût.

Cette vie américaine fut cependant brève, car Annie fut très vite affectée à l'ONUST, cette délégation de l'ONU qui, après la guerre d'Indépendance d'Israël en 1948[38], fut chargée de la surveillance de la trêve entre Israël, les territoires palestiniens, et ses voisins arabes. La création de l'État hébreu se faisait dans la douleur. Des tensions quotidiennes se manifestaient sur l'ensemble de ses frontières, et l'exil de milliers de Palestiniens, qui fuyaient le pays pour se réfugier chez leurs voisins arabes, ou se retrouvaient dans d'immenses villages de tentes de toile, ne laissaient pas présager un avenir pacifique rapide. Les Juifs, dans leur majorité, étaient tout simplement sidérés que les Palestiniens, poussés par les nations arabes, aient refusé, lors du vote de l'ONU en 1947, la création d'un État palestinien, aux côtés de celui du peuple juif. Cela n'aurait-il pas été, pour eux, le premier État de leur histoire, leur premier accès à l'indépendance ? Pourquoi l'avaient-ils rejeté ? C'était une occasion perdue, que tous les belligérants de cette scène payaient un prix très cher...

Annie dut apprendre, très vite, à traduire, de manière instantanée, pour des gens survoltés et qui avaient des sensibilités d'écorchés ; elle comprit aussitôt qu'une bonne traduction adoucissait les propos, sans en déformer l'intensité... C'était un jeu d'équilibriste, qui lui demandait d'immenses efforts, linguistiques, intellectuels, et nerveux... Elle eut cependant le bonheur de revoir sa sœur, son mari et leur tout jeune fils, installés dans un kibboutz agricole... Ils semblaient heureux, acharnés en tous les cas à déployer leur vie sauve et nouvelle... Sa tante, qui vivait à Jérusalem, peinait en revanche visiblement à s'intégrer.

38 – Des troupes égyptiennes, irakiennes, syriennes, transjordaniennes, et plus symboliquement libanaises, fondirent sur Israël dès le 15 mai 1948, le lendemain de sa création. Israël parvint non seulement à dégager l'étau, mais aussi à occuper des territoires au-delà des frontières qui venaient de lui être attribuées : le Néguev, la Galilée, le sud-ouest de la Samarie, une partie de la côte entre la Judée et Jérusalem.

En 1951, immédiatement après la convention de Genève sur le statut des réfugiés, Annie fut envoyée en Allemagne, où des camps de réfugiés par dizaines subsistaient encore. La plupart des gens attendaient des visas pour les États-Unis, ou d'autres pays où ils espéraient pouvoir s'installer ; mais cela prenait un temps extraordinaire, car ils avaient la plupart du temps perdu tout papier d'identité, et s'adressaient à des administrations que la guerre avait tout simplement détruites. Ils vivaient dans de petits baraquements minuscules, où ils n'avaient ni eau ni électricité, et passaient des journées d'attente et de pur désœuvrement… mais au moins étaient-ils en vie. Le HCR devait veiller à ce qu'ils soient correctement ravitaillés, à ce qu'ils disposent d'un accès aux soins et à ce qu'un avenir leur soit proposé. Il travaillait non seulement avec les autorités locales, mais aussi avec bon nombre d'organisations caritatives et humanitaires. Annie suivait les visites des camps, les échanges entre les uns et les autres à un rythme effréné. Dans une de ses lettres, le docteur lui écrivit :

« Annie, ma chère amie, pourquoi supportes-tu cette vie éprouvante, au milieu de gens malheureux ? Tu es une jeune femme, tu as ta propre vie à construire… Est-il vraiment nécessaire que tu t'imposes cette petite shoah personnelle ? »

Un peu interloquée par la question, elle demeura quelques jours sans rien écrire ; puis répondit :

« Hector, c'est un destin que j'ai choisi et que j'assume. Les camps, durant la guerre, avaient pour mission de briser les êtres… Aujourd'hui, ils ont la mission inverse d'aider à les reconstruire, si cela est possible… C'est un renversement positif des valeurs, auquel je veux participer… »

Elle ne rentrait à New-York que pour de courtes périodes. Elle fut très affectée par la véritable chasse aux sorcières, entreprise par la sénateur Mac Carthy, à l'encontre des sympathisants socialistes, supposés représenter une menace au sein du département d'État et de la CIA… Cette obsession anticommuniste ne tournait-elle pas au délire ? Comment les États-Unis, qui se définissaient comme le pays de la liberté, pouvaient-ils en venir à des excès aussi manifestes ? La révélation de l'existence d'une liste noire des artistes d'Hollywood, condamnés à ne plus pouvoir travailler, fut un choc. Comment était-il pensable que Charlie Chaplin y figurât, alors que ses films émouvaient le monde entier, et qu'il n'avait fait que mettre en scène la misère des pauvres, des humbles, des petites gens ? Un jour, elle écrivit à son vieil ami : « Si vous êtes pauvre aux États-Unis, il existe une bonne et unique solution : devenez riche ! »

Dans la salle, une tablée se réjouissait bruyamment, et semblait fêter l'anniversaire de l'un de ses membres. Des cris, des interpellations retentirent, des rires fusèrent. Annie et le docteur revinrent brusquement à la réalité et au présent.

« C'est étrange… reprit le docteur après ce long silence. Tous ces dangers auxquels nous avons fait face… Je n'aurais jamais cru pouvoir les affronter… De même que je n'aurais jamais cru revenir de l'enfer des camps… Lorsque je repense à tout cela, il me semble que c'est un autre que moi-même qui agissait… ou une partie de moi à laquelle je n'avais jamais accédé auparavant, pas même durant la première guerre mondiale… Je me demande souvent ce qui fait le courage, ou la lâcheté d'un homme… Je crois que nous agissons en fonction des circonstances qui nous entourent, et de pulsions instinctives, que nous ne maîtrisons pas… Si je n'avais pas senti ta ferveur, au sein de l'OSE, pour sauver les enfants de l'enfer, il est certain que je ne me serais pas engagé comme je l'ai fait… Et si, au camp, je n'avais pas ressenti l'immense détresse de mes camarades en sus de la mienne, je me serais certainement laissé mourir, pour en finir, une bonne fois pour toutes… »

Il avait parlé comme pour lui-même, et revint à lui pour plonger son regard dans celui d'Annie.

Elle l'écoutait, et irradiait la beauté, comme le soleil irradie le jour. Son visage n'était plus celui d'une enfant, mais celui d'une femme mûre, expérimentée et décidée : elle avait tout de *la rousse au pendentif*[39], et cela d'autant plus qu'elle portait désormais les cheveux courts, avec une coiffure évasée de part et d'autre des joues… Son long cou était orné d'un pendentif rouge. Seuls ses yeux bleus, immenses, différaient du portrait. Comme toujours, les hommes se retournaient sur elle… Et pourtant, constamment, elle dressait une distance, infranchissable, entre elle et eux…

Il la contempla un long moment, puis reprit :

« Sais-tu, Annie, ce qui me fatigue le plus en ce moment ? J'avais espéré, après la guerre, que le monde aurait littéralement soif de paix, et considérerait cette paix comme son bien le plus précieux… N'avions-nous pas touché le fond de l'horreur ? Mais dès 46, le rideau de fer est tombé, l'Europe s'est trouvée partagée en deux camps inconciliables, le bloc communiste et celui du monde libre… Il aura vraiment fallu un miracle, pour que le blocus des Soviétiques, en 48, empêchant les alliés occidentaux de communiquer entre leur zone d'occupation, en Allemagne, et la zone qu'ils occupaient à Berlin, ne dégénère pas en conflit militaire… »

« Vous parlez du pont aérien, qui a permis durant un an de ravitailler Berlin ouest ? Le vrai miracle, est qu'il ait pu être soutenu durant tout ce temps ! Staline avait vraisemblablement l'idée de contraindre les Occidentaux à quitter complètement Berlin… »

«Pour finir, Staline n'aura pas obtenu ce qu'il espérait… Mais il n'y a pas que l'Europe, à se trouver ainsi coupée en deux… Le monde entier l'est ! La guerre d'Indochine[40], commencée comme

39 – Modigliani, 1918, huile sur toile.

40 – La guerre d'Indochine, 1946-1954, se termina, en juillet 1954, par les accords de Genève, qui consacraient la dissolution de la fédération indochinoise sous administration française (Laos, Cambodge, Viêt-Nam), et la partition du Viêt-Nam en deux, avec le nord dévolu aux communistes d'Hô Chin Minh, et le sud

une guerre d'indépendance en 46, s'est terminée en 54 dans un climat de guerre froide évident... »

« Il est certain que guerre froide et décolonisation sont étroitement liées : les nations qui réclament leur indépendance, le font souvent avec le soutien des PC locaux... Depuis que Mao a définitivement vaincu en Chine, et instauré la République Populaire[41], le bloc communiste pèse extrêmement lourd, et se donne plus que jamais une vocation universelle... En ce moment-même, le PC Malais lutte pied à pied contre les Anglais, et réclame l'indépendance... Quant à la guerre de Corée[42], elle est un archétype de conflit récupéré par la guerre froide. Non seulement celle-ci engendre-t-elle des conflits plus que bouillants, mais encore paralyse-t-elle très souvent l'action du Conseil de Sécurité : il est bien rare que soit obtenue l'unanimité sur les décisions à prendre... ! Or, cette unanimité est requise ! »

« Les violences et les discriminations sont partout... En 48, l'Inde a bien accédé à son indépendance, mais au prix d'une guerre civile sanglante, qui a donné naissance au Pakistan... Résultat : des millions d'hindous du Pakistan, déportés vers l'Inde, et des millions de musulmans indiens, déportés vers le Pakistan... L'Afrique du Sud a officiellement adopté une politique discriminante envers la majorité noire, tout comme, d'ailleurs, Ceylan

---

très rapidement récupéré par les Américains. Le nombre de morts de ce conflit fut d'environ 500 000.

41 – La guerre civile chinoise, opposant les nationalistes du Kuomintang au Parti communiste chinois de Mao, s'éternisa de 1911 à 1949. Une période d'union eut cependant lieu lors de l'agression japonaise, entre 1937 et 1945. Le 1er octobre 1949 fut proclamée la République Populaire de Chine. Le nombre de morts de cette guerre civile est incertain, mais généralement évalué autour de 6 millions.

42 – Après la partition de la Corée entre les deux blocs en 1948, une guerre fratricide a opposé la Corée du nord, soutenue par les Soviétiques, à celle du sud, alliée aux Américains, de juin 1950 à juillet 1953. On estime à trois millions le nombre de morts, sans gain aucun pour les deux belligérants. Un simple accord de non-agression a mis fin au conflit, la frontière séparant les deux Etats est demeurés celle du 38e parallèle, telle qu'elle existait déjà au début de la guerre.

envers les Tamouls… La guerre d'Indonésie[43]contre la domination hollandaise s'est elle aussi terminée par l'indépendance en 49, mais après quelles tueries ! Tout cela va si vite… Les conflits s'enchaînent, sans interruption aucune, dans un contexte de course aux armements nucléaires qui fait froid dans le dos… »

« Oui, je peux comprendre ce que vous ressentez, docteur… dit Annie en regardant attentivement son interlocuteur. Mais je crois que les Anglais sont en train de tirer les leçons de leur débâcle en Inde : ils promeuvent tant et plus le Commonwealth, qui permet aux anciennes colonies d'accéder à l'autonomie, et font davantage intervenir les Africains dans les processus de décisions qui les concernent… La France agit de même, lorsqu'elle considère toutes les difficultés qu'elle rencontre pour se maintenir en Algérie… N'est-ce pas pour cela qu'elle a voté la loi cadre Gaston Defferre [44]? L'AOF et l'AEF vont pacifiquement marcher vers l'autonomie… Et puis, il y a aussi la conférence de Bandung, de l'an dernier : vingt-neuf nations fraîchement autonomes, qui refusent d'avoir à s'aligner sur le bloc communiste ou celui des Américains, et qui prônent une décolonisation pacifique… »

« Une décolonisation pacifique… Je l'espère de tout cœur ; mais rien ne permet d'affirmer que cela sera le cas… Penses-tu vraiment que la France soit prête à pacifiquement laisser l'Algérie recouvrer son indépendance ? Nous n'en sommes pas là du tout,

43 – L'Indonésie, colonisée par les Pays Bas, fut abandonnée par ceux-ci durant la deuxième guerre mondiale, et occupée par le Japon. Dès la reddition du Japon, un conflit très dur éclata entre l'archipel indonésien et les Pays-Bas, qui voulurent en reprendre possession. En 1949, l'Indonésie fut officiellement déclarée indépendante, sous la présidence de Soekarno, et dut alors affronter de nombreuses rebellions séparatistes.

44 – Cette loi, du 23 juin 1956, permettait aux Territoires Français d'Outre-Mer l'élection au suffrage universel de Conseils du Gouvernement, visant à favoriser l'autonomie de ces territoires. Elle concernait aussi bien l'AOF (Afrique Occidentale Française) que l'AEF (Afrique Equatoriale Française), soit une grande partie de l'Afrique, et fut la première marche de l'accession à l'indépendance pour la plupart des pays concernés.

bien au contraire… Le gouvernement de Guy Mollet ne vient-il pas d'accorder légalement des *pouvoirs spéciaux* à l'armée ? Nous avons peut-être vaincu, lors de la bataille d'Alger, mais à quel prix, Annie, à quel prix, pour les Algériens et pour nous-mêmes ? »

« L'Algérie est un cas particulier… Depuis longtemps, la France la considère comme une partie intégrante de son territoire… Ce n'était pas le cas pour la Tunisie et le Maroc, qui étaient des protectorats, et ont obtenu leur indépendance sans trop de difficultés… Cette année même, l'Égypte et l'Angleterre ont enfin accepté de rendre au Soudan sa liberté et son destin, après cinquante ans de domination… La Gold Coast, qui vient d'être rattachée au Togo britannique, négocie avec la couronne sa future indépendance… »

Le médecin soupira :

« Les Africains n'ont pas une vision commune de leur avenir : entre les partisans de la voie socialiste, les nationalistes arabes et les partisans du panafricanisme, les conceptions divergent… Et c'est d'ailleurs bien naturel ! De surcroît, les conflits liés aux discriminations, les luttes entre ethnies qui pullulent en Afrique, et qui ont souvent été attisées par les colons, sont paralysantes pour les nations qui émergent… Les faire disparaître ne sera pas une petite affaire… Il n'est guère aisé de modifier des modes de pensée, et des structures sociales, qui remontent à la nuit des temps et ont eu jadis leurs raisons d'être… »

« Malgré cela, et quoi qu'il en soit, la marche vers l'accession à l'indépendance de tous ces pays est tout à fait inéluctable… C'est une étape incontournable de l'Histoire… » conclut Annie.

Elle blêmit brusquement, et se retourna vers un jeune homme, situé derrière elle, qu'elle fixa un court instant. Pour ne pas l'observer de façon indécente, elle sortit son poudrier de son sac à main, et poursuivit son observation, mais cette fois-ci en le regardant dans la petite glace du poudrier.

« Que se passe-t-il, Annie ? »

Son visage, de livide, devint pourpre.

« Ce garçon a exactement la même voix que David ! » dit-elle avec difficulté.

« Tu penses toujours à ton frère ? »

« Oui, quotidiennement… C'est sans doute stupide… Mais je ne peux m'empêcher de me dire :'Un jour, je le verrai… Je le retrouverai… Il sera là, devant moi, et il me parlera… Il me racontera tout ce qui lui est arrivé'… »

« …Mais tu sais quand même que cela tiendrait du miracle ! Annie, tu le sais, n'est-ce pas ? ! »

« Mon intelligence le sait et n'espère plus rien… Mais mon cœur continue d'espérer ! Si je m'écoutais, j'irais rejoindre ce jeune homme et parlerais avec lui, juste pour entendre une voix qui ressemble à celle de David… Mais je ne le fais pas, car ce serait une pure et simple torture ! »

Ils se turent un long moment, car Annie semblait paralysée par l'émotion. Elle fit effort, pour se ressaisir, et ce fut elle qui finalement reprit :

« La façon dont a été gérée la crise du canal de Suez[45], le mois dernier, ne peut se comprendre que dans le contexte de la guerre froide… Tout le monde avait bien sûr intérêt à la réouverture du canal… Sa nationalisation par Nasser, en juillet, paralysait tout un pan de l'économie mondiale… Et il était impensable, pour les Américains, que Nasser, après s'être rapproché des communistes, puisse agir à sa guise, et provoquer le monde entier… De

45 – En 1952, Nasser, avec le soutien des officiers libres d'Égypte, renversa la monarchie égyptienne, au profit d'une république nationaliste dont il devint le leader. En juillet 1956, au grand dam des EU, il reconnut la République Populaire de Chine. En réaction, les EU retirèrent leur financement du barrage d'Assouan. Nasser décida alors de nationaliser le canal de Suez, ce qui déclencha la colère de la France et de l'Angleterre, qui géraient jusqu'alors le canal. Ces deux puissances s'allièrent à Israël, et, en octobre, déclenchèrent une opération militaire, dont le but était la libre réouverture du canal. Quelques jours après le début de cette opération, alors que l'aviation égyptienne était détruite, et qu'Israël avait envahi le Sinaï, l'URSS et les EU, dans le cadre de l'ONU, exigèrent d'un commun accord le retrait des trois armées étrangères impliquées. Ils obtinrent satisfaction…

l'autre côté, il fallait également que les Américains rassurent les Soviétiques, en leur prouvant qu'ils étaient capables de rappeler à l'ordre leurs propres alliés... Ce difficile exercice d'équilibriste a valu à la France et à l'Angleterre, dont le statut de grandes puissances a été bien écorné, une humiliation cuisante... Mais pour une fois, devant le Conseil des Nations Unies, Soviétiques et Américains se sont mis d'accord, aucun des deux camps ne voulant provoquer l'autre outre mesure... La victoire politique revient plutôt à Nasser, qui se présente comme l'homme qui a fait reculer la France, l'Angleterre et Israël... »

« C'est ce qu'il vend à son camp... Mais finalement, la réouverture du canal est d'ores et déjà prévue, et c'était là l'objectif de départ... De ce point de vue, Nasser n'a pas obtenu ce qu'il voulait... » objecta le docteur Elbane.

« Peut-être... Mais son grand objectif, au-delà du canal, était plutôt de ressusciter le panarabisme laïc, la grandeur et l'unité du monde arabe... Ce panarabisme, hélas, est cette fois-ci complètement lié à la détestation de l'Occident et d'Israël... De ce point de vue, la victoire de Nasser est réelle ! Paradoxalement, Israël se sort plutôt bien de cet épisode, puisqu'elle a de nouveau démontré ses capacités militaires... Donc, victoire politique pour Nasser, victoire militaire pour Israël, victoire diplomatique pour l'ONU... »

« Échec pour la France et l'Angleterre... » siffla le docteur avec tristesse.

« Échec aussi pour la Hongrie... L'implacable répression des Soviétiques[46] chez eux, le mois dernier, est une funeste conséquence de la crise de Suez... »

46 – Depuis le mort de Staline en 1953, le bloc communiste traversait une période de relative libéralisation. Le 23 octobre 1956, une importante manifestation étudiante réclama, à Budapest, un certain nombre de libertés civiles. D'autres manifestations se déroulèrent dans tout le pays. Un nouveau premier ministre, Imre Nagy, voulut soutenir ce mouvement et réclama la sortie du Pacte de Varsovie. Le 4 novembre, les chars soviétiques se répandirent dans toute la Hongrie, et procédèrent à une intense répression.

« Eh certes ! Titiller le pouvoir soviétique en pareilles circonstances était bien périlleux de la part des Hongrois ! Mais de surcroît, la volonté d'Imre Nagy de sortir la Hongrie du pacte de Varsovie, et de faire accéder son pays à un statut de neutralité, aura été fatale à ce mouvement populaire, qui réclamait avant tout quelques libertés civiles… Elle aura décidé les Soviétiques à intervenir… Permettre une brèche dans la défense soviétique, passer pour faibles aux yeux des démocraties occidentales… Voilà qui était impossible, *surtout* après la crise de Suez ! »

« Résultat : vingt-six mille arrestations, et vingt-deux mille condamnations, des peines de mort prononcées par centaines, et deux cent mille Hongrois en exil… Le camp soviétique ne passe pas pour faible, mais totalement dictatorial… Pour la Pologne et les autres pays satellites de l'URSS, quel avertissement ! »

Le docteur se passa la main dans les cheveux, et toussota.

« Mais toi, Annie, toi ? N'es-tu pas découragée parfois ? N'es-tu pas fatiguée, de traduire des textes et des résolutions qui ne sont pas appliqués, ou si mal… ? » demanda-t-il d'un ton las…

Elle lui proposa une cigarette, qu'il refusa, en alluma une pour elle-même. Elle paraissait réfléchir profondément.

« Ce qui est nouveau, totalement nouveau, et donne à espérer, est l'apparition même des Droits de l'Homme… Les 14 points du président Wilson mettaient l'accent sur les droits des peuples à disposer d'eux-mêmes… La Déclaration Universelle des Droits de l'homme reprend cela, mais va encore beaucoup plus loin : elle met cette fois-ci l'accent sur les droits de chaque être humain à être respecté. Vous savez, docteur, cette déclaration m'a toujours donné la chair de poule, tant elle est enthousiasmante… Rendez-vous compte ! Dès la deuxième ligne du préambule, on y parle de famille humaine, ni plus ni moins ! La singularité d'une famille n'est-elle pas l'entre-aide entre ses membres ? Ce texte n'est-il pas l'un des plus sublimes que ce monde ait produit, depuis le tout début de l'Histoire ? Vous me demandez si je ne suis pas parfois découragée... Mais comment le pourrais-je, sous l'égide de tels mots ? ! Ils visent l'égalité entre les races, les couleurs, les sexes, les langues et les religions, le droit à une vie vécue en sécurité, à une justice équitable, à l'asile en cas de persécution, le droit à une nationalité, à la propriété, à la liberté de pensée, de conscience et de religion, la liberté de circulation, d'expression, de réunion, d'accès à l'instruction, à la santé et à la culture, la disparition de la torture, de l'esclavage, des arrestations arbitraires, des mariages forcés... Je vous le redemande : n'y a-t-il pas lieu de s'enthousiasmer ? »

Il la regardait, impressionné par sa ferveur, qui était communicative. Elle poursuivit :

« Nous ne sommes qu'au tout début d'un monde nouveau, qui se reconstruit sur les vestiges de l'ancien, mais apprend à raisonner sur d'autres bases, que celles du nationalisme : celle de l'égalité et de la fraternité entre les hommes, celle des échanges entre égaux, celle de la démocratie... L'ONU connaît, et connaîtra, bien des échecs, mais aussi des succès... La Charte des Nations Unis, en 45, a réuni l'adhésion de cinquante et une nations... Or, elles sont aujourd'hui quatre-vingts, et cette marche en avant ne s'arrêtera pas de sitôt... Nul doute qu'au fil des années, cette charte va devenir source de droits, au sens universel, et donc une source de légitimité sans précédent aucun pour les États... Un jour viendra où plus aucun d'entre eux ne pourra modifier ses frontières sans l'aval de l'ONU, c'est dire qu'il lui faudra justifier ses arguments de manière tellement difficile qu'en fin de compte, il ne le pourra pas... Il ne pourra pas dire : 'J'avais besoin des mines de charbon, ou des puits de pétrole de mon voisin...' Une fois que les guerres de libération seront achevées, les frontières vont devenir fixes, docteur... et c'est une grande source de conflits qui va ainsi disparaître... »

« Quelle différence vois-tu entre la SDN et l'ONU ? »

Elle réfléchit à nouveau.

« La SDN, dès le départ, s'est trouvée affaiblie par le refus du sénat américain de ratifier la Charte, et donc d'adhérer à son projet… Elle est toujours restée démunie, pour faire appliquer les sanctions qu'elle proposait, en cas de dérapage d'un État envers un autre. Juridiquement, elle était un organisme intergouvernemental, ce qui signifiait que toute décision, pour être respectée, nécessitait un consensus absolu… L'ONU, elle, est une organisation supra-gouvernementale, qui dispose à ce titre de moyens pour contraindre les États à légiférer… En ce moment même, elle élabore un projet pour disposer d'une force militaire, ce que la SDN n'a jamais eu… Mais surtout, je crois que le contexte de la SDN et celui de l'ONU sont complètement différents… Raisonner de manière nationaliste aujourd'hui, alors que le nationalisme nous a conduits à de telles barbaries, n'est purement et simplement plus jouable… »

Elle plongea tout à coup en elle-même, et parut comme aspirée par sa propre réflexion :

« La Charte des Nations Unies, il y a cent ans, n'aurait jamais eu, ne fut-ce qu'un espoir d'être imaginée et pensée… ! Elle est aujourd'hui un cap vers lequel avancer, sachant que mille, dix-mille événements nous en détourneront… Comment dire ? Elle est… la voix du monde ! Le cap est là, et il nous revient, à nous et aux générations futures, de le conserver… »

Le docteur la regardait, silencieux et attentif. Elle poursuivit :

« L'ONU n'est pas qu'un cap et une espérance, elle est aussi une source d'actions… Outre son intervention entre Israël et ses voisins, entre l'Inde et le Pakistan, outre la convention de Genève sur les réfugiés, elle développe aussi des programmes d'action très efficaces, dans les domaines de la protection de l'enfance et celui de la santé… »

Hector Elbane se mit à rire, joyeusement et librement.

« Ton enthousiasme force le respect… Quelle bonne ambassadrice tu fais… ! »

Elle se tut un long moment, puis reprit :

« Hector… »

En raison de la différence d'âge, elle ne s'était jamais autorisée à tutoyer le médecin. Mais, de temps à autre, lorsqu'elle avait quelque chose d'important à lui dire, elle l'appelait par son prénom, et ils en étaient toujours émus, tous les deux…

« Hector, j'ignore complètement comment se terminera la guerre froide… Mais elle se terminera, d'une manière ou d'une autre, elle est un épisode de l'Histoire, rien de plus, un épisode qui s'achèvera, comme tous les autres… »

« Mais tout de même, tu as bien une idée sur l'issue de ce conflit… »

Il la détournait de ce qu'elle voulait dire, mais elle prit le temps de réfléchir à sa question.

« La puissance idéologique du bloc communiste est tout à fait extraordinaire ! Vouloir émanciper les peuples de la pauvreté n'est pas une mince idée, c'est au contraire une idée fabuleusement attractive… ! Mais ce que nous apprenons, au compte-gouttes, du régime policier et répressif mis en place par ce camp, ne plaide pas en faveur d'une longévité exceptionnelle… Il y a quelque chose en lui, d'intrinsèque, qui étouffe la démocratie et la rejette… Et ce rejet entraine aussi une difficulté économique majeure, car l'URSS se prive elle-même de ses talents… Les Américains, eux, tout en prétendant n'agir que pour la démocratie, savent ignorer celle-ci quand cela les arrange… Il se dit de plus en plus qu'en 53, en Iran, la CIA a œuvré activement à la chute du premier ministre Mossadegh au profit du Shah actuel, Reza Pahlavi, et cela simplement pour éviter la nationalisation de la compagnie pétrolière d'Iran, voulue par Mossadegh… Il se dit aussi qu'au Guatemala, en 54, la CIA a aidé au renversement du président Jacob Arbenz, qui souhaitait nationaliser la United Fruits Compagny… En échange, le dynamisme économique des Américains est indéniable, et ils aiment à le répandre, dès l'instant que cela concorde avec leurs intérêts… Le développement économique de l'Occident, grâce au plan Marshall[47], est à plein régime depuis l'après-guerre… Quant à savoir comment évoluera la guerre froide, à ce stade, est bien malin qui pourra le prévoir… »

Elle fut dérangée par les occupants de la table voisine, qui se levaient pour sortir.

« Pour en revenir à ce que je voulais vous dire, Hector, ce dont je suis sûre et certaine, c'est que la marche des Droits de l'homme et celle de la démocratie, elles, ne s'arrêteront pas de sitôt… Elles ne sont pas de simples épisodes, des chapitres, elles correspondent à des étapes historiques décisives, irréversibles… Elles marqueront l'humanité, comme l'ont fait les découvertes du feu, du fer, et celle de l'écriture. Est-on jamais revenu sur le feu, le fer et l'écriture ? Je crois qu'on ne le fera pas davantage pour la démocratie et les Droits de l'homme, qui sont intimement liés, et qui n'en sont encore qu'à leurs grands débuts… Un jour ou l'autre, ils seront la norme… La démocratie n'est pas seulement affaire de droit de vote… Elle suppose l'accès à l'éducation, mais aussi à une vie matérielle qui ne se résume pas à un ventre vide jour après jour… Un homme, ou une femme, qui a le ventre vide, ne peut pas voter librement et avec des idées claires… La démocratie génère les Droits de l'homme, et l'inverse est tout autant exact… Tout cela suppose aussi la disparition des discriminations… Un jour viendra, où les discriminations qui sont encore monnaie courante à notre époque, et sur lesquelles ont été fondées la plupart des sociétés jusqu'à maintenant, seront considérées comme des archaïsmes des temps anciens et barbares… Voilà pourquoi je n'ai jamais rien voulu d'autre que de travailler pour l'ONU, depuis que

47 – Le plan Marshall fut un plan d'aide accordé par les Américains à l'Europe de l'ouest pour sa reconstruction : il s'agissait de prêts financiers, consentis par les Américains, en échange d'achats de matériels américains. Ce plan dynamisa certes la reconstruction, mais eut peu de part dans la dynamique des trente glorieuses, due à d'autres facteurs.

celle-ci existe… Quels que soient les événements, les reculades et les échecs ponctuels, je sais que cette marche se poursuivra… »

Il la regardait, intensément, profondément.

« Eh bien, Annie ! Quelle déclaration ! Après cela, que dire ? »

Ils se turent en effet, commandèrent des cafés. Le docteur revint à la conversation :

« Tu te souviens de ce poème, que tu as récité pour moi juste aux toutes dernières heures de la paix, en 39 ? L'Épopée du monde… La Déclaration des Droits de l'Homme me fait penser à lui… »

Annie ne paraissait pas surprise, mais simplement émue.

« Oui, je suis bien d'accord avec ce que vous dites… Je crois que ce Poème va beaucoup plus loin encore que la déclaration universelle des Droits de l'homme. Il s'adresse à l'homme de tous les temps, alors que la déclaration aurait passé pour une incompréhensible plaisanterie à l'homme du moyen-âge, ou même à celui du XVIIe siècle… Il a été une espérance et un sens à l'existence pour les hommes d'hier, y compris des temps lointains, comme il continuera de l'être pour l'homme de demain… Je n'ai aucun doute sur cela… Le cap qu'il donne est de nature intemporelle, et universelle… Il en appelle à ce que chaque époque contient de meilleur, et à ses plus hautes aspirations… Mais aujourd'hui, la Déclaration des Droits de l'Homme est sans doute ce qui est le plus proche de lui et répond en écho à son message… »

Elle était très loin, plongée tout au fond d'elle-même, les yeux presque fermés, et en même temps en contact étroit avec lui. Il en était certain.

« Tu sais, dit-il, je ne pense pas du tout que l'homme soit un loup pour l'homme, une créature dont il n'y a rien à espérer… Je le vois au contraire comme un être à part, extraordinairement doué, mais doté d'une psychologie si incroyablement complexe qu'il est en proie à tous les tourments que l'on puisse imaginer, par là même infiniment vulnérable, et que c'est pour cela qu'il a, plus que tout autre, besoin d'un amour infini… Je ne sais pas si

Dieu existe, Annie, mais il me semble bien certain que l'homme peut difficilement vivre sans au moins *imaginer* qu'Il existe… Il a besoin d'imaginer cette source d'amour infini, sans laquelle la vie lui est trop dure à supporter… »

Il sourit douloureusement.

« L'homme a besoin d'aimer, et d'être aimé… Voici qui est, à dire, d'une grande banalité… Mais à ressentir, cela est d'une force infinie, d'une force à soulever n'importe quelle montagne… »

Ils se turent tous deux, désormais incapables de parler. Le restaurant se vidait peu à peu de sa clientèle, repartie au travail. Il appela un serveur, pour régler l'addition.

« Pour revenir à des choses plus légères, chère Annie, j'ai rencontré à l'Amicale des Anciens Déportés un de mes jeunes codétenus, au camp. Je l'ai revu pour la première fois depuis la fin de la guerre… Avant la guerre, et jusqu'à son arrestation, il était paysan. Peu après son retour, il s'est lancé dans l'édition… »

« Dans l'édition ! Voici qui n'est pas banale… »

« Non, mais le bonhomme ne l'est pas non plus… Il s'est mis en tête de collecter les récits de guerre, les récits de ce que les gens ont vécu, qu'ils aient été soldats, prisonniers, déportés, résistants ou simples spectateurs, hommes ou femmes, jeunes ou vieux… Il pense, avec quelque raison, que la période a été si tragique, qu'il importe d'en relater les faits du quotidien, des faits parfois totalement anodins… »

« Mais les gens n'ont-ils pas envie de tourner la page, aujourd'hui, et de ne pas ressasser un passé douloureux ? »

« Certes, nous avons tous envie de passer à autre chose ; mais lui se dit que, tout en allant de l'avant, il ne faut rien oublier de ce que nous avons vécu, ne serait-ce que pour édifier les générations futures… Il pense aussi qu'écrire est une façon d'exorciser les faits, de leur donner une forme, de les intégrer à l'histoire personnelle de chacun… »

« Arrive-t-il à trouver des manuscrits ? »

« Mais oui… Il en reçoit même des quantités… En revanche, il a plus de mal à vendre les récits qu'il édite… Comme tu le dis, la population n'est pas encore en état de se plonger dans de telles lectures… Il est conscient de davantage agir pour le futur, que pour le présent… »

« Et comment parvient-il à vivre ? »

« Fort heureusement, il loue sa propriété agricole en métairie, ce qui lui rapporte un petit revenu… Il s'est marié en 1947, m'a-t-il raconté, à son ancien amour de jeunesse… C'est sa femme, qui a une maîtrise de lettres et professe en lycée, qui corrige les manuscrits et les rend lisibles… Nous avons parlé un long moment… Il m'a aussi raconté, que lorsqu'il était jeune, adolescent, il vivait en lançant un javelot devant lui… Il attendait de son javelot qu'il le guide… Curieuse méthode, tu ne trouves pas, pour avancer dans la vie ? »

Elle sursauta, demanda d'une voix stupéfaite :

« Il lançait un javelot devant lui ! À quelle époque et en quel lieu ? »

Le vieux médecin le lui précisa.

« Mais c'est incroyable ! Je suis à peu près certaine d'avoir rencontré ce garçon, du temps de ma propre jeunesse ! » s'écria-t-elle.

« Dans quelles circonstances ? Raconte-moi cela ! Le monde est parfois si petit… ! »

Elle réfléchit un court instant.

« Non, cela est impossible à raconter… Vous me prendriez pour une folle ! »

« Je te rappelle qu'avant-guerre, je t'ai confié quelque chose, dans mon parcours de vie, qui ne plaidait guère pour ma santé mentale… »

« Eh bien… Je vous narrerai l'histoire, mais une autre fois… Il faut que je prépare ma façon de vous présenter les faits… Et puis, je vais devoir maintenant vous laisser… Un rendez-vous m'attend, dans moins d'une demi-heure… »

Elle se leva, joignant aussitôt le geste à la parole, et il la suivit. Dès qu'ils furent dans la rue, un vent fort leur coupa quelques instants le souffle.

« Il y a des événements, dans une vie, qui ne s'expliquent pas toujours… » dit-il, la tête penchée pour se protéger des feuilles qui voltigeaient en tous sens.

Ils marchèrent quelques instants. Le vent cessa brusquement, comme conscient qu'ils avaient encore à se parler et s'entendre.

Le docteur tenait à la main une sacoche de cuir brun, qu'il tendit brusquement à la jeune femme.

« Annie, il y a là des documents qui m'appartiennent, que je voudrais que tu regardes, quand tu en auras le temps… »

« De quoi s'agit-il ? »

« Tu le verras toi-même… Ne me pose pas de question ! »

« Mais dites-moi ! De quoi s'agit-il ? Si ce sont des documents compromettants, je ne tiens à pas à les recéler… » insista-t-elle, en éclatant de rire.

« Annie, ma chère, je n'ai pas de descendant… Pas d'enfant, pas de femme, pas de famille à qui remettre ces papiers… Tu es l'être au monde dont je suis le plus proche… Alors, garde cette sacoche, tais-toi, et consulte tout cela l'heure venue, c'est-à-dire dès que tu le pourras… Dis-moi : nous nous voyons demain ? »

« Bien sûr… ! »

« Alors, je te donne rendez-vous chez moi… Je serai heureux de cuisiner pour toi ! »

Ils se quittèrent, comme ils le faisaient d'ordinaire : en s'embrassant sur le front.

8
NOVEMBRE 1978

À quelque moment de sa vie d'adulte qu'elle y songeât, Justine Laforge ne put jamais évoquer son enfance sans qu'une chaude bouffée de tendresse lui envahît le cœur et l'esprit.

À la maison, le soir, il y avait presque tout le temps du monde : de la famille de Clémence, des amis et voisins, des collègues de Bastian. Le menu était invariablement composé de lard et de pommes de terre, mais quiconque arrivait se voyait invité sans cérémonie, dans le petit deux pièces qu'ils habitaient à trois. Tandis que les uns préparaient le repas, d'autres lisaient à haute voix des articles, dans les journaux que Bastien rapportait de l'imprimerie où il travaillait ; et immédiatement après se déclenchait un brouhaha de paroles, où chacun commentait les événements.

Comme presque tous les gens de leur entourage, Bastian et Clémence étaient communistes. Mais ils ne l'étaient pas de la même manière. Clémence était née communiste, en quelque sorte, dans un milieu ouvrier où ne pas l'être était purement et simplement impensable. Elle était adhérente, et militait activement. Bastian, lui, n'était que sympathisant. Cette sympathie lui était venue au fil du temps, probablement au contact de sa femme, et aussi de ses collègues, qui presque tous adhéraient au puissant syndicat des typographes. Au fond de lui-même, il pensait qu'il était incapable d'adhérer pleinement à quelque système de pensée que ce fût : il était trop indépendant pour cela... À voix haute, il disait qu'il se considérait comme un communiste *partiel*. Lorsqu'on lui demandait ce qu'il entendait par là, il répondait que l'économie dirigée était probablement la seule à pouvoir défendre efficacement les ouvriers de la cupidité des employeurs privés ; mais, qu'en revanche, le concept de dictature du prolétariat lui inspirait de l'horreur, comme toute autre dictature. Lorsqu'il était en petit comité, il expliquait également qu'en Union Soviétique, ce n'était nullement le prolétariat qui tenait le pouvoir, mais les apparatchiks du parti communiste, lesquels défendaient avant tout leurs intérêts propres.

De toutes ces conversations à bâtons rompus, qui se déroulaient dans un contexte amical et décontracté, mais parfois aussi âpre et passionné, Justine conservait un souvenir de chaleur et de sécurité. Enfant, elle ne comprenait rien à ce qui se disait, mais il y avait constamment des personnes pour jouer un instant avec elle, où l'installer sur leurs genoux. En fin de soirée, lorsque tout le monde partait, Bastian et Clémence continuaient de discuter, mais de sujets plus intimes. « As-tu passé une bonne journée ? » « Ton manteau est-il suffisamment chaud par ce temps glacé ? » « Ta douleur à l'épaule est passée ? » Et ils bavardaient ainsi, aussi longuement qu'ils avaient auparavant discuté de l'indépendance de l'Inde, ou de la création d'un statut de la fonction publique. Justine sentait avec certitude que ses parents s'entendaient bien : non parce qu'ils se faisaient de grandes déclarations d'affection, loin de là, mais parce que ces discussions nocturnes du quotidien étaient aussi denses et intenses que celles qui avaient précédé.

De temps à autre, tandis que Clémence partait militer pour son cher PC, Bastian emmenait Justine assister à une réunion syndicale. Elle y était naturellement la seule enfant présente, et rayonnait de fierté, consciente de l'honneur qui lui était fait. Sans comprendre un traître mot des débats, elle écoutait religieusement.

Elle constata, au fil du temps, que son père parlait peu ; mais que lorsqu'il s'exprimait, chacun se taisait pour l'entendre. Il était un des rares participants à qui l'on ne coupait pas la parole.

Et puis, son père était beau, il avait de l'allure, une prestance folle… Justine fut amoureuse de son papa, jusqu'à tard dans l'adolescence. Où qu'il allât, l'accompagner était une récompense suprême…

Mais le suivre partout était bien impossible. De temps à autre, il s'abstenait de rentrer chez lui, le soir, et marchait jusqu'à tard dans la nuit. Il revenait silencieux, et sombre, comme absorbé par un problème qu'il ne savait résoudre, et chacun comprenait qu'il avait besoin de solitude. Il était alors méconnaissable, et paraissait regarder au-dedans de lui-même, le visage absorbé par une douleur secrète. Parfois, le dimanche, il partait de bon matin, et ne revenait qu'à la tombée du jour. Une fois, Justine le croisa alors qu'elle sortait de l'école. Il était si centré sur ses pensées qu'il ne l'aperçut pas, et ne répondit pas à ses appels. Elle tenta de le suivre ; mais il marchait à grandes et rapides enjambées, et, même en trottinant, elle ne put soutenir le rythme. Que lui arrivait-il ? Une amie de Clémence suggéra à celle-ci qu'il avait sans doute une maîtresse… Clémence haussa les épaules… Leur fidélité, l'un envers l'autre, était désormais inscrite dans la pierre la plus dure qui existât, et tous deux le savaient bien. Clémence connaissait l'histoire de son mari, et savait qu'il portait en lui des souffrances qu'il lui était nécessaire, parfois, d'abrutir dans de violents efforts.

Lorsqu'elle eut huit ou neuf ans, Justine prit l'habitude de demander à sa mère de lui raconter sa première rencontre avec son père. À sa grande surprise, Justine constata que la deuxième version de cette rencontre initiale, n'avait rien à voir avec la première, et encore moins avec la troisième. Elle s'insurgea : « Mais Maman ! Pourquoi mens-tu ? » « Mais je ne mens pas ma chérie ! » « Mais si… Tu racontes n'importe quoi… » « Bon, d'accord, je vais te dire la vérité… » Et ce fut encore une nouvelle version. En son for intérieur, Justine s'offusqua Comment sa mère, qui avait eu l'immense et incroyable privilège d'épouser son cher et tendre papa, pouvait-elle raconter des bêtises, sur un sujet aussi important que leur première rencontre ? Elle était beaucoup, beaucoup trop jeune pour comprendre que cette rencontre-là n'avait plus, dans l'esprit de sa mère, la moindre importance, et que jusqu'à son souvenir avait disparu... Dans son esprit, Clémence avait réellement rencontré son mari, et fait connaissance avec lui, le jour où, revenu de captivité, il avait dit, en caressant les cheveux de Justine : « Nous sommes une vraie famille, maintenant... »

Oui, ce jour-là, Clémence avait découvert son mari, et compris qui il était. Cette phrase, qu'il avait eue, avait marqué leur vie bien plus que tout autre événement. Bastian était revenu d'Allemagne avec, on ne sait comment, des rais de lumière dans l'âme, et les avait immédiatement distribués autour de lui. Mais cela, Justine n'avait bien sûr aucun moyen de le comprendre... Elle ne savait pas que ce jour-là, elle avait échappé à une immense détresse, tandis que ses parents s'étaient mis à s'aimer bien plus intensément, et profondément, qu'ils ne l'avaient jamais fait. Mais cela était de l'ordre de l'indicible, et même entre eux, ils n'en parlèrent jamais.

À treize ans, Justine se mit à s'interroger. Elle était née durant la guerre, en 1942. Comment se faisait-il que son père ait bénéficié d'une permission, alors que les pères de toutes ses camarades d'école, qui avaient été prisonniers, n'en avaient eue aucune ? Une camarade à qui elle s'en ouvrit, lui déclara sans fioriture : « Il faut te rendre à l'évidence, ma vieille... Ta mère n'est pas un prix de vertu... Et ton père... » La camarade n'eut pas le temps d'achever ; une gifle retentissante meurtrissait déjà sa joue.

Cette remarque inachevée agit sur l'esprit de Justine tel un puissant répulsif. Elle recouvrit cette histoire d'un grand et long voile, bien opaque, et s'en détourna avec toute la détermination dont elle était capable.

Sans le formuler vraiment, elle voulait avant tout que son père restât son père.

Autre chose, désormais, la captivait. Elle commençait à découvrir le monde, et se mit petit à petit à essayer de comprendre les discussions des adultes, le soir. C'était difficile, il lui semblait parfois décoder une langue étrangère. Y avait-il vraiment des gens qui se croyaient supérieurs aux autres, et qui pensaient réellement que tous les avantages de ce monde leur étaient dus ? Parce qu'ils étaient riches ? Les pauvres n'existaient-ils que pour les servir ? Et y avait-il réellement des pays qui pouvaient dire à d'autres pays : « Nous vous dominons, et vos terres nous appartiennent, même si nous ne sommes là que depuis cent ans, et même moins ? » À l'école, on lui disait que les pays qui étaient en train de recouvrir leur liberté, encouraient de très graves dangers, peut-être même mortels... À la maison, elle entendait qu'ils devaient prendre ces risques et retrouver leur indépendance... Ils le devaient absolument...

Tous les journaux que Bastian rapportaient de l'imprimerie étaient des journaux de gauche. Un soir, alors qu'elle avait quinze ans, elle rapporta un journal *bourgeois*, et commença à lire elle-même un article à voix haute.

Le silence, autour d'elle, se fit aussitôt.

« Pourquoi lis-tu cette saloperie fasciste ? » demanda sa mère, tout de suite irritée.

« Envisager divers points de vue est-elle une mauvaise chose ? » répondit-elle

« Pendant la guerre, dit un voisin, il n'était pas nécessaire de lire les canards boches pour savoir que nous avions à lutter contre les nazis... »

« Tous les gens de droite ne sont pas des fascistes, et toutes leurs idées ne sont pas nécessairement à combattre... » dit Justine.

« Non, mais tous les gens de droite ont des intérêts à défendre, qui ne sont pas les nôtres... » clama un autre voisin.

Justine ne se démonta pas.

« Pour les comprendre, nous avons besoin de les lire… Et puis, peut-être avons-nous des intérêts communs tout de même, dont nous n'avons même pas idée… Moi, je veux comprendre ! » affirma-t-elle.

Bastian écoutait, un doux sourire aux lèvres.

« Ce que dit le PC ne te suffit donc pas ? » interrogea véhémentement Clémence.

« Non, il peut se tromper, il peut être aveugle, à force de toujours penser la même chose ! »

Bastian regardait sa fille avec admiration. Elle avait le courage de soutenir ses idées… Elle s'émancipait… Oui ! C'était bien cela : elle s'autorisait à penser autrement que ce qu'elle avait toute sa jeune vie entendu… !

« Bon, écoute Justine, lis tout ce que tu veux… Et si tu vois des articles intéressants pour nous, partage-les avec nous… » dit-il doucement

Et ainsi en fut-il. Les conversations du soir changèrent de ton. Elles devinrent plus houleuses, mais aussi plus intéressantes et diversifiées.

On était alors en pleine guerre d'Algérie. Quelques jours plus tard, Justine demanda :

« Pourquoi le PC, qui est censé soutenir les pauvres et les opprimés de la terre, ne soutient-il pas clairement la lutte algérienne ? Pourquoi a-t-il condamné les attentats du FLN, et exclu les communistes qui ont choisi de le défendre ? Et pourquoi, l'an dernier, a-t-il voté, avec tous les partis bourgeois, les pouvoirs spéciaux accordés à l'armée ? »

Ce fut une soupe à la grimace.

« Tu connais bien l'ennemi à combattre : l'impérialisme américain ! » dit sa tante Julie, sœur de sa mère.

« Combattre l'impérialisme américain justifie-t-il que le PC soutienne l'impérialisme de notre propre pays ? »

« Te crois-tu plus intelligente que la direction du PC, Justine ? »

« Non… Mais je crois aussi que le PCF ferait n'importe quoi pour redevenir un parti fréquentable, ce qu'il n'est plus depuis que la guerre froide a pris l'importance que nous savons… C'est donc au nom des intérêts électoraux du parti que celui-ci sacrifie actuellement les intérêts du FLN ! »

« Lorsque le parti aura vaincu, autrement dit vaincu les forces du capitalisme, ce genre de querelle n'aura plus lieu d'être… » affirma l'oncle Edmond.

Elle n'abdiquait toujours pas.

« Je ne sais pas si le communisme sauvera le monde en le rendant meilleur… Je crois plutôt que le Droit le fera : le Droit des peuples et le Droit international… »

Cette fois-ci, une profonde consternation se lut sur tous les visages. D'où sortait-elle cela ?

« Ne sais-tu pas que le Droit, tel qu'il existe aujourd'hui, est le moyen qu'utilisent les plus forts, pour écraser les plus faibles ? » récita tante Julie.

« Ne peut-il devenir l'expression de la justice et de l'équité ? » rétorqua l'enfant, avec un franc et effronté regard.

Cette déclaration, de la part d'une gamine qui était censée ne rien savoir, réduisit d'abord chacun à quia ; puis déclencha un tollé de protestations furieuses. Quelle était cette hérétique ? Et d'où lui venait son assurance ?

Sa mère mit très longtemps à le savoir, mais finit, quelques semaines après, par découvrir le pot aux roses. Justine fréquentait un lycéen de terminal, ainsi que son cercle d'amis, et lisait assidûment les cours de philosophie du jeune homme…

Dix ans plus tard, Justine était mariée depuis bien des années. Son mari, le fameux lycéen de terminal, s'appelait Pierre Morin, et entretenait avec Bastian de nombreuses ressemblances. Comme lui, il était grand, assez maigre, et pourvu d'une abondante chevelure qui dévorait son front ; comme lui aussi, il maniait habilement l'art de la parole. Mais la principale ressemblance n'était pas là… Encore comme lui, il semblait saisi, par périodes récurrentes, d'un impérieux besoin d'être seul. Ce besoin ne se manifestait pas par des marches solitaires et harassantes ; mais par un isolement dans le silence. Lorsque les circonstances ne le permettaient pas, il pouvait, verbalement, devenir violent. Envers Justine, jamais. Mais il lui arrivait d'agresser ses camarades, lors de discussions, de façon si cinglante que tout un chacun comprenait tout à coup qu'il n'était pas dans son état normal.

Et de fait, il ne l'était pas. Sa personnalité ordinaire était, tout à l'opposé, chaleureuse, compréhensive, généreuse.

Ils voulurent se marier dès le baccalauréat obtenu. Le beau-père de Pierre était libraire et vivait, avec la mère du jeune homme, dans une relative aisance. Il proposa aussitôt au jeune couple de l'accueillir à son domicile, qui était vaste, jusqu'à ce que la situation professionnelle et financière des deux jeunes gens fût établie. De façon surprenante, Pierre refusa catégoriquement, et avec si peu d'aménité, et de gratitude, que Justine en eut le souffle coupé.

Il entretenait avec sa mère et son beau-père des relations tendues, que Justine ne comprenait pas. Elle interrogea naturellement son mari. Il se prit douloureusement la tête entre les mains, et répondit de manière purement factuelle. Il était le fruit d'un premier mariage de sa mère, qui était une Juive de Vilna, avec un Juif de Varsovie. Quelques semaines avant le déclenchement de la guerre, pressentant que les événements à venir seraient atroces, elle avait supplié son mari de fuir avec elle, en France… Mais il avait farouchement refusé. Devant son entêtement, elle avait précipitamment demandé le divorce, et quitté sa Pologne natale, emmenant son fils de quelques mois avec elle… Arrivée en France, elle avait survécu comme elle avait pu, et pris contact avec une association de soutien aux réfugiés. Elle y avait rencontré Armand

Morin, qui était devenu son second mari, en 1941. Grâce à lui, elle n'avait jamais porté l'étoile jaune. En 1945, il avait adopté le jeune fils de son épouse, et lui avait donné son nom.

« Fin de l'histoire », avait dit Pierre. Justine en déduisit que ce n'était que le commencement.

Après leur mariage, en 1960, Pierre et Justine s'installèrent tous deux dans un foyer de jeunes travailleurs, au sein duquel ils louaient une chambre minuscule. Pierre débordait d'énergie, et voulait absolument devenir journaliste. Il réalisait des piges pour un nombre impressionnant de revues et de journaux locaux. Il écrivait sur des faits divers, ou sur des manifestations quelconques ; mais cela était pour lui alimentaire. Il lui arrivait aussi d'écrire sur des faits de société, ce qui l'intéressait déjà plus. Au fil du temps, il se mit à écrire sur des faits économiques : la vie des entreprises locales, leur insertion dans le tissu environnant, leur politique de production, de vente et d'emploi... Ses premiers articles à ce sujet se révélèrent passablement rébarbatifs ; mais il eut par la suite le don de les rendre de plus en plus captivants. Son rêve était bien sûr d'intégrer un grand quotidien national.

Justine, elle, s'engagea dans des études de Droit. Cela la passionnait, elle avait l'impression de pénétrer dans un monde entièrement fait d'intelligence, et, même, de spiritualité. Elle se spécialisa rapidement dans le Droit international, qui la captivait tout particulièrement. N'était-ce pas un domaine crucial, alors même que tous les pays de d'Afrique noire, anciennement colonisés, obtenaient leur indépendance, et qu'ils convenaient d'établir avec eux de nouvelles relations ? N'était-ce pas déterminant également, dans un contexte où le commerce allait en s'internationalisant ? Son objectif était d'enseigner cette matière... Elle savait que le monde à venir aurait besoin de plus en plus de spécialistes, et se connaissait depuis longtemps des dons de pédagogue : elle adorait transmettre... Comme il fallait bien vivre, et que les piges de

Pierre étaient très mal rémunérées, elle se levait le matin à quatre heures, pour aller trier le courrier à la poste.

Entre sa toute nouvelle vie conjugale, ses études et son emploi, elle pensait son existence pleine à ras-bord... Mais ce n'était encore rien ! En 1963, naquit leur premier enfant, un fils, qu'ils prénommèrent Damien. Le couple avait désormais les moyens de louer un petit appartement, et c'est ce qu'il fit dès avant la naissance. Mais il était maintenant impossible à Justine de conserver son activité à la poste, car les horaires décalés posaient trop de problèmes d'organisation. Elle trouva un emploi de vendeuse à temps partiel. Cela compliqua encore davantage ses études, mais la naissance de l'enfant la combla. Pierre semblait heureux de la même façon, et le couple ne cessait de faire des projets tout en pouponnant gaiement. Pierre était capable de changer une couche tout en lisant son dernier article à Justine... Elle apprit à cuisiner tout en révisant des cours. Pourtant, Pierre doutait sans arrêt de ses capacités de père. Il câlinait le petit dans ses bras, et subitement, son visage se marbrait de tristesse. « Pauvre gamin ! Il aurait mérité un meilleur père... ! » Justine ne comprenait pas. D'où lui venaient de tels doutes, et un tel pessimisme ? Elle l'assurait qu'elle n'aurait voulu d'aucun autre père pour son enfant. Mais alors même qu'il entourait celui-ci des soins les plus tendres et les plus attentifs, Pierre continuait de douter.

Il ne voulait toujours pas parler de son enfance, et des raisons qui avaient distendu ses liens avec sa mère et son beau-père.

À la surprise générale, Justine se retrouva à nouveau enceinte, très peu de temps après la naissance de Damien. La poursuite des études se fit de nouveau plus ardue, et Justine évita un redoublement de justesse. Pierre réussit à se faire embaucher dans une radio, ce qui diversifia son expérience et augmenta plutôt bien sa rémunération. Un fils naquit de nouveau, un petit Vincent. La mère de Pierre venait souvent au domicile, s'occuper de ses deux petits-fils, mais les deux enfants durent une grande partie du temps être confiés, en journée, à une nourrice, qui habitait non loin et, fort heureusement, se révéla être de confiance. Justine préparait alors son doctorat, et ne dormait que quelques heures par nuit…

Un soir, alors qu'elle était allongée aux côtés de son mari et commençait à s'assoupir, elle l'entendit qui se mit à parler.

« Je n'ai absolument aucun souvenir de mon père… Aucun… Je n'étais qu'un bébé, lorsque nous avons quitté la Pologne. De la guerre également, au moins jusqu'en 43, je n'ai que très peu de souvenirs… Mais de la peur de ma mère, je me souviens, je la respirais dans sa peau, je l'entendais dans sa voix, la sentais sur sa chair, sur sa chair terrorisée… Sa peur était une sorte de créature vivante, qui l'avait envahie et ne lui laissait pas de repos… Et moi, j'étais soudé à sa peur. J'ai grandi en pensant qu'Armand Morin était mon père… Pourquoi aurais-je pensé autre chose ? Quand il m'a informé de sa volonté de m'adopter, j'ai trouvé ça très étonnant. N'étais-je pas déjà son fils ? C'est seulement au fil du temps que j'ai compris… S'il m'avait adopté, cela voulait dire que j'avais un autre papa. *Un vrai.* J'en ai parlé à ma mère, bien sûr, vers huit ou neuf ans. Elle m'a tout raconté, toutes les péripéties de sa fuite de la Pologne, comment elle s'était convertie au catholicisme, pas par conviction, bien sûr, mais par simple volonté de survivre, et combien Armand lui avait apporté une aide précieuse, décisive. Oh ! Pour les autorités de Vichy, une Juive convertie, mariée à un catholique, restait juive… Mais tout de même… Elle avait l'impression que d'avoir un certificat de baptême en poche, porter un nom aryen, selon la terminologie de l'époque, seraient des faits capables de la protéger… Elle pensait que s'entendre dire, à la boulangerie : 'Tenez, madame Morin, voici votre baguette', était beaucoup mieux, que 'Tenez, madame Stein, voici votre baguette'… Madame Stein, c'était un billet pour l'enfer, madame Morin, pour la respectabilité… Elle m'a dit qu'elle n'avait eu aucune nouvelle de mon vrai père, malgré ses recherches depuis la fin de la guerre. Sur ce dernier point, elle a menti. Elle m'a dit la vérité lorsque j'ai eu treize ans : elle avait appris qu'il avait été déporté à Auschwitz, et n'en était pas revenu. »

Il s'exprimait d'une voix étrange, basse, sourde, qui venait du fin fond de sa gorge, de ses entrailles... C'était une voix atone, monotone, que Justine ne lui connaissait pas... Elle sentit d'instinct qu'il ne fallait pas l'interrompre, que ses paroles ne reviendraient jamais, qu'il était en train d'ouvrir le noyau dur de son existence, et creusait à mains nues en lui-même... Elle n'osait pas même bouger, pas même le regarder, et se mit à respirer le plus doucement possible.

Il se tut un instant, et reprit avec la même voix atone, presque irréelle :

« J'avais toujours cru que Pierre Morin était mon vrai nom, car je ne me souvenais pas en avoir jamais porté un autre. Mais ce nom n'est devenu réellement et officiellement le mien qu'en 1945, lorsqu'Armand m'a adopté. Il n'était auparavant qu'un nom d'emprunt, utilisé pour me protéger. Lorsque ma mère m'a révélé le décès de mon père, j'ai encore mis du temps à comprendre... Mais peu à peu, une vérité s'est mise à sourdre, au fond de moi, qui ne m'a plus jamais quitté : par cette adoption, mon père de sang, qui avait déjà été privé de la vie, se trouvait privé de sa descendance. Ma mère et Armand avaient floué mon père de sa descendance, ni plus ni moins, et c'est devenu insupportable pour moi. Je porte en moi ce père, dont je n'ai aucun souvenir, et dès que je pense à lui, une colère noire m'envahit... Il a été tué deux fois... Te rends-tu compte ? Deux fois ! »

Justine attendit longtemps, pour être sûre qu'il eût fini de parler.

« Mon chéri, ta mère voulait te protéger... Ton beau-père a voulu te manifester son affection... Te rends-tu compte du courage qu'il a eu ? Épouser une Juive en 41 ! Aucun d'eux n'a eu l'idée de mal agir envers ton père biologique... » dit-elle doucement.

Il ne répondit rien. Stupéfaite, elle l'entendit qui ronflait.

Ce qu'il venait de dire l'avait à ce point épuisé qu'il dormait, maintenant, incapable de veiller encore… Ou peut-être s'enfuyait-il dans le sommeil ? Le lendemain, elle essaya d'aborder le sujet avec lui. Mais il eut, de la main, un tel geste de souffrance, qu'elle s'abstint. Dans les jours qui suivirent, elle suggéra à sa belle-mère, Françoise (originellement Franya), de parler à Pierre de son père polonais. Françoise expliqua qu'elle ne le souhaitait pas, car il s'agissait d'un homme au tempérament hargneux, violent et autoritaire. Il avait voulu demeurer en Pologne, pour ne pas s'éloigner de son négoce… Ce choix, d'aveugle et de sourd, lui avait coûté la vie. Avec douceur, Justine lui rétorqua que Pierre devait absolument faire le deuil de son père, quelle qu'ait été la personnalité de celui-ci.

Françoise mit longtemps à obtempérer. Mais lorsqu'elle s'y résolut, il en résulta un apaisement pour Pierre.

Quelques mois après avoir mis au monde son troisième fils, Georges, Justine soutint sa thèse : « Droit et décolonisation. ». Elle obtint une mention très bien. Pierre se réjouit bruyamment pour elle, et rayonnait littéralement de fierté. Bastian et Clémence aussi, furent heureux ; mais désormais, ils eurent tendance à adopter envers elle un ton emprunté et timide, comme s'ils avaient découvert en elle un don surnaturel, et qui les effrayait et les séparait d'elle. Avaient-ils l'impression qu'elle les quittait ?

Le monde de l'enseignement s'ouvrit à elle, elle eut accès à un poste en Université. Comme en tout ce qu'elle entreprenait, elle se lança dans cette carrière avec passion. De l'avis de ses étudiants, ses cours étaient remarquablement structurés et compréhensibles, de surcroît aisés à mémoriser, car elle n'était pas avare de conseils mnémotechniques. Mais durant de longues années, elle sentit qu'il y manquait quelque chose, d'important et de fondamental, sans qu'elle parvienne à réellement comprendre quoi. Dans le même temps, ses collègues, qui venaient presque tous de milieux sociaux favorisés, l'intimidaient. Elle était sûre de ses capacités intellectuelles ; mais de son aptitude à choisir les bons couverts dans un restaurant gastronomique, ou à se vêtir de façon adaptée lors de tel ou tel événement, beaucoup moins. Elle se forçait souvent à paraître à l'aise, alors même qu'elle aurait souhaité rentrer sous terre. Fort heureusement, Pierre ne souffrait pas de ce complexe, et l'aida à le combattre.

Dans le même temps, bien qu'elle regardât grandir ses enfants avec beaucoup d'émotion, elle se reprochait souvent de ne pas leur consacrer assez de temps. Pierre et elle décidèrent que quoi qu'il arrivât, ils consacreraient leurs dimanches aux garçons. Ce fut pour eux une règle absolue, à laquelle ils ne dérogèrent pratiquement jamais.

En 1973, Pierre lui offrit un livre, auquel elle n'attacha d'abord pas d'importance, mais qui très vite la captiva. Il n'avait rien à voir avec les livres érudits et austères, très souvent juridiques, dans lesquels elle était plongée la plupart du temps. Elle le lut deux fois de suite, sans s'interrompre par d'autres lectures.

Il s'agissait du journal d'un médecin, Hector Elbane, décédé en 1972. Cet homme avait, toute sa vie d'adulte, écrit sur les événements qu'il rencontrait, certains auxquels il avait directement pris part, d'autres dont il s'était simplement informé.

Il avait exercé la médecine presque jusqu'à la fin de sa vie, et parlait beaucoup de ses patients, qu'il nommait par des lettres. On sentait, à le lire, que malgré toute sa pratique et toute son expérience, il avait toute sa vie conservé la crainte de commettre une erreur, devant des cas difficiles, car peu courants. De façon claire, il aimait écouter ses patients, et les encourageait même à raconter leur vie, ou ce qui, sur l'instant, les tourmentait, bien au-delà de leur seul état de santé. Il avait un art consommé à les décrire, les caractériser en quelques mots, leur attribuer une particularité, quand bien même il les connaissait encore peu. Dans les mots qu'il choisissait, se percevait sa bienveillance, une bienveillance tranquille, qui ne jugeait pas, ne s'arrogeait pas le droit d'influencer les autres ou de peser sur leur existence.

Il parlait de ses amis et amies, du souci qu'il avait d'eux. Il parlait du « fardeau des êtres que l'on aime », et disait vouloir le porter jusqu'à son dernier souffle.

Sur sa propre vie privée, il se confiait peu ; mais évoquait cependant un amour de jeunesse qui avait bouleversé toute son existence, et n'avait pu se concrétiser par un mariage. Il écrivait que ce premier amour était si fort, si puissant, qu'il n'avait pu y mettre un terme en lui-même, malgré l'adversité des événements. C'est ainsi qu'il avait toute sa vie aimé une seule femme, dont il avait, à distance, suivi la destinée. Quelques liaisons, que l'on devinait plutôt qu'il n'en parlait, étaient cependant venues distraire sa solitude.

Il citait de nombreux auteurs, pour lesquels il nourrissait de l'admiration, ou une réelle sympathie intellectuelle. Tocqueville revenait fréquemment ; il disait être fasciné par la beauté, la pureté de son écriture, mais aussi le caractère si souvent prophétique de ses considérations sur l'Histoire et le devenir humain. Il aimait Sénèque et Montaigne, pour leur sagesse, la vision tranquille qu'ils avaient de la vie, leur façon sereine, et paisible, de la goûter. Hegel, Raymond Aron étaient aussi très à l'honneur, l'un pour l'optimisme de son message sur l'Histoire, à laquelle il donnait un sens, l'autre pour la patience de son travail d'exégèse, la profondeur et la pertinence de ses analyses, sociologiques, philosophiques, politiques. Le docteur aimait également la poésie, et terminait volontiers ses considérations du jour par l'énoncé de quelques vers, qu'ils fussent de Villon, qu'il appelait le « sublime malfrat », de Ronsard, de Baudelaire, Verlaine ou Apollinaire.

Il avait très souvent lu la Bible, qu'il considérait comme intellectuellement passionnante, et dont il commentait certains passages. Ainsi, la demande, faite par Dieu à Abraham, de sacrifier son fils Isaac, l'avait beaucoup interpellé. Selon lui, Dieu n'avait jamais voulu éprouver la capacité d'Abraham à mettre un terme à la vie de ce fils qu'il avait si longtemps attendu, mais sa capacité à comprendre aussitôt que Dieu *arrêterait son bras,* quoi qu'il arrive… Autrement dit que Dieu *ne pouvait pas* exiger un tel acte, dont le sens aurait été contraire à tous ses enseignements… Il commentait également l'épisode de la tour de Babel. Pourquoi Dieu en avait-il empêché la construction ? Était-ce pour limiter le pouvoir humain ? Il ne le croyait pas. Au contraire, pensait-il, Dieu avait voulu lui permettre de se grandir, de se hausser… mais en acceptant l'idée même de la diversité. Si tous les hommes avaient parlé la même langue, et vécu de semblable façon, ils se fussent appauvris. C'était de la diversité, culturelle et linguistique, que devait advenir la principale richesse humaine…

Toute sa vie aussi, il avait commenté les événements. On y sentait son souci pour la démocratie, qui devait sans cesse lutter contre des vents contraires, et son humanité profonde. Il souffrait avant tout pour les êtres, bien avant de se préoccuper des systèmes politiques et économiques qui les dirigeaient. Il traversait régulièrement des crises de pessimisme, et même de détresse. Mais son optimisme était, au fond, plus fort que son contraire : il considérait qu'espérer et croire en l'homme, n'étaient pas des options, mais des devoirs humains fondamentaux.

Justine avait l'impression, en lisant ces lignes, de pénétrer dans tout un univers, intellectuel, psychique, affectif, d'un homme qui avait toute sa vie réfléchi, avec intelligence, à ce qu'il vivait, voyait, ressentait.

Mais surtout, il avait appartenu à cette génération sacrifiée, qui avait traversé, adulte, les deux conflits mondiaux. Médecin militaire durant la première guerre, puis résistant et déporté durant la seconde, il racontait, avec des mots simples, qui pesaient infiniment lourd, ce qu'il avait vu. Et c'était à hurler… Mon Dieu ! Comment avait-il pu assister à tant de souffrances, rencontrer la mort si souvent, mais aussi la cruauté, la barbarie pure, le cynisme dans tout son éclat, et conserver la fraîche et simple humanité qui était la sienne ?

Et cet homme, qui avait connu l'horreur de si près, et ne cherchait pas à la nier, parlait des fleurs, de leur senteur, de leur beauté, de leur façon de croître et de mourir. Il égrenait les noms des fleurs de son jardin, mais aussi de celles qu'il croisait lors de ses promenades et divers déplacements. Il observait leur fragilité, leur caractère éphémère, et l'on sentait, à le lire, qu'elles l'avaient toute sa vie accompagné. De cette vulnérabilité, qui les caractérisait, il tirait l'une de ses plus grandes forces, et comme une leçon de vie.

Le livre se terminait par un poème, une Épopée du monde, dont l'auteur, disait le docteur Elbane, était à ce jour inconnu. Était-ce une prière ? Une sorte de saga de monde, fondée sur des symboles, de saisissants raccourcis et mises en lien ? Était-ce une somme de sagesses ? Justine n'aurait su véritablement le dire, mais éprouva un tel choc, lorsqu'elle le découvrit, qu'elle sentit aussitôt que cette lecture changerait son existence.

C'était d'une beauté telle, qu'il y avait à son contact quelque chose de l'ordre du douloureux jusqu'à l'insupportable.

Et de fait, cette lecture modifia la vie de Justine, certes pas du jour au lendemain, mais assez rapidement néanmoins. Sa timidité vis-à-vis de ses collègues disparut, et désormais, elle revendiqua ses origines modestes au lieu de chercher à les dissimuler. Sa manière d'enseigner se modifia, elle mit davantage ses cours théoriques en lien avec l'Histoire. Et surtout, elle s'entendit un jour expliquer à ses étudiants, alors qu'elle n'avait nullement préparé ce laïus, que le Droit n'était pas qu'un ensemble de règles, qu'il convenait de connaître par cœur ; mais qu'il était, avant tout, une matière vivante, une recherche de l'équité, de l'équilibre, de la justice, et qu'à quelque fonction qu'on l'exerçât, on devait l'humaniser ; et que si, en dernier ressort, cela s'avérait impossible, alors il fallait, avec cœur et sans relâche, travailler à sa modification. Désormais, ce discours fut une ligne directrice et constante, une armature à laquelle elle relia tout ce qu'elle énonçait.

Le temps passa.

On était maintenant en novembre 1978. Dans le petit appartement, la nuit était tombée depuis longtemps. Les garçons venaient de se coucher. Elle tentait de corriger des copies d'étudiants, mais était préoccupée. Elle quitta son bureau, s'assit sur le divan aux côtés de Pierre. Il se reposait en fumant une cigarette, et écoutait vaguement une émission politique à la télévision. De toute la soirée, ils n'avaient pas encore eu l'occasion de parler en tête à tête.

« Ton voyage s'est bien passé ? »

Il travaillait depuis longtemps pour un grand quotidien, dont il nourrissait la page économique. Il effectuait de fréquents voyages à l'étranger, pour rencontrer des responsables industriels, des banquiers, des syndicalistes, des ingénieurs, des conseillers plus ou moins proches du pouvoir. Il couvrait aussi des séminaires de réflexion, dans lesquels s'exprimaient de savants économistes. Il menait ainsi la vie dont il avait rêvé toute sa jeunesse.

Il revenait cette fois-ci d'Allemagne, et c'était l'un des rares pays où il se rendait toujours avec une certaine aversion.

Il sourit doucement, et ne répondit pas à la question de Justine.

« J'étais en train de me demander ce qui te ferait plaisir pour ton trente-sixième anniversaire… »

Il éteignit la télévision.

« Tu es doué pour les cadeaux, et les choisit toujours très bien… Je laisse ce choix à ta sagacité légendaire… » dit-elle en riant.

« Autrement dit, ma chère épouse, tu me laisses assumer tous les risques… »

« … Car je sais que tu les assumeras avec succès. Et puis, j'aime les surprises… »

Il s'approcha d'elle, mit sa main sur sa nuque.

« Tu ne m'as pas répondu, pour Berlin… » dit-elle.

Il soupira.

« Tout s'est bien passé, mais je n'aime pas ces gens-là… La RFA a beau avoir recouvré son indépendance il y a maintenant vingt-trois ans, faire partie de la CEE depuis le début, avoir signé le traité de l'Elysée en 63[48], je me demande toujours ce qui peut sortir de ces têtes-là… Le grand Charles a peut-être reçu Adenauer chez lui, mais je demeure sur mon quant à moi… »

C'était une conversation qu'ils avaient eue maintes fois. Il lui expliquait généralement que c'était le goût immodéré des Allemands pour la discipline militaire, leur système éducatif basé sur l'obéissance, de même qu'un esprit nationaliste toujours exalté, qui avaient conduit les Allemands à suivre la voie atroce et mortifère du nazisme. Il s'agissait donc pour lui de raisons intrinsèques à la nation allemande. Elle répondait de son côté que les raisons de cette passion coupable, pour un chef dément, étaient plutôt à rechercher dans les réparations de guerre qui avaient été imposées à l'Allemagne par les alliées en 1918, économiquement étouffantes, et humainement humiliantes.

Immanquablement, ils concluaient que toutes ces raisons étaient valables, et ne s'excluaient pas. Mais elle sentait bien que pour lui, l'Allemagne aurait pu devenir au concert des nations ce que François d'Assise était à l'Église de Rome, il la considérerait toujours avec suspicion, et comme incapable de se guérir définitivement de la lèpre intellectuelle, sociale et morale, qui l'avaient rendue malade durant douze années, interminables pour le reste du monde.

Mais ils n'avaient guère envie, ce soir-là, de réchauffer cette chicane bien ancienne, plus basée sur une impasse psychologique pour lui, que sur un raisonnement logique…

---

48 – Traité d'amitié franco-allemande, signé en janvier 1963 par le président Charles de Gaulle et le chancelier Konrad Adenauer, fixant un cadre de coopération en matière d'éducation, de relations étrangères et de défense.

« Je voudrais te faire part de quelque chose… » dit-elle dans un souffle.

« Oh là ! C'est le ton que tu prends pour annoncer de mauvaises nouvelles… »

« Ce n'est pas une mauvaise nouvelle… »

« Justine Morin, née Laforge, je vous écoute… » dit-il solennellement.

« Je voudrais me présenter à la députation européenne. »

Elle avait dit ces mots d'une voix calme et ferme. Il en eut durant une longue minute le souffle coupé, tant il s'attendait peu à cette annonce.

« Tu voudrais devenir députée du parlement européen ? ! »

Il semblait vouloir être sûr de ce que ses oreilles avaient entendu, car il n'en revenait pas.

« Oui, exactement. »

Il se tut un court instant ; puis reprit :

« Justine, tu enseignes, à temps plein, le Droit international à la faculté, tu milites pour l'UDF[49] et assumes même la responsabilité de la section départementale, tu as un mari et trois fils… Tout cela ne te suffit donc pas ? ! » dit-il finalement, et avec étonnement.

Elle réfléchit avant de répondre.

« Si, tout cela est amplement suffisant pour remplir la vie d'une seule personne. Je ne souhaite pas me présenter pour m'occuper davantage, mais parce que je ressens cela comme une sorte de devoir… »

« Un devoir vis-à-vis de qui ? »

« Il s'agit d'un devoir envers les générations futures, celle de nos enfants, en particulier. Nous nous devons de leur préparer un monde meilleur, un monde en paix… »

---

49 – L'Union pour la Démocratie Française, est un parti né en 1978, de centre-droit, réunissant des libéraux et des démocrates chrétiens. Il fut actif jusqu'en 2007, où il se fondit dans l'actuel MODEM de F. Bayrou.

Il se taisait, comme stupéfait. Elle lui aurait annoncé un départ pour une planète lointaine, qu'il n'eût pas davantage été surpris.

« Écoute, Pierre, pour la première fois, les députés vont être élus au suffrage universel direct ! Ce qui signifie que pour la première fois, l'Europe va disposer d'une véritable légitimité populaire ! N'est-ce pas un fait extraordinaire, une avancée historique sublime, quelque chose d'enthousiasmant ? »

Il soupira.

« Évidemment ! Mais tu sais comme moi que ce parlement ne disposera pas de la capacité de proposer des lois, ce qui est un peu un comble pour une telle institution… L'initiative législative reste le fait de la Commission, tu en es bien consciente ? »

« Et alors ? Ce parlement n'en est qu'à ses débuts… Ses pouvoirs, avec le temps, vont s'élargir… Jusqu'en 57, le parlement ne pouvait que sanctionner la Haute Autorité de la CECA ; depuis la création de la CEE, il est consulté sur de nombreux sujets, et ses propositions sont prises en compte… Cela ne sera que plus vrai, lorsque cette légitimité démocratique sera établie par des élections au suffrage direct… »

Il réfléchissait, semblait dubitatif.

« Sans doute as-tu raison… Mais… »

« Lors de la création de la CECA, n'était-ce pas incroyable que sept ans seulement après une guerre atroce, six pays[50] d'un même continent s'associent, pour réaliser un marché commun du charbon et de l'acier, alors même que le charbon et l'acier étaient les piliers économiques les plus fondamentaux de ces six pays ? »

« Oui, bien sûr que oui, mais… »

« Par le traité de Rome de 57, la CECA est devenue la CEE et a élargi son union douanière à l'ensemble des produits qui circulent

50 – Il s'agit de la France, de l'Allemagne, de l'Italie, de la Belgique, de Luxembourg et des Pays-Bas.

en son périmètre… La même année n'a-t-elle pas vu le jour de la Communauté Européenne de l'Energie Atomique ? »

« Oui, Justine, mais… »

« Te rends-tu compte des progrès accomplis, du chemin parcouru ? Depuis le traité de Bruxelles de 65, l'Europe dispose désormais de trois institutions supranationales : la Cour de Justice, le Parlement, la Commission… Leurs efforts s'additionnent à celle du Conseil de l'Europe, pour créer des normes juridiques, sociales et économiques communes… »

Il la regardait, fasciné par son enthousiasme.

« Je suis sidéré… Tu parles de tout cela comme si tout cela s'était réalisé sans difficulté aucune… Que fais-tu de la politique de la chaise vide, pratiquée par De Gaulle ? Je te rappelle que durant près de six mois, de juillet 1965 à janvier 1966, la France a refusé de siéger au Conseil de l'Europe, au simple motif qu'y était proposé le vote à la majorité qualifiée… N'était-ce pas la France elle-même qui refusait une logique supranationale, au profit de la seule logique de l'intérêt des nations ? N'était-ce pas tout simplement le refus de De Gaulle, de voir les intérêts européens devenir prioritaires par rapport aux intérêts nationaux ? »

« Et alors ? Cette impasse a été surmontée depuis longtemps… Le principe d'unanimité décisionnelle a été retenu… Ce qui sauvegarde les intérêts de chaque nation, tout en permettant la poursuite des projets européens… Une nation peut retarder un vote si son intérêt l'exige, mais tout en poursuivant des négociations jusqu'à ce qu'une solution soit trouvée, et qu'un vote unanime finisse par voir le jour… »

« Ne vois-tu pas que cela privilégie la logique des égoïsmes nationaux, aux dépens de la construction européenne, justement ? »

Elle posa ses mains sur son visage, et se frotta les joues, comme pour se réveiller.

« Pierre, ton pessimisme me déconcerte… Pouvait-on sincèrement s'attendre à ce qu'une telle construction politique s'érige sans mal et sans difficulté ? Autant énoncer les misères de la PAC[51], pour conclure que l'Europe est un échec, et qu'il convient de jeter le bébé avec l'eau du bain, comme l'on dit… »

« Justement ! Parlons de la PAC ! »

« Pierre, pitié ! N'en parlons pas, de grâce… Ne me dresse pas la liste exhaustive de toutes les embûches qui se dressent sur le chemin de l'Europe… Ces embûches, ou écueils, existent, et il convient de les surmonter… Voilà tout !

Ils se turent un instant ; et ce fut elle qui finalement reprit :

« L'Europe ne comptait au départ que six nations… Depuis 73, elle en compte désormais neuf, avec l'adhésion du Royaume-Uni, du Danemark et de l'Irlande… Je suis convaincue que de telles adhésions vont se poursuivre, et même se multiplier… De façon récente, le Portugal[52], la Grèce[53] et l'Espagne[54] ont tourné le dos à la dictature, pour accéder à une vraie vie démocratique… Je suis persuadée que d'ici peu, ces nations demanderont à rejoindre la CEE… Cela rendra l'Europe libre plus forte, plus unie, capable de démontrer partout les bienfaits de la démocratie et de la justice sociale… »

« Ne crois-tu pas qu'au contraire, les soucis vont se multiplier ? »

51 – La Politique Agricole Commune, mise en place dès 1962, était au départ une mesure de politique de contrôle des prix agricoles, et de subventions. Elle fut dès l'origine très critiquée pour les modalités d'attribution des subventions… qui ne favorisaient pas toujours les agriculteurs les plus modestes. Ces critiques furent renforcées lorsque fut mise en place une politique des quotas, au début des années 1980.

52 – La révolution des Œillets de 1974 mit, sans effusion de sang, fin à la dictature de Salazar.

53 – Fin de la dictature des colonels en 1974 ; celle-ci sévissait depuis 1967.

54 – Après la mort de Franco en 1975, le roi Juan Carlos devint chef de l'Etat. En 1976, il permit, avec son premier ministre Adolfo Suarez, le retour du multipartisme, légalisa les syndicats, et provoqua la dissolution de la dernière chambre franquiste. En 1978, une nouvelle constitution, parfaitement démocratique, libéra définitivement l'Espagne du franquisme.

« Eh bien oui ! Les soucis vont se multiplier, c'est même certain ! D'où l'intérêt d'un parlement fort, et capable de se faire entendre en disposant d'une légitimité… »

« Oh ! Justine ! Tu as réponse à tout… »

Il paraissait découragé, comme abattu par la détermination de son épouse.

« As-tu seulement parlé de ton projet au parti ? »

« Oui. La présentation de ma candidature a été validée… » dit-elle d'une petite voix.

Il se tut d'abord, comme sidéré ; puis explosa.

« Merci ! Merci de me tenir informé ! C'est vraiment très aimable de ta part ! Je vois que si tu aimes les surprises, tu aimes aussi les imposer aux autres ! »

« Pierre ! Je ne voulais pas te tracasser avant que ce projet ne soit mûrement réfléchi et engagé… »

« Il est même tellement bien réfléchi et engagé, qu'il est sans doute trop tard pour que tu te désengages… Tu me mets au pied du mur, ni plus ni moins ! »

Elle hésita.

« Non, ne crois pas cela. Si cette idée, que je devienne députée, t'insupporte au-delà de tes forces, alors je me désengagerai. La liste des candidats prévue par le parti au niveau national n'est pas close… »

« As-tu une idée du temps que cela va te prendre, si réellement tu deviens députée ? Tu ne seras plus que de passage à la maison, tes fils ne te verront plus qu'en coup de vent… ! »

« *Mes* fils ? ! Ne sont-ils pas les tiens tout autant ? Et puis quoi ? Le plus jeune a tout de même douze ans… Ce ne sont plus des gamins qu'il faut suivre du matin au soir… Qu'avons-nous toujours voulu pour eux ? Qu'ils soient des êtres équilibrés, capables de fonder des familles, de choisir un métier qui leur convienne et leur permette de gagner de leur vie… Mais cela n'a jamais été notre unique ambition pour eux… Nous voulions aussi qu'ils deviennent des citoyens, capables de discernement, capables d'intelligence et d'engagement… Ne serait-ce pas un bel exemple pour eux, si leur mère devenait députée ? »

Il réfléchit. Le ciel paraissait lui être tombé sur la tête.

« Faudra-t-il que tu quittes ton poste à l'Université ? »

« Oui, si je suis élue. Je demanderai une mise en disponibilité… »

« Écoute, Justine dit-il en soupirant, je vais aller faire un petit tour dehors, pour mettre mes idées au clair. Ne t'inquiète pas, je reviens bientôt… »

Lorsque des tensions apparaissaient entre eux, c'était souvent ainsi : le plus énervé des deux partait se dégourdir les jambes, afin de revenir dans de nouvelles dispositions.

Ils s'aimaient, n'avaient aucune envie de se peiner l'un l'autre, encore moins de se blesser. Aussi cette façon de faire était-elle bénéfique…

Ayant enfilé un pardessus, il sortit.

Elle tenta à nouveau de s'acharner sur les copies, mais sans succès aucun. Elle se sentit au bord des larmes. Son choix était-il vraiment le bon ? Certes, elle avait choisi des études de Droit, car elle avait bien compris qu'en dehors de ce cadre, ne régnait que la loi du plus fort… Ses engagements politiques, le projet qu'elle nourrissait actuellement, allaient dans le même sens : celui de l'édification d'un monde ordonné et plus juste… du moins l'espérait-elle. Mais serait-elle véritablement capable d'assumer les responsabilités auxquelles elle aspirait ? Sa formation et son métier l'y avaient particulièrement bien préparée… Mais serait-elle capable de discerner ce qui, concrètement, serait bon ou pas pour des millions de gens ? Il y avait tant de sujets qui concernaient l'Europe, dans les domaines sociaux, culturels, agricoles, industriels, énergétiques, financiers, diplomatiques et militaires… Serait-elle réellement apte à se prononcer sur tous, de façon pertinente et avisée ? Ne nourrissait-elle pas quelque illusion sur ses capacités ?

Mais autre chose encore la tourmentait, et rejoignait la préoccupation de Pierre. Son élection, si elle advenait, n'allait-elle pas détruire un équilibre familial qui, jusqu'ici, avaient permis aux trois garçons de grandir dans de bonnes conditions ? Ils avaient certes douze, quatorze et quinze ans, mais ne venaient-ils pas régulièrement parler avec elle, des soucis qui les préoccupaient ? Damien, l'aîné, était inventif, mais ne s'investissait guère à l'école, de sorte qu'il fallait constamment le solliciter pour qu'il fasse ses devoirs… Il avait aussi tendance à se lancer dans toutes sortes de projets à la fois, et il fallait souvent lui apprendre à canaliser son énergie. Georges, le plus jeune, était bon élève, mais manquait de confiance en lui, et il fallait constamment le soutenir, moralement, et le rehausser dans sa propre estime… Vincent, « le fils du milieu » comme l'appelait son père, semblait rouler sa petite bosse sans avoir besoin de personne… Mais n'avait-il *réellement* besoin de personne, ou était-il inapte à manifester ses besoins profonds ? Elle pressentait souvent que, de ses trois enfants, il était celui qui, sans rien demander, avait le plus besoin de liens avec les adultes…

Elle rangea les copies dans une sacoche, et prit le livre du Docteur Elbane dans la bibliothèque. Une fois de plus, elle relut l'Épopée du monde.

Comme d'habitude, elle se sentit profondément ressourcée, comme frappée par une vérité neuve et fondamentale, d'une force évidente. C'était comme si le sens de son existence lui était à nouveau rappelé, d'indéniable façon…

Au fond, se demanda-t-elle, pourquoi était-elle, si passionnément, attachée à l'idée européenne ?

Lorsqu'elle pensait à ce continent, elle pensait à l'Europe des Lumières : une Europe en pleine évolution, recherchant le progrès, celui du monde politique, par l'apparition de la démocratie, mais aussi celui de l'instruction, par sa progressive extension, celui de la médecine, celui des modes de production et de commercialisation… Elle pensait à une Europe active, penchée sur son avenir, débridant son intelligence en se libérant de carcans séculaires, où, si souvent, l'Église, mais aussi la pensée corporatiste, le conservatisme, la volonté de préserver privilèges, discriminations et préjugés ancestraux, l'avaient enfermée…

Mais elle pensait avant tout à une Europe de paix… ! Au dix-neuvième et dans la première moitié du vingtième siècle, l'Europe avait été continûment en guerre, et n'avait pratiquement jamais connu de répit…

Il fallait, maintenant et pour toujours, qu'elle soit une terre de paix, un espace où les nations soient solidaires, et non pas fratricides ! Et il fallait que cette paix soit de toute part tricotée : par des liens culturels, économiques, juridiques et politiques !

Il fallait, maintenant et pour toujours, qu'elle soit une terre de Justice et de Droits humains fondamentaux !

Au sein même de la CEE, les homosexuels, les migrants, les gens du voyage, les handicapés, enduraient toutes sortes de discriminations…

L'Europe se devait d'affronter ce fléau, courageusement, par l'éducation, la diffusion d'une culture de tolérance et d'ouverture, par l'élaboration de lois fondamentalement humanistes !

Depuis 1975, la France avait, par la loi Veil, légalisé l'avortement. Mais dans combien de pays était-ce le cas ? Partout ou presque, les femmes mouraient durant des avortements clandestins, ou demeuraient mutilées à vie… Partout ou presque, elles enduraient des inégalités salariales, professionnelles, et sociales…

Il fallait que l'Europe soit une terre d'émancipation pour les femmes !

Dans le monde, par le fait des lois tout comme par la puissance des préjugés, les discriminations étaient encore partout présentes. En 1964, les États-Unis avaient officiellement tourné le dos à la ségrégation raciale dans les lieux publics, et accordé l'égalité de tous, blancs et noirs, devant le droit de vote. Mais cette égalité de Droit revenait-elle à une égalité de fait ? Certes non…

En Afrique du sud, la condition des noirs demeurait toujours soumise au régime purement discriminant de l'Apartheid, et il avait fallu attendre septembre dernier pour que Pieter Botha, le président sud-africain, reconnaisse pour la première fois le principal syndicat de travailleurs noirs dans son pays…

En Afrique, au Moyen-Orient, le trafic d'êtres humains, bien que parfaitement illégal, se poursuivait, tant il était enraciné dans la culture et l'économie de certains peuples arabes…

Et il y avait tant d'autres exemples dans le monde, où des êtres humains en nombre, sur des critères religieux, ethniques, sexuels, subissaient humiliations et exploitation…

Il fallait que l'Europe s'impose comme un modèle de lutte contre les discriminations, et par son rayonnement même, participât au changement des esprits !

Elle se devait d'être l'espace où les Droits de l'Homme fussent partout respectés, non seulement dans les faits, mais jusque dans les âmes… !

Mais la CEE était avant tout une zone de libre-échange. Elle se devait aussi, bien plus prosaïquement, d'accompagner le virage économique auquel elle était aujourd'hui confrontée. Durant trente ans, l'Europe de l'Ouest avait connu une croissance économique exceptionnelle, basée sur la production, à grande échelle, d'objets parfaitement standardisés et faciles à produire. Cette période faste avait permis aux ménages de s'équiper, en électroménager pour la cuisine, en lave-linge, en automobiles, en téléphones, en télévisions… La vie quotidienne avait été considérablement facilitée. Mais cette période, les trente glorieuses, était en train de prendre fin. Le choc pétrolier de 1974 en avait été un puissant révélateur. L'Europe devait faire face ni plus ni moins, Justine en était convaincue, non pas à une crise ponctuelle, mais à une mutation industrielle. Les secteurs traditionnels de la métallurgie et du textile s'effondraient littéralement face à la concurrence mondiale. En revanche, l'électronique s'imposait désormais partout, et réclamait une conversion industrielle massive à la haute technologie qui apparaissait. La CEE se devait de comprendre, permettre et accompagner ce mouvement, qui serait irréversible. Elle devait former des ingénieurs en nombre massif, mais aussi participer aux grands traités internationaux qui régissaient le commerce mondial. Si elle ne le faisait pas, les pays de la CEE seraient économiquement distancés, le chômage irait croissant… Déjà le Japon, la Corée du sud, Hong-Kong, Singapour et Taïwan avaient entamé une remontée économique fulgurante, que personne ne songeait plus à contester…

Mais ce n'était pas encore tout… L'Europe pouvait, devait être actrice du rééquilibrage nord-sud.

Les années soixante et soixante-dix avaient été celles de la frondaison des émancipations africaines. La guerre d'Algérie, pour trouver son issue en 1962, avait nécessité huit années de combats acharnés, et la mort brutale de centaines de milliers de personnes. Face à ce désastre, la France et l'Angleterre avaient négocié, de manière pacifique, toutes les autres indépendances. Mais les jeunes États indépendants d'Afrique se heurtaient aux pires difficultés, dues parfois à l'impréparation de leur autonomie, mais plus encore au manque de moyens pour assurer leurs fonctions régaliennes, et mettre en œuvre des services publiques efficaces. En butte à des luttes ethniques incessantes, leur légitimité était sans cesse remise en cause.

En de nombreux endroits, des luttes de territoire, très souvent liées à des luttes pour l'accès aux minerais, avaient de surcroît éclaté. En 1960, la sécession du Katanga, soutenue par les Belges, avait nécessité, dans le tout nouvel État indépendant du Congo, une intervention militaire de l'ONU[55]. Depuis 1966, l'Afrique du

55 – C'est à la faveur de ce conflit, que Lumumba dut quitter son poste de premier ministre, tandis que Mobutu accéda à celui de président.

Sud et l'Angola se déchiraient au sujet de la Namibie[56]. En 1967, la sécession de la province du Biafra, au Nigéria, avait entraîné une famine extrême, et la mort de plus d'un million de personnes[57]. En 1972 avait éclaté la guerre de Rhodésie du sud, laquelle durait encore[58]. Depuis 1975, le Maroc et le mouvement sarahoui du Polisario se battaient au sujet du Sahara occidental[59], et le mouvement indépendantiste du Cabinda luttait pour s'émanciper de la tutelle angolaise. La guerre de l'Ogaden, en 1977, rongeait les forces de l'Ethiopie et de la Somalie[60], tandis que des combats faisaient rage entre le Congo, l'Angola et le Zaïre au sujet de la maîtrise du Shaba[61]. Cette année même, la Libye n'avait-elle pas agressé le Tchad, pour le contrôle de la bande d'Aozou[62] ? Tout cela sans parler des guerres civiles, en Angola, au Soudan, au Mozambique et au Libéria, qui ensanglantaient les nations depuis maintenant des lustres…

---

56 – Il s'agit de la guerre de la frontière sud-africaine, qui se conclut en 1988, par l'accession à l'indépendance de la Namibie.

57 – Face à la révolte de Biafra, le gouvernement Nigérian réagit par un blocus imposé à la population civile. En 1970, le Biafra s'avoua vaincu, et renonça à toute velléité d'indépendance.

58 – En 1979, le conflit se terminera par la pure et simple disparition de la Rhodésie du sud en tant qu'Etat, au profit du Zimbabwe.

59 – À l'heure actuelle encore, le conflit n'a toujours pas abouti à une issue reconnue par la communauté internationale. De facto, le Maroc contrôle 80 % du Sahara occidental, et le Polisario les 20 % qui restent.

60 – L'Ogaden est une région du sud-est éthiopien, dont voulut s'emparer la Somalie en 1977. Le conflit s'arrêta un an plus tard, par la victoire de l'Ethiopie, qui récupéra son territoire.

61 – Guerre du Shaba, ou Katanga. Le Shaba est une province zaïroise, que les forces congolaises envahirent, avec le soutien de l'Angola. En avril 1977, la France intervint en organisant le transport de forces marocaines, afin de repousser les soldats congolais.

62 – La bande d'Aozou était riche en métaux, d'où son intérêt. Le conflit dura jusqu'en 1987, avec un soutien militaire français aux côtés du Tchad, qui signa la défaite libyenne.

Et malgré tous ces déboires cruels, ces soubresauts sanglants, se remémora Justine, les peuples du tiers-monde s'étaient organisés, avaient commencé à s'unir, à établir des stratégies en leur faveur. Dans le sillage de la conférence de Bandung, avait été créée, en 1964, par l'Assemblée Générale de l'ONU, la Conférence des Nations Unies sur le Commerce et le Développement : elle regroupait soixante-dix-sept pays « non alignés », et avait obtenu en 1970 des avancées significatives pour la valorisation des matières premières, et des produits manufacturés vendus à l'Occident. C'est ainsi que divers accords avaient été trouvés, pour stabiliser le cours des matières premières, et pratiquer un système de préférences généralisées, afin de favoriser les exportations des pays en voie de développement.

Hélas ! Il semblait bien que l'avancée des pays du tiers-monde ne fût que de courte durée… En 1974, la hausse brutale des prix du pétrole en Occident avait généré dans cette région du monde une inflation sans précédent, ainsi qu'une formidable politique de prêts, de la part des banques, lesquelles provoquèrent à leur tour une forte hausse des taux d'intérêts… Il en résultait un surendettement presque insupportable pour les pays du sud, dont beaucoup se trouvaient maintenant en faillite… Depuis cette époque, un grand nombre de pays pauvres avaient fait appel au Fond Monétaire International et à la Banque Mondiale… Mais il semblait que le remède fut pire encore que le mal. En poursuivant une politique drastique de réajustement des comptes, de libéralisation économique sans protection aucune, et de réformes brutales qui ne tenaient guère compte des réalités locales, le FMI et la Banque Mondiale[63] avaient détruit durablement des politiques

63 – La Banque Mondiale est elle aussi une institution spécialisée de l'ONU. Elle regroupe la BIRD, Banque Internationale pour la Reconstruction et le Développement – qui a fait pour l'Asie ce que le plan Marshall a fait pour l'Europe de l'Ouest-l'Association Internationale de Développement, la Société Financière

d'aides sociales et de santé, dans des pays qui en avaient cruellement besoin[64].

Tous ces événements, pensa Justine, résonnaient avant tout comme de permanentes invitations à lutter, encore et toujours, pour l'élévation des niveaux de vie, l'accès aux soins, à l'éducation et à la culture, partout dans le monde… N'était-ce pas ce que la CEE tentait d'accomplir ? Dès sa création, elle avait mis en place un Fond Européen pour le développement. Les conventions de Yaoundé, en 1963, celle de Lomé, en 1975, étaient des accords de coopération économique entre la CEE et les pays en voie de développement, qui étaient régulièrement renouvelés…

N'étaient-ce pas de bonnes raisons pour consacrer sa vie et son énergie à la construction européenne ?

Et puis enfin, la CEE ne pouvait-elle faire résonner sa voix diplomatique et assagir le monde ?

Celui-ci semblait tétanisé par la guerre froide, qui le scindait en deux et poussaient inlassablement les deux blocs à s'affronter. La guerre du Viêt-Nam en était le plus cruel exemple, qui durant près de vingt ans[65] avait permis aux Américains et aux Soviétiques de s'affronter de manière indirecte, tout en suppliciant littéralement les populations. Le conflit avait débouché en 1975 par la victoire définitive du nord Viet-Nam, et avait aussitôt généré une guerre civile au Laos, ainsi qu'au Cambodge, lesquels étaient tous deux devenus communistes. En 1961, la crise de la baie des Cochons[66]

Internationale, l'Agence Multilatérale de Garantie des Investissements, et le Centre International pour le Règlement des Différends relatifs aux Investissements.

64 – Voir l'ouvrage de Jean-Marc de La Sablière, *Indispensable* ONU, Plon 2017

65 – En 1955, le nord Viêt-Nam, d'obédience communiste agressa le sud-Viêt-Nam, qui lui était sous influence américaine. En 1965, les Etats-Unis s'engagèrent officiellement dans le conflit, jusqu'en 1973, année où ils constatèrent leur impuissance, et se retirèrent, dans le cadre des accords de Genève. La victoire du nord Viêt-Nam fut définitivement consacrée en 1975, par la réunification du pays.

66 – Il s'agit, en avril 1961, d'un débarquement d'exilés cubains armés et entraînés par la CIA, visant à renverser le régime de Castro. Le débarquement fut un échec, et

avait bien failli déboucher sur un conflit nucléaire entre les deux blocs, et avait définitivement envoyé le tout nouveau régime castriste dans le giron communiste. En 1961 aussi, Berlin s'était un jour éveillée coupée en deux, par un mur qui déchirait les familles et les vies. Ce mur, construit par la RDA pour mettre fin à l'émigration des Allemands de l'Est vers la RFA, n'était-il pas, avec ses miradors, ses gardes, ses chiens et ses barbelés, le symbole le plus hideux d'un monde déchiré ?

De tels affrontements n'étaient-ils pas les prisonniers d'une logique infernale et tragiquement coûteuse, sur le plan humain ?

Ils poussaient de surcroît les deux blocs à se radicaliser…

Mao, sans doute fragilisé, depuis 1961 par l'échec du *Grand Bond en avant*[67], et depuis 1964 par sa rupture avec l'URSS[68], avait lancé en 1966 le mouvement de la *Révolution Culturelle* : afin de purger le PC de ses éléments révisionnistes, des millions de cadres, d'intellectuels, ou tout simplement d'habitants des villes, avaient été par les jeunes Gardes Rouges envoyés en camps de rééducation, à la campagne, où ils avaient été soumis à des conditions de travail si infernales que des millions en étaient morts… Cette *révolution dans la révolution,* ou éradication totale de toute opposition, avait dû attendre la mort de Mao, en 1976, pour enfin connaître son ralentissement, puis son terme…

---

poussa Castro à rechercher la protection de l'Union Soviétique. La conséquence en fut, l'année suivante, la crise des missiles nucléaires. Les missiles installés à Cuba par les soviétiques, furent jugés intolérables par les Américains, qui exigèrent leur retrait. Les soviétiques obtinrent en échange l'engagement américain de ne plus chercher à renverser le régime castriste.

67 – Le Grand Bond en avant fut une politique d'intense développement de la productivité agricole et industrielle. Mené de 1958 à 1960, sans encadrement technique compétent, il fut un échec complet.

68 – La Chine, en 1964, avait tenté de s'annexer des territoires himalayens aux dépens de l'Inde, et avait publiquement été désavouée par Moscou. D'où la rupture sino-soviétique !

Elle avait pourtant fortement influencé la république cambodgienne des khmers rouges : au pouvoir depuis 1975, celle-ci imposait une des pires dictatures au monde, et procédait à un véritable génocide des populations urbaines. L'arbitraire et la terreur y était érigés en mode de gouvernement permanent.

En Europe, le gouvernement tchèque de Dubcek avait, au printemps 1968, tenté d'initier le « socialisme à visage humain », en accordant la liberté d'expression et de circulation à la population, et en décentralisant l'économie. Tout comme en 1956 en Hongrie, la réponse soviétique avait été celle de l'envoi des chars. Toute velléité de liberté d'expression et de pluralisme politique, avait été écrasée, par l'emprisonnement ou la mise à mort de milliers de personnes...

Dans le cadre de la guerre froide, l'Union Soviétique *ne pouvait pas* libéraliser la vie politique qu'elle imposait aux républiques sœurs.

De l'autre côté, les États-Unis, si soucieux de leur propre démocratie, n'hésitaient pas à utiliser la CIA pour renverser des régimes qui leur déplaisaient. En 1960, elle avait soutenu, au Congo, les opposants de Patrice Lumumba[69], jusqu'à l'assassinat de ce dernier. Depuis quinze ans et plus, au Nicaragua, elle aidait les partisans du vieux dictateur Samoza, dans leur lutte contre les socialistes sandinistes, de même qu'elle avait maintenu, au sein de la république dominicaine, le dictateur Trujillo. En 1973 au Chili, personne n'en faisait mystère, elle avait initié l'élimination du socialiste Allendé, et l'arrivée au pouvoir du général Pinochet... Les États-Unis ne se cachaient plus de soutenir ouvertement les dictatures au Brésil, en Argentine et en Bolivie, tout en assassi-

---

69 – Lumumba était fortement attiré par le socialisme, et voulut, après l'indépendance du Congo, « africaniser » l'armée et l'administration, aux dépens des Belges qui fuirent en masse leur ancienne colonie.

nant systématiquement, dans le cadre du plan Condor[70], tous les activistes marxistes… Che Guevara, fidèle compagnon de Castro à Cuba, n'était-il pas devenu tant leur icône que leur incarnation ? En 1967, il avait froidement été exécuté en Bolivie, et il se disait que la CIA avait mis sur pied cette exécution…

N'était-ce pas parce qu'il avait voulu s'attaquer à ce pouvoir infernal de la CIA, que le président John Kennedy avait été assassiné en 1963 ? Certes, la lumière sur les commanditaires de l'attentat n'avait jamais été apportée… Mais c'était une des hypothèses largement plausibles…

Entre ces deux camps, ces deux expressions radicales et violentes de systèmes politiques opposés, et que rien ne venait concilier, la CEE ne se devait-elle pas d'épandre ses conceptions pacifiées et négociées de la démocratie ? Ne disposait-elle pas d'une diplomatie ancienne, ayant sédimenté une expérience séculaire, capable d'intervenir dans pratiquement tous les conflits ? Ne se devait-elle pas, dans le cadre des résolutions de l'ONU, de disposer d'une force capable de participer aux grandes opérations de maintien de la paix ? En 1967, un protocole additionnel avait été ajouté à la Convention sur le statut des réfugiés de 1951, jusque-là réservé aux réfugiés de la seconde guerre mondiale, et s'ouvrant cette fois-ci à l'ensemble des réfugiés de la planète. En 1968, à l'initiative de l'ONU, un traité sur la non-prolifération des armes nucléaires avait été ouvert à la signature des nations… En 1972, un traité de même nature concernait cette fois les armes biologiques…

N'était-ce pas passionnant, captivant ? Un chemin de désarmement progressif… Bien sûr, il y avait les rieurs, les petits malins qui clamaient tant et plus que le monde était mauvais, irréducti-

70 – Le plan Condor réunit en 1975 les services secrets américains, ceux du Chili, de l'Uruguay, du Paraguay, de la Bolivie et d'Argentine, pour traquer les activistes marxistes, dans le cadre d'une mise en commun des informations.

blement, et que rien ne servait à rien… Mais Justine n'était pas d'accord avec eux : chaque fois qu'un effort de bonne volonté apparaissait, il fallait le saisir, inlassablement, car de tels efforts permettaient finalement de sauver des vies, rendaient le monde vivable, et le festonnait d'espoir…

L'Europe n'avait-elle pas à soutenir, de manière positive, active et créatrice, tous les efforts de la communauté internationale en faveur de la paix ?

Et tout à sa ferveur, Justine rêvait… Le Proche-Orient vivait toujours au rythme du conflit israélo-palestinien, qui connaissait d'incessants rebondissements avec ses voisins, mais toujours pas de débouché heureux réglant le problème dans sa globalité. La guerre des six jours, en 1967[71], avait eu pour conséquence de pratiquement doubler la superficie d'Israël, et celle-ci espérait bien se servir de ces territoires conquis pour négocier la paix avec ses voisins. Mais au lieu de cela, elle n'avait obtenu que le sommet de Khartoum[72], la résolution 242 adoptée par l'ONU[73], une rupture importante entre la France et Israël : rien qui puisse concrètement lui permettre d'établir une paix quelconque. En septembre 1971, le roi de Jordanie, qui se sentait menacé par l'arrivée massive de Palestiniens en son royaume, avait ordonné le massacre de

71 – En juin 1967, en réponse à l'Égypte qui bloquait le passage des navires israéliens dans le détroit de Tiran, Israël attaqua la Syrie, le Jordanie et l'Égypte. La victoire israélienne fut complète, et permit d'agrandir le territoire hébreu par la prise de la péninsule du Sinaï et la bande de Gaza à l'Égypte, le Golan à la Syrie, et Jérusalem-est à la Jordanie. La bande de Gaza et le Sinaï ont depuis été rendus.

72 – Sommet de huit pays arabes, en 1967, s'engageant à ne pas reconnaître Israël, et à ne rien négocier avec elle.

73 – Cette résolution, adoptée en novembre 1967, ordonnait notamment le retrait des territoires conquis par Israël, et la reconnaissance par l'ensemble des nations voisines et par les Palestiniens du droit d'Israël à vivre en sécurité dans ses frontières.

plusieurs camps de réfugiés[74]. La guerre de Kippour, en 1973[75], avait paradoxalement débouché sur les accords de camp David, qui laissaient augurer d'une pacification définitive entre Israël, et l'Égypte[76]. Depuis le début de l'année, les tensions se multipliaient au Liban, entre confessions, mais aussi entre les partisans, principalement chrétiens, d'un État libanais libre et fort, les arabistes qui défendaient les Palestiniens, et les Syriens qui rêvaient depuis longtemps d'annexer le Liban. En mars, Israël avait envahi le sud Liban, pour se protéger des attaques palestiniennes à leur encontre. La situation de ce pays semblait inextricable… Ne serait-ce pas extraordinaire, si l'Europe parvenait à influer favorablement dans la région, en faveur d'une paix globale ?

À tout cela, elle voulait consacrer sa vie, dédier son existence…

Quels que fussent les sacrifices nécessaires, ils en valaient la peine, ô combien !

Le téléphone sonna. C'était Catherine, sa collègue et amie, avec laquelle elle adorait, d'ordinaire, discuter.

Mais ce soir-là, en cet instant, elle était à ce point plongée dans ses pensées qu'elle écouta les paroles de son amie avec un souverain déplaisir.

Alors même que Catherine évoquait une réunion de travail à venir, Justine revécut, tel un coup de massue, la scène que ses

74 – Il y eut environ 10 000 morts. Le Fatah de Yasser Arafat s'opposait à un rapprochement entre la Jordanie et Israël, et souhaitait la chute de la dynastie hachémite du roi Hussein, au profit d'un gouvernement palestinien. Les palestiniens survivants s'enfuirent massivement au Liban, ainsi… qu'en Israël !

75 – Le 6 octobre 1973, une coalition militaire syro-égyptienne attaqua Israël par surprise. Israël parvint à pénétrer en Syrie et en Égypte, mais non sans de grandes difficultés. L'ONU, les blocs communiste et américain, intervinrent pour exiger un cessez-le-feu. Ce conflit provoqua la chute du gouvernement de Golda Meïr, et le début des pourparlers de paix avec l'Égypte.

76 – Dans le cadre de l'accord de paix entre les deux pays, Israël se voyait accorder une liberté de navigation sur le canal de Suez et le détroit de Tiran, en échange de la rétrocession du Sinaï à l'Égypte.

parents lui avaient trois ans plus tôt infligée. Elle invoqua précipitamment une excuse, pour raccrocher.

Lors d'une visite, alors que les garçons jouaient entre eux et que les adultes sirotaient un café, Clémence avait pris dans la sienne la main de Bastian, et, dans un état de pâleur extrême, avait soufflé à Justine :

« Cet homme-là n'est pas ton père… Enfin, je veux dire… Il n'est pas ton géniteur… »

Justine avait frissonné, éberluée, redoutant tout de ce qui allait se dire… Elle craignait cet instant depuis des lustres, depuis qu'elle avait compris, adolescente, que le mythe de la « permission du prisonnier de guerre » n'avait pas la moindre crédibilité… Cet instant arrivait, et elle était incapable de la moindre parole.

« Ton père s'appelait Dany Jacosky. Il est mort à Auschwitz. Il ne t'a vue qu'une fois, avant d'être arrêté… »

Ses deux parents lui faisaient face. Il était clair qu'ils s'étaient concertés, pour délivrer ce jour-là cette annonce. Elle s'était mise à trembler. Mais pourquoi tremblait-elle ? Elle avait trente-deux ans, était mariée et mère de trois enfants. Elle avait fondé sa propre famille… Allait-elle stupidement renier sa mère au motif qu'elle avait « fauté » ? Allait-elle se détourner de son père, qui l'avait élevée ?

Elle ne tremblait pas à l'idée que cette « révélation », qui n'en était pas une, puisse la séparer de ses parents…

Elle tremblait parce que la guerre, dans sa plus sombre horreur, faisait irruption dans son existence, pour y enfoncer un coin pointu, aigu, déchirant, et lui infliger ainsi une blessure qu'elle refusait de toutes ses forces.

Pierre l'avait immédiatement compris, et l'avait attirée à lui, comme pour la protéger.

Le soir, alors qu'ils étaient de nouveau seuls et chez eux, il lui avait dit, dans un sombre sourire :

« Tu vois, nous avons un nouveau point commun… Un père juif, mort en déportation… »

Oui, désormais, chacun devenait pour l'autre un parfait miroir…

Depuis, elle n'avait jamais pu évoquer cette scène sans que les mêmes tremblements ne la reprennent. Quelque temps après cette annonce, elle avait demandé à sa mère de lui parler de ce Dany Jacosky.

Sa mère avait répondu :

« Il était Juif et apatride. La Roumanie lui avait retiré sa nationalité, lorsque ses parents et lui ont fui les persécutions antisémites, en 38. Autant dire que selon les critères de l'époque, il était qualifié pour mourir… »

« Mais que peux-tu me dire d'autre, à son sujet ? Comment était-il ? »

Et sa mère n'avait pas répondu, comme si la réponse lui appartenait, et qu'elle n'en souhaitait pas le partage. C'était cela, et c'était tout : cet homme était né pour connaître une mort précoce, au seul motif qu'il était Juif… L'Histoire l'avait programmé pour cela…

Une autre fois, elle avait à nouveau questionné ses parents :

« Pourquoi m'avoir fait part de cette information ? Je pouvais m'en passer… »

Et son père avait répondu :

« Parce que cela fait partie de ton histoire, et t'appartient… »

La vérité était qu'elle en voulait à ses parents, d'avoir levé le voile, sur ce qu'elle aurait voulu ignorer. Lui épargner cette vérité eût été charitable…

Désormais, elle y pensait souvent. Elle était devenue sensible à des faits qui, auparavant, la préoccupaient, mais non de façon personnelle. Elle repensait au film de Max Ophüls, *Le chagrin et la pitié*, qu'elle avait vu en 1971. Elle se souvenait, en particulier, de Christian de la Mazière, qui s'était engagé dans la division Charlemagne, et témoignait, charmant, sincère, élégant, en fait réellement sympathique et humain, de son engagement, pour cette division qui, à Berlin, avait jusqu'à la fin défendu le bunker d'Hitler.

N'y avait-il pas de quoi hurler ? N'était-ce pas dissoudre les frontières, qui pourtant auraient dû être imprescriptibles, entre le bien et le mal ? Tout récemment, l'Express avait consacré plusieurs pages, à une interview de Darquier de Pellepoix, commissaire aux Questions Juives de 1942 à 1944. Darquier avait vomi son antisémitisme frénétique, maladif, et affirmé sans fard : « À Auschwitz, on a gazé que des poux ! » Elle avait lu l'article, avait pleuré. Pourquoi donner tant de place à ce vieillard sénile, qui n'avait même pas à s'inventer une bonne conscience, tant il était persuadé que son action durant la guerre avait été la bonne ? Quel écho pouvaient avoir, dans la société française, ces paroles révoltantes, qui pourtant avaient été publiées ?

Le Mal ne rampait-il pas de nouveau, dans cette société plus préoccupée de son pouvoir d'achat, que de valeurs morales intangibles ? Faurisson, qui attendait son heure depuis longtemps, interrogé par le journal du Matin de Paris, quelques jours plus tard, avait à son tour purement et simplement nié l'existence des chambres à gaz…

Mon Dieu ! Il fallait qu'elle se présente aux élections européennes… ! Le monde changeait, de manière si rapide, mais si passionnante aussi, et parfois de manière si dangereuse ! Il fallait qu'elle se joigne à d'autres, qu'elle agisse dans un espace doté de moyens, pour soutenir ce qu'elle croyait juste !

Elle entendit la porte de l'entrée s'ouvrir, et claquer sur elle-même. Elle revint au présent.

C'était Pierre, qui rentrait. Il la prit aussitôt dans ses bras.

« Pardonne-moi. Je suis un con… »

« Bien sûr que non… »

« Écoute-moi : ton projet m'enthousiasme, et je souhaite ardemment ta victoire… J'ai été surpris, c'est tout. »

« Es-tu sûr ? Sûr et certain de vouloir cela ? Notre vie va tellement changer… »

« Oui… Elle risque de devenir plus intéressante encore… »

Il l'embrassa, ajouta d'une voix basse, mais ferme.

« Je veux te soutenir. D'abord, parce que je veux que mes fils soient des compagnons, des partenaires et des soutiens pour leurs femmes, et non pas des censeurs… Je me dois donc de leur donner l'exemple… Ensuite, je crois tout autant que toi à l'avenir de la construction européenne, qui est un cadeau pour le monde… Enfin, je dois te dire que je suis immensément fier de ton courage et de ton engagement… Vois-tu, j'aurais adoré avoir ton courage, et ta force d'espérance… Et si j'ai réagi comme je l'ai fait, c'est en partie parce que j'en suis jaloux… »

Il se tut un instant.

« Il y a quelque chose d'autre, que je veux. Je veux que dès que ce sera possible, mais sans trop tarder, nous nous rendions à Auschwitz avec les garçons. Ils sont maintenant en âge de comprendre… Ils doivent savoir à quoi ressemble le monde, lorsqu'il n'est plus gouverné par le Droit… »

9
SEPTEMBRE 1993

Annie Berg, assise sur la terrasse de son appartement, sirotait un café au soleil. Elle était désormais une très vieille dame, de quatre-vingt-un ans. Ses cheveux avaient blanchi depuis longtemps, mais elle avait toujours, bien qu'il fût désormais tout parcouru de fines rides, son beau visage long, aux traits purs et fins. Elle avait conservé son profond regard bleu, qui s'était peut-être légèrement flouté au fil des années, et considérait le monde, tantôt avec amusement, tantôt avec tristesse… souvent de manière interrogative.

Depuis près de vingt ans, elle vivait avec Richard Tarel. Elle l'avait rencontré, en 1972, au chevet d'Hector Elbane, alors même que celui-ci vivait ses dernières semaines. Les deux amis du vieux docteur, qui lui étaient profondément et irréductiblement attachés, s'étaient relayés auprès du mourant, pratiquement jour et nuit, afin qu'il ne fût jamais seul. Un lien, entre eux, s'était créé, qui ne fit que croître et embellir. Ils avaient ensemble organisé les funérailles d'Hector Elbane, et ensemble, pleuré une disparition qui leur était cruelle.

Car comment remplacer la bonté du vieil homme ?

Ils ne savaient pas encore, n'avaient pas compris, qu'elle vivait désormais en eux, parce qu'il leur en avait fait le legs.

La bonté élève, autant celui qui en est l'auteur, que celui qui reçoit. Par Hector Elbane, tous deux avaient été hissés.

Richard, lors du décès du médecin, dirigeait toujours la maison d'éditions « Témoignages du siècle ». Au fil du temps, elle avait pris de l'ampleur, et ne faisait que prospérer.

Un jour, Annie Berg avait révélé à Richard qu'elle détenait le journal du médecin : il lui avait remis les premiers carnets en 1956, et depuis, tous les trois ou quatre ans, lui avait confié les carnets supplémentaires. Était-il possible de publier ces écrits, qui décrivaient le siècle ?

En guise de réponse, Richard avait demandé à Annie :

« Veux-tu vivre avec moi ? »

Le mariage de Richard avec Clara n'avait pas été heureux. Passée l'euphorie des retrouvailles, au sortir de la guerre, aucun d'eux n'avait retrouvé en l'autre l'enfant, ou l'adolescent de jadis, dont il avait été éperdument épris. Le couple avait vécu, uni par le devenir de la maison d'édition, et par celui de ses deux filles, Sophie et Mathilde. Mais dès que celles-ci furent autonomes, Richard et Clara avaient décidé de se séparer. Richard était donc un homme libre. Au fil des semaines passées ensemble, à veiller sur leur vieil ami, Annie avait senti leur attirance grandir, leur envie de se connaître, de se comprendre, de s'épauler mutuellement. La question de Richard : « Veux-tu vivre avec moi ? » n'avait donc rien d'étonnant.

Annie en fut pourtant stupéfiée. Durant toute sa vie d'adulte, elle avait été pour les hommes une sorte de trophée. S'approcher d'elle, la conquérir, conquérir sa beauté et son intelligence, était pour eux comme un défi. Mais sa taille l'avait à jamais disqualifiée pour une vie de couple, elle le savait fort bien, et avait payé au prix fort le fait de surplomber ses semblables. Bien qu'elle eût alors soixante ans, Richard était le tout premier à lui proposer une vie commune… Elle ne répondit d'abord rien, se contentant de le regarder avec intensité. N'allait-il pas, dans deux secondes, se moquer d'elle ? Mais il semblait sérieux.

« Sauras-tu me prendre avec mes innombrables défauts, chère Annie ? Malgré de longues années de mariage, je suis toute ma vie demeuré un vieil ours égoïste… »

Il n'avait rien d'un vieil ours… D'ailleurs, les vieux ours meurent solitaires.

Elle eut aussitôt l'envie de répondre : « Sauras-tu marcher à mes côtés et ne pas en souffrir ? », mais elle se tut, tout à son émotion.

« Je n'aime pas te quitter chaque soir… » dit-elle enfin.

« Alors, ne nous quittons plus… »

Annie Berg avait demandé sa mise à la retraite, et mit enfin un terme à son sacerdoce onusien. Elle avait passé ces vingt-cinq dernières années au service du Haut-Commissariat aux Réfugiés, qu'elle avait pratiquement accompagné partout. Chacune des interventions du HCR était une nouvelle découverte de la misère, du déracinement, de la souffrance humaine – autant de faits auxquels il était définitivement impossible de s'habituer. Certaines missions l'avaient cependant plus marquée que d'autres. Au Rwanda, en 1964, des Tutsis par centaines de milliers avaient fui la tentative génocidaire dont ils étaient victimes. Elle devait toute sa vie se souvenir d'un enseignant affolé, détaché par l'UNICF, dont les élèves avaient tous été massacrés sous ses yeux impuissants. Il parlait en roulant des yeux fous, dans un anglais incompréhensible. Son regard terrifié fut son principal témoignage. Un peu plus tard, des Mozambicains, séduits par l'indépendance, avaient été froidement assassinés par les colons portugais, et là aussi, le HCR était intervenu. Des milliers de réfugiés mozambicains avaient été installés, avec succès, en Tanzanie, dans des zones rurales qui étaient pourtant extrêmement pauvres. En 1971, le HCR avait pris en charge des millions de Bengalis fuyant le Pakistan vers l'Inde, et ce fut là l'opération de la plus grande envergure dont Annie se souvint. Elle avait également accompagné plusieurs Opérations de Maintien de la Paix : en 1958 au Liban, qui se délitait, en 1962 au Congo, lequel devait faire face à une invasion de l'armée katangaise, puis un an plus tard au Yémen, écartelé entre une république marxiste, soutenue par l'Égypte de Nasser, et le Yémen royaliste, soutenu par l'Arabie saoudite. En 1965, elle avait suivi une OMP en Inde et au Pakistan, qui rêvaient toujours de s'étriper. À chaque fois, elle était demeurée plusieurs semaines sur place, la plupart du temps plusieurs mois. Chaque jour, il fallait traduire dans l'instantanéité, sans recul aucun, des interlocuteurs dont l'émotion était à vif, ou tout au contraire dont la rouerie s'activait sans vergogne.

La vision des camps de réfugiés la hantait. Elle y avait découvert, tantôt des splendeurs de solidarité, de dévouement, des trésors d'ingéniosité, tantôt des abysses de cynisme et de brutalité. Les autorités locales manifestaient parfois une mauvaise volonté patente.

La vie, aux États-Unis et en Europe, semblait à Annie scandaleusement luxueuse. Richard lui demanda :

« Sauras-tu te réhabituer à une vie simple et tranquille ? »

Ce n'était pas évident. À répondre à cette seule question, elle mit plusieurs jours.

« J'ai eu cette vie-là, parce que je la voulais, parce que je l'ai choisie. Mais le fait est que j'ai de moins en moins de force pour y faire face. Maintenant, je choisis de vivre avec toi… Et oui, je saurai tourner la page… »

Et dans les mois qui suivirent, effectivement, elle le sut. De façon miraculeuse, rayonnante, Richard et elle s'offrirent une seconde jeunesse, une source de vie et d'énergie à laquelle il leur semblait incroyable d'accéder, à ce stade de leur existence. Pour ces deux êtres, qui, toute leur vie, avaient manqué d'amour, ce fut un feu d'artifice affectif, un feu de joie humaine… Ils étaient amoureux, non comme de tout jeunes gens, qui tremblent dès lors qu'ils entendent les pas, la voix de l'être aimé, mais comme des gens d'âge mûr, qui veulent mutuellement se rendre heureux, sans attendre l'impossible. Et tout à leur liesse, ils faisaient l'amour avec ferveur, avaient envie de vivre le plus intensément qu'ils le pouvaient, conscients que le temps à venir serait bref, et qu'ils entraient dans l'automne de leur vie, « le tout début de l'automne, disait Richard avec un grand sourire, quand il fait encore beau et que resplendissent les jours, dans un décor à peine plus doré qu'en été... »

De cette nouvelle vie, Annie était tout étourdie... Était-ce possible ? Était-ce à elle, que cette vie était donnée ? Au fond, son retour en France la comblait. N'était-ce pas ici que se trouvaient ses racines les plus profondes ? Accompagnée de Richard, elle retourna sur les pas de son enfance, dans la rue où elle avait grandi, avec ses parents, son frère et sa sœur ; c'était également là qu'après la guerre, elle avait accueilli Hector Elbane à son retour de déportation. La maison était là, presque intacte, bien que l'environnement eût entièrement changé. Au sortir de la guerre, les maisons, les immeubles étaient misérables, aucune restauration, aucune réparation n'y avait été apportée durant de longues années. Les murs étaient alors gris, souvent lézardés, la peinture était écaillée, les jardins ressemblaient tous à de petits terrains vagues, où poussaient des légumes aussi maigres que leurs propriétaires. Désormais, tout était pimpant, depuis longtemps refait à neuf, fonctionnel. Les jardins étaient gais et fleuris.

Annie se mit à traduire de la littérature, pour son seul plaisir. Puisqu'il était question d'art, donc de beauté et d'élégance, elle ne chercha plus à traduire au plus juste, mais au plus beau ; et pour elle, ce fut comme une libération, une jubilation. Et tout à son bonheur, elle se levait tôt le matin, pour se pencher sur ses livres, ses dictionnaires, son petit ordinateur. Richard lui demandait : « Mais on dirait que tu t'imposes des horaires de travail ! Pourquoi fais-tu cela ? » Elle répondait que la traduction était consubstantielle à son existence, et que le jour où elle ne traduirait plus, annoncerait sa fin ; que c'était sa façon d'aimer le monde et de le rendre meilleur ; que la littérature était un monde de paix, où n'existait aucune barrière entre les hommes. Elle travaillait durant des heures, sagement penchée sur les mots, qui, pour elle, étaient sacrés. La littérature, disait-elle, est comme un édifice, où chaque pièce se doit d'apporter son éclat, sa lumière, sa musique. Richard, en la voyant, en l'écoutant, riait de satisfaction.

Dans cet amour des mots, il la comprenait pleinement. Il lui expliqua que c'était son ex-épouse, Clara, qui l'avait initié à la littérature. Elle était professeur de lettres, et avait ouvert à Richard tout un monde, de mots, de poésie et de raisonnements abstraits, que son enfance paysanne ne lui avait jamais permis de soupçonner. Grâce à elle, il avait compris que le monde n'existe que pour, et par le verbe ; que sans le verbe, il n'est que chaos et ténèbres. Et cela avait constitué pour lui un tel bouleversement, qu'il avait souhaité mettre sa vie au service des mots… et des témoignages de ses contemporains. Clara n'était peut-être pas la personne qu'il eût aimé qu'elle soit, mais c'est à elle qu'il devait d'avoir eu le courage, et l'énergie, de fonder sa propre maison d'éditions, alors même qu'il ne possédait pour cela aucune compétence, et que rien ne l'y avait jamais préparé.

Ceci expliquait-il cela ? Malgré sa réussite, Annie constata à maintes reprises qu'il conservait, en certains instants, une forme de timidité, ou de sentiment d'infériorité ; de façon surprenante, en d'autres circonstances, il pouvait se montrer sûr de lui et plein d'assurance…

Durant une quinzaine d'années encore, il poursuivit son œuvre éditoriale. Bien sûr, il se plongea dans la lecture des cahiers d'Hector Elbane, et, tout comme Annie l'avait été, il en fut bouleversé. Il ne fut pas surpris d'y retrouver l'Épopée du monde. Les cahiers furent publiés, et connurent trois rééditions successives. Le succès s'avéra au rendez-vous.

Richard souffrait de son apparence. Tout à la fin de la guerre, un soldat allemand lui avait brisé la mâchoire d'un coup de crosse. Il avait subi plusieurs opérations, pour que cette mâchoire fût réparée, mais le bas de son visage demeurait curieusement asymétrique. La première fois qu'Annie l'avait retrouvé, chez le docteur Elbane, elle avait pensé : « Quel drôle de tête il a ! ». Mais au fil du temps, elle s'était mise à aimer ce visage, et à le trouver beau, car elle en discernait les expressions de charme et d'intelligence.

Souvent, il disait à Annie :

« Ne me regarde pas ! »

« Comment vivre avec toi sans te regarder ? Tu me mets dans une impasse ! » répondait-elle en riant.

En 1975, Clara décéda malheureusement d'un cancer. Sophie et Mathilde avaient alors de tout jeunes enfants, presque des bébés, et c'est tout naturellement qu'ils virent en Annie une nouvelle grand-mère. Annie, qui n'avait jamais été mère, prit ce nouveau rôle très au sérieux. Elle recevait les enfants de Sophie un mercredi sur deux, et ceux de Mathilde, le mercredi suivant. Très vite, il s'avéra que les deux sœurs, très occupées, n'avaient guère le temps de se rencontrer, et que les cousins ne se voyaient que fort peu. Annie décida de recevoir l'ensemble des enfants (ils étaient cinq) chaque mercredi, afin qu'ils fissent connaissance entre eux. Elle inventait pour eux des petits jeux, racontait des histoires, qu'ils écoutaient religieusement, préparait pour eux des goûters, se promenait avec eux. Richard lui dit :

« Tu sais, tu n'es vraiment pas obligée de faire tout cela... Chaque mercredi soir, tu te retrouves épuisée... »

Elle réagit vivement, presque sur la défensive.

« Mais les enfants ne sont-ils pas des promesses d'avenir ? Pourquoi ne pourrais-je pas m'en occuper ? »

« Personne ne t'en empêche... Mais tu peux aussi te ménager... »

« C'est un bonheur de les regarder vivre et grandir ! Pourquoi me priverais-je de cela ? »

Un jour, au début des années quatre-vingts, Richard fit cette remarque à Annie :

« C'est incroyable comme le type de récits que nous recevons a changé. Après la guerre, et jusque dans les années soixante, nous ne recevions que des récits de héros, de gens qui écrivaient avoir participé à tel ou tel réseau de résistance, et avoir sauvé des vies humaines en nombre… C'en était parfois ridicule, à peine crédible… Certains récits étaient peut-être vrais, ou reposaient au moins sur des bases véritables, mais se trouvaient largement enjolivés par leurs auteurs ; d'autres relevaient de la pure et simple mythomanie… Sans doute était-ce normal… Durant la guerre, les gens avaient essuyé tant et tant d'humiliations, et été confrontés à des situations si peu reluisantes pour eux, qu'ils se construisaient une vie imaginaire, à seule fin de se restaurer dans leur propre estime… De nos jours, les gens ne se présentent plus comme des héros. Ils parlent de leur quotidien, de leur travail, de leur famille… Ils ont gagné en profondeur, presque en humanité… Leur vie est peut-être plus banale, mais elle a progressé d'une autre manière… »

Après un silence, il avait ajouté :

« Il y a une autre chose qui a changé. Après la guerre, personne ne voulait entendre parler des récits de déportés. Ceux que j'ai publiés ont connu un échec cuisant. Pour leurs auteurs, c'était une souffrance épouvantable. Ils se sentaient rejetés, condamnés au silence après avoir subi l'enfer, comme s'ils étaient des parias, des menteurs, ou des victimes qui avaient bien voulu l'être… C'est seulement maintenant que les gens acceptent de lire, et de comprendre, un peu, ce que les déportés ont enduré… »

De sa propre déportation, lui-même parlait rarement. Il semblait préférer que d'autres le fassent à sa place. Il confia à Annie que cela avait même été sa principale motivation, lorsque lui était venue l'idée de publier des témoignages…

Cinq ans auparavant, il s'était absenté durant quelques jours, disant qu'il avait besoin de retourner dans sa province natale. Il était revenu la mine blême et les traits agités… Après plusieurs jours de silence anxieux, il finit par dire qu'une de ses tantes avait enfin découvert qui, durant la guerre, l'avait dénoncé, pour un fait qu'il n'avait même pas commis, le condamnant ainsi à la déportation. Le coupable, un grand vieillard, venait d'être enterré. Annie l'écoutait, bouleversée, anxieuse à son tour, comme si la guerre était de nouveau présente, au sein de leur petit salon.

« Qu'as-tu fait, Richard ? Que s'est-il passé ? »

« Annie, j'ai passé ma vie entière à me demander si je saurais pardonner… et s'il fallait pardonner… »

« Et ? »

« Après réflexion, je me suis demandé si le fils de ce connard savait ce que son père avait fait… Il a exactement le même âge que moi… Deux jours après l'enterrement du père, je suis allé voir le fils… Il a commencé par ne pas me reconnaître ; mais j'ai été fixé dès qu'il a compris qui j'étais… Il est devenu blanc comme un linge, et m'a immédiatement demandé, là, sur le pas de la porte, sur un ton brutal, ce que je voulais. Il était clair qu'il savait… »

Richard se mit à ricaner, silencieusement, d'un rire qui ne voulait pas sortir et qui pétrifia Annie, tant il était le contraire d'un rire.

« Je lui ai demandé s'il savait pourquoi son père avait adressé une lettre de dénonciation à la Kommandantur, me concernant. Et voici le plus beau… Il a répondu : 'Les terres de Louise lui revenaient ! Et ton grand-père, ce salop, il les a prises pour lui, après la mort de Louise… Il a embobiné le notaire ! Il a embobiné les gens du cadastre ! Il a embobiné tous les gens du village, qui ont cru ses bobards ! Si c'est pas une bonne raison, ça ! Regarde ! Regarde les terres de Louise !' Et il me montrait du doigt les champs, comme si j'aurais dû comprendre, admettre que ces fameux champs pouvaient expliquer, justifier que je passe quatorze mois et cinq jours de ma vie dans un camp de l'horreur ! »

Richard se moucha bruyamment.

« Pardonner ? Même après trente-cinq ans, ce débile en est toujours à penser que son père avait raison de se venger, sur moi, des bassesses de mon grand-père... Pardonner ? ! Quelle rigolade ! Autant offrir du caviar à une truie, en croyant qu'elle va le préférer à sa mixture habituelle ! »

Sa voix se radoucit d'un coup.

« Tu sais, c'est étrange... À la fin de la guerre, j'ai tout de suite été persuadé qu'il fallait pardonner, d'une façon ou d'une autre ; ou tout au moins que certains des rescapés pardonnent... Je me souviens avoir écrit des lettres dithyrambiques à ce sujet... Sans doute était-ce ma façon de lutter contre mon amertume, ma légitime rancœur... Mais plus le temps a passé, plus cela est devenu incertain et difficile dans mon esprit... N'est-ce pas le contraire qui aurait dû se produire ? On ne peut pardonner qu'à celui qui demande pardon, voilà la vérité ! »

Parfois, ils évoquaient ensemble leur toute première rencontre, du temps de leur prime jeunesse, en 1927, et éclataient de rire... Cela leur semblait une fable, tout droit sortie d'un rêve éveillé, ou vécue par d'autres qu'eux-mêmes... Était-ce vraiment à eux, que cela était arrivé ? C'est en se remémorant ces souvenirs, que Richard dit une fois à Annie :

« Avant la guerre, la plupart des gens allaient à la messe, et connaissaient la Bible... Aussi leur univers mental était-il celui de la Bible... Depuis l'après-guerre, de moins en moins de gens y vont... C'est un peu comme si l'univers des Droits de l'homme avait remplacé celui du Livre Saint... »

Annie approuva aussitôt :

« Je crois bien que l'essence même des Droits de l'homme, leur quintessence, vient des commandements bibliques de solidarité... Ils en sont comme l'expression laïcisée... »

« Pourtant, on ne peut pas dire que l'Église apprécie beaucoup les Droits de l'homme… »

« L'Église se trompe. Elle pense qu'ils font de l'homme un dieu, ce qui est faux. En réalité, ils font de l'homme une créature dont la vie est sacrée… »

Durant de longues années, ils se rendirent souvent en Israël, où Annie comptait plusieurs neveux et nièces. Chacun de ces voyages était un événement, une source de joie, d'échanges, d'excitation.

Mais, depuis cinq ou six ans, tout était nettement plus difficile. Annie et Richard marchaient de plus en plus lentement, entendaient et voyaient de manière aléatoire, souffraient de rhumatismes. Richard avait dû être opéré du cœur, puis se faire poser des implants dentaires. Il avait délégué ses affaires à sa plus jeune fille, Mathilde, laquelle souhaitait succéder à son père. Annie, de son côté, souffrait d'une hanche, et malgré une opération, continuait de boiter. S'équiper d'une canne, pour marcher, avait pour elle été une grande épreuve… Mais il avait bien fallu s'y résoudre. Ils prenaient tous deux des médicaments contre la tension et le cholestérol, et ces derniers leur causaient des douleurs musculaires parfois insupportables…

Leur vie sociale s'était rétrécie : certains de leurs amis étaient déjà morts, ceux qui demeuraient vivants n'étaient pas toujours en état de se déplacer, ou de recevoir… Dieu merci, le téléphone existait, et remplaçait, à sa manière, les sorties d'antan… Ils continuaient pourtant de recevoir les filles de Richard, ses gendres et ses cinq petits-enfants, ou des amis proches, qui étaient souvent des auteurs de la maison d'édition.

Un jour, Richard revint triomphalement de chez sa fille aînée, Sophie, qui était médecin.

« Elle ne s'est rendu compte de rien… Mais je lui ai extorqué, par petites touches et en plusieurs fois, la liste complète… »

« La liste complète de quoi ? » demanda Annie sans comprendre.

Il l'embrassa au front, avant de répondre :

« La liste des médicaments qu'il faut pour passer de vie à trépas, de façon indolore et certaine… »

Elle était stupéfaite, presque suffoquée.

« Nous en sommes donc là ? » souffla-t-elle d'une toute petite voix.

« Non, non, sois tranquille… Mais je ne tiens pas à me retrouver piégé sur un lit d'hôpital, à ne plus rien diriger de ma vie… »

Il se tut un instant, ajouta :

« Et je ne tiens pas à vivre sans toi, si tu pars la première… »

Quelques jours plus tard, elle dit d'elle-même :

« Je ne tiens pas non plus à te survivre… Donc, nous partirons ensemble, quand l'heure sera venue… »

« Oui mon amour, quand l'heure sera venue… »

Cette décision, pour eux, fut un soulagement. Ils ne craignaient pas de mourir – encore que cela fût vite dit… Mourir ne convient à personne… – mais ils s'épouvantaient à l'idée que leur vieillissement devînt intolérable, et les privât d'eux-mêmes. En leur for intérieur, ils ne comprenaient pas ce qui leur arrivait. Les êtres humains naissent pour être jeunes, éternellement : leur jeunesse est leur première patrie. Les rides, les rhumatismes, la surdité, étaient comme des plaisanteries de mauvais goût, qui attendaient pour disparaître, et qui n'étaient pas eux…

Ils n'avaient pourtant pas à se plaindre : tous deux étaient valides, autonomes, tous deux conservaient une tête solide et une vie intellectuelle, nourrie par une curiosité qui, fort heureusement, ne se tarissait pas.

De façon surprenante, Richard, à plus de soixante-quinze ans, se mit à la peinture. Ses dessins étaient remarquablement malhabiles, aussi renonça-t-il rapidement à toute expression figurative. Il peignit en revanche des taches de couleur, qu'il mariait les unes avec les autres de manière fort heureuse. Il aimait les couleurs vives, le bleu, l'orange, le jaune. On sentait à voir ses créations qu'il était en lui-même encore tout plein de vie et d'ardeur. Au fil du temps, les couleurs se raréfièrent, il se dédia à toutes les nuances de bleu. Ses tableaux ressemblaient à des ciels, tantôt lumineux, tantôt crépusculaires. Il dit à Annie :

« Voilà ! Ces tableaux sont ce que je transmettrai de plus important à mes filles… »

« Ne crois-tu pas que c'est bien l'amour que tu leur as donné, et la maison d'édition, qui seront tes legs les plus importants… ? »

« Peut-être… D'une certaine manière… Mais le bleu est la couleur de la paix et de l'amour… Or, qui n'a pas de paix, qui n'a pas d'amour, n'a rien… Voilà ce que je veux leur faire savoir… »

Ce matin-là, sur la terrasse, Annie attendait le retour de Richard, parti acheter le journal, à un petit kiosque non loin de chez eux. Chaque matin, son expédition prenait un peu plus de temps que la veille…

Annie se remémora une discussion qu'ils avaient eue, deux jours auparavant avec Marc et Jeannette Paroni, un couple d'anciens libraires. Richard avait longtemps travaillé avec eux, et noué à leur endroit un lien amical, qu'Annie partageait.

Autour d'un repas, ils avaient ensemble échangé sur la décennie des années quatre-vingts. Elle semblait, dans l'Histoire du siècle, représenter une sorte de net tournant…

Mais d'où venait cette impression ?

D'abord, ces dernières années avaient été marquées par la fin de deux conflits majeurs qui avaient ensanglanté la décennie… !

Le premier conflit était celui opposant l'Afghanistan à l'URSS. Au printemps 1978, le parti communiste afghan avait accédé au pouvoir, et instauré une république démocratique d'Afghanistan. Mais les responsables religieux du pays, et les chefs de tribus, avaient diligemment fait plonger le pays dans une guerre civile… laquelle avait aussitôt suscité l'arrivée des chars soviétiques… ! Là encore, la guerre froide était intervenue, sous la forme d'un soutien américain aux nombreuses milices religieuses, tant chiites que sunnites, qui luttaient contre le pouvoir soviétique. En 1989, devant l'enlisement de l'ensemble de leurs tentatives, et sans doute devant le constat de leur propre affaiblissement, les Soviétiques décidèrent leur retrait complet d'Afghanistan.

Le second conflit concernait l'Irak et l'Iran. En 1979, une révolution avait éclaté en Iran, et abouti au départ du Shah, à qui l'on reprochait une police politique de sombre réputation, et une tendance croissante à l'autocratie. Mais la petite bourgeoisie d'affaires, qui critiquait le pouvoir pour son manque de modernité, se mordit très rapidement les doigts : au départ du Shah, succéda le retour de l'ayatollah Khomeiny en Iran, et l'installation d'un pouvoir religieux chiite ultraconservateur. La police des mœurs, guère avantageusement, remplaça bien vite celle du Shah…

« Et voilà ! dit Marc. Au nom des Droits de l'homme, la France a accueilli et protégé Khomeiny, qui, de retour dans son pays, est devenu un tyran religieux ! N'est-ce pas là une absurdité ? »

« Certes non ! Les Droits de l'homme sont universels, ou ils ne sont pas… ! Ils ne s'appliquent pas en fonction de la sympathie que nous inspirent, ou non, les opposants traqués… Mais il est vrai que la France aurait pu se dispenser de laisser cet extrémiste diffuser ses messages jusque dans son pays ! » répliqua Annie.

En 1980, sans préambule ou presque, l'Irak avait agressé l'Iran : le sunnite Sadam Hussein, alors au pouvoir, craignait avant tout une collision de la population chiite de son pays, avec les chiites iraniens. Le conflit s'était aussitôt enlisé dans une escalade mortelle, et une immédiate réactivation de la guerre froide : les États-Unis, humiliés par la toute récente crise des otages[77], soutenaient

---

77 – Le 4 novembre 1979, une foule d'étudiants iraniens prit en otages 56 employés de l'ambassade des Etats-Unis à Téhéran, et réclama en échange que soit renvoyé en Iran le Shah, Reza Pahlavi, en exil depuis la révolution iranienne. En avril 1980, le président Carter rompit les relations diplomatiques avec l'Iran, et fit procéder à une tentative de récupération des otages par un plan militaire, l'opération Eagle Claw, qui fut un échec total. Les otages furent finalement libérés, fin 1980, en échange d'un dégel des fonds iraniens aux EU, et l'assurance que les autorités iraniennes ne seraient pas poursuivies.

l'Irak, aidés en cela par l'Arabie Saoudite et le Koweït, tandis que l'URSS armait l'Iran. Le conflit, sanglant, et qui eut recours aux armes chimiques, avait duré huit années interminables : il s'était conclu en 1988, après épuisement des deux protagonistes, et sans succès pour aucun d'eux. Mais Saddam Hussein, le dictateur laïc, avait dû renoncer à mettre à bas le régime religieux des mollahs...

« Là encore, pour la seconde fois, un pouvoir religieux a tenu tête à des forces laïques, et a réussi à s'imposer... » remarqua Richard.

« Depuis deux ans maintenant, depuis la victoire en 1991 du Front Islamique de Salut aux élections, l'Algérie ne lutte-t-elle pas contre une islamisation totale de sa société ? N'est-ce pas une authentique guerre civile, qui la dévore jour après jour ? Et cela alors qu'en Égypte, le président Moubarak combat, lui aussi, contre le pouvoir grandissant des Frères Musulmans... »

Et tous de s'interroger : était-ce une réémergence du champ religieux dans l'Histoire, alors qu'il avait longtemps disparu au profit des préoccupations nationalistes ?

Mais ce qui marquait bien plus encore la décennie était la fin de la guerre froide.

Enfin, elle était achevée, enfin la page était tournée !!!

En 1987, le président russe Mickaël Gorbatchev, affaibli par une situation économique plus que dégradée de son pays, et un bilan en demi-teinte de la glasnost[78] et de la pérestroïka[79], avait eu le courage de prendre acte de la situation et de tenter d'y remédier. Il avait réussi à convaincre le président conservateur américain, Ronald Reagan, qui était pourtant un néolibéral déterminé, de mettre un terme à la course aux armements nucléaires... que l'Union Soviétique n'était plus en capacité de poursuivre

78 – Volonté de transparence de l'Etat, vis-à-vis des citoyens

79 – Programme permettant une réapparition d'entreprises privées.

Les deux blocs avaient même prévu, à terme, de réduire de moitié leurs arsenaux respectifs…

Ce fut la divine surprise ! Mais aussi, pour le monde communiste, la boîte de pandore !

En 1989, la chute du mur de Berlin, devant le monde entier ébahi, avait dans un premier temps entraîné la réunification de la RDA à la RFA… Mais pas seulement… Le bloc communiste s'était littéralement effondré ! La Hongrie tout d'abord, suivie par la Pologne, la Tchécoslovaquie, enfin la Bulgarie, avaient pacifiquement adopté des régimes démocratiques, multipartistes, et s'étaient ouverts à des économies libérales. Ces transformations leur causaient de nombreux problèmes, mais se déroulaient pacifiquement, dans le même temps qu'elles ouvraient de réelles perspectives de développement.

La Roumanie fut le seul satellite soviétique à connaître une révolution violente. Son leader, Ceausescu, fut devant le monde entier exécuté, tandis que mille trois-cents personnes trouvèrent la mort… Était-ce une révolution spontanée, telle qu'elle s'était produite dans les pays précités, ou une ultime tentative des apparatchiks du PC roumain pour se transformer en surface, et conserver le pouvoir en profondeur ? Voilà qui n'était pas encore établi…

« Ce qui est incroyable, dit Marc, est la rapidité avec laquelle tous ces événements se sont déroulés ! »

« C'est exactement, enchaîna Jeannette, comme si le bloc soviétique était depuis des années rongé par une armée de mites, qui en avait sapé les bases, silencieusement, implacablement… ! »

« Cette fois, les Russes n'ont nulle part envoyé de chars, car ils n'en ont plus les moyens… Non seulement ont-ils laissé les républiques sœurs reprendre leur liberté, mais encore ont-ils dû admettre qu'elles se tournent vers l'Union Européenne, et entament leur processus d'adhésion… »

« Le Conseil européen de juin dernier, à Copenhague, a officiellement lancé le processus d'élargissement de l'Union européenne : les nouveaux venus devront garantir un État de Droit, respectant la démocratie et le droit des minorités, et assurer la mise en place d'une économie de marché, viable et apte à affronter les pressions concurrentielles… Il s'agit de l'exact opposé de ce qu'ils ont connu jusqu'ici, et qui nécessitera des réformes très profondes… » dit Richard.

« … Pour la première fois dans l'Histoire, l'Europe est une, et indivisible ! » avait conclu Annie.

La grande ombre à ce tableau presque béat de la disparition du rideau de fer demeurait la dislocation de la Fédération yougoslave[80]. En 1991, la Slovénie et la Croatie avaient proclamé leur indépendance, ce qui avait immédiatement conduit à des conflits militaires avec les Serbes… L'Union Européenne avait reconnu les deux nouvelles nations, tandis que l'ONU envoyait des casques bleus, et organisait des sanctions à l'égard des Serbes. En 1992, la Bosnie-Herzégovine avait à son tour fait acte de sécession, et suivi le même processus d'indépendance, dans la douleur et le sang… On revit en Europe des prisonniers d'une maigreur extrême, derrière des barbelés, dont les images rappelaient tragiquement celles d'une autre époque… Le régime du président serbe Milosevic ne sombrait-il pas, avec une sorte de tragique acharnement, dans le racisme et l'ultranationalisme ?

Malgré cela, un monde nouveau naissait, où la démocratie se répandait.

80 – Dans le monde communiste, la Yougoslavie représentait un cas à part, qui, toujours, avait refusé la tutelle soviétique et s'était depuis longtemps ouvert au « socialisme de marché ». La question des nationalités primait largement sur celle du régime économique. Tito disparu, en 1980, la Fédération fut gouvernée de manière collégiale : ce collège comportait des représentants des républiques de Macédoine, Bosnie-Herzégovine, Croatie, Serbie, Monténégro, Slovénie, qui assumaient à tour de rôle la présidence du collège. Mais les mécontentements nationalistes n'avaient pas tardé à éclater, surtout lorsque fut supprimée, en 1989, l'autonomie du Kosovo et de la Voïvodine, accordée à l'époque de Tito.

Ce qu'avait prévu Annie, longtemps auparavant, sur la disparition des guerres de territoire, semblait se réaliser : le temps avait disparu, où un pays pouvait sauter sur son voisin et l'annexer purement et simplement. La tentative Irakienne[81] de s'emparer, en 1990, du Koweït, l'avait amplement démontré...

Les quinze républiques de l'ex-Union Soviétique avaient proclamé, les unes après les autres, leur indépendance, et adopté des régimes démocratiques... au moins sur le papier... À l'exception des pays baltes, elles conservaient cependant des liens économiques, politiques et militaires, dans le cadre de la nouvelle Communauté Économique Indépendante. Il ne demeurait plus de régimes communistes que ceux de Cuba, de la Corée du nord, et de la Chine... Mais la Chine elle-même semblait évoluer. Elle conservait certes un système politique autoritaire, ô combien, les événements de la place Tien'Anmen[82] étaient à ce sujet sans ambiguïté, mais s'ouvrait à son tour à une économie de marché... Sa croissance était spectaculaire...

« Saura-t-elle longtemps dissocier libéralisme économique et libertés politiques ? avait demandé Richard. Cela semble impossible... Le libéralisme économique suppose les libertés syndicale et associative... De là au multipartisme, il n'y a qu'un pas... »

Cette question se posait de semblable façon au Viet-Nam. Réunifié en 1975 par un régime socialiste après la défaite du sud Viet-Nam, il avait renoncé au concept de dictature du proléta-

81 – L'Irak considérait le Koweït comme lui appartenant depuis l'époque de l'empire ottoman ; par ailleurs, une majeure partie de la dette irakienne était détenue par le Koweït. Pour ces deux raisons, l'Irak attaqua son voisin en août 1990. Une coalition de 35 pays s'opposa militairement à cette tentative d'annexion... En février 1991, l'Irak renonça.

82 – En avril 1989, des milliers d'étudiants se réunissent sur la place Tien'Anmen, à Pékin, attendant du régime une ouverture vers la démocratie et la liberté d'expression. En mai, des étudiants par centaines, toujours sur la même place, entament une grève de la faim. Dans la nuit du 4 juin, le gouvernement envoie l'armée « nettoyer » la place. Il y aura officiellement 1800 morts.

riat, et adopté une économie de marché au début de la nouvelle décennie. Dans le même temps, l'Argentine, le Brésil, le Chili, le Paraguay, l'Uruguay, le Vénézuela et la Bolivie étaient eux aussi parvenus à instaurer des régimes démocratiques. Cet élan vers la démocratie s'accompagnait inévitablement d'une meilleure prise en compte des Droits humains fondamentaux. L'Afrique du Sud, sous la pression du monde entier, avait libéré le vieux leader noir, Nelson Mandela, légalisé l'ANC, et rendu caduque l'odieux système de l'Apartheid. Un certain nombre de pays avaient définitivement renoncé à la peine de mort. C'était le cas de la France, depuis 1981, mais désormais de pratiquement toutes les nations du continent européen. L'Australie, la Nouvelle Zélande, une partie de l'Amérique centrale, quelques nations d'Amérique latine, Israël (en conservant toutefois une exception pour les auteurs de crimes contre l'Humanité[83]). avaient suivi le même chemin. Hélas, les États-Unis, le Moyen-Orient et la Chine demeuraient de grands pourvoyeurs de condamnés à mort…

Oui, la tragédie humaine se poursuivait, mais avait ô combien évolué par rapport aux siècles précédents ! Non seulement les temps de la colonisation étaient-ils totalement révolus, mais les conflits étaient désormais médiatisés et considérés comme insupportables ; les grandes institutions internationales, au premier rang desquelles l'ONU, intervenaient pour faire entendre leur voix médiatrices et pacificatrices. Ce n'était plus la guerre, qui était regardée comme normale, mais la paix ! Portée par le discours des Droits de l'Homme, la vie humaine avait pris une valeur considérable, jamais connue auparavant…

L'ONU intervenait par la diplomatie de son secrétaire général, l'envoi de casques bleus et les nombreuses actions de protec-

83 – Elle souhaitait conserver la possibilité de punir par la peine de mort les auteurs de crime contre l'Humanité, notamment lors de la Shoah. C'est ainsi qu'Adolph Eichmann fut en 1962 condamné à mort, pour avoir été un des grands artisans de celle-ci.

tion du HCR… mais pas seulement ! L'Organisation Mondiale pour la Santé, grâce à des campagnes de vaccinations massives, était parvenue à éradiquer la variole, et avait considérablement diminué les ravages de la poliomyélite. Dans les années soixante-dix, elle avait imposé pour les pays du sud le concept de « médicaments essentiels », permettant ainsi l'accès aux médicaments de base à nombre de pays sous-développés. L'UNICEF, tout en poursuivant ses programmes pour la protection de l'enfance, son accès aux soins, à l'éducation, avait obtenu, en 1989, l'adoption d'une convention internationale relative aux droits de l'enfant. L'UNESCO avait protégé et sauvé du désastre de nombreux sites : celui d'Abou Simbel, en Égypte, le parc national du Royal Chitwan, au Népal, le site archéologique de Delphes, et tout récemment, ce n'étaient là que des exemples, le temple d'Angkor et la vieille ville de Dubrovnik.

Cet élan démocratique se développait de pair avec le libéralisme économique.

« Partout dans le monde, on parle de guerre commerciale, de compétitivité, de dérégulation des prix… L'OCDE[84] multiplie les rapports et études qui prônent les vertus du marché libre et d'une diminution des interventions de l'État… » commenta Jeannette.

« Les zones de libre-échange fleurissent, et la CEE n'est plus la seule en son genre depuis longtemps… » poursuivit Marc.

Eh oui ! En 1967, l'ASEAN[85] avait vu le jour, puis en 1989 était née l'APEC[86] ; depuis 1991, le marché commun d'Amérique du sud, le MERCOSUR, regroupait les intérêts du Brésil, de l'Argentine, de l'Uruguay, du Paraguay et du Vénézuéla. En ce moment

84 – Organisation de Coopération et de Développement Économique, née en 1961

85 – Elle regroupait dans une même ère géopolitique et économique, l'Indonésie, Singapour, la Thaïlande, la Malaisie et les Philippines.

86 – L'Asia Pacific Economic Coopération a d'abord concerné l'Australie, le Canada, l'Indonésie, le Japon, la Corée du sud et la Nouvelle Zélande, puis la Chine à partir de 1991.

même, les États-Unis, le Canada et le Mexique œuvraient à lier leurs économies… Tous ces traités, toutes ces alliances, étaient loin de se limiter à des zones de libre-échange. À chaque fois y étaient ajoutées des clauses d'échanges culturels, juridiques et administratifs, ainsi que sociales et politiques.

Tout cela était incontestablement porteur de développement… En Amérique latine, en Asie, des centaines de millions de personnes sortaient de la grande pauvreté, et c'était là un fait d'une ampleur inégalée dans l'Histoire. L'Inde, Le Brésil, la Chine étaient devenus des géants économiques avec lesquels il fallait désormais compter. Le Programme des Nations Unies pour le Développement connaissait de beaux succès au Bénin, au Ghana, au Kenya, mais aussi en Ethiopie et en Tanzanie, en associant des partenaires du secteur privé dans une vision inclusive et pérenne du développement économique.

Pourtant, l'Afrique demeurait le continent laissé pour compte de ce développement.

« De nombreux pays ont renoncé à leur agriculture vivrière, pour se tourner vers une agriculture intensive… Ils sont incapables de nourrir leurs populations, et sombrent dans de dramatiques situations de dépendance… »

« Le Congo, le Cameroun, le Togo et bien d'autres, ont cédé leurs droits sur des ressources minières, à des firmes internationales qui ne prennent pratiquement aucun compte de l'intérêt des pays où elles sont implantées, et se conduisent en prédatrices… »

« Le Libéria, Djibouti, le Rwanda, la Somalie, le Burundi et la Sierra Léone sont toujours ravagés par des guerres civiles, qui semblent sans issue… »

« Le continent est rempli de dictateurs, qui ne s'embarrassent pas de Droits de l'homme, et de libertés quelconques : Mugabé au Zimbabwe, Kadhafi en Libye, Mobutu en RDC, Saddam Hussein en Irak, Blaise Compaoré au Burkina Fasso… Et que dire du négus rouge, Mengistu Hailé Mariam, ou du dictateur soudanais Omar El Bechir ? »

Dans les pays riches, le libre-échange charriait aussi ses conséquences néfastes, et certains dérèglements, que le petit groupe avait savamment énoncés au moment du dessert.

« La mondialisation précarise les travailleurs peu qualifiés, et développe un chômage de masse… Qui sait en venir à bout ? Personne ! Dans le même temps, la dette des États augmente sans cesse, et génère une inflation vertigineuse ! Qui trinque ? Les petites gens… »

« L'écart entre riches et pauvres va croissant et galopant… L'échange économique est constamment conçu comme un jeu de dupes, qui use et abuse des asymétries de moyens, et d'informations, entre producteurs, distributeurs, et consommateurs, ou entre patrons et salariés… Comment avoir confiance ? »

« Le seul but de certaines multinationales, dont les moyens dépassent parfois ceux des États sans participer à un quelconque processus démocratique, est la satisfaction des actionnaires, parfois aux dépens d'investissements nécessaires ! Est-ce normal ? ! »

« J'ai lu plusieurs articles, qui tous concordent : la financiarisation de l'économie galope, et provoque une concentration des capitaux, un décloisonnement entre banques de dépôts et banques d'affaires… Les banques jouent avec notre argent, comme elles joueraient au poker ! »

Annie revint à l'instant présent. Pourquoi Richard n'était-il pas de retour ? Il était, chaque matin, de plus en plus long à rapporter le pain et le journal. Cela ne se devait pas qu'à la lenteur de ses jambes âgées, mais aussi au fait qu'il devenait, paradoxalement et heureusement, de plus en plus sociable. Il ne pouvait descendre dans la rue sans s'enquérir des nouvelles de tout un chacun. Comment allait le boulanger ? Et la boulangère ? Comment allait le marchand de journaux ? Et les voisins du second ? Et ceux du troisième ? Et le facteur ? Chaque rencontre donnait lieu à tout un échange de palabres… Ce phénomène était nouveau, et datait de cet instant où il avait cessé de se préoccuper de l'apparence de son visage. Les gens, désormais, lui racontaient facilement leur vie, leurs grands et petits soucis, leurs grandes et petites joies. Et lui écoutait tout, d'un regard clair et limpide, qui racontait sa sympathie, invitait à poursuivre… Les confidences des autres le rendaient heureux. Tout était banal, et tout était précieux… Il écoutait les gens comme il les avait lus, curieux de leur destin, de leur être profond qui, parfois, apparaissait au détour d'une expression, d'un silence, d'une inflexion de la voix. Annie le comprenait, s'en réjouissait.

Mais certains matins, il rentrait si tard de son petit périple, qu'il lui disait :

« Mais pourquoi n'as-tu pas pris ton petit déjeuner ? Pourquoi m'as-tu attendu ? Cela n'a pas de sens… »

« Je te rappelle que c'est toi qui as le pain frais… Et puis, c'est de prendre le petit déjeuner sans toi qui n'a pas de sens ! »

Elle n'était pas rassasiée des petits bonheurs de la vie à deux. Elle consulta l'heure, avec un ventre qui criait famine, et revint à cette rencontre avec les Paroni.

Durant cette dernière partie de leur conversation, où le libéralisme avait été si dûment et méticuleusement étrillé, Annie s'était tue, mal à l'aise, se contentant d'écouter. Et d'où provenait son malaise ? Peut-être du fait que les Paroni, comme beaucoup de gens, et en vérité comme tout le monde, jugeaient le libéralisme comme s'il en était à une étape d'aboutissement (qui n'évoluerait plus… et se révélait condamnable), et comme s'il ne comportait qu'une seule dimension, de nature économique…

Annie pensait, au contraire, qu'il était tout récent dans l'Histoire, et rendu à une simple étape d'émergence ; elle pensait tout autant que la dimension économique du libéralisme n'était qu'un des aspects de celui-ci.

À la question : « Qu'est-ce qui rend l'homme heureux ? » *le libéralisme philosophique* répondait : « La liberté ». Pour être libre, poursuivait *le libéralisme social,* l'homme doit disposer de son corps, donc de sa santé, mais aussi de sa liberté de mouvement, de sa liberté de penser et de s'exprimer, de ses capacités de citoyens, donc d'un accès à l'instruction. Il doit encore disposer, affirmait le libéralisme économique, de sa capacité d'entreprise, et pouvoir jouir en propriétaire des richesses qu'il produit… C'étaient donc là des libertés qui supposaient en premier lieu le respect de l'intégrité physique des êtres, et la démocratie, car sans démocratie, la liberté du citoyen n'est point. La liberté d'entreprendre était elle aussi fondamentale, mais se devait également de respecter celle d'autrui… En ce sens, une situation d'accaparement des richesses des uns par les autres était paradoxalement antilibérale, si elle aboutissait à l'état de maladie, d'incapacité de participer à la vie citoyenne et d'entreprendre d'une partie de la population. Le libéralisme, poussé en sa plus haute logique, se devrait d'être soucieux de la santé d'autrui, de son accès au savoir et de son accès aux capitaux, pour qu'à son tour il puisse dire : « Je suis libre ! »

Il ne s'agissait nullement d'un partage au sens marxiste du terme, lequel condamnait la libre entreprise et la propriété, mais d'un partage dans le sens d'un accès correctement partagé à la santé, l'éducation, les capitaux…

Dans chaque État, il fallait des politiques de redistribution, non pas confiscatoire, mais qui permette cet accès à l'ensemble des couches sociales, afin que toutes puissent prendre part à l'action humaine.

Il fallait, se disait Annie, des actions de coopération renforcée, entre le nord et le sud, des programmes d'aide qui tiennent compte des innombrables difficultés des pays émergents. Mais surtout, il fallait que ces pays en soient les principaux concepteurs et acteurs, de façon à devenir définitivement et réellement autonomes. Cela nécessiterait du temps, et des échecs, car là où les pays actuellement développés avaient bénéficié de cent ou cent cinquante ans pour s'adapter à de nouvelles donnes, démocratique et économique, les pays en voie de développement, comme on les appelait, devaient trouver leurs solutions en quelques décennies à peine, quand ce n'étaient pas quelques années… Et de tels programmes de coopération ne pourraient être efficients, que si une lutte sans merci était conjointement menée contre la corruption…

La mondialisation en était à ses balbutiements, ses premiers pas encore très chaotiques… Les néolibéraux, qui, tel Adam Smith au dix-huitième siècle, ne voyaient pas l'intérêt de réguler les marchés de la moindre manière et de travailler à la juste concurrence, les multinationales, qui pensaient ne devoir agir qu'en fonction de la fructification de leurs capitaux, se trompaient, et auraient tôt ou tard à changer leurs modes de penser. Ignorer les lois du marché, comme l'avaient fait tous les systèmes communistes, conduisait à des impasses économiques, et, in fine, à la grande pauvreté. Mais, de la même manière, penser que le marché se régule de lui-même, ou que des entités, aussi puissantes soient-elles, peuvent se conduire de la manière la plus égoïste, sans prise en compte de leurs environnements, menait à des impasses sociales et à des conflits sans fin, tout aussi insurmontables…

Ce qu'il fallait, partout et toujours, était la mise en place de coopération sur le mode « gagnant-gagnant », dans la prise en compte des environnements écologiques, culturels, sociétaux.

Il fallait qu'à la nécessaire protection des libertés fondamentales, si difficile à obtenir, résultante d'un équilibre si ténu, s'associent non seulement les États, dans leur cadre d'intervention, les grands accords internationaux, tel le GATT[87], les zones de libre-

87 – Général Agreement on Tariffs and Trade, ou Accord Général sur les Tarifs douaniers et le commerce. Cet accord fut conclu en octobre 1947, et ratifié par 23 pays dont le nombre augmenta par la suite. Il s'agissait d'un accord de libre-échange, visant à rationaliser les politiques douanières, les facteurs de production, et obtenir une

échange, mais encore les citoyens rassemblés en syndicats et associations. Et il fallait qu'entre eux, un dialogue s'instaure, intelligent, soucieux du bien commun, soucieux de l'intérêt général, dégagé des rapports de force, uniquement axé sur cette question : « Comment préserver la liberté, et donc l'accès de tous à la santé, à l'éducation, aux capitaux ? » Et il fallait qu'au rapport de force fondé sur l'asymétrie des moyens et des connaissances, succèdent la collaboration et la transparence…

Ce monde nouveau, ce monde d'échanges et de concertations, encore dans ses langes et à peine conscient de ses principes fondateurs, serait à édifier terriblement exigeant, et probablement terriblement lent, car il nécessitait la maturité des États, des institutions, des citoyens.

Mais il en valait la peine…

Car il serait meilleur que tous ceux qui l'avaient précédé, et porterait enfin la vie humaine à son plus haut point de valeur.

N'était-ce pas à cela que convoquait l'Épopée du monde ? À cette maturité de l'intelligence, à cette conscience, aiguë, de l'intérêt général ?

C'était ainsi que le monde réellement libre, au sens libéral du terme, supposait la paix, la fraternité, et l'intelligence partagée.

Cette notion, d'intelligence partagée, était d'autant plus cruciale, que la vraie richesse à venir, celle qui croissait et galopait chaque jour un peu plus, n'était plus même dans l'industrialisation telle que l'avait connue le vingtième siècle jusqu'à tout récemment. Elle reposait désormais sur le développement de technologies nouvelles.

L'avenir, désormais, résidait dans le potentiel intellectuel du monde…

---

baisse de prix favorable aux consommateurs. Il connut de nombreuses évolutions, et disparut en 1994, au profit de l'Organisation Mondiale du Commerce.

Tous les pays développés fondaient leurs espérances sur l'éducation, et l'accès à l'enseignement supérieur. Tous les pays qui voulaient hausser leur niveau de vie devaient agir de même… Il n'y avait aucune énergie, aucune intelligence, aucun talent qui fût de trop…

Annie se leva, pour aller chercher un chandail. Malgré un beau et lumineux soleil, le fond de l'air était vif et piquant. Elle ressentait également le besoin de secouer la tension, qu'avait nécessité sa réflexion. Elle revint bientôt sur la terrasse, mais ne reprit pas la même place.

Son esprit avait besoin de s'évader, et de revenir un sujet plus léger… Il lui vint en tête que, ces dernières semaines, elle faisait chaque nuit le même rêve.

Elle rêvait que sa taille, qui toute sa vie avait été pour elle une source de tourments, s'élevait encore davantage, au point de lui faire approcher la cime de certains arbres ; ses bras, eux aussi, s'allongeaient, s'allongeaient, s'allongeaient… de façon disproportionnée, totalement incongrue. Mais loin d'en souffrir, elle en était ravie, car ces nouvelles dimensions lui permettaient d'accueillir, et serrer contre elle, toutes sortes de gens, qui venaient à elle spontanément. Bien sûr, elle enlaçait les gens de sa famille, ce qui lui permettait de retrouver le visage de son frère, ceux de ses père et mère, disparus il y avait maintenant si longtemps… Mais pas seulement… Elle enlaçait aussi les nombreuses personnes qu'elle avait croisées durant le temps de son enfance, de sa scolarité, des enseignants et camarades, les voisins de la rue, de la maison ; les gens qu'elle avait connus durant la guerre, les enfants juifs aux visages de vieillards, les adultes au courage fou, dans ce temps de la peur, de la démence de la peur, du courage transcendé, sublimé… Elle retrouvait ensuite les gens qui avaient traversé sa vie américaine, quelques amants, quelques amis, l'armée, innombrable et mouvante, des fonctionnaires de l'ONU, diplomates, secrétaires, administratifs de tous poils, chargés de mission, traducteurs en essaim… Elle avait très bien connu certains, et d'autres, très peu, certains étaient vivants, d'autres défunts depuis des lustres, de la plupart elle ignorait le destin…

Mais ce n'était pas encore tout… Elle redécouvrait également les visages des réfugiés, de toutes les races et de tant de nations, qu'elle avait vus en face, visages suppliciés de fatigue, harassés de souffrance, qui demandaient asile, un endroit pour dormir, quelque chose à manger, et surtout, surtout, des nouvelles des proches ! Oh ! Les nouvelles des proches… Le fil conducteur, le fil de la vie même, pour tous ceux que l'on déracine, tous ceux que l'on arrache à leur terre natale, et aux vies qui les entourent !

Et voici que tous étaient présents, avec autant d'intensité, de force, que s'ils n'avaient jamais quitté sa vie… Et elle s'étonnait de tous ces souvenirs, de ces sourires dont elle distinguait les inflexions, de ces timbres de voix qu'elle entendait, dont elle percevait les nuances, des petites manies des uns et des autres qu'elle croyait avoir oubliées depuis longtemps…

Elle sortait de ces rêves, harassée de bonheur, de lumière, de nostalgie, de chagrin… Ils se répétaient, nuit après nuit, apportaient de nouveaux visages, de nouvelles détresses, de nouveaux enthousiasmes… Et que donnait-elle, si ce n'est sa tendresse, ses bras longs et doux, qui disaient de ne pas avoir peur, et de se reposer, dans ses bras longs et doux… ? Elle n'avait que cela : sa tendresse, immense, sa tendresse sans cesse élargie, sa paix de vieille dame, qui étaient sa pauvreté, et sa richesse extrêmes…

Richard avait peint ce rêve : géante bleu-marine au visage sans trait, elle serrait contre elle une foule bleu-gris, la tête maternellement penchée vers cette foule, sur un fond bleu azur… Oui, oui… C'était bien cela : c'était une maternité… Une maternité ! Elle, qui n'avait jamais enfanté, serrait, aimait sur sa poitrine une foule en demande… Et découvrant le dessin de Richard, elle avait été comme suffoquée… Richard la comprenait parfois mieux qu'elle ne se comprenait elle-même !

Annie était à ce point plongée dans ses pensées, qu'elle n'entendit pas le retour de son vieux compagnon.

Il posa une pile de journaux devant elle, et s'assit, comme triomphant :

« Ma chère, c'est le grand jour ! Nous allons assister, cet après-midi même, à la signature des accords d'Oslo ! »

C'était une fausse annonce. La télévision, la radio et les journaux ne parlaient que de cela, depuis plusieurs jours déjà…

« Certes, ce sera la grand-messe… ! » dit-elle d'une voix plate.

« Comment ? Tu ne te réjouis pas davantage ? N'est-ce pas l'accord dont tout le monde rêve depuis des décennies, entre Israël et la Palestine ? ! »

« Sans doute… »

« Sans doute ? Tu n'es pas plus enthousiaste que cela… ? »

« De tout cœur, j'espère que ces accords aboutiront à une paix réelle… Mais je suis dubitative ! »

« Pourquoi ? »

« L'OLP d'Arafat reconnaît le droit à Israël d'exister, et en sécurité dans ses frontières… C'est parfait. Mais lesdites frontières ne sont mêmes pas définies… Une paille ! Isaac Rabin et son gouvernement ont donné leur accord pour la mise en place d'une Autorité palestinienne, à Gaza et en Cisjordanie, dans le cadre de futures élections… Là encore, cela est fort bien… À condition que lesdites élections soient véritablement démocratiques… À condition aussi que les capacités juridiques de cette Autorité, et que les transferts de compétences qui lui seront accordés, soient clairement définis, ce qui n'est pas absolument pas le cas… Quant à la question du statut de Jérusalem, celle des réfugiés palestiniens, celle des colonies israéliennes, elles sont purement et simplement laissées à plus tard… Autant dire que ces accords ne résolvent rien, et sont des bombes à retardement… Je me demande même si la seule personne à être véritablement bénéficiaire de tout cela n'est pas Bill Clinton, qui apparaît comme le grand sauveur… »

« Reconnais tout de même que des gens qui ne se parlaient plus, ont résolu de le faire et de résoudre ensemble les problèmes qui se posent… »

« Je le reconnais amplement… Mais le Hamas prend à Gaza une ampleur considérable, et c'est bien à lui qu'il revient d'avoir déclenché la première Intifada… Or, le Hamas continue de considérer que son objectif est l'éradication pure et simple d'Israël… Ne crois pas que ses partisans vont du jour au lendemain devenir de gentils négociateurs… »

« Ne penses-tu pas qu'enfin, les gens de bonne volonté auront le dernier mot ? »

« Je le voudrais tant, Richard, je le voudrais tant… »

« Il ne faut pas sous-estimer l'impact psychologique de l'événement… Partout en Israël, et dans les territoires occupés, les gens dansent et chantent… Ils veulent y croire… »

Ils savourèrent un croissant.

« Il n'y a pas que les réactions du Hamas qui m'effraient… Le mouvement de Goush Emounim, en Israël, prône une politique d'implantations de colonies dans les territoires, qui n'a rien pour favoriser la paix… » dit-elle.

« C'est un mouvement complètement minoritaire… »

« Oui, mais qui ne fait que croître en influence, et dont les fondamentaux sont uniquement religieux… Et je crois surtout que la paix ne peut venir que des laïcs… Les religieux, dont la grande ambition est d'établir le royaume de Dieu sur terre, quel que soit leur bord, sont inaptes à la négociation… »

Elle réfléchit encore.

« La réaction des pays arabes ne me plaît pas du tout. Officiellement, ils soutiennent le processus de paix, mais en sous-main, continuent de financer le Hamas ! »

« L'attitude n'est pas nouvelle… »

« En effet ! Le monde arabe dit souhaiter un État palestinien… Mais en 1948, lors de la guerre d'Indépendance, la Jordanie ne voulait rien d'autre qu'offrir la Cisjordanie à la dynastie hachémite ; le président syrien Choukri Al'Kouatli rêvait d'une grande Syrie, tandis que l'Égypte lorgnait sur Gaza. Aucune de ces nations n'est intervenue dans le but de fonder un État palestinien, mais au contraire dans le but de dépecer la Palestine pour se l'approprier ! Et toutes se proclament aujourd'hui les meilleurs soutiens des Palestiniens… ! Ils ne manquent pas de toupet ! »

Elle ajouta :

« Durant la guerre des six jours, en 67, Israël a conquis le Golan, la bande de Gaza, la Cisjordanie et Jérusalem-est, dans le but très précis de négocier des traités de paix avec la Syrie, l'Égypte et la Jordanie, en échange de ces territoires… Qu'a-telle obtenu en retour ? Les 'trois non' des signataires du sommet de Khartoum : la Syrie, l'Égypte, la Jordanie, mais aussi le Soudan, le Liban, l'Irak et le Koweït se sont engagés à ne *jamais* reconnaître Israël, à ne *jamais* négocier avec elle, et surtout à ne *jamais* signer de traité de paix avec l'État hébreu… Comment s'étonner, ensuite, qu'Israël n'ait *jamais* voulu, non plus, rendre les territoires occupés ? »

« Je sais, Annie, je sais… Mais l'Égypte a fini par faire la paix, malgré tout cela, après la guerre de Kippour… »

« On reproche sans cesse aux Israéliens de maltraiter les Palestiniens… Mais la Jordanie a massacré dix-mille d'entre eux en septembre 1971[88] ; la Syrie d'Afez El' Assad a massacré dix-mille Frères Musulmans, en 1982 à Hama, au seul motif qu'ils contestaient le parti Baas… Et cela fait longtemps que personne n'en parle plus… exactement comme s'il s'agissait d'innocentes bagatelles… ! Israël a-t-elle jamais pratiqué de telles orgies ? Tu as entendu hier, comme moi, de nombreux journalistes reprocher à Israël de n'avoir pas protégé les camps de Sabra et Chatila[89]…

---

88 – Voir la note 54

89 – En juin 1982, l'armée israélienne, en réponse à des bombardements palestiniens venus du Liban sur le nord d'Israël, pénétra au Liban, et assiégea Beyrouth, où résidait alors l'OLP. En août, le tout nouveau président libanais Bachir Gemayel,

Mais ces camps étaient gérés par l'OLP, dont la charte mentionnait ni plus ni moins que l'éradication pure et simple d'Israël ! On demande toujours à Israël d'en faire beaucoup plus qu'on en demande aux autres nations… ! »

« Annie, je comprends ce que tu veux dire, mais ce sont finalement des femmes et des enfants, en grande partie, qui ont été massacrés… »

« Il n'y a pas que cela… Le monde entier se dit choqué que l'État d'Israël se revendique comme juif. Mais l'Iran, l'Arabie Saoudite, le Pakistan, la Mauritanie, bien d'autres nations encore, se revendiquent comme des républiques, ou des royautés islamiques, sans que personne ne crie au loup… Est-il si choquant de définir l'État hébreu comme ayant pour vocation prioritaire d'accueillir les Juifs du monde entier, lorsqu'ils sont en danger ? Plus le temps passe, plus je suis certaine de ceci : l'antisionisme a pris le relais de l'antisémitisme d'antan… L'ONU ne m'a véritablement fait douter d'elle-même, que lorsqu'en 1975, sous la pression de l'OLP, elle a assimilé le sionisme à une forme de racisme et de discrimination ! Et dire qu'il aura fallu attendre 1991 pour que soit révoquée cette pure et simple insanité… ! »

« Certes, Annie, certes… Mais il existe aujourd'hui un espoir de paix, et il ne faut pas le détruire par un pessimisme exagéré et le ressassement du passé récent ! Ce sont de telles attitudes, qui ruinent les espoirs du monde, et son envie d'aller de l'avant… »

Elle but son café à long trait, et se tut un long moment avant de reprendre.

« Tu as raison… Je souhaite qu'il y ait un jour deux États, vivant fraternellement et côte à côte, dans toutes les vicissitudes de l'Histoire… Pardonne-moi de ratiociner ! »

---

favorable à la paix avec Israël, fut assassiné par des Palestiniens. En septembre, ses principaux soutiens, les phalangistes chrétiens, réagirent en massacrant deux camps de réfugiés palestiniens, les camps de Sabra et Chatila, sans que Tsahal, qui était alors force d'occupation, n'intervienne pour protéger ces populations.

Elle beurra une tartine, et ajouta :

« Tu te souviens de ce petit restaurant où nous avions déjeuné à Tel-Aviv ? »

« Nous avons mangé dans beaucoup de petits restaurants, à Tel-Aviv… »

« Celui-ci était inoubliable. Ses murs étaient entièrement recouverts de photographies, qui montraient des Juifs, des Arabes israéliens mais aussi des Palestiniens travaillant côte à côte, ou priant côte à côte, ou assistant ensemble à des spectacles, ou s'entraidant d'une manière ou d'une autre… C'était tellement beau, tellement extraordinaire ! Un jour, ces photos qui avaient été mises là parce qu'elles soulignaient des faits exceptionnels, représenteront le quotidien, la vie banale de ce pays… Mais vivrons-nous assez longtemps pour assister à ce miracle ? »

10
11 JANVIER 2015

Dans la capitale, les rues étaient noires de monde. La foule avançait sur les places, dans les rues, grandes et petites, autour des monuments et sur les quais. Il était impossible d'avancer ni de reculer. Chacun était porté par les cohortes qui le précédaient, et celles qui le suivaient.

Il y avait là des jeunes et des vieux, des hommes, des femmes et des enfants, des familles entières, des intellectuels et des ouvriers, des étudiants, des salariés et des fonctionnaires de toutes les conditions, des chômeurs et des retraités, des anonymes et des célébrités, journalistes, philosophes, scientifiques, artistes, sportifs de haut niveau.

Mais surtout, il y avait là des gens de toutes les couleurs, de toutes les origines, de toutes des confessions, de toutes les opinions. On eût dit des myriades, qui sans cesse grossissaient, sans relâche essaimaient.

Cette foule n'était pas que populaire. Il y avait des partis politiques et leurs représentants, de la droite à l'extrême gauche ; des syndicalistes ouvriers, et d'autres, patronaux ; des dignitaires religieux, chrétiens, musulmans et juifs, pourvus de leurs signes distinctifs ; des francs-maçons, des scouts, d'innombrables représentants d'associations, dont les buts allaient de la promotion de la femme ou de la laïcité, à celle du « bien-manger » ou de la pétanque. Et tous portaient fièrement leurs bannières, leurs drapeaux, les banderoles soigneusement préparées et maintenant exhibées en signe de solidarité.

Il y avait des députés, nantis de mandats nationaux ou européens, mais aussi quantité d'élus locaux, munis de leur écharpe de représentants de la République.

La société civile entière était là réunie.

Cette foule était celle de Paris, mais aussi de Bordeaux, de Toulouse, de Marseille, de Nantes, de Lille et d'autres grandes villes. Elle était aussi celle de toutes petites villes de province, qui rarement se déplaçaient.

Elle s'espérait universelle, car des cohortes de diplomates et de ministres étrangers, des maires de grandes villes, étaient arrivés des quatre coins du monde, ainsi que de nombreux représentants des grandes organisations internationales : l'Union Européenne au premier chef, mais aussi l'OTAN et l'ONU, la Ligue Arabe et l'Organisation Internationale de la Francophonie figuraient en bonne place.

Et surtout, il y avait même un défilé, spécifique et symbolique, composé de chefs d'État ; on y vit entre autres, au premier rang de la photo qui fit le tour du monde, la reine de Jordanie, le premier ministre israélien, le président malien, la chancelière allemande, le président de l'Union Européenne, le président de l'Autorité palestinienne, le premier ministre anglais, celui du Danemark et celui de la Croatie, réunis autour du président français. Et derrière eux se tenaient plus de quarante chefs d'État, qui avaient fait le déplacement…

Et tous étaient venus pour clamer leur rejet du terrorisme, leur soutien à la France dans l'épreuve qu'elle traversait ; certains mêmes aux valeurs qu'elle portait… Cette notion des valeurs n'était pas si commune : La Jordanie, la Turquie, la Russie ne considéraient pas la liberté de la presse comme tout à fait fondamentale, et emprisonnaient régulièrement des journalistes... L'Égypte, elle aussi représentée, venait de faire assassiner mille quatre cents partisans de l'ex-président Morsi ; quant à l'Arabie Saoudite, elle pratiquait l'emprisonnement des opposants politiques et les peines corporelles, sans parler de la peine capitale.

Mais enfin ! Cette foule géante était la réponse populaire, mais aussi politique, aux attentats islamistes qui avaient ensanglanté la semaine.

Le jeudi 7, le journal Charlie Hebdo avait été attaqué, par des djihadistes se revendiquant d'Al-Qaïda[90]. Huit membres de la rédaction avaient été assassinés, mais aussi un invité de celle-ci, un ouvrier de maintenance, et deux policiers.

Le 8, une policière municipale de Montrouge avait froidement été assassinée, à son tour, dans la rue, par un complice des attaquants de la veille.

Le 9, une épicerie cascher de la porte de Vincennes avait elle aussi été attaquée, au nom, cette fois-ci, du grand rival d'Al-Qaïda, l'État Islamiste[91], Daech. Quatre personnes avaient été tuées, durant une prise d'otages qui avait duré des heures, et nécessité l'intervention du GIGN.

Il s'agissait, pour les terroristes, d'affirmer leur haine d'une certaine presse, osant diffuser des caricatures du prophète Mahomet, leur haine de l'État français, leur haine des Juifs.

90 – Al Qaïda fut fondée en 1987, par le cheik Oussama Ben Ladden. Il s'agit d'un mouvement d'inspiration salafiste djihadiste, dont les bases idéologiques sont apparues durant l'invasion soviétique en Afghanistan. Ce mouvement considère l'Occident comme irréductiblement hostile au monde musulman.

91 – L'origine de Daech remonte à 2006, lorsque le conseil consultatif d'Al-Qaïda en Irak déclara que le véritable Etat irakien était Al-Qaïda en Irak, sous le nom d'Etat Islamique d'Irak. En 2012, cet Etat s'étendit vers la Syrie, et fonda en 2013 l'Etat Islamique en Irak et au Levant. Le 29 juin 2014, l'EIIL proclamait le rétablissement d'un califat, et calife Abou Bakr al Baghdadi.

La foule, elle, clamait pacifiquement son attachement à la liberté de la presse, aux valeurs de la république, à son rejet du racisme et de l'antisémitisme.

Elle était joyeuse, car elle était unie. On vit de nombreuses scènes de fraternisation : entre policiers et manifestants, entre membres de confessions religieuses, qui d'ordinaire s'ignoraient, entre gens qui ne se connaissaient pas, mais désiraient communier dans un même esprit.

Cette foule était tantôt silencieuse, comme recueillie, en souvenir des victimes qui étaient tombées, et qu'on ne reverrait plus ; et tantôt, chantait la Marseillaise, ou répétait en cadence les grands slogans du jour : « Nous sommes tous Charlie » « Nous sommes tous Juifs », ou encore « Nous sommes tous policiers ».

De temps à autre aussi, elle se figeait, et des milliers de bras se tendaient vers le ciel, en tenant un stylo. C'était sa façon d'exprimer que pour elle, la liberté d'expression était inaliénable et sacrée ; et qu'elle se tenait en réponse à la barbarie des crimes commis.

La charge émotionnelle était particulièrement dense, car chacun pensait vivre un moment de l'Histoire, unique et jamais vu ; et chacun était heureux de se trouver relié aux autres, dans une incontestable communion.

Il était quatre heures de l'après-midi. Le temps était froid, ensoleillé, lumineux.

Justine Morin, elle aussi, défilait, aux côtés de son fils Damien, et de la plus jeune fille de celui-ci, Caroline, âgée de treize printemps. Elle défilait comme tous les autres, répétait les slogans et les chants que scandait la foule, et brandissait, elle aussi, son stylo.

Mais elle n'était pas à l'unisson. Depuis bien des années, le mois de janvier était pour elle de sinistre mémoire, et particulièrement éprouvant à traverser.

En 1992, Clémence, sa mère, était décédée des suites d'une pneumonie. De façon surprenante, Bastian, son père, s'était rapidement lancé dans des recherches, pour savoir enfin où était enterrée sa propre mère, dont il n'avait aucune nouvelle depuis sa tendre enfance. Il contacta de nombreuses mairies, et plusieurs associations de généalogie. Justine s'était interrogée : pourquoi entreprenait-il, maintenant, de telles recherches, alors que durant des décennies, il n'avait soufflé mot quant à sa mère ? Était-ce une façon, pour lui, de noyer son chagrin de jeune veuf ? Durant l'été 1995, il téléphona à Justine, et annonça, d'une voix exaltée et étrange, qu'elle ne lui connaissait pas, avoir enfin retrouvé le village où reposait sa mère... À plusieurs reprises, Justine lui demanda quel était ce village. Mais le vieil homme ne répondit pas. Ses propos semblaient confus, il paraissait ne rien entendre, ne rien saisir des propos de Justine. De façon alambiquée, il indiqua qu'il comptait sans tarder se rendre sur cette tombe, et qu'il voulait pour cela être seul. Justine, qui connaissait parfaitement la douloureuse enfance de son père, devina aussitôt que ce pèlerinage ne serait pas sans conséquences : il aurait sur lui un impact aussi considérable qu'imprévisible. Alors en commission à Bruxelles, (elle avait été élue députée européenne, dès sa première participation aux élections, de 1979, puis de nombreuses fois réélue) elle supplia son père de l'attendre, pour qu'elle l'accompagnât. Il répondit sèchement qu'il était un grand garçon (effectivement, il était octogénaire), et n'avait nul besoin d'être chaperonné.

Il partit donc... et s'abstint de revenir. Durant plusieurs jours, Justine l'appela au téléphone, sans qu'il répondît. Damien fut envoyé en éclaireur chez lui... mais trouva le logement vide. Justine comprit dès lors pourquoi son père avait attendu tout ce temps pour rechercher sa mère : il savait que cela le bouleverserait à un tel point, qu'il avait voulu éviter à Clémence de partager ce drame personnel.

Au bout d'une semaine, Bastian appela, et annonça, d'une voix gaillarde et fière, qu'il avait « repris la route ». Justine comprit aussitôt ce qu'il entendait par là, et lui rappela qu'il n'avait plus vingt ans, pour supporter l'errance, et que cette fois-ci, aucun garde-chasse ne viendrait le prendre sur ses épaules. Elle l'invita, la voix tremblante, à venir s'installer chez elle. Devant son émotion, il finit par céder.

Le lendemain, il était chez elle, solide malgré son âge, et, selon toute apparence, nullement dément. Il avait cependant maigri, et portait des cheveux longs, ainsi qu'une barbe abondante, ce qui ne lui convenait guère. Il fut parfait de courtoisie, tant avec elle qu'avec Pierre, mais refusa toujours de parler de ses pérégrinations récentes, comme s'il y avait là un interdit, un tabou qu'il n'autorisait personne à franchir. Il discuta de choses et d'autres, mais on le sentait absent. Il ne s'intéressa ni aux uns, ni aux autres, contrairement à toutes ses habitudes et son tempérament ordinaire. Son séjour ne dura que trois jours. Au matin du quatrième, il partit, laissant un mot derrière lui : « Laissez le vieil homme que je suis terminer ses jours comme il l'entend : librement ! »

Il ne retourna nullement chez lui, et ne donna des nouvelles qu'au terme de deux semaines, qui, à Justine, parurent interminables. Il appela pour dire que tout allait bien, qu'il dormait dans les bois (c'était très rassurant…), dans des granges, parfois dans de petits hôtels, et qu'il était ainsi en paix. La famille se déchira. Il y eut ceux qui prêchèrent l'enfermement, au nom d'une démence sénile, et ceux qui supposèrent qu'il convenait de respecter le vieil homme dans ses volontés… Vincent, en particulier, se révéla particulièrement virulent sur le sujet, et sortit littéralement de ses gonds : il était pour lui impensable que l'on cherchât à entraver la liberté de mouvements de son grand-père, fût-elle utilisée de manière déraisonnable.

Ces disputes, par ailleurs, étaient remarquablement vaines… Personne ne savait où se trouvait le vieil homme.

Durant quelques mois, Bastian appela de temps à autre. Il effectuait d'incessants déplacements en train, de sorte qu'il ne demeurait jamais nulle part. Il était difficile de saisir la logique de ses pérégrinations… Mais il était certain qu'il y en avait une. Et il était seul à en détenir la clef.

En janvier 1996, une commune du Lot appela, pour dire que son cadavre avait été découvert… non loin de la tombe maternelle.

Justine fut comme foudroyée. Ce n'était pas tant le décès de ce père, qui la choquait au plus haut point, que les circonstances de celui-ci. Tout s'était passé, comme si, après avoir réussi à mener une vie normale, et même fort honorable, une vie de travailleur et de père de famille, cet homme, alors âgé, avait été finalement repris par le trémail de son enfance cruelle, émaillée d'abandons successifs… et avait choisi de s'y laisser mourir. Il avait, dans la grande vieillesse, été comme rattrapé par son enfance… à laquelle il n'avait pu résister

Ce fut le premier malheur familial, auquel Justine dut faire face.

Il ne fut malheureusement pas le seul.

En 2003, un cancer du sein lui fut diagnostiqué, et elle dut, pour se soigner, abandonner le mandat européen qu'elle avait assumé durant un quart de siècle. À la maison, le téléphone sonnait sans cesse. Famille et amis se succédaient pour demander des nouvelles, et la soutenir dans l'angoissante épreuve qu'elle traversait. Ces marques d'affection la touchaient, mais répéter en litanie les méandres des traitements proposés lui était parfaitement odieux. Ses fils eux-mêmes l'insupportaient, elle avait le détestable sentiment qu'ils ne comprenaient rien à ce qu'elle endurait. Elle ne supportait que Pierre. Avec patience, il répondait au téléphone à sa place. Avec dévouement, il l'accompagnait à chacun de ses rendez-vous médicaux. Il était avec elle quand elle partit se faire opérer, il était avec elle quand elle se réveilla. Lorsqu'elle connut les joies des séances de chimiothérapie et vomit durant des soirées entières, il était là pour lui tenir la tête et l'aider à se relever. Elle ne pouvait, alors, pratiquement rien manger, mais il s'ingénia à trouver et préparer des petits plats qu'elle pouvait supporter. Encore et toujours, il était là quand elle affronta les séances de radiothérapie qui lui brûlaient la peau. Elle ne pouvait exprimer le moindre souhait, que déjà il se précipitait pour l'accomplir – tout en poursuivant son travail de journaliste.

Elle avait peur de mourir, et partageait généreusement cette angoisse avec Pierre, devant qui elle était désormais sans retenue aucune. Justine Morin, la députée qui ne craignait pas le débat public, pas plus que les luttes politiques et les âpres rudesses qu'elles réservent, qui était accoutumée aux journées de travail interminables et à un emploi du temps surchargé sept jours sur sept, se trouvait, devant la maladie, parfaitement démunie. Elle se débattait dans son mal, comme une enfant qui a peur. Pierre lui redonnait confiance, jour après jour, heure après heure. Il était son chevalier servant, son roc et sa solidité. Du moins le voyait-elle ainsi : infatigable, inusable.

Et le 11 janvier 2004 au soir, il y avait onze ans exactement, il s'était effondré dans la rue, alors qu'il était seul. Les secours, appelés par un passant, avaient échoué à le ranimer.

Et voilà. Tout le monde s'inquiétait pour elle, et c'était lui que la mort avait fauché…

Elle avait appelé ses fils, un à un, pour leur dire que leur père n'était plus. Elle avait contacté, un à un, tous ceux qui prenaient régulièrement de ses nouvelles, *à elle*, pour les informer du tragique événement : *il* avait disparu, quitté la scène, quitté la souffrance de ce monde… Sa belle intelligence, sa mémoire infaillible, sa fine compréhension de la vie économique et politique moderne, son étonnante capacité de dévouement et d'énergie, sa ténacité, son courage devant toute chose, tout cela avait disparu avec lui…

L'amour, le grand amour de Justine, le bien-aimé dont elle avait partagé l'existence quarante-deux années durant, n'était plus. Personne ne s'était inquiété de savoir comment il supportait les événements de sa vie domestique. Et il s'était, secrètement, silencieusement, miné, épuisé, jusqu'à en mourir.

Et qu'avait-il pensé, à l'instant même où il s'était senti partir ? Avait-il, sur sa vie, jeté un ultime regard ? Quel était ce regard ?

Elle mourait à son tour, de honte, de remords, et de chagrin, chaque fois qu'elle y pensait, c'est-à-dire tous les jours. La honte et le remord, ne lui servaient à rien. Pour affronter la maladie, elle avait fait ce qu'elle avait pu. Tant elle était centrée sur elle, elle n'avait pas pris garde aux cernes, sous les yeux de son époux ; pas plus qu'elle ne s'était inquiétée de sa perte de poids. Elle n'avait pas pris conscience que ses cheveux blanchissaient, qu'ils se raréfiaient. Il l'accompagnait partout dans les hôpitaux, mais s'était lui-même gravement négligé. Et *elle* l'avait négligé.

Ce fut le second grand malheur, celui qui la poignarda d'une douleur infinie et bouleversa sa vie, sans retour possible.

Mais un autre, un troisième, sournois et insaisissable depuis des années, ne cessait de croître et de se fortifier.

Durant longtemps, Vincent, le second de ses fils, avait été un enfant enjoué et taquin, qui semblait ravi de tout ce qu'il découvrait. Il était avide de tout, et manifestait une curiosité insatiable. Généralement calme et agréable à vivre, il connaissait pourtant, de temps à autre, des crises de rage durant lesquelles il devenait méconnaissable. Comme elles étaient rares, et de courte durée, ses parents n'y accordèrent pas d'importance excessive : elles ne caractérisaient pas son tempérament. Ce qui le distinguait de ses frères, en revanche, était la sorte de distance qu'il mettait entre ses parents et lui : il aimait discuter avec eux, et passer du temps en leur présence, mais ne supportait absolument pas qu'on le touchât. Il était impossible de l'embrasser, plus encore de le câliner. Justine en souffrait ; mais se disait qu'elle devait respecter la volonté de son enfant.

À l'adolescence, tout changea. Vincent devint taciturne, paresseux, atone. Sa joie de vivre disparut en quelques mois à peine, sans que l'on comprît pourquoi, et sans qu'il s'exprimât sur le sujet. Rien ne semblait plus l'intéresser. Intelligent, il continua cependant à obtenir de bons résultats scolaires, et même un baccalauréat scientifique, assortie d'une mention très bien. Sans conviction aucune, à la surprise générale car il n'avait jamais évoqué ce projet, il engagea des études de médecine. Fort bien… Mais il ne pratiquait aucun sport, ne sortait avec aucun camarade, ne s'intéressait à aucune fille, et ne parlait jamais de lui. En cours d'année, il déclara que les études qu'il commençait étaient trop éprouvantes pour lui, et qu'il y renonçait. Ses parents, loin de l'accabler, le poussèrent cependant à se trouver une orientation qu'il lui convînt. Il apparut vite que c'était pour lui mission impossible.

Il ne reprit jamais ses études, mais trouvait régulièrement, du moins lorsqu'il était tout jeune, des missions intérimaires de courte durée, généralement dans le bâtiment ou le nettoyage industriel. Lorsqu'on lui demandait s'il n'avait pas de plus hautes ambitions, il répondait de façon lapidaire qu'il n'était point de sot métier, et qu'il trouvait du travail dans les secteurs qui en proposaient. Au fil des années, les missions d'intérim s'espacèrent, au point de devenir l'exception dans un état de chômage constant.

Il louait, sans se plaindre le moins du monde, un tout petit et misérable studio, dans lequel il mourait de chaleur en été, et de froid en hiver. Sa vie sociale, tout comme sa vie professionnelle, allait s'amenuisant. Ses frères, conscients de sa difficulté, le sollicitaient et l'invitaient souvent. La plupart du temps, il déclinait toute proposition. Un jour, pourtant, il fit la connaissance d'une jeune fille, qu'il ne tarda pas à présenter à ses parents. Cette idylle dura quelques mois. Justine comprit bien vite que la jeune fille était beaucoup plus attachée à Vincent qu'il ne l'était à elle ; et cela l'étonna. Cette fille était belle, intelligente, agréable dans la vie quotidienne et toujours enjouée. Vincent semblait désirer quelque chose de plus… Mais quoi ? Il finit par se lasser tout à fait, et avoua à sa mère qu'il était incapable de tomber amoureux.

Depuis des années, l'inquiétude, de Justine et de Pierre, au sujet de leur fils, ne cessait de grandir. Vincent ne posait en réalité aucun problème à personne : il n'était jamais violent avec quiconque, mais au contraire manifestait une égalité d'humeur à toute épreuve. Mais ses deux parents, tout comme ses frères, se mirent à comprendre que l'on peut très bien ne pas poser de problème à autrui, et s'en poser d'énormes à soi-même. Ils réalisèrent de même que les crises de rage de son enfance, que tout le monde avait prises pour le reflet d'un excès d'énergie, n'étaient autre que le signe d'une angoisse profonde. Et d'où venait celle-ci ? Personne ne le comprenait. Un nombre incalculable de fois, sa mère le supplia de consulter un spécialiste. Il finit par accepter, mais ne se révéla pas davantage adepte d'une quelconque thérapie, que du travail ou de la gent féminine. Un jour, il finit par confier à sa mère qu'il n'avait « pas de colonne vertébrale ». L'expression l'avait saisie, presque clouée d'effroi.

La dépression, elle le savait, appartenait à la longue cohorte des maladies du siècle. Mais ce constat n'offrait nulle consolation… Elle ne cessait de réfléchir à ce qui avait pu mener son fils à cet état. Un jour, elle supposa : n'était-il pas l'héritier de la souffrance de son grand-père maternel ? L'héritier, aussi, de la souffrance de son père, que la guerre avait privé du sien ? Était-il « l'enfant symptôme », celui qui absorbe et garde pour lui seul les déséquilibres, les silences, les tensions de toute une famille ? C'était probable… Mais que pouvait-on faire, désormais, qui l'aidât ? Jadis, elle en discutait souvent avec Pierre ; mais c'étaient là des délibérations qui tournaient en rond… sans le moindre résultat.

Vincent avait désormais cinquante et un ans. C'était un adulte vieillissant, toujours vêtu de vêtements d'occasion, sans la moindre recherche d'esthétisme, et vivant d'aides sociales. Il lisait beaucoup, et de fait, était cultivé. Il pouvait, à l'occasion, se montrer amusant, mais qui savait lire son regard y décelait un chagrin sans fond. Il semblait que le maître mot de son existence fût la solitude, et qu'il était incapable de lui échapper. Qu'allait-il devenir ? Parfois, Justine en venait à le haïr… Pourquoi ne se prenait-il pas en main ? Pourquoi, comme tout un chacun, ne parvenait-il pas à formuler un projet et à s'y tenir ? Mais elle se ressaisissait vite… Quelque chose, d'insidieux et dévastateur, avait fait chuter Vincent dans les oubliettes de son propre destin, et lui avait brisé les reins… Il était odieux, et parfaitement stérile, de lui en vouloir…

Et elle était là, dans la foule dense et compacte, portant en elle le poids de son père, mort en errance, de son mari, trop tôt disparu, et de son fils, qui ne parvenait pas à vivre. Il lui sembla que le sol, sous elle, s'effondrait. Elle souhaita sortir de cette marée humaine, mais comprit que c'était là mission parfaitement impossible. Elle ne pouvait que suivre le flux, qui était irrésistible.

Damien se pencha vers elle, et lui dit à voix basse :

« Ce slogan, *Je suis Charlie*, me met mal à l'aise… Je suis bien d'accord qu'aucun des journalistes de Charlie Hebdo ne méritait de mourir, mais leur insolence, à l'égard de tout et de tout le monde, ne pouvait qu'insulter les gens… Au fond, si les djihadistes, au lieu de commettre ces meurtres ignobles en réponse aux caricatures de Mahomet, avaient tout simplement attaqué le journal en justice, je les aurais pleinement compris… »

« … Auquel cas, ils n'auraient pas été des djihadistes, mais de paisibles citoyens… ! » dit-elle avec lassitude.

Au fond, pourquoi se plaignait-elle ? Elle avait vécu avec un homme qu'elle aimait et admirait, occupé les fonctions qu'elle avait choisi d'occuper… Damien était technicien dans une usine de traitement des eaux, ainsi qu'un passionné d'écologie. Il tyrannisait gentiment toute sa famille, au sujet du tri des déchets et des économies d'énergie, au point que tout le monde en riait ; mais il était incollable sur les énergies vertes. Georges, journaliste, comme son père, adorait randonner. Il partait régulièrement en montagne, à la conquête de tel ou tel sommet. Chacun d'eux avait fondé une famille, vivait heureux en ménage, et Justine était désormais grand-mère de cinq petits-enfants, tous radieux et débordants d'énergie... Elle adorait ses belles-filles, qui le lui rendaient bien. Très souvent, elles se rencontraient ensemble, toutes les trois, et discutaient à bâtons rompus, entre femmes qui se confient tout, ou presque... Pourquoi ne se contentait-elle pas de ce bonheur-là ?

Mais non... C'était impossible ! Pour Bastian et Pierre, elle ne pouvait plus rien... Mais il fallait absolument qu'elle continuât d'être aux côtés de son fils souffrant ! Il fallait persister à lui porter de l'estime, de la considération, de l'affection, même si cela était lourd, parce que lui-même était pesant... Il en ferait ce qu'il voudrait, ou ce qu'il pourrait, mais c'était totalement indispensable... !

Damien la regarda tout à coup d'un air inquiet.

« Tu es toute pâle... Tu te sens mal ? »

« J'ai connu de meilleurs moments... »

« Regarde... Il y a un café qui est resté ouvert... Nous allons nous y asseoir... »

Profitant de sa haute taille et de ses larges épaules, il joua des coudes et se fraya un passage, entraînant avec lui sa mère et sa fille.

Le café, lui aussi, était noir de monde... Mais opportunément, ils purent s'installer, à l'intérieur, à une table qui venait tout juste d'être libérée.

« Papa, c'est effrayant... Pourquoi les musulmans nous détestent-ils à ce point ? » demanda Caroline à son père.

C'était une enfant aux traits paisibles et agréables, qu'il était toujours réjouissant de regarder, et écouter, car elle aimait réfléchir et apprendre. Mais elle avait été secouée par les événements de la semaine.

« Les musulmans ne nous détestent pas, seule une toute petite partie d'entre eux le fait, au point de vouloir nous tuer... L'immense majorité d'entre eux vit pacifiquement à nos côtés... » répondit Damien.

« Mais pourquoi cette petite partie d'entre eux en vient-elle à commettre des attentats ? Je ne comprends pas que l'on puisse en arriver là… »

« C'est difficile à expliquer, reprit Damien, et quoi qu'il en soit, c'est injustifiable… Je pense qu'il y a en vérité plusieurs raisons, qui peuvent expliquer ces gestes-là… Je crois que dans chaque religion, il existe deux dimensions. La première est une dimension de spiritualité, et d'élévation intellectuelle, c'est une dimension de prière, et compréhension des textes religieux : elle est la dimension sublime, qui ouvre aux autres, cultive la tolérance, l'amour d'autrui, et de Dieu bien sûr… La seconde est une dimension institutionnelle. Les institutions religieuses, comme toutes les institutions de ce bas-monde, souhaitent acquérir le plus de pouvoir qu'elles le peuvent sur leurs ouailles… Pour y parvenir, elles n'hésitent pas à se poser en détentrices de la vérité absolue et unique, ce qui veut dire que ceux qui n'adhèrent pas à la même religion, ou n'ont pas de religion, sont à leurs yeux dans l'erreur, et que tout est permis à leur égard, soit pour les ramener dans le droit chemin, soit pour les éliminer, s'ils ne coopèrent pas… Et il existe aujourd'hui une partie du monde musulman qui imagine détenir la vérité religieuse, et qui pratique le fanatisme au lieu de cultiver la tolérance et la paix… »

La fillette acquiesça, une lueur d'effroi dans le regard.

« Mais pourquoi les djihadistes s'en prendre-t-ils à nous, et maintenant ? »

Damien éclata de rire.

« Te connaissant, ma chérie, nous aurions dû mieux nous préparer à ta batterie de questions… Les raisons immédiates, les caricatures de Mahomet publiées par *Charlie Hebdo*, la haine des Juifs depuis la création d'Israël, la haine de l'État français, qui combat Daech au Mali depuis 2013, ainsi qu'en Syrie depuis 2014, tu en as entendu parler toute la semaine… Quant à la certitude de détenir une vérité religieuse qu'il convient d'imposer au monde, nous venons d'en discuter… Mais je crois qu'il existe une raison plus ancienne et profonde… Beaucoup de pays musulmans, qui ont été colonisés durant les siècles précédents, conservent un souvenir cuisant de cette époque, et ne l'ont pas vraiment digéré… Ils en veulent beaucoup à l'Occident pour cela… »

« En cours d'Histoire, le professeur nous as dit que nous avions colonisé des pays pour leur prendre les matières premières dont nous avions besoin… C'est immoral, non ? »

« Selon les critères moraux actuels, oui, c'est parfaitement immoral… Mais il y a deux ou trois siècles, tous les pays qui en avaient la capacité l'ont fait. Ils l'ont fait parce qu'ils ont saisi une opportunité économique qui s'ouvrait à eux, et aussi parce que, toujours à leur époque, on ne considérait pas que toutes les vies avaient la même valeur et la même importance… La valeur d'une vie dépendait de sa couleur, de sa religion, de sa nationalité… »

« Les États colonisateurs ont aussi agi ainsi, intervint Justine, parce le modèle politique qui se développait alors en Europe était celui des État-Nations, et que chaque État-Nation considérait que son devoir le plus absolu était de porter sa puissance à son plus haut niveau, sans restriction aucune, ou presque… La guerre était tenue pour légitime, si elle débouchait sur un accroissement de puissance… Peu importaient les conséquences que cela entraînait chez les autres nations… Tu vois, la morale n'était pas celle que nous connaissons aujourd'hui… Le rapport des nations entre elles était un constant rapport de forces… »

La petite réfléchissait.

« Moi, je comprends que les pays qui ont été colonisés nous en veuillent toujours… » dit gravement Caroline.

« Oui, il s'agit d'une période relativement récente de l'Histoire, répondit Damien, et ils ne peuvent pas l'avoir déjà oubliée… Mais ils devraient aussi se souvenir que la colonisation n'a pas fait que prendre… Dans beaucoup d'endroits, elle a apporté des écoles, des routes, des ponts, des dispensaires médicaux, des méthodes d'irrigation, ainsi que tout l'arsenal administratif permettant ces installations… Elle a constamment cherché à endiguer les luttes ethniques, qui sont en Afrique des fléaux constants. Par ailleurs, après avoir elle-même renoncé au commerce triangulaire, qui, oui, est une honte de notre Histoire, elle s'est attaquée au trafic d'êtres humains que l'Arabie, la Perse, l'Égypte, l'Empire ottoman ont pratiqué durant des siècles envers les populations noires du Soudan et du Mali, notamment, dans des conditions épouvantables, et en pratiquant la castration systématique des garçons[92]. Donc, oui, les colons ont pris des matières premières, et se sont imposés en maîtres, mais ils n'ont pas fait que cela… À titre d'exemple, la démographie algérienne n'a vraiment décollé qu'à partir de l'époque coloniale, ce qui veut tout simplement dire que la population était mieux soignée et mieux nourrie… »

« Mais tu dis que les colons se sont imposés en maîtres… C'est intolérable, non ? » s'exclama Caroline.

« Je te le répète, les époques passées ne sauraient être jugées à l'aune des valeurs actuelles… Le monde arabe, qui reproche à l'Occident ses conquêtes, devrait se remémorer que lui aussi a traversé des époques où il était en capacité d'envahir des nations, et où il ne s'en est pas privé. Dès le VIIe siècle, les descendants du prophète Mahomet ont conquis ce qui était alors la Syrie, la Mésopotamie, la Palestine et l'Égypte. La dynastie des Omeyyades s'est répandue tant vers l'Asie centrale que vers l'Occident, et cela jusqu'en Espagne, où les Maures sont restés jusqu'au quinzième siècle ! L'Empire ottoman, à son apogée en 1863, régnait sur une bonne partie de l'Afrique du nord, l'Asie continentale et la partie Est de l'Europe… Les Japonais ont colonisé Formose, la Corée et la Mandchourie, et un grand nombre d'îles du Pacifique… Les chinois, eux, se sont gentiment installés en Mongolie, au Tibet, au Turkestan oriental et dans une partie du pays Thaï… Tu vois,

92 – Voir *Le génocide voilé*, de Tidiane N'Diaye, éditions Gallimard.

l'Occident n'est pas seul à avoir colonisé des terres et des populations, loin s'en faut… »

L'enfant était si passionnée par la conversation, qu'elle en oubliait de manger son gâteau.

« Tu veux dire que, puisque les critères moraux évoluent, l'Histoire devrait être pardonnée, au fur et à mesure qu'elle se déroule ? » s'enquit-elle.

« Non, Caro, il ne s'agit pas de pardon. Ce que je veux dire, c'est que l'on doit comprendre l'Histoire dans ses évolutions profondes, dans son contexte… Si nous regardons l'Histoire des siècles passés avec nos valeurs actuelles, et non pas avec les valeurs des époques en question, nous commettons de graves erreurs de perspectives… Mais ce qui compte aujourd'hui, ce n'est pas ce que nous nous sommes faits les uns aux autres, à telle période, mais la façon dont nous voulons vivre ensemble, et l'avenir que nous préparons à nos descendants… »

L'enfant réfléchissait

« Tout à l'heure, tu as dit que les institutions religieuses se posent en détentrices de la vérité… Mais qu'est-ce que la vérité ? » demanda-t-elle, les yeux plissés.

Damien inspira profondément, réfléchit un moment avant de répondre.

« C'est une très grande question, que tu poses là, Caroline. Il n'y a pas une vérité, mais, il me semble, une multitude de vérités… Ce qui paraît bon et normal dans une culture, et qui paraît être une émanation de la vérité, ne l'est pas du tout dans une autre culture… Par exemple, selon la culture communiste, un bourgeois est un accapareur de richesses, qu'il convient d'empêcher de nuire… Telle est la vérité communiste ! Dans la culture des démocraties libérales, la vérité est qu'un bourgeois est capable de générer de la richesse, et il est donc bon de le laisser faire… Mais cela est sans doute bien compliqué pour toi… »

« Pas du tout ! s'écria l'enfant, piquée au vif. En fait, cela veut dire que la vérité *est un produit de la culture*… »

« Tu as tout compris, ma chérie ! » s'exclama Justine.

Cette conversation la rafraîchissait, elle était ravie de la vivacité de l'enfant. Il lui semblait ainsi revenir au monde des vivants…

« Donc, si la vérité dépend de la culture, cela veut dire que personne ne peut prétendre la posséder ? » demanda Caroline.

« Exactement ! dit Justine avec un large sourire. Mais peu de gens considèrent les choses ainsi. La plupart du temps, nous sommes bien persuadés que notre culture est supérieure à celle des autres… »

« C'est le cas des djihadistes qui ont tué des gens durant la semaine ? »

« Absolument ! » dit Damien.

La petite se tourna vers sa grand-mère. Subitement, elle se blottit contre elle, et l'enlaça tendrement, comme seuls les tout petits enfants savent le faire. La petite fille, en elle, cohabitait avec une jeune fille à l'intelligence mûre et aiguisée… Justine l'accueillit dans ses bras, caressa et embrassa longuement son visage.

« Grand-mère, penses-tu qu'il y aura encore d'autres attentats à l'avenir ? »

« Je crois malheureusement que oui, c'est même inéluctable, car les gens qui les commettent le font au nom de structures idéologiques et politiques totalement fanatisées, comme Al-Qaida, qui a juré de détruire l'Occident, ou Daech, pour qui seule compte l'installation d'un califat islamiste. Il y en a déjà eu beaucoup par le passé… Tu as bien sûr entendu parler des attentats du 11 septembre 2001, aux États-Unis… Ils ont été si importants, si extraordinaires par leur ampleur, qu'ils ont comme marqué le début d'une ère nouvelle, hélas très mauvaise… Ils ont engendré, dès la fin de l'année 2001, la guerre des Américains, et de toute une coalition de nations, contre les Talibans, en Afghanistan. Puis, en 2003, a débuté une autre guerre américaine, contre l'Irak… »

« Cette guerre n'avait rien de légitime, l'interrompit Damien. Les Américains ont prétendu détenir la preuve que l'Irak possédait des armes de destruction massive, alors que c'était faux... Ils ont déclenché cette guerre pour soutenir leur production d'armes, et avec des vues sur les ressources en pétrole de l'Irak, ce qui est impardonnable de leur part... Et ils ont entraîné dans ce pétrin plus de quarante nations, qui se sont engagées pour les soutenir, alors même que l'ONU a officiellement désapprouvé cet engagement militaire... Heureusement pour elle, la France ne s'est pas embourbée dans ce désastre... »

« Cette guerre, en Irak, poursuivit Justine, n'a eu pour résultat que de libérer la haine séculaire entre Chiites et Sunnites, et personne, aujourd'hui, ne sait mettre fin à ce conflit fondamental... Clairement, cette guerre a servi de matrice à Daech... Or, comment terminer un conflit contre le fanatisme ? Le fanatisme s'entretient de lui-même... et meurt de lui-même... Il y a eu d'autres attentats[93] depuis, et cela, aux quatre coins de la planète, y compris et surtout, même, au sein des pays musulmans, en Afghanistan, au Pakistan, en Égypte, au Yémen, en Libye, en Turquie et en Indonésie... Les musulmans fanatiques veulent terroriser les musulmans pacifiques et tolérants... »

Elle but son café.

« Comment le monde va-t-il venir à bout de tout cela, grand-mère ? »

« Ah ! Ma chérie... Toutes les époques de l'Histoire ont connu leurs fléaux et calamités... Ils viennent, font le mal qu'ils peuvent, puis sont tôt ou tard terrassés par les forces de la vie, les forces saines et positives... Il y a en ce monde infiniment plus de gens qui veulent vivre pacifiquement, en faisant le bien et en aimant

---

93 – À titre d'exemples : l'attentat de la gare de Madrid, en mars 2004 ; les attentats du métro de Londres, en juillet 2005 ; la fusillade de Fort Hood, dans le Texas en 2009 ; la tuerie des enfants d'une école juive de Toulouse en mars 2012 ; et en mai 2014, l'attentat du musée juif de Bruxelles.

leurs semblables, que de gens qui en viennent à tuer, au nom de leurs idéaux… La vie cherche toujours à vivre… et elle y parvient ! On ne l'arrête pas si facilement ! C'est pour cela qu'il ne faut pas avoir peur de l'avenir, et poursuivre ce que nous avons à faire, quoi qu'il arrive… ! »

La grand-mère prit doucement le visage de sa petite fille, et le tourna vers le sien. Elle dit avec émotion :

« Tu sais, je crois que le meilleur moyen de venir à bout de ce phénomène, est d'aimer… Aimer, tout simplement, faire le bien que l'on peut, à tous les êtres que l'on croise, quels qu'ils soient, sans exiger d'eux qu'ils deviennent comme nous en retour… Imprégner sa vie d'amour, à l'école, au travail, en famille, entre voisins et amis, c'est cela qui est vivre pleinement et utilement… As-tu des camarades musulmans, dans ton école ? »

« Bien sûr ! »

« Eh bien ! Aime-les ! Apprends à les connaître, aime-les, et demande-leur de t'aimer en retour : il n'y a de relation que réciproque… »

« Ce que tu as fait, quand tu étais députée européenne, c'était par amour ? »

« Oui, ma chérie, j'ai essayé, constamment, que ce soit par amour… Je ne sais si j'ai toujours réussi, mais j'ai toujours essayé… »

Tout à coup, Caroline vit passer une camarade de classe, et demanda à son père si elle pouvait la rejoindre.

« Oui, mais ne pars pas avec elle… Je veux que tu restes avec nous… »

L'enfant s'élança joyeusement, à la rencontre de son amie.

« J'espérais vraiment que le printemps arabe de 2011 mettrait un terme à tout cela ; que les nations arabes iraient vers plus de démocratie, et se rapprocheraient de l'Occident, dans le cadre d'un dialogue construit, sans se renier elles-mêmes pour autant… » dit Damien à sa mère.

« Tout le monde espérait cela… Mais en fin de compte ! Les élections en Tunisie, au Maroc et en Égypte, ont donné le pouvoir à des islamistes… Il est vrai que ceux-ci ont dû composer avec les forces démocratiques émergentes, puisque des nouvelles constitutions ont vu le jour, plus respectueuses des Droits de l'Homme, au moins en Tunisie et au Maroc… C'est assez dire à quel point ces pays sont partagés, entre des aspirations traditionalistes et identitaires, et des aspirations démocratiques… »

« La Tunisie a tout de même inscrit dans sa nouvelle constitution le principe de l'égalité entre hommes et femmes, et c'est là remarquable ! »

« Faire chuter Khadafi en Libye, reprit Justine, sans préparation de la période qui allait suivre, était plus qu'une mauvaise idée : c'était certes un tyran sans état d'âme, mais au moins, s'il avait une seule vertu, c'était bien de contenir les querelles des tribus bédouines, qui aujourd'hui se déchirent… »

« C'est l'éternel dilemme : doit-on laisser faire des tyrans, au motif qu'ils maintiennent le calme ? »

« Les tyrans maintiennent toujours le calme, car ils terrorisent les populations… La bonne question est : à quel moment la population est-elle en état de prendre son destin en main de manière positive ? Autrement dit, à quel moment y-t-il une opposition, fût-elle clandestine et illégale, capable de prendre le relais sans que le chaos ne s'installe ? »

« Par définition aussi, on peut dire du tyran qu'il ne fait rien pour que la population atteigne ce stade… Ce qui voudrait dire que ce n'est jamais le bon moment pour mettre à bas son pouvoir… » objecta Damien.

« Certes ! Mais dans le cas précis de la Libye, l'impréparation de l'opposition était totale et maximale… ! »

Elle prit une courte inspiration avant de continuer.

« La Jordanie s'est contentée de changer de gouvernement pour la forme, et a continué comme d'habitude pour le reste…

À Bahreïn, la contestation a été étouffée par les monarchies bien conservatrices du golfe persique, en premier lieu l'Arabie Saoudite... Au Yémen, les contestataires, qui protestaient avant tout contre leur pauvreté, se retrouvent coincés dans une guerre où s'affrontent Sunnites et Chiites par Arabie Saoudite et Iran interposées... »

« Voici les Yéménites plus pauvres que jamais et pris en otages, dans un conflit qui les dépasse et les martyrise ! »

« Quant à la Syrie, poursuivit Justine, son printemps s'est transformé en pur et simple cauchemar... Les revendications de libertés des premiers manifestants sont oubliées depuis longtemps... Le printemps syrien s'est transformé en guerre civile, puis en conflit régional avec l'arrivée des milices chiites irakiennes, pakistanaises et afghanes, mais aussi le Hezbollah libanais, tous soutenant le régime de Bachar El'Assad, aux côtés des forces iraniennes... »

« Durant la guerre Iran-Irak des années quatre-vingts, la Syrie a été pratiquement le seul pays au monde à soutenir le régime des mollahs... C'est ce que l'on appelle un retour d'ascenseur... »

« Cela correspond aussi au fait que l'Iran ne veut absolument pas d'un pouvoir sunnite à Damas ! On ne sort pas de cette querelle-là ! D'Arabie saoudite et du Qatar sont arrivées des milices sunnites, venues défendre les intérêts de Daech et renverser le régime... Ces opposants au régime de Bachar, sont soutenus de manière indirecte par la Turquie, qui les laissent établit leurs bases arrière sur son sol... »

« Dans un tel chaos, il n'est pas étonnant que Daech ait vu l'opportunité du siècle ! » conclut Damien.

Il réfléchit un instant et ajouta :

« La situation des chrétiens d'Orient est elle aussi dramatique, depuis la fondation de Daech. En Irak, ils ont été massacrés, expulsés dans le meilleur des cas, de Mossoul et de Qaraqosh, les églises et les monastères ont été détruits sans retenue…[94] En Syrie, ils sont accusés de soutenir le régime de Bachar El'Assad, et dûment persécutés pour cela… Mais ils soutiennent Bachar, parce que les islamistes sont prêts à les éradiquer ! Partout en Orient, depuis maintenant plus de trente ans, le nombre de chrétiens diminue drastiquement…[95] »

Il secoua sombrement la tête :

« Tu sais ce qui me déchire le plus, dans ces attentats de la semaine ? C'est qu'ils aient été commis par des jeunes, nés et élevés en France ! »

Justine soupira profondément.

« Oui, cela est dur à avaler… Mais je crois que, justement à cause de la colonisation, nous n'osons plus affirmer qui nous sommes et nous vivons nous-mêmes comme d'affreux personnages ! C'est comme si nous entretenions, à l'infini, notre culpabilité ! N'est-ce pas là une terrible méthode d'autodépréciation ? Nous créons tout seuls, comme des grands, la crise de notre démocratie occidentale et de notre idéal républicain… La République est-elle autre chose qu'une volonté d'associer tous les êtres en un même élan ? Si nous osions porter haut et fort nos valeurs républicaines, nos valeurs d'égalité et de fraternité, nous serions fiers de notre identité, et donnerions à ces jeunes la possibilité d'y adhérer… Ces jeunes, qui sont issus de la diversité, comme on dit de nos jours, sont coupés de fait de leur culture d'origine, sans pouvoir se construire sur une identité française et européenne forte… Et ce sont là, pour eux, deux faits catastrophiques… De la sorte, ils deviennent ainsi infiniment vulnérables, et sont les proies de manipulateurs cyniques, qui se moquent bien de les envoyer mourir ! »

94 – http://www.slate.fr/story/121021/chretiens-orient-rester-resister-mourir

95 – www.lefigaro.fr/vox/monde/2016/04/28/31002-20160428ARTFIG00186-les-derniers-chretiens-en-sursis-en-orient. ph

« Je pense aussi qu'on délaisse beaucoup trop l'enseignement de l'Histoire… Plus rien n'est mis en perspective… L'oubli de l'Histoire est le terreau de l'acculturation, y compris pour nous-mêmes ! Et puis, il me semble que l'on gagnerait à édifier un dialogue en profondeur, avec les musulmans de France, sur la façon dont ils peuvent vivre leur religion, tout en respectant la laïcité, qui est notre pivot social et politique, absolument non négociable… ! »

« Indéniablement… Mais la partie du monde musulman qui nous attaque aujourd'hui ne fait pas que détester la France… Il s'agit d'une réaction, presque épidermique et par là même violente, à la culture américaine, et occidentale d'une manière plus large, qui se déverse partout dans le vaste monde… »

Tout à coup, Justine eut faim, et commanda une pâtisserie. Elle ne tarda pas à littéralement la dévorer, comme si elle n'avait rien avalé depuis longtemps.

« Et tous ces réfugiés, qui affluent par centaines de milliers ! Que vont-ils devenir ? » demanda Damien.

« Centaines de milliers ? Tu minimises, mon garçon ! Selon le HCR, le nombre de réfugiés n'a jamais été aussi important depuis la seconde guerre mondiale ![96] Ces dix dernières années ont connu une véritable explosion : dix-neuf millions en 2005, près de cinquante-deux millions actuellement, dont onze pour la Syrie à elle seule ! En dehors de la Syrie, les réfugiés fuient les conflits du Yémen et de l'Irak, les conflits africains de Côte-d'Ivoire[97], de la

96 – www.lemonde.fr/les-decodeurs/article/2015/09/03le-nombre-de-refugies-a-explose-au-xxi-siècle

97 – Depuis 2002, la Côte d'Ivoire, dans un contexte de forte xénophobie et de dégradation économique, connaît une instabilité politique constante, avec un conflit ouvert entre 2002 et 2007, nécessitant une intervention de l'ONU, de la Communauté Économique des Etats de l'Afrique de l'Ouest (CEDAO), et d'un contingent français.

République Centrafricaine[98], de la Libye[99], du Mali[100], du Nigéria[101] et du Niger[102], de la RDC[103], du Sud-Soudan[104], de l'Érythrée[105], de

98 – La République Centre Africaine traverse depuis 2004 des conflits violents, dus aux exactions de la Séléka, coalition de groupes rebelles, à majorité musulmane dans un pays chrétien. Un cinquième de la population est déplacé, au Cameroun et au Tchad.

99 – Depuis la chute de Kadhafi, la Libye se déchire entre le gouvernement de Tobrouk, soutenu par l'Égypte et les Emirats Arabes Unis ; le gouvernement de Tripoli, soutenu par les Frères Musulmans, le Qatar, le Soudan, la Turquie ; diverses branches d'Al-Qaïda ; Daech ; les milices toubous, touarègues et arabes.

100 – Le Mali est déchiré depuis 2012, entre le MLNA, le mouvement de libération nationale de l'Azawad, principalement composé de Touarègues, et diverses branches djihadistes salafistes. La France, le Tchad, et la CEDAO interviennent pour empêcher la mainmise d'Al-Qaïda sur le pays et protéger les mines d'uranium.

101 – Le Nigeria connut en 2014 une recrudescence des actions armées de Boko-Aram (une branche de Daech) dans le nord-est du pays, entraînant le déplacement de 250 000 personnes et la mort de 1500 autres.

102 – Le Niger est déchiré par la présence de divers groupes djihadistes, notamment AKMI, mais aussi par des luttes entre factions indépendantistes, et enfin la rivalité entre Toubous et Touarègues.

103 – L'instabilité de la RDC est liée à l'arrivée de Hutus rwandais en 1994, et est devenue depuis un état de crise permanente, notamment dans les provinces de Kivu, au Katanga, dans la Province Orientale, et au Maniema, le tout dans un contexte d'ingérence étrangère de l'Ouganda et du Rwanda. Ce conflit atroce a généré… cinq millions de morts depuis son origine, malgré les multiples interventions de l'ONU.

104 – Le Sud-Soudan fut proclamé en 2011 Etat indépendant, après 50 ans de lutte entre Soudanais Chrétiens et animistes du sud et Soudanais musulmans du nord. Pour autant, des conflits sporadiques entre les deux Etats perdurent, dans le cadre d'une lutte pour les ressources, ainsi que des conflits entre ethnie des Nuers et ethnie des Dinkas.

105 – L'Erythrée a obtenu son indépendance en 1993, après vingt années de lutte armée contre l'Ethiopie. Son régime est ultra-autoritaire et violent : les arrestations de masse y sont pratiquées, le parti unique est la règle. Les Erythréens fuient, généralement vers le Soudan, avant de gagner la Libye et l'Europe dans des conditions dantesques.

Somalie[106] et du Burundi[107]… J'espère ne pas en oublier, pour ce qui est de l'Afrique… La crise migratoire est loin d'être tarie, et nourrie un nombre extraordinaire de mafias, qui font leur bonheur du drame humain… ! »

Damien soupira profondément.

« Tout cela donne le sentiment d'un chaos généralisé… C'est comme si nous étions au bord de l'abîme… ! »

« J'espère, j'espère vraiment que le conflit ukrainien[108] trouvera rapidement sa solution… Et j'espère plus encore que le génocide rwandais[109] de 1994 aura été le dernier de l'Histoire… Il fut si terrible, si atroce ! Mais nous ne sommes pas au bord de l'abîme, cher garçon ! Les vingt dernières années ont été les plus pacifiques de l'Histoire, malgré les atrocités du Rwanda, et malgré l'apparition de nouveaux conflits, depuis les attentats de septembre 2001.

106 – Depuis 2006, la Somalie est déchirée par une guerre civile, entre partisans de l'Etat et diverses fractions islamistes. En 2011, l'Ethiopie a envoyé des contingents dans le but de rétablir l'ordre, et soutenir l'Etat déliquescent.

107 – Depuis son indépendance, le Burundi fut dévasté par des conflits ethniques, notamment entre Hutus et Tutsis. En 2005, il s'équipa d'une constitution, qui établissait des quotas ethniques, dans l'armée, l'administration, les partis politiques. En 2010, la réélection du président Nkurunziza donna lieu à de vives critiques et de nouveaux affrontements, les élections étant entachées de fraudes…

108 – Le conflit débuta en 2013, lorsque le président en exercice refusa de signer un accord d'association avec l'Union Européenne. D'importantes manifestations se déroulèrent, dans l'ouest de l'Ukraine, pour protester, fin 2013. Début 2014, les Russes envoyèrent des forces militaires, prendre le contrôle de la Crimée. En avril 2014, l'OTAN décida de suspendre sa coopération militaire et civile avec la Russie. Pro-Russes, et pro-Européens s'engagèrent dans des conflits sanglants et sporadiques.

109 – Ce génocide, des Tutsis par les Hutus, se déroula d'avril à juillet 1994, et fit suite à une guerre civile au Rwanda, entre le gouvernement Hutu, et le Front Patriotique Rwandais, au sujet du retour des exilés Tutsis dans leur pays. 800 000 Tutsis furent massacrés, ainsi que des Hutus modérés qui vinrent en aide aux Tutsis. La mission de l'ONU, dans laquelle la France se trouvait impliquée, s'avéra impuissante à désarmer les Hutus. Par la suite, des milliers de réfugiés Hutus périrent de maladie dans les camps du Zaïre.

Les interminables guerres civiles en Angola[110], au Libéria[111], en Sierra-Léone[112], ont enfin trouvé leur terme. Le *Slate magazine,* et à travers lui le *Human Security Center,* qui est un organisme indépendant, indique[113] qu'entre 1992 et 2013, le nombre de conflits armés dans le monde a chuté, de cinquante-deux à trente-trois... Le nombre de victimes de guerre a lui aussi notoirement diminué : en 1950, un conflit générait en moyenne 38 000 morts, contre 600 en 2002... [114] En conclusion, on peut dire ceci : beaucoup moins de morts, beaucoup plus de réfugiés... Le destin de ceux-ci est tragique, mais au moins sont-ils vivants... »

« Tout va bien, alors ? ! » dit-il d'une voix sombre.

« Ne sois pas cynique... Je suis bien d'accord avec toi que ces conflits sont insupportables, et qu'on ne peut, loin de là, se satisfaire de la situation... La souffrance des êtres, on ne peut, on ne doit jamais la relativiser, la mettre dans un décor de fond finalement sans importance... Mais il faut également reconnaître les progrès accomplis, car ne pas le faire revient à désespérer ceux qui consacrent leur vie aux chemins de la paix... Sais-tu que durant les trente-cinq dernières années, la grande pauvreté, celle qui vit avec moins de deux dollars par jour, a régressé de façon massive ? Selon la Banque Mondiale, entre 1981 et 2012, elle est passée, en Afrique subsaharienne, de 52 à 42 % de la population ; en Asie du

---

110 – L'Angola retrouva la paix en 2002, après 27 années de guerre civile, entre le MLPA, marxiste, et l'UNITA, anti-communiste. Le conflit a longtemps été compliqué par son internationalisation, dans le cadre de la guerre froide.

111 – Le Libéria connut deux guerres civiles, de 89 à 97, puis de 99 à 2003. Le second conflit se termina grâce à une opération de maintien de la paix de l'ONU.

112 – La guerre civile en Sierra-Léone fut une conséquence de celle du Libéria, qui avait en vue les mines d'or du pays, et dura de 91 à 2005.

113 – www.slate.fr/story/96245/monde-chaos-paix

114 – http://www.lemonde.fr/international/article/2005/10/18/depuis-la-fin-de-la-guerre-froide-les-conflits-sont-moins-meurtriers

sud, de 58 à 18 % ; en Asie de l'est et du Pacifique de 80 à 7 % ; en Amérique latine, de 23 à 5 % ! [115] »

Damien éclata de rire.

« Comment as-tu retenu tous ces chiffres ? C'est incroyable ! »

« J'ai mené une vie qui m'a permis de cultiver ma mémoire ! Mais ce qui est vraiment incroyable, est que l'on ne mette jamais, strictement jamais, ces chiffres en avant ! Un rapport de la FAO indique qu'entre 1990 et 2014, le pourcentage de la population mondiale clairement sous-alimentée, est passé de 18 à 10 %[116]. L'observatoire des inégalités a révélé l'an dernier que l'écart entre l'espérance de vie des populations des pays riches et celle des pays pauvres, est passé de 23 ans en 1950, à 10 ans en 2014... Sans surprise, l'espérance de vie la plus courte se trouve en Afrique subsaharienne et australe ; mais même dans ces régions, des progrès sont constatés ! On pouvait espérer vivre 36 ans dans ces régions en 1950, contre 52 ans en 2012[117]... »

« Voici qui est bon à entendre... »

« Autre donnée réconfortante : le taux d'analphabétisme en Afrique subsaharienne, qui est depuis longtemps le plus élevé au monde, est passé de 47 % en 1985, à 38 % en 2008, selon les mesures de l'UNESCO[118]. Pour autant, il n'y a pas de quoi crier victoire : un tel niveau d'analphabétisme est quasiment rédhibitoire pour le développement économique des pays concernés... »

« Et comment expliques-tu toutes ces avancées ? »

« Oh ! Il y a toute une série de facteurs... Le libéralisme, que l'on conspue constamment, a permis à une grande partie de l'Asie d'aborder des niveaux de croissance qui étonnent le monde entier...

115 – https ://www.franceculture.fr/societe/lextreme-pauvrete-recule-dans-le-monde

116 – www.lemonde.fr/planete/article/2015/05/27 malgre-de-nets-progres-795-millions-de-personnes-souffrent-de-la-faim

117 – Inegalites. fr/spip. php /article1423

118 – https ://cres. revues. org/2288

Le Brésil, l'Inde, la Chine voient se développer à toute vitesse des classes moyennes, dont ils étaient cruellement dépourvus jusqu'au début de ce siècle… Le monde se globalise, et cette globalisation économique elle-même n'est pas que mauvaise, loin de là… C'est bien elle, qui a permis à l'Asie et à l'Amérique latine de sortir du sous-développement… Le monde riche s'en plaint davantage que le monde pauvre, car il s'agit bel et bien d'un partage des marchés… Elle impose des conditions de travail très dures, mais en même temps, elle ouvre des possibilités qui jusque-là, étaient inaccessibles aux pays pauvres… Le droit du travail, un jour ou l'autre, s'harmonisera sur de meilleures bases que celles que nous connaissons aujourd'hui, car, malgré les énormes disparités, les niveaux de vie augmentent… »

« Qu'est-ce qui te fait penser ainsi ? »

« À la fin du dix-neuvième siècle, les conditions de travail des ouvriers étaient purement et simplement épouvantables, en France comme en Angleterre… Il n'en est plus de même aujourd'hui… Cela correspondait à une phase de développement du libéralisme, qui a évolué depuis, de manière positive, grâce à l'action des syndicats… Il y a dix ans, la Chine nous inondait de ses produits textiles, elle est aujourd'hui sérieusement concurrencée par le Pakistan, qui, lui, se frotte les mains, malgré des conditions de travail plus que rudimentaires… ! Tôt ou tard, les ouvriers du Pakistan réclameront à leur tour des hausses de salaire… »

« Je te trouve bien optimiste… ! »

« La globalisation économique pose d'énormes problèmes écologiques, et des tas d'autres… Mais connais-tu un système qui n'en pose pas ? L'Histoire humaines est-elle autre chose qu'une lutte continue pour surmonter les difficultés qui surviennent ? Et puis, être pessimiste, c'est s'exposer au renoncement… Enfin, comme je l'ai dit à Caroline, il y a plus de gens de bonne volonté, sur terre, que de prédateurs et de cyniques… même si, bien sûr, ils existent, et causent beaucoup de souffrances… »

« Crois-tu vraiment que le libéralisme soit seul à avoir changé le monde ? »

« Certes non… Je crois aussi que l'action de l'ONU est déterminante… Depuis la fin de la guerre froide, la paralysie du Conseil de Sécurité a cessé, et de fait le nombre des interventions pour le maintien de la paix a considérablement augmenté. Le nombre de casques bleus est passé, entre 1989 et 1994, de 11 000 à 75 000, pour 20 interventions… Depuis, l'ONU a aidé à l'application des accords de paix en Angola, au Mozambique et en Namibie, ainsi qu'au Cambodge, au Salvador et au Guatemala. Depuis le début du nouveau siècle, des opérations de maintien de la paix ont eu lieu en RDC, en Sierra Léone, en Libéria, en Côte d'Ivoire, et au Soudan[119]… Les domaines d'intervention de l'ONU n'ont cessé de se diversifier, au cours des décennies : l'ONU se préoccupe aujourd'hui des ressources en eau, des changements climatiques, de la promotion de la femme, du Droit maritime, de la préservation des ressources halieutiques, des transports aériens, des télécommunications, de la lutte contre la grande criminalité, contre la corruption, et de bien d'autres sujets encore… De surcroît, la Banque Mondiale, le FMI, si décriés mais qui ont considérablement évolué ces dernières années, un nombre conséquent d'ONG, ont accompli un travail énorme, qui a fini par porter ses fruits… Ces grandes organisations sont elles-mêmes portées par un autre facteur, qui me semble décisif, et qu'elles ont elles-mêmes généré, de manière vertueuse… »

« À quoi penses-tu ? »

« Le discours des Droits de l'Homme a engendré une culture de l'empathie, qui ne cesse de se développer et de croître depuis soixante ans environ… Les conflits, les situations d'extrême pauvreté, ne sont plus considérés comme inéluctables et normaux ; ils sont mis sur le devant de la scène, et beaucoup sont tôt ou tard

---

119 – http://www.un.org/fr/events/peacekeepersday/2008/60years.shtml

pris en charge par l'action internationale, que ce soit par le biais diplomatique, celui de l'intervention militaire ou celui de l'aide matérielle. Il existe désormais comme une sorte de conscience mondiale, qui n'existait pas auparavant... Cette conscience du destin du monde, et d'une humanité commune, a considérablement modifié la donne... Le multilatéralisme est aujourd'hui incontournable, en quasiment tous les domaines... Bien sûr, il est très souvent mis en échec par tel ou tel facteur... La souffrance qui demeure est encore grande, très grande ! »

Ils se turent tous deux un long moment. Ce fut finalement Justine qui reprit, le visage marbré de chagrin :

« Tu sais ce qui me navre, et jusqu'au fond du cœur ? Je ne comprends absolument pas le développement de l'euroscepticisme, partout en Europe... Que les populations voient dans nos institutions européennes des poids dont ils rêvent de se décharger me consterne ! N'ont-elles pas toutes rêvé d'intégrer cette Europe ? »

« Oui, la percée du Front National aux élections législatives européennes de mai dernier est dure à avaler... Tout comme les progrès des partis souverainistes en Angleterre, en Bulgarie, en Finlande, aux Pays-Bas, en Belgique et en Suède, sans parler de l'Italie, de la Hongrie, de la Pologne et de la Tchéquie... ! »

« Oui, la pilule est amère... Que veulent les gens ? *L'Europe des Nations ?* L'Europe de la guerre des sept ans ?[120] Celle de 1914 ? Quelle sinistre rigolade ! Nombre de nations que nous avons intégrées[121], avaient pour point commun de sortir de dictatures très

120 – La guerre des sept ans (1756-1763) fut un conflit qui engagea la France et l'Autriche d'un côté, l'Angleterre et la Prusse de l'autre, au sujet des colonies en Amérique et en Inde, ainsi qu'au sujet de la possession de divers territoires allemands. L'Espagne s'y engagea bientôt, ainsi que la Russie, de sorte qu'on peut considérer la guerre de sept ans comme le premier conflit mondial.

121 – En 1981, intégration de la Grèce, en 1986 de l'Espagne et du Portugal, en 1995, de l'Autriche, de la Finlande et de la Suède, en 2003, de Chypre, de l'Estonie, de la Hongrie, de la Lettonie, de la Tchéquie, de la Slovaquie, de la Pologne et de la Slovénie, en 2005, de la Bulgarie et de la Roumanie, en 2013, de la Croatie.

dures, fascistes ou communistes… Veulent-elles y retourner ? N'ont-elles pas largement bénéficié du modèle démocratique qui était le nôtre, et cela en un temps record ? Sont-elles si persuadées qu'elles auraient fait mieux seules, en dehors de l'appui que nous avons offert, financièrement substantiel ? »

« Cela n'est pas si aisément perceptible par l'électeur de base… »

« Apparemment, c'est évident ! Depuis la création de l'Union, en 1992, qui a succédé à la CEE, des modes de coopération ont été instaurés en matière de politique étrangère, d'immigration, de droit d'asile, et de lutte contre la grande criminalité… La police, la Justice et l'emploi sont devenus de nouveaux domaines dans le champ des actions communautaires… S'agit-il d'autre chose que d'une marche vers l'efficacité ? Le passeport européen a été créé… N'est-ce pas l'assurance d'une protection des citoyens européens partout dans le monde ? La création de la zone euro a complètement modernisé les économies qui en font partie. Auparavant, le recours à la dévaluation était systématique dès qu'un État s'endettait… Ce n'est plus possible aujourd'hui… Les États doivent limiter leur niveau d'endettement et celui de leur déficit public, c'est-à-dire ne pas laisser couler leur économie… Ils doivent suffisamment moderniser leurs structures économiques, pour être compétitifs… »

« Mais là encore, pour l'électeur de base, n'est-ce pas un inconvénient ? Pour les nations occidentales, c'est le renoncement à l'État providence… »

« Et n'est-ce pas un inconvénient pire encore, que d'habiter un pays noyé dans ses dettes, et approchant la faillite à grands pas… ? L'État providence était lié aux trente glorieuses, mortes et enterrées depuis longtemps… depuis les années 75… ! N'est-il pas temps d'ouvrir les yeux ? »

« Il est certain aussi que les électeurs français et néerlandais n'ont pas apprécié la réaction de l'Union, après leur vote négatif lors du référendum sur la constitution, en 2005... »

« Que fallait-il faire ? Abandonner le projet européen ? Permettre à des peuples d'aller contre le sens de leur intérêt ? Quand le comprendront-ils ? La prise en compte des résultats du référendum a finalement eu lieu, d'une certaine façon, puisqu'au projet de constitution a succédé le traité de Lisbonne... Cela a permis la mise en place d'une présidence stable au Conseil européen, la création d'un Haut Représentant de l'Union pour les Affaires étrangères, et d'un droit d'initiative citoyenne... »

« Pour les gens, c'était le mépris de leurs votes... »

« Se sont-ils sentis méprisés, lorsqu'en 2000 a été adoptée une charte sociale des droits fondamentaux au sein de l'Union européenne ? Lors de la crise financière de 2008, l'Union a réagi plus que vigoureusement, par la mise en place d'un mécanisme européen de stabilité et par la modification du fonctionnement de la Banque Centrale européenne... Cela n'a-t-il pas puissamment rassuré les Bourses et arrêté la descente aux enfers de celles-ci ? Était-ce se désintéresser du sort des peuples, que de les protéger ainsi ? La *stratégie Europe 2020*, adoptée en 2010, est-elle autre chose qu'une réflexion primordiale vers une conception inclusive et durable du développement ? Les citoyens ont-ils bien en tête que l'an dernier, le programme *santé pour la croissance* a été voté par le parlement européen, et aide chaque système de santé des divers pays à faire face aux pressions démographiques et économiques ? Sont-ils conscients des actions de l'Union pour la sécurité alimentaire, entre autres exemples ? »

« Je pense que beaucoup, parmi les électeurs, ignorent toutes ces réalités, ou ne les comprennent pas... Beaucoup sont attirés par les solutions simples des populistes : le rejet de l'étranger, le repli sur soi... D'ailleurs, le populisme essaime partout dans le monde, et pas seulement en Europe… La globalisation mondiale fait peur, et les classes moyennes craignent le déclassement… »

« Oui… Mais le meilleur moyen de s'appauvrir est de se tourner vers l'isolationnisme… Au fond, je crois que l'Union Européenne gagnerait à créer des instances de proximité avec les citoyens, et à communiquer beaucoup plus massivement qu'elle ne le fait ; mais aussi à marcher à grands pas vers le Fédéralisme… Je ne vois pas d'autre issue… ! En tous les cas, c'est la meilleure pour que l'Europe accède à un niveau d'efficacité encore jamais acquis… »

« Une Europe fédérée ! Mais quel peuple est prêt à cela ? ! »

« L'action politique doit-elle toujours suivre les citoyens, ou parfois les devancer ? En 1981, lorsque la France a voté l'abolition de la peine de mort, une très large majorité de gens penchait pour son maintien… N'est-ce pas finalement une bonne chose, que cette suprême violence d'État ait disparu de nos pratiques ? Aujourd'hui, personne ne remet plus cette abolition en cause, et depuis bien longtemps… »

Elle appuya son dos contre le dossier de sa petite chaise, et plissa les yeux, intensément concentrée.

« Tu sais, Damien, de même que le libéralisme n'en est qu'à ses premiers pas, il en va de même pour la démocratie… La démocratie n'est pas qu'un recours au vote, elle est avant tout un exercice de responsabilités, une acceptation des responsabilités… Or, les trente glorieuses ont amené les gens non pas à se conduire en citoyens, mais en consommateurs de droits… Ils ont réclamé des droits, la plupart du temps les ont obtenus, mais peu se sont pas interrogés sur la part de responsabilités qu'eux-mêmes pouvaient endosser… Peu à peu, les comportements vont évoluer en ce sens, je le pense… »

Damien considéra longtemps sa mère, comme s'il hésitait à dire ce qui lui brûlait les lèvres. Il se décida pourtant :

« Mais tu sais, tu le sais depuis longtemps, et nous le savons tous, que cette très belle évolution de l'Histoire peut fort bien se trouver anéantie en très peu de temps : il existe un hiatus énorme entre nos besoins énergétiques et alimentaires croissants, d'un côté, et les ressources planétaires, de l'autre côté, qui vont s'appauvrir en raison de l'épuisement des énergies fossiles, et des changements climatiques, qu'ils soient d'origine humaine ou pas... La transition énergétique vers les énergies durables ne sera pas une mince affaire : changer nos modes de consommation, sortir de l'énergie atomique, adopter des énergies renouvelables, délaisser le moteur à combustion au profit de la pile à hydrogène, créer des immeubles autosuffisants en énergie, tout cela ne va pas être aisé... »

« Ce sera même terriblement difficile ! Mais cela ne pourra s'accomplir, là encore, que dans un contexte de réflexion multilatérale... Aucun État ne pourra gérer seul de telles transformations... Il faut absolument que cet effort soit collectif ! »

« Tout cela sans parler de l'accueil des réfugiés climatiques... »

« Le tout dans un contexte de croissance démographique effrénée, et donc de besoins en énergie croissants... ! Mais, en tant qu'être humain, je fais le pari de l'intelligence humaine... Il n'y a qu'un seul cap à tenir, encore et toujours : celui de l'intérêt général, celui de la concertation et de la coopération, bref celui du multilatéralisme... » conclut Justine

Ils se regardèrent longtemps.

« Bien... Comme nous n'allons pas changer le monde ce soir, n'est-il pas temps d'aller rejoindre notre petite Caro ? » suggéra-t-elle doucement.

Le soir tombait, une lumière, douce et dorée, s'épandait sur le cortège, et rendait cette vision poignante. Sans qu'elle comprît pourquoi, Justine se mit à penser aux funérailles de Victor Hugo, en mai 1885... Y avait-il, ce jour-là, une foule aussi dense ? À travers le temps et les épreuves, la République avait toujours su se réunir, tant pour pleurer ses grands hommes, que pour défendre ses valeurs intangibles – à l'exception de 1940, il est vrai, où elle avait failli.

Et Justine défila encore une petite heure, cette fois-ci en parfaite communion avec les gens qui l'entouraient.

Puis, les membres rompus, (elle avait tout de même soixante-treize ans), elle se sépara de Damien et de l'enfant, et rentra chez elle. Elle avait à accomplir un long trajet en métro.

Dans la rame bondée, la chaleur et une âcre odeur de sueur rendaient l'air à peine respirable. Justine, qui se tenait debout, ferma les yeux, pour rentrer en elle-même, s'abstraire de la promiscuité. Elle ne tarda pas à profondément s'endormir, et ne put descendre à la station qui était la sienne. Elle dut revenir en arrière, à la bonne station, puis parcourut à pied les quelques centaines de mètres qui la séparaient de chez elle.

À peine s'était-elle effondrée dans un fauteuil, que l'interphone sonna.

« Justine ? C'est Tristan ! Nous sommes en bas de chez toi… »

Tristan était le jeune fils d'une cousine de Pierre. Justine le connaissait depuis sa naissance, et l'avait toujours considéré avec affection.

« Qui ça, nous ? »

« J'ai quelqu'un à te présenter ! Laisse-nous monter… »

« Bien sûr ! »

Elle était épuisée, mais Tristan était un garçon adorable, qu'elle n'avait pas vu depuis longtemps.

Deux minutes plus tard, il pénétra chez elle, tenant par la main une jeune femme d'environ vingt-cinq ans, comme lui.

« Justine, je te présente Farah, l'âme de mon âme ! Farah, je te présente ma cousine, Justine, la fierté de la famille, *notre députée européenne* ! »

Il se tut, pour reprendre aussitôt :

« Ecoute bien, c'est formidable ! Farah est iranienne. Après son enfance à Téhéran, elle a fait des études à Londres, et vécu trois ans à Dakar, où elle a enseigné. Aujourd'hui, elle vit en France, et nous allons nous marier… »

Pourquoi Tristan s'empressait-il de décliner le curriculum vitae de son amie ? Justine ne tarda pas à comprendre… Par son vécu, sa connaissance intime de diverses cultures, Farah n'était-elle pas une citoyenne du monde ? Sans doute… Et c'était bien ainsi que Tristan se définissait lui-même.

Farah était magnifique. Grande et mince, elle avait tout d'une sylphide perse. Elle arborait une longue chevelure noire, et ses yeux, noirs eux aussi, immenses, brillaient d'intelligence dans la lumière chaude de l'appartement.

« Ce jeune homme vous a-t-il seulement demandé votre avis ? » demanda en riant Justine à Farah.

« Madame, je suis très honorée de faire votre connaissance… »

« Appelez-moi Justine, je vous en prie ! »

Farah ouvrit son sac à main, et sortit un paquet qu'elle tendit à Justine.

Justine l'ouvrit, avec précaution.

C'était une version encadrée, en anglais et en farsi, de l'Épopée du monde…

La vielle dame eut le souffle court.

« Lorsque Tristan m'a parlé de ce texte sublime, je le connaissais déjà… Mais lorsqu'il m'a dit qu'il avait une cousine députée européenne, j'ai tout de suite pensé à vous l'offrir… »

Elle se tut, hésita légèrement :

« Il n'existe aucune zone de libre-échange, au Proche et au Moyen-Orient… Pour ma part, c'est une chose que je vous envie beaucoup… Je me trompe peut-être, mais je vois dans ce genre de réalisation comme un reflet de l'Épopée… ou la continuité de celle-ci. Si une telle zone se créait au Moyen-Orient, nos conflits diminueraient beaucoup… »

Justine se sentit tout à coup submergée d'émotion.

Les deux jeunes gens étaient radieux, éclatants de bonheur…

Un couple mixte… N'était-ce pas cela, l'avenir du monde ?

TROISIÈME PARTIE
LES FEUX DU JOUR PRÉSENT

11
AU PAYS DE LA FOI

Le Pays de la Foi était richement doté par la nature. Les prairies étaient abondantes et verdoyantes, les cours d'eau nombreux, les arbres plus encore. On en trouvait de toutes sortes, certains d'essences exceptionnelles, qui n'existaient nulle part ailleurs. Ils étaient la beauté, la grâce du Pays de la Foi. Les montagnes, vertes en leur base, étaient en leur sommet recouvertes d'une neige immaculée, qui ne fondait jamais. On appelait ces sommets : les colliers de la Foi. Jadis, des touristes par centaines de milliers, venaient chaque année les photographier.

Les moutons, les chèvres et les poules vivaient en liberté dans les villages et les vallées. Ils ne s'éloignaient guère, tant ils trouvaient en leur environnement tout ce qui convenait à leur bien-être. Quelques pâtres s'en occupaient bien de temps à autre, quand venait l'heure de transformer ces heureux animaux en viande délicieuse et goûteuse ; mais c'était tout. Selon une plaisanterie bien établie dans le Pays, mais toujours énoncée à voix basse, les animaux domestiques étaient « les créatures libres de la nation ».

La Constitution du Pays de la Foi, depuis la Révolution qui avait fait passer la nation de l'état de luxure décadente à celui de la Foi ardente, mentionnait en son article premier que : « Tout homme, *normalement constitué*, naît avec la Foi que Dieu a en lui déposée, et qui constitue son trésor. »

L'article 2 affirmait solennellement que : « La Foi du Pays de la Foi est la seule et unique vraie Foi. »

Voilà qui était dit…

Les articles suivants énonçaient le nom des Prières que tout homme *normalement constitué* devait savoir par cœur dès l'âge de dix ans et réciter à voix haute durant les temps quotidiens de Prière ; le nom et la régularité des cérémonies religieuses auxquelles il se devait d'assister ; le nom des jours chômés et consacrés à la gloire de l'Eternel. C'étaient là des reprises des injonctions du Grand Livre de la Foi, que chaque dévot se devait de posséder, et de connaître par cœur, ou presque.

Chaque dévot (ce terme remplaçait celui de citoyen, disparu lors de la Révolution) possédait un livret, appelé le Livret Vital, sur lequel les Prêtres Servants indiquaient les sacrements reçus, ainsi que leur date et lieu ; les cérémonies religieuses auxquelles le dévot avait participé, et, le cas échéant, les raisons justifiant, de façon occasionnelle, son absence ; le montant exact des dons qu'il avait effectués, pour permettre aux Prêtres de vivre correctement ; les sanctions prévues en cas d'inconduite ou de manquement aux devoirs de la Foi.

Une fois par an, chaque dévot se devait de solliciter un entretien particulier auprès d'un Prêtre Servant, pour que soient évaluées l'ardeur, la sincérité, la visibilité de sa Foi. C'étaient là trois critères, rigoureusement définis… Le dernier d'entre eux pouvait, à première vue, surprendre… Mais le zèle se devait d'être visible, afin de constituer un encouragement pour les autres. Le dévot se devait de choisir un prêtre qui le connaissait bien, et avec lequel il entretenait des relations amicales et personnelles. Une fois que le Prêtre était choisi, on ne pouvait en changer qu'en cas de déménagement lointain, ou de décès du Prêtre.

Les Prêtres Servants étaient ceux qui avaient en charge l'organisation et la tenue des Cérémonies, ainsi que la tenue des Livrets. Ils se devaient de signaler à leurs supérieurs les livrets de mauvais dévots, ou, au contraire, de dévots exceptionnels. Être un mauvais dévot n'était pas sans conséquence, car on tenait pour acquis qu'il ne saurait éduquer correctement sa progéniture… Or, une progéniture mal éduquée ne pouvait prétendre aux charges de Prêtrise, lesquelles demeuraient seules à se trouver pourvues de quelque prestige, et à permettre une réelle ascension sociale… Ainsi, mal agir revenait-il à condamner sa descendance immédiate à une vie sociale végétative.

Au-dessus des Prêtres Servants se trouvaient les Prêtres de commune, qui, depuis la révolution également, remplaçaient les anciens maires, de sinistre réputation. Les Prêtres de commune avaient la lourde responsabilité de répartir les tâches et activités des dévots au service de la Communauté, dans les secteurs du commerce, de l'agriculture, de l'industrie, de l'artisanat et de l'administration. Au Pays de la Foi, le chômage était inconnu. La réussite des dévots dans leur tâche était le signe de leur Foi en Dieu : si un dévot échouait à faire pousser du blé dans son champs, c'était le signe, soit que Dieu le mettait à l'épreuve, soit qu'Il jugeait sa Foi insuffisante. Et selon le cas, le dévot encourait récompense… ou châtiment.

Au-dessus des Prêtres de commune se trouvaient les Prêtres de région, qui avaient en charge la justice et l'administration de leur région.

Les Prêtres de la Bienséance constituaient une assemblée à part. Leur compagnie avait pour objectif de déterminer les livres qui étaient permis, et ceux que ne l'étaient pas, mais aussi les voyages à l'étranger, qui, à titre toujours professionnel et dérogatoire, étaient autorisés, par exemple pour des raisons commerciales ou de recherches industrielles. Un dévot, à qui était permis un tel voyage, se devait à son retour de passer par un « sas de décontamination », où l'on s'assurait qu'il ne s'était pas écarté des chemins de la vraie et unique Foi. Il demeurait dans le sas, jusqu'à ce que sa pureté soit établie avec certitude. De même, un étranger qui, pour les mêmes raisons, voulait séjourner au Pays de la Foi, devait lui aussi en obtenir l'autorisation des Prêtres de la Bienséance, qui enquêtaient préalablement sur sa moralité, auprès des autorités étrangères qui voulaient bien collaborer à cette façon de procéder… Tous les pays ne le souhaitaient pas !

Le Grand-Prêtre, qui avait opportunément remplacé l'ancien président de la république, se tenait au-dessus de tout ce petit monde. Il était garant de la Foi. Et il pouvait se féliciter… Au Pays de la Foi, il n'était nul mécréant, nul hérétique ! Nul homosexuel non plus… Pour une raison simple : un mécréant, un hérétique, ou un homosexuel non repéré comme tel, n'existait pas ; une fois repéré, il n'existait plus…

La Constitution précisait explicitement l'interdiction de la musique, de la danse, de la peinture et de la sculpture, de la poésie et de toute littérature non religieuse, qui avaient été les plus grands signes de décadence de l'époque précédant la révolution.

Elle mentionnait la tenue des Croyants, qui se devait d'exprimer leur pudeur. Les dévots ordinaires étaient vêtus d'une robe uniformément noire. Les dévots mal notés portaient la même robe, mais elle signalait leur manquement par un X sur le dos, sur les manches et la poitrine ; les dévots bien notés avaient toujours la même robe, mais cerclée au niveau des pectoraux, d'un violet lumineux, indiquant leur proximité avec l'Eternel.

Les Prêtres portaient tous une robe bleue. Les Prêtres Servants portaient une robe bleue, cerclée de beige ; les Prêtres de commune étaient cerclés de rouge, tandis que les Prêtres de région, et ceux de la Bienséance, se voyaient attribuer la couleur verte. Ainsi, chacun savait-il à qui il avait affaire, et les marques de respect qu'il convenait d'attribuer en toute circonstance… La robe du Grand-Prêtre, elle, était d'un blanc immaculé… Mais cela n'avait guère d'importance, car on ne le voyait que très rarement. Un Grand-Prêtre pouvait demeurer vingt ans sans jamais apparaître… Aussi, lorsque cela se produisait, était-ce un événement national, une quasi-apparition divine. Sa parole était alors écoutée, comme celle de Dieu.

Les Prêtres étaient tous choisis avant l'âge de vingt-cinq ans, sur des critères de zèle et de savoir religieux. Les Servants étaient désignés par les Prêtres de Commune, les Prêtres de commune par ceux de région, le Grand-Prêtre gérait la désignation des Prêtres de région et ceux de la Bienséance. Les charges de prêtrise, à l'exception de celle du Grand-Prêtre, étaient toutes conditionnées par la satisfaction des Prêtres en situation hiérarchique, lesquels assuraient la tenue du Livret Vital de leurs subordonnés. Il revenait à chaque Grand-Prêtre de nommer son successeur. Le premier d'entre eux avait été élu par une poignée de révolutionnaires zélés et ardents, dont les noms, dates de naissance et valeureuses actions étaient appris pieusement à l'école, par tous les écoliers.

Chaque Prêtre, lors de sa cérémonie d'investiture, recevait une femme, un appartement ainsi qu'un véhicule et une rente annuelle. La beauté des femmes, la grandeur des appartements, le luxe des voitures, la hauteur de la rente, dépendaient de la situation hiérarchique des Prêtres, et évoluaient donc avec leur carrière.

La Constitution mentionnait en son article 143 l'existence des femmes. Elles devaient, autant que possible, vivre séparément des hommes, afin de ne pas déranger leur ascension spirituelle. Chaque dévot se devait néanmoins de les respecter, en leur inculquant, par tous les moyens possibles, le respect de la Foi ; car contrairement aux hommes, elles ne recevaient pas ce précieux trésor à leur naissance… Pères, maris, frères et cousins, ou tuteurs, étaient donc mis à contribution, pour pallier cette indéniable lacune. En cas de manque d'intérêt de leur part, il était conseillé de ne pas les accabler ; elles faisaient ce qu'elles pouvaient… Mais si ce désintérêt était complet, il était conseillé aussi de cloîtrer de telles femmes à la maison, afin qu'elles ne communiquent pas leur mauvais exemple. Les femmes étaient toutes uniformément vêtues de robes noires, sans signe distinctif aucun : cela évitait les jalousies, auquel le sexe faible succombe si souvent.

La génération de la Révolution, et celle qui l'avait immédiatement suivie, avaient été pénibles à orchestrer. De nombreux dévots se souvenaient de l'époque des partis politiques, des associations et des syndicats, des journaux, des librairies et des bibliothèques, de la télévision, des musées, du cinéma, des concerts, du théâtre, des restaurants et des voyages à l'étranger ; ils gémissaient à tout va. Le Grand-Prêtre se montra patient et pédagogue à leur égard, et fit preuve, même, on peut le dire… de mansuétude et magnanimité ! Il savait bien que les générations suivantes auraient moins de souvenirs… ce qui, effectivement, se produisit. La mémoire déclina avec le temps, ainsi qu'avec la qualité de l'enseignement nouveau dispensé dans les écoles.

Les gémissements au sujet des faits précités disparurent peu à peu. En revanche, d'autres s'élevèrent, au sujet de la pénurie des objets, des vêtements, de la nourriture ; d'autres concernaient les dons qu'il convenait d'accorder chaque année aux Prêtres, lesquels augmentaient en proportion inverse des salaires et traitements. Mais la population, d'une manière générale, avait compris qu'il ne convenait pas de se plaindre quant aux affaires matérielles, qui éloignent de la Foi bien plus qu'elles n'en rapprochent. Quant aux rentes accordées aux Prêtres, rares furent les fous qui eurent l'audace de protester à leur sujet ! Car on était alors à deux minuscules petits doigts du blasphème !

Voici pour l'essentiel, quant à l'existence au Pays de la Foi.

Le Pays était entouré de voisins décadents et haineux ; aussi les frontières étaient-elles protégées, sans discontinuité aucune et avec la plus rigoureuse vigilance, par l'armée de la Foi.

Longeant la mer, le Pays comptait des kilomètres de plage, sur lesquels des milliers de militaires scrutaient l'horizon, afin de bien s'assurer qu'aucun bateau ne venait attaquer. Les plages, depuis la Révolution, étaient désertes, car on avait perdu la répugnante habitude de venir se baigner.

Mais voici qu'un matin, on vit émerger des flots cinq nageurs, qui approchaient du rivage.

Parmi les militaires, l'étonnement fut intense. Les nageurs en vinrent à sortir de l'eau, aussitôt entourés d'hommes en armes. C'étaient des géants : aucun ne mesurait moins de deux mètres. Tous étaient pourvus d'une musculature à faire pâlir, qui invitait à se méfier. Autour de la taille, ils portaient une sorte de pagne, qui protégeait leur intimité ; en dehors de ce modeste accoutrement, ils étaient totalement dépourvus de vêtement. Mais le plus étonnant, le plus stupéfiant, était la couleur de leur peau. Elle était couleur saumon, légèrement orangée. Tous étaient chauves, et parfaitement glabres : nulle trace de barbe sur leur joue, nul poil sur leur poitrine, et aucun de leurs membres…

On eût dit de parfaits extraterrestres !

On n'avait jamais vu de pareils hommes… D'où venaient-ils ? Qui étaient-ils ?

Les soldats hurlèrent, pour qu'ils levassent leurs mains… Mais de toute évidence, ces étrangers ne comprenaient pas. Ils s'approchèrent des armes, les touchèrent comme on touche quelque chose de totalement nouveau, sans paraître comprendre qu'elles pouvaient les tuer. Ils cherchèrent ensuite à toucher les soldats et leurs vêtements. La barbe des jeunes hommes, en particulier, parut les stupéfier. N'avaient-ils jamais vu de barbe de leur vie ? Ou jouaient-ils une splendide comédie ? Ils semblaient pacifiques… Mais n'est-ce pas la caractéristique première de tous les espions ? Ne sont-ils pas pacifiques et avant tout désireux de s'accorder avec la population ambiante ?

L'urgence était de mettre fin à leur insupportable nudité. Et si une femme venait à passer par là ? On hurla partout, et des soldats se ruèrent, dans les maisons alentours, pour trouver de convenables vêtements… Deux robes noires furent finalement trouvées, d'assez grande taille pour protéger le sentiment de pudeur naturel aux dévots. Trois couvertures furent également dénichées, au grand dam de leurs propriétaires, qui surent qu'ils endureraient le froid désormais… Mais enfin ! Il fallait mettre fin à ce premier scandale !

La chaîne de commandement fut dûment parcourue, du bas jusqu'en haut, car aucune situation de ce type n'avait jamais été envisagée par l'Armée de la Foi. Il fut finalement décidé de conduire ces hommes à un sas carcéral de décontamination spirituelle, et de procéder à un premier interrogatoire.

Les étrangers se laissèrent mener avec la plus grande douceur, et sans la moindre réaction d'agressivité. Ils regardaient tout, avec insistance et curiosité, exactement comme s'ils n'avaient jamais rien vu de leur vie ; à les observer, on pouvait en conclure qu'eux aussi, n'avaient jamais contemplé d'autres hommes, de la couleur des hommes du Pays de la Foi. Mais était-ce sincérité, ou comédie ? Qui pouvait le savoir ? On décida de les interroger séparément, pour vérifier la convergence de leurs déclarations…

Mais il n'y eut nulle déclaration, car ces hommes « de la mer », ou hommes « poissons » comme on les qualifia aussitôt, non seulement ne parlaient pas la langue du Pays, mais ne s'exprimaient pas davantage dans une autre langue connue sur la terre. On fit venir, des heures durant, un nombre impressionnant de traducteurs… Aucun ne fut en capacité de comprendre quoi que ce fût, ni d'indiquer une quelconque origine quant à la langue de ces hommes, à tous égards étranges…

La situation était incompréhensible. Ces hommes n'avaient pu débarquer de bateaux, car aucun n'avait été vu en mer sur des kilomètres. S'ils étaient venus à la nage, ce ne pouvait être que d'îles proches. Or, les plus proches étaient à plus de quarante kilomètres du rivage… Bien qu'ils fussent apparemment des sportifs aguerris, on ne pouvait guère imaginer qu'ils avaient franchi seuls cette distance…

Il fut décidé de les garder dans le sas, chacun dans une cellule individuelle. Ils furent stupéfaits, et réellement inquiets, de se trouver séparés. Mais cela ne se vit que dans leur regard, tout à coup éploré, car ils ne manifestèrent pas le moindre geste d'agressivité.

Il fut hiérarchiquement décrété qu'ils auraient droit à une promenade quotidienne d'une heure, mais non pas aux mêmes heures que les autres prisonniers, car, dans la mesure où l'on ne savait rien d'eux, il était préférable de les maintenir en isolement… Les geôliers qui devaient s'occuper d'eux furent définis avec soin, et reçurent, concernant cette mission, des tâches bien spécifiques. De tous, il fut exigé qu'ils n'entretinssent aucun contact personnel avec ces nouveaux prisonniers, mais c'était là une consigne ordinaire et banale.

À chacun des hommes « de la mer », il fut attribué un traducteur, afin de lui inculquer la langue du Pays, trois heures par jour.

Et ainsi commença la nouvelle vie de ces hommes, arrivés de la mer, et venus de nulle part. Tout les étonnait, semblait pour eux nouveau. La nourriture qu'on leur apporta, dans un premier temps, les déconcerta à ce point qu'ils y touchèrent à peine. Ils la reniflèrent, la tinrent entre leurs doigts, mais ne parurent pas saisir que c'étaient là des mets comestibles. Il fallut plusieurs jours pour que la faim les poussât à manger. Porter les fameuses robes noires leur fut pénible ; ils avaient tendance à les ôter, dès que la porte se refermait sur eux. Tant qu'à porter des sandales, ils parurent ne pas saisir du tout à quoi cela pouvait bien servir. Ils durent apprendre à se laver sous une douche, une fois par semaine, ainsi qu'à utiliser les toilettes de la prison. Puisqu'il était encore impossible de parler avec eux, le seul moyen de leur inculquer quoi que ce fût était d'agir par l'exemple. La douche les amusa beaucoup. Les toilettes les déconcertèrent.

Mais le plus incompréhensible pour eux fut bien d'être enfermé. Visiblement, ils ne s'y attendaient pas le moins du monde, et touchèrent la porte comme découvrant là une réalité qu'ils n'avaient jamais vue. Ils ne tentèrent pas de l'ouvrir, car ils semblaient ne pas savoir comment fonctionne une porte, ni à quoi elle sert. Le bruit des clefs les effraya. Lorsqu'ils comprirent qu'ils allaient demeurer seuls, chacun dans sa minuscule cellule, ils se mirent à pousser des cris plaintifs et lugubres, longuement modulés, qui avaient tout du hurlement des loups lorsqu'ils se cherchent les uns les autres, ou indiquent une situation de danger, voire de détresse.

S'ils eussent été des prisonniers ordinaires, on les eût aussitôt punis, c'est à dire battus. Mais il y avait quelque chose, dans leur regard, comme une infinie douceur, une sorte d'innocence, qui fit que le règlement, connu de tous les geôliers, ne fut pas appliqué. Il y eut entre les geôliers comme un brusque, un inévitable consensus, auquel aucun ne voulut déroger… Les hommes « de la mer » étaient en état de choc, bien au-delà de celui que traversent tous les prisonniers… Ils paraissaient ne rien saisir de ce qui leur arrivait, et de ce qu'on leur faisait… Il était inutile d'en rajouter en les brutalisant…

Quant à la consigne de ne pas avoir avec eux de contact personnel, elle connut, dès les premiers jours, le même insuccès. Très rapidement, les hommes « poissons » se mirent à parler, dans leur langue inconnue et incompréhensible… Visiblement, ils posaient des questions, et cherchaient à comprendre. Faute de langue, on utilisa des signes. Ils questionnaient sur tout : D'où venait la nourriture ? Comment faisait-on les vêtements ? Comment construisait-on les maisons ? Les gardiens habitaient-ils sur place ? Comment s'appelait le pays ? Avec quels animaux y vivait-on ? Où étaient les femmes et les enfants ? Et surtout : pourquoi se trouvaient-ils enfermés ? Les gardiens, lorsqu'ils comprenaient les questions, se mirent à tenter d'y répondre… Tous savaient que cela pouvait leur valoir de perdre leur place et bien plus encore… Mais un fait au moins les protégeait : aucun gardien, du bas jusqu'en haut de la chaîne, ne se conduisait autrement… Car comment résister à de pareils innocents ? Et surtout, les hommes « de la mer » se comportaient différemment de tous les autres prisonniers…

Les autres prisonniers passaient leur temps à réciter ou à lire à haute voix des Prières, afin qu'on les libérât dans les plus brefs délais. Tous savaient que le sommet de la Prière est celui de la Béatitude : cet instant où l'âme perd conscience d'elle-même et de ce qui l'entoure, se noie en Dieu et embrasse l'extase. Aussi les prisonniers ordinaires passaient-ils leurs journées à rouler des yeux blancs, se frapper à grands coups de poing la poitrine et tomber en syncope, afin que leur proximité avec Dieu ne fît de doute pour personne… Il était concrètement impossible de communiquer avec eux… Les geôliers avaient bien souvent le sentiment de passer leur journée en compagnie de déments, séparés du sens commun le plus élémentaire.

Les hommes « de la mer », eux, ne se frappaient pas la poitrine en roulant des yeux fous. Dès lors que quelqu'un s'approchait d'eux, ils posaient des questions, écoutaient et regardaient les réponses (elles étaient autant visuelles que sonores). Ils manifestaient de la sympathie et de la gentillesse envers les geôliers, émettaient de sincères remerciements lorsqu'on leur apportait de la nourriture, ou quoi que ce fût d'autre. Et les geôliers, qui n'avaient jamais rien connu de tel et jugeaient cela charmant, pour tout dire rafraîchissant et revitalisant, se mirent à rivaliser à leur tour de gentillesse : c'était à celui qui apporterait de chez lui le meilleur petit plat, la plus douce couverture, l'objet le plus astucieux pour accroître le confort de ceux qu'ils considéraient désormais… comme des sortes d'invités !

Les hommes « de la mer » manifestèrent une remarquable aptitude à apprendre la langue qu'on leur enseignait. À leurs traducteurs, leur mémoire parut phénoménale, et grande leur capacité de saisir les nuances. Cela venait-il de leur inlassable curiosité ? En quelques semaines à peine, ils furent capables de conversations simples, et en quelques mois de conversations plus complexes. Ils ne se contentèrent pas d'apprendre la langue du pays, mais, de façon étonnante, apprirent à leurs enseignants et à leurs geôliers la langue qui était la leur, et dont les sonorités, au début, parurent imprononçables… Il semblait que l'échange fût intimement lié à la moindre de leur coutume…

Peut-être étaient-ils des espions, des escrocs exécutant leur numéro d'acteur… Mais avec quel talent ! Et quelle persistance ! Car les semaines et les mois eurent beau défiler, jamais on ne vit dans leur comportement le moindre changement qui eût pu les trahir, et servir à les démasquer…

Un émissaire du Prêtre de région vint, au terme de six mois, s'enquérir de leurs progrès linguistiques. Il en fut satisfait, étonné même, et félicita les intéressés, tout comme leurs professeurs. Il demanda qu'on commence à lire le Livre de la Foi aux prisonniers, et que l'on note leurs réactions à ce sujet ; puis annonça que dès lors que cette lecture serait accomplie, ces hommes passeraient en jugement, pour que soit établie leur aptitude à vivre au sein du Pays, ou la nécessité qu'ils en partent. Il n'était pas question que la nation soit polluée par des étrangers, des rebelles à l'ordre de la Seule et Unique Foi !

À ce stade de l'histoire, il importe de comprendre ceci : au Pays de la Foi, les plus grands événements étaient les cérémonies religieuses rituelles, qui consistaient en d'interminables litanies de prières, toutes prévues d'avance, à la seconde près. Non seulement leur énoncé était-il connu de tous, mais la façon dont les Prières seraient lues, les mimiques faciales, les gestes qui les accompagneraient, l'emplacement et l'attitude de chacun, tout était-il codifié de la manière la plus complète et parfaite qui pouvait se penser…

L'ennui, au Pays de la Foi, était plus généralisé encore que la pauvreté !

L'arrivée de ces hommes, venus de nulle part, et crachés par l'océan, fut, par beaucoup, vécue comme un divin événement… Enfin une surprise ! Non seulement tenait-on une surprise, mais encore celle-ci donnait-elle lieu à toute une série de questions, auxquelles il était pour l'heure impossible de trouver des réponses !

C'était captivant, excitant, réveillant !

Non seulement les gardiens entretinrent-ils, avec ces êtres étranges, les rapports les plus personnels qu'ils pouvaient envisager, mais aussi chacun d'entre eux se rua-t-il, qui vers son frère, qui vers son père, son fils, son meilleur ami, pour raconter, sous le sceau du secret le plus absolu, un événement qui, à tous, semblait tonitruant de résonnances… et, en vérité, impossible à garder pour soi-seul !

Demander aux geôliers de ne pas parler de ces nouveaux venus, si extraordinaires, était comme exiger d'un gamin de douze ans, qui pour la première fois entrevoit une femme nue, de se taire auprès de ses jeunes commensaux, quant à ce considérable événement ! C'était impossible, impensable, inhumain !

Et d'ailleurs, c'eût été le comble de l'égoïsme ! Et l'égoïsme n'était-il pas ce que le Livre de la Foi enseignait à combattre ?

On connaît le chemin ordinaire des « secrets absolus »… Ils sont si brûlants, palpitants, que chacun se précipite pour les raconter à d'autres, qui les racontent à d'autres, à d'autres et d'autres encore, et ainsi de suite…

À la fin, le phénomène fut tel, que les femmes elles-mêmes furent au courant… Et les femmes ne sont-elles pas des pipelettes patentées, des docteurs ès papotages ? En peu de temps, le Grand-Prêtre demeura seul à ignorer ce que tout le monde savait… et ce que tout le monde, officiellement, gardait précieusement pour soi… Le « secret » n'était jamais éventé à voix haute et en place publique ; mais toujours à voix basse et dans les recoins obscurs… de sorte que chacun se croyait détenteur d'un fait qui concernait désormais tout le monde.

Mais on sait aussi comment circulent les secrets : chacun les enrichit d'un croustillant détail, les orne d'un fait nouveau, et illustre avec force le propos, afin qu'à personne, son sens profond n'échappe…

Très rapidement, les hommes « de la mer » ne furent plus cinq, mais une multitude, ils ne furent plus doux et pacifiques, mais armés d'un irrésistible message, par lequel ils venaient changer, transformer, révolutionner la vie au Pays de la Foi… Pour les uns, il s'agissait d'amplifier encore le mouvement de la Foi et de le radicaliser davantage (Mais comment ? Voilà qui était difficile à imaginer…). Pour les autres, il s'agissait de sortir d'un enfermement qui pouvait sembler à l'extrême limite du supportable… Mais tous, tous attendaient un changement, quelque chose qui bouleverserait leur vie, et lui donnerait enfin un sens !

Il semblait qu'un vent d'espérance soufflât sur le pays ! Lorsqu'on eut connaissance du prochain jugement à venir, chacun se dit que ce jour-là serait celui de la révélation et d'une ère nouvelle ! Mais dans quel sens ? Là était toute la question…

Ce vent nouveau, à cette époque, ne fut pas le seul…

Un jour, peu de temps après l'arrivée des hommes « poissons », un Prêtre de commune reçut une enveloppe… de l'étranger ! Qui pouvait lui écrire ? Et de si loin ? L'enveloppe, brune et plutôt épaisse, brûlait les doigts du Prêtre. Elle était bien sûr ouverte : la censure était passée par là… Mais comment se faisait-il qu'elle ait laissé l'enveloppe poursuivre son voyage, jusqu'à son heureux destinataire ? N'était-ce pas un piège, tendu par la hiérarchie de ce pauvre Prêtre ? Ne cherchait-on pas à tester sa résistance, face aux forces de la décadence et de la mécréance étrangères ? L'enveloppe demeura intouchée sur le bureau du Prêtre, durant six longues journées.

Le Prêtre de commune en question était jeune (il avait dans les trente ans), et s'appelait Octam. Depuis plusieurs semaines, il ressentait à la fois de la tristesse, et une immense colère…

La tristesse venait du constat qu'il ne savait comment s'y prendre, pour répartir les activités de ses administrés, et répondre intelligemment aux besoins de la commune, typiquement rurale. Sa formation était entièrement théologique, et n'avait comporté aucun chapitre économique… Par exemple, il s'était longtemps demandé comment répondre aux besoins en lait. Très clairement, le village ne possédait pas assez de vaches, pour disposer de la quantité de lait qui lui était nécessaire. Octam s'était renseigné sur les avantages comparés de l'achat de vaches nouvelles, et de l'achat de bidons de lait auprès d'autres communes. Les villages alentours n'étaient pas mieux lotis que le sien. Il aurait donc fallu faire venir le lait de plus loin… Mais plus l'achat était lointain, plus le prix du lait augmentait. Quant à l'achat de vaches, ou de génisses, il ne fallait même pas y penser. Octam en avait donc déduit que l'idéal serait de faire venir un taureau, qui œuvrerait auprès des dames bovines. Il avait demandé à un Prêtre de commune voisin, s'il ne pouvait pas lui prêter un taureau pour quelques jours. La réaction du Prêtre en question l'avait sidéré. Il lui avait dit : « Organise d'abord une réunion de prières dans ta commune… Si vous n'avez pas assez de lait, c'est que vous ne priez pas assez… ! » Devant la face ulcérée d'Octam, il avait ajouté : « Ou alors, je te *loue* le taureau… » Mais il avait mentionné un tel prix, que c'en était ridicule…

Octam avait voyagé plusieurs jours, à la recherche d'un taureau dont les services ne fussent pas exorbitants. Il s'attira partout le même genre de réponses… Mais était-ce étonnant ? Pas du tout… Les Prêtres de commune étaient notés, du moins partiellement, en fonction de la prospérité de leur commune, et c'était la comparaison de leurs notes qui déterminait l'évolution de leur carrière. De la sorte, les Prêtres de commune étaient-ils mis en concurrence… Le système en lui-même excluait la solidarité… Octam fit appel à la charité, et mentionna à maintes reprises que des enfants étaient sous-alimentés par manque de lait. On lui répondit, doctement et pieusement, que lui et ses administrés n'avaient qu'à avoir plus de Foi en Dieu.

Octam ne manquait pas de Foi en Dieu... Mais la foi en l'homme vint à lui faire défaut. Il apprit un jour qu'une commune, non loin de la sienne, avait besoin d'un charpentier. Il demanda aussitôt au charpentier de son village d'aller proposer ses services, gratuitement, au village voisin. Mais ce village n'envoya pas de taureau en retour...

Octam organisa une réunion de Prêtres de commune. C'était une première, une initiative inédite. Lors de cette réunion, il évoqua les problèmes que tout un chacun rencontrait, et proposa une solution : la mise en coopérative des moyens divers dont les uns et les autres disposaient. Il se heurta à un mur de faces aussi grises que fermées, parfaitement silencieuses. Octam proposa alors à chacun de réfléchir, et de recenser à la fois besoins et moyens, commune par commune, afin de mieux considérer le problème lors d'une prochaine réunion... Une date fut définie. Mais au jour dit, personne ne vint, et Octam se retrouva seul, et désemparé. Il en vint à comprendre que les Prêtres avaient peur... Ils n'avaient pas tort. Octam fut convoqué par son Prêtre de région, un vieil homme aux manières civiles.

Paterne, le vieil homme lui dit :

« Alors, Octam, tu organises des réunions maintenant ? »

« Grand-Prêtre, je m'aperçois maintenant que j'aurais dû vous prévenir... Pardonnez-moi, je vous prie... »

C'était la coutume. Chaque Prêtre nommait son supérieur « Grand-Prêtre », en guise de marque de respect. C'était une façon de supposer que le Prêtre en question disposait de toutes les aptitudes pour devenir « Grand-Prêtre »...

« Me prévenir ? »

« Enfin, je veux dire : vous demander l'autorisation... »

« Oui, Octam, en effet, cela t'aurait épargné une bêtise... Car vois-tu, notre Institution religieuse ne fonctionne pas avec des réunions, mais avec des ordres qui sont donnés, et auxquels il revient à chacun d'obéir… J'ai entendu dire que l'on manquait de lait par chez toi… C'est bien cela ? »

« Oui, Grand-Prêtre… »

« Eh bien alors, il fallait me contacter, et me dire :'Grand-Prêtre, un taureau nous serait bien utile…' »

« Oui, Grand-Prêtre… »

Octam hésita… puis se lança :

« Nous avons aussi besoin de viande, de ciment, de tuiles et de bois pour les maisons, de bitume pour les routes, d'un véhicule pour permettre aux villageois de se déplacer, et d'un instituteur… »

« Octam… Octam… Crois-tu faire ton marché ? » demanda le Prêtre de région, sur le ton de l'amusement.

Un profond silence s'ensuivit. Le Prêtre de région paraissait maintenant réfléchir.

« Tu dis qu'il n'y a pas d'instituteur dans ta commune… Mais comment les enfants apprennent-ils à prier ? »

« Ils apprennent les Prières par cœur, Grand-Prêtre… Mais faute de savoir lire, ils ne peuvent lire le Grand Livre de la Foi… »

Octam savait qu'il touchait une corde sensible, et s'enhardit :

« Mon épouse, Efsia, est très correctement instruite… Elle l'est même davantage que la plupart des hommes de la commune, qui n'ont guère fréquenté les bancs de l'école. Si vous en donniez l'autorisation, ce serait un bonheur pour elle d'exercer les fonctions d'institutrice… »

Le Prêtre de région parut d'abord sidéré ; puis éclata d'un rire bruyant, qui enfla au fil des secondes… Il semblait ne rien avoir entendu de plus drôle depuis bien longtemps… Mais il ne répondit pas à la proposition d'Octam : une suggestion bête à ce point ne méritait pas de réponse. Quand son rire gargantuesque se fut terminé, le Prêtre de région se contenta de conclure l'entretien par ces mots :

« Octam, tu es impayable et m'amuses beaucoup ! Mais prends garde à tes facéties ! D'autres Prêtres n'ont pas le même humour que moi, et je ne pourrai rien pour toi le jour où la foudre te rattrapera… »

Octam saisit la mise en garde, et rentra chez lui d'humeur morose. Quelques jours plus tard arriva au village une camionnette remplie de bidons de lait. Octam fut cruellement déçu : un taureau, quelques vaches, eussent été bien préférables… Mais enfin, cela soulagerait le village durant quelque temps… Le conducteur de la camionnette était un gaillard à la taille imposante et à la mine rébarbative. Il s'exprimait en ponctuant ses phrases de jurons, et de fautes syntaxiques plus grosses les unes que les autres, mais déclara solennellement à Octam :

« Sur ordre du Prêtre de région, je suis le nouvel instituteur du village ! »

C'était sidérant ! Où en était-on, pour considérer que pareil rustre, à face de séide, pût instruire des enfants ? Octam dissimula comme il put sa détresse… Il avait le sentiment que le Pays sombrait, et que rien n'arrêterait jamais ce naufrage… Jusqu'où la souffrance des gens irait-elle ?

Le soir même, il décida de raconter sa rencontre avec le Prêtre de région à son épouse, Efsia. Il la tenait en haute estime. Il n'ignorait pas qu'on la lui avait accordée, parce qu'elle était petite et menue, alors même que les canons de la beauté exigeaient plus de hauteur et des rondeurs plus substantielles… De surcroît, elle était borgne, et son œil mort n'était pas beau à voir. Mais, dès qu'il avait entrepris de discuter avec elle, le soir de leur mariage, il s'était surtout aperçu que son esprit était vif et acéré, remarquablement agile. Lorsqu'il avait testé, quelques jours plus tard, ses connaissances en matière religieuse, il avait découvert qu'elle était très finement instruite, mais surtout, qu'elle possédait quelque chose de rare, et d'à peu près inconnu dans le Pays : une foi pure et sincère, qui ne se donnait pas en spectacle, mais qu'Efsia vivait de l'intérieur d'elle-même, avec ardeur et simplicité… Et de sa foi limpide, Efsia déduisait qu'il convenait d'aimer les créatures et de les respecter, de les servir et travailler à leur bien, de toute la force que l'on possédait en soi… Ce fut pour lui comme une révélation, une source d'eau pure à laquelle il s'abreuvait désormais avec une infinie gratitude… Enfin, au Pays de la Foi, quelqu'un faisait autre chose que de jouer la comédie, ou trembler de peur, ou recroqueviller à tout jamais son intelligence pour vivre en osmose avec son entourage… Certes, Efsia était borgne ! Mais avec son œil unique, elle semblait voir beaucoup plus loin que tous les gens que connaissait Octam !

Efsia écouta le récit de son mari avec attention (il ne mentionna pas l'épisode la concernant, ne voulant pas la blesser…) ; puis réfléchit quelques instants.

« Bon… Il paraît impossible de créer une coopérative officielle, car l'idée même de coopération est inconnue dans ce pays… »

Elle se tut une seconde, et reprit avec un beau sourire :

« Mais tu peux toujours créer une coopérative informelle, qui n'aura aucune existence légale ! Ne passe pas par tes collègues, qui ont peur et veulent avant tout ne pas rencontrer de difficultés… Fais en sorte que les villageois d'ici rencontrent les villageois d'ailleurs, et qu'ils parlent entre eux… Les échanges de service se feront sans doute naturellement, et sans que personne n'en parle… Il n'y a pas de village, qui ne manque de ceci ou de cela… »

Précieuse, lumineuse Efsia ! Elle avait trouvé en quelques secondes, ce qu'il recherchait en lui-même depuis des semaines ! Comme elle avait raison ! Quel bonheur de vivre avec une telle créature !

Si la pauvreté du village rendait Octam triste, et parfois même accablé, un autre fait le plongeait dans une colère noire…

Octam, bénévolement, se rendait deux fois par mois en ville, pour tenir la comptabilité de la région. De la sorte, il épluchait les rentes perçues par les Prêtres, quel que fût leur rang. Et il avait tout récemment découvert que des Prêtres défunts continuaient à percevoir leur rente. Pour deux d'entre eux au moins, il en était certain, car il s'était personnellement rendu à leurs obsèques. Mais il nourrissait des doutes pour beaucoup d'autres…

Il ne parla de sa découverte à quiconque, mais recopia la liste exhaustive de tous les Prêtres percevant une rente, et se rendit au cimetière de région où les Prêtres défunts étaient systématiquement enterrés… Au bout de trois heures (le cimetière était immense), il avait déjà trouvé le nom de treize Prêtres décédés, et à qui, pourtant, les rentes continuaient d'être versées… Octam était suivi par le gardien du cimetière, qui lui demanda à plusieurs reprises ce qu'il cherchait. Il ne pouvait poursuivre son enquête, sans être de façon certaine dénoncé par cet homme… Mais plus que jamais, sa découverte, qui était maintenant étayée par au moins treize noms, le remplissait d'amertume !

Était-ce son prédécesseur à la comptabilité, qui avait empli ses poches ? Les employés de la régie étaient-ils corrompus ? Le Prêtre de région lui-même était-il compromis ? C'était incertain… Octam savait de façon sûre que le Prêtre de région visait les registres de compte, sans les examiner d'aucune manière… de sorte qu'il était aisé de le duper… Où allait tout cet argent, qui aurait été si utile à soulager la misère des villageois ? Et surtout, que faire ? Auprès de qui, et comment, Octam devait-il s'ouvrir, pour que cessât ce scandale ?

Là encore, la solution vint d'Efsia.

« Octam, tu ne peux en parler à personne… Cela signerait ta perte… Mais… »

« Mais quoi, Efsia ? »

« Il n'y a qu'un seul et unique journal dans le Pays… C'est un journal de pure propagande, tout le monde le sait… Tu peux peut-être lui écrire, et demander que la liste des Prêtres décédés, disons celle des trois dernières années, soit publiée, afin que chacun puisse prier pour eux et le repos de leur âme… Une telle publication impressionnera peut-être ceux qui détournent cet argent public… Cela n'est pas certain, mais il se peut qu'ils prennent peur, et ne cherchent pas à tenter le diable ! »

Sur le moment, Octam douta de réussir de cette façon ; mais il n'en trouva aucune autre meilleure… Il voulut cependant s'entourer de bonnes précautions. Il retourna au cimetière, cette fois-ci accompagné d'un villageois, qui avait la particularité de ne jamais poser aucune question. La seule consigne qui lui fut donnée, fut de discuter avec le gardien, tandis que lui-même, Octam, irait se recueillir et prier sur la tombe de disparus qui lui étaient chers…

En moins d'une heure, Octam trouva douze autres noms de Prêtres défunts, dont la rente n'avait pas été annulée…

Alors, seulement, il écrivit un courrier au journal, demandant que chaque dévot pût prier pour le repos de l'âme des Prêtres défunts depuis trois ans. Le Journal trouva l'idée excellente… La liste exhaustive des Prêtres disparus fut publiée, afin que les prières de tous, y compris des villageois les plus reculés, puissent les accompagner…

Octam n'en dormait plus la nuit. Sans en rien dire à Efsia, pour ne pas l'inquiéter, il résolut de pousser l'affaire plus loin encore. Il lui fallut pour cela du courage, mais il n'en manquait pas. Il demanda un nouvel entretien avec le Prêtre de région, arguant qu'il désirait avoir une discussion sur la meilleure manière de tenir les registres de compte. À nouveau, il fut convoqué. Il déposa sur le bureau du Prêtre les registres, et le journal qui contenait la publication, à la page même mentionnant la liste des défunts Prêtres.

Le vieil homme, débonnaire de nouveau, s'étonna :

« Pourquoi m'apportes-tu le journal d'il y a dix jours, Octam ? »

« Parce qu'il contient un très intéressant article sur l'élevage bovin dans nos régions… J'ai pensé que cela vous intéresserait… »

« Tu es toujours dans tes histoires de vaches à ce que je vois… À propos, as-tu reçu le lait, que je t'ai fait porter ? »

« Oui, et je vous remercie, Grand-Prêtre… »

« Oh ! Je sais que tu aurais préféré un taureau… Mais à l'impossible, nul n'est tenu ! »

On en était là… Même un Prêtre de région ne pouvait obtenir un taureau, sans que mille arguties lui soient opposées !

« Merci encore, Grand-Prêtre. J'ai tenu à vous voir, pour que vous puissiez bien vous assurer que les registres sont tenus correctement. Cela est important, or, je ne suis pas un spécialiste… »

Le Prêtre de région soupira ; mais néanmoins ouvrit les registres. Il bailla dessus pendant quelques instants.

« Tout cela me semble correct… Que veux-tu de plus, Octam ? »

« Puis-je suggérer quelque chose, Grand-Prêtre ? »

« Suggère, mon jeune ami, je t'en prie… »

« Je pense qu'il faudrait des registres spécifiques concernant les rentes des Prêtres. Il ne convient pas que les rentes soient notées au milieu des dépenses de pétrole, ou de réfection des bâtiments… En fait, il me semblerait judicieux que soient ouverts des registres spécifiques pour chaque type de dépense : les rentes, la réfection des bâtiments, la réfection des routes, celle des écoles, celle des hôpitaux, les dépenses de santé, et celles liées à l'éducation, et ainsi de suite… Actuellement, tout est mélangé, de sorte que l'on ne voit guère ce qui est coûteux, et ce qui ne l'est pas… De plus… »

« Continue… »

« De plus, il faudrait exiger un justificatif par dépense… En examinant les registres, vous verrez que certains justificatifs sont manquants… »

C'était vrai… Le Pays était dans un tel état de délabrement administratif, entre autres délabrements, que les dépenses de région étaient consignées pêle-mêle, parfois même sans facturation en rapport.

Le Prêtre de région, qui occupait ce poste avant même la naissance d'Octam, parut comme avoir une révélation.

« Octam, tu ne manques pas de toupet ! Mais tu n'as pas tort non plus… Laisse-moi réfléchir quelques jours à tout cela ! »

Puis, il jura dans sa barbe…

« Il est bien que tu me fasses part de ces questions, Octam… J'ai été bien trop négligent à ce sujet, absorbé que je suis par les questions de Justice… »

C'était vrai encore. Le Prêtre de région était réputé pour ne rendre aucune sentence, sans y avoir longuement réfléchi… Il avait la réputation d'être un Sage, et un Juste.

Il parut dépité, contrarié même, et congédia Octam d'un revers de la main.

Octam rentra chez lui le cœur serré. Il s'en voulait. N'avait-il pas trop largement noyé le poisson ? Il avait certes évoqué des aspects de gestion qui importaient… Mais le Prêtre de région allait-il faire le rapport, maintenant, entre les rentes versées et le nom des Prêtres défunts ?

Et voilà. Octam en était là de ses tourments, quand arriva la fameuse enveloppe brune, qui venait de l'étranger… Pauvre Octam ! Tout semblait concourir à le tourmenter… Y aurait-il jamais une paix, pour lui ? Durant plusieurs jours, Octam tergiversa, remit à plus tard la lecture, ou la non-lecture, de ce courrier étrange, et sans doute vénéneux… Mais voilà ! Octam était curieux… C'était là un fait étrange au Pays de la Foi, qui étouffait toute velléité de curiosité dans la cervelle même des jeunes enfants ; mais c'était ainsi.

Et il ne sut vaincre sa curiosité naturelle, laquelle prit le dessus sur son sens de la prudence…

Une nuit, il ouvrit l'enveloppe d'un geste précautionneux, et commença, frémissant, sa lecture.

Il lut d'un seul trait, les pages écrites à la machine, puis lut et relut encore, comme incapable de se détacher de ces pages magiques, envoûtantes ! Il se sentit… littéralement électrisé ! Il faut comprendre… Depuis longtemps, au Pays de la Foi, les seuls livres que l'on pouvait lire étaient le Livre de la Foi, et des ouvrages de commentaires religieux, qui avaient tendance à se copier les uns les autres… Plus personne ne lisait de romans, de poèmes, de pièces de théâtre ; les essais philosophiques, les livres d'Histoire avaient complètement disparu de la circulation… Et là, découvrir tout à coup un texte neuf, dont il ne connaissait pas par avance chaque mot, chaque idée, était totalement bouleversant ! C'était comme déguster un délicieux petit plat mitonné avec amour et soin, après des semaines de disette et de misère !

C'était magnifique, irradiant… indicible !

Le Prêtre mit du temps à mettre de l'ordre dans ses idées, à saisir le message… Ces quelques pages semblaient en contenir tant à la fois ! C'était une sorte de résumé de l'Histoire humaine en forme poétique, un résumé de toutes les souffrances, de toutes les espérances, une expression de la volonté des hommes qui partait de la nuit des temps pour s'étendre à l'avenir, c'était un cri d'amour étendu à toute la planète… C'était… Comment dire ? La pensée du Prêtre suffoquait sous le poids du message…

Il finit par poser les pages devant lui, sur son bureau, et les aplatit du plat de la main, avec douceur, comme s'il les caressait… De ce message extraordinaire, que convenait-il de faire ? Oh oui ! Il fallait qu'il en fasse quelque chose, qu'il le partage avec d'autres, qu'il le diffuse… ! Certainement, il finirait en se balançant au bout d'une corde… Mais cela avait-il la moindre importance, s'il pouvait donner à d'autres, à beaucoup d'autres, le même choc, la même joie extraordinaire que celle qu'il venait de recevoir ?

Il lut à nouveau, s'aperçut que les mots étaient déjà en son cœur… Quel bonheur ! Quelle fraîcheur ! Quelle force se trouvait là ! Mon Dieu ! Il allait déclencher contre lui un déluge de haine et de rejet… Ou alors… Un déluge d'enthousiasme ? Il n'osait y croire… Mais était-ce si impensable ? Y avait-il un seul mot, dans ce texte, qui contrariât le Grand Livre de la Foi ? Aucun… C'était même comme un texte d'adhésion à ce Grand Livre, à ses commandements les plus profonds, mais qui venait du cœur, et non pas d'une société hystérique, exaltée jusqu'à ne plus rien voir, ne plus rien entendre ni vouloir comprendre…

Quelle responsabilité énorme lui incombait désormais ! Il lui fallait diffuser, diffuser encore et toujours, ce grand poème d'amour et d'énergie ! Il se pouvait sans doute qu'il semât derrière lui la mort, si les autorités de la Bienséance ne voulaient rien savoir… Mais il se pouvait aussi que la vie et l'amour se répandissent, telle une eau bienfaisante, et purificatrice, sur une terre aride et en train de mourir…

Il courut vers Efsia. Elle dormait paisiblement dans sa chambre, et il la réveilla doucement, avec une certaine excitation néanmoins…

« Que se passe-t-il, Octam ? »

« Lis, lis je t'en prie, ce courrier que l'on m'a envoyé… »

Elle se redressa, et commença à lire, la tête légèrement penchée pour que son œil sain pût embrasser les pages… Plus sa lecture avançait, et plus Efsia se redressait, comme stupéfaite. Elle n'avait jamais lu pareille chose. Elle regarda enfin l'enveloppe, cherchant l'origine du timbre… Mais au Pays de la Foi, de même que personne n'était fort en Histoire (L'Histoire ne comportait que deux périodes : celle d'avant la Révolution, qui était décadente en tous ses aspects, et celle d'après la Révolution…), personne n'était fort en Géographie : il y avait le Pays de la Foi, dont les écoliers apprenaient le nom des vallées, des cours d'eau, des villes et des montagnes, et le reste du monde… qui ne méritait pas qu'on s'y intéressât !

Aussi le nom du pays étranger d'où venait le courrier ne représentait-il rien, ni pour Octam, ni pour Efsia…

« Octam, c'est une réponse au Grand Livre de la Foi… »

Merveilleuse petite Efsia ! Elle comprenait les choses comme lui !

« Les hommes disent là qu'ils sont d'accord pour endosser les ordres du Tout-Puissant… Les ordres de Fraternité et d'amour réciproque… Pas au sens littéral, comme nous le faisons chez nous, mais d'une façon intellectualisée, qui puisse être adoptée, en profondeur, par l'ensemble du genre humain ! Octam ! Ce texte est une merveille ! »

Elle relut encore et encore, comme fascinée.

« Octam, il faut le diffuser ! »

« C'est bien ce que je pense ! Mais nous allons ainsi écourter nos vies, et de beaucoup ! »

« Octam, nous n'avons pas d'enfant… Notre vie a donc moins d'importance, que si nous étions parents… Je crois qu'il nous faut courir ce danger… Ce poème est tellement beau, tellement extraordinaire… Nous ne pouvons pas faire comme si nous n'avions rien reçu ! Il faut l'offrir à d'autres… »

Ils réfléchirent tous deux, la tête en feu ! C'était le feu de l'espérance…

« Il nous faut copier ce texte, autant de fois que nous en sommes capables, et le donner à d'autres en leur demandant de copier à leur tour… »

« Efsia… Tu sais comme moi qu'il y a pénurie de papier dans ce pays… »

« De quoi n'y a-t-il pas pénurie ? » bougonna-t-elle.

Mais c'était vrai. Où trouver du papier ? Puis vint l'idée de génie… Oh combien dangereuse… !

« Octam ! Je crois savoir ! Chacun des exemplaires du Grand Livre de la Foi se termine par plusieurs feuilles blanches, où les dévots sont censés faire part de leurs commentaires… »

Il n'osait comprendre, et se mit à frémir.

« Tu sais comme moi, Octam, que personne n'écrit jamais rien, par crainte de déclencher la foudre des Prêtres… Un seul mot de travers, et c'est la fin ! »

« Que veux-tu dire, Efsia ? »

Ils tremblaient tous deux.

« Peut-être… Peut-être pourrions-nous arracher ces pages vierges, et nous en servir pour copier cette Épopée sublime ? »

« Arracher des pages du Grand Livre de la Foi ! Efsia ! C'est la mort assurée, la mort lente et ignominieuse ! Nous serons accusés de blasphème, et réduits en charpie… ! »

« Il y a de grandes chances, en effet… Mais au moins ne mourrons-nous pas pour rien ! Ce Poème donnera du courage à ceux qui le liront, il parle d'une foi intelligente, raisonnée, qui donne à l'homme l'occasion de servir son frère, quand depuis des décennies, nous ne faisons qu'ânonner des prières… Et puis… »

Elle se tut.

« Parle, Efsia ! Je t'en prie… »

« Écoute, c'est étrange… Il était aisé pour la censure de bloquer ce courrier… Or, tu l'as reçu… Cela veut dire, soit que tu es explicitement sur la sellette, soit que la censure *elle-même* a compris l'intérêt de ce texte, et t'utilise pour le diffuser… »

« Sais-tu à quoi j'ai pensé de mon côté ? Nous sommes là à croire que ce courrier est unique en son genre ; mais il se peut fort bien que d'autres exemplaires aient été diffusés dans le Pays… Nous ne sommes peut-être nous-mêmes que le maillon d'une chaîne… »

« Octam ! Il se peut bien que tu aies raison ! Nous ne sommes pas près d'avoir les réponses à nos questions, mais je crois qu'il nous faut agir, sans tarder… »

Et voilà… Voilà comment le Pays de la Foi fut, du nord au sud et de l'est à l'ouest, en même temps parcouru par deux vents, deux vents de grande intensité, qui enflammaient les consciences, réveillaient les esprits, secouaient les énergies : la présence des hommes « de la mer », et l'Épopée du monde.

Ce fut dans ce contexte, et trois mois plus tard, que se tint le fameux procès des hommes « de la mer », tant attendu des dévots.

Il se déroulait dans la capitale, et devait être présidé par le Prêtre de région attaché à celle-ci, assisté, de manière exceptionnelle et en raison de la nature du procès, d'un Prêtre de la Bienséance.

Juste avant lui, eurent lieu les procès de trois couples, convaincus d'adultère, et celui d'un tout jeune homme, accusé de vol à l'étalage. C'étaient là des procès qui ne posaient pas la moindre difficulté : les preuves étaient flagrantes, et les sentences prévues par le Grand Livre de la Foi. Tout fut donc promptement expédié, sans incident majeur. Seule, une jeune femme, dont la vie de mauvaises mœurs venait d'être révélée, clama son innocence, au nom du « droit d'aimer ». C'était si ridicule que tout le monde en rit avec dédain. Comme elle refusait de se taire, son gardien dut lui appliquer une belle paire de gifles, qu'elle n'avait pas volée…

Puis, arriva le moment tant attendu : celui de juger les hommes « de la mer », afin de déterminer deux faits. Tout d'abord, étaient-ils, on non, des espions ? S'ils l'étaient, ils seraient condamnés, par décision du Prêtre de région. Ensuite, s'ils ne l'étaient pas, pouvaient-ils, ou non, vivre au Pays de la Foi ? La réponse à cette délicate question incombait au Prêtre de la Bienséance. Comme tous les autres procès, celui-ci se tenait à huis clos : en dehors du Prêtre de région, du Prêtre de la Bienséance, de leurs assesseurs et d'un greffier, n'étaient présents que les gardiens des hommes « de la mer », leurs avocats et traducteurs, car l'on voulait être certain que tous fussent correctement défendus, et pussent s'exprimer à leur guise. Signalons cependant qu'au pays de la Foi, le rôle des avocats se bornait, beaucoup plus qu'à défendre les accusés, à assurer le tribunal que leurs clients ne feraient pas appel.

Les hommes « de la mer » pénétrèrent dans la salle d'audience en longue robe noire. Ils avaient, depuis leur arrestation vingt mois auparavant, considérablement maigri. La cause n'en était pas tant qu'ils avaient manqué de nourriture… Ils avaient avant tout souffert de leur enfermement, et du manque d'exercice. Désormais, ils semblaient comme affaiblis…

D'ordinaire, tout accusé commençait par jurer sur le Livre de la Foi qu'il dirait bien la vérité ; mais les accusés présents n'ayant pas encore embrassé la Foi vraie et unique, ils furent dispensés de cette formalité, dont ils n'étaient pas dignes.

« Veuillez demeurer debout, et décliner vos noms et dates de naissance », demanda le Prêtre de région.

« Je m'appelle Muari, dit l'un d'entre eux ; et mes compagnons – il les désigna – sont Muori, Mueri, Mauri, et Muiri. »

Le Prêtre de région était averti de cette plaisanterie ; dans la langue du Pays de la Foi, les noms de ces prisonniers étaient impossibles à distinguer les uns des autres. Aussi avait-il trouvé la parade à cet imbroglio.

« Sans vouloir vous offenser, messieurs, vous serez le temps de ce procès A, B, C, D, et E. »

« Grand-Prêtre, nous avons une déclaration à faire. » dit Muori.

« Contentez-vous, messieurs, de répondre à mes questions. Vous ferez votre déclaration si vous êtes en désaccord avec l'issue du procès, pas avant. Où êtes-vous nés, et quand ? »

« Grand-Prêtre, nous sommes tous nés sur 'l'Ile Où Nous Sommes Nés'. Sur cette île, il n'existe pas de date de naissance exacte. Nous ne connaissons donc pas nos âges exacts. » répondit Muiri.

Le Prêtre de région savait qu'il lui faudrait être patient, et s'était en conséquence préparé à cet exercice… qui ne lui était pas coutumier.

« Quel est le nom de votre île ? »

« Nous l'appelons 'l'Ile Où Nous Sommes Nés'… Pour les gens de notre peuple, elle n'a pas d'autres noms… » dit Mauri.

« Veuillez désigner cette île sur la carte. »

Un assesseur se déplaça, pour présenter une immense carte aux prisonniers.

« Nous ne savons pas la situer ainsi, car nous ne savons pas lire les cartes… » dit Mueri.

Le Prêtre de région avait été avisé du style de réponse qu'il obtiendrait ; aussi ne fut-il point désarçonné, ni même agacé. Il déclara :

« Vous comprenez qu'en refusant de nous indiquer l'emplacement de cette île, dont vous prétendez venir, vous vous conduisez en coupables… Car tant que nous n'aurons pas identifié cet endroit, nous considérerons qu'il n'existe pas… »

« Grand-Prêtre, poursuivit Mueri, nous sommes sincères dans nos dires. Nous devons vous parler de la légende de notre île… Selon cette légende, une poignée de nos aïeux a fait jadis naufrage sur ses côtes, il y a environ quatre siècles. Les survivants de ce naufrage, qui étaient des deux sexes, n'ont jamais réussi à quitter l'île. En revanche, ils ont compris qu'il était possible d'y vivre, car elle regorge de nourriture. Ils ont donc décidé de demeurer là où Dieu les avait menés. »

Il se tut un instant, et reprit :

« À l'origine, nos aïeux savaient écrire ; mais les générations qui ont suivi ont perdu ce savoir, faute d'encre et de papier… Il se trouve également qu'écrire n'est chez nous guère utile… Nous n'avons donc jamais vu de carte avant ce jour… »

« D'où venaient vos aïeux ? »

Muari intervint.

« Cela, nous ne pouvons le dire… »

« Pourquoi ? »

« Nous avons perdu la mémoire de cette nation. Nos aïeux l'avaient quittée, car ils y étaient persécutés pour des raisons religieuses… Nous avons banni le nom de cette nation, qui nous est devenue inconnue… »

« Ainsi donc, il est impossible pour vous de nous dire où se situe votre île, comme de situer l'origine de vos aïeux… Pensez-vous de cette manière vous rendre crédibles ? »

« Non, Grand-Prêtre » confirma Muari sans ciller le moins du monde.

« Bon, passons à autre chose… De quoi vivez-vous, sur cette île ? »

Les deux Prêtres s'étaient concertés. Ils avaient décidé d'interroger les hommes « de la mer » sur leur façon de vivre antérieure, afin de déterminer si elle était peu ou prou compatible avec le mode de vie du Pays de la Foi.

« Nous cueillons le tomo, le tuémo, le tuama et le tééma. » dit Mauri.

« Qu'est-ce que tout cela ? »

« Ce sont ce que vous appelleriez des légumes, qui ressemblent à des courges, des haricots et des fèves… Nous cueillons aussi le tuima, qui est un fruit. »

« Cultivez-vous ? »

« Non, Grand-prêtre. Ces légumes et ces fruits poussent spontanément, en abondance… Mais surtout, nous pêchons, et mangeons des fruits de mer… Nous n'avons qu'à nous baisser pour ramasser les coques… » conclut Mauri, pour le chapitre alimentaire.

« D'où, peut-être, votre couleur de peau, qui est un peu spéciale… »

« Oui, Grand-Prêtre. Mais pour nous, c'est votre couleur, qui est un peu spéciale… »

Tout le monde ricana quelque peu… Ces gens-là ne doutaient de rien, et faisaient de l'esprit !

« Combien êtes-vous sur cette île ? »

« Environ un millier, Grand-Prêtre. » dit Muori

« Vous mangez tous à votre faim ? »

« Oui, Grand-Prêtre, car nous savons que l'île peut nourrir un millier d'entre nous, et veillons à ne pas dépasser ce millier… »

L'attention du Prêtre de la Bienséance fut émoustillée.

« Comment faîtes-vous, pour ne pas dépasser ce millier ? Tuez-vous des bébés à la naissance ? » demanda-t-il.

« Non, Grand-Prêtre ! »

« Avortez-vous vos femmes ? »

« Non, Grand-Prêtre… »

« Eh bien ? Comment gérez-vous votre démographie ? »

« Lorsque c'est nécessaire, nous pratiquons l'abstinence… »

« Vous voulez dire que vous vous soulagez sur des animaux… ! » ne put s'empêcher de s'exclamer un assesseur.

Le Prêtre de la Bienséance le foudroya du regard, et le pauvre assesseur sut qu'il venait de lourdement gaffer. Mais, à nouveau, il faut saisir un trait particulier, propre au Pays de la Foi. Hommes et femmes y vivaient séparément, toujours revêtus de longue robe… Ils n'étaient censés se retrouver que dans un but de procréation, c'est-à-dire lorsque les dames étaient en période de fertilité… Le sexe, en dehors de ce but, n'était jamais évoqué… C'est dire qu'au Pays de la Foi, les hommes ne pouvaient voir un centimètre carré de peau, ou évoquer une femme, fût-elle une laideronne, sans se sentir aussitôt en émoi… Sans le savoir, les dévots étaient de grands obsédés sexuels ; mais, dans ce contexte, pouvait-on leur en vouloir ?

Les hommes « de la mer », eux, s'étaient redressés. On pouvait voir à leurs yeux qu'ils étaient offensés.

« Veuillez pardonner à mon assesseur, qui semble avoir oublié où il se trouve, reprit le Prêtre de la Bienséance… Vous parliez d'abstinence… Cela veut-il dire que vous vous séparez de vos femmes ? »

« Non, Grand-Prêtre. Nous vivons ensemble, car nous aimons leur compagnie, tandis qu'elles apprécient la nôtre… Simplement, lorsque cela est nécessaire, nous les aimons avec l'âme, et pas avec le corps ; et elles agissent de même à notre égard… » poursuivit Muori.

Ce dernier commentaire, dans son ensemble et en chacune de ses propositions, était, pour les dévots du Pays de la Foi, totalement incompréhensible. Le Prêtre de région, celui de la Bienséance, leurs assesseurs et les avocats présents, plissèrent les yeux, comme cherchant à comprendre un énoncé philosophique particulièrement ardu, ou bien encore des faits surnaturels… Seuls, les gardiens et les traducteurs, qui avaient longtemps parlé et échangé avec les hommes « de la mer » quant à leurs pratiques, ne parurent pas tomber de la lune.

Les deux Prêtres notèrent les mots pour eux-mêmes, afin d'y réfléchir plus tard.

« Combien de femmes chaque homme possède-t-il ? » demanda le Prêtre de la Bienséance, lancé sur son sujet.

« Nous ne possédons rien, ni objet ni être vivant. Tout est à tout le monde… »

Le Prêtre de la Bienséance ricana. N'était-ce pas là un aveu de vie en lupanar ?

« Vos femmes couchent donc avec tout le monde ? »

« Non, Grand-Prêtre. Les couples se choisissent, et lorsqu'ils sont formés, se défont rarement, car rien ne les contraint… »

« À quoi passez-vous vos journées ? »

« Nous jouons avec nos enfants, avec nos femmes et entre amis… »

« Voulez-vous dire que vous couchez avec tout le monde, jeunes et moins jeunes, à longueur de temps ? »

Les hommes « de la mer » parurent quelque peu stupéfaits.

« Non, Grand-Prêtre, jouer ne veut pas dire coucher, dit Muari. Nous jouons à créer des costumes, à inventer et raconter des histoires, nous jouons à imaginer le monde que nous ne connaissons pas… Nous jouons à nous cacher, et à attendre que d'autres nous retrouvent ; à courir le plus vite et le plus longtemps que nous le pouvons. Nous jouons avec les animaux que nous avons apprivoisés, et qui sont nos amis… »

« De quels animaux s'agit-il ? »

« La plupart du temps, il s'agit d'oiseaux… »

« Vous finissez par les manger ? »

« Non, Grand-Prêtre, les poissons sont les seules viandes que nous mangeons… »

« Donc, vous ne travaillez pas… »

« Non, Grand-Prêtre. Nous avons découvert ce mot au contact de notre professeur. Nous aimons aussi sculpter les pierres, les arbres, et ensuite nous les peignons. Nous aimons jouer avec les mots, chanter et danser… »

« Avez-vous conscience, tonna tout à coup le Prêtre de la Bienséance, qu'ainsi vous offensez votre Créateur ? »

Muari ne se démonta pas. Il réfléchit quelques secondes.

« Non, Grand-Prêtre. En agissant ainsi, nous pensons plutôt rendre grâce, nous nous émerveillons de la beauté du monde dans lequel nous vivons et participons à cette beauté, à notre humble manière… L'idée d'offenser Dieu ne nous est jamais venue… »

Mais le Prêtre de la Bienséance était lancé, et maintenant difficile à arrêter.

« Que vous le vouliez ou non, vous offensez l'Eternel, en prétendant participer à Sa Création, quand Il est Seul et Unique Créateur ! »

« Grand-Prêtre, nous pratiquons seulement ce que vous appelez les Arts… Nous savons que votre peuple désapprouve cette façon d'agir… Mais pour notre part, nous n'y voyons là que le moyen de glorifier Dieu, et d'honorer nos semblables, car aux uns et aux autres nous offrons souvent des statuettes, des peintures ou des costumes que nous réalisons avec des lianes, des feuilles et des plumes… Il s'agit pour nous d'un art de vivre, auquel nous tenons ! »

Le Prêtre de région intervint, pour faire diversion, et calmer son ardent collègue, dont la fougue était souvent difficile à canaliser.

« Comment gérez-vous vos conflits ? »

« Nous les gérons en parlant, et en utilisant notre bonne volonté… »

« Et cela suffit ? »

« Oui, Grand-Prêtre. Dans la mesure où tout est à tout le monde, et où nous ne manquons de rien de ce qui est nous est nécessaire, les sources de conflit sont presque inexistantes… Mais lorsque vraiment il existe des divergences sur des sujets importants, nous organisons une sorte de conseil, auquel assistent tous ceux qui le souhaitent, et délibérons jusqu'à trouver une solution ; ensuite, il ne vient à l'idée de personne de s'opposer aux décisions du conseil… »

« Comment désignez-vous votre chef ? »

« Nous n'avons pas de chef à proprement parler… mais plutôt des personnes ressources. À chacune de nos générations, nous avons constaté que les uns sont doués pour ceci, et d'autres pour cela… »

Les deux Prêtres parurent étonnés.

« Si vous n'avez pas de chef, cela veut-il dire que vous ignorez les sens du mot obéissance ? » demanda le Prêtre de région.

« Effectivement, Grand-Prêtre, tout comme le mot travail, nous avons découvert le sens de celui-ci en écoutant nos enseignants de langue. »

« Pourquoi avez-vous décidé de quitter votre île ? »

« Nous rencontrons en ce moment une difficulté que nous ne savons surmonter… » dit Muiri.

« Laquelle ? »

« L'eau de la mer grignote la terre ferme, lentement, mais sûrement, depuis maintenant deux générations… Notre peuple, le peuple des 'Hommes et des Femmes Qui Sont Nés' est inquiet, et se demande s'il pourra encore longtemps vivre sur 'l'Île où Nous Sommes Nés'. Il a décidé d'envoyer en éclaireurs quelques-uns, pour savoir où nous diriger le jour où il faudra vraiment partir. Nous sommes ces hommes-là. »

« Y-a-t-il d'autres hommes, partis ailleurs ? »

« Non, Grand-Prêtre. Nous avons été choisis, parce que nous sommes de bons nageurs, et que nous n'avons pas encore d'enfants, ni même d'épouses… »

« Vous n'avez donc pas de bateau, sur votre île ? »

« Nous sommes partis en bateau… Mais il a chaviré lors d'un coup de vent, et nous avons poursuivi notre route à la nage… »

« Combien de temps a duré votre voyage en bateau ? Et combien de temps avez-vous nagé ? »

Le Prêtre de région espérait toujours parvenir à déterminer l'emplacement de l'île, bien que son existence lui parût improbable.

« Notre bateau était tout petit, et n'a résisté que trois jours. Nous avons nagé une journée entière, et un peu plus peut-être… »

« Une journée entière à nager sans désemparer… Le moins que l'on puisse dire est que vous ne vous embarrassez pas de vraisemblance… »

« Grand-Prêtre, nous habitons sur une île… Chez nous, les enfants savent nager bien avant de savoir marcher… Nous passons notre vie en plein air, et sommes tous très résistants… »

« Comment vous-êtes-vous orientés ? »

« Nous voulions aller vers le nord, parce que c'est la seule consigne que nous avions reçue de notre peuple… Mais nous ignorions où nous mènerait cette orientation… »

« Vous avez constamment fait cap vers le nord ? »

« Oui, Grand-Prêtre. »

« Vous n'avez donc pas choisi de venir au Pays de la Foi… ? » rugit tout à coup le Prêtre de la Bienséance, comme si les hommes « de la mer » l'avaient personnellement insulté, ou comme si un frelon l'avait piqué.

« Non, Grand-Prêtre… Mais comment aurions-nous pu le choisir ? Nous ignorions jusqu'à son existence… ainsi que l'existence de tous les autres pays… »

« Depuis le naufrage de vos aïeux, l'île a-t-elle reçu la visite d'autres hommes ? » reprit le Prêtre de région.

« Oui, c'est arrivé… »

« Racontez… »

« C'est arrivé à trois reprises, dont l'une de notre vivant. Les fois précédentes relèvent du siècle dernier, et de celui d'avant encore. À chaque fois, ces visiteurs sont repartis d'eux-mêmes. »

« Votre peuple a-t-il conversé, échangé avec eux ? »

« Non, Grand-Prêtre. Avant d'entrer en contact avec les visiteurs, il a toujours été convenu entre nous de d'abord nous rendre invisibles à leurs yeux, et de les observer, afin de s'assurer qu'il était possible de leur accorder notre confiance… »

« Et ? Continuez, je vous en prie… »

« Les marins qui à trois reprises ont débarqué sur l'île, sont toujours repartis avant que nous ayons eu le temps de prendre une quelconque décision à leur égard… »

« Et pourquoi, selon vous ? »

« Sans doute parce que notre île est petite, et ne détient pas de richesse particulière, en dehors des légumes et des fruits que nous avons tout à l'heure évoqués. »

Le Prêtre de région se cala tout au fond de son fauteuil… Rien de ce qui était dit ne se tenait, n'était pourvu de la moindre vraisemblance. Car comment croire que durant X générations, alors même que la science de la navigation et celle des communications atteignaient son apogée chez les hommes, une île entière, même petite, aurait pu demeurer sans contact réel avec le reste du monde ? L'idée même était farfelue… Ces hommes « de la mer » n'étaient que de grands acteurs, sûrement envoyés au Pays de la Foi par une nation ennemie… Pourtant, cette conclusion était contrariée par deux faits, qui tourmentaient le Prêtre. Pourquoi ces hommes, s'ils souhaitaient vivre en espions dans le Pays, déployaient-ils si peu d'efforts pour obtenir leur admission au sein de la nation ? Leur innocence, à avouer qu'ils pratiquaient l'Art, aimaient la compagnie de leurs épouses, et ignoraient tout d'une société hiérarchisée et régie par le travail, était déroutante… Et pourquoi, toujours dans l'optique où ils seraient des espions, ne s'étaient-ils pas présentés avec des couvertures plausibles ? Pourquoi n'étaient-ils pas arrivés, par exemple, en prétendant venir d'un pays dont tout le monde connaissait l'existence, et vouloir à toute fin se convertir à la Foi vraie et unique ? Pourquoi faire appel à tous ses subterfuges, qui finalement relevaient de l'absurde ?

Ces hommes semblaient ne pas même avoir conscience de ce qui les attendait, s'ils étaient reconnus coupables d'espionnage…

Le Prêtre de région se pencha vers son collègue de la Bienséance, discuta à voix basse un instant avec lui, et lui fit signe que désormais, ces hommes lui appartenaient.

« Bien. Arrivons au vif du sujet. Avez-vous des dieux, sur votre île ? » demanda le Prêtre de la Bienséance, chargé de découvrir si ces hommes avaient, ou non, la capacité de se convertir à la Foi du Pays.

« Nous n'en avons qu'un… Il nous a été transmis par nos ancêtres… » déclara chaudement Muari.

« Un seul ? »

« Un seul. »

« Avez-vous un Grand Livre de la Foi, comparable au nôtre ou à peu près ? »

Les hommes de la mer s'entre-regardèrent, et parurent tout à coup gênés.

« Nous avons une Foi, mais dont l'expression est très condensée par rapport à la vôtre… Je ne sais pas si nous pouvons parler d'un véritable livre, au sens où vous l'entendez… »

« Eh bien ! Je vous écoute ! Que dit votre livre ? »

« Dieu est unique en tout point, et Il est seul dans ce cas… »

« Excellente entrée en matière ! s'exclama le Grand-Prêtre. Notre livre dit la même chose… ! Que dit d'autre votre Livre ? »

« Eh bien… Il ne dit rien d'autre… ! »

« Comment cela, rien d'autre ? Que dit votre Livre des attributs de Dieu ? »

« Dieu est unique en tout point, et Il est seul dans ce cas… »

« Comment ! Cela s'arrête là ? ! Votre Livre ne parle-t-il pas de l'Amour divin, qui est incomparable et dépasse celui de toute autre créature ? »

« Si, Grand-Prêtre, il en parle à sa manière… Si Dieu est unique en tout point, cela veut dire qu'Il est seul à aimer comme Il aime… ! »

« Votre Livre ne parle-t-il pas de la connaissance divine, qui est infinie, et dépasse la connaissance de toute autre créature ? »

« Si, Grand-Prêtre, il en parle à sa manière. Si Dieu est unique en tout point, cela veut dire qu'Il est seul à savoir tout ce qu'Il sait… »

« Votre Livre ne parle-t-il pas de la puissance divine, qui est infinie et dépasse la puissance de toute autre créature ? »

« Si, Grand-Prêtre, il en parle à sa manière. Si Dieu est unique en tout point, cela veut dire qu'Il est seul à être puissant comme Il l'est… »

« Que dit votre Livre de la façon dont vous devez naître, vivre et mourir ? »

Muari, qui avait pris en charge les questions religieuses, parut surpris, et réfléchit quelques instants.

« Il ne dit rien, puisqu'il se résume à la phrase que je vous ai énoncée… Mais de cette phrase, nous avons déduit que nous devions vivre en nous aimant, et en nous soutenant… »

« Expliquez-vous ! »

« Si Dieu est unique en Son amour, cela signifie que nous devons tenter de l'imiter… et d'aimer, autant que nous en sommes capables… Mais quels que soient nos efforts, nous ne serons jamais ce qu'Il est… ! »

À son tour, le Prêtre de la Bienséance se prit la tête à deux mains.

« Et si Dieu était la haine, devriez-vous l'imiter ? »

Cette question surprit, déconcerta, même, tous les dévots présents, qui ouvrirent des yeux ronds. Elle frisait le blasphème.

« Dieu ne peut pas être la haine… D'après ce que nous ont appris nos aïeux, la haine était entre les hommes la chose la plus aisée et répandue qui soit, dans le monde dont ils venaient… Si Dieu était la haine, Il ne serait pas unique… »

« Et si Dieu était la violence, la rapine, le meurtre ? »

« Dieu ne peut être la violence, la rapine et le meurtre… D'après ce que nous ont enseigné nos aïeux, ces choses-là étaient les plus répandues qui soient, dans le monde où ils vivaient avant de faire naufrage… Si Dieu était cela, Il ne serait pas unique… »

« Si je comprends bien, vous ne disposez que d'une phrase, d'une toute petite phrase, pour savoir comment vivre et complaire à votre Dieu ? »

« Oui, Grand-Prêtre. »

« Avez-vous lu notre Grand Livre de la Foi ? »

« Il nous a été lu… »

« Avez-vous appris et compris son enseignement ? »

« Oui, Grand-Prêtre. »

« Je vais vous interroger à son sujet… »

Et ce fut parti… Selon la procédure ordinaire, qui se déroulait lors de chaque procès quels que fussent les motifs de celui-ci, le Grand-Prêtre interrogea A, B, C, D et E sur des longs passages du Grand Livre de la Foi. D'ordinaire, les prévenus, au comble de la crainte et de l'émotion, étaient incapables de réciter quelque passage que ce fût, sans se tromper et commettre de multiples erreurs. Il n'était guère difficile de les accabler pour leur inculture, et de confondre leur ignorance… Les hommes « de la mer », eux, récitèrent de multiples passages, sans se tromper sur la moindre virgule. Cela dura longtemps ; car plus les hommes « de la mer » se trouvaient incollables, plus le Prêtre de la Bienséance eut envie d'assister à leur chute… Mais non… Au terme de nombreuses heures d'interrogatoires au sujet du Grand Livre, il apparut que les prévenus le connaissaient par cœur, et en avaient enregistré toutes les finesses !

C'était renversant, sidérant !

Mais là encore, le Prêtre de région s'interrogea. Pourquoi ces hommes s'étaient-ils donné tant de mal à apprendre par cœur toutes sortes de passages du Grand Livre de la Foi, alors qu'inversement, ils n'avaient pas levé le petit doigt pour se présenter comme aptes à vivre au sein de la nation ? Il y avait là quelque chose de profondément incohérent…

« Êtes-vous prêts à vivre selon les commandements de notre Grand Livre ? » demanda finalement le Prêtre de la Bienséance.

Muari hésita un instant.

« Cela dépend, Grand-Prêtre ! »

Le Prêtre de la Bienséance eut une sorte de hoquet, et les assesseurs avec lui. Leurs yeux, à tous, s'écarquillèrent. Personne, au Pays de la Foi et depuis des générations, n'avait jamais osé énoncer pareille chose.

« Vous vous rendez compte que vous blasphémez ? Vous offensez Dieu, qui a, par Son prophète, dicté Ses Saintes Paroles… Vous en rendez-vous compte ? »

« Telle n'est pas notre intention… Nous ne souhaitons offenser personne… Mais nous répondons honnêtement à la question posée… Votre Livre nous a fortement intéressés, et même captivés, car il régule les relations entre les êtres, ainsi qu'entre Dieu et les êtres humains… Si nous demeurons libres d'interpréter ces commandements, de les intégrer en nous-mêmes par le fait de notre propre réflexion, alors oui, nous pouvons vivre dans le cadre de cette liberté… Si, à l'inverse, il nous faut vivre selon ces commandements sans espace de liberté quant à leur interprétation, alors cela nous répugne… ! »

« On ne peut pas dire que vous y alliez par quatre chemins ! » s'exclama le Prêtre de la Bienséance, hors de lui.

« Nous n'oublions pas que nos ancêtres ont dû fuir des persécutions religieuses, et ne voulons pas revivre ce cauchemar ! » intervint énergiquement Muori.

Le visage du Prêtre de la Bienséance devint érubescent, ses yeux s'injectèrent de sang. Le Prêtre de région connaissait par cœur ces signaux. Ils annonçaient un long et incendiaire discours, un fleuve de feu, un déchaînement d'énergie destiné à accabler les impies… Aussi s'empressa-t-il de saisir son maillet, qu'il fit résonner sur la table, et de déclarer, d'une voix tonitruante :

« Messieurs, vous connaîtrez demain le résultat de nos délibérations… »

Il pensait qu'ainsi, tout serait dit et achevé pour la journée… Mais non !

« Grand-Prêtre ! tonna à son tour Muiri. Comment pourriez-vous délibérer, si vous ignorez ce que nous, nous voulons ? Nous voulons quitter le Pays, et aller dans un autre… »

« Quitter le Pays ? » répéta le Prêtre de région.

Il était au comble de l'étonnement. Un long moment, il se tut, comme si l'impensable venait d'être dit.

« Et pourquoi voulez-vous quitter ce Pays ? » demanda-t-il d'une voix blanche.

« Nous y avons été emprisonnés, dès le jour de notre arrivée, alors que nous ignorions jusqu'à l'existence des portes et des murs… ! Pensez-vous que nous souhaitons pareil sort, pour le reste de notre peuple, qui est un peuple pacifique et libre ? ! »

« Décidément, vous n'avez à la bouche que le mot liberté ! » éructa le Prêtre de la Bienséance, qui, comme tous les grands religieux, tenait ce terme en horreur et n'y voyait que la source de tous les maux du monde.

« Messieurs, vous connaîtrez demain le résultat de nos délibérations… ! répéta le Prêtre de région. Assesseurs, faites évacuer la salle. ! »

La salle se trouva promptement désertée. Bientôt n'y demeurèrent plus que les deux Prêtres.

« Si nous allions manger un morceau ? Voici des heures que nous siégeons sans désemparer… » proposa aimablement le Prêtre de région à son collègue.

« Manger ! Ne nous faut-il pas prier avant de rendre nos décisions ? » darda le Prêtre de la Bienséance, comme s'adressant à un collégien mal élevé.

« Bien sûr ! Prions d'abord ! » répondit le Prêtre de région qui était épuisé.

Et ce fut parti, pour une longue, minutieuse, ardente et érudite séance de prières, menée tambour battant par le Prêtre de la Bienséance, qui gesticula autant qu'il le put. Il était au comble de la colère, et semblait agir comme devant un invisible théâtre empli de spectateurs, qu'il convenait de mater, tant par la crainte que par l'admiration.

Enfin, au terme d'une bonne heure, la séance fut finie.

« Il serait souhaitable pour nous de manger quelque chose… » réitéra le Prêtre de région.

« On m'a prévenu que vous étiez porté à la gloutonnerie… » dit d'un ton menaçant le Prêtre de la Bienséance.

Au Pays de la Foi, la gloutonnerie était considérée comme un des pires péchés qui soient, avec tous ceux de la chair évidemment… Les deux hommes avaient le ventre vide depuis huit ou neuf heures maintenant, mais le Prêtre de région comprit qu'il ne tirerait aucun avantage à insister.

« Ces hommes méritent la peine capitale… » énonça tout à coup d'une voix douce, presque tendre, le Prêtre de la Bienséance.

Le Prêtre de région sursauta. Il considéra son collègue avec dégoût, incapable désormais de dissimuler son hostilité. Et d'où celle-ci venait-elle ? Comme tout le monde ou presque, il avait eu vent de l'Épopée du monde, quelques semaines auparavant, et savait depuis ce jour, que plus jamais, *plus jamais*, il ne condamnerait quiconque à la peine capitale…

Oui, il pourrait en mourir lui-même, mais plus personne ne périrait désormais d'une décision de sa bouche…

« Pourquoi commencer notre réflexion par sa conclusion ? De quoi sont coupables ces hommes de façon sûre et certaine ? » demanda le Prêtre de région.

« Vous conviendrez avec moi que leur histoire d'île ignorée du reste du monde ne paraît guère plausible… »

« Certes… »

« Donc, ils ont menti… Ils viennent d'on ne sait où, avec cette couverture délirante destinée à nous embrouiller l'esprit… »

« Justement ! S'ils viennent tout simplement d'une nation connue, pourquoi inventer quelque chose d'aussi risqué ? »

« Leur aurions-nous ouvert nos portes, s'ils avaient annoncé venir de telle ou telle nation ennemie ? »

« Oui, s'ils avaient ajouté vouloir se convertir à notre Foi… »

« Mais ils n'ont jamais rien dit de tel… »

« Cela ne plaide-t-il pas en faveur de leur sincérité ? De vrais espions auraient commencé par clamer leur volonté de conversion… Dans le passé, cela s'est vu maintes fois… »

« Vous le dites vous-même : dans le passé, notre confiance a très souvent été abusée… Aussi se sont-ils barricadés dans une histoire insensée, pour se rendre crédibles… »

« Rien ne le prouve avec certitude… En se présentant comme des hommes qui n'ont jamais travaillé et qui ignorent jusqu'au sens du mot obéissance, on ne peut pas dire qu'ils aient cherché à nous charmer… »

« Cher collègue, ils ont tenté de se présenter sous un jour délicieux, comme venant d'une île paradisiaque où l'être humain est devenu un petit saint, toujours soucieux du bien-être de son prochain… Leur histoire est cohérente, mais incroyable, au sens propre du terme ! De toutes les façons, tout cela n'a aucune importance… »

« Qu'ils soient coupables ou sincères, cela n'a aucune importance ? » demanda le Prêtre de région, cette fois-ci alarmé pour de bon.

« En effet ! Je suis ici avec un ordre du Grand-Prêtre ! La peine capitale est décidée ! »

Le Prêtre de région s'étouffa un instant ; mais tenta de se contenir.

« Pourquoi cette décision ? » demanda-t-il d'une voix blanche.

« Depuis quand le Grand-Prêtre doit-il justifier ses actions ? Par amitié pour vous, je vais néanmoins vous répondre... La sincérité de ces hommes est trop douteuse, pour que nous prenions le risque de les laisser en liberté chez nous... Si, comme ils le demandent, nous les envoyons ailleurs, quelle image vont-ils donner de nous ? Elle sera catastrophique, n'en doutons pas... Quant à les emprisonner à vie, cela coûterait trop cher aux contribuables. Voilà, point final. »

Le Prêtre de région était ulcéré. Mais il avait trop faim pour finasser longtemps... et décida de risquer le tout pour le tout.

« Qui me le prouve ? »

« Qui vous prouve quoi ? »

« Qui me prouve que la peine capitale est un ordre du Grand-Prêtre ? »

« Pardon ? ! Vous osez ? » rugit le Prêtre de la Bienséance.

Et tandis qu'ils délibéraient ainsi, dans un esprit de paix et de concorde qui dura jusque tard dans la nuit, les témoins du procès, les assesseurs, le greffier, les traducteurs, les gardiens et les avocats, eux, s'employaient à diffuser le plus largement qu'ils le pouvaient leur témoignage sur ce qu'avaient dit les hommes « de la mer ». Telle une vague déferlante et puissante, leurs paroles retentirent dans les coins et recoins, les ruelles obscures, les caves et les sous-bois, croisant à chaque instant l'Épopée du monde, qui, depuis des semaines maintenant, poursuivait son chemin et creusait son sillon.

Le Pays de la Foi tendait l'oreille, frémissait de toutes ses antennes, vibrait de toute sa capacité d'espérance… C'est ainsi qu'il apprit qu'il était possible de réclamer une interprétation libérale des commandements divins, tout comme de vouloir vivre ailleurs qu'au Pays de la Foi !

Quel scandale ! Mais aussi… Quelle révélation !

Le lendemain à l'aube, par téléphone, le Prêtre de région fut informé par le directeur de la prison, totalement affolé et à peine cohérent, que les hommes « de la mer » avaient purement et simplement disparu. Ils s'étaient volatilisés. Lorsque leurs geôliers avaient voulu les réveiller et les préparer à leur nouvelle comparution, ils avaient, à leur plus grande stupeur, trouvé des cellules vides. Une fouille de l'établissement et de ses abords, dans les moindres recoins, avait déjà été réalisée… mais sans aucun résultat.

Le directeur de la prison parlait d'une voix tremblante. Il assura avoir promis de lourdes sanctions à l'ensemble des gardiens, et ajouta qu'il était prêt à assumer les conséquences de cette catastrophe. Il s'attendait à une tornade de reproches et d'injures, et, bien sûr, à la fin de sa carrière dans le secteur pénitencier.

Reproches et injures n'arrivèrent pas. À leur place retentit un assourdissant silence, qui acheva de glacer le sang du pauvre directeur.

Le Prêtre de région demeura muet un long moment. Dans le cadre de sa fonction, il était personnellement responsable des hommes « de la mer », et de leurs faits et gestes. L'événement signifiait donc, pour lui également comme pour bien d'autres, la fin de sa carrière. Il aurait dû se sentir anéanti. Au lieu de cela, il ressentit un immense soulagement.

Toute la nuit, il avait argumenté et contre-argumenté, dans une véritable empoignade avec le Prêtre de la Bienséance, pour tenter d'épargner aux hommes « de la mer » la peine capitale. Il avait même contraint son collègue à se pencher sur la carte avec lui, et émis des hypothèses, quant à l'emplacement de la fameuse île… Mais cela avait été totalement vain. Contester un ordre du Grand-Prêtre ne se concevait pas même. En osant cela, en s'en prenant à la parole du Prêtre de la Bienséance, le Prêtre de région savait avoir *déjà* ruiné sa carrière. La nouvelle de l'évasion des hommes « de la mer », au lieu de l'effondrer, le consolait. Au moins, ces hommes ne mourraient pas ; ils s'étaient accordé une chance de vivre… Au moins, sa carrière, et celle de tous ceux qui subiraient les sanctions les plus drastiques, ne s'effondreraient-elles pas pour rien…

Écoutant la voix chevrotante du directeur de la prison, le Prêtre de région songea à l'Épopée du monde. Contre toute attente, il se sentit envahi d'un sentiment de paix, et de plénitude, comme il n'en avait jamais éprouvé.

« Ne vous faites pas de souci, et reprenez vos esprits… » dit-il finalement au directeur de la prison.

« Pardon ? »

Le directeur de la prison crut ne pas avoir compris, et se fit répéter la phrase.

« Tout ce qui arrive, arrive par Dieu… philosopha le Prêtre de région. À partir de là, rien ne peut, ni ne doit, nous effrayer… Ne brutalisez pas vos subordonnés, c'est le seul ordre que je vous donne… La foudre leur tombera dessus bien assez tôt. Allez plutôt les rasséréner, comme je le fais avec vous en ce moment… »

De tels propos, au Pays de la Foi, étaient si inusuels, si invraisemblables, que le directeur de la prison pensa que le Prêtre de région devenait fou. Aussi ce dernier répéta-t-il ses paroles, et les étaya :

« Les hommes 'de la mer' étaient condamnés à la peine capitale… Vous savez comment se passent chez nous de telles exécutions… Cette évasion est une bonne chose, car leur volonté de nous espionner n'était absolument pas établie… Bonne journée ! »

Et il raccrocha. Avant l'arrivée du Prêtre de la Bienséance, il disposait d'une bonne heure. Il employa cette heure entière à informer collègues et subordonnés divers, des derniers événements, leur donnant pour consigne de transmettre à leur tour : il ne souhaitait nullement étouffer l'affaire, mais, au contraire, lui accorder le plus grand retentissement possible…

Le scandale, au Pays de la Foi, fut énorme. Chacun apprit que les hommes « de la mer » avaient de justesse échappé à une mort programmée, qui ne reposait sur nulle justice.

Et l'on vit un fait étonnant, profondément déroutant : des soldats de l'armée de la Foi, chargés de surveiller les frontières, se mirent à déserter, par dizaines, puis par centaines et milliers. Non seulement abandonnèrent-ils leur poste, mais aussi quittèrent-ils le Pays… comme aimantés par ce qui se trouvait derrière les frontières, et qu'on leur avait toujours décrit comme relevant de l'enfer et de la décadence morale la plus obscène.

Et des milliers, des dizaines de milliers de dévots en firent autant, qui seuls, qui avec femme et enfants, ou par familles entières…

Fuyaient-ils réellement le Pays ? Pas vraiment. N'ayant jamais connu autre chose que la réalité quotidienne qui était la leur, et qui les berçait depuis l'enfance, ils ne considéraient pas la vie au Pays de la Foi comme insoutenable et devant être quittée.

Mais l'attrait, l'attirance vers l'Autre, vers tout ce qu'ils ne connaissaient pas, dont ils avaient désormais soif, devint en peu de jours si irrésistibles, qu'ils n'eurent d'autre choix que de répondre à cet appel, plus puissant que tout ce qu'ils avaient jamais connu.

Les dévots qui restèrent se mirent à manifester, tout comme ceux de la première génération après la Révolution.

Et que réclamèrent-ils ? Réclamèrent-ils de meilleurs salaires ? De meilleurs logements ?

Non. Ce qu'ils voulaient, était le droit de pratiquer les Arts, comme les pratiquaient les hommes « de la mer », sur leur île sauvage et isolée du monde…

Au terme de maintes manifestations, dûment réprimées dans le sang, le Grand-Prêtre, sans accorder ce droit réclamé, annonça néanmoins que désormais, la pratique des Arts cesserait d'être pénalisée. Il revenait à chacun de juger selon sa conscience, s'il souhaitait demeurer dans les voies de l'Eternel, ou s'en éloigner…

Ce fut un hurlement de joie dans le Pays. Et chacun se précipita, qui pour écrire, qui pour composer, qui pour danser, chanter, qui pour dessiner et sculpter…

Le Grand-Prêtre pensa avoir habilement sauvé la situation… Mais non !

Car avec la volonté de pratiquer les Arts, arriva aussitôt la demande, l'exigence même, de la liberté de penser… En effet, pouvait-on concevoir l'Art sans liberté d'expression, et donc de penser… ?

Et avec la liberté de penser arriva… etc, etc…

Et Octam, dans tout cela ?

Octam ne quitta pas sa commune, car il s'en sentait responsable, et ne voulut pas la délaisser. Il aimait les rivières, les monts, les vallées et les gens du Pays de la Foi, et se sentait retenu par mille fils invisibles, pourtant aussi solides que des câbles d'acier.

Il eut une belle surprise. Un matin, alors qu'il buvait paisiblement son café, il vit par la fenêtre un jeune taurillon débarquer.

C'était un superbe animal, couleur d'ébène, tout en muscles et en hormones, débordant de santé, avant tout désireux de découvrir la vie…

Personne ne l'accompagnait. À qui appartenait-il ? D'où venait-il ? Questions secondaires…

Le taureau trottina en droite ligne vers le champ où paissaient ses congénères de l'autre sexe, et entama aussitôt un long dialogue avec celles qui voulurent bien s'y prêter…

« Tu vois, souffla Efsia à Octam en s'approchant de lui, Dieu envoie parfois des miracles… »

« À ceux qui ont un cœur pur ? »

« …ou quand Il en a envie, tout simplement ».

« Car rien ne L'oblige ? »

« Rien ne L'oblige… »

« Et Ses voies sont impénétrables… »

« Définitivement… »

12
AU PAYS DE LA GUERRE ET DE LA MISÈRE

Dans l'aube radieuse, le parc du domaine s'éveillait.

Ce parc était une merveille. Des bougainvilliers, magnolias, forsythias, acacias, arbousiers, lauriers, céanothes et rosiers, étendaient leur splendeur végétale et florale, leurs lourds parfums, dans une abondance inouïe, le long d'allées immenses. Ces allées étaient de gravier blanc immaculé, en vérité si propre et étincelant, qu'on eût pu croire chaque caillou brossé quotidiennement à la main. Elles séparaient de grands espaces gazonnés, tondus de si près et avec tant de soin, qu'on s'abstenait spontanément d'y marcher.

Malgré l'heure matinale, et la chaleur suffocante, de nombreux jardiniers s'affairaient déjà, silencieux, soigneux, méticuleux comme des horlogers, chassant la moindre mauvaise herbe, ôtant les fleurs fanées, protégeant les boutures, arrosant avec des mains agiles, expertes, les racines des plantes et des bosquets. Un peu plus loin, en bordure de domaine, d'immenses séquoias, mahonias, sapellis et irokos épandaient, de façon opportune, leur ombre bienfaitrice. Ici et là, des perroquets colorés, bigarrés et bavards, se dandinaient sur les perchoirs où ils étaient attachés. En divers endroits, de petites sources artificielles, de pierres multicolores, avaient été aménagées, et dispensaient une agréable sensation de fraîcheur.

Plantes, pierres et animaux étaient d'importation. Seuls les arbres et les domestiques étaient du cru.

Au milieu de cette franche beauté, de ce déluge d'harmonies et de couleurs adroitement tamisées, se tenait la maison, haute de trois étages. Là encore, l'architecture tout entière avait été conçue pour produire de l'ombre. De larges balcons surplombaient les terrasses de marbre, sur lesquelles trônaient fauteuils et banquettes. Un domestique se devait de veiller en permanence à l'approvisionnement de ces espaces, de repos et de détente, en boissons aussi fraîches que variées.

Ce matin-là, Monsieur rentrait de voyage. Il attendit que son chauffeur lui ouvrît la porte, et descendit du véhicule, une voiture de luxe. C'était un homme d'une quarantaine d'années, petit, assez massif, mais souple, et dont les traits étaient étonnamment mobiles et expressifs. Il pénétra sans tarder dans la maison, royaume de tableaux, statuettes et miroirs, et appela Madame. Sans doute l'attendait-elle, car elle descendit aussitôt le grand escalier, de marbre lui aussi, lentement, presque langoureusement, serrée dans une robe moulante et longue, qui mettait en valeur la finesse de sa taille et la longueur de ses jambes.

On eût dit Scarlette O'Harra venant à la rencontre de Rhett Butler. Elle avait un beau et long visage, mais il était difficile de saisir les pensées qui, sûrement, ondulaient sous son front.

« Mon cher, avez-vous fait bon voyage ? » dit-elle d'un ton convenu.

« Oui, relativement bon… »

La réponse était vague, et Madame pouvait déduire, soit qu'il était satisfait, soit qu'il ne l'était pas, mais souhaitait lui épargner les rudesses de la vie. Elle ne l'interrogea pas davantage.

De manière surprenante, elle s'arrêta à trois bons mètres de lui. Mariée depuis quinze ans, elle connaissait par cœur son époux.

Plus petit qu'elle, il détestait qu'elle se mît à ses côtés, soulignant ainsi sa taille modeste. Ils s'assirent tous deux, et ce fut là, seulement là, qu'elle l'embrassa pudiquement au front.

« De votre côté, comment allez-vous ? » s'informa-t-il.

« Bien, relativement bien… » dit-elle d'un ton sibyllin.

Tous deux, chrétiens et citoyens du Pays du Cèdre, s'exprimaient dans leur langue maternelle[122], la langue du Pays du Coq. Cela était pratique, car ils pouvaient ainsi deviser à perte de vue, sans que les domestiques puissent comprendre quoi que ce fût. Par ailleurs, ils parlaient mal le dialecte local qu'ils ne s'étaient jamais donné la peine d'apprendre. Les seuls mots qu'ils connaissaient se rapportaient à des ordres, utiles pour la vie courante avec les domestiques, ou tout autre employé.

Les affaires de Monsieur l'amenaient à côtoyer de hauts responsables, des dignitaires et des intellectuels. Or, ni lui non son épouse ne disposait d'un quelconque bagage universitaire. Jadis, lorsqu'ils étaient tout jeunes mariés, pour compenser ce fait infériorisant pour eux, ils avaient décidé de toujours se vouvoyer en public. Mais, les années passant, ils avaient brusquement découvert que ce vouvoiement demeurait entre eux, y compris lorsqu'ils étaient seuls. C'était une sorte de barrière, ou de distance, qu'ils avaient eux-mêmes créée, et dont ils ne parvenaient plus à se départir.

Mais, ce matin-là, Monsieur eut tout à coup envie de se confier à Madame.

« La guerre civile se rapproche… » dit-il d'un ton anxieux.

« Ah… » fit-elle, sans émotion aucune.

« Il devient toujours plus difficile de réaliser des bénéfices sérieux… » continua-t-il.

122 – La France reçut mandat pour gérer l'administration du Liban, entre 1920 et 1943, date de l'indépendance du pays. Durant cette période, le français fut la langue officielle du Liban et fut principalement parlé par les chrétiens, qui souvent fréquentaient les écoles françaises.

Elle ne répondit rien, et cela le désespéra un peu.

« Que voulez-vous dire ? » émit-elle finalement, sentant qu'il attendait d'elle quelque chose.

« Vous savez que je ne suis bénéficiaire dans mon commerce que si les droits de douane des marchandises sont annulés… Vous savez aussi ce qu'il me faut faire pour obtenir cette annulation… »

« Il vous faut être généreux avec certains de vos amis… » dit-elle au terme d'un long moment.

« Oui, c'est cela, très généreux… Et cette générosité que l'on exige de moi est désormais telle, que j'ai de plus en plus de mal à en retirer satisfaction… Vous me comprenez ? »

« Cinq sur cinq… » dit-elle d'un ton plat.

L'arrière grand-père de Monsieur était le premier de la famille à s'être installé dans le pays, qui, alors, était colonisé par le Pays du Coq. Il y était devenu en peu de temps exploitant forestier. En une quinzaine d'années, il avait su construire une fortune colossale, en exportant des bois rares vers son pays d'origine, et en sous-payant outrageusement les ouvriers qui travaillaient pour lui. Le pays était si pauvre, si dénué de structures syndicales, que les gens lui baisaient la main, pour des salaires absolument misérables. À la fin de sa vie, il avait racheté sa conduite en construisant un dispensaire médical, ultramoderne pour l'époque. Toute la famille était très fière de ce dispensaire, qui avait sauvé bien des vies…

Le père de Monsieur avait poursuivi, pratiquement à l'identique, les activités de son propre père, mais son époque avait été durement secouée par l'arrivée de l'Indépendance. Au fil des ans, le pays était devenu celui de la Guerre et de la Misère. Aussi, Monsieur avait-il compris, fort à temps, qu'il convenait d'innover. Il avait diversifié ses activités d'import-export. En sus des bois rares, il produisait et vendait du cacao et du caoutchouc, dans divers pays étrangers, de manière à ne dépendre d'aucun. Pour les riches étrangers qu'accueillait le pays, et ils étaient nombreux, il importait des meubles, des tapis, des œuvres d'art, des bijoux, là encore en diversifiant constamment ses sources d'approvisionnement, de manière à faire jouer la concurrence. Avec le temps, il avait également compris qu'exploiter les ouvriers locaux n'était guère une bonne politique ; il valait mieux s'assurer de leur dépendance en les rémunérant un peu mieux… Il avait même mis en place un fond pour venir au secours des malades et des invalides, ce qui lui avait valu la réputation d'un employeur modèle… L'essentiel de ses bénéfices, qui étaient colossaux, reposait sur la suppression des droits de douane, qu'il obtenait grâce à un très étendu réseaux de relations. En fait, il aurait pu s'en dispenser… Mais s'acquitter de droits de douane pour un pays entièrement corrompu lui paraissait inepte. Si cet argent était destiné à atterrir dans la poche d'un particulier, autant que ce fût la sienne… Et puis, cela lui permettait d'envoyer, en abondance, de l'argent dans son pays natal, et de nourrir des cousins pauvres…

Comme son père et son grand-père, il était rentré au pays pour y trouver une épouse. Épouser une autochtone de ce pays-ci était pour lui inconcevable… Il avait épousé Madame sans pratiquement la connaître, au terme de deux petites visites au sein de sa future belle-famille. Ladite belle-famille avait tout de suite été conquise par la situation de Monsieur ; quant à lui, la beauté de Madame l'avait immédiatement séduit. L'avis de Madame, qui alors était Mademoiselle, n'avait guère été requis. Mais avait-elle eu à s'en plaindre par la suite ? Certes non ! Elle était passée d'un mode vie confortable, mais somme toute modeste, à un train de vie considérable…

En un clin d'œil, c'est-à-dire en trois ans, le couple avait eu trois enfants. Dès qu'ils avaient atteint l'âge de la scolarité, les enfants avaient été envoyés dans des pensions luxueuses, à l'étranger là encore, car il était impensable d'avoir recours aux écoles locales, piteuses, et même lamentables… Les trois bambins revenaient à l'époque des vacances scolaires, qui, pour cette raison, étaient toujours des époques de grand remue-ménage…

Pendant quelques semaines, l'immense maison résonnait de leurs jeux, rires et disputes… puis replongeait dans un silence pesant. Parfois, Monsieur se disait qu'il ne connaissait rien de ses enfants, et cela lui coûtait. Qu'aimaient-ils faire ? À quoi aspiraient-ils ? Comment se comportaient-ils ? Régulièrement, il recevait des bulletins scolaires, qui étaient excellents. Mais cela résumait-il la vie des trois enfants ? Un jour ou l'autre, il verrait débarquer chez lui trois jeunes gens, qu'il ne connaîtrait pas et qui lui adresseraient d'amers et lourds reproches…

Après chacun de leur départ, leur mère paraissait quelque temps abattue et triste ; puis retrouvait, au terme de quelques jours, son tempérament distant, lointain… hautain ?

Madame était impossible à qualifier. Elle était avec autrui suffisamment aimable, souriante, pour qu'on ne la qualifiât pas de mal élevée… Mais il n'y avait jamais non plus un seul sourire de trop, *un seul sourire gratuit.* À son égard, elle agissait toujours de façon convenable, de sorte qu'il lui était impossible de penser qu'elle figurait parmi les mauvaises épouses… Mais combien de fois avait-elle dit « Je vous aime » ? Elle se donnait à lui chaque fois qu'il le voulait. Mais combien de fois était-elle spontanément allée au-devant de son désir ? Elle respectait strictement les consignes qu'il lui donnait, lors de ses nombreux déplacements à l'étranger, mais pas une seule fois n'avait eu l'idée, pourtant simple, de venir le trouver à l'aéroport… Certes, celui-ci était loin, et les routes n'étaient que des longues successions d'ornières chaotiques… Mais avait-elle tant de choses à faire, qu'elle ne pouvait consentir à lui accorder ce plaisir ? Certes aussi, elle donnait les réceptions qu'il lui demandait d'organiser, afin de faciliter son négoce. Mais elle accueillait chacun des invités avec la même attitude récurrente et les mêmes platitudes, de sorte qu'elle paraissait parfois n'accueillir que de parfaits anonymes, quand bien même ils fréquentaient la maison depuis des années…

En vérité, qui était-elle ? Ils avaient beau partager leur existence depuis quinze ans et plus, il se demandait toujours ce qui se passait, derrière ce masque impénétrable… Il était bien certain qu'elle ne s'interrogeait pas de la même manière, à son égard, car son indifférence semblait sans fond…

Oui, c'est cela, pensa-t-il. *Elle est indifférente Et jusqu'où l'est-elle ?* Et à l'instant où sa cervelle s'interrogeait ainsi, un peu terrifiée par la réponse, il vit passer dans le jardin, derrière la large baie vitrée, une silhouette de femme, qu'il ne connaissait pas.

« Une nouvelle domestique ? » demanda-t-il.

« Oui, j'ai dû renvoyer Ruya… » dit-elle d'une voix lente.

« Et pourquoi ? »

« Elle volait… »

Il leva les yeux au ciel, cette fois-ci exaspéré.

« En quoi, en quoi est-ce important qu'elle ait volé ? Qu'a-t-elle volé ? Manquez-vous de quelque chose, tandis que ces pauvres gens n'ont rien ? »

La voix de Madame se fit sardonique.

« Je ne manque de rien, mon cher, *vous savez bien que j'ai tout…* »

« Alors ? Pourquoi renvoyer les domestiques, à chaque fois qu'il vous manque une babiole ? »

« Ruya a volé de la nourriture… »

« Êtes-vous mal nourrie ? »

« Non, mais je ne supporte pas que l'on me vole, sous mon propre toit, comme si j'étais la dernière des imbéciles ! »

Ils avaient eu maintes fois cette conversation, qui, de part et d'autre, tournait à la rengaine.

« Très bien… Vous avez donc remercié Ruya, et avez embauché quelqu'un d'autre à sa place… Et que savez-vous de cette nouvelle employée ? Est-elle Dinga ou Dango ? »

Depuis la nuit des temps, le Pays était peuplé de deux tribus, les Dingas et les Dangos. Elles se haïssaient et se livraient à une guerre sans merci. Les Dingas, minoritaires en nombre, étaient éleveurs de bétail, et possédaient d'immenses troupeaux. Or, dans ce Pays où la terre était pauvre et avare de ses fruits, la seule et vraie richesse était justement mesurée à l'aune de la possession de bétail. Les Dingas avaient durant longtemps méprisé et exploité les Dangos, cultivateurs. Depuis l'Indépendance du Pays, les Dangos, plus nombreux, mais aussi plus pauvres tant les terres étaient rudes à fertiliser, cherchaient à défier la suprématie des Dingas, et revendiquaient l'accès au pouvoir. La guerre civile avait éclaté dès l'Indépendance, et ne connaissait plus de répit. Dingas et Dangos s'entre-assassinaient dès qu'ils le pouvaient, par le biais de milices ultra-violentes, qui parlaient volontiers de démocratie mais n'imaginaient pas un seul instant que le Pays pût être gouverné simultanément par les deux tribus.

« Elle m'a dit être Dinga… »

« Bien ! La plupart de nos employés sont Dangos ! A-t-elle été bien accueillie ? »

« Vous savez bien qu'ici, sous notre toit, la guerre civile n'a pas cours… Tous nos employés le savent, et mettent un terme à leur querelle, dès lors qu'ils sont ici… »

« Et croyez-vous que dans leur cœur, la guerre s'arrête, au motif qu'on leur dit qu'elle le doit ? Ne pensez-vous pas mettre cette femme en danger ? » explosa-t-il.

Elle soupira, prit du temps avant de poursuivre.

« Cher, vous avez dit vous-même que faire travailler ces gens ensemble était une façon de les réconcilier… »

« Je viens aussi de vous informer que la guerre civile s'intensifie de plus en plus… J'ai appris qu'hier encore, un village dinga a été complètement massacré par les Dangos. Plus de deux cents personnes ont péri… Pensez-vous qu'ici, rien ne se sache ? »

« Le fait est qu'à ce jour, tous travaillent dans la concorde… »

« … L'apparence de la concorde, l'apparence seulement… »

« Cela revient au même… »

« Ah non ! Pas du tout… »

Brusquement, et de façon inattendue, il lui prit la main, qu'il souleva, et embrassa doucement. Après un court instant, elle fit de même pour lui, comprenant que c'était là ce qu'il attendait. Mais voilà ! Il était assez fin pour comprendre ce que ce court instant signifiait… Comme d'habitude, il avait obtenu ce qu'il désirait, sans l'avoir obtenu du tout… Mon Dieu ! Elle le rendrait fou, un jour ou l'autre, elle le rendrait fou !

« Je ne veux pas vous affoler, mais j'ai aussi appris que plusieurs villas de riches étrangers, *et nous sommes de riches étrangers*, ont été pillées, totalement dévalisées, et que leurs propriétaires ont été laissés baignant dans leur sang… » dit-il gravement.

« J'étais au courant… »

« Ah bon ! Qui vous en a parlé ? »

« Mélanie. »

Mélanie était une grande amie de Madame. Elle vivait avec son mari à une cinquantaine de kilomètres de là, dans une villa encore plus riche que la leur, si cela était possible. Les deux couples se fréquentaient assidûment.

« Vous comprenez donc qu'en introduisant chez nous des gens dont vous savez peu de choses, vous mettez notre vie en danger… Un jour ou l'autre, vous introduirez le loup dans la bergerie. »

Elle soupira à son tour, et son visage se marbra.

« Cher, je sais que vous n'avez pas tort… Et pourtant, je ne peux pas m'empêcher… C'est insupportable pour moi de penser que les domestiques me prennent pour une aveugle, ou une demeurée… »

Il réfléchit, tout en lui reprenant machinalement la main.

« Avez-vous pensé que, bien plus qu'à vous prendre pour quoi que ce soit, ces gens cherchent à émerger de la misère dans laquelle ils vivent… ? »

« Mais nous les payons bien ! » s'exclama-t-elle.

« Oui, nous les payons mieux qu'ils pourraient l'être ailleurs… Et c'est sans doute ce qui nous protège le mieux… Mais, en regard du luxe qui est le nôtre, nous les rémunérons atrocement mal… ! »

Les yeux baissés, elle ne répondit rien.

« D'autre part, poursuivit-il d'une voix calme, je crois que nous voler est une façon pour eux de nous faire confiance, et d'être dans l'échange… »

« Dans l'échange ? ! »

Elle était surprise, et désirait comprendre. Lui-même prit quelques secondes pour chercher ses mots.

« Oui… J'ai mis beaucoup de temps à le saisir, et même des décennies, mais ces gens, qu'ils soient Dingas ou Dangos, vivent leurs relations humaines comme étant des échanges permanents… Rencontrer quelqu'un, quel qu'il soit, c'est échanger quelque chose avec lui ... Ils ne conçoivent pas les choses autrement… As-tu remarqué, par exemple, toutes les salutations qu'ils se font, lorsqu'ils se croisent dans la rue, même lorsqu'ils se connaissent à peine ? »

Sans s'en rendre compte, Monsieur avait, pour la première fois depuis bien longtemps, tutoyé Madame. Elle était si concentrée pour l'écouter, qu'elle ne réagit pas à ce signal.

« Ils sont capables de palabrer dix minutes, reprit-il, pour échanger de simples salutations, quand quelqu'un d'ailleurs se contenterait d'un simple salut de la tête… 'As-tu eu une nuit paisible ? Comment va la santé ? Comment va le mari ? Comment va la femme ? Et les enfants ? Comment vont les affaires ?' etc… Et ils palabrent ainsi, avec des gens qui, au fond, ne leur sont rien… Mais agir autrement, ce serait refuser l'échange, et se montrer gravement offensant… »

« Oui, cela, je l'ai remarqué… » dit-elle.

« Eh bien, je crois que lorsqu'ils nous volent – et ils le font sans arrêt – ils veulent échanger avec nous… »

« Mais enfin, ils accomplissent un travail, nous leur versons un salaire… »

« Oui, tu as raison, mais cet échange-là est connu d'avance, il est contractuel, économique, il n'est pas purement humain, or, ce qu'ils recherchent, c'est avant tout un échange humain, de personne à personne, ou de cœur à cœur, si tu préfères… »

« Crois-tu ? »

« Je le crois fortement… Aussi, nous voler est-il une façon pour eux d'engager une palabre avec nous… une manière pour eux de dire : 'Bon, tu me connais, je te sers fidèlement depuis des années, tu peux bien me donner ceci ou cela, en échange de ma fidélité, de mon dévouement, de mon adresse ; de mon côté, je te fais confiance, je pense que tu as assez de cœur pour ne pas m'en vouloir, et pour savoir que mes vols ne te mettront jamais en difficulté réelle… »

« Crois-tu ? »

Elle était au comble de la surprise, n'avait jamais réfléchi de la sorte…

« Oui… As-tu remarqué l'insignifiance de leurs vols ? Ils prennent rarement ce qui est cher, ou ce qui est indispensable, mais des colifichets, des babioles, bref, des bricoles… »

« Je n'avais jamais pensé ainsi… »

« Roal me vole constamment, un mouchoir, une cigarette, un bonbon, une piécette… Mais je sais qu'il ne touchera jamais aux gros billets… Tout en me volant constamment, il est d'une honnêteté inattaquable… Si je lui remets une enveloppe pleine d'argent, qu'il doit déposer en main propre à tel ou tel, je suis sûr, absolument sûr, qu'elle parviendra à son destinataire aussi pleine qu'elle est partie… Mais je suis sûre aussi que pour se remercier de sa diligence, il n'hésitera pas à s'emparer d'un petit objet, qui fera sa joie, et que je n'aurai pas, selon lui, à cœur de lui refuser… »

« Vraiment ? »

« Vraiment ! »

Roal était le plus jeune de leurs domestiques. C'était un garçonnet, de dix ans à peine, que Monsieur avait trouvé, deux ans auparavant, pratiquement mort de faim devant le grand portail de la maison. Il l'avait recueilli, l'avait nourri, et l'avait engagé à son service. L'enfant ouvrait les portes devant son patron, portait pour lui sa serviette de cuir, lors de ses déplacements, lui donnait du feu lorsqu'il allumait un cigare, un stylo lorsqu'il avait à écrire, ou secondait les domestiques lorsque Monsieur décidait qu'il devait rester à la maison.

« Tu veux que je te dise ? Lorsque j'ai recueilli Roal, j'avais très peur de trouver ensuite, chaque jour, un enfant devant le portail… Mais non ! Ces gens ont leur dignité ! Ils ne sont pas dans l'exagération… Ils prennent ce qu'ils jugent pouvoir prendre, mais ne prennent pas ce que nous ne pouvons accorder… »

Elle l'écoutait toujours intensément, presque bouleversée. Elle était émue par ce qu'il lui révélait, la nouvelle façon de penser qu'il lui proposait ; mais aussi par toute autre chose… Ils n'avaient pas échangé ainsi, tous deux, depuis un temps extraordinairement long… Pour la première fois depuis des années, il ne se contentait pas de la gratifier d'une consigne, ou de pontifier sur l'argent qu'il gagnait, ou ne gagnait pas, mais partageait avec elle une découverte qu'il avait faite, et lui tenait à cœur.

« Écoute, la prochaine fois que tu constateras la disparition d'une babiole et que tu comprendras que c'est unetelle qui s'en est emparé, je te propose d'aller vers cette unetelle, et d'échanger avec elle, au sujet de la babiole… Tu lui feras ainsi saisir que tu as compris, et n'es donc ni aveugle, ni stupide, mais aussi que ce petit vol, qui dans l'esprit de ces gens n'en est pas un, ne te révolte pas, que tu es d'accord et comprends qu'ils en ont besoin… »

« Mais toi-même, il t'arrive bien de renvoyer des employés ? »

« Oui, lorsque je fais le constat qu'ils n'ont pas accompli le travail pour lequel ils sont engagés… Ce vol-là, je ne le tolère pas… Mais pour le reste… »

Ils se turent tous deux.

Ils avaient parlé d'échange, et c'était la première fois depuis bien longtemps qu'ils en avaient un.

Et tandis qu'ils discutaient ainsi, le jeune Roal était censé, comme chaque matin, nettoyer et ranger la vaisselle de la veille, dans l'immense cuisine de la maison, où il était pour l'instant seul. Pour se mettre à bonne hauteur vis-à-vis de l'évier, il avait grimpé sur un petit tabouret. Il portait l'habituel costume des domestiques : chemise blanche, nœud papillon, pantalon noir, chaussures noires. Les manches de sa chemise étaient retroussées, et, afin de ne pas souiller ladite chemise, il avait noué autour de sa taille un petit tablier de ménagère.

Ses bras étaient jusqu'aux coudes plongés dans l'eau. On pouvait, à le voir, penser qu'il travaillait. Mais la vérité était qu'il n'effectuait pas le moindre geste. Sa tête, penchée sur sa poitrine, dodelinait, et un petit filet de salive s'échappait de sa jeune bouche. Comme durant la plupart du temps, il dormait. Mais son sommeil était celui d'un chiot : il dormait d'un seul œil, et pouvait s'éveiller en une fraction de seconde, au moindre bruit annonçant l'arrivée d'un adulte.

Et effectivement, il ne tarda, dans sa demie-veille ou son demi-sommeil, à capter le bruit de pas lourds, qu'il reconnut aussitôt. C'étaient les pas de la nouvelle cuisinière, Manelle, qui remplaçait Ruya depuis peu.

Manelle était Dinga, Roal, Dango. Cela signifiait qu'il leur fallait se détester. Mais Roal était trop fatigué, et manquait trop d'énergie, pour détester qui que ce fût. Quant à Manelle, elle avait cinquante ans sûrement, et même un peu plus. Cinquante années de détestation des Dangos l'avait elle aussi épuisée. Elle aspirait à vivre dans un Pays enfin en paix…

C'était une femme énorme. Elle avait des seins énormes, des jambes et des bras énormes, des yeux qui sortaient de leurs orbites, comme deux sentinelles en action, une voix qui emplissait l'espace quand bien même il lui semblait parler à voix basse. Au premier coup d'œil, elle vit que l'ouvrage du garçon n'avait pas avancé d'un pouce, depuis le moment où elle l'avait quitté.

« Ah, Roal ! Dis-moi : heureusement que nous avons des travailleurs comme toi, jour et nuit acharnés ! La lignée dont tu descends est-elle une lignée de singes paresseux ? Ou est-ce une lignée de cigales, qui pense que chanter est bien préférable à toute autre occupation… Je ne t'entends pourtant pas chanter… »

Et malgré ces reproches, sa bouche énorme souriait, car elle n'avait point à cœur d'accabler le garçon.

« Un petit café te ferait-il du bien ? »

« Non Manelle, non, je vais faire la vaisselle » répondit-il avec bonne volonté.

Et il parut plonger dans l'évier, comme un plongeur s'engouffre dans la mer. Durant quelques instants, on entendit les vigoureux clapotis de l'eau, les frottements énergiques de Roal, armé de son éponge. Manelle le contempla. Cet enfant paraissait sans arrêt épuisé. Et pourquoi ? Il mangeait pourtant son content, et même au-delà… Alors, ou il était malade, et souffrait de quelque chose sans oser l'avouer, ou il ne dormait pas la nuit… Sans prendre en compte la réponse du bambin, elle lui apporta une tasse de café, qu'elle avait pris soin de réchauffer et sucrer. Les mains du dormeur baignant dans l'eau, elle porta la tasse aux lèvres du garçon, et versa délicatement le liquide entre les lèvres de Roal. Il se laissa faire, les yeux brillants de joie. Il aimait le café, qui était un régal, ainsi qu'un grand secours pour lui.

« Merci, Manelle ! »

Et il se remit à l'ouvrage, comme cherchant à rattraper le temps perdu.

« Quand tu auras fini, rends-toi auprès de Monsieur. Il vient de rentrer, et de monter dans sa chambre avec Madame. Tu attendras dans le couloir, pour te mettre à sa disposition… »

Elle observa les réactions du bambin. Les yeux de l'enfant brillèrent de plaisir… De façon évidente, il était heureux du retour de son patron, et finit la vaisselle, cette fois-ci en un temps record.

Puis, il se rendit au premier étage de la maison, et attendit dans le couloir, à nouveau dans un demi-sommeil. Il bondit et se mit presque au garde-à-vous, dès lors qu'il entendit les pas de Monsieur s'approchant de la porte. Il salua son patron d'un geste profond et respectueux, mais on pouvait sentir que son cœur eût aimé en faire davantage.

« Bonjour Roal… Comment vas-tu ? Tiens, voici pour toi… »

Avec Roal, comme avec la plupart de ses employés, Monsieur s'exprimait dans une langue intermédiaire, composée pour moitié de mots de sa langue natale, et pour l'autre moitié du dialecte local. Il parvenait ainsi à échanger avec les indigènes… Mais depuis peu, et contrairement à ce qui s'était passé durant les décennies précédentes, il faisait effort pour mieux intégrer ce dialecte local, qui n'avait pas de transcription écrite, et ne pouvait s'apprendre que de manière orale.

Roal éclata de joie. Ce que Monsieur lui tendait était une plaquette de chocolat. Le Pays regorgeait certes de fèves de cacao, mais les autochtones ne les voyaient jamais transformées en chocolat, car cette transformation avait lieu à l'étranger. Le gamin se confondit en remerciements…

« Bon, nous partons au bureau, Roal. »

Et tout le restant du jour, Roal ne quitta pas son patron d'une semelle. Dans la grande voiture, conduite par un chauffeur, il se rendit au bureau de Monsieur, avec lui, non loin d'une plantation de caoutchouc. Une fois rendu, il savait ce qu'il convenait pour lui de faire. Pendu aux lèvres et aux yeux de Monsieur, il tendait à ce dernier tout ce qui pouvait lui être utile : stylo, briquet, papier, enveloppe… Régulièrement, Monsieur lui demandait d'aller chercher telle secrétaire à l'étage inférieur, lui confiait des courriers, à remettre à tel ou tel contremaître de la plantation, et Roal se précipitait, tel un fidèle coursier – au sens propre du terme, car il courait – parmi les rangées de hauts et puissants hévéas, pour remettre le courrier en main propre, ou demander à tel employé de venir faire un rapport à Monsieur. Parfois, et c'était là le sommet du bonheur, Monsieur demandait à Roal de se rendre en ville, à quatre kilomètres de là, pour transmettre un message, un courrier, un colis, à tel ou tel de ses interlocuteurs en négoce, ou effectuer un petit achat. Roal partait alors, comme un roi, conduit par le chauffeur, et suivait à la lettre les consignes de Monsieur. Il revenait les yeux rayonnants de bonheur, non seulement parce qu'il avait pris la voiture seul, sans Monsieur, parce qu'il avait vu la ville et découvert tel ou tel quartier, mais aussi parce que les gens auprès de qui il devait se rendre, le gratifiaient d'une piécette. Parfois, le chauffeur lui recommandait de prendre son temps, et l'invitait à siroter un café avec lui. Roal refusait, offusqué, et disait que Monsieur l'attendait sans délai.

Il n'avait plus rien, alors, du gamin languide et fatigué qu'il était en l'absence de Monsieur. La présence de ce dernier le galvanisait littéralement, le métamorphosait de fond en comble, et le rendait alors à l'autre bout de lui-même : il était attentif à tout, concentré et sérieux, comme si sa vie en dépendait…

Et certes, sa vie en dépendait… Car sans que personne ne lui eût expliqué, il avait parfaitement compris, intégré, assimilé, que tant que le travail était fait, alors le reste, *pratiquement tout le reste*, était toléré.

Comme tous les enfants pauvres, Roal avait une vie difficile, et d'excellentes raisons de manquer de sommeil. La nuit, il était censé dormir dans le bâtiment des domestiques, plus précisément dans le quartier des femmes, car Monsieur avait estimé qu'il y serait plus en sécurité que dans celui des hommes. Il attendait patiemment que tous les bruits eussent cessé, que la calme régnât partout. Tel un félin, il se coulait alors dehors, filait vers la Villa comme une ombre, s'introduisait par une petite fenêtre de l'arrière-cour, qui n'était jamais fermée. Pieds nus, il ondulait – on peut le dire – jusqu'à la cuisine, ou plus exactement jusqu'à la remise attenante à celle-ci, s'emparait d'autant de fruits, de légumes et de viandes séchées que le petit sac qu'il portait en bandoulière pouvait en contenir, et ressortait, le cœur battant, mais les gestes précis, nets et efficaces. Il ne faisait pas plus de bruit qu'une fourmi en action sur sa fourmilière natale…

Il avait alors devant lui une, ou deux heures de marche, selon qu'il pleuvait ou non, sur des sentiers qui n'en étaient pas, parfois si boueux, qu'il glissait et s'enfonçait jusqu'aux chevilles ; si escarpés, qu'il devait s'aider de ses deux mains, pour continuer sa progression ; par des nuits parfois si obscures qu'il n'en voyait plus ses pieds, alors qu'à tout instant, il pouvait déranger un scorpion, ou un serpent redoutable… Mais voilà ! Il avançait, quel que fût son état de fatigue, haletant, suant, comme guidé par un aimant puissant, auquel il n'aurait pu, pour rien au monde, se soustraire… Il avançait, à chaque minute sentant le sac s'appesantir, sur son épaule, ses cuisses se durcir, cuites et recuites sur le feu bouillonnant de l'effort, il avançait, vers le village familial…

Ce village, jusqu'au dernier instant, restait caché derrière les dunes ; on le découvrait tout à coup, petit ramassis d'abris en tôle, auquel se mêlaient quelques maisons en dur, mais si petites, si ruinées par le temps, qu'on pouvait même les qualifier de décharnées : aucune n'avait de portes, les murs étaient partout troués et s'effondraient, les toitures brillaient par leur caractère purement symbolique… Ces maisons, ces abris, se regroupaient au même endroit, comme cherchant à affronter ensemble une adversité continue. Quelques chèvres faméliques, mais qui toutes avaient un nom et faisaient partie intégrante des familles auxquelles elles appartenaient, circulaient en toute liberté dans ces patios de la misère, et donnaient avec plaisir leur lait, quand l'heure venait de le donner…

Seul, l'abri des parents de Roal se trouvait à l'écart. Et c'était bien ainsi – et même magnifique – car il était ainsi possible de déverser le contenu du sac pour le papa et la maman, l'ensemble des frères et sœurs, qui étaient neuf, sans avoir à le partager avec tous les affamés, les ventres creux de ce village où ne vivaient que des ventres creux, pas un seul ventre plein... En guise de toit, figurait une tôle rongée par l'âge, tandis que les murs étaient des tapis de feuilles tressées. Au sol, pas même une natte pour chacun, et pour tout mobilier, une bassine de plastique, que la maman utilisait pour aller puiser de l'eau, quelques assiettes de terre cuite. Quant à l'électricité, il n'y avait personne pour simplement y penser... Et tous gisaient là, effondrés de fatigue, après douze heures penchés sur la terre, plus dure et ingrate que la brique, avec des outils qu'un revenant du bas moyen-âge aurait sans effort identifiés...

Pour ne pas travailler, il fallait avoir moins de quatre ans... et même les handicapés faisaient ce qu'ils pouvaient !

Oui, Roal le petit héros comme le Pays de la Guerre et de la Misère en comptait tant, Petit Prince du Courage et du Cœur, alignait ses trésors nourriciers, au pied des nattes où ronflait sa famille, parfois recevait une caresse de sa mère, un sourire de son père émergeant un instant du sommeil. Il s'accordait un petit temps de repos, regardait le visage de ses frères et sœurs, pour s'assurer que tous allaient bien, et repartait en sens inverse, le cœur ragaillardi, car il avait une fois de plus accompli sa mission, sainte et sacrée entre toutes ! Et une ou deux heures plus tard, il s'écroulait sur sa propre natte...

Telle était la vie du jeune Roal. Se prenait-il pour un pauvre ? Non, pour un Roi... Un emploi dans la Villa d'un riche étranger était comme un accès au paradis : la garantie de manger à sa faim, et pour Roal, en prime, un véritable casuel, la garantie de nourrir sa famille ! Avec de la chance, il eût pu travailler dans la Villa d'un riche Dango, mais avec des coups et le mépris en plus, une vigilance, une suspicion de tous les instants, plus étouffantes que les anneaux d'un boa, un salaire moindre, à coup sûr !

Roal était le pilier, le pivot central de sa famille, et savait fort bien que ses journées étaient de pur plaisir, comparées à celles de ses frères et sœurs…

Mais que les réveils s'avéraient pénibles ! Quelle torture de se lever, quand tout vous dit de dormir ! Et Roal se levait, chancelant, et tel un automate dont on a mille fois tourné la manivelle, marchait vers son labeur, qui était son destin !

On comprendra, dans ces conditions, qu'il lui fallait bien la présence de Monsieur, pour se réveiller et se dynamiser un peu… Mais au Pays de la Misère et de la Guerre, qui aurait eu l'idée saugrenue de se plaindre ?

Tout alla pour le mieux, jusqu'à un certain matin, environ deux semaines après le retour de Monsieur, dont nous avons décrit les circonstances…

Ce matin-là fut celui de l'Apocalypse et du désespoir !

D'abord, ce fut Manelle, qui le mit au supplice… Elle fondit sur lui à l'instant même où il entra dans la cuisine, profitant des quelques instants où ils étaient seuls encore, avant l'arrivée des aide-cuisinières. Oui, en une seconde, il vit fondre sur lui ce corps immense, qui de toute sa masse, lui barra le chemin.

« Petit chacal, salopiot de Dango, fils d'hyène putride à l'haleine fétide, je sais ce que tu traficotes ! Je t'ai vu, de mes yeux vu, hier soir, venir ici et voler dans la remise… Tu crois que je vais te laisser faire ! »

L'enfant, aussitôt, ouvrit des yeux fous de terreur, et se mit à trembler, comme l'arbrisseau qui vacille sous l'assaut de la tornade.

« Non, Manelle, tu te trompes, ce n'est pas moi ! » chuchota-t-il

« Ce n'est pas toi, fils de rat ? Ton clone, alors ? »

Il ne savait pas ce qu'était un clone, mais juste qu'il lui fallait se défendre, jusqu'au bout, dût-il pour cela nier l'évidence même… Manelle lui appliqua une généreuse paire de claques. Mais tandis qu'il se frottait les joues, pleurait d'angoisse bien plus que de douleur, il s'avisa soudain que Manelle, tout comme lui, tentait de parler bas

« Je t'ai vu, gnome ! Y a-t-il dans la maison d'autre nain d'un mètre vingt ? »

Roal était le seul enfant de la maison…

« Un autre enfant a pu s'introduire, et tu l'auras pris pour moi ! »

« Ne plaisante pas avec moi, lardon de mes deux, anus de civette ! Je t'ai vu quitter ta couche, venir jusqu'ici, farfouiller dans la remise, et t'en aller au diable ! Je peux même te dire à quelle heure tu es rentré… ! »

« Manelle, Manelle je t'en prie, tais-toi ! »

Oh ! Il s'en voulait déjà d'avoir parlé si vite ! Et sur le champ, il se ressaisit. Nier était la meilleure des tactiques…

« Tu as rêvé, Manelle, et tu délires maintenant… »

Autre paire de claques. Manelle redressa le visage du garçon vers le sien, qui fulgurait littéralement, et se dressa elle-même de toute sa hauteur, qui parut à l'enfant être celle d'une montagne.

« Cela ne te dérange pas un tout petit peu, dans ta petite conscience de Dango, ta petite tête de margouillat, que Ruya ait été remerciée à ta place ? »

« Je n'y peux rien si elle volait ! »

Troisième paire de claques… Roal se dit qu'il fallait y mettre un terme, et convoqua de toute urgence sa lucidité, qui accourut.

« N'abuse pas, Manelle ! Dans trois minutes, je vais paraître devant Monsieur, qui ne va pas aimer que l'on frappe son petit Roal… ! »

« Madame adore qu'on la vole… Tous ceux qui ont agi ainsi en ont fait le constat ! »

« As-tu des preuves, de ce que tu avances ? »

Elle souleva l'enfant par le dessous des bras (pour ne pas abimer la chemise blanche), et le hissa jusqu'à sa hauteur, de sorte que leurs fronts se touchaient presque, et que chacun voyait les grains de peau de l'autre. Les dents de Manelle étaient comme le reste de sa personne : immenses ! À l'enfant, elles parurent comme des miroirs où il pouvait se mirer…

« Écoute-moi bien, scélérat du diable, et apprends par cœur ce que je vais te dire ! Je ne vais suivre les pas de Ruya pour te faire plaisir ! Tu as peut-être ta famille à nourrir, c'est ce que je crois… Mais je suis dans le même cas, face de pet ! Alors, hier fut la dernière nuit où tu as quitté ta natte ! C'est bien compris ? Car je vais veiller sur toi, comme la lune veille sur les étoiles, comme la jument sur son poulain, comme Dieu le père sur Ses créatures, mais la tendresse en moins… ! »

Elle le laissa tomber, et il chut, cette fois-ci au fin fond de l'abime… Comment, comment allait-il faire ? Qu'allaient devenir les siens, ses frères et sœurs déjà tout faméliques ? Que faire, pour échapper à cet hippopotame ?

Hélas pour Roal ! Son cauchemar s'entamait à peine.

Il en était à ravaler et sécher ses larmes, quand Monsieur l'appela, impatient qu'il ne fût pas déjà au seuil de la voiture. Il nota que Manelle l'aida à reprendre contenance, mettre de l'ordre dans ses habits. Était-ce par pitié à son égard ? Parce qu'elle ne voulait surtout pas que Monsieur se doutât de quelque chose ? Dans les deux cas, il se dit que c'était peut-être le maillon faible de la terrible femme…

Mais le sort s'acharna. À peine fut-il monté dans la voiture, et celle-ci eut-elle démarré, Monsieur se tourna vers lui, le visage enjoué :

« Que se passe-t-il, Roal ? Tu as l'air tout retourné… Écoute ! J'ai pris une décision à ton égard : au début du trimestre prochain, tu quitteras la maison, je t'envoie en pension à M… pour que tu apprennes à lire, écrire et parler l'anglais ! De nos jours, c'est indispensable ! Tu n'as pas d'avenir, si tu ne connais pas l'anglais ! »

Le visage de Monsieur exsudait la satisfaction et le contentement. Celui de Roal, lui, se pétrifia d'horreur. Le monde entier se liguait-il, pour lui rendre impossible de nourrir sa famille ?

« Je préfère demeurer à vos côtés, Monsieur, s'il vous plaît... »

Sa voix implorait.

« Tu es un gamin, et tu as peur d'aller à l'école... Mais ma décision est prise. D'ailleurs, je ne pourrais pas t'employer à l'avenir, si tu n'es pas capable d'écrire l'anglais ! Cesse de geindre, mon garçon, et considère la chance qui t'est offerte ! »

Mais l'enfant se mit à geindre, justement, et supplier de plus belle, criant d'une voix de crécelle :

« Je veux rester avec vous ! Je veux rester avec vous ! »

Monsieur s'impatienta. Il y avait quelque chose d'anormal, dans la réaction de Roal, qu'il ne s'expliquait pas, et jugeait décevante... Mais bon ! Roal n'était qu'un enfant, avec des réactions d'enfant...

Pauvre Monsieur ! Il ignorait encore que le cauchemar allait étendre jusqu'à lui ses serres d'angoisse et de malheur...

La matinée se déroula comme elle était prévue, avec son cortège de coups de fil, de rendez-vous, de fax et de courriers. Vers deux heures, Monsieur sortit pour déjeuner : rendez-vous d'affaires... Il revint vers trois heures trente, et nota aussitôt, dans les bureaux, un silence inattendu. Où était la sécurité ? Où étaient les employés, qui d'ordinaire s'affairaient, en zélées petites fourmis ? Et Roal ?

Alors qu'il pénétrait dans son propre bureau, Monsieur comprit qu'il fallait en sortir au plus vite ! Mais c'était trop tard ! Dix ou douze hommes, des indigènes en tenue de miliciens, sortis de l'ombre du couloir, bondirent sur lui, et l'encerclèrent de près...

Ce qu'il redoutait depuis des mois et des années, arrivait. On était en train de le ravir ! Instinctivement, il eût voulu crier, mais ne le put : une main d'acier, qui broyait sa mâchoire, se plaqua sur sa bouche, et il fut comme soulevé par l'escouade silencieuse qui l'emportait, comme on emporte un paquet. Il se laissa faire, non par faiblesse, mais par calcul, car tout, en lui, était mobilisé, jusqu'à la dernière, la plus humble des cellules… Résister ne lui servirait qu'à encaisser des coups… Ce qu'il fallait, était être vigilant, tout noter, tout enregistrer, tous les détails qui peut-être serviraient, plus tard, s'il survivait, à identifier ses ravisseurs…

En un temps record, voici qu'on le mena, le porta plutôt, jusqu'à un vaste entrepôt où l'on stockait d'ordinaire le caoutchouc. La grande porte de tôle coulissa, et il fut poussé à l'intérieur, un peu étonné… Allait-on le séquestrer dans ses propres locaux ? Ses yeux durent s'habituer à l'obscurité, car c'était un hangar sans fenêtre, et il continuait de fixer ses ravisseurs : c'étaient des Dangos, de toute évidence, il reconnut sans erreur possible leur accoutrement de miliciens…

Mais on le força, toujours sans un mot, à se tourner vers le fond du hangar, et il ne fut pas long à comprendre pourquoi…

Cinq hommes se tenaient debout, et eux aussi observaient la scène, ahuris et tremblants. C'étaient des géants, aucun ne semblait mesurer moins de deux mètres, tous étaient chauves et glabres, et avaient une étrange couleur de peau, que Monsieur n'avait encore jamais vue en ce bas monde… D'où venaient ces hommes-là ? Ils portaient de longues robes noires, telles qu'en portaient, disait-on, les hommes du Pays de la Foi… Mais depuis quand les dévots de ce Pays venaient-ils en promenade au Pays de la Guerre et de la Misère ? Depuis quand avaient-ils renoncé à leur barbe bien aimée, dont on disait en riant qu'elle leur tenait lieu d'étendard et de fanion ?

« Que signifie tout ceci ? » demanda Monsieur, en dialecte, d'une voix qui se voulait encore autoritaire.

Une brutale bourrade dans le dos lui indiqua que le ton ne convenait pas.

Enfin, un milicien, qui semblait être le chef, se mit à parler.

« Nous avons trouvé ces gars-là, en balade par chez nous… ce qui n'est guère prudent… » dit-il en dialecte.

Le milicien voisin se mit en devoir de traduire… Mais d'un geste, Monsieur fit comprendre que c'était inutile. Il saisissait de lui-même.

« Et ? »

« Et nous n'avons pas voulu qu'ils se perdent… Aussi ont-ils trouvé asile chez vous… Vous aurez la gentillesse de les nourrir, et de veiller à leur bien-être… »

Monsieur cligna des yeux. Les cinq géants, c'était évident, avaient été capturés et séquestrés ici… Mais pourquoi le mettait-on au courant de cela ? Il ne venait pratiquement jamais ici, c'était l'affaire des contremaîtres… Tout à coup, il comprit : les miliciens voulaient qu'il sache, mais plus encore, ils voulaient l'impliquer dans ce rapt, l'en rendre partie prenante…

« Nous ne demandons qu'à les rendre à leur patelin d'origine, et être pour cela *dédommagés*… Vous comprenez ? Hein ? Mais, c'est là que l'affaire se corse. Le patelin d'origine en question n'est pas facile à identifier… »

« Et… ? »

« Nous sommes un peu perdus dans le gentil baratin qu'ils nous sortent… *Vous êtes un étranger, c'est-à-dire un gars forcément beaucoup plus intelligent que nous, qui sommes des brutes et des incultes*, vous allez très bien vous débrouiller pour savoir à quel pays demander la rançon, appelons les choses par leur nom, et faire vous-même cette demande de rançon… »

Et ces paroles contenaient tant de haine, de ressentiments depuis longtemps tournés en violence pure, de mépris sédimentés par cent ans de colonisation, décolonisation et Indépendance difficile, que Monsieur en éprouva des frissons.

Mais fallait-il s'en étonner ?

« Car sinon, voyez-vous, vos marchandises, vos locaux vont brûler, victimes d'incendies, vos employés, votre femme peut-être, seront victimes d'accidents… »

Monsieur se taisait.

Ce fut à ce moment-là qu'un des géants redressa les épaules, et d'une voix de stentor, claire et limpide comme le tonnerre en plein ciel, se mit à déclamer, dans un anglais curieux mais compréhensible, un étrange poème, une sorte d'épopée contant l'Histoire humaine…

De façon étonnante, personne ne l'arrêta ; et bien au contraire, les ravisseurs écoutèrent, d'abord frappés de stupeur, puis ravis par l'emprise du charme, à chaque phrase se concentrant davantage, captivés de bas en haut et de haut en bas, incapables de mettre fin à la puissance des paroles entendues, et qu'ils écoutaient pour la première fois de leur vie…

Monsieur, lui, connaissait l'Épopée. Il l'avait lue et relue des centaines de fois tout au long des mois derniers – une relation d'affaires la lui avait transmise… C'était elle qui l'avait fait réfléchir à la culture de son pays d'accueil, elle qui lui avait suggéré d'enfin apprendre le dialecte local, d'enfin s'intéresser aux autres et à ce qu'en eux ils portaient, d'enfin se rapprocher de sa femme, de ses enfants, et de favoriser l'avenir du jeune Roal, domestique pourtant insignifiant s'il en était…

L'Épopée pouvait, en ce jour, en ce lieu et à cette heure, paraître totalement incongrue. Mais Monsieur sut qu'il n'en était rien. Elle était, au contraire, parfaitement adaptée à ce qui se déroulait…

Elle lui avait, de plus, donné le temps de réfléchir…

Depuis trois jours, Madame vivait chez son amie Mélanie. Trois jours auparavant, Monsieur était rentré à la maison à la manière d'une tornade, et avait immédiatement annoncé qu'il fallait évacuer les lieux. Il avait renvoyé chez eux la plupart des domestiques, leur assurant le paiement de leur salaire, et embauché des gardiens de sécurité supplémentaires. Totalement survolté, mais néanmoins efficace et lucide en chacune de ses décisions, il n'avait donné aucune explication. Les animaux eux-mêmes avaient été mis en sécurité, et les perroquets avaient été envoyés dans d'autres villas. Tout ce qui avait de la valeur, meubles, tableaux, tapis, bijoux, avaient été déménagés en un temps record.

Madame n'avait posé aucune question. Elle savait très bien de quoi il retournait. Une fois de plus – cela était déjà arrivé par le passé – Monsieur avait à coup sûr reçu des menaces, soit des Dingas, soit des Dangos, soit des deux à la fois. Pour seconder son mari, elle avait passé une soirée frénétique à emballer et répertorier un grand nombre d'objets, que les domestiques demeurés sur place emportaient précipitamment dans des camions. Au petit matin, quand tout fut achevé, elle s'en était allée chez Mélanie, qui l'avait accueillie à bras ouverts.

Lors de ce déménagement express, Madame avait éprouvé une honte abyssale, sans fond. Comment, comment pouvait-elle posséder tant de meubles, et d'objets de décoration, parfaitement futiles, et demander à des gens qui ne possédaient rien, très exactement rien, d'en prendre soin comme si cela leur appartenait ? En toute bonne foi, Monsieur était certain qu'elle était heureuse de posséder tout cela… Il lui offrait des bijoux, des parfums, des sacs à main et des statuettes d'artistes renommés… Cela la rendait plus malade qu'heureuse. Madame aurait été satisfaite de mener une vie confortable… Mais un tel luxe, au milieu d'une telle pauvreté absolue ! Elle en rougissait de honte ! Être volée l'insupportait ; mais vivre de cette manière, parmi des gens qui, lorsqu'ils quittaient leur uniforme de domestique, marchaient pieds nus, et retournaient à pied vers leurs villages dépourvus d'électricité et d'eau courante… Cela constituait pour elle un scandale permanent !

Le soir du déménagement, elle avait quasiment distribué aux femmes de la maison une grande partie de ses tenues et objets de toilette. Avec certitude, elle savait que tout cela serait vendu, et revendu… Tant mieux ! Mais cela était loin d'apaiser ses tourments…

Les tourments en question étaient au nombre de deux. Mais ils étaient énormes, et occupaient toute son existence, ou presque !

Le premier d'entre eux concernait la guerre entre Dingas et Dangos. Depuis de longues années, Madame s'impliquait dans une association qui s'appelait « Échanges Culturels ». Son nom indiquait assez bien la vocation qu'il se donnait… Régulièrement, des artistes, des universitaires, des journalistes dingas et dangos venaient débattre ensemble de diverses thématiques : le partage de l'eau, celui des terres, la réconciliation des tribus, le développement des villes, le développement économique, et c'était bien… Mais cela ne suffisait en rien. Au terme de ces échanges, tout le monde se serrait la main et se congratulait. Mais rien, absolument rien ne changeait. Les problèmes étaient analysés, disséqués, commentés sous toutes les coutures, et aucune solution de réconciliation ou d'évolution n'apparaissait.

Madame avait voulu procéder différemment, et s'était dit que ladite réconciliation se devait d'intervenir non seulement au niveau des intellectuels, d'ailleurs très peu nombreux, mais au niveau des gens du peuple, et autour de situations très concrètes, qui pouvaient améliorer leur vie.

Dingas et Dangos étaient, sans le savoir, de véritables artistes. Presque tous savaient réaliser des figurines, extrêmement jolies et expressives, à partir d'os d'animaux, de cartons mouillés, ou en terres séchées. Ils exécutaient leurs réalisations lorsque leur journée de travail était finie, et ne leur attribuaient généralement pas la moindre valeur. Il s'agissait pour eux de passe-temps anodins. Or, tout le monde le savait à part eux, c'étaient de véritables objets d'art, d'une grande beauté, et qui témoignaient de la vie des Dingas, tout comme de celles des Dangos : ces objets racontaient leur vie courante, parlaient de leurs dieux et de leur vision du monde…

Deux ans auparavant, Madame s'était démenée pour réaliser une exposition, commune aux deux tribus, de ces fameuses figurines. Elle avait pour idée de promouvoir l'artisanat local, et de permettre à des petites gens, non seulement de prendre conscience de la valeur de ce que leurs mains fabriquaient, mais aussi de vendre leurs figurines et d'en tirer un profitable bénéfice, tout en tissant des liens avec la tribu adverse… Le Pays voyait peu de touristes, car l'insécurité était trop réelle pour que des étrangers de passage veuillent y risquer leurs vacances… et peut-être leur vie. En revanche, il était habité par de nombreux étrangers, notamment du Pays du Cèdre, mais aussi d'autres nations, qui y faisaient des affaires. Ces gens-là étaient friands d'objets artisanaux. Ne pouvaient-ils accorder une réelle valeur artistique à ces objets, et les acheter à des prix plus substantiels ?

Mais Madame était tombée de haut, et s'était heurtée à de solides résistances, en premier lieu au sein même de l'association, essentiellement féminine. Elle, et d'autres femmes qu'elle avait convaincues, avaient présenté leur projet aux membres du conseil d'administration. Il fut accueilli de manière plus que réticente. On fit aussitôt observer qu'on ne voyait pas bien pourquoi des étrangers achèteraient à un tarif élevé, des petits objets qu'ils pouvaient trouver partout, ou presque, pour rien… Mais ces objections cachaient une autre réalité… C'était une chose d'inviter par téléphone tel ou tel journaliste pour lui proposer de réaliser une conférence, et une autre de devoir aller au-devant de familles pauvres, d'agriculteurs ou d'éleveurs, dans des villages perdus et isolés, pour les convaincre de la beauté de leurs fabrications artisanales. Madame comprit rapidement que c'était là franchir un cap, dans le niveau d'engagement, que ces dames n'étaient pas prêtes à consentir ; ou, plus exactement, qu'elles avaient peur de consentir. Toutes vivaient dans de confortables villas, servies par des domestiques en livrée. Aller à la rencontre de la pauvreté suscitait une crainte, qui s'avérait d'autant plus insurmontable qu'il était impensable de l'admettre à voix haute…

Avec un petit groupe de trois amies convaincues, Madame proposa de faire elle-même les démarches, auprès d'un village dinga, et d'un autre, dango. Mais elle ne fut pas mieux accueillie par les villageois en question : leur méfiance resta de marbre. Certes, il arrivait bien aux villageois de vendre des figurines, mais toujours à un prix tellement dérisoire qu'aucun, parmi eux, ne pouvait s'imaginer qu'elles avaient une réelle valeur. Quant à participer à un projet qui inclût les deux tribus ennemies, c'était là chose définitivement impossible, impensable, et même condamnable ! Mais Madame en vint à une conclusion qui la blessa profondément : les villageois rencontrés ne pouvaient concevoir un quelconque projet avec des femmes d'une autre couleur de peau que la leur, et dont ils étaient séparés par une différence de niveau de vie qui avait la taille d'un océan. Telle était la triste réalité, qui semblait incontournable…

L'exposition ne vit jamais le jour, et madame en fut profondément affectée. Pas pour elle-même, non, mais parce que cet échec lui fit toucher du doigt l'intensité des problèmes auxquels se heurtait le Pays.

Un an plus tard, elle tenta de promouvoir la fabrication artisanale des vêtements. Les couturières vivaient généralement en ville, et appartenaient à une catégorie sociale un peu moins défavorisée que les villageois… Madame prit le temps de lier connaissance avec elles, de s'intéresser longuement à leur vie quotidienne, aux problèmes qui étaient les leurs, mais aussi à leur façon de les surmonter, et cela dans tous les domaines de leur vie… Elle s'employa ensuite, non pas à proposer un projet, mais à faire en sorte que ces femmes réfléchissent aux meilleurs moyens de promouvoir la vente des vêtements réalisés… Mais au final, elle se heurta à la même difficulté de fond : ces femmes ne voulaient engager aucun projet avec son association, qui était perçue comme une association de « peaux claires »… Elles ne voyaient pas non plus l'intérêt de changer leurs méthodes de vente, bien convaincues que leurs vêtements ne valaient pas grand-chose, alors même qu'ils étaient des splendeurs.

N'y avait-il donc rien à faire pour sortir ces gens de la pauvreté dans laquelle ils baignaient, et pour les réconcilier entre eux ? C'était décourageant, démoralisant… Il semblait que la querelle entre les deux tribus, qui contribuait si fortement à maintenir la pauvreté, était renforcée par une insurmontable malédiction…

Mais, il y avait un autre tourment, qui empoisonnait l'existence de Madame et exhalait en elle un âcre chagrin, encore bien plus sûrement que celui de la guerre, parce qu'il était plus intime, personnel, et aussi vieux que son mariage, qui comptait quinze années.

Monsieur était loin d'être un mauvais époux. Il veillait sur sa compagne, s'assurait en permanence qu'elle ne manquait de rien, s'enquerrait régulièrement de son bien-être, et, régulièrement aussi, la couvrait de cadeaux. À sa manière, il était prévenant, attentionné, et ne lui manquait jamais de respect. Leur entente physique était certaine. Par ailleurs, Monsieur était un père également fort dévoué. Il s'informait sans cesse de l'évolution de ses enfants, leur écrivait et leur téléphonait, et prenait le temps de jouer avec eux lorsqu'ils étaient à la maison. Il était même capable, s'il le fallait, de sauter dans un avion pour rencontrer le directeur du pensionnat où vivaient les enfants. Et Madame était heureuse de chacune de ces attentions.

Mais il y avait quelque chose qu'elle ne lui pardonnait pas et qui rongeait leur relation. Monsieur avait certes demandé sa main à ses parents, comme un gentleman de l'ancien temps ; mais à elle, il n'avait strictement rien demandé… Une fois la bénédiction parentale acquise, il semblait que tout fût accompli, et que rien ne manquât à la prompte réalisation du mariage. Sa mère, ses sœurs, s'étaient précipitées vers elle, pour souligner la chance incroyable qu'elle avait, d'épouser un tel homme… Mais personne, personne dans sa famille, parmi ses amies, ne s'était demandé si la perspective de vivre à l'étranger, sur un continent de « peaux foncées » dont elle ignorait tout, avec un homme de dix ans plus âgé qu'elle et dont elle ne connaissait rien, strictement rien hormis le fait qu'il vivait dans l'aisance et même beaucoup plus, l'enchantait…

Quitter sa famille ne lui déplaisait pas. Elle avait rêvé d'aller à l'Université. Mais son père avait considéré, pour elle comme pour d'ailleurs l'ensemble de ses sœurs, que son destin était de se marier d'abord… Bien sûr, il avait eu à l'égard de son frère un tout autre raisonnement : jeune homme, il se devait d'accomplir des études, les plus poussées qui soient… Elle devait se contenter d'être belle. Et certes, elle l'était… Mais cela devait-il constituer son unique passeport dans l'existence ? Elle vouait à son père une rancune tenace, et n'était pas fâchée de le quitter. Mais quitter ses sœurs, ses amies, quitter le Pays du Cèdre où étaient toutes ses racines, en compagnie d'un parfait inconnu, équivalait à un grand et terrible saut dans le vide.

Jamais, jamais, elle n'avait pu comprendre que Monsieur, pas un instant, ne se soit inquiété de son accord à elle ; qu'il n'ait pas pris davantage de temps pour lui parler, faire connaissance avec elle, créer entre eux un petit lien, même minime, mais qui lui aurait permis de ne pas avoir l'impression d'être achetée, exactement de la même façon que l'on acquière une jument… Au lieu de cela, Monsieur, au premier coup d'œil, avait saisi qu'elle était belle ; et si cela suffisait pour lui, alors il devait en être de même pour elle. Il se réjouissait de sa beauté, elle devait se réjouir de son argent…

Oh ! Quel triste départ pour la vie conjugale ! Et pour elle, quelle humiliation ! C'était comme une marque au fer rouge, ou un sceau d'infamie ! Elle sentit qu'on l'avait comme vidée de son être, de tout ce qu'elle était, et qu'elle se devait maintenant d'obéir à son nouveau maître, tout comme jadis elle avait obéi à ses parents… Et certes ! Elle avait accompli ce grand saut dans le vide, elle était partie mariée, vers ce Pays en guerre depuis des décennies, qu'on appelait le Pays de la Guerre et de la Misère ! Et personne, au fil des mois et parmi sa famille, ne lui avait demandé comment elle se portait, vivait les événements, si elle était heureuse ou tragiquement esseulée… Sa mère elle-même semblait l'avoir abandonnée à son sort.

Au long des mois et des années, elle avait tricoté sa réponse, de façon parfois à peine consciente, construite dans l'âcreté du chagrin, de la rumination, de la honte et l'amertume… Elle s'était coupée d'avec les siens, ne répondait plus à leurs lettres, tellement convenues qu'elle rougissait pour eux d'un pareil manque d'imagination. Et envers lui, l'époux, elle avait concocté sa vengeance : il aurait tout ce qu'il voulait, mais pas un gramme de plus, rien de spontané et de sincère, il aurait ce qu'il demandait, mais jamais, jamais rien ne lui serait spontanément offert… Voilà ! Entre elle et les autres, une distance, une barrière ! Pour lui, une muraille de Chine, invisible sans doute, et qu'il mettrait du temps à découvrir, mais construite avec les pierres les plus solides, coupantes et lourdes que l'on puisse imaginer…

Et elle était fière de ce qu'elle lui infligeait… Chaque jour, une petite coupure au doigt, une toute petite coupure, une légère estafilade, presque impossible à déceler… Mais au fil des semaines et des mois, le doigt en sang, la main enflée et noire, prête à éclater d'infection purulente ! Un jour ou l'autre, il en perdrait le bras…

Mais, en ce bas-monde, rien n'était simple… Car dans le même temps qu'elle déployait ses fils de rancune et d'amertume, que rien ne venait diluer, elle s'était mise à aimer cet homme. Il était toujours plein d'énergie et d'allant, jamais, dans la difficulté, ne se laissait abattre, et menait ses affaires tambour battant. Certes, il n'avait pas fait d'études, or, elle aurait rêvé de vivre avec un universitaire ; mais il était néanmoins cultivé, il semblait que son esprit n'oubliât jamais rien de ce que lui enseignait la vie…

À sa manière aussi, il était drôle, et savait faire de l'esprit, avec une finesse qui, parfois, l'étonnait. Au fond, qu'avait-elle à lui reprocher ? Il s'y était mal pris pour demander sa main… Mais depuis ? Il parlait trop souvent d'argent, comme si son existence ne se mesurait qu'à l'aune de son compte en banque… Mais ces derniers temps, il semblait aussi qu'il évoluât sur ce point. Par exemple, elle avait été stupéfaite de l'entendre parler de la façon dont les indigènes avaient construit leur culture autour de la notion d'échanges… Régulièrement aussi, elle était étonnée par certains traits de générosité de sa part. Plus souvent qu'avant, il se préoccupait du bien-être de ses employés, non plus en pensant à ce que cela lui rapporterait, mais en songeant à eux, vraiment à eux…

Et pourtant, quoi qu'il fît, quelque chose en elle l'empêchait de lui en reconnaître lucidement le mérite… Pire encore, elle lui en voulait, quand elle constatait, secrètement, qu'il était bien meilleur que tout ce qu'elle s'acharnait à croire.

Assise en tailleur sur son lit, dans cette chambre qui n'était pas la sienne, elle éclata d'un rire presque dément ; puis fut secouée par un torrent de larmes… Depuis combien de temps n'avait-elle pas pleuré ? Une éternité, comme si son cœur était devenu aussi sec et aride qu'un désert… Mais là, elle pleurait. Quel mal elle lui avait fait ! Et quel mal elle s'était fait à elle-même ! Pour le cloîtrer dans la solitude, n'avait-il pas fallu qu'elle s'y installe tout autant, dans un cloître voisin, où elle était aussi seule que lui ?

Depuis trois jours, elle lui avait parlé deux fois au téléphone. C'était tout. Il n'était pas venu la rejoindre chez Mélanie, entièrement accaparé par la mise en sécurité de son négoce. Elle ne savait même pas où il passait ses nuits… Mon Dieu ! Il fallait, il fallait qu'elle le voie, qu'elle aille à sa rencontre, l'écoute et lui parle ! Cela ne pouvait plus attendre !

Stupéfaite de cette conclusion, elle se précipita devant la glace, sécha ses larmes, se refit un visage. Elle descendit en trombe les marches du grand escalier, semblable à celui qu'il y avait chez elle – finalement, toutes les villas se ressemblaient – et apostropha Mélanie :

« Peux-tu me prêter la voiture ? »

Il y avait quatre véhicules au garage. Mais Mélanie, en amie vigilante, s'inquiéta aussitôt :

« Les attaques entre Dingas et Dangos n'ont fait que redoubler ces derniers jours… Ce n'est pas pour rien que tu es ici, chérie… Il est imprudent de sortir… De quoi as-tu besoin ? »

« J'ai besoin de le voir ! »

Il n'était pas utile qu'elle précisât de qui elle parlait… Mélanie comprit aussitôt.

« Sais-tu seulement où il se trouve ? »

« Il a dit hier qu'il serait au bureau toute la matinée, pour déménager les derniers dossiers. »

« Tu sais très bien qu'il t'a donné la consigne de demeurer ici… ! »

« Mélanie ! Donne-moi une clef de voiture ! »

Et il y avait tant d'autorité dans cette voix, que Mélanie n'insista pas.

Trois minutes plus tard, Madame fonçait sur les routes, qui en étaient à peine, à une vitesse qui en fit détaler plus d'un. Il lui fallut peu de temps pour atteindre le bureau de son époux.

Comme à la maison, le nombre des agents de sécurité avait été largement augmenté. En dehors d'eux, elle s'aperçut d'un coup d'œil que la plantation était vide de ses ouvriers, que l'on voyait ordinairement travailler. Les locaux étaient fermés ; mais elle disposait d'une clef, et entra.

Il était seul dans son bureau, et téléphonait. Lorsqu'il la vit, son visage devint d'abord d'une sépulcrale blancheur ; puis vira assez vite à l'érubescence.

Il raccrocha promptement, au comble de l'émotion.

« Bassem ! Bassem ! Que se passe-t-il ? Que t'est-il arrivé ? »

C'était la première fois, positivement depuis des lustres, qu'elle l'appelait par son prénom. D'ordinaire, elle l'appelait « Cher », ou « Très cher », ce qui était une façon de l'ignorer. Immédiatement sensible à ce changement, il contourna le bureau, et s'assit à ses côtés, la dévisageant comme s'il la voyait pour la première fois depuis très, très longtemps.

« Quel plaisir tu me fais, d'être venue jusqu'à moi, Marwa ! Ce n'est guère prudent, mais pourtant, j'éprouve une joie infinie à te voir ! » dit-il d'une voix lente, comme s'il comprenait déjà qu'un autre genre de conversation allait entre eux s'élaborer…

« Comment pourrais-je aller bien, si je ne sais plus rien de ma moitié ? »

Cette petite phrase le fit fondre, définitivement, et il sourit d'un sourire qu'elle ne lui connaissait pas, qui le rajeunissait de dix ans, et semblait émerger du fin fond de son être.

Il se pencha vers elle.

« Il faudra que nous fassions quelque chose pour Ruya… Ce n'est pas elle qui volait, mais Roal ! »

Elle était stupéfaite, médusée. L'heure était-il à parler de Ruya et Roal ?

« Je l'ai compris à une réaction de Roal, continua-t-il, tout à son sujet, primordial pour lui. Il a décliné ma proposition de se rendre à l'école, de manière si farouche, que j'ai compris que quelque chose l'empêchait de partir… J'ai compris aussi pourquoi les autres domestiques se plaignent en permanence de sa fatigue… Il vole de la nourriture la nuit, et l'apporte au dehors, probablement à sa famille, ou à n'importe qui en ayant besoin… »

Il se tut un instant, et reprit :

« Il faudra absolument que nous réparions notre erreur envers Ruya… Et il faudra aussi aider Roal à sortir de son dilemme, pour qu'il aille à l'école… »

« Oui, Bassem. Mais que t'est-il arrivé ? Pourquoi avons-nous dû quitter précipitamment la maison ? Et pourquoi as-tu mis au chômage technique presque tout ton personnel ? »

« Je suis heureux, heureux que tu me poses la question ! » dit-il, dans un long souffle. Et il raconta ce qui était survenu : comment il avait été capturé au bureau, traîné dans le hangar, où il avait découvert cinq otages à l'apparence déconcertante ; comment on lui avait demandé d'effectuer, pour le compte d'une milice dango, une demande de rançon, et comment l'un des otages s'était mis à déclamer un poème, qui avait le pouvoir de faire frémir l'échine de n'importe qui… Comment, ensuite, il avait été relâché, pour effectuer la demande…

« C'est l'Épopée du monde ! » coupa aussitôt Marwa.

« Comment ? Tu connais ce Poème ? ! »

« Je l'ai entendu pour la première fois au sein de l'association… Je l'ai moi-même récitée à Mélanie… »

Décidément, les femmes de l'association et Mélanie étaient toujours au courant de tout. Elles s'informaient mutuellement, et sans désemparer… Il y a de ces solidarités entre femmes, pensa-t-il, qui valent le détour… !

Il reprit son récit.

« Je connaissais moi aussi ce Poème, mais de l'entendre là, sorti spontanément de la bouche d'un otage qui appelait ainsi à l'aide, je dois dire que cela m'a secoué, et comment ! Après cela, j'ai discuté avec ces hommes pour savoir d'où ils venaient. Ils ont raconté venir d'une île, 'l'île où nous sommes nés', et appartenir au 'peuple des Hommes et des Femmes qui sont Nés'. Quant à savoir où se trouve cette île, autant demander à une moule de situer son rocher natal quand elle est chez le poissonnier… Ils ont dit avoir quitté l'île, qui est progressivement grignotée par la mer, pour trouver une terre d'accueil à leur peuple… Ils sont arrivés par hasard au Pays de la Foi, qui bien sûr les a dûment emprisonnés, et dont ils se sont évadés… »

Il s'interrompit, contempla un instant le visage de Marwa. Elle l'écoutait intensément, comme elle ne l'avait jamais écouté.

« Ils ont affirmé être arrivés ici il y a un an à peu près, et avoir été recueillis par une tribu dinga, avec laquelle ils ont vécu heureux, c'est ce qu'ils ont dit, pendant plusieurs mois. Ils se sont occupés du bétail, ont partagé amicalement le quotidien des Dingas, et ont appris l'anglais, dès lors qu'ils ont saisi que cette langue se parlait partout, ou presque… De fait, ils la parlent aujourd'hui parfaitement… Mais il y a quelques jours, ils ont été capturés par des miliciens dangos… un peu déconcertés par l'histoire de 'l'île où nous sommes nés'. Au terme de cette conversation, digne de la psychiatrie, les miliciens m'ont relâché… Comme dit la Bible : fin du premier jour ! »

Marwa ouvrait des yeux ronds. Le monde entier devenait-il fou, ou seulement ce Pays, torturé par la guerre et la misère ? Quelle invraisemblable histoire !

« Mais alors ? Cette histoire de demande de rançon ? Auprès de qui la faire ? »

« Elle m'a rendu fou durant 48 heures… Prévenir les autorités m'a paru suicidaire… Tu sais à quel point elles sont corrompues, et bien capables de rechercher ces hommes, non pour les délivrer, mais devenir à leur tour les commanditaires de la demande de rançon… Après maintes réflexions, je me suis contenté de prévenir l'ambassade de notre pays, pour que la diplomatie du Cèdre intervienne, dans la mesure de ses moyens, et surtout pour que ce rapt soit connu… »

« Tu as bien fait, Bassem… » dit-elle dans un souffle.

« Mais écoute la suite. Au bout de deux jours, j'apprends par le journal, tout simplement par le journal, que cinq hommes, déjà otages chez les Dangos, ont été capturés par une milice dinga ! Pour moi, fin de l'histoire, je n'ai plus aucune rançon à demander à personne… ! »

« As-tu eu de nouveaux contacts avec les ravisseurs initiaux ? »

« Oh non ! Dans la mesure où la nouvelle de leurs déboires est écrite dans le journal, ils ne peuvent plus prétendre détenir ces hommes… Mais ils sont tellement dangereux ! Rien ne nous protège de leurs réactions… Ils peuvent s'en prendre à nous, ou à mes affaires, simplement pour se calmer d'avoir perdu leurs otages ! »

Il avait raison, c'était certain.

Il avait visiblement besoin de s'épancher, et poursuivit aussitôt :

« Mais ce n'est pas leur réaction qui me préoccupe le plus, Marwa ! Cette Épopée m'a secoué comme je ne l'ai jamais été… Depuis, je ne cesse de réfléchir aux moyens de changer ma vie, et de la rendre meilleure… Il est impossible, Marwa, impossible de continuer à vivre sur ce train, dans ce pays où la plupart des gens n'aspirent qu'à manger, seulement manger à leur faim, une fois par jour ! Et il est tout autant impossible de continuer à paisiblement réaliser des affaires, et faire des bénéfices, quand la guerre ravage cette nation et pervertit toute son énergie ! »

Elle le regardait, abasourdie comme si elle le regardait pour la toute première fois de sa vie, heureuse de chaque parole qu'il prononçait.

Elle prit tout à coup le visage de Bassem entre ses mains, embrassa son front, ses yeux, sa bouche…

Il fondit littéralement entre ses mains, tétanisé par ce qui arrivait, et qu'il attendait depuis quinze longues années.

Puis, elle lui parla. Très longuement.

Durant les mois qui suivirent, l'activité de Bassem Arwel se décupla. Membre influent de la Chambre de Commerce depuis de longues années, et excellent connaisseur des acteurs économiques du Pays, des entrepreneurs les plus incontournables aux plus modestes, il se rendit des uns aux autres, inlassablement. Il rendit de même visite à des diplomates, des ministres, des intellectuels et des artistes qui avaient pignon sur rue et dont l'opinion comptait. Il se levait le matin aux aurores, et rentrait chez lui tard dans la nuit. Toutes ses journées étaient peuplées d'une multitude de rendez-vous. Presque toujours, Marwa, qui avait préalablement organisé ces rencontres, l'accompagnait, et établissait des comptes-rendus des entretiens.

À tous ses interlocuteurs, il proposa la création d'une Fondation qui aurait pour triple vocation de lutter contre la corruption ; de développer le secteur privé du Pays tout en édifiant, grâce à une fiscalité adaptée, des services publics de qualité auprès de la population ; de réconcilier Dingas et Dangos. On commença par lui rire au nez : lutter contre la corruption, n'était-ce pas comme de lutter contre le soleil et la lune ? Or, tant que sévissait cette corruption, l'État ne disposerait jamais des ressources nécessaires pour instaurer des services publics dignes de ce nom… Quant à la lutte fratricide entre Dingas et Dangos, n'était-ce pas là le ressort social le plus puissant de ce Pays ? Une sorte de folklore local intimement lié à l'Histoire de la nation et qu'on ne pouvait lui ôter ?

Marwa s'avéra plus que précieuse. Lorsque Bassem était à court d'arguments, elle intervenait, avec une énergie et une logique implacable que Bassem découvrait. Mais les freins au changement étaient puissants, et Bassem en vint à se décourager. C'est alors qu'intervint un événement qui favorisa considérablement son entreprise…

Un matin, les journaux de tous bords annoncèrent que cinq hommes, capturés par les Dangos, puis par les Dingas, s'étaient évadés de chez ces derniers. Rendus à leur liberté, mais en quelque sorte toujours fugitifs tant il semblait que la terre entière leur courait après, ils avaient été recueillis par une ONG qui travaillait pour la préservation de la biodiversité du Pays. Ne sachant trop que faire d'eux, et comment assurer leur sécurité, l'ONG avait organisé une conférence de presse. Les cinq hommes y avaient, en anglais, raconté leur périple, depuis le départ de leur île jusqu'à leurs dernières turpitudes, en passant par leur incarcération aux Pays de la Foi. Mais surtout, l'un d'entre eux s'était levé, et, la main sur le cœur, comme énonçant une prière sacrée, avait déclamé l'Épopée du monde.

Elle avait laissé les journalistes abasourdis, car très peu d'entre eux la connaissaient encore. La séquence avait été diffusée, in extenso, à la télévision locale, de même qu'elle avait été imprimée dans tous les journaux du Pays. Et de la sorte, elle fut lue et entendue, non par tous, car peu de gens avaient les moyens de posséder un téléviseur, ou même d'acheter des journaux ; mais tous ceux auxquels s'adressait Bassem, qui étaient des décideurs, des entrepreneurs et des intellectuels… Ils virent, entendirent, et furent traversés, bouleversés par ce message auquel il était purement et simplement impossible de demeurer insensible.

Tel le phénix, l'ardeur de Bassem renaquit de ses cendres, et ne connut désormais plus de fin. Inlassablement, auprès de chacun de ses interlocuteurs, il fut inflexible, argumenta et contre-argumenta sans jamais se fatiguer. Depuis 2005, l'ONU avait adopté une charte contre la corruption. Bassem convainquit le ministre de la Justice de contacter l'Office des Nations Unies contre la drogue et le crime, chargé de la mise en application de cette charte dans tous les pays qui l'avaient ratifiée. Cette prise de contact fit ricaner dans les chaumières… On savait ce que valait *le grand machin*… Puis, on se mit à réfléchir. Il y avait peut-être là une opportunité de changement bénéfique pour tous… Et si *le grand machin i*ntervenait, c'était quand même que les choses étaient sérieuses, et qu'on ne devait pas les négliger…

Les réunions d'hommes d'affaires, de politiciens, d'édiles se multiplièrent ; puis se mélangèrent… Il était vain de changer les affaires sans s'occuper de la vie politique, et l'inverse était tout autant vrai. Mais on ne chercha pas à condamner les responsables politiques actuels pour leur corruption notoire, pour la bonne et simple raison qu'il leur était politiquement impossible de refuser publiquement de s'engager dans une démarche de moralisation envers l'argent public. Ils ne pouvaient qu'accepter la démarche, et se l'approprier... Pas davantage, on ne se précipita pour organiser de nouvelles élections. Dans ce pays où l'analphabétisme était encore la règle, toute élection ne pouvait qu'être un jeu de dupes... Éduquer les masses et les citoyens devait être un objectif premier, qui ensuite permettrait la mise en place d'une démocratie réelle.

Au fil des réunions, on en vint à une sorte de méthodologie pour marcher dans le sens de la Fondation, qui n'était pas encore née. La plupart des acteurs impliqués ne voulaient pas qu'elle vît le jour, sans que des engagements politiques, financiers et économiques fussent pris de façon ferme, mentionnant des moyens et un plan de travail.

Une sorte de fièvre s'empara du Pays. Il fallait non seulement que des engagements sérieux fussent pris, mais il fallait aussi une commission, externe à l'État, externe aux forces économiques du Pays, neutre, capable de s'assurer de l'honnêteté des réformes entreprises, et de leur aspect bénéfique pour tous, et non pas seulement pour le gain de quelques-uns... Pour cette tâche, l'Office des Nations Unies contre le crime et la drogue était toute désignée. Il fallait permettre le développement d'une agriculture vivrière et d'entreprises locales, favorisant la création d'emplois, et pour cela, impliquer les grands propriétaires et les industriels locaux, nationaux ou étrangers, pour qu'ils engagent une fraction de leur fortune dans ce développement... Il fallait la mise en place d'une fiscalité sur les entreprises et sur les revenus, qui permît le développement de services publics adaptés aux besoins de la population, notamment en matière de santé et de formation... Il fallait que les services en question répondissent à des appels d'offre précis, et impartiaux, qui mettraient fin aux marchés conclus de gré à gré, lesquels sempiternellement favorisaient les mêmes entreprises aux dépens des autres... Il fallait que tout employeur eût l'obligation légale d'employer autant de Dingas que de Dangos, et mettre fin à tout le système de privilèges, qui depuis des siècles, régissait la vie des uns comme des autres… Il fallait que les dignitaires dingas et dangos se rencontrassent, pour accéder enfin à un mode de communication dont la violence ne fût point le perpétuel nœud gordien…

Tous ces chantiers étaient énormes, et il convenait de les lancer en utilisant les forces, les ressources du Pays. Oui, celui-ci devait changer. Il devait cesser de massacrer les uns, pour donner aux autres l'illusion d'une suprématie. Il devait promouvoir sa jeunesse, *toute* sa jeunesse… Il se devait de préserver, développer les ressources, naturelles et humaines du Pays, afin que tous en profitassent, d'une façon ou d'une autre… C'était exaltant, passionnant, et à tout cela, la nation effervescente ne pouvait se refuser…

Dix ans plus tard, un jeune homme en complet veston neuf, portant des chaussures de cuir souple, beau comme le jeune soleil du matin, sortit d'un taxi, et pénétra dans le domaine de Bassem et Marwa Arwal. Il constata que les agents de sécurité avaient disparu, tout comme ils avaient disparu de la quasi-totalité des lieux publics du Pays. Il traversa le parc d'un pas joyeux, et envoya quelques plaisanteries aux perroquets, qui, eux, étaient toujours en poste… Mais il ne se présenta pas à la grande entrée de la maison, et se dirigea prestement vers les cuisines, qui disposaient d'une entrée propre.

Celles-ci étaient en ébullition. Une quinzaine de jeunes gens s'affairaient, pour la préparation d'un grand banquet. Deux femmes plus âgées les patronnaient.

Il les reconnut d'emblée, et son cœur se gonfla d'allégresse. Elles, mirent du temps à comprendre qui il était.

« Ruya ! Manelle ! Vous ne me reconnaissez pas ? ! C'est moi, Roal ! »

Elles écarquillèrent les yeux, et se tapèrent les cuisses :

« Roal, petit salopiot de mes deux ! »

« Roal, face de pet ! »

Elles le prirent dans leurs bras en éclatant de rire, et faillirent l'étouffer de leurs étreintes joyeuses.

« Mais te voilà mis en monsieur, maintenant ! »

« Je suis ingénieur agronome ! »

« … agro quoi ? »

« Agronome ! Je m'occupe du développement de l'agriculture ! »

« T'as intérêt, margouillat ! Au fait, il y a quelque chose que je rêve de te faire depuis dix ans ! »

Et Ruya appliqua une grande et retentissante gifle sur la joue du garçon…

Il encaissa sereinement le coup.

« Ruya, je crois avoir des excuses à te présenter… À toi aussi, Manelle… Mais vous savez qu'à l'époque, je n'avais guère le choix… »

« Personne n'avait le choix, à ce moment-là ! Mais rassure-toi, tout est pardonné depuis longtemps ! Mon fils est un monsieur, lui aussi, il est contremaître dans une bananeraie, et ma fille est institutrice… ! »

« Et toi, Manelle, que deviens-tu ? »

« Grâce à Dieu, la santé est là, et mes cinq enfants ont des emplois qui leur permettent de vivre ! »

Roal entra avec elles dans une longue conversation. Il était heureux de parler à nouveau dans son dialecte natal, qu'il n'avait pas pratiqué depuis de longues années. Il avait passé les cinq dernières dans une université, à l'étranger.

La vérité, leur dit-il, était qu'il lui semblait découvrir un Pays nouveau, qu'il n'avait jamais vu. La veille, il était allé dans la capitale. Il se souvenait que lorsqu'il était enfant, les déchets jonchaient le sol et il était courant de voir les rats détaler. Les rues étaient désormais propres, et un mobilier urbain y avait été installé… Il avait croisé plusieurs dispensaires médicaux, qui auparavant n'existaient pas, ainsi que de nombreux cinémas. Jadis, les gens riches disposaient d'une salle de projection privée, à la maison, tandis que les pauvres mouraient sans jamais être allés au cinéma de leur vie. Il avait été surpris, aussi, de l'habillement des gens. Du temps de son enfance, la plupart des gens vivaient en loques, ce qui n'était plus le cas actuellement : ils étaient modestement vêtus, certes, mais leurs vêtements étaient propres et non déchirés. Mais ce qui l'avait le plus frappé était l'apparition de quartiers entièrement nouveaux, qui ne relevaient ni de la grande richesse, ni de l'extrême pauvreté. C'étaient les quartiers de gens qui étaient parvenus à s'extraire de la misère, et qui désormais vivaient modestement, mais sans être paniqués par le lendemain…

Oui, une classe moyenne était apparue, dont les rangs ne cessaient de grossir.

Il raconta également avoir rendu visite à ses parents.

Il était parti vers son village natal à pied, et avait réalisé combien le chemin qu'il effectuait jadis quotidiennement était long et difficile.

Mais alors qu'il était arrivé aux abords du village, son cœur s'était affolé, et il avait dû s'asseoir sur une borne. Ses yeux ne retrouvaient pas l'abri de ses parents ! Où étaient-ils donc ?

Ce village, qui, dans son souvenir, était l'image même de la misère et du dénuement, était métamorphosé. Les abris de tôle avaient presque entièrement disparu, remplacés par des maisons en dur, petites sans doute, mais proprettes. En plein milieu s'élevait sur une place une fontaine, qui évitait aux femmes des trajets longs et quotidiens pour chercher l'eau. Roal, une fois remis, s'était précipité vers la fontaine, et avait demandé aux enfants qui jouaient là où étaient ses parents. Les enfants avaient ri, et l'avaient conduit par la main, jusqu'à une petite maison de terre séchée, dont la structure était en bois.

Il était entré dans la maison, où seul était son père. Son père avait considérablement vieilli, et ses yeux, désormais, étaient faibles. Il était allé jusqu'à Roal, avait senti son odeur, touché, tel Isaac touchant Jacob, ses mains et ses avant-bras, et avait dit : « Entre, mon fils, mon Roal, entre dans la maison de ton père… »

Et ses yeux à lui, Roal, étaient alors tombés sur quelque chose qu'il n'aurait jamais pensé pouvoir trouver dans la maison de ses parents.

Une boîte de médicaments !

13
AU PAYS DE L'ABONDANCE

Depuis un an, on voyait déambuler dans Paris cinq hommes d'une stature hors norme, d'une étrange couleur de peau, et dont les cranes étaient définitivement nus. Ces hommes, toujours accompagnés de jeunes gens qui leur servaient de guides, allaient partout, de musée en musée. Ils avaient vu et revu le musée du Louvre, visité le musée d'Orsay, celui du Quai Branly, le Petit Palais, le centre Georges Pompidou, le musée d'Art moderne, celui d'Histoire naturelle et bien d'autres encore…

Il semblait que l'Art les fascinât, et que leur faim, en la matière, fût d'un genre à ne pas se rassasier rapidement. Ils ne se contentaient pas de contempler les tableaux et les sculptures, mais posaient un nombre incroyable de questions, sur les artistes, leur histoire personnelle, le contexte dans lequel ils avaient vécu et évolué, l'Histoire de leur pays, qui souvent renvoyait à l'Histoire des pays voisins… Chaque question se reliait à une myriade d'autres. Quand, par exemple, ils avaient demandé comment étaient actuellement fabriquées les couleurs, et qu'on leur avait expliqué qu'elles étaient désormais produites de manière industrielle, ils avaient naturellement demandé ce qu'était l'industrie… Et pourquoi donc fallait-il une industrie, capable de produire des objets en grande quantité ? En quoi était-elle liée à la démographie ? Cela avait-il un lien avec la démocratisation du confort ? Ou avec la démocratie, tout simplement ? Il fallait que les accompagnateurs fussent de solide constitution, et intellectuellement bien équipés, pour faire face à ce déluge d'interrogations.

Mais l'Art était loin d'être leur seul centre d'intérêt. Ils se passionnaient pour la technique. Au Pays de la Foi, dans celui de la Division, ils avaient découvert les vêtements, les murs, les portes, l'électricité, l'eau courante, mais aussi les armes. Ils découvrirent d'un coup, au Pays de l'Abondance, le téléphone, la télévision, la radio et le cinéma, les ordinateurs et les clefs électroniques, les voitures et le train – alors même qu'ils étaient arrivés au Pays du Coq par avion… On comprendra aisément que leurs cinq cervelles fussent en ébullition permanente… Ils voulurent visiter des usines, des centres de recherche. Comment fonctionnaient les machines ? À quoi servait ce qu'elles fabriquaient, et comment étaient-elles elles-mêmes fabriquées ? Où apprenait-on à s'en servir ? Pourquoi les gens venaient-ils au travail chaque matin ? Qu'était un contrat de travail ? Un syndicat ? À quoi servait la recherche ? Ils réclamèrent bientôt de visiter des préfectures, des Conseils Départementaux et Régionaux, des mairies. Qu'était l'État ? Qu'était le droit de vote ? À quoi servait-il ? Que signifiait l'intérêt général ? Leur était-il possible de se rendre dans une école ? Qu'était un terrain de sport ? Un jour, ils pénétrèrent dans un grand magasin, et leur étonnement atteignit là des hauteurs proprement vertigineuses. À quoi servaient tous ces objets, que les gens achetaient ? Étaient-ils véritablement utiles ? Les gens devenaient-ils heureux, à force de tant posséder ? À des terrasses de café, ils se mirent à discuter, avec des hommes et des femmes, des riches, des pauvres, et des gens qui étaient entre les deux… Ils découvrirent que beaucoup étaient pressés, et même, stressés, et là encore ce furent pour eux des mots nouveaux… Ils réalisèrent que beaucoup de femmes élevaient seules leurs enfants, et s'en attristèrent, car c'était une réalité qui n'existait pas sur leur île, et qu'ils pressentirent difficile ; qu'on habituait les enfants, dès leur plus jeune âge, à être sans arrêt occupés, et cela les surprit… Quand les enfants avaient-ils le temps de rêver, de ne rien faire ? Ils découvrirent aussi qu'au Pays du Coq, comme dans les pays où ils avaient déjà séjourné, ne pas avoir d'emploi revenait souvent, presque toujours, à affronter de graves difficultés, et une situation socialement dévalorisée… Et cela, de nouveau, les étonna, car sur leur île natale, il n'existait pas de réelle frontière entre travail et repos. Partout où ils se rendirent, ils posèrent un déluge de questions, semblables à des innocents qui découvraient le monde. Certains s'en agacèrent ; mais d'autres s'en trouvèrent charmés, car il y avait, dans leurs incessantes découvertes, une sorte de fraîcheur, étonnante, émouvante et singulière…

Peu à peu pourtant, leur questionnement se resserra. Comment ce faisait-il que les divers pays de ce bas-monde fussent si différents les uns des autres ? Qu'est-ce qui les avait poussés à évoluer, et si vite ? Pourquoi les uns avaient-ils asservi les autres, et pourquoi y avait-il eu tant de guerres ? Que voulait dire le mot Constitution ? Le mot République ? Le mot Philosophie ? Qu'était l'argent, qui semblait si important pour tout le monde ? Qu'était le Droit ? Que signifiaient les mots *Droits de l'Homme* ? Qu'était l'ONU ?

Aucun accompagnateur n'était de taille à répondre à tant de questions, dans des domaines si divers. Le mieux était de leur donner des livres – ils avaient appris à lire, durant leur séjour auprès des Dingas – sur les mille sujets qui les captivaient. Fort judicieusement, ils se les répartirent, puis se racontèrent les uns aux autres ce qu'ils avaient compris. On les envoya écouter des conférences, on leur donna des journaux. Tout les captivait, les accrochait, ils étaient insatiables…

Tandis qu'ils s'évertuaient à acquérir en quelques mois les fruits d'une éducation, qui, ordinairement, nécessite des années quand ce n'est une vie entière, l'ambassadeur du Pays du Coq au Pays de la Guerre et de la Misère se tourmentait à leur sujet.

Au Pays du Coq, c'était lui qui les avait fait venir. C'était dans son appartement parisien qu'ils habitaient, c'était lui qui les prenait en charge. Les jeunes gens qui leur servaient de constants accompagnateurs, étaient un neveu de l'ambassadeur, Gustave Eugène, sa fiancée Carla et quelques-uns de leurs amis.

L'ambassadeur avait en direct assisté à la conférence de presse que l'ONG, qui avait recueilli les cinq évadés, avait donnée en leur faveur. Il avait écouté le récit des cinq hommes. Et il avait compris, beaucoup mieux que les intéressés eux-mêmes, le tragique de leur condition. Ex-otages des Dingas tout comme des Dangos, leur espérance de vie, s'ils demeuraient dans ce pays, était à peu près nulle. Il fallait les exfiltrer d'urgence. Plusieurs de ses collaborateurs lui firent observer que si l'on optait pour faire quitter le Pays à tous ceux qui étaient en danger de mort, alors de pleins cargos seraient insuffisants. L'ambassadeur répliqua, avec bonhommie, que l'apparence de ceux-là était telle, qu'il était impensable pour eux de se dissimuler, se fondre dans la population. Ils étaient donc plus en danger que d'autres… Les collaborateurs arguèrent alors que le récit de « l'Ile où Nous Sommes Nés », dont personne ne savait où elle se situait, et moins encore si elle existait à la face du soleil, n'orientait pas vers un haut niveau de fiabilité. L'ambassadeur répondit, avec un léger agacement, que s'il fallait laisser mourir tous les fabulateurs de ce monde, alors la démographie de celui-ci chuterait singulièrement. Têtus, mais en même temps gênés, les collaborateurs énoncèrent qu'il serait certainement difficile d'obtenir du Quai d'Orsay un accord pour la prise en charge de ces cinq personnages, dépourvus de papiers d'identité, tout comme de réelle nationalité.

De façon surprenante, l'ambassadeur avait alors tonné qu'il examinerait cette question plus tard ; qu'il exigeait seulement que l'on réservât cinq billets d'avion pour ces créatures, sur le prochain vol pour Paris, avec des papiers provisoires. Fin de la conversation !

L'ambassadeur, qui s'appelait François Eugène, et approchait de la retraite, était un fonctionnaire difficile. Lui-même fils d'un brillant diplomate, il avait embrassé tout naturellement la carrière, presque sans y penser, comme s'il s'agissait là d'un fait inéluctable. Mais le fait est, que, pour y réussir, le sens de l'obéissance lui manqua toujours cruellement, tout comme, d'ailleurs celui de la patience, dans le même temps qu'il débordait d'une sorte d'excentricité spontanée, impossible à réfréner... Aussi son parcours, loin de suivre une ligne ascensionnelle, ressemblait-il davantage à une longue descente aux enfers... Et certes, ce n'était pour rien qu'il se trouvait nommé au Pays de la Guerre et de la Misère, pays où les diplomates du monde entier aspiraient à ne surtout pas se retrouver... Mais, une fois passé le choc de cette nomination, qui avait tout d'une réprobation publique, François Eugène finit par fort bien s'en satisfaire. Installé depuis trois ans, il avait découvert que personne ne s'intéressait réellement à ce qu'il faisait, ou ne faisait pas... De la part du Pays du Coq, ce n'était pas mauvaise volonté ; mais plutôt affaire de lassitude et de méfiance. Il y a des conflits qui, par leur durée extrême, leur caractère obstiné et têtu, leurs entrelacs de complications inextricables et toujours renaissantes, finissent par lasser. Et tel était le cas de la guerre entre Dingas et Dangos... Par ailleurs, depuis l'Indépendance, chaque fois que le Pays du Coq était intervenu, à la demande même des nouvelles autorités, pour soulager la situation, on le lui avait par la suite, et sans exception aucune, vertement reproché... Aussi François Eugène n'avait-il pas tardé à saisir qu'on lui demandait avant tout de ne pas faire de vagues ; mais que, cela mis à part, la façon dont il nageait ne concernait que lui.

Il avait donc trouvé une liberté de mouvement qui n'était pas pour lui déplaire. Il avait aussi compris que les soulagements, à apporter à ce Pays, étaient aussi nombreux que variés. Et cela lui convenait, infiniment. Car il était homme à vouloir être utile aux autres, et se démenait sans compter…

Et voilà ! Il avait décidé d'expédier sur le sol natal ces cinq « sauvages » (car lui les appelait ainsi) et point final !

Mais pourquoi le voulait-il ? D'abord, parce qu'il ne pouvait concevoir que ces hommes meurent, alors qu'il était assez aisément en son pouvoir de les sauver… Ensuite, parce qu'on était, en Europe, en pleine crise des réfugiés. Des réfugiés, venus de Syrie, d'Irak et plus encore d'Afrique subsaharienne, affluaient, par centaines de milliers. Et certes, cela posait d'immenses et indéniables problèmes. Mais Eugène ne comprenait guère, tel était son tempérament, que des pays qui étaient loin de signifier l'opulence, tels que la Jordanie et le Liban, fussent finalement plus généreux, en matière d'accueil, que le Pays du Coq ou la Perfide Albion… En Allemagne, la chancelière avait d'abord opté pour un accueil massif de plus d'un million de réfugiés… Elle vivait désormais sous les huées… L'Union Européenne avait, par la suite, négocié tant avec la Turquie qu'avec la Libye, pour que les flux migratoires soient, sur le sol de ces deux nations, arrêtés… Mais aucun de ces deux pays n'était connu pour une grande prise en compte des Droits de l'Homme…

Cette crise, de la guerre et de la misère, se doublait d'une autre, tout autant redoutable. L'évolution climatique, elle aussi, provoquait le déplacement de personnes par millions. Depuis une quinzaine d'années, la multiplication des inondations, des tempêtes, des séismes et des sécheresses provoquait, principalement en Asie et en Afrique, mais pas uniquement, des exodes massifs, dont la prise en charge relevait de l'impossible. Or, depuis 1992, l'ONU réunissait régulièrement les pays de la planète, pour plancher sur le dérèglement climatique, dans le cadre des COP, Conferences of the Parties. Et ce sujet était tel, désormais, que la question des *réfugiés climatiques* ne pouvait plus être oubliée. Et pourtant… Là encore, c'était à qui ne prononcerait pas ces deux mots, car en parler, inévitablement, reviendrait à établir ce constat, qu'il n'y avait plus qu'à les accueillir…

Face à ces deux crises, les nations où régnait l'abondance semblaient guidées par la peur d'accueillir *l'Autre* dans de telles proportions, et exsudaient souvent un pénible sentiment d'impuissance. Mais, selon Eugène, pareille crainte était inadaptée, car les flux migratoires étaient des phénomènes que l'Histoire n'avait jamais, nulle part, réussi à endiguer, et qu'il n'était peut-être même pas souhaitable d'endiguer… La bonne question n'était pas : « Accueille-t-on, ou n'accueille-ton pas ? », mais « Accueille-t-on de manière humaine, organisée et voulue, ou subit-on une situation à laquelle aucun pays ne pourra échapper ? »

François Eugène, écoutant la conférence de presse dans un bureau de l'Ambassade, avait eu une illumination. Il était difficile, de donner à ces foules de réfugiés un visage, quand ils étaient si nombreux, en vérité des myriades… Les sauvages, eux, étaient cinq. Or, il était possible de mémoriser cinq visages, de surcroît si remarquables. Il était possible de retenir leur histoire, surtout quand celle-ci était à ce point singulière, étonnante. Ces cinq-là étaient la personnification, à eux seuls, de la double crise des réfugiés… D'abord, parce qu'ils recherchaient à sauver un petit peuple que l'évolution du climat menaçait ; ensuite parce qu'une guerre, qui n'était pas la leur, les menaçait de mort. Et l'instinct politique de l'ambassadeur lui avait aussitôt suggéré de prendre ces hommes sous son aile, et de faire parler d'eux : afin de donner un visage aux réfugiés, et de faire avancer leur prise en charge… Et si d'aventure, il s'avérait que les cinq sauvages étaient des mystificateurs, alors cela n'avait pour lui pas la moindre importance : sa carrière était déjà ruinée depuis longtemps, et sur le point de se terminer… Il allait enfin sortir de cet ergastule, où il avait passé sa vie !

Eugène avait pris soin, lorsque « les sauvages » atterrirent au Pays du Coq, qu'un journaliste d'un grand quotidien fût présent pour les interroger. Muari avait été magnifique, pour raconter à nouveau son histoire et remercier, avec une émotion sincère, l'hospitalité qui était offerte, à lui-même et ses quatre camarades. Quant à Muori, déclamant à nouveau l'Épopée du monde, il avait été superbe.

Depuis lors, régulièrement, opinément, le chemin des cinq hommes croisait celui de tel ou tel journaliste. Récemment, Mueri avait ému l'opinion tout entière, et jusqu'au journaliste lui-même, en expliquant à quel point la découverte de la démocratie, dans son concept tout comme dans sa réalisation pratique, était comme la découverte d'un rêve, et d'un pur bienfait de l'évolution humaine, infiniment précieux et bienfaisant. Il avait été éloquent, enthousiaste, et bien des citoyens, qui pourtant se considéraient blasés, en avaient été comme rafraîchis. N'était-ce pas, finalement, le bienfait le plus magnifique, que de vivre libre et de pouvoir penser sans être aussitôt incarcéré ? Quelques semaines plus tard, Mauri fit une intervention remarquée sur l'abondance elle-même. Certes, elle indiquait un niveau de confort physique, pour les humains, sans précédent sur la terre… Mais on était maintenant à considérer qu'il fallait consommer, et de plus en plus, dans le seul but de soutenir l'emploi… N'était-ce pas là un infernal cercle vicieux ? Agir ainsi ne revenait-il pas à créer des besoins qui ne l'étaient nullement, et à en devenir dépendants ? N'était-ce pas fort imprudent, dans un contexte de raréfaction des ressources planétaires ? Quant aux ressources énergétiques et aux matières premières, Mauri avait posé la question qui tue : ne fallait-il pas envisager une gestion mondiale, en lieu et place d'une gestion pays par pays ? Les ressources en eau, en gaz, en pétrole, en terres rares qui étaient découvertes, n'appartenaient-elles pas à l'ensemble de la communauté humaine, plutôt qu'aux États qui possédaient les lieux où elles gisaient ?

Dans une autre déclaration, Muiri, alors qu'on l'interrogeait sur ce qu'il trouvait le plus surprenant depuis son arrivée en terre d'Abondance, avait répondu que ce qu'il appréciait le plus était l'accès au savoir… Le fait que les enfants puissent consacrer de pleines années de leur vie à acquérir des connaissances, était pour lui source de ravissement ; lui-même ne se lassait pas de lire des livres d'Histoire, et des manuels techniques, en toutes sortes de domaines… Il avait récemment appris, en toute stupéfaction, que certaines machines étaient capables de raisonnement… Était-ce seulement croyable ? Si ces machines servaient à soulager les humains de tâches ingrates, dans des domaines de comptabilité et de statistiques, alors, dit-il, c'était parfait… Mais il convenait de veiller à ce que, jamais, elles n'acquièrent de pouvoir sur les humains… Elles ne devaient pas, par exemple, en venir à verbaliser ou juger des hommes, car aussi intelligentes qu'elles fussent, elles ne disposeraient jamais des qualités de cœur, qui rendent supportables de telles interventions dans la vie des êtres… Elles ne devaient pas remplacer les soignants, les travailleurs sociaux, ni aucune des professions qui se donnaient pour pilier de venir en aide aux autres… Les humains, dit Muiri, ont besoin de contacts avec les autres humains, toujours et partout, et remplacer ces contacts humains par des contacts avec des machines serait à terme inéluctablement destructeur… Sur « l'île des Hommes et des Femmes qui sont Nés », conclut-il, la notion de savoir avait disparu au fil des générations. Certes, il existait des savoir-faire, mais ils se transmettaient sans évolution notable, du simple fait que l'île avait vécu dans un isolement complet… L'isolement, selon lui, était le pire fait qui pouvait advenir à un peuple…

Les sauvages se passionnèrent bien sûr quant à la question du réchauffement climatique. Ils apprirent que les énergies fossiles, dont la quantité était de toute façon limitée, par la production de gaz à effet de serre, participaient à ce réchauffement ; que l'énergie nucléaire, certes, ne produisait pas de gaz à effet de serre, mais des déchets particulièrement nuisibles, dont le traitement n'avait trouvé à ce jour aucune solution. Il existait des énergies dites propres, issues du soleil, du vent, de l'eau, de la chaleur de la terre et des déchets végétaux. Depuis peu, grâce à l'hydrogène et l'invention de la pile à combustible, on savait stocker ces énergies. Mais Dieu, que tout était difficile ! Il fallait encore apprendre à les stocker en quantités suffisantes, pour alimenter l'ensemble des populations… Il fallait totalement renouveler le matériel industriel, afin de passer d'une ère énergétique à une autre, en veillant à ce que la disparition des emplois liés aux vieilles énergies n'engendre pas un chômage massif… Il fallait former les gens à de nouvelles compétences, concevoir des transferts de savoir-faire et d'argent en direction des pays pauvres… Il fallait faire en sorte que ce changement d'équipement se fasse sans rupture d'approvisionnement – qui eût signifié la ruine pure et simple de l'économie. N'y avait-il de quoi s'arracher les cheveux, face une telle complexité ? Mauri, devant un journaliste de la télévision, s'étonna que les citoyens se montrent à ce point critiques et revendicatifs envers leurs gouvernants. N'aurait-il pas été préférable de s'unir, au lieu de se diviser ? Le rôle des opposants politiques n'était-il pas de proposer des solutions alternatives réelles, quand il en existait, au lieu de se livrer à des jeux de critiques aussi systématiques qu'assassins ? Il fit cette déclaration le visage blême et décomposé. C'est qu'il taisait en lui-même, que même si cette épreuve trouvait à se surmonter, ce qui relèverait déjà du miracle, il était incertain que cela suffît à sauver la planète. L'impact des gaz à effet de serre semblait certes établi ; mais, était-il le seul, à agir sur le réchauffement climatique ? Celui-ci ne résultait-il pas, également, de mouvements océaniques, atmosphériques et cosmiques, qui, cette fois, dépassaient totalement l'être humain et sur lesquels il n'avait la moindre prise ? Cette hypothèse s'invitait dans presque tous les esprits, sans qu'aucun responsable politique n'osât cependant l'énoncer à haute voix…

Toutes ces idées, que développaient « les sauvages » n'avaient rien de très original, et d'autres les avaient déjà énoncées, un nombre de fois qu'il eût été harassant de calculer… L'impact médiatique de leurs propos venait du fait qu'ils émanaient d'hommes dont l'intelligence, en quelque sorte, était neuve, tout nouvellement travaillée par les constats qu'ils établissaient au fil de leur périple et de leurs découvertes… Oui, ils figuraient des innocents… Et ce qu'ils disaient acquérait ainsi, dans leur bouche, une force nouvelle, une puissance de conviction qui ramenait les gens à un bon sens profond. Enfin, il fallait le dire, ces hommes étaient beaux, photogéniques, ils s'exprimaient en anglais, mais, au fil des interviews, avec de plus en plus de mots issus de la langue de Molière, et qui, prononcés par eux, devenaient comme charmants et inimitables… Tout cela concourait, lorsqu'ils s'exprimaient, à ce qu'on les entendît comme s'ils étaient des sages, ou des êtres venus d'une autre planète… Et, en vérité, n'était-ce pas là ce qu'ils étaient ?

Bien sûr, il y eut des gens pour les encenser. Mais d'autres les décrièrent avec autant de dédain que de conviction. Qu'ils réussissent à s'exprimer sur tant de sujets, dans des domaines aussi variés, ne constituait-il pas la preuve absolue de leur mystification ? Comment pouvait-on concevoir qu'ils aient vécu un quart de siècle sur une île isolée de tout, et qu'en moins de trois ans, ils aient réussi à intégrer des notions, qui, pour la plupart des gens, demeuraient bien vagues tout au long de leur vie ? Ils ne pouvaient qu'être des fabulateurs… S'ils ne l'étaient pas, pourquoi ne disaient-ils clairement où se trouvait leur fameuse île ? Étaient-ils manipulés, dans l'ombre, par des gens qui les agitaient, tout comme le marionnettiste donne vie à ses marionnettes ? Cette supposition était plus inquiétante encore… Qui se trouvait derrière cette bouffonnerie, à laquelle adhéraient crédules, naïfs et pauvres créatures dépourvues de jugeote ? La plupart des journalistes, courtois durant les interviews des « sauvages », faisaient part de leurs doutes et grand scepticisme, dès lors que ceux-ci avaient le dos tourné. Mais beaucoup, parmi les simples lecteurs et spectateurs, adhéraient, sans trop de réserve, à l'histoire farfelue des « sauvages ». Cette histoire d'île perdue ne suscitait-elle pas le rêve ? N'était-il pas merveilleux, à notre époque, de penser qu'il existait une île, que l'homme moderne n'avait pas souillée de sa trace indélébile, et sur laquelle subsistait un petit peuple, archaïque et ignorant du monde ? Cette mystification possible, agréée par bien des gens, faisait vendre, tout comme elle suscitait de l'audience…

Durant tout ce temps, l'ambassadeur François Eugène était demeuré au sein de son ambassade, au Pays de la Guerre et de la Misère. Régulièrement, son neveu le contactait et l'informait de l'évolution de ses protégés. Ils apprenaient à se repérer dans la ville, à circuler, en bus et en métro ; mais le bruit les agressait terriblement, voire même, les épouvantait. Ils apprenaient à se servir de l'argent, et à effectuer de menus achats. Le port d'un manteau (ils étaient arrivés en hiver) leur était pénible, ils en étaient à préférer grelotter… Ils détestaient être séparés les uns des autres, et répétaient à l'envi que c'était, au Pays de la Foi, ce qui leur avait été le plus douloureux. Ils avaient beau passer à la radio et à la télévision, assimiler avec une remarquable vitesse toutes sortes de notions et être avides de connaissances, ils n'en étaient pas moins, concluait le neveu, de pauvres bougres, totalement perdus et déboussolés par un mode de vie dont ils ignoraient tout. La vie courante demeurait pour eux extrêmement compliquée.

Comme d'aucuns, l'ambassadeur s'interrogeait : d'où sortaient *réellement* ces sauvages, et en étaient-ils *vraiment* ? Comment expliquer que l'on ne parvînt pas à situer cette fameuse île ? Les sauvages donnaient autant de signes de mystification que de véracité… C'en était à devenir fou ! Et tout en se questionnant ainsi, par l'intermédiaire de divers collaborateurs, il avait tout fait, pour qu'ils obtiennent des titres de séjour au Pays du Coq. Mais, malgré l'ampleur des efforts déployés, aucune des démarches entreprises n'aboutissait… La place Beauvau, catégoriquement, se refusait à accorder des papiers, à des individus qui ne voulaient pas dire d'où ils venaient, et qui paraissaient se moquer du monde entier... Être humaniste est une chose ; endurer le ridicule en est une autre, et ce n'était pas là un rôle dans lequel le Pays du Coq voulait se draper... Puisque l'ambassadeur avait décidé de prendre en charge ces lascars de son propre chef, et sans en référer à quiconque, qu'il continue donc sur la même voie ! (C'était fort heureux, qu'Eugène appartînt à une famille que ne tourmentaient pas les fins de mois...)

François Eugène avait à prendre des congés, et décida de les passer sur son sol natal. Cela n'était pas arrivé depuis des années ; mais il fallait absolument qu'il parvienne à rencontrer directement le ministre de l'Intérieur en personne, ou tout au moins un de ses proches collaborateurs. Si l'Intérieur ne pliait pas, il chercherait à obtenir satisfaction par l'intermédiaire des Affaires Étrangères. Certes, il était un fonctionnaire mal noté, à la carrière calamiteuse... Mais les Affaires Étrangères, tout comme lui, considéraient la création d'un statut de réfugiés climatiques comme inéluctable et nécessaire... Et puis, ne serait-ce pas là l'occasion de rendre visite à ses neveux et nièces ?

Et tandis qu'il réfléchissait ainsi, Eugène sentit se lever en lui un désir puissant, et longtemps refoulé, en vérité un désir fou, sur lequel il avait lancé un voile, une camisole de force, depuis des années, mais qui maintenant jaillissait avec l'ardeur d'un impératif catégorique... Bah ! Au fond, il se moquait bien de ses neveux et nièces, qu'il connaissait à peine... La véritable raison de son voyage prochain vers Paris, n'était même pas qu'il voulait se rendre lui-même auprès d'un proche du ministre, pour faire évoluer la situation de ses protégés. Ce qu'il voulait, avant tout, l'unique chose qu'il désirait vraiment, avec toute sa force d'homme, était de revoir Anita. Bien que son divorce remontât à un quart de siècle, il continuait d'adorer son ex-épouse, et même, de l'idolâtrer positivement... Pourquoi se le cacher ? Elle était la seule femme qu'il ait jamais aimée, la seule qu'il aimerait ! Mon Dieu ! Il fallait qu'il revoie Anita ! Leur dernière rencontre remontait à plus de dix ans… Une éternité ! Il ne pouvait plus concevoir de laisser filer les années, sans la revoir, ne fut-ce qu'une fois ! Seigneur ! Une fois… Était-ce trop demander ? Il voulait passer une soirée avec elle, il se fichait bien qu'elle ait convolé avec un autre, et si cet autre n'était pas d'accord, il le provoquerait en duel, au revolver ou à l'épée, à l'ancienne, et tant pis s'il finissait ses jours derrière des barreaux et dans l'opprobre ! Il se moquait de tout… Il passerait avec elle une soirée, plus chaste qu'un ermite en plein carême, mais il la verrait, la regarderait, parlerait avec elle, et le reste n'aurait pas la moindre importance… Il pourrait ensuite terminer sa vie sans un seul regret…

Ce fut donc en cet état d'esprit qu'il arriva au Pays du Coq, et débarqua dans son appartement parisien, où l'attendaient les cinq « sauvages », son neveu et la petite amie de ce dernier. Les premiers jours se déroulèrent en coup de vent. Une foultitude de visites, à rendre et à recevoir, l'occupèrent à temps plein. Malgré son habitude des mondanités, il en fut comme étourdi. Des dizaines de personnes défilèrent devant lui ; et lui ne voyait qu'Anita, qui pourtant n'était pas là…

Au matin du quatrième jour, il se leva de bonne heure, et se rendit dans la cuisine. Il pensait être le premier réveillé, mais il trouva là Mauri, qui semblait se morfondre, devant une tasse de café.

« Du mal à dormir ? » demanda-t-il.

À sa plus grande surprise, il vit que Mauri retenait ses larmes.

« Je suis heureux de te voir, François… »

Ce bonheur ne sautait pas aux yeux.

« Que se passe-t-il, Mauri ? » demanda l'ambassadeur avec douceur.

Le « sauvage » hésitait ; puis, d'une voix accablée de chagrin :

« Lorsque nous avons quitté notre île, nous pensions revenir sous peu, avec une bonne nouvelle : nous aurions trouvé un endroit idéal, où notre peuple aurait pu s'installer, et vivre en paix… »

Il renifla.

« Nous étions loin d'imaginer toutes les difficultés que nous rencontrerions… Nous n'en avions aucune idée, et sommes allés de déboires en déboires… Ce que nous pensions être simple, est en réalité d'une difficulté extrême… »

« Au moins, vous êtes ici en sécurité… » dit l'ambassadeur.

« Oui, et nous en sommes infiniment reconnaissants, François… Mais cela ne résout en rien notre problème… Ce que nous découvrons, c'est qu'ici nous sommes inadaptés, comme nous le sommes ailleurs, et sans toi, nous serions sans ressource… Personne ne veut de nous, et aucun pays n'accueillera notre peuple… Il a vécu si isolé, qu'il est désormais en retard de plusieurs siècles… Les nôtres nous attendent, et qui sait quand nous pourrons rentrer avec la bonne nouvelle que nous sommes venus chercher ? Voici maintenant trois ans que nous sommes partis… Les nôtres doivent penser que nous sommes morts… »

« Pourquoi penser que vous êtes, tous les cinq, inadaptés ? Vous apprenez, vous progressez… Comme tu le dis, vous avez quelques siècles de retard, apprendre à vivre ici demande un effort titanesque ! Mais tout ce que vous avez pu comprendre, les uns et les autres, de notre monde moderne, est déjà inouï ! Votre courage fait mon admiration, comme il a forcé le respect de tous ceux qui vous approchent… Te rends-tu compte, Mauri, de tout ce que vous avez traversé, toi et tes camarades ? Vous disposez d'une expérience du monde, que peu de gens possèdent… » dit Eugène avec sincérité.

Mais le découragement de Mauri était profond, et non pas de ceux que l'on peut effacer par quelques mots… L'ambassadeur s'en rendait compte.

« Ton pays, François, est beau et riche… Il nous passionne… Mais nous y souffrons ! Nous avons besoin de vivre en contact avec la terre, l'eau et le ciel… Ici, les gens ignorent que la terre est leur mère… Ils adorent la transformer, tirer d'elle des matériaux et les utiliser, mais ils ne l'aiment pas… Elle est pour eux un moyen, et non une fin en soi. Nous avons besoin de retrouver nos racines de ce monde, nos racines terrestres… »

« Je comprends, dit Eugène qui ne comprenait pas… Si vous voulez vraiment des papiers d'identité qui vous permettent de demeurer en ce pays, toi et tes frères n'avez pas le choix, Mauri : vous devez impérativement dire où se trouve votre île, afin que la véracité de votre histoire soit enfin établie… »

De sa paume, Mauri essuya ses larmes.

« Nous ne cessons d'en parler entre nous… C'est impossible. Si nous révélons où est notre île, alors elle sera envahie, annexée, pillée de toutes ses ressources… Cela, nous l'avons compris… Notre peuple, qui est déjà en situation difficile, perdra ce qui fait encore son honneur et son bien le plus précieux : sa liberté… Nous deviendrons les attardés du genre humain… »

« Mais si l'île est bientôt submergée, alors ton peuple périra… »

« Il vaut mieux périr que de perdre tout honneur, et toute dignité… »

Ayant prononcé ces mots, Mauri se sentit mieux. Il se redressa, et gonfla sa vaste poitrine.

« Muari, Muori, Mueri, Muiri et moi, nous devons partir, à nouveau, tenter notre chance ailleurs… Nous avons encore des forces, et devons les utiliser à bon escient… Nous devons lutter pour notre peuple… » dit-il calmement.

Tout comme l'avait été le Prêtre de région du Pays de la Foi, quand ce même Mauri avait annoncé leur désir de quitter le pays, l'ambassadeur fut anéanti de surprise. Car tout homme s'imagine toujours que le pays où il est né est le plus beau du monde, quelles que soient les difficultés qui le traversent…

Ce fut à cet instant que les quatre autres pénétrèrent dans la cuisine. Ils touchèrent le crane de leur camarade, ce qui était entre eux un geste de salut, et celui de l'ambassadeur, qui agit de même à leur égard. Eugène s'en fit la réflexion, cette petite cérémonie eut davantage d'effet sur Mauri, que tous les mots qu'il avait pu échanger avec lui.

« Nous avons entendu ce que vient de dire Mauri, et sommes d'accord avec cela… dit Mueri. Nous ne pouvons demeurer indéfiniment ici, car ce n'est pas le pays où nous serons capables de vivre… »

Et soudain, tout bascula, partit vers autre chose. L'ambassadeur, qui jusqu'alors était resté debout, s'assit, petit et ratatiné, comme écrasé par une vérité intérieure qu'il ne pouvait plus supporter. Cette transformation physique sidéra les sauvages.

L'ambassadeur dit alors quelque chose, qui les éberlua :

« Les gars, j'ignore où vous en êtes avec les femmes, mais moi, il faut que je voie mon ex-épouse : je me suis mis à l'aimer quand j'avais à peu près votre âge… »

Et d'une voix fiévreuse, précipitée, il raconta tout : sa rencontre avec Anita, leur mariage, leurs douze années de vie commune, où il voyageait sans cesse et la laissait seule… En douze ans, il avait connu cinq nominations successives, voguant d'échec en échec, et à cinq reprises, avait déraciné Anita, qui n'eut jamais le temps de souffler… Et par malheur, ils n'avaient pas eu d'enfant… Était-ce étonnant, si elle avait voulu le quitter ? Il avait accepté le divorce, avant tout soucieux de ce qu'elle voulait, elle… Mais lui, depuis, souffrait comme un dément dès lors qu'il y pensait, et il pensait si souvent à elle, si souvent, il était comme possédé par un esprit !

Les cinq géants écoutaient, attentifs à l'extrême. En une seconde, ils étaient passés de l'avenir de leur peuple, au désespoir amoureux de leur bienfaiteur. Et l'ambassadeur se dit qu'une fois de plus, il agissait comme un fou, un damné de la terre… Que lui prenait-il, de confier ses peines de cœur, à ces pauvres gars qui, damnés, l'étaient bien plus encore ? Pourquoi leur faisait-il endurer ce tourment supplémentaire, auquel ils ne pourraient rien ? Et pourtant, plus il parlait, plus il se sentait incapable de s'arrêter, car il était écouté comme jamais il ne l'avait été de sa vie, et sur lui étaient braqués cinq paires d'yeux, qui ne le quittaient pas une seconde, tandis que cinq paires d'oreilles se trouvaient suspendues à son souffle, à ses lèvres… Oh ! Seigneur ! À quelle excentricité se livrait-il de nouveau, sans pouvoir s'en empêcher ?

« Ainsi donc, notre François est amoureux ! » dit Muiri d'un air émerveillé, lorsqu'enfin se tut l'ambassadeur.

« Et comment ! Pas un peu ! » siffla Mueri.

« Écoute, François ! Voici un plan : nous tuons le mari actuel, et le mangeons pour faire disparaître le corps… La femme, nous te l'apportons captive, pieds et poings liés dans un panier d'osier ! » proposa Muori.

« Oh non ! » éclata de rire François.

« C'est un plan primitif, or, il faut agir en délicatesse et en finesse ! L'un de nous tombe sur Anita à l'improviste, dans un lieu noir et désert… Il fait semblant de l'agresser, et François arrive, et débarque en sauveur ! Anita lui tombe dans les bras de reconnaissance… » suggéra Muori.

« Non plus ! Elle ne sera pas dupe… » dit François.

« Bon, alors… dit Mauri qui ne pleurait plus depuis longtemps. Nous donnons rendez-vous à Anita dans un lieu public qu'elle est susceptible d'aimer, sous n'importe quel prétexte… A-t-elle un métier ? »

« Elle est avocate… » répondit François.

Pour être passés en jugement au Pays de la Foi, les cinq savaient ce qu'était un avocat.

« Excellent ! L'un de nous a besoin d'une avocate, et convient d'un rendez-vous avec elle… Mais surprise : c'est François qui s'y rend ! »

« Non, elle se sentirait flouée, et me rejetterait d'emblée ! »

L'ambiance était celle d'une cour de collégiens... Les cinq ne cessaient de rire, de se donner des claques dans le dos, tout en réfléchissant sérieusement... Ils voulaient réellement donner un coup de pouce à la vie amoureuse de François. On eût dit une sorte de brain storming amoureux.

« Mais, lui as-tu seulement dit que tu l'aimais toujours ? » demanda Mauri.

« Si elle ne le sait pas, c'est qu'elle ne comprend plus rien du tout à ce bas-monde... » dit François.

« Écoute, il faut jouer franc jeu... Tu l'appelles, tu l'invites à dîner, c'est tout... »

« Et si elle refuse ? Dans quel état sera notre François, hein ? »

« Il faut faire beaucoup mieux que cela... Il faut la convaincre d'aller elle-même au-devant de François... Il faut que la démarche vienne d'elle... »

« Mais la convaincre comment ? »

« François, tu as son adresse ? Son téléphone ? »

« Jamais je ne m'en sépare... Je les connais par cœur... »

« Donne-nous tout cela... Pars te promener, va où tu veux, et quand tu reviendras, nous aurons résolu ton affaire comme tu ne l'as même pas rêvé dans tes nuits les plus folles... Tu nous fais confiance ? Mais je crois que nous aurons besoin de l'aide de Gustave... Nous autorises-tu à lui parler de ton histoire ? »

À nouveau, il éclata de rire. Leur bonne humeur de jeunes gens, leur humour, leur envie de lui rendre service lui faisaient un bien fou, il se sentait comme déchargé d'un fardeau terrible. Leur faire confiance ? Voici que lui, un homme mûr et civilisé, allait confier son destin amoureux à cinq sauvages qui auraient pu être ses fils, ainsi qu'à un neveu dont il ne savait rien, ou presque...

Mais au fond, pourquoi pas ? Qu'avait-il réellement à perdre ? Il se languissait d'Anita depuis des années... Il ne pouvait guère la perdre davantage qu'il ne l'avait déjà perdue... Et ces garçons-là étonnaient tous ceux qui les approchaient… Peut-être une issue lumineuse allait-elle jaillir de leurs cerveaux ?

Il obtempéra, et partit rendre visite à sa sœur, mère de Gustave. Durant une pleine semaine, il ne fut plus question de rien. Les garçons en étaient-ils à oublier leur promesse ? Il ne pouvait guère les en blâmer… Pourquoi avait-il eu cette faiblesse, d'ouvrir, à ce point, son cœur devant eux ? Mon Dieu… ! Il était ridicule à un point effrayant… Il était encore heureux que ses protégés aient le cœur tendre, et ne soient point enclins à le juger et le mépriser… Il allait devoir se résoudre… Il lui fallait téléphoner à Anita, demander une rencontre… Selon son humeur, elle accepterait ou refuserait, et son âme se soulevait d'angoisse et d'humiliation anticipée, à l'idée qu'elle puisse opter pour la seconde solution… Mais que faire d'autre ? Durant des années, il avait attendu qu'elle revienne vers lui d'elle-même… Il pouvait encore passer trois vies entières à l'attendre, sans qu'il ne se produise rien… Et pourtant, qu'avait-elle à redouter ? Son intention n'était certes pas de lui demander quoi que ce fût, et surtout pas de quitter son mari actuel… Il voulait juste la voir, entendre sa voix, saisir les petites bribes de confidence qu'elle voudrait bien lui donner, et les garder en lui, comme ses trésors… Il ne voulait rien d'autre…

Un matin, son neveu Gustave lui tendit une invitation à une conférence sur le transhumanisme… Il avait déjà lu plusieurs ouvrages sur le sujet, et n'était guère en humeur d'écouter ce genre de choses… Mais Gustave insista sur le fait que l'intelligence artificielle et le transhumanisme étaient des clefs majeures pour comprendre l'avenir du monde… Après tout, pourquoi pas ? Quelques heures plus tard, alors qu'il se préparait à partir, Gustave intervint de nouveau, pour qu'il se vêtisse avec plus de soins… Il commença par grogner… De quoi Gustave se mêlait-il ? Puis, il eut un brusque soupçon… Gustave avait-il fait en sorte qu'Anita fût présente à cette conférence ? Il partit au galop se changer, et endossa son meilleur costume. Il se parfuma même, et prit le soin de se raser pour la seconde fois de la journée.

En chemin, il se railla lui-même. Pourquoi tenait-il tant à rétablir un lien, avec une femme qui lui avait brisé le cœur ? Au fond, qu'avait-elle de si extraordinaire ? Son esprit était brillant et pétillant, c'était certain, mais d'autres femmes possédaient une intelligence de même nature... D'autres étaient belles, et sûrement bien plus encore qu'Anita... Elle devait avoir terriblement vieilli ! Pourquoi ne parvenait-il pas à s'évader des rêves de cet amour de jeunesse ? Des tas de gens divorçaient et refaisaient leur vie... Pourquoi pas lui ? Pourquoi ne pouvait-il décrocher son existence, d'une femme qui le rejetait ?

Et tandis qu'il devisait ainsi en lui-même, il arriva sur le lieu de la conférence sans même avoir conscience du mode de transport utilisé, et s'installa, comme en un rêve.

Le conférencier était un universitaire canadien, à la recherche de subventions pour son centre de recherches. Il commença par établir le décor scientifique du transhumanisme.

« Quelles sont, demanda-t-il, les grandes révolutions scientifiques de l'époque moderne ?[123]

La première, au XVIe et XVIIe siècles, va de Copernic à Newton : son effort est d'allier la mécanique terrestre à la mécanique céleste, après la révolution copernicienne et la loi newtonienne de l'attraction universelle. Cette ère scientifique se caractérise aussi par l'introduction des mathématiques dans la réflexion physique, avec l'apparition du calcul différentiel et du calcul intégral.

La seconde grande révolution arrive avec Lavoisier, à la fin du XVIIIe siècle, et perdure jusqu'à la fin de la Grande Guerre : elle réalise l'union de la chimie et de la physique par la théorie du Big

123 – Voir l'article de Jean Pierre Luminet, astrophysicien et directeur de recherches au CNRS, *Quand la Science refait le monde*, Le Point Références, nov-déc 2014

Bang, et développe les réflexions sur la thermodynamique, l'électromagnétisme, l'optique ondulatoire et la radioactivité.

La troisième révolution est celle que nous traversons actuellement : il s'agit d'une connexion de la recherche physique, informatique, nanotechnique et neuroscientifique à la recherche biologique et tout simplement médicale. C'est dans ce cadre que se situe le transhumanisme : le mariage des technologies nouvelles, tout notamment celles de l'intelligence artificielle et de la recherche biomédicale, pour améliorer nos performances en termes de mémoire, de rapidité, d'endurance, et de longévité, quitte à créer une nouvelle humanité, ou humanité augmentée, telle que le monde ne l'a encore jamais connue… »

Et si elle était là ? pensait Eugène, dévoré par son tourment. *Que lui dire ? Que lui dire pour rompre les chiens, établir un dialogue, restaurer le pont qui nous reliait jadis* ?

« L'humanité n'a, de toute évidence, jamais été augmentée au point que nous atteignons ce jour ; mais l'augmentation est sans doute bien le propre de l'homme, poursuivit le conférencier. L'homme qui possède des outils, est augmenté par rapport à celui qui n'en possède pas ; l'homme qui voyage à cheval est augmenté par rapport à celui qui va à pied, et celui qui prend des médicaments est augmenté vis-à-vis de l'homme qui n'en prend pas… Plus proche de nous, celui qui porte un pacemaker, est augmenté par rapport à celui qui n'en porte pas, car son risque d'accident cardiaque est considérablement diminué, et celui qui porte une prothèse de hanche est augmenté par rapport à celui dont le col du fémur peut se rompre à tout instant… La notion de transhumanisme est nouvelle, et fait peur ; mais la notion d'humanité augmentée, malgré la nouveauté des termes, a toujours existé, depuis qu'il existe des singes…

Le transhumanisme[124], par les recherches qu'il suscite, nous permettra bientôt de connaître notre génome, d'implanter des cellules souches dans notre organisme pour régénérer des tissus défaillants, d'empêcher les maladies de se développer grâce à des modifications transgéniques.

Il travaille à l'augmentation des performances de l'intelligence artificielle, afin de créer, in fine, une intelligence supérieure à celle des êtres humains, qui, à son tour, pourra être transférée en ceux-ci… L'être humain deviendra alors plus intelligent, sera plus rapide à réagir, prendra davantage en compte son environnement… »

Oui, c'est cela, pensa Eugène, toujours plongé dans son délire : *C'est exactement ce qu'il me faudrait : l'intelligence de trente ordinateurs à ma disposition, pour renouer le lien avec Anita...*

« Nous serons capables de modifier les souvenirs, et d'éradiquer, par exemple, les souvenirs traumatisants, de même que nous serons capables d'implanter des souvenirs heureux… Nous créerons ainsi une humanité heureuse… » poursuivit le conférencier.

Il se lança dans une longue explication quant aux recherches scientifiques en cours. L'assistance était en partie composée de chercheurs et de scientifiques, mais aussi de responsables politiques et économiques. On reconnut sans difficulté les non scientifiques, au fait que de la fumée, provoquée par une surchauffe neuronale, leur sortait des oreilles… Le conférencier n'était pas aisé à suivre… Et de fait, nous préférons charitablement dispenser le lecteur.

Elle est là, elle est forcément là, se disait Eugène, *car sinon, comment expliquer l'intervention de Gustave ? Elle est là, et dans quelques minutes, je verrai son visage ! Je verrai son regard !* Et notre brave ambassadeur, tel un homme aux abois, se mit à parcourir, devant et derrière lui, les rangées de sièges du regard.

Mais non ! Anita n'était nulle part…

---

124 – Blog en santé. Définition du transhumanisme.

L'universitaire prolongea son exposé par les avantages et inconvénients du transhumanisme, et l'assistance se fit alors très attentive.

« Un argument récurrent contre le transhumanisme est celui de la justice sociale[125]. S'il existe une humanité intellectuellement, et physiquement, augmentée, quid, de celle qui ne le sera pas ? Allons-nous délibérément la vouer à la servitude, créant ainsi une injustice sociale inédite par son ampleur ? Cet argument peut aisément se balayer, car l'injustice est planétaire, et a, de fait, toujours existé… Et ne nous voilons pas la face : la part de l'humanité qui participe activement aux grandes orientations de ce monde, est totalement minime par rapport à la part de l'humanité qui n'a aucune prise sur elles, et subit comme elle le peut les décisions que d'autres ont pris pour elle. Nous savons tous qu'un homme qui se soigne avec succès, a plus de chance d'obtenir et conserver un emploi, de payer son loyer et d'entretenir des liens sociaux épanouissants qu'un homme que la maladie ravage… Au nom du fait que l'humanité, dans son entièreté, n'a pas accès aux médicaments, doit-on supprimer les médicaments de la surface de la terre, ou travailler à ce que de plus en plus de gens puissent s'en procurer et se soigner ? Nous répondrons tous que la deuxième solution est la meilleure et souhaitons que la recherche médicale poursuive ses progrès… Il existe donc une injustice de fait, que nous tolérons, parce que nous œuvrons à la réduire, et espérons même que l'avenir assistera à sa disparition.

Cela signifie que dans le même temps que nous développons des techniques de transhumanisme, nous devons réfléchir à la diffusion de ces techniques, à leurs conséquences sociales et politiques, et poursuivre l'élargissement démocratique… L'utilisation des techniques issues de la recherche transhumaniste, sans réflexion

---

125 – Les enjeux éthiques et sociaux du transhumanisme, Dossier du CRE, préparé par Alaxandre Erler – 31 août 2015

préalable à ce sujet serait sans doute dramatique... Mais si cette réflexion est menée de façon morale et éthique, dans un contexte de démocratie élargie, rien ne s'oppose à leur développement et mise en pratique.

Les adversaires du transhumanisme posent encore en évidence que ses partisans rêvent de se prendre pour Dieu. Là encore, l'argument n'est guère recevable. Lorsqu'un homme succombe à une crise cardiaque, le chirurgien du cœur qui l'opère en urgence s'imagine-t-il être Dieu ? Certes non ! Il se prend pour un homme qui souhaite prolonger la vie d'un autre homme, et en cela, il est parfaitement et profondément humain. Lorsque le transhumanisme, par ses recherches, permet à des malades de recouvrer la santé, à des handicapés de vivre mieux, à des personnes âgées de prolonger leur vie dans de bonnes conditions, qui peut s'en plaindre ? Le transhumanisme ne deviendrait nocif que s'il se donnait pour objectif de 'tuer la mort'... Personne n'est pressé de mourir, et retarder la mort a toujours fait partie des objectifs humains... Mais tout un chacun comprend bien qu'une individualité éternelle ne serait ni souhaitable, ni possible, car in fine, un organisme humain, avec toutes ses composantes biologiques et ses mécanismes de sénescence, ne peut se comparer à un véhicule dont on changerait les pièces au fur à et à mesure de leur dégradation.

D'ailleurs, l'immortalité ne serait-elle pas tout aussi angoissante que la mort, et peut-être plus encore ? »

Tout cela est bien beau, pensa l'ambassadeur, maintenant captivé... *La recherche menée dans une optique transhumaniste génère sans doute de grandes avancées dans le domaine de la santé... Mais il existe sûrement une limite, entre l'homme augmenté, c'est-à-dire aidé dans son existence, et l'homme modifié... Un homme modifié de l'intérieur, par exemple par l'introduction d'une puce électronique dans son cerveau, un post-humain, ne sera-t-il pas un danger extrême pour les autres ? Qui peut savoir quel type d'intelligence il va développer ? Aura-t-il les mêmes émotions qu'un homme normal, non modifié ? Aura-t-il simplement des émotions ? Un être ainsi modifié, par un moyen technique, changé dans sa sensibilité, son rapport à la mort et à la souffrance, sera-t-il capable de pitié et d'amour ? Si les souvenirs sont modifiés à souhait, qui pourra se vanter d'avoir vécu sa vie ? Qui pourra se vanter d'avoir seulement eu une vie qui fût à lui ?*

Comme tout cela est dangereux ! Personne n'a à priori envie de devenir un cyborg, un homme dont l'intelligence serait partiellement, ou entièrement, artificielle... Mais le pouvoir que cela donnerait sur autrui... Comment résister à l'appel de ce pouvoir ? Quelle est donc cette limite, qu'il faut définir et imposer absolument, au-delà de laquelle il ne faut pas aller ? Si Anita était là, je pourrais en discuter avec elle... Seigneur ! Je deviens fou... !

« Une autre réflexion, poursuivit le conférencier, concerne le rôle du transhumanisme dans le contexte d'intelligence artificielle démultipliée, qui est aujourd'hui le nôtre... L'intelligence artificielle, aujourd'hui, apprend à modéliser toutes nos fonctions cognitives[126], y comprend celles qui relèvent de la conscience et de la créativité... Aujourd'hui, certains algorithmes apprennent à découvrir seuls de nouvelles règles de fonctionnement ; ils savent d'ores et déjà créer, au sens propre du terme, ils inventent des scénarios de film, des recettes de cuisine, savent peindre ; ils savent utiliser le langage, écrire des articles de journaux, reconnaître nos émotions, ils sont capables de se repérer dans leur environnement, et de se connecter eux-mêmes à d'autres algorithmes... Les progrès qu'ils accomplissent en ce moment sont exponentiels, purement et simplement phénoménaux... Ils se génèrent eux-mêmes, et savent se dépanner seuls...

Si les machines deviennent plus intelligentes que l'homme, alors l'homme n'a-t-il pas un intérêt majeur à se doter lui-même d'une intelligence augmentée ? »

---

126 – Revue ADN, n° 13

Parfait... Nous allons devenir des machines, pour ne pas nous laisser dépasser par d'autres machines ! Quel beau programme ! Cette limite, entre l'homme augmenté et l'homme modifié, quelle est-elle ? Là est le nœud gordien de l'affaire !

Il était préoccupé, et se tourmentait sur son siège, comme d'ailleurs presque toute l'assistance...

A-t-on jamais entendu une conférence anxiogène à ce point ?

Et tout à coup :

La limite, c'est le cerveau... Le cerveau de l'homme, il ne faut pas y toucher, car dans son cerveau est toute son humanité... Oui, le cerveau de l'homme, c'est le cœur de son être, si l'on ose dire, c'est là qu'est sa personnalité, c'est là qu'il fabrique ses émotions, le cerveau de l'homme est parfait !

Il sursauta, lui-même surpris par l'expression qu'il venait d'employer... *Pourquoi parfait ? Pourquoi ce terme ? Mais parce que c'est avec son cerveau qu'il aime, qu'il aime vraiment, de manière profonde et désintéressée, c'est lui qui fait battre le cœur plus vite et qui amène la rougeur aux joues... C'est là qu'il est capable de pitié, de poésie, d'Art, au sens le plus noble du terme... C'est là qu'il est capable de pardon... Oui, le cerveau de l'homme est parfait, car c'est en lui que l'homme peut devenir un saint, aller au meilleur de lui-même... Le cerveau de l'homme, on peut apprendre à le soigner quand il souffre, par exemple, d'une maladie dégénérative, mais le modifier, il ne faut pas, pas d'un pouce ! Il est parfait comme il est ! Même nos mauvaises pulsions doivent nous servir : elles doivent nous servir à nous relever. Même le mal est utile, car c'est par lui que nous désirons le bien... Même la bêtise, la denrée la mieux partagée de la terre, sert à quelque chose, elle nous sert à aimer l'intelligence, la finesse, la subtilité, la douceur du jugement... »*

Il quitta la conférence avant la fin, submergé d'émotion : pour la première fois depuis des mois, il se sentait léger, heureux, plein de jeunesse, d'ardeur et de bonne volonté. Il décida de rentrer chez lui en marchant, tout en poursuivant son monologue intérieur.

Les ordinateurs deviennent plus intelligents que nous, mais seulement au sens où leur capacité de croisements des données est supérieure à la nôtre. En revanche, même s'ils apprennent à reconnaître des émotions, ils sont incapables d'en éprouver. Ils sont incapables d'éprouver de l'amour, de la honte, de la fierté, de la joie... En ce domaine, ils sont idiots... L'homme est chaud, l'ordinateur est froid. La capacité émotionnelle fait partie de l'intelligence... L'intelligence de l'ordinateur est binaire, elle ne sait choisir qu'entre 0 et 1, même si elle sait le faire pour répondre à des milliards de questions ; l'homme, lui, adopte des solutions qui toutes, ou presque, se situent entre 0 et 1.

Tant que l'intelligence artificielle demeure un outil au service de l'homme, tant que l'énoncé des problèmes posés, et les prises de décisions finales, demeurent le fait de l'homme, alors tout est parfait ; mais on ne peut tolérer l'intelligence artificielle en qualité de concurrente, encore moins en qualité de décideuse...

Les ordinateurs savent peut-être peindre, mais savent-ils produire des œuvres d'Art ? L'Art est-il autre chose qu'une production de la sensibilité, c'est-à-dire de la souffrance et du désir de l'homme, s'adressant à la souffrance et au désir d'autres hommes ? Les ordinateurs s'y connaissent-ils, en souffrance et en désir ? En regardant la peinture d'un ordinateur, on pourra sans doute admirer la prouesse technique... Mais en regardant la peinture d'un homme, on le rencontre, on le découvre, on essaie de le comprendre, on s'identifie à lui... C'est une toute autre histoire...

L'intelligence artificielle va, quoi qu'il en soit, détruire des millions d'emploi, de manutentionnaires, d'ouvriers, de comptables, de magasiniers, de chauffeurs... Mais également des métiers d'expertise... Des métiers par dizaines vont disparaître, tandis que d'autres vont naître, dont aujourd'hui nous ne savons rien, à l'exception du fait qu'ils seront nécessairement créatifs...

C'est désormais inexorable... Cela mènera sans doute à l'arrivée d'une nouvelle civilisation, qui ne sera plus fondée uniquement sur le travail, mais, je l'espère, sur la culture et la citoyenneté... Oui, ce serait magnifique, si le temps soustrait au labeur devenait un temps consacré à la culture, la créativité noble, issue de la sensibilité de l'homme, et s'adressant à la sensibilité d'autres hommes... Et que dire, si ce temps était consacré à l'avènement de sociétés plus matures, plus démocratiques, plus empathiques, plus solidaires et citoyennes ?

Quels bouleversements, que ceux qui sont à venir ! Les modèles d'enseignement vont sans doute devoir être profondément repensés... Quel courage, et quelle créativité il va falloir, pour faire face à tous ces changements ! Aucune intelligence, aucun talent ne sera de trop ! Plus que jamais, l'intelligence humaine va devoir se partager, plus que jamais l'homme aura besoin de l'homme, de tolérance, de compréhension, de respect... Or, ce sont là des domaines où il est à peine adolescent, bien loin de sa maturité... »

Malgré un petit froid vif et mordant, Eugène s'assit quelques temps sur un banc. Il s'était à ce point plongé dans sa réflexion, qu'il éprouvait le besoin de se détendre, de respirer, revenir en lui-même. Il se sentit peu à peu gagné par une paix profonde, intense, comme il n'en avait pas éprouvé depuis longtemps.

Qu'ai-je besoin de voir Anita ? Elle est mariée à un autre... Ce qu'il me faut, c'est l'aimer, l'aimer de tout mon être, de toute ma force d'homme vouloir son bien... Ai-je besoin de la voir pour cela ? Non, il suffit de laisser aller mon cœur... Je l'aime assez, je l'aime assez pour l'aimer douze vies sans la voir, même si c'est ma souffrance, mon tourment...

Il leva les yeux vers le ciel : c'était une nuit laiteuse, emplie d'une lumière lunaire, paisible et scintillante, qui s'épandait avec une douceur poignante... Depuis combien de temps n'avait-il pas vu une nuit si belle ?

Je sais que la souffrance du monde vivant est infinie, d'une cruauté extraordinaire... Et pourtant, je ressens aussi que le monde entier est énergie, vie, bonté et beauté... Oui, c'est cela, il existe en ce monde une énergie, une vie, une bonté, une beauté, qui sont sans limite... Que se passe-t-il ? Suis-je en train de me prendre pour le prince André, blessé sur le champ de bataille et découvrant l'Infini ? Mais quoi, quoi de supérieur à l'émotion, la découverte sans prix de cet homme qui n'a jamais existé, ailleurs que dans l'esprit de Tolstoï ? Quoi de supérieur à cette certitude, selon laquelle il est relié, lui aussi, à l'Infini, à la beauté, la bonté de ce monde, et que rien désormais, ne l'en séparera plus... ? Quoi de plus grand que cette certitude d'amour, donné et reçu... ?

Comme le monde a changé ! Il y a cent ans, nous nous assassinions les uns les autres, au fond de tranchées obscures où la vie humaine n'avait pas la moindre valeur... Et maintenant ! Les scènes de guerre existent toujours, mais ô combien plus réduites que ce qu'elles étaient ! La misère régresse, la santé progresse, il faut être aveugle, ou d'une atroce mauvaise volonté pour ne pas le voir... Et encore... S'agit-il vraiment d'une mauvaise volonté ? Plutôt d'une mauvaise conscience, qui ne veut pas s'apaiser, tant que la souffrance des uns sera là pour crier : « Nous avons besoin d'aide ! » Et c'est bien, c'est bien ainsi... car il faut continuer à marcher sur les voies de l'amour, sur les voies de l'espérance, de la conscience, sur les voies de notre commune humanité... Nous nous croyons tous forts et dotés de consciences élargies, quand nos vues s'arrêtent aux murs d'en face, et que nous avons besoin du voisin, pour connaître la vérité d'au-delà les murs... La vérité est que nous sommes tous faibles, tous fragiles, tous désemparés devant la vie, la mort qui nous attend... Là est la véritable égalité entre nous... Quelle que soit notre couleur, nos origines, notre sexe, nos savoirs et nos ignorances, nous avons besoin de mains qui réchauffent les nôtres, de sourires, de paroles de paix échangées, et de mots qui éclairent...

Oh ! Que d'efforts, que d'efforts déployés pour travailler à la paix... ! Cela, il ne faut jamais l'arrêter, aussi épuisés que nous soyons, ne pas renoncer à la paix qui doit advenir, partout et toujours... Oui, marcher sur les chemins de la paix, de la concorde, de l'amitié, au sein des familles, des villes, au sein des peuples, et entre les peuples... Marcher sur les chemins des relations entre égaux, sur les chemins des vies non pas interchangeables et anonymes, mais précieuses, uniques, incomparables... Oh oui ! L'homme, il faut l'aimer, cela seul le sauvera ! Il ne sera pas sauvé par une meilleure hygiène, de meilleures conditions de travail, une meilleure éducation, il sera sauvé par l'amour qui accompagnera ces faits ! Il faut l'aimer, aussi difficile, parfois, que cela soit, il faut l'aimer !

À pas lents, il rentra chez lui. Il avait besoin de marcher, besoin de sentir le froid sur son corps préoccupé.

En entrant, il crut la maison vide. Mais non, Gustave dormait, sur le canapé, en tenant dans ses bras Carla. Il s'assit, pour les contempler tous deux. Comme ils étaient beaux ! Beaux de jeunesse, d'avenir... Beaux de l'intelligence qui bouillonnait sous leurs fronts... Beaux de tous leurs désirs... Carla ouvrit les yeux ; puis les referma, comme cherchant en elle-même ce qu'elle ne trouvait d'emblée. Elle finit par sursauter, se dressa tout à coup :

« Vous l'avez vue ? »

« Qui cela ? » demanda, taquin, l'ambassadeur.

« Mais ! Anita ! »

« Serais-je ici, si elle avait été là-bas ? »

La déception se lut, sur le beau visage de Carla. Gustave s'éveilla à son tour. En une fraction de seconde, regardant Carla puis son oncle, il comprit...

« Non avions pourtant tout fait pour qu'elle vienne... ! Carla est même allée chez Anita... » s'exclama-t-il.

« Tu es allée la voir ? ! » s'étonna Eugène.

« Mais oui… Je me suis présentée comme accomplissant une enquête au service de l'INSEE ; cette enquête portait sur les principales préoccupations des gens… Elle a d'emblée répondu que la question de l'intelligence artificielle et celle du transhumanisme lui paraissaient fondamentales pour comprendre l'avenir et s'y préparer… »

« Nous avons aussitôt cherché un événement en rapport ave ce sujet… Nous lui avons ensuite envoyé deux invitations à la conférence de ce soir, en espérant qu'elle s'y rendrait, avec ou sans son mari… »

« Merci, mes jeunes amis, merci… Quelle bonté que la vôtre ! Mais Anita est un être libre… Je veux qu'elle soit libre, envers moi, comme en toute son existence… » dit tranquillement l'ambassadeur, avec un visage serein.

Gustave se leva, s'approcha de son oncle, dit avec précaution :

« François, il y a autre chose… Ils sont partis… »

« Qui ? Les sauvages ? »

« Oui… »

Cette fois, l'ambassadeur fut interloqué.

« Mais… Partis où ? »

« Quand nous sommes arrivés à l'appartement, ils étaient déjà partis… Ils ont laissé un mot, que j'ai mis dans ta chambre… Ils ont demandé à Agnès de l'écrire… »

Agnès était une jeune voisine, qui avait à plusieurs reprises rencontré les cinq hommes et sympathisé avec eux.

L'ambassadeur se précipita dans sa chambre. Il en revint quelques minutes plus tard, les traits marbrés de chagrin.

« Ils ne savent même pas où ils vont… Je suis en pleines démarches pour les aider, soit à obtenir des papiers pour eux, soit à trouver une terre d'accueil qui leur soit favorable… En partant ainsi, à l'aventure, sans aucune préparation, ils s'exposent à de nouvelles déceptions… ! Quelle erreur, quelle erreur ils viennent de commettre ! Dans quel état de vulnérabilité ils sont ! »

Il réfléchit un court instant.

« Ont-ils de l'argent sur eux ? »

« Mon oncle, je n'en sais absolument rien… » répondit Gustave.

« Ils risquent de se faire arrêter n'importe où… »

« … auquel cas vous en serez certainement le premier informé… » dit Carla.

« Tu as raison, Carla… Reprenez votre nuit, chers enfants… Je vais allez dormir également… »

François Eugène partit s'allonger. Mais il eut tôt fait de se relever, et d'aller coller son front à la fenêtre, pour en quêter la fraîcheur. Il regarda de nouveau les étoiles, avec intensité, comme jamais de sa vie il ne les avait encore contemplées.

Oui, l'homme, il faut l'aimer… De toutes les créatures qui existent sous le soleil, il est la plus complexe, la plus fragile… la seule qui ait tout au long de sa vie conscience de la mort, qui rôde et qui approche… La seule créature, aussi, qui ait conscience de son insignifiance… Cette insignifiance, comment l'ignorer ? Quel est le puissant qui puisse se dire : « Sans moi, la terre ne peut tourner ? » Le Roi des Rois, sur cette terre, ne peut que constater sa vanité, son impuissance, sa petitesse… La vie entière nous invite à cela… Constater la vanité, l'insignifiance, la vacuité, même, de ce que nous sommes… Et pourtant, il faut à l'homme, et à la femme, à tout être humain, trouver un sens, se doter d'un cap, d'une espérance, sans quoi la vie n'est que portée par les vents…

L'amour seul peut nous hisser… Et aussi petit, aussi insignifiant que soit un homme, il peut aimer… Oui, même abaissé et blessé de toutes parts, l'homme aura toujours en lui sa faculté d'aimer, même étrécie, émaciée, la faculté d'amour, je le crois, ne peut disparaître… Celui qui est abaissé, humilié, il faut l'aimer… Celui que la nature a disgracié, il faut l'aimer… Celui que personne ne regarde, il faut l'aimer… Celui sur qui plane l'opprobre public, il faut l'aimer… Il faut aimer même l'assassin, non pour son acte, bien sûr, mais pour ressusciter en lui la faculté d'amour qu'il a égarée sur les voies de la violence... Et jusqu'au tyran, dont il faut réduire, détruire la tyrannie, il faut se garder de se dire : « Celui-là, il n'est pas humain... », car il est bien à plaindre de s'être à ce point fourvoyé... !

L'amour naît de l'amour, et ne supporte nul autre procédé d'engendrement...

Oui, l'être humain, il faut l'aimer... Car quel qu'il soit, il est tout à la fois misérable et sublime, insignifiant et profond comme l'Infini... Il est toujours un monde à lui tout seul, insondable et inexorablement seul... L'amour seul peut essayer de le comprendre... L'amour seul peut espérer s'en approcher, car à tout autre il se voilera, se dissimulera, pour tout autre, il disparaîtra dans les sables mouvants... L'amour est une caresse, qui seule peut espérer toucher... L'amour est le contraire d'une appropriation : il est le geste qui libère, qui déploie les ailes, qui redresse, qui rehausse... L'amour hisse celui qui aime, et celui qui est aimé... À celui qui ment, il est seul à pouvoir mettre en main la truelle de la vérité... À celui que le désespoir ronge et détruit, il est seul à redonner confiance et espoir... Pour celui qui ne peut plus rien et qui a tout perdu, l'amour est une ultime source de dignité... L'amour est le seul point commun à toute l'humanité, car il n'y pas d'être humain qui ne puisse aimer, au moins un instant, au moins une fois... Il est ce qui nous différencie de toutes les autres créatures ; nulle créature, autre que l'homme, n'a à ce point développé sa force d'amour, sa force de souffrance par amour...

L'amour est une attitude de l'esprit, qui jamais ne juge, mais cherche inlassablement à comprendre... Il est une tolérance, une bienveillance, une aptitude à gérer paisiblement les désaccords, avant qu'ils ne deviennent des conflits, des sources de violences... Pourquoi cela ne s'apprend-il pas à l'école, au même titre que le calcul, la lecture et l'écriture ? N'est-ce pas largement aussi important ? Un jour, dans toutes les écoles de la terre, cette vertu cardinale s'enseignera, car elle est la première, la plus haute des intelligences... Elle peut s'enseigner dans tous les contextes sociaux et culturels, sous toutes les latitudes... Aucune religion ne la désavouera... L'enseignement de l'amour doit devenir ce qu'une génération peut transmettre de plus important, à la génération suivante...

Quelle extraordinaire odyssée, que celle de l'homme des temps derniers ! Victor Hugo a dit du dix-neuvième siècle qu'il était grand, parce qu'il avait implanté les idéaux de démocratie et de République dans le cœur des êtres humains... Mais l'homme du vingtième siècle n'a-t-il pas été plus loin encore, en s'attachant aux idées d'égalité et de fraternité humaines, après des millénaires de sociétés discriminantes ? Ne les a-t-il pas inscrites dans le cœur même de la marche du monde, par le fait des Droits de l'Homme ? Aujourd'hui, cent quatre-vingt-treize nations adhèrent à la charte onusienne... N'est-ce pas là une extraordinaire révolution spirituelle ? Le temps est révolu, où la puissance d'une nation se mesurait à l'aune de ses armées... La grandeur d'une nation, aujourd'hui, réside dans sa capacité à protéger les petits et les faibles, à promouvoir ses minorités, à dialoguer avec ses voisins, à rechercher et comprendre le sens de l'intérêt général, à partager intelligemment ses richesses, à générer une harmonie sociale... Cette révolution est toute récente, car au regard de l'Histoire, elle n'est âgée que de quelques secondes... Et plus que jamais dans ce monde nouveau, où tout est à construire, à édifier, où tout se trouve sur les routes de l'émergence, l'être humain a besoin de l'amour...

Oui, l'être humain, il faut l'aimer, sans relâche, avec une patience infinie, une tendresse de mère qui regarde son enfant apprendre à se lever et marcher... Elle sait que cent fois, il tombera, mais qu'elle sera là, toujours, pour l'aider à se relever...

TABLE DES MATIÈRES

Retrouvez les autres ouvrages de Selma aux Éditions Amalthée

Histoire d'une ânesse engagée, 244p, 18 €

Histoire d'une ânesse engagée est un recueil de sept nouvelles, dont le point commun est de voguer aux limites de la réalité et du fantastique.

Qu'il s'agisse de Félix Félé, dont l'amour flamboyant défie le sens commun ; de Jacinthe Tall et Philomène Phil, vieilles dames aux prises avec une consternante réapparition, à laquelle il leur faut donner sens ; d'Armand Lani et de Virgil Vargas, dont les deux destins vont à l'inverse l'un de l'autre en une étonnante symétrie ; d'un désespéré sauvé de son destin tragique par un ange authentique ; de Rose Toum, dont la rare et lumineuse parole éclaire son entourage ; du mystérieux Kolya Carême, dont on ne sait rien mais qui a le pouvoir de changer les êtres qui croisent son destin ; ou enfin de Bianca, la petite ânesse qui parle aux humains et partage avec eux l'apprentissage initiatique de la liberté – tous ces personnages luttent pour sortir d'eux-mêmes, accéder à une vie plus haute et plus libre, dont ils portent en eux l'étincelle !

Le village accroché aux étoiles, 310p, 21,90 €

Au début du dix-neuvième siècle, sur un haut plateau de montagne que l'homme a jusque-là ignoré, un ruisseau naît des larmes et de la compassion d'un forgeron en fuite. Tout au long du siècle s'installent des familles de marginaux et d'exclus, jusqu'à fonder un village entier.

Ce village, soudé par les valeurs humanistes du forgeron, compte au début du vingtième siècle un nombre d'habitants qui ne varie plus. Il s'agit là d'un mystère qui agite tous les passionnés de sociologie, mais que personne, à l'exception d'un vieux rabbin, n'explique…

Des années soixante à nos jours, l'histoire des uns et des autres se dévoile. On découvre Rosa, la pianiste passionnée et philanthrope ; Jacques la Serrure, un homme brisé par ses origines qui se relèvera par un exploit extraordinaire ; Etelle et Julius, un couple malheureux qui attendra la grande vieillesse pour se redécouvrir ; Abel Crani, l'instituteur fou de littérature ; Sabina, la femme démon transformée par la bonté de son époux et la quête initiatique qu'elle s'impose ; ou encore Marie Climt, amoureuse éternelle qui transcende sa disgrâce physique par la force de sa passion…

De part et d'autre du fleuve, 268p, 20 €

La Zigzaguie est un petit pays d'une surprenante beauté, qui pourrait être un paradis. Mais Zigs et Zags vivent séparés, déchirés par un héritage historique conflictuel.

Ces deux communautés considèrent chacune que les terres de l'autre lui reviennent. De ce fait, elles sont traversées par des affrontements perpétuels et violents. Des deux côtés du fleuve, des personnages cherchent passionnément à ramener la paix.

Parmi eux, Nurad Ulat et sa fiancée Olya, étudiants zags, se lancent dans la création d'une Ligue féminine en faveur de la paix. Imar Zalki et Nila Belam, couple mixte, tentent de faire de leur union le symbole d'un espoir. Kiro Arel, jeune zig, part en Zaguie avec le fol espoir de fraterniser avec le peuple « ennemi ». Le Zig Bibi Taül, en accueillant chez lui des enfants zags réfugiés, tente de faire évoluer les mentalités de son entourage.

Au fil des événements, un mouvement d'opinion se crée, qui aspire à la paix. C'est une voix nouvelle, bientôt irrésistible, la voix du peuple et des gens de bonne volonté qui, par sa puissance, submerge les autorités politiques et les amène à évoluer.

De part et d'autre du fleuve, allégorie du conflit israélo-palestinien, se veut un message d'espoir lancé aux peuples piégés par l'Histoire. Il est aussi le récit d'une résilience entre communautés ennemies, ainsi qu'un credo de foi envers l'Humanité.

Imprimé en France
978-2-310-04371-7
Dépôt légal : 4e trimestre 2019

Imprimé en France
FROC030641030720
24491FR00003B/3

9 782310 043717